深夜的蚕豆声

雪漠 著

作家出版社

从荒山的蚕豆声到迈阿密的烟火气

——《深夜的蚕豆声》再版序

1

《深夜的蚕豆声》要再版了，而此刻我正在美国的最东南角——佛罗里达州的迈阿密，带着我的作品参加迈阿密书展，这个被称为美国图书界圣诞节、狂欢节的书展，以令我想象不到的充满民间烟火气的面貌，呈现在我的眼前。书展在迈阿密大学举办，而美国的大学和中国的大学风格上就不一样，没有庄严的大门，甚至没有封闭的区域，就在闹市街区里，在老百姓的生活圈里，人来人往，熙熙攘攘的，像个大规模的地摊。

说实话，我一开始很惊讶，也有点心理落差，和我预想的太不一样了，但很快，我就发现，这样的书展真的太接地气了，正是我们目前最需要的一种介入方式。

说到接地气，《深夜的蚕豆声》在我的小说中，可算是接地气的代表作了。它由一个个小故事构成，但它依然是长篇小说，因为它由一根丝线串联着所有的故事，这有点像《一千零一夜》，美丽的新娘给国王讲故事，而我，给一位前来寻找我、寻找西部丝绸之路的女汉学家讲故事。我们在那荒山的静谧深谷中，在茅屋里，在草地上，就着咀嚼蚕豆的清脆的声音，让西部的那些男男女女们，演出了他们最淳朴、最原生态、最接地气的人生故事。

真正的文化一定在真实的生活中。女汉学家因为2012年在英国《卫报》上全文发表的《新疆爷》而备受感动，她想知道拥有如此纯粹之爱的人，生活在怎样的文化土壤之上，我是怎么写出这样的一个人的。而我给她展示的，是比她所想象的宽广无数倍的真实的生活。当然，她得来到这儿，得找到我，和我产生心灵的交流，若没有这个缘起，她永远也无法走入《深夜的蚕豆声》的世界。

2

我走向迈阿密，同样也是一个缘起。在参加过英国伦敦书展、德国法兰克福书展之后，对于海外图书出版和传播，我已经了解其内部的运作机制，接下来还有一个领域需要探索，就是与国外读者的直接接触，直接进入他们的生活圈和文化圈子；并且，美国"伟大作家"公司为我在这次的迈阿密书展上安排了签售活动，种种因缘，促成了我与迈阿密读者们的相遇。

我们11月15日从北京出发，经过卡塔尔中转，16日才到达迈阿密，全程二十几个小时。17号上午志愿者们便到我们的展位上岗了，傍晚我去书展现场，才发现我们的展位异常火爆，好多人围在那里。从整个书展场地看，我们的展位在一个十字路口，我以为是第一个展位，其实是第二个，因为第一个展位本来就很小，又看不到任何的顾客，所以看上去我们成了第一个。更巧的是，我们展位对面是可口可乐公司的摊位，他们在免费让大家品尝可口可乐，于是，时不时就有人拥过去喝可乐，喝完可乐之后顺势就到我们的展位来了。所以，这也是因缘上的得天独厚了。

因为场面火爆，原本给我安排的两小时的签售，变成了全天，并且三天里都在签售。我一向的习惯，是趁着书展，给自己多挑选些好书，逛书展买书是我的人生一大乐趣。为此，我还提前准备好了箱子，带到书展现场，准备来个"满载而归"。却不料，我刚刚逛到别的展位上，还没看几分钟，就被志愿者拉回我们的展位，给等在那里的买了书的读者签名。一签完，我立即又溜了，可没几分钟，又被拉回来了。如此反复几次，我终于不作"挣扎"了，死心塌地待在自己的展位上，认认真真地签售。

就在这过程中，我发现美国读书的年轻人其实并不少，一贯看法是欧洲年轻人爱读书，美国的年轻人不爱读书。恐怕这也不能一概而论，这次来我们书展买书的，绝大多数都是年轻人，还有更小一些的孩子，基本上从小学到中学，再到大学，各个学段的都有。而且美国年轻人买书时透露出来的消费习惯，也和欧洲年轻人不同。欧洲人买几十欧元的书时，会掂量一下，比较慎重；美国的一些孩子买几十美元的书时，就像买糖果一样，说买就买，毫不犹豫。比如，我们的英文版《西夏咒》在这儿卖到三十美元，换算成人民币二百多，但美国的年轻人还是看中就买。一方面说明美国人更喜欢消费，一方面也体现了美国和欧洲文化的差异。说到底，欧洲是有文化积淀的，美国历史比较短，文化积淀相较于欧洲是薄弱的。所以，有时候文明越是发达，人民越是清心寡欲；而精神越是贫瘠的时候，人类的物质需求就会越高。世界还是需要好的文化。所以每次我到书展上的时候，总觉得自己一些文化作品应当翻译过来。

在迈阿密书展上，我的文学作品卖得非常好，当然翻译过去的也大多是文学作品，文化作品已经列入后续的翻译计划中了。和在今年的法兰克福书展上的情形一样，书太厚并没有成为销售的障碍。起初，我们担心读者不容易接受太厚的书，就主推《沙漠的女儿》《女人、骆驼和豺狗子》，但没想到卖得最好的是英文版《西夏咒》，那么厚的一本，但这本书的书名，一听就吸引人，西夏王朝的诅咒，很神秘，特别容易引发好奇心和探索欲。可见，对作品的定位，以及作品的故事性，还有推介时的宣传介绍，都是非常重要的，要能够抓住读者的心，至于书厚不厚，贵不贵，就在其次了。

书展上，除了我们的书卖得好，我们的文创产品——帆布包，也非常受欢迎。这个文创包大家都说颜值很高，很有设计感，上面印着我的墨宝，还有我的英文名，但是美国人拼不了 XUEMO 这几个字，因为在英文中 X 打头的字不好发音，葛浩文老师为此还曾建议，让我把 XUEMO 改成 SHUMO。不过，有时候不好发音也不是坏事，因为不好发音反而留下了深刻印象。即便不好发音，仍然有很多人对这个包一看就喜欢。很多女孩子都来买我们的文创包，其他的同学看到她们有这个包，也都来买，包我们卖得也不贵，五美元，本来还打算送的呢，主要就是让这个包起到一种展示和宣传作用。因为包上还有我们的一些平台信息，她们背着我们的包，到处走到处逛的时候，就是一种无言的宣传。

在这次书展上，我们的展位最为火爆，也最为抢眼，卖出了四百多本书、两百多个文创包、一百多个文件夹、两千多个书签，它们都承载着我们的文化全息，像一粒粒种子，撒在了美国大地上。更有意思的是，许多美国顾客还留下了他们的联系方式，跟我们建立了有效的联系。

志愿者们都非常开心，因为每卖出一本书，就相当于撒下了一颗种子。听志愿者讲，有个小女孩居然听过我的名字，也许跟《纸牌屋》中的那位明星采访过我有关系吧！作为追星族，她也许会关注到明星采访过的一些作家，所以多一个人买一本书，就相当于多打开了一个窗口，多种下了一颗种子。虽然我们对结果没有期待，但我们面对任何一次传播机会时，都会认认真真地对待，把每一个相遇的人，都视作一个美好的文化传播的机缘。况且，投入地做事本身就是一种巨大的快乐。

3

迈阿密书展上,我触及的是真正的美国民间,民间的风景,民间的生活,民间的一个个普通而又鲜活的人。一个人就是一个世界,每个人的背后都有一个我们所不知道的全息小宇宙。我在海滩上看见的那位遛狗的美国女子,她有什么样的人生故事?双手合拢,激动又虔敬地看着我给他刚买的《西夏咒》签名的大学生,他有什么样的人生故事?还有带着女儿一起来买我的书的那位母亲,她又有什么样的人生故事?

这世间有那么多的人,那么多的心事,那么多的人生故事,有多少人的故事能为人所知晓?像那新疆爷,一个多么不起眼的西部老人,谁会在意他生命中所经历的一切?谁会关心他寻常的甚至是令人同情的人生中,有那样一种伟大的爱的精神和品质?《深夜的蚕豆声》中,都是这样的最普通不过的男人和女人。有无数的男人和女人,在西部这片土地上生活过,演出过他们的人生戏剧;现在依然有很多的男男女女在演着自己的人生故事;而将来,还是会有许多的男男女女,继续着他们的人生剧情。我能做的,也仅仅是从中采撷了几朵浪花。

你会发现,无论换了什么样的时代,换了什么样的舞台,换了多少男男女女,那剧情和主题,总也有相似之处。男人为着生存,为着金钱,为着权力,也为着女人;女人也为着生存,为着家庭,为着男人和孩子,更多的为着情。所以老祖宗才说,男人,名利关难过;女人,情关难过。当面对钱与权的共同关卡时,一群男人,就会显现出各自不同的生命成色或根性;同样,在面临共同的情关时,一群女人,就会显现出各自不同的心性和慧根。这时候,各自的选择,就起了决定性的作用。当然,并不是说男人就不用过情关,女人就不用过名利关,这两关,是红尘中的任何一个凡夫俗子,都会面临的关卡,只不过,因性别的差异,两者显现出的难度有所差别。

一个在精神与心灵上超凡脱俗的人,必然需要跨越这两个关卡。而看一个人是否真的超凡脱俗了,不是看他/她的外表多么不凡,也不是看他/她是否远离人群,而是看他/她有没有跨越这两道关卡,有没有放下对情爱和名利的执着。

新疆爷为什么那样打动人心?从外表上看,他就是一个凡俗得不能再凡俗的男人,吃的穿的住的,全都土到极致,但他是这个世上为数不多的懂得真爱,或者说是慈悲的那种人。他对前妻的爱,完全是非功利的,不求任何回报,没有任何期待和要求，他在很多人眼里，是很傻的，因为他本没有义务那样做。你说他在守候着什么？不过是一份简简单单的纯粹与祝福。他就是希望她过得好，哪怕不是和他在一起。他的这份爱，源于他的善良，因为他对村里的孩子们也很好，他无儿无女，却对别人家的孩子有天然的疼爱之心，他从来没想过跟别人索要爱的回报。他决不会说，我对他们那么好，他们对我怎么也就那样呢！他从来没有过这样的念头。这才是真正的超凡脱俗。

新疆爷这样的人，在西部有，但真的不多。虽然他身上体现的西部文化的精神，是一直存在着的，但活出这种精神的人，是少数。书中的雪羽儿，也是一个超凡脱俗的人，她是女性群体中的出类拔萃者。这个故事，来源于《西夏咒》，雪羽儿和她的母亲，一直处于"被凌辱和被伤害"的角色地位，但雪羽儿从来没有受害者的心态，她跟着师父练武和修行，在全村人面临饥荒的生死关头，她凭借武功偷来了保命的粮食，救了全村人。而村人对她的回报，就是轧断她的腿，煮了她的母亲。她遇到的，是世间极致的恶、极致的人性考验，但她放下了仇恨，用悲悯宽恕了所有人。《深夜的蚕豆声》中的雪羽儿的故事，非常惊心动魄，它让你看到雪羽儿这个年轻女孩子，处于怎样颠覆人性的环境下，而她竟然没有被环境吞噬和同化，她始终坚守着自己的慈悲和信仰。

永远不要小看环境对人的塑造和影响作用。书中的其他男男女女们，无一不体现了这一点，生活在西部农村的人们，处于社会阶层的最低处，他们的一生就是被环境限制的一生。我们无论是看猛子或是王秃子，还是看改改妈或是神婆，都会发现，他们都是那片土地上的文化的提线木偶。他们或许有自己的脾气和性格，但他们并没有自己的心灵和精神。像改改妈，很令人痛惜的一个西部女子，按理说她在村里的日子很好过，但她在情感上的需求，始终得不到满足，这一点就足以使她绝望。当然，也说明她的内心世界十分狭窄，除了丈夫，除了村里和她较劲的女人，再没别的什么了。所以，看上去一点点的小事，丈夫没有维护她，就会摧毁她全部的生命希望，让她竟然生出寻死的勇气。

再说说猛子，他是我的"大漠三部曲"中一个很重要的角色，并且从头贯穿到尾，还有着明显的变化和成长。从《大漠祭》中的浑不吝和愣头青，到《猎原》中与女人偷情，同时也被女人"教导"着成长，到《白虎关》中，与月儿之间，因疾病与死亡的考验而爆发出了真正的爱与责任心，猛子的身上体现了一个男人的成长史。而在《深夜的蚕豆声》中，猛子还处于蜕变之前的阶段，依然任着自己的性子，做了很多错事。如果有好的环境和平台，有正确的引导，猛子这样的男人，是可以有一番作为的，但他困在那样的村子里，浑身的精力无处发泄，只能制造桃色新闻或暴力事件。

能不被环境同化，甚至反过来改变环境，非常非常难，这样的人也非常少。很多读者读了《一个人的西部》后，都惊讶于我是怎么从西部偏僻的村子里走出来的。在我成长的过程中，身边的环境有无数次的机会，能够将我淹没其中。只要我的心灵稍微打个盹，惰性稍微占了上风，我也许就再也出不来了。当然，我不是说那片土地上的文化不好，恰恰相反，它越好越容易成为人的温柔乡，使你生不出任何走出去的心。那样，我就不可能成为今天的我，更不可能成为将来的我了。

所以，我们选择走出去，不是说所在的环境不好，而是我们有更重要的事要做；有更多的因缘等着我们去践约；有更完善、更丰富的自己，等着我们去完成。有时候，越是好的环境，越需要我们走出去。

4

在美国，我发现美国人生活得很好，他们的生活环境基本上也很好，特别是城市的郊区地带，真的是"好山好水好寂寞"，如果没有什么其他需求，足以安安心心过着岁月静好的生活。但美国人还是在满世界地传播他们的文化，不管是商业文化，还是信仰文化。美国的电影、美国的音乐、美国的快餐、美国的价值观，还有美国梦……一切都在不知不觉中传遍了全世界，他们的文化输出，现在仍然是世界上最强大最有影响力的。2015年我到美国和加拿大时，发现中国文化想要在美国形成气候很难；现在，我又去了美国，还是有这样的感觉，美国那么大，有几个唐人街并不能说明我们的文化影响力，因为他们的世界，似乎从未真正向我们敞开过，换句话说就是，我们的文化，还没有真正进入他们的生活，最最接地气的生活。

所以，"接地气"就成了这次我参加迈阿密书展的关键词。美国文化对中国人的影响，是在资本的运作之下实现的，但它也必须通过接触一个个的中国人，通过触及和进入中国人的生活，才能真正达成。先是用资本进行巧妙的宣传和嫁接，把它们和中国人的具体生活和心理需求"绑"在一起，例如，把情人节和中国人对爱情的美好向往"绑"在一起；把美国人的个人英雄主义价值观，融入制作精良的好莱坞大片中；把快餐文化和年轻人喜欢的轻松、便利高效的人际交往需求联系在一起，诸如此类。一个人接受了，喜欢上了，他的生活圈、朋友圈，就很快都加入了。你很少听到美国官方说什么传播美国文化，而他们的民间商业资本和文化，早已无孔不入，润物细无声了。

我有时候甚至感觉，美国人或者说西方人不需要我们，他们有他们的基督教信仰，有他们的一套价值观。我也时常发问：我们的文化那么好，对个体生命好，对于人类整体命运也好，为什么他们就是看不见呢？一群世界科学家坐在那里开会，讨论人类的未来，最后得出结论，说只有中国传统文化中的孔子思想能救人类。这说明，他们是能够看见我们的优秀文化的，但也仅仅是某些圈子里的一部分人。大多数普通民众，他们根本无从了解真正的中华传统文化。民间的土壤，是另一个世界。而真正能影响到民间的，也只有民间方式的传播。

就像来找我的这个女汉学家，她是无论如何也不可能从官方渠道，了解到西部一个村子里，这样一群男男女女是如何生活的，他们有什么样的故事，有什么样的欢喜与悲伤，有什么样的内在品质和追求。而她凭什么能看到我，继而找到我呢？就是凭刊登在英国《卫报》上的《新疆爷》这篇文章。而我又凭什么接触到美国民间的一个个读者朋友，和他们产生关联和交流呢？还是凭我的作品。

文学或文化作品，就像是深夜中茫茫大海上的灯塔，既能够给人指引方向，又可以成为我们的坐标，让想要寻找我们的人顺利地找到我们。对于买了我的作品的人来说，他接触到的不仅仅是我，更是我书中呈现的一个他从未了解的大世界，还有这个世界中蕴藏的深厚的文化。他的内心只要被其中的一句话或是一个人物所触动，那么他一定会进入更深的探索之旅。很多读者就是这样一步步走进我的生命中的，也许起初只是被书中的一句话，击中了心灵的某个角落；后来便一发不可收，找到我所有的作品，沉浸其中，从文学到文化，从一种精神到一种信仰。这就是生命与生命之间的直接信息交流。

在迈阿密书展上，当我看到那些捧着书的快乐的脸庞——他们和我们有着不同的外表、不同的语言、不同的文化背景，但对书的热爱，对人类优秀文化的喜爱，对美好精神的向往，使我确信无疑：人与人之间永远有一条彩虹般的桥。

5

当然，联结这座"彩虹桥"并不容易。我们有许多东西需要突破。

我还是个文学青年的时候，就特别喜欢读契诃夫的短篇小说《装在套子里的人》，当时让我读得脊背直冒汗，谁不是装在套子里的人呢？有些人是被动地被环境装在了套子里——我想起我的母亲，我带她去杭州看西湖时，她说自己一辈子扣在了盆盆子下面，因为她之前从未走出西部的那个村子；有的人是主动地把自己装进了认知的套子里，就是自己的所知障，自己的固化思维和自我设限。背后的一切，无非自我执着和自我恐惧。

《深夜的蚕豆声》中的男男女女们，一辈子都在西部的那块土地上，他们的命运被两样东西桎梏着，一个是环境和文化，一个是他们的认知。马二、马大、牛二、黑皮子老道、改改妈、猛子、月儿……，每个人身上都有他们看不见的一个"套子"。你也可以把这个套子看成罩子，套子让人不太舒服，但罩子却能给人一种莫名的安全感。所以，人们更容易接受罩子，被一种大环境罩住，被自己的认知罩住，躲在罩子下面反而觉得很惬意，丝毫觉察不出罩子就是套子。

只要你仔细观察，就会发现，罩子无处不在。一个人有一个人的认知罩子，一个地区有一个地区的文化罩子，一个国家有一个国家的舆论罩子，就连地球，也有一个罩子——至今我们都无法探寻到真相的罩子。当然，最大的罩子还是在我们的心内。

我们想把自己的文化带到西方时，就会遇到两个罩子之间的隔阂和碰撞。首先，我们得突破自己的罩子，打破自己的固化认知和惯性思维。我们觉得好的，别人不一定觉得好；我们觉得不好的，别人说不定还很喜欢。这时候我们就得跳出自己的罩子，客观地看待我们自己的文化。同样，对方也要打破他们的罩子，才能真正接纳我们。如果我们硬要去打破别人的罩子，事情就要变味了——历史上不是没有过这种事，大多数是暴力的，结果往往适得其反。就像是你没有办法硬把一只蜗牛拉出它的壳，你只能慢慢地吸引它，并且使它感觉到安全和愉悦，它才会小心翼翼地伸出触角，最后还会放心地爬到你的手上，吃你给它的食物。

在这次的迈阿密书展上，我们的展位的氛围特别好，人多热闹，又活泼愉快，书籍和文创包的颜值都很高，至少能够使人产生直接的感官愉悦。而审美的基础就是视觉愉悦。我们的文化想要破壳，想要进入别人的罩子，必须在两点上下功夫：一是审美；二是认知。现在的年轻人找对象，都爱说"始于颜值，陷于才华，忠于人品"，咱们的文化传播不也一样吗？首先是审美，接着是认知，最终就是爱与智慧，这是消弭罩子与罩子之间隔阂的最佳途径。

而所有的方法也好，途径也好，出发点和落脚点，都是人心。人心需要真善美的文化，需要爱与智慧，需要以抵近生命的方式，进行交流。行走于世间，要有一种烟火气。

6

迈阿密书展后,我们还走了一些地方,参加了全美华人废除1882年排华法案八十周年庆典,参与美国华人华侨社团联合总会筹备会议,认识了很多社团负责人。

一位社团朋友这样介绍我:

"……幸有雪漠这样的作家和哲人'不受正统思想束缚',在喜马拉雅山脚下沙漠边缘的甘肃凉州出生、成长,修道四十多年,著作等身之后走出沙漠来到密尔沃基。我们一起在线上线下探讨'为商之道',包括是否商有其道。此道若有,与老庄之道是否相符?西方哲学与东方哲学对商家之道的影响?如何像庖丁解牛一样对待经商的人生?如何从经商中获得幸福与快乐?"

一位威斯康辛州商会的朋友用ChatGPT写了一首关于雪漠的诗,极是有趣,录在下面:

在甘肃的边远山区,
雪漠与老子独行。
他心怀道义,寻求生命的真谛。

荒野大漠中,
心事儿在胸膛盈满。
万里征途,
幸福的源泉何处寻?
千山万水间,
道法的机缘等待他发现。

他不是传统说教的牺牲品,
只为追求真理不断前行。
风吹过沙漠,吹散疲惫和忧伤。
阳光洒下,照亮他坚定的步伐。
眼中闪烁探索的火焰,
不被岁月折磨。

星空沉默，
见证他的孤独与坚韧。

与远古的圣贤做心灵的呼唤，
寻找生命的真正意义。
山川河流，
诉说古老的智慧。
他站在悬崖边，
凝望远方的彼岸。
心中有宇宙，
等待被探索的奇迹。

雪花飘落，
覆盖他的肩膀。
大漠中舞剑他步履轻盈，
自由自在如行云流水。
沙漠中的寂寞，
成为心灵的伴侣。
眼神透露对生命的敬畏与热爱。
风沙中，感受生命的脆弱与坚韧。

笔尖划过无数的纸张，
描绘他心中的绚丽的人生和风景。
文字如流水，
诉说内心的激情与追求。
灵魂在文字中舞动，
飞翔在无垠的天空。

不畏艰险，不惧孤独，
追寻内心的真实。
道路尽头，

看到希望的曙光。
思绪穿越时空,
触摸古老的智慧。

心灵在荒野中燃烧,
散发无尽的光芒。
雪漠老子,
你的心事儿永远铭刻在大地之中。
追求的真理将永远闪耀,
薪火相传不朽不灭。
在那甘肃的大漠雪原,
雪漠的传说将永远流传。

7

本序快定稿时,正好英国母爱桥的朋友来约稿,让我写写这几年出国的感受,我应邀写了《寻找莎翁的烟火气》,它正好写出了我近年来的追求。我的走向世界,不是想改变世界,我只是想丰富自己。我不想给世界增添辉煌,我只想感受世界的烟火气。

下面,就让这首诗来结束本序吧——

我说不出,
"轻轻地我走了,正如我轻轻地来"这样的诗句,
因为,在伦敦的眼中,
我是个"负重前行"的异乡人。
我拖着两个大行李箱,
背着两个大背包,
里面装着我与世界对话的"资本"——我的作品,
也装着我对所到之处的好奇与寻觅。

作家的心总是敏感,

我的触觉也很是敏锐,
我立即嗅到了伦敦的一股艺术家气息,
虽然有点历史的老味。
它当然是这味道,
穿过几个喧嚷的世纪,
穿过伦敦浓厚的湿润空气,
没有丝毫削减,
不愧是莎翁的味道——
那一股令人着迷的烟火气。

听说他在伦敦住了二十多年,
从剧院打杂的,一直到国王的座上宾,
没想到,在英国这样的国家,
也有如此励志的逆袭故事。
但你还是不要小看了英国的贵族脾气,
就算国王都成了莎翁的"铁粉",
就算他得到了"绅士"称号,
依然有人诋毁他的出身如卡喉的鱼鲠。
他们称他为"一只逆袭的乌鸦",
那惊人的才华,也不过是他的浮夸,
而那些俗之又俗的戏剧,
正暴露了他的底层出身。

唉,不论到什么时候,
总有一些人拿出身说事。
莎士比亚这样光芒四射的人物,
在伦敦的二十多年里,
活得也并不那么恣意潇洒。
这一点,让我对英国人的"范儿",
产生了一些小小的意见。
我肯定不会与其理论什么是真正的贵族,

我只是时不时地,
就嗅到一股装腔作势的味道。
如手杖般挺直的腰杆着实好看,
如手杖般僵硬的思想,可就没那么有趣了。

虽然莎士比亚很快就成了英国文学的招牌,
但我还是觉得英国人有点"装"。
既然你们看不惯莎翁的俗气和烟火气,
怎么还让他火了四百年?
你们明明也很喜欢他,
只是嘴上不愿承认罢了。
我在想,
你们是不是一直在偷偷地丢弃着什么?
所以,后来,你们把那股真实的"俗气",
放在了"五月花号"里,
送到了美国,
植入山姆大叔的基因。
难怪,美国人倒是十分地接地气;
也难怪,后来流行于全美的,
都是迈阿密的烟火气——
随性、坦率而又世俗。

莎翁说,我不喜欢端着,
我也不在乎你们的诋毁,
若是不喜欢我的戏剧,
读一读我的十四行诗吧。
至少,你们还能从中找到你们能适应的东西,
那就是,我对你们的思想的火力压制。

你们为什么不开心,知道吗?
因为你们缺了一种烟火气。

你们吃着底层人做的饭，
穿着底层人织的衣，
住着底层人建造的屋子，
走在底层人铺的道路上，
却不肯听听底层人的故事，
和他们的喜怒哀乐。

告诉我，
谁不是麦克白？
谁不是奥赛罗？
谁不是夏洛克？
谁不渴望罗密欧与朱丽叶的真情？
谁不扼腕于哈姆雷特的命运？
任你多高高在上，
也消弭不了人性的底色！
谁拒绝了人性的俗，
就拒绝了人性的雅；
谁闻不了一丝烟火气，
就品不到半点真性情！

我突然发觉，
我是莎翁的知音。
在那个不算温暖的四月，
我背着"重重的壳"，来伦敦参加书展，
走在伦敦的街道上，
不知道莎翁是否走过同一条街道。
其实，我的心情非常愉快，
距离莎翁几百年的今天，
我的同样很接地气的作品，
受到了很多人的欢迎。
我的故事中，依然有最底色的人性，

有小人物的各种世俗和真实，
也正是他们的各种俗，
激发出了人性的强韧与美丽。

没有在世俗中摔打过的人，
不足以谈论人生。
英国贵族们眼中的莎翁的出身"污点"，
恰恰是他的人生财富。
他在农村长成，到伦敦谋生，
在剧院打杂，见惯了人心和人性，
他拼命读书，他勤奋学习，
把经历酿成了美酒。

我相信，爱装的英国人，
还是喜欢莎士比亚的。
也许，他们只是"端"得太久，
胳膊腿儿都有点儿麻，
一时还不那么容易放下来。
当然，这个世界也需要一些"端"着的存在，
需要一些高高飘扬的存在，
烟火气，最后也还是袅袅地升到空中去了。
莎翁的俗，因为有他的雅和深刻，
才会那么动人。
你呀，活得多么真实可爱！
我相信，要是你活着，
此刻，也一定会来迈阿密。

2023年11月19日初稿于迈阿密书展
2023年12月6日定稿于美国华盛顿

序
无数个远去的身影

这本书很有意思，里面有个跟我对谈的汉学家。在一个山谷里，我跟她聊了好几个晚上。她说她一直想了解丝绸之路，不过，她想了解的，不是社会学家眼中的丝绸之路，而是作家眼中的丝绸之路，换句话说，她想了解那些生活在丝绸之路上的活生生的人。

我说，那么，我还是给您介绍我的小说吧，这是我的长项。我说，当您知道了我小说里的人物，以及小说背后的故事——它们也真实地发生在我的生活中——您只要了解了它们，也就了解了西部，也就了解了丝绸之路，也就了解了那个时代的中国。

我的一篇篇小说，是一粒粒露珠，能折射出整个世界呢。

她笑道，我知道。她的笑声里充满沧桑，但脸上有一种少女的红晕。我喜欢那红晕里发出的沧桑笑声，望着那红晕听着那笑声，我听出了一种生命的厚度。我想，她定然会理解我的小说的。她一直对中国文化很感兴趣，她是一个很有文化激情的汉学家。

她说她非常喜欢我的小说，最喜欢那篇《新疆爷》。我说，我还有许多比《新疆爷》更精彩的故事，通过它们，您就能在一本书中读懂雪漠、读懂西部、读懂丝绸之路，甚至也读懂中国。

于是，我和她的相遇，就促成了这本书。

当然，书中的"你"，既是她，也是你，更是另一个我，或者是我进入世界时的另一种视角。透过这个视角，通过这次对谈，你也许可以更懂这些你熟悉或不熟悉的故事。

对于想了解西部、了解丝绸之路、了解中国的朋友，这本书，也许是有着另一种色彩的范本。记得当初英国《卫报》发表《新疆爷》时，对它的定位，就是中国故事。

开始，我想给她推荐我的《大漠祭》《猎原》《白虎关》们，为写它们，我融入了我的生命，我的灵魂，我所有的真诚。我对世界、对中国、对西部、对人类的观察，都融入我的长篇小说中。我告诉她，我那七本厚厚的书，可是七个世界。你要是想了解中国，了解丝绸之路，应该读它们。

汉学家笑了，她笑着说，是的是的。不过，它们像是七座大山，气势汹汹地立在那里，让忙碌的她望而却步了。我理解她。她说，她的感受，也是许多人的感受。她希望能在最短的时间里，读懂西部，读懂生活在丝绸之路上的人们。

虽然我理解她，但还是有点可惜。经历了写《西夏咒》的那个过程之后，我明白了，一个作家想写出一个时代和世界，有多么不容易。他需要大量的积累和沉淀，写进书里的，都是他人生中最宝贵的东西，他要像打铁那样，把自己心上的污垢都清除干净——这个过程有多难，你可以去看《一个人的西部》，虽然每个作家的修炼不一样，我的方式是禅修和读书，但我们经历的那个过程的艰辛程度，却可能是差不多的。即使是托尔斯泰那样的贵族，没有生活之忧，在精神层面也定然经历过艰辛的阵痛和挣扎——然后用那颗饱满、博大、慈悲的心贡献出世界需要的心灵营养。所以，每部经典小说之中，都有作者独有的世界，有他生命的全息，有作品所处的时代全息，有他生活的地域全息，也有他承载的文化全息。尤其是《战争与和平》这样的书，我总觉得，被作品篇幅吓到而错过了它的那些读者，实在有些可惜。但我因此也随喜那些中短篇小说，因为，只要作家的人格是完善的，也真正地历练了人生、关注了世界，那么，无论他写的小说有多短，哪怕里面只有一个人物，你也会通过这个人物，看到他所处的时代和经历的世界。

我很少写中短篇小说。从我写出《大漠祭》开始，我的写作就进入了喷涌。我总是从灵魂中喷涌出一个世界，这个世界总是饱满，总在汹涌，有点像大海了，中短篇小说的杯子往往容不下它们。每次一写完，从写作氛围里出来，就发现又有三四十万字了。一些好心的编辑，就总会从我的长篇小说中选出几万字，发表在杂志上。虽然那只是几朵浪花，你也会感受到大海的气息。《掘坟》《母狼灰儿》《深夜的蚕豆声》《神婆》《鼠神》《博物馆里的灵魂》《美丽》和《豺狗子》，就是这样诞生的。

不过，这本书的重点，不仅仅是解读故事和人物。我想，说不定那位汉学家需要的东西，读者们也需要呢。

我的作品有个特点，就是有一种定格时代的意识。那些短篇小说，包括我刚文学开悟时写的那些短篇小说,像《新疆爷》《马二》《马大》《磨坊》《黄昏》《丈夫》和《大漠里的白狐子》,它们都定格了一种别处没有的风景。不仅仅是人物本身的美好,更是影响了这些人物的文化的美好——当然,有时也不美好,但它是真实的西部。在某个时代、某块土地上,在那个丝绸之路重镇上,确实有过一种这样的文化,它博大、清新、超越功利,但它也非常复杂,一言难尽。或许,通过这本书,你会更理解那个时代的西部,更了解丝绸之路上生活过的人们。

  我的那些小说,跟我的《白虎关》们一样,同样刻画了一个真实的西部。它有点像农业文明的背影,也代表了一段正在远去的历史,你还可以把它们看成我对一个时代的定格。它只是我抛出的一块块砖头,我希望它能引来无数块玉石,有更多的人,跟我一起来定格一个正在消失的时代,定格一种正在消失的美好。

  丝绸之路上的那个西部已经消失了,我记忆中的故乡也消失了。

  一切,正在成为一种绝响。

  念念不忘,必有回响。我在等待着一种回响。

2015年12月于雪漠文化网

目录

001　　　引子

西部男人

009　　　新疆爷：守候爱情的老人
026　　　马二：鬼一样的老头
036　　　马大：西部人的土地信仰
044　　　四爷：消失的磨坊和时代
051　　　牛二：抬头亲戚的宣泄
063　　　猛子：披上狗皮还是汉子吗？
088　　　王秃子：男人的血性与毁灭
115　　　骆驼和骆驼客：他们在远行
144　　　猛子、北柱：掘墓的汉子

西部女人与生灵

161　改改妈：西部女子的男人信仰

181　灰儿：复仇的母亲

204　白狐子：大漠里的仙家

218　雪羽儿：黄昏中的女侠客

233　鼠神：西部人的"掌柜的"

247　神婆：通灵的女子

255　春香：女子的另类报复

287　白轻衣：被爱拯救的灵魂

315　月儿：最后的美丽

347　莹儿、兰兰：两个女人的命运之争

378　后记：定格一个真实的西部

引 子

那天晚上，月亮周围出现了晕圈，根据西部的说法，不久之后，这神秘的所在会刮来大风。

我相信。我拿出了两个蒲团、两杯茶、一碟蚕豆，在漫天飞舞的黄叶之中，在罡风吹过山谷的巨响之中，开始了放歌。

我正在唱故乡的民谣，我喜欢这首歌。我从国内唱到了国外，从西部唱到了岭南。这首歌已经流传了很多年，唱的是一个放羊娃的故事。他在荒滩上扯长了嗓门，总是唱得撕心裂肺。我看到他流下了眼泪。那泪水里，有西部人独有的沧桑和憧憬。

我看到树林在狂欢，高瘦的树木扭曲着身体。黑夜之中，它们像极了树妖。我听到了一种声音，那是蟒神在吼叫。在许多年的寂寞里，它们是我最好的朋友。在我多年的行走里，它们成了我的影子。它们用一种非常像大风的声音告诉我：有人来了。在过去的多年里，它们总在用它们的方式，表达着对我的关爱。不过，许多时候，它们有点多事了。

摇曳的树影中透出了一点光，光的背后，有一个苍老的身影，她举着马灯，挂着拐杖；她步履蹒跚，但表情坚定。她的眼神之中，透出了一种惊喜，她苍老的皮肤上，泛着少女的红晕。

她，就是你。

你是被一位老头送上山的。那老头，正在那土地庙里喘息呢。那些日子，老头每天会给我提一罐饭来。

你走向了我，举着那老头给你的马灯。

在皎洁的月光之下，马灯的光照出了另一种意蕴。

你开口说话了，你问：刚才唱歌的，是你吗？

我笑着点头，我听到，我的影子也发出了巨大的笑声。我想，也许是蟒神在笑呢。在许多个静的极致里，它们都会这样笑。在无数个人认为的大默里，它们总是笑得惊天动地。

你当然没有听到那笑声，你只是仔细地端详着我，似乎不想隐藏你的惊喜。

你说，终于找到你了。

我问，你在找我？

你说，是的，我来西部，就是为了找你。

我沉默着，等你说话。

罡风的巨响，让你的声音有了另一种韵味，你好像穿过了历史的风云。

你的脸被马灯映得通红，你显得很兴奋。你说，2012年4月12日，在《卫报》上，你读了我的一篇小说。

我说，《新疆爷》。

是的，《新疆爷》。

你说，那个老人，带着一种陌生的清新，带着一种西部的意蕴，走入了你寻觅的心灵。在那老人身上，你读到了中国文化里非常感人的一种讯息。你的心被点燃了。你虽然有着六十多岁的身躯，但你的心还是个孩子，你永远怀着一种孩童般的热情，等待与另一个世界的相遇。你特别关注的，就是故乡中国。你说，在所有的牵挂里，分量最重的，是丝绸之路。

你说，你很喜欢赛珍珠，那个作家对中国给予了太多的热情。你很喜欢她。你总是在她的作品之中，读到你自己的影子。你能读懂她的心。你虽然一直接受英式教育，但你有着一颗眷恋东方文明的心。你说，在你可以选择的时候，你选修了人文，主攻东亚文学。在这个很难得到高工资的领域，你找到了属于你的乐趣。

你一次又一次地穿行在荒山之间，你一次又一次地奔波在神奇的大地，你一次又一次地陶醉在神秘之中，你就像一个寻宝的孩子，总能发现未知的惊喜。

但是，当那西部的老人走入你的生命时，你突然发现，在真正的东亚文学之中，原来有着那么多你未曾涉足的神奇。

你说，它就像我的歌声，蕴藏了太多的信息。

透过它，你看到了遍野的焦黄，你看到了无边无际的神秘，你看到了旷野的呼唤，你触到了一种博大的气息，它像清风般弥漫了你的生命。你的心里燃起了另一种期待，你想走向那歌声的源头，你想探访这块土地的秘密。

虽然你寻觅了那么久，但你还是想走向我。你想请我为你打开一扇门，你想触摸西部大地的脉搏。你想到达中国文化的深处，你想感受丝绸之路上的那种熟悉又陌生的温馨。于是,你拿起了你的拐杖,你提起了你的马灯。有一种属于少女的激情,在你的血液里燃烧了。

你听见血液在血管中轰鸣,你感受到某种大气在包裹你的身体,你感到大地在跳动,你听到了西部神灵的歌唱。你觉得,今晚,或许你会打开一座西部的宝藏,你当然知道,你找到的,不仅仅是在荒山间闭关多年的我。

你说,你来这山谷,是为了寻访蟒神。你对蛇崇拜一直很感兴趣,但你没有想到,在蟒神出没的地方,会有一座亮着灯的小屋。它在一个大风的夜里,为你点亮了一盏文化的烛火。

你笑了,笑声回荡在罡风里,恍惚间,我在那笑声里,看到了一个二八少女。让你年轻的,不是音乐,不是艺术,不是一颗细腻感性的心,是你独有的诗意和热情。

你说,那个叫丝绸之路的名字,总是在感动着你。你总想读懂它所有的秘密,你想知道,这西部大地的呼吸之中,有着怎样的温馨和神秘。

你总是看到黄土上那些流汗的身影,他们像故乡的老树,伸展着自己的身躯,他们的双足深深地扎进了泥土,他们的灵魂中进出了亘古的诗意。

于是,你也在呼唤了。只是,你的呼唤没有声音。

但我听得到。我能读懂你。

你能读懂我吗?

你或许也会发现,我们的相遇,其实是历史的相遇,是两个世界的相遇,也是诸多文化的相融和撞击。

所以,我答应了你,我向你敞开了我灵魂坛城的大门。

淡黄的灯光洒满了你的全身,但我看到你惶恐的眼神。

你的目光落在我案头的那摞书上,我知道,你有一丝的畏惧。

你知道你没有太多的时间,你的旅行,并不是没有归期的灵魂之旅。

我有一丝的失落,但很快,我笑了。

既然我能接受命运把你带向了我,我就该相信,命运已布好了最美的棋局。

是的,我曾经是个宿命论者,但在很久之前,我不再理会宿命。我在这荒谷之中静坐多年,我已能穿过历史的风尘,看到过去和未来,看到我生命深处的那条轨迹。所以,我像黑寡子那样喊道:"风雨雷电随身带,我命由我不由天!"

你的脸上,露出了好奇。你问我,黑寡子是谁?

我笑了,我说,你去看《西夏的苍狼》,我指了指案头。

你低了头,窃窃地笑了一声。

003

你这害羞的女巫。

谁叫你带来了另一个世界的讯息呢？

于是，我叹了口气，思量片刻，准备给你讲你想听的故事。

你可知道，我高举月下灯，正等待举了马灯蹒跚而来的你。

你可知道，这场寻觅，会有怎样的意义？

我知道，你不理解。

要是你看了我的那么多书，你一定会认可我说的话，但你在不该退缩的时候，仍然退缩了。你跟世上的许多人一样。你说你没有时间。你说你年华已老，你已眼花，你苍老的身躯，背不动太多的书籍。远行的航船在等你，你还没撕毁那张过期的船票。

世上有太多人都像你，他们太在乎世界的评判，太在乎世界能带给他们的东西。所以，他们也没有时间。

但是，在你身上，我还是看到了一种不一样的东西。我理解了你奔波在荒山之中的心。我读懂了你举着马灯走向我时，你心中的那份诗意和惊喜。

也许，有一天，你能看到山间的明月，你会感受到那巨大的晕圈。

我于是打断了倾诉中的你。

我说，知道吗？在风水学中，晕圈代表了风，风代表了交流。风和水这两种流动的物质，代表了两种生命气息的交融。这是中国文化的一个小秘密。

你笑了。你点点头。你苍老的皮肤闪着年轻的光芒。

你说，你一直想找到一个不为人知的西部，你想从西部的故事中，读懂一个真正的丝绸之路。你觉得，丝绸之路上，也许蕴藏着人类文化的全息。在这方面，你有超人的直觉。

你关于丝绸之路的说法，深深地打动了我。

我相信，你的心中，也有一种寻觅。

我理解。

我能看到奔波的你，我能感受到你汹涌的诗意，我能触摸你期待的灵魂，我能读懂你宿命里对中国西部的热情。我很感动。

你遗憾地说，可惜你没有写作天分。

你确实没有写作天分，你对事实的考究，已经遮蔽了你的灵性和智慧。但你有热情，它让你从诸多的学者中突显出来，它让你读懂了这块土地的呼唤，它让你发现了无尽的沧桑，它让你看到了壮美和辽阔，它让你看到了博大和浩瀚，它让你发现了一座壮阔的大山。你看到的,是你不曾涉猎的讯息,也是大山中闭关的我。

在这荒山之中,我已待了很多年,这小小的茅屋,已成了我生命的常态。在这宁静的所在,我总能感到土地的温度,感到大地的脉搏,感到一种跳动的、诗意的旋律。

但我知道,你不理解。

你也像他们,总在寻找一种用,却忘了,真正的大美,是无用,那无用的大美,才是大自然的天籁。

西部大地上有太多这样的天籁,你听到了吗?

你的眼睛发出了光,像闪着荧光的蝴蝶,在空气中飞舞。

但你仍然在期待。

你仍然想听这块土地上男人和女人的故事,你仍然希望我从那么多长长的书中,选出一些你需要的文字,你仍然想在短时间内,触摸到那块土地的脉搏,感受到那块土地的温度,感受一个生命深处的中国。

你为啥这么着急呢?你看,你的额间晶出了汗。

你在惊喜地等待着。

我知道你很吃惊,你很惊讶,你感到一种命运的相遇,就像罡风的巨响,在你的生命中响起了。

但是,我多么希望你能看到心间的明月,你能感受到那皎洁的气息,你能读懂那个诗意的晕圈。

我多么希望,你能读完我全部的文字。在我的文字中,你定然能找到你的寻觅。但你已经老了,你在最美的寻觅之中,已失掉了最美的青春。

于是,我接受了你的邀请,准备选一本书,为你贡献一滴露珠,让你看到整个世界的颜色。

我长长地叹了口气。

狂风渐息,树林像少女般温柔。夜的黑影中,它们站出了女巫的神秘。

我说,好。

我没有办法把大海给你,那就选几朵浪花吧。希望我的选取,对有缘的你,有着独特的意义。

欣慰的是,我将要讲述的故事,既是那些人物自己的故事,也是那块土地的命运,蕴含了关于土地、关于人和文化的诸多讯息。

你说,好,就从《新疆爷》开始吧。

你说，时光久了，新疆爷已在你心中活了，但你还是想听我用浓浓的乡音，讲一讲这个属于西部的老人，讲一讲这个西部独有的故事。

我说，好，就从《新疆爷》开始。

你问了一个让我失落的问题，你说，你很想知道，新疆爷，真有这个人吗？

你的眼睛在黑夜里发光，你又让我想起了他们。

我叹了口气。

你像做错事的孩子，下意识地扭绞着你的手指，你的眼神之中，有一种慌乱的问询。你想从我的眼睛之中，读到自己的错误。你像迷乱的小鱼，想读懂大海的呼吸。

我知道，作为一个汉学家，作为一个著名学者，你的发问，代表了一种考据，但文学是不能这样问的。文学是一种艺术，许多时候，它更在乎的，并不是再现，而是创造。

但我没有说，我笑了。

我说，他是真的，我下面讲到的所有人物，他们都是真的。他们都真实地在这世界上活过。在我创造的艺术之中，都留下了他们的生命气息。但他们只是一些老百姓，不曾期待一个作家赋予他们的永恒。他们静静地活了，又静静地走了，他们以为，自己已经走完了这一段的生命。他们很安静，他们没有带走天地之间的一点一滴。

所以，他们是真的，那些故事也是真的。在一个学者的话语体系之中，他们有着真实的意义。

你高兴地说，好。

我也说，好。

我端起茶杯，也递了一杯给你。

我说，我们边喝茶，边吃蚕豆，边听故事，好吗？你接过茶杯，从碟子里轻轻拈起一粒蚕豆，放进嘴里。咔嘣一声，你的眼神闪过一丝羞怯，流星般划过黑夜。

我剥下一粒蚕豆皮，扔进篝火，火光暴燃，跳出了神秘的舞蹈。

我说，瞧，那老人穿越几十年的时光，从岁月的那一面走来了……

西部男人

新疆爷：守候爱情的老人

马二：鬼一样的老头

马大：西部人的土地信仰

四爷：消失的磨坊和时代

牛二：抬头亲戚的宣泄

猛子：披上狗皮还是汉子吗？

王秃子：男人的血性与毁灭

骆驼和骆驼客：他们在远行

猛子、北柱：掘墓的汉子

新疆爷：

守候爱情的老人

《新疆爷》是我的第一个短篇小说，1993年的某个夜里写成的。

那天夜里，整理采访录音，我一下就想起了风中的新疆爷。我想起他暖暖的笑容，想起他空荡荡的衣袖，他的衣袖在风中一下下荡着，勾勒出了他的瘦。不知为啥，看到他的身影，我有一种莫名的心痛。也许因为，我知道这个美好的老人，终将消失在岁月的风中吧。我想挽留他，也想挽留这段美好的故事。正是在这样的心情中，这部小说喷涌而出了。小说写出的，是我对一个老人的记忆，也是我所见过的最浪漫的爱情故事。没有鲜花，没有情话，没有朝夕相对，没有耳鬓厮磨，但守候了一生。别说习惯了功利文化的城市人喜欢他，我也很喜欢他。又有谁不喜欢一个干净美好的老人呢？看到他的笑，再坚硬的心，也会化了。所以，我理解你。我理解你为啥为了他远道而来。这样的气息，在这个世界上已经很少了，这也是我写他的另一个原因。我想为世界保留一种东西。

我当然理解，我也是为了这个原因到这儿来找你的。

呵呵，我知道……我虽然写出了那么多的长篇小说，但这篇四千多字的小说，却时常被人提起。人们常说，我的中短篇小说中，《新疆爷》和《美丽》写得最好。虽然《美丽》不是中篇小说，而是《白虎关》中的章节，但我也同意这个说法，很喜欢它，我同样贡献了所有的真诚。从小说中，你会感受到那种滚烫的温度，它源于我的灵魂。

是的，我能感受得到。我很感动，它就像清泉，没有一丝欲望的味道，非常干净。读它，有一种清洗灵魂的感觉。它对我原有的思维造成了冲击。所以我很想看一看，这部小说的作者，还会写出一些什么样的故事。

西部故事最美的，就是你说的这种干净，因为西部文化有灵性追求，它追求一种高尚、美好、温馨的精神，这种精神是超越功利的，跟你熟悉的文化肯定不一样。

是的。它让我觉得很陌生，很新奇，但更多的，还是感动。

那么，再吃几颗蚕豆，再听一次《新疆爷》的故事，好吗？

好的。

新疆爷

新疆爷开始收拾摊子。天还很早。太阳刚刚转西呢；那颜色不红、不亮，像块掺了奶水的冰。有丝风吹来，卷着黄土，卷着落叶，凉飕飕的，已带了深秋的味道。新疆爷收拾完果子，又收拾鸡蛋。说是摊子，其实不过两个提篷，两块硬纸板。一块上垒一堆果子——软儿梨，一捏软软的，薄皮，一包甜汁儿透心凉，能清咳呢；一块上放一堆鸡蛋。就这些。摆起来容易，收起来也容易。果子是趸来的，四角一斤，他卖四角五；鸡蛋是零收来的，两角钱一个，他卖两角二。挣钱嘛，不多；糊口嘛，够了。

收拾完，新疆爷提了篷子，往村东走去。他的个子高，又瘦，影子很长，一扫一扫像个大蜈蚣在爬。有人问，新疆爷，哪里去呀？许多人望他，眼睛里有水光，哗哗哗闪。她家。新疆爷说。那人不再问"她"是谁，却说，给钱去？嗯。新疆爷答。给了钱能换着干个事吗？一个人问，别的人笑。新疆爷窘了，想绕过去。几个人却围住了他，能吗？新疆爷咧咧嘴，放下篮子，捶捶腰，说，胡说啥哩，我老呀老了。人齐笑。一个说，老了？拧成个绳绳也能干咧。一个说，器皿是不行了，手总行嘛，摸摸也成呀，解馋嘛！新疆爷不再理睬，提起篮子，三蹿两蹿，像兔子。

不干一回，太冤枉了呀。众人齐笑。

新疆爷的脚步很急、很乱、发飘，心有劲，腿无力，不几步就趔趄了。于是驻足，喘气，篮子又放在地上，又直身，捶腰。却听得一个娃儿问，新疆爷爷，哪里去呀？

新疆爷露出了笑，脸上闪出了童颜，他不答娃儿的问话，却从篮子里摸出几个果子，说，来，我的娃，爷爷给你果果。

娃儿拿了果子就吃，一边吸哑，一边吮指头上的果汁。新疆爷笑眯眯望娃儿，不自觉地拌动着嘴，仿佛吃果子的不是娃儿，而是他。

宝宝，你怎么又吃新疆爷的果果了……新疆爷……再别惯娃儿们了，你也要，他也要，三给两给，你个小本生意……咋成呢？一个红脸汉子说。

新疆爷笑笑，说，不咋的，不咋的，娃娃们嘛……我一个孤老头，一年两件衣，一天两顿饭，够了，活人了世嘛，够了……你忙着，我走了。

不进去坐一坐了吗？

不坐了，不坐了。

她家很破，后墙皮脱落了，一块一块的，像害了牛皮癣。她在填炕，身上灰多，脸上也灰多。见了他，放下木锨，拍拍身上的土说，来了。新疆爷说来了，就进了屋子。屋子暗，纸糊的窗子不透光。炕沿上有个红眼老汉在抽烟，拿麻秆就油灯上燃着，放烟锅上，一吸，火进了烟锅，烟出了鼻孔。见新疆爷进来，他便挪挪身子说，来了。新疆爷说来了，就蹲在地上的条凳上，凝成块石头。

今年收成又不好！红眼老汉说。

今年收成不好。新疆爷说。

明年咋着呢！

就是，明年咋着呢！

这日子，唉……

就是，这日子……

她进来了，拍着身上的土。望望新疆爷，问，冷吗？新疆爷说不咋的。女人说该穿主袄了。新疆爷说该穿了。女人说你的被窝该洗了。新疆爷说该洗了。女人说明天铲菜呢，后天洗吧。新疆爷说后天洗。

红眼老汉说，明天洗吧，菜我铲。这骚天，说变就变。

女人说明天就明天。

新疆爷掏出一把角票，说，就这些，这几天，买东西的人少。就这些，先用吧！你们老两口，该置件衣裳了。丝丝缕缕的，人笑话哩。新疆爷把钱放在炕上，说，我走咧。

女人说，吃饭吧，我就下面。

新疆爷说，不咧，我还去打针。今日个，有些伤风。

女人说，该穿主袄了。

新疆爷说该穿了，提篮子，出了门。女人没送。老汉也没送。

在屋里蹲热了，一遇凉风，鼻头痒了，打个喷嚏，怪响，鼻腔里似有小虫在跑。真该打针了，新疆爷耸耸鼻头。这伤风，说来就来。他想。还是少害些病吧，这年头，害不起。不过，害了也就害了，没啥怕的。新疆爷很响地打个喷嚏。

王大夫屋里人不多，两个男人，一个娃娃。摸一个果子给娃娃，坐下。新疆爷估

011

计那两个男人又说摸呀干的那些话。可他们也没说啥，只望了娃儿的嘴咽唾沫。新疆爷想，大人，不给了，给了，没治了。真没治了。可一个男人从篮子里拿了果子，另一个也拿了。新疆爷就说，吃吧，吃吧，这软儿梨，泻火呢！

见王大夫望他，新疆爷说，打一针，就青霉素吧，别的，不认。

王大夫就笑了，伤风了，也不识闲，又去嫖风，要脱阳呀。

新疆爷脸红了，说，你怎么也胡说呀，王大夫。他们，大老粗，由他嚼去。你，一个文字人。

真没干啥？王大夫不笑了。

哪呀！能吗？人家成了人家女人，缺德哩！新疆爷鼻头上有个汗珠，活人，得讲个义气。

王大夫边号脉，边望他，本来，是你的老婆。干了，也没啥的。

本来是……本来是……新疆爷嗫嚅着，脸灰了，把鼻头上的汗珠也灰没了。抓兵那年你十几？

二十。

真结婚第二天？

嗯。

真从新疆跑回来的？没坐车？

嗯！

新疆爷懒得多说话。问了不知几百遍了，你也问，他也问，不嫌烦的。明摆着的事，谁都问。那年二十，还是十几，记不清了，很远了，隐隐约约了，像梦。只记得新疆远，去的时候，没法子，人多，也没拿绳子捆。抓兵，你以为真抓呀，从新房里拉出来，就进了军营。走啊，走啊，不知几年。人说到了新疆，新疆是个啥地方，不知道，只想媳妇。模样儿都没看清呢，但那是他媳妇。于是就跑。前几次没跑成，给打个半死。第五次跑成了，就来了。多远？他也不知道有多远，白日跑，夜里跑，醒着跑，梦里跑，就跑回来了。跑了几年，也许一月，也许一年，谁知道呢，管这些干啥。回来，媳妇嫁了人，是哥哥卖的。养活不起。以为他死了，就卖了。卖了就卖了。成了人家媳妇，没钱赎，就这样。人家也殷实着哩，媳妇跟了，不受罪，就这样。有啥？老问，老问，不嫌烦的。

王大夫取了针管，要皮试。新疆爷说算了，老打。再说老皮老肉了，它青霉素还能咋样。王大夫说不行，新疆爷只好伸胳膊。

你真冤，娶个女人只睡一夜。王大夫说。

新疆爷笑笑，心想，一夜都没呢，那夜她来红。

没怨你哥？

活人了世嘛，怨啥？

为啥再没娶？

活人了世嘛，娶啥？

新疆爷眯缝着眼，望望窗外的天，望望天下的树，黄叶落下来，在秋风里飘呀飘的。他的脸像木雕，仿佛说一件与他不相干的事。

王大夫看看他胳膊，就叫他解裤带。新疆爷褪下裤子，露出两瓣尖尖的屁股，说，往肉上扎，前次，扎进骨头，疼了好几天呢。王大夫笑了，你哪有肉啊，一提皮，三寸长。该加点营养了，不要有几个，就塞给人家。成别人的女人了，管她干啥。新疆爷不说话。王大夫又说，那事儿，不能干太勤，勤了伤身子。新疆爷说你又来了，一个文字人……王大夫便瘟鸡样笑了，一手提起屁股上的皮，一手拿针管，下扎。新疆爷说这下扎肉上了，稍微疼。王大夫又笑了，像兽医拍马屁股那样拍拍新疆爷尖尖的屁股，起来吧，别戳坏床板。新疆爷哎哟一声说，你又拍疼我了。王大夫说，哟，成铜钟了，一碰就响。

进了家门，放下篮子。篮子明显变轻了，新疆爷有些心疼，知道这几天的光阴又白熬了。但他晃晃脑袋，便把心疼晃没了。活人了世嘛，算那么精干啥。他想。

家不大，土炕，土炉，牛肋巴木窗，椽子给烟熏黑了，墙也熏黑了，窗上的纸泛黄了，屋里黑。黑了好。他不喜欢太亮。黑了像家。门一关，啥都到屋外了。只有他在家里。这时，他心里便有温水一样的感觉了。家真是好东西，风也遮了，雨也挡了，也没人问那些混账话了。他怕人问。几十年了，忘的早忘了，一问，忘了的便回来了，盛在心里，晃呀晃的。

新疆爷捅捅炉子，淘个山药，在案板上切山药棒。山药好，一滚，就烂了，舌头一压，就能往嗓门里送。牙齿早溜光了，别的菜，费劲。也没用，消化不了。山药切粗一点，容易烂，筷头儿好夹。手倒不抖，但越来越不灵便了。

一个山药没切完，案板就没多少空处了。这案板五寸方圆。几十年了，就用它，习惯了。果木真是好东西，咋切，也不下木渣。陈木匠要他添个案板。添啥，一个人，够了，几十年了，别人家的案板换了一块又一块，他只是自己的这块。果木真是好东西，用了几十年，只是稍薄了一些。薄了好，分量轻了，虽是巴掌大小的一块，可重。老了，轻些好。

切完山药，看看炉子。这土炉，好用，一会儿，火焰便上来了。放上小锅，取过油罐，用筷头上扎几根布条的油褡子在锅里闹几下，他便闻到了很香的油味。是胡麻油，胡麻油好，香，比菜籽油香多了。可没有胡麻油的时候，菜籽油也香到脑子里去了。菜籽油没了呢，不用油也好，有面和山药呢。也好。除了六〇年那几年，山药呀啥的倒没断顿。六〇年断顿了，有苣苣菜呢。也好，反正他活下来了。多少人饿死了，他活下来了。真好。没大病没大灾地活下来了。真好。活人了世嘛！

山药入锅的声音真是好听。屋里静，除了自己和自己说几句话，少有啥响动。山药入热锅声，真好，比这个机那个机里的女人声好多了。当然，那女人声也好。不过，新疆爷爱听秦腔，爱听满嗓子噎个声音的乱弹，过瘾。没买个收音机，听不到乱弹好几年了。不过，这嗞啦声也挺好的。遗憾的是响的时间短，嗞啦一阵，就得加水。

水盛在一个坛子里，它原是铺子里盛酱油用的，酱油卖完了，他便用十个鸡蛋换了来。也是几十年了，要是人，早引了一大群儿子呀，孙子呀的；坛子不，坛子和他一样，几十年了，老那个模样，也没生下个小坛来。坛口油黑油黑的，不大，有小碗口粗细。坛身也不大，盛不了多少水。新疆爷用个盛油漆的小桶到涝坝里提三回，它就满了。够了，这些水能用三天。人一老，吃得少了，喝得也少了。年轻时，一坛水能用两天；再年轻时，能用一天。新疆爷就是在用水上发现自己老了的。老了，老了，真老了。他忽然想到戏文上有这么一句话，后面一句是，十八年老了我王宝钏。老了怕什么，是活老的，又不是叫人偷老的。也怪不了别人的。只觉得一辈子真快，一晃，就老了，做梦一样，不明不白的。老了就老了。是活老的，谁也会活老的。

新疆爷舀了一缸水。每顿，都这么一缸，是小缸，一缸大约一碗水。够一顿了。这小缸儿整天漂在坛中的水面上，悠呀晃的，好自在。小缸也用了几十年了。无耳。无耳好。它原本是有耳的，那时，就放在炉子上熬个茯茶呀啥的。后来，叫那只白鼻梁小猫一碰，就骨碌碌掉地上了，掉了漆，掉了耳，就成现在的模样了。这模样也好，能进出坛口舀水，别的东西像碗呀啥的不成，进不了坛子，只有这无耳的小缸好使。世上的事情难说得很，有耳有有耳的好处，无耳有无耳的用处，很难说哪个用处大些。啥不是这样呢？

新疆爷捉住拴在缸上的小木棍，舀了一缸水，很利索地提出坛外。这小木棍是个学生娃给拴的。原先，没有小木棍的时候，他便叉开五指，撑住小缸内壁，斜倾，注水，慢慢把小缸引出坛口。几十年了，都这样。后来，学生娃在缸上钻两个小眼，穿绳，拴棍，提水时手就不用进坛子了。他觉得改革了的小缸挺好，但也没觉得没改革的有啥不好。

水一倒进锅，就让它滚去吧。新疆爷要和面了。他取过那个大碗。就是那种青瓷大碗，市面上早不见了，厚，重，结实。结实的东西就多用，吃饭用它，和面也用它，倒省了买那专门的和面盆了。他往碗中舀勺面，注水，伸三指，捏，团，不几下，就成拳头大个疙瘩了。用手捏捏，放案板上拍拍，成饼状，用切刀，一下一下地，切成长条，取一条，双手搓成细条。吃稠饭，下长的，吃清的，揪成短的。

几十年了。

老是老了，真老了，吃了稠的，不消化，就吃清的。清的好，汤汤水水的，舒坦。舒坦不用花钱，搬个小凳，看星星，望月亮的，舒坦。日头爷升了又落了，树叶儿绿了又黄了，谁也没有把新疆爷的舒坦抢了去。

黄昏降临了。

那黑颜色来得慢，三慢两慢，新疆爷的饭就熟了。端了碗，坐门槛上，用筷子夹点面条呀啥的，施舍一下鬼神，就吃。那声音是极响的，吸溜吸溜，碗里冒气，头上也冒气。面前的碗里，盛着同样的饭。这是他为一个朋友准备的。那是条黑狗。此刻，它正从村东头的女人家款款而来，踏着淡淡的月光，印一路梅花。等它不声不响地吃尽碗中的饭后，就沉默着同他交谈。这是新疆爷一天中最惬意的时刻。他忘了自己，忘了狗，忘了村里人。

红红的篝火舔着黑夜，把秋天的寒意都驱散了。我看得出，新疆爷的故事给你带来了好心情，它也让讲故事的我非常开心。想起这个老人，是一件很美好的事，不过，想起老人所代表的西部已经远去了，又让我有些失落。生活中的新疆爷没有子女，他死后，是村里人凑钱安葬的。

新疆爷是什么时候的人啊？

他是 80 年代的凉州区永丰乡人。

现实中的新疆爷也没有孩子吗？

是的。老有读者问，他跟过去的妻子有没有肌肤之亲？我告诉他们，这个问题，并不重要。因为，新疆爷一直守候着那份爱情，守了有六十多年，直到去世，他都没跟其他的女人发生过故事。不过，他很喜欢孩子，他把父爱都给了别人的孩子。每次见到那些孩子，他就会像小说里写的那样，递上一些软儿梨。只要看到孩子们开心，他就开心。

你说，你特别喜欢听他说"我的娃，爷爷给你果果"。这句话让你心里特别温暖，你一看到这句话，就好像看到了一个慈祥的老人，他正抚摸着娃娃的头，老树般沧桑的脸笑得像花儿一样灿烂。

你问，新疆爷这么喜欢孩子，却没有自己的孩子，他会不会遗憾？

或许有过遗憾，但他定然能坦然面对，他会告诉自己，活人了世嘛，有啥？那么，他慢慢地就放下了。其实，任何东西都是这样，一旦参照死亡，你就会发现自己留不住它们，你留不住孩子，留不住老婆，留不住你在乎的一切，也许慢慢地，你也能放下他们。新疆爷就是这样，他想守候一种精神，就接受了这种守候所带来的一切。他愿意过一种安静的、寂寞的生活，来守住自己内心的一点美好。所以，他才能感动世界。

新疆爷选择这种生活，是为了感动世界吗？

不是的，新疆爷是活给自己的，他不是活给别人看的，他喜欢这样活，觉得人活一辈子，不用死命地争些什么，只要静静地活着，守住自己想守的东西，就是一种幸福。你如果问他为啥要守住这个东西，他是说不出的，任何一个有所守候的老百姓都说不出。因为，这种坚守是没有理由的，坚守本身就是理由。所以，质朴的新疆爷们不去争，从不给自己借口，贪婪一些不属于自己的东西。面对生活对他们的一切拷问，他们会要求自己活出人的高贵，守住灵魂的尊严。新疆爷的尊严，就是守候爱情，做一个不怕寂寞，甚至享受寂寞的人，他会守住这个东西，随顺命运中迎面而来的一切。这时，他就有了自己的从容和坚定。而这个不可动摇的东西，也会成为他灵魂的支点，只要这个支点没有倒塌，他的灵魂就有尊严。所以，坚守一种精神，是新疆爷们活着的理由，也是他们安心坦然的理由。个别学者以为农民没有灵魂，这是一种错觉，老一辈的西部农民不但有灵魂，而且他们的灵魂非常强大，这是很多比他们富有无数倍、聪明无数倍的人不具备的。所以，生活无论多么艰难，他们都非常快乐。你也许看过莫泊桑的《羊脂球》，你是否记得那个在大家的劝说下放弃坚守的可怜女子，你读懂了她在妥协后的痛苦，你就会明白这一点。尊严的倒塌，就是从放弃灵魂的坚守开始的。西部虽然贫瘠，但了解西部的人，总是对它肃然起敬，原因就在于这种不妥协、有坚守的文化，它是这块土地的灵魂。所以，西部大地哪怕再沧桑、再焦黄，也是一块值得尊重的土地。你到了这里，就会感受到一种无形的大力，它能横贯你的生命，让你为之震撼。

是的，我有这种感觉，也是因为这种感觉，我才会到这里找你。

每个人都需要这种力量。文学更需要一种饱满的力量，去构成文学的灵魂，去构成博大壮美的灵魂世界。西部是一块厚土，这里有厚重的历史文化，还有艰难的生存环境，西部人必须从文化中汲取力量，不断强大自己的灵魂，不断放下一些欲望，才可能在这块土地上活下去。尤其是过去。

新疆爷的那个时代呢？

新疆爷的时代也很苦，据说，新疆爷就受过很多苦，他结婚的第二天，就被抓兵到新疆去了，好不容易逃回来之后，又发现老婆没了。后来，他因为肯吃亏，做的都是别人不愿做的活儿，像铡草、饲养牲口等等。你知道饲养员吗？

动物园的那种？

有点像。不过，村里的饲养员，都是负责养牲口的。他们最辛苦的地方，就是要半夜里起床，给牲口去添草。

为什么要半夜起床呢？

你是否听过"马无夜草不肥"的说法？马在白天的消耗很大，光在白天吃草是不够的，所以到了半夜，饲养员都要去马圈里给牲口添草。

我停了一下，喝了口茶，在茶的热气中，我眯眼看远方的夜空。夜空的颜色很美，天空的颜色很暗，不像城市里，夜空被无数的霓虹照亮了，是淡淡的紫色。这时的夜空，让我想起了小时候一段难忘的记忆，当然，也跟刚才的话题有关。大概在七八岁的时候，我就开始牧马。那时节，每天凌晨四五点，我就会被爹叫起来，牵了马，去野外。那时节，天就像现在这么黑，连虫子的声音都没有，也许虫子也在睡觉吧，四野无人，静就浓浓地涌了来，填满了我的心。那时，马会慢慢地吃草，一下一下的，很有规律，我特别喜欢这种马嚼夜草的声音——关于这一点，你可以去看《西夏咒》和《一个人的西部》——那是一种能让浮躁心灵沉静下来的声音。

不过，不管那场景多么令人陶醉，人们也不太愿意做饲养员。说实话，如果能自由选择，不用考虑为家里挣工分，我也不愿那么早起来放马。小孩子哪里在乎陶不陶醉，他只想多睡几个小时。记得，那时我总是挣扎着起床，我最大的心愿，就是快点回去，再进入我的热被窝。村里人也是这样。所以，能当饲养员的，只有那些特别勤劳、特别负责的人。

那时节，新疆爷就做过饲养员。有时候，他也会半夜里牵了马，去林子里吃草。他大概会非常享受黑夜里牵着马散步的感觉吧，他会坐在林子里的草地上，静静品味林子的静，品味林子里浓浓的植物清香，品味泥土的味道，品味猫头鹰发出的叫声，透过树影看看白月亮，看看夜晚那黑纱般的云。或许，夜晚的林子里，还会跑出兔子，跑出野鸡，那么，夜晚的林子就会有更多的诗意。要是新疆爷能像我一样，牵着马去河滩上放牧，他就会有另一种诗意，他也会像我那样，躺在马背上，望着夜空。

我想，他有没有见过这么美的月晕呢？他放牧的夜晚，是不是也刮起过这样的大风？他是不是安慰过受惊的马儿？他有没有依偎在马的身边取暖？不过，我想象不出新疆爷骑在马背上的样子。我印象里的他，总是不愿给人添麻烦，他定然不想叫马儿累了一个白天之后，再来承受自家的体重吧……

关于新疆爷的想象，总是很美好。他的人缘很好。只要是认识他的人，留下的，也都是很好的印象。那时，他已经很老了，不在农业社里工作了，在街上摆了个小摊卖水果。他的背有些驼，肤色像是沙枣树的颜色，很瘦，很高，背影也像是沙枣树。看得出，他经常劳动。

农业社？

是的，农业社，就是农民们组成的互助组织。

说说当时的西部农村生活好吗？

好的。

那时节，西部农村分为一个个小小的自然村，我们称之为"生产队"。队里有车院，车院也叫社场，属于村里的公共场所，归大队所有。车院里盛满了牲口和大车，有时，也被当成大队的仓库。牛、马、骡子圈在一起，各种叫声就混杂在一起，那声音，有点像交响乐。

大车很大，一般是牛车，有个不很大的木车厢，还有两个巨大的木轱辘，木轱辘上安了铁泡钉，一旦跑起来，就会在乡村的土路上砸出无数的溏土。溏土很轻，很软，一沾身，就会弄脏衣服，大人们躲避不及，娃娃却喜欢扑到溏土堆里撒尿，等溏土变成泥后，娃娃们就会玩土窝窝，捏碗，也捏其他形状的各种东西，对了，就像你们的孩子玩橡皮泥。西部的娃娃不怕尿骚味，他们吹一个猪尿脬，也能玩上好半天——这些娃娃里，就有小时候的我。当然，浑身尿味的我们，回到家后，就会被妈妈狠狠地收拾一顿。

我们生产队有十多头牛，娃儿们不爱坐牛车，因为牛车的木轱辘太颠簸，但娃娃们爱看牛车跑，十多辆牛车一起往田地里拉粪或肥料时，那场面别提多壮观了。所以，每到春天牛车出动的时候，土路旁就会站满了小小的娃娃。其实，马车的用处比牛车更大，不但春天往田里拉粪、拉肥料时可以用它，夏天往麦场里送麦子时，以及平时去九条岭煤矿拉炭时，都会用到它。因为马车有橡胶轱辘，有缓冲，走过不平的土路时，不会太过颠簸。村里人进城拉粪，或是进城卖蒜薹时，赶的都是马车。我也喜欢马车，在《一个人的西部》中，你会看到我坐车进城的经历。那不是一段开心的经历。我就是从那个小小的孩子，一天一天长大的。

你抬起了头，月光下，你的脸上有种晶亮的东西。

"风很大。"你喃喃地说。

我知道你流泪了。你就坦率点哭吧。你该去听听西部的花儿，那里面，都是些自由的女子，她们为爱燃烧自己，为爱奉献生命，因为有爱，她们无比强大。

你知道一个叫王洛宾的歌手吗？他本来要去法国学音乐，后来经过西部的六盘山，遇到了一个唱花儿的女子，那歌声一下就击穿了他，他就留在了西部。他说，真正的音乐，就在西部。你知道为啥吗？

当然。西部的歌，是灵魂中进出的音符，它是不需要听众的，是一个人唱给自己的歌。它充满了生命的感觉，就像这块黄土地上挣扎生存的新疆爷，虽然质朴，虽然寻常，但灵魂中有一种不可思议的诗意。就是这种力量，让我找到了你。

我笑了。

能继续说说西部过去的生活吗？你问。

当然。

每个大队的车户不会太多，一般也就一个。因为车户要培养很久，那是村里最需要技术和能力的活儿。我的父亲，就跟上一个叫陈银山的车户，当了很久人们所说的"跟车"——有点像司机的副驾驶员，也就是车户的学徒——才学会如何叫牲口们听话。牲口们一般都会比较调皮，因为它们也知道，一旦上了套绳，就得拉着车走很远的路。马相对听话，最调皮的是骡子。村里有两头骡子，一头是黄骡子，一头是黑骡子。黄骡子调皮但不坏，上了套绳之后，就会老老实实地拉车，但黑骡子又调皮又坏，即使上了套绳，它仍然会时不时尥蹶子，村里好多人都被它踢过，后来，人们就不敢接近它了。黑骡子很狡猾，拉车时喜欢偷懒，一般人可能看不出来，但有经验的车户就会发现，走着走着，它身上的皮绳就会变松，一旦变松，就说明，它又在偷懒了。这时，车户就会抡起哨鞭，往它耳根后面抽那么一下。这一下，可是绝活儿，鞭梢如果抽得稍微歪一点，就容易抽瞎牲口的眼睛。我们队是四队，隔壁五队有个车户，外号叫大话——他说话声音很大，也喜欢吹牛——他就抽瞎过马的眼睛。于是，后来爹一谈起大话，就说他抽瞎过马的眼睛，说明他的技术不好。对车户来说，这当然是一件影响声誉的事。父亲的技术很好，但父亲不会轻易抽牲口。除了时不时抡一下哨鞭，惊一下偷懒的牲口之外，父亲只会在马车陷入坑中，或是上坡时，才会用手鞭抽马。手鞭很短，父亲只在紧急时刻抽马，让三头牲口一起发力。

父亲是个很好的车户，除了技术好，对牲口也非常好。他常带了我，带了马和骡子，偷偷到林子里吃草。

那时的新疆爷，也会干这活儿？

是的，这是饲养员的活儿，但爱惜牲口的父亲有时也这么做，他觉得，这是自己的本分，就像照顾孩子一样。他把牲口当成自己的孩子，所以，牲口对他也很好。尤其是枣红马。我跟枣红马之间，有一种亲人般的感情，我把它当成我童年时很好的伙伴。在后来的一次意外中，它牺牲了自己，救了我的父亲。

它死了？

是的，它死了，那是我童年里最伤心的事，在我的生命中，它也留下了一个无法磨灭的痕迹。写《野狐岭》时，我就写了一条跟枣红马一样忠诚的狗，那只狗为了捡回主人的包，最后冻死了。小说中的"我"，就像我当年抱着枣红马的头那样，抱着他的狗，当时他的心情，就像是一个很好的亲人死去了。我跟枣红马，他和狗之间，情感比一般的亲人都要浓烈。当时我还很小，不明白死亡，抱着枣红马还很温暖的身体时，我感觉到了死亡。死亡就是灵魂离开了身体，身体变得让人陌生了，虽然还有温度，虽然样子跟以前差不多，只是瘦了些，憔悴了些，脸色也不一样了，但有一种叫生命的东西失去了，躯体不是他了。那种复杂的情感包裹了我，我有一种巨大的不真实感。我总是觉得，还可以有另一种可能的，不该变成那个样子，但它真的发生了。枣红马永远地离开了我。那时，这是我不愿面对的现实。在很长一段时间里，我的眼前老是浮现出它的样子，我老是想起，它过去是如何驮了我，一颠一颠地跑，逗我开心。在我寂寞的童年里，它几乎是我唯一的伙伴，它参与了我的整个幻想游戏，它用它的体温，用它美好的生命，陪伴了寂寞而年幼的我。我一直很感激它带给我的温暖。但它却突然就死了。那时，我只好告诉自己，它一定会化为一个女子，重新回到我的生命中，用另一种形式陪伴我。当然，到了后来，我有了另一种心情——《野狐岭》中写到狗的死时，"我"说想盖一座狗王庙，纪念狗的忠诚，让世界上所有寡情薄义的人都脸红，让所有人都向往这种忠诚，这也是我对枣红马的另一种期待。

你想它吗？

我笑了笑。我说，当然想，只是我明白，我不管怎么想它，都不可能让它复活。还有另外那些在我生命中经过的人和动物，他们用自己的存在，激活了我对生命的所有感觉。

后来，你们是怎么安置枣红马的？

我们葬了它，就像村里人后来安葬新疆爷。

你好像说过，队里有两匹马？

是的，有两匹马，除了枣红马，还有一匹青鬃马，它出生在肃南裕固族那边的皇城草原。

枣红马老了，村里人买回了青鬃马，想让它代替枣红马驾辕。比起现在，当时的高价不算高，也就五六百块钱，但对于当时的百姓来说，这笔钱已经很了不得。他们对青鬃马，抱了很大的期待。所以，当他们带回青鬃马，发现它的力量很单薄，做不了枣红马的活儿时，村里人很失落。你或许能体会到他们的心情。他们不习惯让马干骡子的活儿，只好白养着它，只有在打场的时候，才会用它。寻常时分，它就一天到晚卧在那里，一副若有所思的样子。看到它时，我真有些同情了，但除了每天放马时带它去散散心，我也帮不了它什么。

爹说，青鬃马想家了。

有一次，我放马时，不小心，缰绳打到了它的脸。它一下子惊了，挣脱了桎梏，跑得没了踪影。我吓坏了，马上去找爹，爹就带了我，沿着青鬃马的蹄印，一直追，追了好几天，追到皇城大草原，才看到正在吃草的它。那时的它，显得满足又安详。爹叹了口气，捞过缰绳，牵了马，带着我回了村子。

青鬃马没闹？

没有。它很乖，很有灵性。小时候，我总是拉了它去打场，我们做二碌子，跟在枣红马和村里最大的孩子——他们是头碌子，碌子是一种圆柱形的石头，很重，压在麦子上，能把麦粒子从麸皮中挤出来——后面。跟上一会儿，我就会叫青鬃马自己跟着枣红马走，而我呢，就跑到麦垛下去乘凉。这一点，其他马都做不到，所以，那时的我，是村里最叫孩子们羡慕嫉妒恨的人。

那你怀念青鬃马吗？

是的。它也给了我温馨的记忆，但我对它的感觉，没有对枣红马那么强烈，毕竟枣红马是为了救我爹而死的。

你爱它吗？

当然。它在我的生命中存在过，我很珍惜与它的相遇，后来，我把它写进了《一个人的西部》。在我生命中有过位置的存在，我都想留住它们。当然，也是想留住自己当时的那段生命。

水开了，篝火上的水壶发出了尖锐的响声，我把水壶拿下来，又泡了杯红茶递给你。红茶很温暖，在篝火边喝红茶聊天，时不时地，吃几颗炒熟的蚕豆，是很好的享受。在我的生命中，很少有这样悠闲的时光。假如你看过《一个人的西部》，你就会知道，我尽量利用生命中的每一刻来做事，就连运动时，我都会同时听一些历史节目。这习惯，让我的生命利用率非常高。

你点了点头。你的咬肌动了几下，黑暗中隐约传来蚕豆被嚼碎的闷响，咯嘣咯嘣咯嘣……我似乎在你的脸上看到了另一个女人的神韵，有一种东西从你微眯的眼睛流出，流进夜色里，夜色像鬼一样笑着。

我问你，蚕豆好吃吗？你如梦初醒，一脸迷惑地问我，什么？那种神秘顿时不见了。是幻觉吗？还是，你走进了另一个女人的梦里？

哪个女人？你一脸茫然地问我。

我笑了，一会儿你会知道的。

离小屋不远的山，正藏在黑暗里，在风声的衬托下，它诡秘得就像孤坟。

新疆爷的坟，我们能去看不？你突然问我。

我摇摇头。新疆爷的坟已经找不到了，它太寻常了，没有一点独特，就连埋葬他的人都不记得在哪儿了。一般人如果到了这一步，也就消失了。但新疆爷没有消失，因为他已走进了我的小说。他定然想不到，他死了那么多年后，还有人在怀念他，在讲他的故事。对村里的很多人来说，死了就是死了，人死如灯灭。当然，当地人相信鬼神之说，村里就有了一种公共场所，叫家府祠，那是专门祭拜祖宗的。对我们陈儿村来说，那儿安放的，就是陈家祖宗的牌位。但"文革"时"破四旧"，人们就把祖先牌位都扔到边湾河里了。那时节，边湾河还有很多水，滚滚滔滔的大水，冲走了一个个祖先的名字。现在，我只记得爷爷叫陈文，爷爷的父亲叫啥，我已经不记得了。村里所有人都是这样。一茬又一茬的西部人，就这样走进了巨大的虚空。

"文革""破四旧"时，把西部人的祖先观念也给破坏了吗？

肯定会有影响，但很多人家里还是供着祖先，祖先意识并没有消失。但相对过去来说，肯定要淡了。到了这个时代，很多传统都淡了。所以，我希望我的小说能及时地定格一些东西。

所以，你定格了这些西部老人。

是的。但我更想定格的，是那个时代的西部文化。我笔下的这些老人，都代表了西部文化的一种基因，比如，新疆爷代表了一种很美的守候，它是西部最美、最干净的一种精神，也是当下社会最陌生、最不能理解的精神。它充满了童话色彩。正是因为有了这种色彩，我身上就有了一种堂吉诃德的味道。我也常说我是堂吉诃德。这个世界上有太多的聪明人，能为世界贡献一个堂吉诃德，我也觉得很开心。

你笑了。你说，其实我很想问一些问题，但你也许会笑我功利。

你问吧。

新疆爷为什么要守候一段没有海誓山盟的爱情？

新疆爷守候的是爱情，更是自己的心，是自己心中的一点美好。这种美好是超越功利的，它没有任何理由。在和妻子结婚的瞬间，他感受到了一种东西，也许是一个男人的责任感，也许是一个男人从孩子到成年人的蜕变，也许是两个生命被连接在一起时的温馨。在那个瞬间，真正的爱情萌发了，他想保护那个女人，让那个女人幸福。你如果想一想，新疆爷那么随和的人，竟然那么激烈地反抗了命运——他被抓兵到新疆后，还是奋不顾身地逃回了家乡——就会明白，这种心情对他有多么重要。你也会理解，当他伤痕累累地回到家乡，发现妻子已经被哥哥卖给别人时，他那种失落的心情。但新疆爷宽恕了一切，西部文化的超越智慧告诉他，面对自己无法控制的一切，他只能接受，守住自己的心，此外的一切，都会很快过去。于是他守住了爱情，消解了欲望，让自己能无怨无悔、无求无争地过一辈子。他定然有过纠结，有过挣扎，因为他不是天生的圣人，他看到自己所爱的女人跟另一个男人组建家庭时，他心里也会不舒服，但是，对美的守候，会让他消解一切负面的东西，还给自己一份安详和知足。也许，这就是他能守候六七十年，一直觉得生活很美好的原因。这份心情，其实没有任何理由，完全是一种灵魂深处的向往，它是非常感性的，是一种在内心深处涌动着的爱。它会软化你的心，消解你的欲望，最后，你也就没有了自己。新疆爷就没有了自己，所以，他爱的女人对他怎么样都没关系，即使把他给忘了，也没关系。爱是他自己的事情，守住了爱，也就守住了他向往的美。

这个世界能理解他吗？

很难说，只有同样向往美的人，才会真正地理解他。但理不理解都没关系，他都会那样活。因为他是活给自己的，不是活给世界的。小说中也写了，人们总是开他的玩笑，说他跟女人之间有故事，这种玩笑当然是半真半假的，这至少说明，人们不相信他的守候是完全没有回报的，更不相信他会一直照顾一个早就不属于他的女人。但选择是新疆爷自己的，他既然做出了这个选择，就要接受人们对他的各种揣测。对于新疆爷来说，重要的不是人们怎么看，而是他能不能一直守候下去。

即使他的父母不理解也没关系吗？

没关系，父母即使不理解，也只会在一段时间里非常反对，过了那段时间，他们也就习惯了。因为，他们会发现自己改变不了儿子，再过上一段时间，他们会发现儿子过得很好，他们也就不反对了。毕竟，做父母的，反对也罢，不反对也罢，为的都是孩子的幸福，他们不是为了自己。而对于新疆爷来说，父母的不理解也只是一时的情绪，真正跟新疆爷有关的，是他自己的选择。他只要做个好儿子，孝敬父母，就够了。其他的，他会坦然接受。因为，这是他自己的选择。

新疆爷为什么不能建立一个新的家庭，去接受另一个女人的幸福呢？

"曾经沧海难为水，除却巫山不是云。"如果你真正明白这句话，就会明白，真正地爱上一个人之后，你是不会再去追逐另一个人的，因为你已经满足了。不管你是不是拥有这个人，不管她是不是跟你分开了，对她的那份爱，都会温暖你的心灵。你会像保护生命中的珍宝那样，珍惜你心中的那点温馨，因为那份爱让你的生命变得不一样了。它消解了你一切的功利，消解了你很多的欲望，别的女人、别人的生活，已经对你构不成诱惑和干扰了，因为你知足，能为你爱的人奉献，就是你最大的快乐。但爱也是一种感觉，它需要你经常去激活它，否则，在没有任何回应的情况下，它就会慢慢被时间所消磨。除非，你升华自己的爱，让它上升为信仰。新疆爷之所以能守住那份爱，就是因为他很珍惜那份温馨，他把这点温馨当成他灵魂中最宝贵的东西，他用西部人质朴的生存智慧消解了一切欲望，用一颗无欲无求的心去守候那份爱情，没有任何目的，也不期待女人回到他的身边，所以，他没有等待的煎熬。相对于拥有的快乐，他更享受心的柔软、温馨和安详，而这种心态，正是消解欲望、守候爱情所带来的。新疆爷的爱，是信仰式的爱，它能让人升华。

你不再问我任何问题了，或许，你终于明白了新疆爷的心？假如你明白了新疆爷的心，你也就明白了西部文化中最伟大的一种精神。新疆爷虽然没有大力，没有那些惊天动地的行为，但他战胜了自己。在无始无终的时空中，有一个人为了守候一份爱，战胜了自己，孤独而快乐地活了六七十年，然后坦然赴死，这是一个充满了诗意的故事，对吗？

是的。但我总是觉得新疆爷让人有点心疼。

因为你觉得，有人陪着他，有人为他做饭洗衣，有孩子孝敬他，那才是他最大的幸福，他现在的人生虽然能感动你，但你心底里觉得那是他的无奈。命运扼杀了他幸福生活的可能性，于是他只能退而求其次了。对吗？但事实不是这样的，这反而是命运对他的另一种赐予。因为，如果没有这种爱的历练，没有这份爱的艰辛，他不可能有这样的一颗心，他也不可能走进我的作品。他会像每一个世俗的男人那样，过上几十年平庸的家庭生活，时而快乐，时而争吵，然后无声无息地死掉，什么也留不下，没有人知道他活过。你说，这有意思吗？当然，很多人都在追问这个问题，为了让自己的心不疼，他们告诉自己，这也是有意义的，活着就是意义。这也有道理。活着本身就是意义，但不一样的活，能产生不一样的价值，也有不一样的意义。释迦牟尼远离妻儿，但他的努力挽救了千年来无数绝望的心灵，将来，还将一直挽救下去。他的大悲心会依托他说过的那些话、做过的那些事留在这个世界上，为世世代代的人带来利益，让世世代代的人脱离苦海，让世世代代的人超越自己，这就是一个生命能够产生的最大的价值和意义。人不管怎么活，也就这么几十年，享受多少，最后还是难免一死，为啥不让自己的人生精彩一些，能多创造一些价值，能多留一些东西？

我从小目睹了无数的死亡，给我感触最深的，是弟弟的死亡，它整个打碎了我对自我的执着，也坚定了我对意义的追求。有人说，执着地追求意义，不也是一种执着吗？是的，这是一种执着，但人们在放下其他的一切执着之前，需要一种很大的执着，也就是对生命意义、对奉献精神的执着，才能从小我、环境和概念中超越。而很多认为执着意义也是执着的人，其实在给自己找借口，不再追求对自我的超越，宁愿陷在庸碌生活里，让欲望左右自己。而这种巧言令色的解释，看似非常聪明，逻辑上也没有什么疏漏，但他们在战胜别人的同时，输掉的，却是他们自己……

呵呵。你笑了。你又在布道了。我喜欢大漠歌手，不喜欢布道者。

对不起，这是我的习气。

我叹了口气。不知不觉，茶已经凉了，我回到屋里，又倒了一壶水。向门口走去时，我看到你凝视着天边的月亮，似乎在想着什么。你在想新疆爷的一生吗？还是在想刚才的话题？或者说，你只是觉得月色很美？

月色确实很美，黑暗中的群山也很美。隐在黑暗中的山脉和树林，有一种神秘的气息，也许，它们也在说着很多关于西部的故事。

瞧，风又大起来了，篝火在风中暴燃。喀嘣喀嘣喀嘣，深夜的蚕豆声还在响着。

我们还是继续讲下一个故事吧。

马二：
鬼一样的老头

水开了，铁壶在夜色里呼啸着，我拿下铁壶，沏了两杯茶。这是一种黑茶，加了红枣，加了酥油。在篝火前喝这茶的感觉很好，可惜风太大，茶香一下就消失了，热气也被扯碎了，但入口的茶，还是一样的温暖。就像此刻我心中的回忆。我笑了，因为我想起了那个小小的老头。他也笑着，露出了几颗黄牙。那时节的西部人，牙白净的很少，因为喜欢抽烟，牙就被熏黄了。

这老头叫马二。

马二很可爱，但跟新疆爷的可爱不太一样，不知道你会不会喜欢。他在女人眼里有个致命的缺点，就是老是闹绯闻。他跟寡妇闹过很多绯闻，据说，他老往寡妇家里跑。当然，他们之间不一定发生故事。我眼里的他，只是一个寂寞的老人。他的老婆跑了，生活环境又不好，老是一个人待在家徒四壁的小屋子里，老无所依，又没有兴趣，没有精神上的追求，更没有看书的习惯——再说也没有书，他也不识字——不可能不寂寞。

但是，这个老人有他自己的优点，在我心里，他甚至是村子的一个象征。我一直觉得他很美好，每次想起他，我想起的不是他的绯闻，不是他的老，而是他身上一种感动我的东西。这时，我就会觉得世界真美。

今晚也很美，风很美，树林很美，风声也很美。这山谷里的一切，都很美。刮风的晚上，没什么云，星星很明显，大颗大颗地，在天上晃。这里也许离天空很近，星星才会这么大，这么多。

每天晚上，在小屋外面坐着的时候，我就会像现在这样，给自己泡一杯茶，望一望天上的星星。我从不猜想树林里会钻出什么猛兽，我从不吓自己。要来的，总会来，你挡也挡不住。不来的，你也没有必要盼它。尤其是一些不好的东西，你要是盼啊盼啊，它可能会真的出现在你的生命之中。你说呢？有些人天天害怕自己得病，没病也想着病，结果他想啊想啊，就真得病了。你们西方不也说了吗，世界上有个吸引力法则，想什么，就来什么。所以，我最爱想的，就是人的好。风景很好，人也很好，生活也就很好了。

你说对吗？

我望向远处的山谷。

这个山谷有很多树，这有点像一个秘境。因为，西部的山大多没有树，就是草也不多。你一定也发现了这一点。所以，你曾对我说过，西部的壮美震撼了你，但西部的焦黄也刺伤了你。你也许能感受到我那复杂的心情。

马二们对土地有深厚的感情，也知道，这块土地给不了他们太多的东西。他们习惯了很少索取。他们在精神世界里不断地寻觅，在找一种东西，能让他们与巨大的外在世界抗衡，能战胜每一次迎面而来的危机。正是那一次一次的叩问、挣扎和寻觅，才有了西部那壮美、复杂、博大的文化，它承载了一代代人的生命信息。它有着滚烫的温度，它寄托了无数的灵魂，它背负着一个巨大的世界，这个世界充满了光明，也隐藏了一种独特的疼痛。

它充满了你期待的野狼般的力量，它不是功利文化的产道中挤压出的畸形儿，它有点像西部壮美的大地，有一种不屈的力量。它总是顽强地活在一个别人不知道的角落。你的灵魂感受到了那种力量，那种博大的、汹涌的，就像在你灵魂深处点燃了一团火那样的力量，把你从北美吸引到这里。我希望，你能从我这儿带回一粒西部的火种，去点燃更多的人。不过，现在，先来点亮你自己，如何？如果可以，我想和你来一个约定，你可以带着这个传奇，回到你熟悉的那块土地，如何？

我笑了。我看到了一道风景，它跟丝绸之路、跟中国文化有关，但它更多的，是关于你，关于你的命运，关于你背后的那个世界，关于一个更大的世界。

我总是能看到一个巨大的世界。当我凝视着你时，从你的细节，看到你的个性，然后看到你的过去，和你未来的命运，于是，我就会读到一幅巨大的图景。这个图景上的每一个点，也许都是会改变的。它的变数，在于你的心。每个人生命的图景，都在于他的心。

本书中的人物，他们都像是一幅又一幅地图，我截取了他们人生中最典型的一段，聚焦、放大，读给你听，就是为了让你发现命运背后的秘密。

但我不知道，如果我对你说出这些，你会懂吗？

我看着眼前的你，笑了一下，笑得有点无奈。你也许没有发现。没关系。就把这笑留给我自己吧。我已习惯把很多东西留给我自己。它总会融化在一团火一样的诗意里，化为我的另一种寻觅，对我来说，没有任何东西，能比寻觅重要。对你来说，是不是也如此呢？

丫头，有时，我真希望你能读懂我。

你笑了。我明白，你喜欢丫头这个词。

我们接着说马二。我说，那是一个可爱的、老是闹绯闻的老人，但他可能不讨女人喜欢。

瞧，你笑了，说明我猜得没错。

你摇了摇头，笑着说，我笑，是因为你的说法很有意思，其实我不在乎这个。人家有人家的活法，我不想评价，只想了解一个真实的西部，一个真实的丝绸之路。就像你说的，美的，不美的，都是他。而且经验告诉我，不完美的人，不一定就没有他的优点。

是的，马二不完美，但他身上有一种非常美好的东西，不太起眼，常常会被人忽略，但细细想来，却回味无穷，这也是西部老百姓的特点。西部老百姓很像沙漠里的芨芨草，生活环境很苦，样子也很苦焦，干干的，没有很美的外表——当然，西部也有很美的人——显得很寻常，跟普通的野草区别不大，但它们能在沙漠里生存，普通的野草却不行。很多很美的花花草草也不行，西部人也是这样，他们朴实的外表下，隐藏着一种强大的生存能量。虽然他们生命中的某根弦一旦断掉——大多是女人——他们的生命力就会枯萎，但是，在他们的活头没有崩塌的情况下，他们就会像芨芨草那样，傲然挺立在沙漠上，享受他们贫瘠的生活。所以，西部老百姓最美的地方，在于他们活得有尊严，哪怕这种尊严外界感受不到，也仍然支撑着他们的一生。马二最美的，也是这种尊严，他也像新疆爷，有一种想用一辈子去守候的东西，但他守候的不是爱情，而是一种大部分西部人都在守候的东西。

是什么东西呢？

你听完这个故事，我们再聊这个问题。

马　二

马二是个鬼一样的老头。娃儿们并没见过鬼，但谁都知道马二和鬼一样：小小的脑袋，几根黄胡子，一脸皱纹，老是嘿嘿地笑；一笑，嗓子眼里就吱吱吱像拉二胡。

马二好吃大豆，好放屁。有几颗麻子的嘴整天咕哝着。咕哝几下，屁股一抬，吱——的一声，嗓子眼里就响起恶作剧的拉二胡似的笑。吃大豆放屁是应该的，凉州就有"吃大豆喧屁"的俗话。可是，马二的屁实在太多了，人因屁而出名，被编进了"马大会织布，马二会放屁"的歌谣里。

按说，爱放屁的人不受娃儿们喜欢，但马二身边总有娃儿们。因为他看队里的果园。那是我们村唯一的果园，只有冬果和猪头梨；不成熟的时候，涩酸涩酸，很难吃。但我们还是爱往果园里凑。这时，马二就得意了，屁股一抬，吱的一声，问："马爸爸的屁臭不臭？"我们齐吼："不臭！"他就给我们一人一个果子。

马二还爱吃肉，但没钱，就得想办法。常见他买只活羊，宰了，零卖，自家就能落几斤羊肉和羊下水。所以，在我们村里，马二是最有口福的：热天吃大豆放屁，冬天炖羊肉羊下水。

马二无儿女，结过婚但无儿女。后来，连老婆也没了——好像是跑了——就能把灶神爷绑到屁股上，一人吃饱，全家不饿。马二似乎是个高明的商人，在那种"割尾巴"的政治气候下，他分明靠经商改善了生活，但又丝毫没让人觉察到他是在经商。那时，全村能填饱肚囊的不过寥寥几人啊。

能吃上肉的马二自然有更多的理由需要宣泄，虽说他六十多岁了。常见他串门，串的尽是些寡妇老婆子家。一进门，马二就猴酥酥蹲在炕沿上，下巴支在膝盖上，有一句没一句闲谝。我最难忘的是他呼吸时的声音，呼呼噜噜的，像熟睡的猫儿。后来，我才知道他患的是哮喘。

马二也常和我奶奶喧谎。也许，那不能叫喧，马二总是头抵膝盖呼呼噜噜，奶奶总是哐——哐——地捞麻绳纳鞋底。到了日落的时候，马二就不声不响地走了。次日上午，他又会如幽灵般飘来，一进屋，就蹲在炕沿上像个猴子。

在有关马二的记忆中，有两件事最使我难忘。一是他打过我，用一种十分没有大人风度的方式打了我。那是我五岁那年，我向他要果子，他不给，要我叫"马爸爸"。我叫了，他又说没果子。于是，我骂他"马老贼"。逃了几步，却见他从衣袋里掏出了果子。我说："马爸爸，我错了。"他说："放心，我不打你。"但在我接果子时，他一把揪住我，扇红了我的屁股。

第二件事发生在娃儿们骂马二时。吃不上果子的我们常骂马二。一个说，马二不是东西，和寡妇老婆子嫖风。我说，就是，他还和我奶奶嫖风呢。说这话的时候，我也带了控诉的语气，但我不知道什么叫嫖风。伙伴们笑了。旁听的大人也笑了。

这两件事对我影响很大，前者使我懂得了一个道理：不要轻信别人的话。后者对我无疑是一次性启蒙教育。在伙伴的解释下，我终于懂得了什么叫嫖风，开始用一种全新的目光看女孩子。

马二死于某个冬季。说不清死于疾病还是死于煤毒。死得很平静,穿着衣服,盖着被子。为了发送这个无儿无女的五保户,各家各户都出了粮。马二的葬礼成了我们全村的节日。那天,我们谁都可以吃一碗粉条炖肉,比过年时吃得还好。

葬礼的其他仪式我没有一点印象,记忆最深的就是那碗烩菜,它香到脑子里去了,冲淡了我对马二的所有不快。

马二好吃大豆,就是我们吃的这种蚕豆。马二很鬼,但马二很传统。他不是那种能偷懒就偷懒的人,没有那种油滑的小心思,他的聪明,既能落在小处,也能用在大处,这让他有了一种我所认为的尊严。比如,马二是村里的五保户,从我懂事起就是。有了这身份,村里就定期给他分配粮食,还不要求他劳动。但他不愿只享受不付出,不愿白白享受一种待遇,于是主动提出要参加劳动,就承担了看守果园的工作,一看,就是一辈子。

西部有很多这样的老人吗?

是的,西部有很多这样的老人,新疆爷也是这样。西部人都很本分,他们即使有不本分的权利——像马二,他就算不劳动,人们也不会说啥,因为他毕竟是五保户——也仍然会本分地活着,这是环境在他们心中留下的烙印。

西部人看不起二杆子,觉得一个不务正业、不守本分的人,不管多成功,都没啥了不起。这种观念直接影响了西部人在女婿上的选择。在我的很多小说中,你都会发现这样的思维。老人们一旦认为对方是二杆子,就不会让女儿嫁他,有时,这是有道理的,因为,真正的二杆子不守本分,他们在正事上不动脑子,不负责任,对婚姻,对爱情,他们也不会负责任。他们在天性之中,就少了一种人格上的厚道。不过,西部人在衡量一个人是不是二杆子时,也会有点偏激,只要一个农村里出生的孩子有了梦想,不想做农民,不想守着土地,人们就会觉得他是二杆子,把很多风言风语泼向他。但这时,被人们认为是二杆子的人,有可能是一个很优秀的人,他有一种超越土地、超越人群的思维,甚至想改变家乡的命运,那些为家乡做贡献的农民企业家就是这种人,我在小说《白虎关》中也写了这种人,这种人在待人处世上,有着一种跟乡亲们不一样的东西,这让他不能被乡亲们理解,但也因为他思维的独特,或者说他有一种超越环境的胸怀,他才能走出环境对自己的扼杀,坚定地追求梦想,实现自己人生的目标。这样的"二杆子",有时甚至会成为人类中的大师。

你笑了。你说自己第一次听到这样的说法。

我说，因为你很少观察人群。你的天性是一个学者，虽然你的个性中有一种敏感，可以凭直觉捕捉到一种东西，但是，你对知识和真相的热情，远远超越了你对灵魂的关注。这让你少了一种诗意，少了一种超越理性的东西，这就是灵性。但事实上，生命是感性的，它虽然需要理性的判断和分析，但生命之中，仍然有一些东西是说不清道不明的，尤其是人类的梦想。你很难解释，自己为啥会在一件事上那么热情，但对于另一件事，你又显得漫不经心。这就是一种感性的东西，是一种非常宝贵的诗意，我名之为使命，当然，你也可以叫宿命、梦想等等，叫什么不重要，重要的，是你对它的感觉。这种感觉如果存在，它就会让你从灵魂深处爆发出力量，让你实现超越。很多真正有梦想的人，他们的人格都是很高尚的，他们不在乎名利——除非他们的梦想就是在某个领域成名——也不在乎很多虚幻的东西，比如物质财富，等等。他们不需要一种功利的目的和交易，主宰他们的选择的，是精神层面的坚守，是一种美好的情怀，而不是功利。一旦这种坚守受到玷污，他们就会感到痛苦，他们会像狼闻到毒药那样，有一种天性中的抗拒和逃离。

矛盾的是，西部文化有一种超越意识，有一种悲悯精神，所以，西部大地上很容易诞生有梦想的人，但同时，这块土地又会下意识地、群体性地扼杀超越土地的行为，所以，很多有梦想的人，最终就被庸碌给消解了。

但真正有梦想的人，最后还是不会被消解的，对吗？你问。

是的，你就是一个例子。你所在的环境充满了功利，但你内心深处总在期待一种不功利的东西，所以，你为了寻找《新疆爷》、寻找丝绸之路，来到西部，你的内心，有一种梦想在燃烧。虽然知识和概念桎梏了你的心，你习惯的生活方式，也让你很难产生一种超越生活的选择，但是，你仍然有梦想，这就是一粒超越的种子。有一天，它也许会发芽，会成长，会让你继续开拓你的人生——或许，我们的相遇，就会成为你的一缕阳光。当你感受到它的温暖，像子宫里的孩子那样，在这阳光里畅快地呼吸，没有任何畏惧时，你就会进入另一个世界。不过，它需要你自己去体验，自己去品尝，你该如何选择，你的生命体验自然会告诉你。你说得对，真正有梦想的人，最终是不会被消解的。因为，梦想是他们心头的一根刺，始终让他们有一种清醒，他们就像荆棘上的杜鹃，哪怕啼血，也要唱歌，因为，他们追求一种美。当这种美无法实现的时候，他们会感到痛苦。他们会觉得，那不是他们想要的生活，他们会窒息。当一个人宁愿死亡，宁愿付出生命，也要拒绝一种东西，追求另一种东西的时候，他就会拥有一份清醒，他最终会发现，他真正需要的是什么。他会历经千难万险，扫去世界对他的同化和消解，扫除一切他心灵的重负，去追求一种能让他的生命腾飞的东西。真正的老鹰，终究会翱翔在天空上，它不会变成小鸡。除非，它被蒙上了眼睛，看不见那片属于它的天空，那么，它就不会产生向往。那么，在天空里翱翔的梦，对它来说，就始终都是一粒种子，始终在沉睡，直到有一天，那块蒙眼的黑布终于脱落……

瞧，又来了。

呵呵，我有点不记得讲到哪里了，你给我提个问题好吗？

好。你说马二做过很多好事？

是的，马二做过很多好事，马二是一个典型的西部人。他有个最大的特点，就是把帮助别人当成自己的本分，我父亲这样，马二也这样。很多事，我已经不记得了，但有一件事我记得特别清楚。那是一个关于救人的故事。

我们村里有个"抱疙瘩"根喜，他老是被后妈欺负，有一天，他后妈把他埋进了果园的地里，他差点被闷死，幸好马二救了他。在《一个人的西部》中，我记录了这个故事的前因后果。看了那书，你或许就会了解马二这种行为背后的正义感。因为，根喜的后妈是个特别强悍霸道的人，村里有很多人都被她欺负过，甚至包括一些男人。她有一种超过一般男人的强大。但是，虽然她很强悍，虽然她能打赢很多人，也没见她的命运有多好。反而，那个老是被她打得满村跑的根喜，后来的命运却很好。跟家里分家后，根喜刚开始没地方住，村里人就合力给他盖起了房子，他就勤勤恳恳地干活，后来日子就慢慢好了，家庭也很美满，孩子们都很本分孝顺，村里人的钱他也都还清了。可见，一时的强大和弱小，其实跟命运没有关系，有关的，还是品德。

马二有很好的品德，为什么他没有很好的命运呢？

因为他没有梦想，没有梦想的心，导致了没有梦想的行为，进而构成了命运。

风刮了半个晚上，树叶一直在天空中盘旋，山谷里一直传来猛兽低吼般的声音。

我有些累了，我说。我们歇歇好吗？先看看这夜色，喝喝茶？

你说好，我于是给你加了些开水。

水桶里的水用完了，我提着塑料桶，走向远处的小溪。那里有很清的水，还有很美的景色。我伫立在小溪边，舒展我的四肢，今晚坐得有点久了，身体有点酸痛。

我看着远处的你，还有小屋淡黄的灯光。

夜晚的风中突然有了一缕清香，你闻到了吗？

我不知道它来自哪里，也不知道它会飘往何处。我不知道，为啥在这大风的夜里，它竟没有散去。这个世界上，有很多东西说不清。

我看着夜幕中的山谷，在那里，藏着一个神秘的山洞，没人能找到它。它就像这个世界的影子，投影在灵魂的秘境。我常在定境中进入它，然后找到很多我需要的信息。但是，我不知道，那山洞到底在对面的山谷里，还是在我的心里。正如我不知道我们今晚的相遇，到底发生在现实中，还是发生在梦光明里。不知道，此时的茅屋究竟是现实的存在，还是另一种心灵的秘密。我的世界里有很多秘密，而你，最爱的就是探秘之旅，或许，我们的相遇真是历史的相遇，或许，我们注定要相遇在风里。

风一直在吹，世界一直在变，蚕豆声不时在响，篝火不断扭曲成不同的样子，火声中有神灵的呼唤。

我多想你打开灵性之眼，看一看这个世界。这个世界或许会脱去它真实的外套，向你展示它梦境的容颜。那么，我们或许会在梦中说我们该说的话，让大地的脉搏，渗入我们深情的眼。于是，我们会一起跳舞，舞出一种亘古的旋律。

你为啥要害羞呢？你这个造作的精灵。

看，思维又在飞了。你有点抓不住我。

你怎能抓住我呢？你是一条迷乱的小溪，却想窥探大海的身躯。

好吧。我只好回到你的轨道，扮演一种真实，用你能听懂的语言跟你交流吧。

我说，要不要去山谷那儿走走，我们边走边说？

好。

我带你往山谷的方向走去，沿途，我们经过了一个很大的草坡，草坡下面是一块很大的草地，不太长，很软，有一种地毯般的质感。要是村里人能找到这里，就会发现，这里是很好的草场，但一般人找不到。于是，我就一个人静静地待着，一待，就是好几年。

走到那块巨大的草地上时，我提议休息一下，你说好，我们就坐在草地上看风景。虽说在夜里，这儿仍然有一种别处没有的味道，马灯的光芒映在你的脸上，你显得惬意而满足。

你觉得马二的命运不好吗？

你说，是的，他死去的那个画面刺痛了我，我觉得，他活着时可能不快乐。他可能知道自己醒不来了，才会穿着衣服睡觉，他也许希望自己能走得体面一点吧？他好像有点逞强。一个人只有在过得不好的时候，才会逞强，如果过得好，他就不会在乎这些了。对吗？他虽然很聪明，但聪明没有给他带来什么，除了羊下水，除了捉弄娃儿。有了这些，他也不见得会快乐。而且，他虽然是一个安分的老人，但一辈子好像没留下什么。

不是的，他留下了一种品格，每次想起他，我就会想起他的品格，就会觉得很美好、很温暖，也很开心。这就是他的价值。为世界贡献美，本身就是一种价值。很多人没做什么惊天动地的事情，但你感受到他们的存在时，就会感受到一种力量，或者产生一种感悟，这就是价值。比如新疆爷，他也没做什么了不起的大事，但他的存在本身，就能感动世界。这个世界上，有那么多人都想混日子，都想不劳而获，都想用一个铜板换来一座金山，但马二不是这样。他虽然是五保户，但他守住了自己的尊严。这就是他的价值。当他走进我的小说，一些人被他感动了，也想用双手去创造命运，去守住尊严时，他就创造了价值。

你说得对。你笑了，笑得有点不好意思。你说，自己太世俗了。

不过，你说马二不快乐，这是真的，在我的印象中，他确实不快乐。所以，我也认为他的命运不太好。他有太多的苦闷需要宣泄，这样的心灵，哪里会有好的命运呢？好的命运，就是活得快乐，活得安心，也能给这个世界创造一点什么。不开心的马二，不可能有好的命运。他总是蹲在一个地方。每次见到蹲着的他，我就会心疼。因为，蹲着的人总是仰视别人，给人一种不自信的感觉。似乎他总想缩在一个地方，从人们的视线中消失，享受一种弱者所认为的安全。马二喜欢蹲着，西部的很多老人都喜欢蹲着，在我的记忆中，家乡有很多蹲在墙角里晒太阳的老人，整个家乡都像蹲着的马二，瑟缩在一个别人不知道的角落里。当我想起家乡，我总会觉得非常遥远，但也非常温馨。

黑暗中的山谷也显得很遥远，我们已经走到石路的最下方了。这里也有一片很大的草坪，上面开了很多不知名的小花，要是在藏地，人们就会叫它们格桑花。再往前走，就会看到一个巨大的悬崖，但深可见底，悬崖的最下面有流水，水速似乎不算快，有一种小溪的感觉，比一般的小溪要大，在巨大的风声中，隐约能听到水流的声音。

很多个夜里，我都会待在这里，听水流的声音，那时没有风，没有人，只有我自己。我就看着月亮，听着流水，享受一种独特的宁静。然后，在这种宁静中，我会放飞自己的心灵，聆听山谷外面传来的声音。这时，我的眼前就会出现诸多的影像，我就会开始创作，我的很多小说，都是这时流出来的。《马二》也是。

小说中的细节，其实不一定是真的，更多的，是我的一种艺术创造，只是因为很逼真，才让人觉得真发生过那种事。马二的死，也是这样。我其实是在写马二给我的一种感觉。你的感觉没错，马二一辈子活得很寂寞，他不开心。因为，他是一个很穷苦的孤寡老人。他喜欢孩子，希望有自己的孩子，但他没有孩子。如果他像新疆爷，或是西部很多其他的老人那样活人了世，也许他就能活得快乐一些，但他不是那样的老人，他非常精明，他不知足。更重要的是，他没有一个超越世俗的梦想，这是他不快乐最重要的原因。

这个世界上有太多的人，都能生活得很快乐，很惬意，很充实，还能做很多对别人有益的事情。因为，很多好事，甚至包括一些能改变别人命运的事情，有时仅仅是举手之劳，但很多人都没有这么做，为什么？因为他们没有梦想，他们永远沉浸在世俗生活里，计较着生活的柴米油盐，他们不相信，自己有一天也能非常伟大。所以，梦想把人分成了两种，一种是因梦想而美丽的人，一种是因为没有梦想而没那么美的人。

马二属于哪一种人呢？你问。

第三类人。他们没有梦想，但也很美。因为他们有坚守，能在艰辛生活中守候一种高于生活的东西，这本身就很美。想起他们时，我想起的，其实不是一个给过我果果的老人，而是一个老人和他的坚守，这时，我就会感受到一种质朴的精神和它的温馨。

这个有大风的夜晚也很温馨。远处的群山飘着雾气，我望向夜幕中的那点朦胧，心里有一种说不出的感觉。我看到的，既是很美的自然，也是曾经以为实有的过去，那段岁月在我心里留下了很难磨灭的痕迹，但此时，我回想着它，就像看着此刻的浓雾，怀念、凭吊、欣赏，但也唏嘘不已。岁月就像这雾，曾经笼罩了心灵，笼罩了生命，但它在不断地散去。也像这块土地，虽然活过形形色色的人，像新疆爷、马二、马二的哥哥马大们，还有这本书即将讲到的很多很多人，他们曾经鲜活地存在过，但到了我写那些故事的时候，他们大多不在了，一个又一个人融入了虚无，一个又一个生命消失了。我不能不产生一种感悟。

马二还有一个哥哥吗？

是的。他叫马大，他的身上也有一种西部人独有的温馨。接下来我要跟你讲的故事，就是关于他的……

马大：

西部人的土地信仰

马大的故事跟马二一样，我也是用孩子的角度写的，读来有种童话的味道。如果读多了我的作品，你会发现我的很多作品都有童话的味道。

是吗？为什么？

因为我喜欢童话。我虽然不是读着童话长大的，但很多人可能都会发现，我是一个活在童话里的人——或者说，相对很多人，我的价值观特别有童话色彩——我特别容易为童话色彩着迷，虽然我已经年过半百了，但事实上，我还是一个孩子。

我看过你的画，确实是这样的。除了一些很有禅意的作品之外，好多画，是孩子才画得出的。

你的意思是太丑吗？

你笑了，你是不是没有想到我还有这一面？你忘记了刚才的故事吗？我写的那个恶作剧的老人，不仅仅是马二，也是我自己呢，只是，我从来不会骗来孩子，揍红他的小屁股。

你说，当然不是，是太抽象，而且不讲究，没有一点大人的痕迹。就像《小王子》里的那个孩子画的画。你还记得吗？那孩子画了一条吞了大象的蛇，但大人们都认为那是一顶帽子。大人没有想象力，但孩子的想象力常常是一流的，因为孩子的头脑不设限。

是的，所以我喜欢当孩子——心里干干净净的，对生活充满了好奇和热情，但不像孩子那么无知，有着老人的沧桑和明白。

这种状态最好。

是的，我之所以能写出那些干净的作品，就是因为我的心干净。如果还有欲望，还有执着，我就写不出来。有读者说，我就算写妓女，也是一个非常纯洁的妓女，这是对的。因为我无论写哪个人物，都会进入他的心，发掘他心里不一样的东西。我相信，人无论面对什么样的境遇，都可以有两种选择，一是升华，二是堕落，所以我无论写什么，都会写出这两种选择。在我的所有故事中，你都会发现两种人——一种是有所坚守的人；一种是没有底线的人——还有他们的命运。这跟陀思妥耶夫斯基有点相似，陀氏笔下的妓女也很纯洁，她的身体虽然堕落了，但她的灵魂一直很高尚，她不但一直在忏悔、自责，一直没有被环境腐蚀而追求欲望，她的卖淫，也是一种为家庭做出的牺牲，而不是懒惰，也不是为了让自己活得更好。所以，她的社会地位很低贱，但她赢得了爱情，也赢得了尊严，她比那些内心猥琐的上流人士可爱多了。陀氏和很多大作家一样，相信在底层人群中，也活着很多纯洁高尚的人。

事实确实如此。没有了名誉地位的诱惑，没有了物质金钱的干扰，人的心灵可能会更质朴、更纯洁。所以，在名利场中，肮脏的事情很多，很难出现干净崇高的人，就算出现了，也容易被人驱逐，甚至扼杀。但是在一些偏僻小村里，或是在老百姓的群体中，还能见到很多质朴美好的人。

但这部分人恰好是很多人不愿去关注的。

是的，当代人关注的是成功人士，因为当代人想成功。当然，我也关注成功人士，因为在成功人士身上，确实有值得关注的东西，要是没有这些东西，他们就不可能成功，但我同时也关注那些不成功的人，因为他们也是人类，他们的命运之中，也写满了人类命运的秘密。所以，我不会有区别地对待他们。我写出了形形色色的人，形形色色的命运故事，有英雄，有小人，有忠臣，有叛徒，有色鬼，有修行人，有教徒，有信仰者，甚至还有动物……诸多的存在，都在我作品的舞台上展示着他们的心灵、灵魂和命运，为的，就是解答一个叩问：命运的出路在哪里？如何打碎让人痛苦、疯狂的魔咒？

包括这些故事吗？

包括这些故事。

马大的命运是什么呢？

你很快就会知道了，现在先来添杯茶，我们一边喝茶，一边吃蚕豆，一边讲故事吧。你看，那边好像有几颗星星，没有云，它们显得又大又清晰，这个夜晚也很有童话色彩呢。我们不要太严肃了，轻松些，你放下学者的需要，我今晚也不是作家，我们只是两个朋友，聊聊一些古老但又不太古老的故事，好吗？

好的。

马 大

马大是马二的哥哥。

马大的胡子很长,灰白色,笔直地向下牵引,把他的脸也拉成了上宽下窄的一个长把梨。

马大会织布,是方圆几十里唯一会织布的人。马大之前,不知道谁会织布;马大之后,也没见过谁能织布。马大织的是笨布,一种很厚很粗糙的棉布。小时候,我常见马大坐在一个很奇怪的织机前,将一个叫梭子的东西穿过来穿过去。穿一下,咔嗒一声;穿一下,咔嗒一声。有一回,我见马大流鼻血,问他,他说叫梭子打了一下。我才知道梭子也会打人。此后的织机,在我眼里失去了亲切。

在娃儿们眼里,马大是很伟大很幸福的,他除了会织布,还拥有几棵李树。李子成熟的时候,娃儿们就围在马大跟前,他就给我们一人几个李子。

红丢丢的李子成了我童年的记忆中最美的东西:一捏,软软的,轻轻用牙戳个小口,一吸,就有满口的蜜水。那时,我简直想象不出世上还有比李子更好吃的东西。

马大的李子放在一个小房子里。这个小房子很特别,门只有三尺方圆,里面尽是炕。鞋一脱,进门就上炕。这个袖珍房子带有很浓的童话色彩。那时,我最强烈的愿望除了吃李子,就是能进这个童话小屋了。

李子我是吃到了,一年总能吃上几个。(马大不多给,说是会吃坏肚子的。我不信,那么好的东西咋会吃坏肚子呢?但也没怨过他小气,把这么好的东西给人的人,能说他小气吗?)可那个小屋我始终没进去过。我所能做的,就是在马大取李子的时候,贪婪地看一眼那个美丽的、神奇的小屋。那时,我多想拥有那样一个童话小屋啊。

疏远马大的时候,我已十岁了。原因似乎是听说他有个儿子,在新疆上大学。这个消息可真伤了我们小伙伴们的心哪。他怎么有个儿子?他怎么能有个儿子?我们好像被马大骗了似的,约定不再理他。我们再也没向他要过李子,再也没到那个神奇的小屋跟前去。即使他抖动着永远那么长,也永远那么灰白的胡子叫我们去也不去。望着他孤零零的样子,我们好开心。开心的同时,我们却感到失去了什么。但我们谁也不会打破那个约定的规矩。一天,我看到马大背个背斗往墙后倒烂掉的李子。他佝偻的影子,至今还印在我的心上呢。

后来,我长大了,离开家乡,上学,工作,忙忙碌碌,再也没见过马大,只听说他去了新疆，到儿子那里享福去了。听说，不到半年，又回来了。

据了解马大的人说，马大不习惯楼房，不喜欢沙发，更不能容忍儿媳无休止地扫地扫床。他不能像在南墙湾里晒太阳那样圪蹴，他只好回来。一年后，他死了。

对于马大的死，村里人唏嘘不已，都说这个老头子不会享福：儿子儿媳那么孝顺——是真孝顺——条件那么好，天天见酒见肉呢；却要跑到这个穷坑里来当孤鬼，受饥饿，受辇障。听说马大死前，已沦为乞丐，靠乡亲们救济度日。

马大死后，他那童话般的小屋被人拆了（我始终没能踏进一步），李树也被人砍了。就像他那个绝后的织布机一样，我们村再也没有了一棵李树。

我确实读到了童话的味道。你经常用孩子的角度来叙事吗？

这只是我的叙事角度之一，我还用狼的角度写过小说，还有骆驼、鬼魂等等。在后面的故事中，你就可以看到我是如何写狼的。

好的，我挺喜欢这种叙事角度的，有一种天真、童趣的感觉，但也有一种孩子的敏感。虽然没有太多的心理描写，但从一些细节里，可以看出浓浓的情感。我可以感觉到你有多么喜欢马大，而对马大曾经的疏远，又给你留下了多大的遗憾。

是的，当我把自己化为这个孩子的时候，我就总是想起马大的长胡子在风中飘的画面，那时，我就会觉得非常温馨。故事中的马大，是一个非常慈祥的老人，现实中的马大也差不多。他也种了李树，也有一间种了李树的童话小屋，也很留恋乡土。

说实话，对他的恋乡，我其实不是很理解，我尤其不能理解的，是他为啥不愿跟儿子住在一起，非要一个人回到故乡？要是他的儿子知道他在家乡要饭，该多难受啊？

这个故事里有艺术加工的成分，并不完全真实。不过，西部人对故土的眷恋，确实可以超越他们对儿女的牵挂。我的母亲就是这样。他们那个年代的西部人大多是这样，所以，我才说你只要理解了马大，就能理解很多那个时代的西部人。在马大的年代，西部人大多信仰土地，只要能依靠土地，他们就会觉得很安心、很安全，心是踏实的。如果不能依靠土地，他们就会觉得恐惧，觉得不安，觉得自己的心一直在飘，找不到落脚点。我的母亲也是这样。我买了房子，屡次想接她来住，让她享受儿子的孝敬，她总是不愿意，过去在凉州时是这样，现在我到了岭南，她仍然是这样。虽然几年前她也来过，但住了没多久，她就吵着要走，她说自己住不惯。其实，她是舍不得离开土地。离开土地的西部老人，就像离开水的鱼，会觉得很难受。这种生命惯性，已经深深地渗入了他们的基因，成了西部人的一种集体无意识，也成了西部文化中一种非常重要的元素。我的母亲今年已经七十多岁了，但她直到去年，还在种地。一个七十多岁的老人，还在做那么繁重的体力劳动，这在城市里几乎是不可能见到的场景。但是，在西部农村，这样的景象并不稀奇。当然，很多老人如果腰腿开始出现问题，也就有心无力了。为了不让母亲的身体出现问题，去年，我坚决要求母亲把土地送给别人，让村里的其他人去种。现在，因为不收农业税，种地比以前划算多了，虽然不能致富，但生活是有保障的。所以，很多人都愿意种地，但留在村里的年轻人仍然越来越少了，他们都进城去追逐外面的世界了。至于他们在城里能不能找到梦想中的"外面"，他们并不在乎，不断去找，就是他们对生活的期待。过去，留在家乡的多是老人、女人和孩子，但现在，就连那些年轻女人，都开始进城打工了。她们也开始期待"外面"的生活。变化，几乎是一种不可阻挡的时代趋势了。

没人种地，土地不是就荒芜了吗？

是的，所以西部人会拿出一笔钱，像过去的地主雇长短工那样，请人来种地。这时，村里的女人也罢，邻村的女人也罢，都会来帮忙，你的田地就不会荒芜，只是工钱比较贵，一天要一百多，对老百姓来说，这是一个不小的负担。但是没办法，老百姓不忍心让土地荒芜，就只能雇人了。这很奇怪，在过去，它几乎是不可能发生的。我说过，西部文化强调与人为善，西部人很热心，都愿意帮助别人，帮助别人时，他们跟做自己的事是一样的，但现在不一样了，人们总是在行为背后寻找目的和理由，"我为啥要帮你？""你为啥要帮我？"于是，一种东西就被打碎了。

我理解你的心情，你眼睁睁看着一种很美的东西变化了，成为过去，你很心痛。尤其是面对这个功利的世界时，你更会怀念那个已经消失的时代。

是的，所以，在旧版《白虎关》中，我写了这样的题记："当一个时代随风而逝时，我抢回了几撮灵魂的碎屑。"我说的，就是这种心情。很多时候，我的创作仅仅是为了保存一点光明和善美。如果可以的话，我也希望这种光明和善美能传递出去。那传递的载体，当然是人了。我常常欣喜地发现，在我的读者中，有很多都在悄悄改变着，在他们的身上，我看到了过去那些可爱的西部老百姓的身影，他们质朴、善良、无功利，在这个时代的飓风中，他们就像我们面前的这些野花这样活着，非常低调，但美丽无比。

我们面前的草地也很美丽，虽然黑暗中看不到草地清新的绿色，但月光下，隐隐约约也能看到一点点墨绿。墨绿的草们摇摆着身体，就像海浪那样一波一波地晃动着。皎洁的月光，墨绿的海洋，这个场面充满了一种伤感的诗意。伤感，源于我们刚才讲的那个故事：马大的故事。你是不是能觉出我在写那故事时的一点心酸？

是的，我听那故事时，心里也很难受。尤其是看到孩子们疏远马大时，我的心里就有点难受。这些天真的孩子肆无忌惮地宣泄着占有欲，却感受不到老人的寂寞。这么多年来，他们一直不知道老人有孩子，说明老人的孩子从来没看过他。老人也没有老伴，一直孤身一人活在那个小小的屋子里。虽然小屋充满了童话色彩，有织机，还有李树，但那童话色彩，是孩子们自己的感觉，对老人来说，他觉出的，也许是一种寂寞。一个被孩子忽略的老人定然很寂寞。他也许常常品味跟老伴、孩子在一起的记忆，或是在村里的娃儿们身上，寻找儿子童年时的影子，他对娃儿们，定然也有跟儿子一样的感情。但娃儿们还太小，他们体会不到老人的寂寞。他们只是因为不能独占马爸爸，就觉得马爸爸背叛了他们，故意远离马爸爸，想要报复他，让他难受。"计谋"得逞之后，他们虽然沾沾自喜，但心底里还是有一种失落，并感到心痛。他们还太小，读不懂自己的心，他们真正想做的事，其实是亲近马爸爸，而不是真的想疏远他。这种伪装的疏远，其实是一种更深的爱，爱的背后，也是娃儿们失落的小小心灵。你只用了短短几句话，就把娃儿们的心情刻画得这么细腻，是不是因为你也有过类似的情绪？

我笑了。我说，很多孩子都有过这样的情绪，因为孩子们总是希望自己是父母的唯一，就像恋人们总是希望自己是另一半的唯一一样。爱情有排他性，孩子对父母的感情有时也有排他性。所以，很多孩子都不想要弟弟妹妹，怕弟弟妹妹夺走了父母的爱。这是人类的一种私心。有些孩子长大之后，明白了事理，发现人不能这么自私，应该有更开阔的胸怀，能容纳别人，于是就慢慢改掉了；有些孩子长大之后，却仍然不觉得这样不好，性格也就没有太大的变化，真的应了那句"三岁看大，七岁看老"。人和人之间的区别，有时就是从这么小的一个细节开始的。我没有这种私心，因为父亲是个大方的人，他总会把自己喜欢的东西送给别人，我也继承了他的这一点。只有在恋爱的时候，我才出现过类似的情绪，但我崇尚聚则珍惜，分则祝福，我不会去刺伤别人。这种童年时代就形成的东西，往往会影响孩子的一生。

那你天生就没有私欲吗？

当然不是，我也有过很多在乎的东西，但我一点点地破除了自己的执着。在我过去的生命中，除了读书写作，我最重要的事情，就是破除执着。当然，读书写作也是我破除执着的方式之一，但它们还有另一个意义，就是我从心底里爱它们，它们也承载了我的梦想和希望。我不知道，你能不能感受到一个贫穷的、看不到希望的孩子，他不甘心过你听到的这些生活，他不怕苦，不怕穷，他怕的是生命毫无意义地流逝，当他望向沉寂的沙丘，他能看到一种震撼人心的美，感到一种内心生起的眷恋，但他也能看到未来就像死亡之海一样，没有丝毫的起色，也没有改变的希望。这时，他把所有的希望，都寄托在读书和写作上面，他爱读书，爱写作，爱禅修，他通过这三种方式，超越了自己，超越了环境，为自己建立了一个理想国——虽然那是虚构的国度，却给他带来了真实的幸福。他摸着书时，心里燃烧着一种滚烫的幸福，好书中的文字，寄托了他对未来最美好的向往，他也想像那些伟大的作家那样，让自己的笔化为战旗，用自己的热血和感悟化为战歌，用自己和谐壮美的心化解尘世的暴戾之气，让世界变得和谐、充满善美，而他自己的心，也必将得到平和与满足。你能感受到这样的向往吗？就是经历了这个过程，他才走到今天。当他回过头，用今天的眼睛去看那个活在岁月里的孩子时，心里也会泛起一阵阵疼痛。他理解那时的自己，更超过经历这种疼痛时的自己。很多时候，只有经历并超越了，才有真正的读懂。所以，虽然很多人觉得富有、有更大的平台才是幸运的，但我一直觉得童年时的自己也很幸运。命运给了我这么好的文化氛围，也给了我一颗有所守候、懂得自省的心，这是我最大的财富。

是的，有所守候，是西部文化最感动我的地方。只是，马大的守候让我觉得好心酸。

因为他孤独地死去，而且他死前过的是讨饭的日子，没有尊严。

其实不是的，他守住了自己最在乎的尊严。但没有这种守候的人是很难理解的。他在城市里像个局外人，即使在儿子家里，他也没有家的感觉，他宁可在故乡的土地上待着，哪怕挨饿、受穷，他也不在乎，他要的是心灵的安稳。

哪怕结局是寂寞地死去吗？

是的，哪怕结局是寂寞地死去。因为，物质和享受不能给他带来快乐，精神的满足，才是他真正重视的。很多西部的老人都是这样，所以他们活得很安详，走的时候也没多大的牵挂。有些女人也是这样。丈夫死后，她们孤独地守着自己的家，没有孩子，没有朋友，没有亲人，虽然很寂寞，但她们有自己守候的意义。她们觉得那块土地上有老公的气息，有家的气息，待在那个地方，她能感受到家的存在，她不愿去另一块土地。这种爱，已经变成了她的信仰，让她孤寂的生活有了另一种色彩，在她们的心中，这种生活很美。

很浪漫。

是的，很浪漫，信仰是人的一生中最浪漫的事情。哪怕一个人的外表再寻常、再粗糙，哪怕看起来功利世故，但内心深处如果有了一种守候，他的生命中就多了一种诗意的氛围，他的生命中就有了一首歌，那首歌的名字，就是"信仰"。在这首歌里死去的人，在别人眼中或许不幸，但对他们自己来说，这是一种最美的死亡。

马大就是这样吗？

你是不是觉得不可思议？一个粗糙的农村老汉，却有一种这么细腻的情感？很多人也许不明白自己内心的情感，但不代表他的心里就没有这样的诗意。只是，在繁忙和浮躁的生活中，这种天生的东西往往被忽略了。但是在下雨天里，在雨水的滴答声中，很多工作都会被迫停下来，街道上的那些建筑工地里，只剩下巨大的起重机、挖掘机，还有一些上翻的石头，雨水冲走了一切的灰尘，这些东西就静静地待在那里，诉说着一些关于建筑工人的心酸故事。城市在这个瞬间，是宁静的，有了一种乡村的味道。当然，雨中的乡村也很美，在我眼中，雨中的乡村也许更美，因为它质朴、简单，空气里还有一种泥土的香味……现在这个大风天也很美，有那么大的月亮，还有月晕，有黑暗中的密林，有这么高这么好的草……如果有雨就更好了，雨天的山谷会更美。

现在也很美，西部的故事更美。我欣赏那些有所守候的人。你的故事告诉了我一个道理：在不为人知的角落里，可能藏着一些令我惊喜的东西。虽然这也是我一直在告诉自己的，但这些老百姓内心的美好，却仍然让我觉得很惊喜。能忍受生活中的不完美，去追求一种精神，这是最令我钦佩的。

是的，那个时代的西部老百姓身上，有一种很令我自豪的东西。可惜，那个时代过去了，就像今晚的落叶一样，随风而逝了……在下面的故事中，你或许更容易感受到那种无奈。

四爷：

消失的磨坊和时代

你又问我了：什么样的无奈呢？

一会儿就知道答案了，你为啥这么着急呢？你问了那么多次，我都不告诉你，你知道为啥吗？假如我说了，你就立刻失去了自己寻觅的乐趣，而真正美好的，是那个寻觅的过程，而不仅仅是那个答案，你知道不？而且，即使你知道了答案，如果不亲自走一遍那过程，你还是不会明白的。真正的答案，是寻觅过程中的生命体验，是心灵发生的所有变化，而不仅仅是那几个字。不过，这次，我可以告诉你谜底。

我说，是无常带来的无奈。

整个人类都在追逐永恒，就是不想去适应诸多的变化，但这恰好就是一个变化的世界，它是不可能不变化的。时代一直在变，唐宋元明清，到了民国，那么精彩的无数个岁月，都消失在历史的车轮下了，岁月就像今晚的大风，吹走了一个又一个时代，想起那么多感人的故事都消失了，我就会觉得怀念，就会觉得无奈，就有一种感慨，但我同时也明白，这是必然的。变化，是世界的命运。虽然人的命运可以通过重铸灵魂来改变，但变化本身，却是不可改变的宿命。一切都在变化着，今晚的云，今晚的风，今晚的树林，还有无数个落叶飞舞的美丽画面，不是都不见了吗？而这些故事里记载的中国，也已经完全消失了，今天的中国同样在不断消失着。下面的故事，就展示了这种无奈，里面有着浓浓的象征色彩。在我的小说中，这是第一次。

前面不是说了吗？我的家乡有一条边湾河，过去边湾河里的水非常大，在水还很大的时候，村里人在河上修了水磨坊，利用水力磨面。在那个年代，水磨坊非常方便，没有人知道，几十年后，会有一种更新奇、更便利的电磨出现。这时，水磨坊就成了古老的过去，被时代淘汰了。而我的这部小说，写的就是一个参与了这种变化的老人。

磨　坊

　　四爷在这个磨坊里待了二十年。

　　磨坊不大，分大小间，由一截矮墙间隔，为的是不让到磨坊来的闲人们弄脏面粉。大间两丈方圆，安石磨，下通水车。水从上游哗啦啦冲下来，水车动了，磨也就动了。水大时，磨转得很快，有时能把磨碎的麦片抡出老远，四爷就在磨周围安一个苶苶编就的草圈。水小时，石磨像老牛反刍一样，咕噜一下，咕噜一下。四爷就站在磨前，腿叉个骑马蹲裆势，待磨有气无力将停未停时，助它一臂之力。

　　好在多数时辰，水不大也不小，四爷就进了小间，蹲在炕沿上抽烟。磨坊里就充满了呛人的烟味。

　　四爷常看着箩面女人的背影发痴。

　　箩面是细活儿，自然得女人来干。箩面的用具是两个箩儿，两个箩杆。箩杆平行固定在木墩上。箩面的女人坐一小凳，两手各拽一个箩儿，在杆上左右滑动，一分一合，合时两箩相撞，发出"哐啷"的声响。掺和在麸皮中的面粉便在两箩相撞震动时，筛落下来，成一个小小的面岭，像仿雪山的盆景。个别不安分的面粒子却悠荡于空中，均匀地落到女人们的脸上，女人们便漂亮了许多。

　　四爷却不望她们的脸。提醒一些注意事项时，也只是胡须上翘，眼望顶棚。

　　大间里铺的全是木板，油滑油滑，滑中带涩，赤脚踩上去很舒服。进大间的人都得脱鞋，以防脏物带进面粉。

　　小间住人，不大，地上不铺木板，很脏，一层溏土，一个土炕，一床被窝，一个土炉。

　　四爷常年住在小间里。

　　看磨坊是个枯燥活，除了水声、哐啷声外，便剩下石磨的隆隆了。这声音很磨人，不少看磨人的生命之烛就在这磨人的隆隆声中渐渐熄了。

　　一尺厚的石磨被四爷磨废了五个。

　　磨坊是四爷的家。

　　有人推磨的时候，就顺便给四爷端碗饭。这是规矩。一般端汤面条（拌面容易坨）。四爷吃面的时候很香，吸溜吸溜，那声音甚至盖过了石磨的隆隆和箩儿的哐啷。人都说，四爷的吃手真好。四爷就嘿嘿笑，越发吃得轰轰隆隆。

没人推磨时，四爷得自己动手做饭。在那个小间的泥炉子上。用拾来的树枝架火。有时树枝是湿的，烟涨满屋子，四爷就咳咳咳、吭吭吭咳嗽一气，红红的眼睛蓄满了泪。

那间小屋被烟熏成了黑洞，梁是黑的，檩子是黑的，椽子是黑的，墙、锅、勺子都是黑的。有没有白的？有。四爷的眼球白，白得还不太地道，泛点儿红，透点儿黄、浑。

——他的牙也叫烟熏黑了。

四爷抽烟抽得好凶。大多抽莫合烟，用旧报卷成拇指粗，吞吐起来，赛烟囱。每到那个古浪大靖人来的时候，他就提上一袋面（从磨坊里扫下来的）去换一纤维袋莫合烟。四爷最喜欢大靖莫合烟。他说这烟味道好，不像别处的烟叶那样尖噪噪的，呛人——而显得厚楚楚的，像米汤里面滚了山药。

四爷昼明夜黑都在抽烟。很少见他嘴上不叼烟。身上的烟味很浓，老婆受不了，二十年前跟一个新疆人跑了。跑了好，落得个清静。他说。说时眯缝着眼，望着远方，却啥也没望，像回忆往事的老牛。

队长孟八爷问，老四，看磨坊不？

四爷说咋不看。就看了。

一看，就是二十年。

村里男人爱往磨坊里跑。因为四爷有个很好的烟锅，黑油黑油的。这是一个山里猎人送给他的，地道的黑鹰膀子，就是用黑鹰翅膀上的骨头做的。黑鹰膀子有两种：一种是死膀子，取自寿终正寝和病亡的黑鹰身上，颜色像死人干骨。这种骨头做了烟锅，任你咋抽都抽不活，始终那么白森森的。另一种是活膀子，是猎下的黑鹰身上，取下后马上做成烟锅（或浸进酒里养着），这种烟锅越抽越亮活，黑红，发亮。据说，还能显出鹰娃儿的图案呢。

四爷的烟锅子给人抽活了。

但四爷不常用。只有在没莫合烟的时候，他才用它抽旱烟应应急。

一天，公社书记出价一百元，要买他的烟锅。四爷说不卖，谁也不卖，天王老子也不卖。书记说不卖就算了，说那么多废话干啥？四爷发现书记的目光很冷。

四爷不卖烟锅，谁都知道了。男人们说，不卖，当然不卖。

他们也舍不得。推磨的时候，在女人们哐啷、哐啷的箩面声中，他们一边和四爷谝闲传，一边抱着黑红发亮滑鱼似的烟锅儿唏唏哩哩。惬意。

当然不卖。

四爷的毡给男人们长满老茧的脚后跟蹭得片片扇扇，铺不成了。四爷就光身睡在席子上，身上尽是苤苤印上的图案。胯部也压烂了。他呻唤一声，说，不卖。

一天，磨坊起火了，半夜里。等人们发现的时候，磨坊已成了一片废墟。

大间全成了灰。大间的墙和地板都是木头，又悬空。黑夜中，石磨显得很丑陋。

小间顶棚没了，墙还在，炕还在。土炕上，是四爷扭曲得很可怕的身子。孟八爷说，谁都找找吧，找到烟锅，好的话，卖了，给老四发个好丧。

男人们很卖力，翻遍了每一个角落，可谁都没有找到它。

孟八爷黑着脸，拧了半天眉头，说，可能烧了。

你一脸狐疑地问我，磨坊怎么会突然着火了呢？按说，烟锅就算被烧，也不会完全消失的。毕竟上面有金属，不全是骨头。四爷是个独居老人，磨坊里应该没有太多的东西，烟锅怎么会凭空消失呢？是不是那个书记因为四爷不给面子，就悄悄把烟锅偷了，还放了火？

你可以有无数种联想，这个故事也可能有无数种答案。

我觉得很可能是这个原因，孟八爷之所以猛拧眉头，估计也猜到是这个原因，所以心里很生气，但又敢怒不敢言吧？毕竟，对方是个书记，是官。老百姓跟官斗，心里还是差了点底气的。

你倒是挺明白中国老百姓的。

我很佩服四爷，他让我想起了中国古代的一句话："富贵不能淫，贫贱不能移，威武不能屈。"他虽然没有富贵过，但是他面对强权时没有塌腰，面对利益时也没有塌腰，这说明他做到了"贫贱不能移"和"威武不能屈"，他是中国古人所认为的"大丈夫"。那么质朴的老百姓身上，却有这样的骨气，太让人感动了。

是的，西部老百姓身上经常会出现这种东西。我父亲身上也有。我在《大漠祭》里塑造了一个叫老顺的人物，原型就是我父亲。他常说"老天能给，老子就能受"，虽说没有"我自横刀向天笑"的豪情，但也有一种不塌腰的骨气，让人肃然起敬。我总是用"西西弗斯式的尊严"来比喻他。事实上，他的身上确实有很多了不起的东西。在《猎原》中，我写了一个有趣的故事，在那个故事里，没钱娶媳妇的老顺，把轻易得不到的卖鹰钱还给了买鹰人，因为他听说那人买鹰，是用来运毒的。他不愿叫鹰干这种事，于是就还了钱，还帮着警方抓住了一个毒贩，警方就顺带着查出了整个国际贩毒集团。那故事让人看得很开心，但开心之余，也会非常感动。因为这些老百

047

姓太不容易了。卖两只鹰，他们就能轻易地娶上媳妇，但他们没有这么做，他们在利益面前守住了良心。四爷也是这种人。

我能理解老顺，因为这是大是大非的问题，但四爷面对的，毕竟只是烟锅啊，而且他还不怎么用。现在的人，虽说不是人人都唯利是图，但要是一个东西不太用，又能卖点钱，他们是不会拒绝的。四爷为什么不惜得罪当官的，也不肯卖这个烟锅呢？

四爷不是不用，而是太爱这个烟锅了，他甚至舍不得用。他被芨芨席子磨烂了胯部时，心里曾经有过挣扎，也想卖了烟锅，买个席子，但最终还是呻唤着说不卖。老人一辈子啥都没有，只有这个烟锅，这是他珍藏了一辈子的宝贝。不过，不管啥宝贝，都会被这一场火给烧了，就算烧不掉，老人也带不走，所以，细细想想，就算啥也没存下，其实也没啥好遗憾的。

去他那儿聊天的男人，不是都用过这个烟锅吗？

是的，西部老百姓就是这样，自己舍不得用的东西，却舍得给别人用。比如，很多老百姓家里都养鸡，但他们从来不吃鸡，因为母鸡会下蛋，能卖钱，可一旦来了客人，他们就会毫不犹豫地杀鸡，我爹就这样。我买来给他致富的那些小鸡娃，养大之后，全被他杀了招待客人。西部人很热情，他们不会计较你我，只想叫客人开心。

这么好的人，你为什么叫他被烧死呢？

不是我叫他这么死，而是命运叫他这么死。你会在我的作品中发现好几个被火烧死的人，里面有男人，有女人，也有一家老小，那些被烧死的人，都是跟命运对抗的人，当他们跟命运对抗的时候，命运就会露出它的真面目，狠狠地吞噬了他们。

什么命运呢？

贫穷。贫穷是他们的命。因为贫穷，所以弱小，所以只能叫人欺凌。不过，在后面的故事之中，你还会见到另外两个被火烧死的人，她们是自主地选择了死亡。

就是说，她们是自焚的？

是的。

为什么？

我后面会跟你说的，别急。

好的……不过，我想起这么好的老人竟然被烧死了，死得那么惨，我心里就很难受。

我心里也很难受，但是，每一个被命运的磨盘碾死的人，其实都很悲惨。我实在见过太多残酷的命运，这场大火，其实也是一种象征。它会留给你一个强烈的印象，让你感受到一种突如其来的灾难，当然，也是一种不可抗拒的改变。水磨坊在那一夜消失了，四爷也消失了，水磨所代表的时代也消失了——其实，即使没有这场大火，它也不得不消失。因为边湾河的上游修了水库，河水很快就干了，没了水力推动，水磨就形同虚设了。而且，电磨很快出现了，人们会发现电磨比水磨更好用、更便利，水磨多多少少要用到人力，但电磨只要一按按钮，就可以自动完成所有工序，那种方便，不得不改变西部人的生活，时代也会随之改变，那么历史就消失了。

你说的历史，是农业文明的历史，对吗？

是的，就像电磨必将取代水磨一样，农业文明也是必然会消失的。现在，农业文明已经渐渐在中国消失了。虽然还有农民在种地，但很多城市的农村已经越来越小了，种地的人越来越少，进城打工的人越来越多，而且几乎是每个村里大部分的劳动力。年轻农民的另一种选择，导致了农业文明的崩溃。

《白虎关》中也写了一个变化的缩影。所谓的白虎关，是村里的一处田地，因为地下有黄金，就吸引了很多商人去那儿开矿，矿场一旦出现，五花八门的娱乐场所也就出现了，包括发廊和卡厅之类。商业文明的气息迅速改变了农村本有的文化，农村不再质朴，农民不再热情，与人为善的观念也被唯利是图取代了。这种变化是迅雷不及掩耳的，这样的发现，让我更有了一种急迫感和忧患意识。我知道，家乡的文化是定然会很快过去的，我必须在来得及的时候，及时地留下一些东西。我去了很多城市，像岭南，岭南大地有那么博大的文化，曾经出现过那么多了不起的人物和事件，像孙中山，像虎门销烟、崖山海战等等，还有岭南大地上的很多老百姓，他们无功利地支持过革命党人，我至今还记得一些电影对当时场面的保留，像《叶问》和《一代宗师》们，它们都展现了岭南百姓的骨气和气魄，让人非常感动，这说明，当时的岭南人身上，有一种超越小我、成全大义的担当。这种精神，在今天的岭南老百姓身上还有没有？很难说。因为过去的文化是"国家兴亡，匹夫有责"，但现在已经不一样了，功利文化的熏染下，很多人都变成了精神上的侏儒和懦夫，面对强权的时候非常软弱。不过，假如现在不是和平盛世，而是国难当头，老百姓又将如何？会不会被激发出骨子里的精神力，为国家抛头颅洒热血？也很难说。灾难是一道分水岭，会让君子更伟大，小人更懦弱，当然，也会让一些非常平庸的人，找到自己的梦想和位置，激发出他们对生命意义的思考。但不管怎么样，我很少看到能继承岭南文化精髓的文学作品。我很想了解岭南大地，我知道的很多孩子也很想了解自己的家乡，但是，他们找不到真正能挖掘岭南文化精髓的作品。很多时候，真正能传承精神和文化的，是文学。这也是我从小热爱文学的原因，我热爱的，从来都不是优美的文字，而是文学背后的那颗心，因为那颗心承载了一切，一切的文化精髓，一切的时代变迁，一切关于岁月的记忆，一切的感悟和沉淀……所以，我在追求梦想的过程中，最重视的，也是完善人格、重铸灵魂。如果做不到这一点，即使能成为作家，对我来说也没啥意思，因为我写不出真正有意义的文学作品。当然，这只是我自己的文学观。

我明白，在你的小说中，我能感觉到这一点。

如果你看过《无死的金刚心》《野狐岭》《一个人的西部》等书，你就会更明白。很多时候，我的写作，最主要的目的就是保留一种必然会消失的存在，有时是人，有时是文化，有时是生活，有时是土地，有时是感悟。因为我经历过死亡，我发现，很多东西不管多好，都会变化，你如果不保留它们，它们就没有多大的意义，就像这本书里的这些人物，他们不管多么美好，承载了多么清新博大的文化信息，一旦死去，都只是一堆骨头，跟其他人一模一样。所以，我愿意承担定格和传递的使命，不愿叫这些美好被无常给吞了。

风很大，在我耳边呼啸着，想起那一个个的存在，想起那吞噬了一切的黑洞，我叹了口气，有一种浓浓的沧桑感扑面而来……

但是，被无常吞了的存在还少吗？即使我多么努力地写，这个世界上每分每秒都有文化在消失，都有一些很好的人在死去，他们的美好没有人记录，没有人定格，也没有人传递。他们在黑暗中生了又灭了，世界并不知道，这对他们本身没什么影响，因为他们活得很好，但是，这会让他们失去得到永恒的机会，也会让世界失去一种东西。

罡风般的岁月吹走了一切，石磨消失了，磨坊消失了，四爷消失了，整个小村都消失了，农业文明也消失了……

我站了起来，走了几步，坐了太久，身上有点累了。我对你说，我们继续往前走吧，前面还有很好的风景。你说好，于是跟着我走。马灯的光虽然照不了太远，但那团黄黄的光，给这个夜晚添了一种温馨。

但下面的两个故事都不温馨，它们代表了西部大地复杂的一面，我不知道你喜不喜欢，但它们都是真实的西部故事，绕过它们，你不可能真正地理解西部文化。那么，你要听吗？

好的，你说吧。

那好，我先给你讲一个抬头亲戚的故事。

牛二：

抬头亲戚的宣泄

你笑着说，这个词，不用你问，我也知道是什么意思。

我说，真的不用问吗？

你说是的，很形象。

我也笑了，我说是的。西部方言很有意思，里面有很多词都很形象，它能让你的眼前出现画面，然后会心一笑。很典型的，是"打耳光"，这个词在普通话中没有多少种说法，但是在武威话中，却有二十多种说法，这似乎是绝无仅有的。所以，西部这块土地上，有很多很有意思的东西，你一旦去挖掘，就会发现很多很多的惊喜。但这个故事中，最主要的并不是抬头亲戚，而是这种身份带给西部人的一种心态。

你点点头，你说，在我的故事中，你总能看到一种独特的生活，也总能看到这种生活背后的人心。这是我的作品很吸引你的地方。你喜欢那种心灵交流的感觉。你记得，雨果在《悲惨世界》里说过，人的内心比大海和天空更宽广。

我笑了，这句话，我在年轻时也抄在了一本日记里，我很爱文学，也有这个原因。文学是一片最接近心灵的天地，在这个天地中，你可以和自己的生命交流，跟自己的心灵交流，跟你记忆中那些难忘的画面交流，可以说出你平时说不出又很想说的话，你可以打开封闭的内心，让灵魂飞翔。所以，文学是人心灵的需要，它不是工具，甚至不是文字。你曾追问过文学，追问过文学的诗意，你总想知道，那诗意是美丽的文字吗？因为你也被美丽的文字感动过，但你最终发现，文学是人灵魂的展示，文字只是它的载体，就像音乐，就像自然，就像风。文学，其实是一个跟自己对话的过程。而人在一生中做的最重要的一件事，就是跟自己对话。只是，有些人显得絮絮叨叨，很苍白，有些人却有大海一样的广度，像天空一样壮美。那区别，就是灵魂的深度。有深度的灵魂，才能在望向另一个灵魂时，深深地感受到对方的疼痛、快乐和命运。有深度的灵魂,总是痛并快乐着的。

这些故事,也是你痛并快乐着的记录吗?你微笑着问我。篝火映照在你的脸上,你的眼中,有一种母亲的温馨。这是你最像六十岁老人的时刻——你别沮丧,我不是笑你老,有时,老是一种优点,也是一种资格。因为,只有沉淀了一定的智慧,有些话你才能懂。这是岁月和经历赋予我们的。看,这时,我也认老了,我怎么能不老呢。我的胡须已经花白了,我也有了白发,我从同学们的脸上,也读到了自己的老。我的心无论多么年轻,也毕竟走过了那么长的岁月,我真的老了。但总有一种不老的东西,让我的心总是温暖,它一直没有疲倦,它总有一种少女般的诗意,一种愤青般的激情,也总有一种老人的淡定。我经历了太多的冷暖,心已经宁静如水了。我的心中,总是照出太多令我感触很深的画面。有时,这需要岁月的积淀。

你说,是的,有时经历一些东西,你会发现自己变了。最有趣的,是你最近听了一些中国的革命老歌,你突然发现它们竟然那么好听。过去,有些中国朋友告诉你,直到前些年,北京的王府井附近每天早上还会放《东方红》时,你也像他那样,觉得有些好笑,因为你觉得那是形式主义,但现在,你发现不一定,你能体会到《东方红》《松花江上》《黄河大合唱》《义勇军进行曲》等老歌中的东西,你总是被那种浓浓的情感所感动。你每次听《松花江上》都想流泪,每次听《义勇军进行曲》都热血沸腾。你突然明白了那个革命的年代,你也突然明白了那些老兵心里的故事。你说,最美的,还是有向往、有经历的心灵。

我笑了。我也觉得它们很美,所以我总想留住它们。当然,我留住的,更多的是真实,而不仅仅是美,我留住的,是一个充满了美和不美的饱满的世界。

也包括接下来的这个故事吗?

我点点头,是的,也包括接下来的这个故事。

那么我们开始吧?

好的。瞧,那个叫牛二的老人从黄昏中走来了……

牛 二

太阳悬在西山顶上尽情涂抹红色的时候,牛二进了村子。黄昏的村子比别的时辰更像山村:太阳均匀地为山坡抹上柔和的红色,使那干裂的黄土层润泽了许多。羊群下山了,咩咩的声音像美女的舌头在牛二心上舔过来舔过去,弄得他痒酥酥的怪舒服。他嗅到了秋天那种熟悉的浸着丰收味道的泥土气息，感到很惬意。这是几年来少有的感觉了。他认为散心的目的达到了，周身微微的倦意使他有种发泄后的痛快感。他想，散心散心，心可真散了，舒服得像没了心。"没了心好，"他说出声来了，"这年头，没了心好。"一说出"没了心好"的时候，他又感到散了的心回来了，仍旧沉甸甸地悬在肚里像块石头。糟糕，他晃晃脑袋，仿佛想晃走什么东西似的。

羊群从山坡上下来了，杂乱的蹄声和溅起的微尘使牛二不再感到心的沉重。他望着那一边下山一边叫唤一边还瞅空啃几口看不见的草的羊们，心里涌起了一种十分亲切的感情，仿佛一种久违的东西又回到他身上。他产生了唱几句民歌的强烈欲望。牛二最喜欢的民歌是《王哥放羊》，那旋律苍凉悠远，总能和他的心境产生奇妙的和谐：

    日落西——山——羊上圈——
    黑头子绵——羊——叫狼吃上——

刚哼了两句，牛二便发现那个放羊娃像望个怪物似的望他。他这才记起自己是来串亲戚的，而且是到女儿未过门的婆家。他想，到亲戚门口来卖弄牦牛嗓子，疯疯癫癫的，叫人笑话哩。

羊群在放羊娃啪啪的鞭声中远去了，牛二感到一种莫名其妙的惆怅。这是黄昏里常有的感觉。悬在山头的夕阳仿佛总在提醒他老年的到来。暮归的羊群，打滚的毛驴，撒欢的骡子……一切有旺盛生命力的东西都和牛二疲懒的身心产生明显的对照而引起他无尽的惆怅。不过，牛二还是喜欢品尝这种感觉的，因为这感觉像橄榄一样虽说有些酸涩但更多的是一种悠长的余味。在这种氛围里他常常忘了自己的存在，忘了一些烦人的东西，诸如这个罚款那个费等等，只有一种淡淡的情绪笼罩着他。有时，他能在这种情绪中沉醉一两个时辰。不过，这种享受并不多，更多的时候他连晌午黄昏都感觉不到，感觉到的只有那沉甸甸的心，噎哽哽地像灌满了烟。

羊群从牛二的视野中消失了。羊蹄溅起的微尘似在为他营造一种温馨的氛围。心里感觉极好。虽说偶有一星半点的不快，但总的来说极好，就像多么晴朗的天空也少不了有一朵两朵云一样。牛二想，这种少有的愉快究竟从何而来呢？是因游览山景呢，还是因去看望亲家？若是前者，显然不大可能，因为他对这种环境几乎熟视无睹了。他想，也许是后者吧。

想到亲家，牛二笑了。姑娘还没过门呢，叫亲家似乎早点儿……可叫啥好呢……

只能叫亲家了，反正早晚是亲家，早叫几天也没啥。牛二心中的亲家概念大多时只指女亲家——那个长着银盘大脸的妇人，声音很好听，柔柔的像拿团热发面在他的心坎上熨。一想到亲家，牛二心里就暖乎乎的怪舒服。有时，他甚至不敢正视自己的这种心理。老不正经。牛二笑了，到哪里去寻老不正经呢，这才是老不正经。不过，牛二可不愿承认自己来串亲戚的目的是让女亲家的发面熨自己的心。不是，真不是。他是为了散心，散心。心捏成个酸杏蛋儿沉甸甸的许久了，不散一下，要憋出病来的。

不过，不管咋说，想起女亲家总是很愉快的。那种亲热劲，真叫牛二感动。他想起第二次上门时女亲家舞着两个面手迎上来的情景。"哟，亲家。"一见面，她总是这句话。这句话包含着很浓的喜出望外的意味，总在牛二耳旁响，使他回味无穷。因了女亲家夺目的光彩，牛二甚至记不清男亲家的模样，只记得他是个老实人，笑起来很特别，无声，倒像在哈气。哈一阵，偷眼望一下老婆，唯恐自己哈得不标准。老实人啊，牛二想。

太阳已没入了山。天空把村子的辉煌全掠走了。村子便本色土气了许多。山洼里的空气不似方才那么流动，便为炊烟的直上云霄创造了一个宁静的环境。牧归的马驹、骡驹们在村子里撒欢，用蹄声敲碎了黄昏的冷寂。其他牲畜的叫声也响起来了，牛的雄浑、羊的柔美、驴的理直气壮搅汇到一起，使牛二心头产生了一种十分祥和的感觉。他发现没了太阳的西天倒愈加红出一种异样的辉煌。他想这也许就是所谓的回光返照吧，也许正在给这下世的太阳举行隆重的葬礼——因为西山堡人一生最辉煌最显赫的就是死后的发丧仪式——牛二一直认为暮是一个太阳的死亡而晨是另一个太阳的新生，就像他相信人的延续是因为老的虽死而婴儿又生一样确凿无疑。那辉煌的晚霞和牲畜们尽兴的表演使牛二第一次发现了山村傍晚的甜美，心中那缕依稀尚存的不快消失了，身心渐渐融入了这种牧歌似的甜美之中。

山坡上有人下来了，拉着架子车，沿着那算不上道的小道。车子的颠簸声很响，人们的说笑声也很响，带着农民独有的劳动喜悦。这是牛二很熟悉的情形。他知道劳动是一剂奇妙的药。只有在劳动的时候，人们才会忘了痛苦，忘了忧愁，忘了斤斤计较，忘了尔虞我诈。劳动更是特效止痛剂，它是万般艰辛的农民活得相对乐观的一个根本原因。

拉车的汉子风风火火地过去了，跟在后面的女人打量了牛二几眼，跟另一个女人说了句什么。那女人也回过头来看他，然后两人一起笑起来。牛二马上不自在起来，因为他估计两个女人在谈论他的衣着，这使牛二的脸上有种被芨芨草抽过的感觉。一是因为牛二不习惯穿新衣，穿上新衣觉得浑身不协调；二是牛二不想给人们一个他把这次串亲戚看得过重而着意打扮的印象——又不是他的女儿嫁不出去——这使他有些怨老伴。为这身衣服他们拌了一个上午的嘴。牛二是坚持不穿的，一边否定老伴的提议一边还将那嘴花白胡子抖得十分威风。老伴说：不穿就算了，摇那个驴卵脖子干啥。你不丢人，姑娘还丢人呢，不要把姑娘的脸丢到婆家门上。牛二只好穿了。走了这么长的山路，已将不自在走了个精光。女人们一笑，不自在又上身了。

牛二低头看了看新衣裳，发现布料的颜色似乎太艳了些，与他的年龄不太相符；又笔挺，连熨过的褶儿都那么明显，一看就知道是从箱子底下取出第一次上身的。牛二有些懊悔自己着身前没胡乱团揉几下，使它显得皱一些。因为这种崭新反倒显出了他的贱气，甚而从新里透出了一种穷酸。这一发现影响了牛二的心绪，使他晴明的心灰暗起来。

牛二觉得脚下有些异样，吃了一惊，一看方知走到了车马道上。也许是过于集中的车碾马踏的缘故，村舍密集处的土层格外厚，不下五六寸吧。牛二发现自己新崭崭的裤子上已溅满了斑斑点点的土，灰白土色与深蓝裤子互为映衬显得很醒目也很别扭。虽说牛二怕别人以为自己着意打扮而后悔自己穿了新衣，但却不大乐意让土肆无忌惮地同裤子亲热。他感到有些扫兴，想找无土的地方着足，但除了不是路的地方还显得清洁些（只有干牛粪、猪粪之类）外，大路上简直无法落脚。牛二犹豫着。又有几个下地的农民从他身旁过去了，说说笑笑，仿佛对那黏糊糊老玷污衣裤的东西视而不见。牛二怔了半晌，终于记起了自家村里的道上也是一样的布满尘土，他之所以没留意没犹豫的原因是穿着旧衣裤。他想，原来使自己变得不自在的并不是尘土而是衣裤。这一发现使牛二很得意。又想，人真是太蠢了，谁都想花钱穿个新衣，可其实穿上的是镣铐而不是自由。他笑笑，决定不再择路，庄稼人哪个不沾土？一想，心里就轻松多了。

牛二终于拐进了一个小巷道。转过弯不远，就是亲家的庄子。他用手拍打着裤腿上的土，浮土是没了，却将更多的土拍进了纤维里面，拍打过的部位显出一种深沉的灰白。牛二也不去管它，跺跺脚，震落鞋上的土，然后像临上台的演员那样清了清嗓门。

望着亲家那最寻常的土坯墙，牛二心里充满了亲切。他又一次想起女亲家富有光彩的银盘大脸。她在干什么呢？肯定是和面了。牛二也说不清楚为啥他印象中的女亲家总是在和面。那种动作总使他的心极不规则地狂跳几下。他想象中女亲家的手上沾着面，脸上的笑很灿烂。"哟——亲家。"然后嘛，牛二想，便是男亲家打酒，女亲家杀鸡了。杀鸡是应该的，那是他们的礼行。牛二笑了。不过牛二又不是没见过个鸡，他也有他的礼行,他会说:"不用杀,不用杀,自家人嘛。"男亲家会傻笑,依然有笑的动作而无笑的声音,像呵气。女亲家会说:"哟——你这个亲家,不对亲戚是两家,对了亲戚是一家嘛,客气个啥哩。"牛二最爱听这句话,他想:"真能成一家吗,嘻嘻……"——鸡终究是杀了。

门上,却有一把锁。

沉浸在幻想之中的牛二像挨了一闷棍。他有些不相信地眨眨眼,盯着那个锈迹斑斑的铁疙瘩。他酝酿了一路的兴冲冲被这个黑家伙弄了个一干二净。最刺目的却是两个门神,大瞪着眼,恶眉恶眼冲牛二表演威风的脸谱。牛二很扫兴。"老子又不是鬼,瞪个。"他嘀咕了一句。

"来了?亲家。"一个汉子拉着车子走了过来,冲牛二叫了一声。牛二认出是男亲家的一个叔伯兄弟,一起喝过酒,但叫不上名字。牛二笑了笑,望着堆在车上的山芋说:"哟,这么大的山芋。"

牛二这种夸张语气使汉子感到很受用,他笑了,是那种非常满足和得意的笑。但他的话语却与脸上的表情完全相反:"大个啥呀,哪有你亲家的大。种不来了,越种越种不来了。人奸了,地也奸了。化肥少了,就不长,多了又买不起,死贵……他家没人吧,也挖山芋呢,可能快来了。"

"走,亲家,先到我家坐坐。"汉子邀请道。

"不咧,等一会儿吧。"

"走吧。"

"不咧,他们就来了吧。"

"……也好,你等着。"汉子拉着车子过去了。

牛二有些不快。他总觉得汉子会再三邀请他,甚至会拽着他的胳膊挟持他。这是凉州人表现自己好客的一种方式,仿佛热情好客与否完全取决于那种拉拉扯扯的激烈程度。没有你拉我拽搏斗一番,牛二有种被冷落的感觉。当然,他是不想去的——如果万一抵挡不住对方热情的牵引力,去也无妨——问题是他不想去是他的事,你不拉扯一阵,只是礼节性邀请一下,实在有些不像话。牛二感到这次串亲戚有些掉价。

天渐渐黑下来,夜幕已把那几道油彩似的霞光收了个精光。牛二感到了一种难耐的冷清和疲惫,腿上的力气似乎消耗殆尽,身子有些摇摇晃晃。门口虽有一块可以歇息的土坯,但牛二犹豫了一阵后决定放弃享受。一来怕土坯弄脏裤子,二来坐在那里像什么话——他是个亲戚,而且是抬头亲戚,是他的姑娘给人,而不是人的姑娘给他;又不是要饭的,只有乞丐才猫着腰贴在人家的门槛下。他当然要站着,而且要挺着腰杆站他个顶天立地。心里还带了点和亲家赌气的味道,就像到了一个不大顺心的亲戚家,人家要他坐,他偏不坐。"站客难打发哟。"牛二想,"我偏不坐。"

忽听得身后响了一下。牛二回头一看,原来是亲家对门的庄门开了。一个光头汉子端个海碗,一边走,一边吃得唏哩呼噜。见牛二,一愣,一瞅半天,才叫:"哟——亲家。走,屋里走,屋里走。"牛二说:"不咧。"牛二想,这么长时间都等过来了,还在乎再等几分钟吗?"他们快来了吧。""快了,快了,挖山芋呢。走,屋里走。""不咧,就喧喧吧。""给你端饭?山芋拌汤。""不咧,不咧。""噢——你亲家有好的招待你哩,也好。"遂竟自呼噜起来。

牛二这才感到肚子里咕噜起来。走了半天山路,靠的还是晌午那顿煮山芋,想来早变成了热量和粪便。不提吃饭倒还没啥,沉睡的肠胃还没记起折磨主人。一提吃饭,牛二条件反射般地产生了异乎寻常的饥饿感。在对方香甜的呼噜声中,他有种虚脱的感觉,尤其是两腿,像抽干了骨髓一样。牛二有些后悔,不该拒绝邻居的邀请,但又想,我牛二又不是专门来吃山芋拌汤的。他咽了一口唾沫,想找个地方蹲下来歇歇,但四下一望尽是土堆。一蹲,新衣后襟怕免不了沾土的——不过,管他呢,哪个庄稼人身上不沾土呢。他终于蹲下了。

"亲家,今年收成咋样——跟兄,䑛饭来。"光头男人瞬息间呼噜完一碗拌汤,问了一句,吱喝了一句。

牛二虽然看出那汉子的询问纯属一种礼节性的寒暄,并不指望他回答,但还是答了一句:"好着哩。"

汉子一边将碗递给一个十来岁的女孩,一边吃惊地说:"好着哩?不是叫雪压了吗?"

牛二想,压是压了,但说给你又能干个啥,又不给我一升半斗的,反倒怀疑我到亲家门上告穷讨吃来了,遂说:"山旮旯里的人家压了,我的连个毛也没伤。"

"没伤就好,没压就好,日他妈,这老天越发疯了,怪不惊惊的,秋里下雪,而且是雀儿头大雪。人吃人,天也吃人哩。我还听说你们后山里下得歹哩……你真不吃……噢,等着吃好的呢……"汉子接过小姑娘手里的碗,说。

"你吃吧,亲家。亲家他不给我宰个鸡儿,我能饶了他?"牛二说,他抿了抿嘴唇,咽口唾沫,强忍着不去看那热气腾腾的碗。

汉子拌拌嘴,说:"也是,也是。我知道你是看不上拌汤的。他们可养了好些鸡,为儿子准备的。姑娘打算今年过门吧?"

"嗯。"

牛二挪挪脚步。脚有些麻，汉子的呼噜声很残忍。牛二强迫自己不去听它。他抬头望天，天上有好大的月亮，洒下白孤孤的光。牛二有些惊奇了，这月亮竟这么大，这么白。他渐渐沉醉到月亮一样的境界中了。

"粮上了，亲家？"光头汉子问。

"没有。"

"不给他上。日他妈，才几毛钱。几毛钱是个啥，是个屁。城里撒泡尿都得花几毛哩。啥都涨价，就粮不长。还扣呢，扣不少呢，这个费那个费的。领的那点钱，买化肥都不够。"

"就是，就是。活不成了，活不成了。日他妈。"

牛二不由自主地骂了一句，他甚至没觉得自己在"亲家"面前说粗话有些不雅，那"亲家"也没有觉出他的不雅。一切那么自然，口一张，"日他妈"就溜出来了。牛二感到连年来摆脱不了的那种阴沉情绪又笼罩了他。他自然而然地记起了散心之外的一个目的：探听亲家的口风，啥时送彩礼呢，因为他有些等不及了——村上要钱哩。刚收过集资建校的钱，气还没喘匀，又来了。实在没治了。不交要扣地的，扣了地吃啥，总不能喝西北风吧。日他妈！

又有几个汉子端碗出了自家庄门，径直往热闹处走来。因为夜的缘故，他们没认出蹲在土堆上的牛二，自顾端着碗呼呼噜噜。牛二忘了去计较他们的失礼。他只是在心里嘀咕，日他妈，还能不能活哩。

光头汉子喝完了最后一口汤，将大海碗扔在土堆上，叹了口气，对牛二说："毛旦婆姨跳井了……听说了吗？就是那个黄头发、肿眼泡女人，你上回来见过的……死了，交不上啥费。上头要收地，没办法，就死了……跳井……那可真是穷透了，连个棺材都置不起。烧了。烧了好，小口，烧得安稳些。""安稳个屁，"一个汉子说，"照样闹个一塌糊涂，哭哩喊哩的，一到半夜，谁都听见的。真正是个冤屈鬼。"

"谁不冤屈呢，老子们几百斤麦子才换一百斤肥料，谁不冤屈！"

"没治。"

"谁说没治？老子们都不种，叫那些驴日的喝西北风去。等嘴里饿出干屎臭来，才知道老子们也不好惹。"

"屁。你不种白不种。他不会买外国人的？听说还便宜……他饿？屁，人家顿顿吃羊肉臊子面。你嘴里才饿出干屎臭呢。"

"嘿，真是个土地爷的——土蛋，你以为他们吃羊肉臊子面呀？嘿，手抓羊肉都吃腻咧。"

"听说上头减老子们的负担呢。"

"减个屁！下头的歪嘴和尚硬往错里念经。没治，他不榨你，拿啥大吃大喝！"

"活吧，活吧，有了吃上些，没有了挨着些。天下又不单是老子们。他们能活，老子们也能活。"

"就是。老天爷总得给老子一碗饭吃吧。"

"没意思，喧这些真没意思，不过放个闲屁，起不了啥作用的。"

"算了算了，不说了。不说糊里糊涂还好过，越说越着气。算了，回去。"

汉子们齐叹一口气，一个个垂着脑袋进了自家的门。那个光头汉子也回去了，一时竟忘了礼节性地邀请牛二。

牛二根本没注意到他们的失礼。他发现自己心里又添了许多灰蒙蒙的东西，情绪明显恶劣起来。近几年来，他发现这种糟糕的情绪简直成了他的影子，无论他怎么摆脱也总是摆脱不了。有时似乎摆脱了，可一回首，发现它仍和自己紧紧连在一起。而且他发现这种情绪已瘟疫一样传染给了家人。老伴一张口就能把你噎个半死。儿女更不用说，一拌嘴总少不了诅咒。一切都不顺眼，一切都成了使人发怒的起因。牛二感到很恼火。

万物在被那种情绪浸透的牛二眼里变了样子。月亮失去了方才那种光亮而泛出一种死人般的灰白，同死人后发丧的那种唢呐声一个味儿。亲家的院门很丑陋，跟剥光了衣服躺在南墙湾里怄气的那个光棍汉没啥两样。不过，最使牛二不舒服的东西说不上来，也正因说不上来而显得愈加不舒服。心里有种莫名其妙的东西在鼓荡着。他想哭，想叫，想打人。

亲家终于来了。

男亲家依旧那么悄声没气地笑着，不知所措地搓着手。女亲家依旧用那种脆生生的声音表达自己的热情和喜出望外："哟——亲家。"

但牛二感到一种厌恶。亲家的声音撕破了他的某个防线，他感到一种压抑得太久的东西不可遏制地喷了出来。他揍人似的拍拍屁股上的土，终于叫了起来，声音大得足能叫全村人听见——

"日他妈，退婚！退婚，日他妈！"

这时，牛二才感到一阵轻松。

听完故事的你显得很惊讶，我知道，你不明白牛二为啥这么做。对很多人来说，婚姻是一辈子的事，是非常重要的，牛二却像一个得不到玩具的孩子那样，对他的亲家歇斯底里地发泄着情绪。小孩子对父母可以这样，因为父母爱他，无条件地包容他，但亲家凭什么？你是不是想问这个问题？

是的，牛二凭什么这么说？他真想退婚吗？他的女儿怎么办？

你不了解当时的西部社会。在牛二的年代——大概是20世纪80年代——西部人一旦结婚，就会出现"抬头亲戚"和"低头亲戚"这种不平等的关系。抬头亲戚指的是女方父母，因为有女百家求，女方的头可以抬得高高的，不用看男方的脸色；低头亲戚指的是男方父母，因为礼钱的多少，成与不成，都取决于他们与女方父母的沟通，所以，姑娘过门之前，男方父母总是很热情，甚至有一种毕恭毕敬的味道，可一旦姑娘过了门，就会风水轮流转，那时，男方就变成了抬头亲戚，女方就成了低头亲戚。因为，女儿的幸福完全取决于男方家庭。那时节，西部男人有随时打骂老婆的权利，所以结婚后的西部女人是很苦的。

是家暴吗？

是的。但这是另一个故事了，迟些我会详细跟你说的。

好的。

你刚才或许也注意到了一个细节：牛二很希望被人"拉拉扯扯"。这个"拉拉扯扯"，指的是西部一种独有的民俗，西部人为了表示自己对别人的重视，往往会极力邀请别人到自己家里做客，如果别人拒绝了，他就会强行往家里拉人——有时甚至会搂搂抱抱——而被拉者总会拼命挣扎，那么就会出现一种类似于摔跤的场面，很有意思。每年正月里闹社火时，都会出现这样的场面，因为看社火的人很多，人们在那儿，经常可以遇到自己的亲家，但闹社火时，是没人带上礼物的，而西部的规矩，是正月里不带礼物就不能串门，所以亲家总会邀请，但被邀请者不能答应，这时，两人就会拉拉扯扯。不过，邀请者也知道，他只是在表达自己的态度，他的卖力，其实是一种表演，目的就是让对方开心，满足对方那种被人重视的心理需要。而牛二之所以不开心，就是因为他的需要没有得到满足。他满怀期待地来找亲家，迎接他的，却是紧闭的庄门、生锈的铁锁，还有邻居汉子不冷不热的态度。于是，他觉得自己受到了怠慢，心理很不平衡。但最重要的原因，还是邻居汉子勾起了他的烦心事，他心里五味杂陈了，情绪正像过量的山水，想要找一个缺口喷涌而出时，亲家却回来了。这时回来的亲家，变成了牛二的情绪宣泄口，因为他是抬头亲戚，是亲家此时不能得罪的。但是，他没有想过，抬头亲戚的身份只在婚礼前有效，一旦举行了婚礼，他就会变成低头亲戚，一旦跟亲家交恶，受苦的，还是他的女儿。而女儿的受苦，可能就会是一辈子的挨骂挨打，那将是梦魇一样的生活。他明明知道这一切，却还是不顾一切地发泄了情绪。可见，牛二是个做事不顾后果的人。

牛二这样的人在西部多吗？

不少。你生活的国家，也定然有很多牛二这样的人。所以，我在分析牛二的时候，你定然会觉得很熟悉。对这种人，时下流行的称呼是"垃圾人"。就是说，他们的心里积攒了太多垃圾，他们随时随地都想宣泄。如果他不是宣泄，而是选择了消解或超越，他就会变成新疆爷，或是变成马大马二，因为他有新疆爷的知足，也有马大马二的恋守故土。他的身上，也有西部老百姓很美的品格，从我对他的描写之中，你就可以看出，他是西部很寻常的一个老人。他跟别人不一样的地方，仅仅在于他不控制情绪，用心里的垃圾伤害别人。我可以理解这些人承受的生存压力，但我也发现，很多同时代的人，比如新疆爷，他们会用另一种态度来面对生活，比如，新疆爷坦然接受一切，无怨无求，所以他生活得很安详，也很满足。而牛二的满足，只是一种情绪，环境一变，他的情绪就变了。这让他跟新疆爷有了截然不同的人生价值。

是的，我见过很多牛二这样的人，对他，我并不陌生，他就是那种乱发脾气的人。但他的歇斯底里和不顾后果让我吃惊……你刚才说到新疆爷，我也发现了他跟新疆爷的区别。牛二很敏感，很在乎别人的看法，自尊心也很强。别人的一个动作、一个表情，就能让他的自尊心受到伤害，而且他有一种因自己是抬头亲戚而膨胀的虚荣和傲慢，也许就是这个东西，才让他受不了一点委屈，最后在诸多的压力之下，就歇斯底里地爆发了。

是的，新疆爷跟牛二承受的生活压力差不多，新疆爷也许好一些，因为他没有妻子，没有孩子，虽说他时常把自己的积蓄给他过去的妻子，但毕竟不多，而且，家里少了一口人，就少交一份钱。这就是打光棍的好处——多一点享受，有时就多一份压力和麻烦。但牛二跟新疆爷不一样。新疆爷知足，但牛二不知足，他的女儿定亲了，就觉得别人应该重视自己，稍微有点怠慢了，他就不高兴。新疆爷觉得没啥好不高兴的，活人了世，不用计较太多，他不管在外面听到什么，遇到什么，只要回到自己的小屋里，回到那种宁静的氛围里，他就觉得很开心。当然，他跟别人相处时，也没啥不开心的，因为他对别人没有要求。牛二有太高的要求，他就像《渔夫和金鱼》中的那个渔夫女人，有了这，就想那，永远不知足，这造成了他的痛苦，也很可能会造成他女儿的痛苦，而女儿的痛苦也会给他带来痛苦，因为他想到自己一时的发泄，竟然毁了女儿一生的幸福时，他就会后悔莫及，但也来不及了。当然，那时，他也可以赔礼认错，去缓解矛盾，去让别人心里舒服。人和人之间，还是和谐相处比较好。两个亲家之间发生这么一件事，就可能造成女儿将来的悲剧。再说，跟别人不和谐，痛苦的其实还是自己，最聪明的，还是像新疆爷那样，有所坚守，但知足常乐，不跟人发生争斗。所以新疆爷的人缘很好，谁都喜欢他。人们说的那些话，其实也不是为了嘲笑他，而是跟他开玩笑，是喜欢他的另一种表现。

我还发现了一个细节，牛二的老婆儿女也被他传染了，他的老婆说话喜欢顶嘴，他的儿女一吵架就喜欢诅咒，那么他女儿嫁人之后，生活会不会幸福呢？

很难说。除非她的婆家人非常好，很懂得忍让，否则，这样的性格如果跟脾气不好的人生活在一起，那么两家人都不会开心。而且，这种坏情绪就像是命运，会始终缠绕着她，她怎么躲都躲不过，只有正视，承认自己的错误，积极地寻求解决之法。否则，她很难幸福。喜欢埋怨和发泄、总是推卸责任的人，是不可能幸福的。

想起牛二，我觉得很遗憾。一个老人，苦了一辈子，为的还不是儿女和家庭吗？但这个老人的个性偏偏这个样子，不让身边的人开心。他身边的人一旦不开心，又会把这种不开心传递给更多的人。所以，这个老人就成了一个不开心的辐射场。但或许老人也是无能为力吧。故事前面也说了，老人也想散散心，把糟糕的情绪给散走，但散着散着觉得没有了，一想，又回来了，那情绪就像魔咒一样缠绕着他。

是的，很多时候，想改变心灵是很难的。尤其在小村里，视野就这么窄，身边就这么些人，一天到晚都在为生活、为交税、为交罚款而操心，人如果不给自己找一个活着的理由，就很难活得开心，更不可能活得充实。新疆爷之所以跟牛二有这么大的区别，就是因为新疆爷有他的活头，他坚守着那个东西，就觉得很开心，外境怎么样都没关系，都不影响他享受自己内心那份爱的温馨，所以，他一直活得很体面、很有尊严，一辈子给人留下的，都是美好的回忆。这很不容易……

故事讲完了，黄昏中的老人也渐渐远去了，别说你了，我想起他，也有一点唏嘘。在那个时代，每一个西部老人都很了不起，因为他们都承担着沉重的生存压力，我都理解。但单纯的理解，似乎起不了太大的作用，真正的作用，其实只是让我自己不会因为看不惯而烦恼，但老人的命运，却继续着。

风也继续吹着，岁月的风尘滚滚而去。它吹走了老一辈的西部人，很快，也会吹走下一代的西部人，和再下一代的西部人……

猛子：

披上狗皮还是汉子吗？

聊了这么久，你大概饿了吧？一碟蚕豆快吃完了，我站起来，走进屋里，想再找一些能吃的东西。但我这里没有太多吃的，只有面粉、做杂粮粥的材料，和一袋蚕豆。那么，就再吃些蚕豆吧。

我拿着蚕豆走到屋外时，看到你正捧着笔记本，写着什么。你戴着眼镜，镜片不太厚，倒映着火光，所以看不清你的眼睛，但看得出，你在思考，你的表情很严肃。只有在这个时候，我才发现你的学者身份。更多的时候，我只把你当成了另一个我，或是我的一个老朋友。

你似乎很专注，那么，我就给你一点时间吧。

我吃着蚕豆，看着天上的月亮。月亮好像也看着我，它知道它的身边围了一圈月晕吗？它知道月晕的含义吗？我想，它也许不知道吧。它只管守着自己的轨道，只管反射着太阳的光芒，只管俯瞰大地上的众生。它看着看着，也许痴了。我能感觉到它的温柔。

你写你的东西吧，我跟月亮说说话。月亮走，但我不走，我们就这样隔着几亿光年对视着。任时光流逝，任岁月变迁，任沧海变成桑田，任大风吹走了时间……

嘿，不知何时，你摘掉了眼镜，好奇地向我摆手，问我在想啥呢。

我笑了笑，没说话，抓了一把蚕豆递给你。虽然风很大，但我还是隐约闻到了蚕豆的香气。若隐若现的，就像这个树林。知道吗？在古代的印度，有一种树林叫檀香林，但那其实是尸林，也就是丢弃尸体的地方。很多修行人都喜欢到那儿去，让死亡的味道时常在心里发酵，赶走自己对尘世的眷恋，就像这个山谷对于我。当然，我不需要躲在这里，也不需要这里的偏僻，我的心时常跟红尘保持着距离，我知道，红尘的一切，就像今晚的叶子，很快就会被风吹走。而我的心，又何尝不是这个山谷呢？或许，你并没有走进山谷，你只是不小心做了个梦，在梦里，你走进了一个行者的心。呵呵。我是说或许。

夜很黑，是纯净的黑，纯净得，像是没有污染的人心。黑这东西很奇怪，什么人看了，就会有什么心情。有人觉得，黑代表绝望，他们看到黑，就想流泪；有人对黑没啥感觉，黑夜对他们来说，就是黑漆漆的一片，啥也看不到；也有人觉得，黑是童话，是笼罩一切的强大，是孕育一切的神秘，代表了无穷无尽的可能性。在黑的背后，有无数的故事在发生，有无数的故事在死去，也有无数的未知，像草丛里那些狡猾的兔子，正睁大了眼睛，窥视着黑暗中的赶路人，还有那岁月的盗贼，看他们是如何偷走美好，也偷走烦恼。

接下来，我想跟你聊一聊西部的年轻人。他们跟你熟悉的年轻人不一样，我不知道你能不能理解他们。

没关系。你说，你想读懂另一些陌生的灵魂。

我笑了。你还没有发现一个小秘密。你用来感受另一个灵魂的所有情绪，都是藏在你心里的秘密。你对另一个灵魂所有的感受，也藏在你自己的心里。你在用自己有过的生命记忆，用那些深深印在你灵魂深处的体验，去感受另一个生命。你没有发现吗？你难道没有发现，虽然这些故事之中，有一种你不熟悉的东西，但有一种东西，却让你觉出了熟悉吗？你不是深深地理解那些灵魂吗？这说明，你的心里，也有过相同的东西。人性是复杂的，它有时让人变得崇高，那是你喜欢看到的；有时，它让人变得卑贱，那是你不喜欢看到的；有时，它让人变得虚伪，你同样不想看到这样的自己；甚至有一些时候，它恶狠狠地叫嚣着，狞笑着，会把你吓一跳……形形色色的人性，就像形形色色的人，人性中藏着命运所有的秘密。你不是最喜欢解密吗？不过，最好的灵魂解码者，往往会发现，他解读的并不是另一个灵魂，而是他自己。他在用自己的体验，感受另一个灵魂的秘密；他在用自己的情绪，解读另一个灵魂的情绪。

你经历过你故事中所有的情绪吗？

当然不，我只是读懂了我的心。

读懂了你的心？

是的，当我明白了自己的喜怒哀乐，也就明白了别人的喜怒哀乐。喜怒哀乐的原因不一样，但那情绪本身，却是一样的。比如，你不了解西部的年轻人，不知道西部的年轻人进入城市后，会有怎样的经历，但你定然明白什么是失落。对吗？

当然，你点了点头。你说，你也曾经是个弱小的孩子，你也曾经为未来彷徨过，那是你最艰难、最失落的一段日子。那时，你走在纽约的街头，心里有一种奇怪的空,是空荡荡的那种空。在偌大的世界里,你找不到自己的位置。你还记得,有个下着雪的夜晚,你一个人走在街道上,看着熙熙攘攘的人群,突然感到很失落,因为你发现了自己的真相:你其实什么都不是。你很无知、很弱小,你掌握的知识,离你想要实现的梦想实在太远,你甚至不知道,该如何开始追梦之旅的第一步。你觉得很孤独。那天晚上,你脱掉手套,摊开手掌,让很软很轻的雪花落在掌心里,那一刻,你流泪了……

这么脆弱,不太像现在的你。

你不好意思地笑了。你说,谁都有年轻的时候。你还说,那感觉其实很快就消失了,因为你始终在学习,当你感受到成长的快乐时,你就有了跟世界对话的自信,这时,你就不在乎结果,也不再失落了。你的心里,没了那个让你不平衡的东西。你发现,没有功利的敬畏让你开心,因为博大的世界非常精彩。你随手一拾,就是值得学习的营养,学都学不过来了,哪还有时间失落呢?这时,你也没时间去羡慕别人的强大了,因为你不渴望那强大给他带来的东西。但是,曾经有过的感觉,还是让你理解了很多年轻人,你知道,心高气傲的年轻人容易被虚名吸引,在红尘中迷失自己。

我说,你大概能明白那失落感本身,但如果你没有受过歧视,你就不能理解那些西部孩子有过的境遇。因为,他们不仅仅是失落,也是真的得不到尊重。很多城市人都在用另一种眼光看待他们,总是把他们当成另一个群体。他们不管在城市里待了多久,不管承担了多少城里人不愿做的工作,不管为城市的基础建设付出过多少心血,城市还是会拒绝他们。而且,城市给了他们一个带了点歧视味道的名字:农民工。

农民工?

是的,农民工。你可能不明白这个称呼背后的意思,就像我不知道你们的方言背后的味道一样……城市人看不起进城打工的农民,总是觉得自己和他们不是一类人,尤其在我写《大漠祭》的时候。那时节,农民承受了很多东西,除了生活本身的艰辛之外,还有城市人的排斥。我在《大漠祭》和中篇小说《长烟落日处》中,都写过农民当初的际遇。

我的弟弟也曾进城打工,也曾被人叫过农民工。他很自卑,所以非常敏感,总会感到一种比别人矮一截的痛苦。"农民工"更像他心里的刺,总是提醒他自己的弱小。他也想像我一样,追逐梦想,实现他的价值,过他喜欢的生活,但是,当他走出家乡,到工厂里打工时,他就选择了忙碌、辛苦地活着,他没有时间读书。虽然有另一种满足、快乐和意义，但他其实不甘心。他跟我说过，他也想写一部小说。他有丰富饱满的生命体验，有西部人的智慧，有平和知足的心，缺的，仅仅是训练和学习，因为他没有时间。他不得不首先填饱自己和家里人的肚子，这个小小的心愿，已占据了他所有的生命。我明白他的无奈，我也很无奈，如果我能像现在这样，有一定的经济能力，我就能帮他实现梦想。但那时的我，也还没有实现梦想，我的工资很少，还要承担一大家人的生活，我自己也还走在追梦的路上，也还没有看到曙光。我如何告诉他，你该怎么努力呢？一个人只有真的开窍了，打开了通往梦想的那扇门，他才有足够的力量，帮助别人实现梦想，所以，没有实现梦想的弟弟，成了我心里的痛。

后来，当我看到很多人的脸上，也有弟弟那样的表情时，我就会想起弟弟，想起弟弟的时候，我也就明白了他们，于是，我就会觉得心痛。这时，我就会尽力帮助一些像弟弟那样的人，希望他们能实现梦想，有一段更精彩的人生，另一方面，我也是在弥补关于弟弟的一个遗憾。有时，我也想告诉世界，乡村的孩子们，有着比"农民工"这个标签更鲜活的生命，只要走进他们的心里，了解他们独有的世界，你很可能就会感受到一份惊喜。因为，很多农村孩子虽然没有过多的知识和经验，但他们有一颗感受生活、敬畏生活的谦卑的心。如果他们有机会受教育，有平台让自己学习、成长、展示自己，他们就有可能变得非常优秀，但他们中的很多人，却被无奈和不平衡的心态给毁了，不再质朴单纯，有了太多的欲望和心机……

风呼呼地吹着，吹来了无数个故事。你也有你的故事。风知道一切。看，你笑了。虽然那笑很短暂，转瞬就消失了，却让我感受到了你心里的一种东西。每个人的心里都藏着他的过去，我和你也是这样。记忆和体验让我能理解那些陌生的生活，你也是如此。虽然这段生活中，或许仍有一些你不理解的东西，但也没关系。只要用心，你总会理解的。那么，此刻，我就不多说了。

风吹过树林的声音很像海浪，林子起伏的样子，也像黑暗中的海水。恍惚间，有点像是到了海边。如果这里是沙漠，你就可以把脚插进沙里，那时，你闭上眼，真会觉得自己在海边听浪呢。不过，此时虽然没有沙地，也没有海水，但仍然有听海的惬意。因为，风儿老是说着一种讯息，还有这树、这草、这篝火。

你也许听说过，沙漠在很久很久以前，曾经是大海，好多人都在沙漠里见过贝壳，怪的是，那么长的岁月了，竟然还能找到它曾是大海的证据。也许，这是大自然给人类的讯息吧。它想告诉人类，世上一切都是必然变化的，变化才是世间的真谛。

西部人也在变化，同样是20世纪80年代，西部有很多老人还坚守着西部传统的精神，一些年轻人的心灵却因为受到市场经济的冲击，开始出现了不平衡，他们既为贫富差距感到愤怒，也为城市对自己的拒绝感到失落，他们的心，因为找不到盼头而飘浮着，像是风中的蒲公英。下面的故事，就是关于两个没有盼头的西部青年的，他们做了一些传统的西部老人不会做的事情，但后来发生的一些事，改变了他们中的一些人……

看，两个在城里丢失了梦想的年轻人，带着不平衡的小心思，走上了这个历史的舞台……

沙 娃

1

入夜，猛子背了纤维袋和花球一起，摸向大沙河。他们要去偷金掌柜淘出的沙。那里面有金子。弄好些，弄来一锨、一涮，就可能有黄灿灿的一层哩。

才出门时，天上还有星星。那星星，睁个贼眼，贼嘎嘎笑。一入大沙河，星星就没了。那儿，到处是贼亮的电灯，哗哗地放光，一晕一晕的，直往脑中钻。还有那抽水机声、沙娃的叫骂声、窝铺里传出的猜拳声，都一团一团往脑中扑。

这世界疯了。

因怕有人偷沙，那堆沙处高挑起一盏电灯，不知有几百瓦，反正贼亮。别说往跟前趴人，飞来个马蜂都能扎眼。更可恶的是，那沙堆附近，竟冒出个小帐篷来，虽不大，可住几个人不成问题。那里面，说不准就有人举了木棒候着呢。

猛子呼口气，捣捣花球。花球半响不语，忽见几个黑点，一跳一跳，在帐篷前出现。猛子认出，那是狗。因沙娃吃腰食时，懒得洗手，沙子就沾在馍上，吃时也懒得洗，剥了皮，随手一扔，便招来吃野食的狗。花球说："我想了个法儿，装狗。"猛子还没弄清这话的含义，花球已融入夜了。花球一离开，那声响就大了许多倍，满天搅着。脑中也有好多机器吼。猛子有些灰心了，虽也不信命运，但仍然觉出有种巨大的力量正桎梏了他，闹得他干啥都不顺。

不知过了多久，花球摸来了。他们的窝身所在是一道沙岭，从大漠那头扭来，探入了白虎关。那沙丘想不到自个儿胡乱的一扭，会成就两个做贼的人。但猛子并无做贼的感觉。这很怪，他偷女人时，有做贼的感觉，偷别的东西时也有，唯有偷沙时没有。他眼里，这沙，跟这天，跟这地，一样，是大家的。虽然双福凭了你有几个臭钱，从地下掏出，但凭啥叫你独吞？就凭你屁股大，屁糟肥？

花球递过一张狗皮，说："等会儿，披了，爬过去。咋看，都会当成来觅食的狗。"猛子破口大笑，见那些寻食的狗，倒真是没人注意，便说："你爹老骂你贼坯子，看来真没骂错。"花球捣猛子一下，说："你不贼？咋连人家女人也偷？等过了半夜，闲人睡了时，再去。这会儿，谁都睁了贼眼瞅你。虽披了狗皮，也容易露出马脚。"说着，将狗皮一铺，仰天躺了。猛子也躺了，这才又看到天，只是那灯光污染了天，天也没寻常那般明净。

花球道："这日子，真没法过了，待在村里，跟坐牢一样。到城里打工，也像叫这世界抛到了角落，到处是钢筋，到处是水泥，啥都冷冰冰的，没一些人情味。你说，这日子，咋能活出个起色？"猛子道："这世界真变了。先前，有口热汤，大家喝。现在，吃稠的人胀死，喝不上粥的饿死。这日子，明摆着过不下去了。以前，懵懂时，稀里糊涂，头一挨枕头，就打呼噜。可没治。这世界，不想叫你懵懂。这也扎你，那也刺你，虽没猛榔头砸你，但那针挑的滋味，也难受哩。有时一想，这样活一辈子，还不如去跳井。"他狠狠地抓几下狗毛，又说："瞧，这村子，窝在沙旮旯里，也不知多少年了。它可是从来也不想去惹谁的，可没治，你不惹它，人家来惹你了。"

花球说："听说市里要搞小城镇呢，乡上要去争。将来，说不准我们也有城镇户口了。"

猛子冷笑道："城里人都一群群地下岗，你城里人了，又能当个屌毛。"他一骨碌爬起，咬牙切齿地说："你要想活出个人，法儿只有一个，挣钱。好饭没盐水一样，好汉没钱鬼一样。那双福，当初穷时，叫村里人整得夹不住屁。现在，一有钱，连那野狗，见了他都摇尾巴。"

花球站起身，提了狗皮，抖几下，说："就是。为了弄钱，我都愿意当狗。……可惜，我不是女的，若是，我是不愿窝在这儿的。多少好女人，花儿一样，嫁个蠢汉，叫驴一样捶，叫褥子一样铺，才几年，俊没了，跟晒干的狗粪一样了。凭啥？凭啥叫人家窝在这沙旮旯里，羞答答的玫瑰静悄悄地开？没用。没人欣赏的美，就不是美。"

猛子笑道："这话，叫村里人听了，不骂死你才怪呢。"花球说："骂归骂，等我一有钱，一个个又成哈巴狗了。""也倒是。这年头，笑贫不笑娼。""可凉州人是贫也笑，娼也笑，不笑中不溜。像我这种二杆子货，正是叫人笑掉大牙的角色。"

二人胡扯一阵，见河滩里的人渐渐稀了。有的井口已熄灯，这是那些才开掘的窝子。还有些井口挑灯夜战，三班倒。从井口中背出的沙石四下里乱倒，有的高成了山。整个河滩混乱异常。

双福那堆沙处的灯仍在亮，但那周围地势，高低参差，循了地势，隐身倒不难。两人披了狗皮，提个纤维袋，缩了身子，寻些洼处，向前摸去。

狗皮才着身，一股刺鼻的腥就扑向鼻腔。这狗皮定然没熟，上面定然也有些黑红的血污之类，但猛子懒得在乎。没治，你既想当狗，就顾不了太多。花球那话虽刺耳，却是实情。这年头，做人得有资格，当你穷得穿开裆裤时，尊严是个屌毛。他希望这次当狗能当出点起色，弄些沙来，淘出几颗金豆子，也能开个窝子，好吃五喝六地活几天。

二人猫颠狗窜，摸向目的地。以前熟悉的地面，早给弄陌生了，走来很是吃力，但二人不急，只要在明天日出前弄到沙，就大功告成了。去早去晚，都一样，只要别叫对方发现就成。花球的法儿倒不错，几米外望来，不仔细瞅，都当成狗了。要看出底细，必须到近前，但一般沙娃是不敢到狗跟前去的。听说前几日，有个沙娃想弄条狗吃，却叫狗咬了，害了狂犬病，正在凉州城里嗷嗷地叫呢。这一想，猛子倒害怕惹事的沙娃会飞来石头。这倒有可能。平日里，不管野狗家狗，猛子一见，总捡块石头投去，偶有打中，便开心十分。这一想，便觉得有石头飞来，呜呜破空，但抬头一看，方知是幻觉。

只是那电灯泡十分可恶，一波一波，扩散出乱毛似的光，直往脑中钻，一旋再旋，脑子就不是自己的了。那噪声虽也可恶，还倒好受些，也幸好有那噪声，若无它，此刻的心跳声，定然也涨满沙窝了。没法子，做贼虽也有些历史，可每次都这样，就像虽偷过多次女人，再偷时仍免不了心跳。这感觉，很是刺激呢。这年头，啥都往心上磨，心早成脚后跟上的老皮，木了。寻常的事儿，已很难激活它了。爹老骂他，说他比牛多个说话，少个尾巴，但没法子，只有新奇，才有刺激。这村子，这大漠，这风沙，自他落地时，就是这副嘴脸，再加上日复一日的劳作，困了睡，饿了吃，跟磨道里的驴一样，转了千百圈，想转出个新鲜的花样，也没那个脏腑。倒是这偷沙，平添了好些刺激。猛子打个激灵，觉得心上有了一股活力。

不知此刻几点了。管他呢，几点也成。但一想，要是有几双眼贼溜溜地盯那沙，并不很妙，就希望此刻也到半夜。猛子觉出腰的酸来，做人时并不觉做人的优势，当了狗才觉出还是做人好。不说别的，这当狗时的腰酸，是做人时不曾有过的。爬上双福女人横冲直撞时，虽也腰酸过，但那酸的同时，还有舒服，这酸却是纯粹的酸……不，还有疼呢。沙石硌得膝盖火烧火燎，定然出血了。猛子听出花球也在呼哧，还能听到狗皮有脆响。这生狗皮，都这样。幸好有那抽水机们的叫，否则，只这狗皮的脆响就会露出马脚来。猛子感到好笑：那觅食的狗会发出这号声响吗？

摸下沙岭，摸过乱石滩，到了水边。几十个抽水机在突突，原来的干河滩已汪洋出一片清凉来。要到那堆金光闪闪的沙边，先得过这水。可这是怎样的水呀？猛子手才探入，炸凉就溢满心了。夜气本就瘆人，要是再入水，不生病才怪呢。花球却下了水，他口中抽着气，唏唏哩哩，像患了感冒的老狗。猛子想，管他，冻死了算，就也下了水。周身的汗眼打起了寒战，松紧了好几十回。他屏了气，摸了河床石头，以防滑倒。

正怕滑倒呢，那凉却涌了来，沿脚心，直往上蹿，还东扭西扭，仿佛蛇在骨髓里钻，瘆凉无比。机器的嘈杂声倏地没了。河水的哗哗声涨满了天，仿佛有无数的水鬼在笑，心一下酥了。幸好水面不太宽，那心的酥软才传至腿部，他已萎倒在彼岸。听到花球的骂声，不知在骂水还是在骂人。

感觉已有老长一段时间，从狗皮下探出头，见一些井口虽有人影晃动，但闲游闲逛者没了，估计时辰已近半夜。若真有守夜的沙娃，也可能入梦了。这一想，瞌睡虫趁机溜了来。猛子打个呵欠，他很想将那狗皮翻转过来，美美地睡上一觉。

两人狗一样爬向那堆向他们微笑的沙。还好，那高高突出的沙，造成了一抹明显的阴影，足以使两条狗不大白于光下。只是腰的酸愈加猛烈，仿佛折了。但那沙也荡来一晕晕魔力，两下相抵，就把难受消解了。

终于嗅到潮湿的沙味了。瞧，那沙中，金星乱冒呢。花球已开始往袋中刨沙，唰唰声洪水似的咆哮，还有心跳。怪，机器声跑哪儿去了？心却战鼓似的擂个不停，把胸腔也砸疼了。

抖开纤维袋，一把把刨。那浸透水的沙却火一样烫手。这感觉真是奇妙，比第一次弄双福女人时还奇妙万分呢。猛子心里欢欢地笑着。他仿佛扑进了浩瀚的乐里，尽兴地游呀游呀。他丝毫没发现几个黑影已绕至身后，一张逮鹰的大网悄然落下，像夜的降临那样不可抗拒。

2

棍棒雨一样落下，发出干燥或潮湿的声响。猛子觉不出疼。他知道是狗皮替他抵挡了大力，这便是生狗皮的好处。那晒干的血块和硬硬的干皮融为一体，成为猛子的铠甲。花球却直了声叫，不知是在虚张声势还是真的疼痛难忍。那叫声，跟前些年队里的一头疯牛一样，仿佛不是在使用声带，而是那满胸腔的声响一窝蜂喷涌而出，慌不择路似的。猛子很想制止他，他怕这声音会招来村里人，更怕看到爹那张老脸。他希望那棍棒落一阵后就放了他。他一边憋了气——这样会消解部分疼痛——一边探出手，摸那轻楷他身子的东西。他辨出，那是一张捉兔鹰的网。从那抡棒者的嘿哈声中，他辨出有北柱。前些时，北柱请他给绾个网，说要绾个兔鹰。这网，说不准就是他绾的那张。过去，他无数次地网过兔鹰。现在，又轮到别人网他了，真是好笑。

听得花球叫："北柱，北柱，你往死里打老子？"

棍棒停住了，果然是北柱。他将那电灯泡移了来，照见一张血糊糊的脸。猛子将脑袋探出狗皮，见那血头，吃了一惊，叫："北柱，你打死人，可要抵命。"

这一说，四下里静了。

几双手胡乱撕扯许久，才将两人放出，猛子见花球脸上到处是青红的瘀块，便感激狗皮的恩德。毛旦怪叫一声："哟，我们还以为是人呢！"花球气呼呼道："不是人，是你爹吗？"毛旦啐一口，说："花球，你还嘴硬。这下，不死也得叫你褪层皮呢。"猛子说："毛旦，你个溜尻子货。谁有钱，你就舔谁的屁眼！让开路，老子要回家了。先把你打我的记下，等哪天消闲了，我连本带利还给你。"

却听得一人道："说得轻省。做了贼，还有理了？"猛子见这人面生，心虚了。对付毛旦们，他连哄带吓，或能奏效，可对陌生人，就说不准啥法儿管用了。他想，索性溜吧。于是，他手后抖，腿前扫，将毛旦扔出老远。对方还没反应过来，他已蹿出老远。

花球的叫声却再次响起了。猛子这才发现，自己这一招并不仗义，就驻足回头，想：就是死，也索性死一块儿吧。叫一声："谁再动手！老子可拼命了。"回到了那沙前，见花球萎在地上，四蹄乱蹬，抱腿的毛旦给弄得东倒西歪。想来花球也想跑，却叫毛旦逮住了腿脚。

几个沙娃朝这边移来。那陌生人高声问："董事长，这几个贼娃子咋弄？"

"按定的规矩办。"是双福的声音。

猛子想，冤家路窄呀，我弄过他女人，落到他手里，不脱层皮才怪呢。

毛旦们拽了二人，前拉后推，向井口处走。一道手电光射来，晃得眼疼。猛子估计是双福所为，遂怒目而视。四下里倏然静了，猛子虽看不到双福的脸，却感觉出他那双眼中射出了一道羞恼的光。猛子啐了一口。手电熄了。听得一人道："用不着披那狗皮的，一看就是狗。"这声音很陌生。一阵笑声炸起。毛旦的笑很是刺耳，他平时与猛子相处不坏，竟也发出这种笑？猛子很想朝他脸上砸几拳。他想，人咋是这样？几张票子就能卖了良心。但一想到自己的处境，不觉沮丧无比：人家，是在笑贼呀。

　　猛子估计双福会说出难听的话，可怪的是，他啥都没说。当然，他没说的，别人都替他说了。可他那双亮亮的眼，却在猛子心头晃。若是双福出了恶言，猛子会骂出世上最难听的话，包括他当过乌龟之类，羞辱他一顿。可他啥都没说。双福不说话时，反倒像夜一样，罩了猛子。猛子觉得对手无处不在，待要反击，却老虎吃天了。

　　猛子被推搡到井口上。他不知道双福所说的规矩是啥。是老规矩，还是新规矩？记得爹说，先前在祁连山淘金时，若发现沙娃偷金，是要被活埋的，但谅他双福也没那个胆子——不过也难说，这年头，啥事都可能发生。听说黑社会的杀个人就跟杀鸡一样。若是别人，猛子可能会告饶。没啥，大丈夫能屈能伸，认个错，没啥。可这是双福，一个强大的双福，一见他那庄门，猛子就感觉憋气。想当初，操他女人时，猛子就觉得有把刀在捅双福。向他认错，下辈子吧。

　　想来双福真定了啥规矩，几个沙娃熟练地绑了二人。花球叫："双福，你真要活埋老子？双福，老子的女人娃子由你养活。"双福不语。沙娃们却大笑。毛旦道："成哩，他不养活，我养活。我正愁没个涮饭盆子的呢。不过，你那婆娘，也得归我。"猛子很想朝那脸上踹一脚。他猛扭几下，扑向毛旦。几个沙娃却揪住了他，丢入井中。

　　猛子朝黑里堕去，耳旁的风狼一样叫。突出的木笼部件，都扑来咬他，身子火一样燃烧。我要死了。他想，他很想在死前多想一下，可那黑，那风，还有恐惧，把脑子塞得无一点缝隙了。黑猛地扑了来，把脑子捶得死疼，仿佛那是个大口，正往里吸一只飞蝇。嗓门不由得涌出一串声音。猛子不想叫，可那嗓门，却偏偏猛叫个不停，叫声撞入井底，又往上涌，像一粒粒石子打在心上。

　　忽觉背上一抖，倏地静了。猛子明白，他背上的绳子控了身子，也明白对方不是要活埋他，而是在玩一种游戏。听说，这游戏，也是专对付偷金的沙娃的，玩法是：弄个滑轮，吊个沙娃，在井中忽而上，忽而下，别说叫井壁蹭，只那忽闪，就叫人软了脊梁。

　　果然，脊背紧了一下，身子忽地上升，绳子一下咬入肉里，脏腑哗啦啦一阵闷响。猛子想，我要死了，觉得腹内也给震得一塌糊涂。井壁又来咬他，那些柳条杨木，平时一副文静模样，此刻，都张了獠牙，嬉笑着来咬他。这情景，像噩梦。他老做这样的梦，梦里有好多娃儿，一窝蜂围了来，揪他，咬他。他很想打死他们，却总也打不死他们。有时，才捏死对方，手一松，小孩又活了，龇了牙嘻嘻笑。这时的黑里，就环伺着许多小鬼，你撕一把，我咬一口，猛子甚至还听到他们的笑声呢。

花球的哭声隐隐传来。那哭声，想来很大，听来虽隐约，但它竟然盖过了耳旁的风声。这风声，似拍岸的惊涛。猛子估计花球在大声吼，边嚎边诉说，估计他在求对方饶了自己。一定是。猛子很想吼一声："你别求他们！"可心里却希望他们能饶过他。

才落井时，脑中只是一片空白。此刻，恐惧才一拨儿一拨儿涌了来。说不清怕啥，反正是怕。那怕，像酱油一样，把每个毛孔都腌透了。依猛子的性子，应该吼几句气壮山河的话，或是骂双福。骂啥话也成，不在乎内容，只要有骂的形式就成。可没治，一切都叫恐惧挤没了。倒不是怕死，此刻死倒没啥怕的，只是那恐惧无孔不入。说不清恐惧啥，这说不清的恐惧才是真正的恐惧。怪的是，脑中是一种异常清明的空白。那清明的空白，竟和恐惧合二为一，分不清哪个是哪个了。

一团亮向脑袋撞来。猛子知道那是井口，也知道有人正在看他的笑话。他很想说句服软的话，但嘴却不听命令，仍发出惊愕的叫。仿佛那嘴不是自己的，而是另外一个有生命的东西。随它叫吧！忽然间，清风一拂，绳子已将他提出井口。于是，他努力想稳住，腿脚却也背叛了他，软得跟面条一样。周围是一团大笑。那笑，打着滚，扑向自己，跟梦中的小人一样撕扯他。

北柱上来，悄声说："服个软吧。"他抬起身，表演似的说："董事长说了，有三条路，你选：一条，召集村里人，把你逮到家府祠，按家法办；另一条，按规矩，当半个月的沙娃，没工资；第三条嘛，你认个错。"

猛子闭了眼，深吸一口气。他努力地想，觉得想了许久，才明白了北柱的话，就说："当沙娃吧。"猛子懒得多说话。那恐惧，已把他所有的精力吞了个精光。他连呼吸的气力也没了。

他死也想不到，这一选择，差点把他送进了阴司。

3

没当沙娃前，猛子并不觉得沙娃难当。现在才发现，沙娃那口饭，并不好吃。他才干了半日，就觉得散了架。每个骨节，每个汗眼，都发出声来叫疼。但他并不后悔当初的选择。当沙娃再苦，也比在家府祠里受污辱强。按家法，若有人偷了东西，就逮到那里，召了族人，数出罪状，不论男女，都啐。猛子愿死，也不愿叫人啐。他知道，这事儿，双福做得出。他那口恶气憋许久了，早想找个机会出了——可没想到，沙娃如此之苦。

下木笼时，猛子发现，大地正吱呀乱叫着，拼命挤木笼呢。刚开窝子时，没用木笼，大地便狞笑着，一抖身，哗啦，几个沙娃就没命了。后来，就用木笼：将那粗木条，搭成井样，夹以柳条桦条。但大地是不甘心的，它咋甘心叫人在身上扎洞呢？它就挤，挤呀挤，猛子就听到那吱呀声了。但他仍硬了头皮下行，沿了绳做的软梯，脚一动，绳也乱动，晃呀晃呀，脑子就晕了。但别的沙娃不在乎，大地虽在叫，绳梯虽乱扭，但他们不在乎。猛子也是长了卵蛋的，人家下木笼，你就得跟上。

一股潮湿气扑鼻而来。那气味，阴阴的，有股霉味，已有潮湿的迹象了，但还没出水。这是新开的窝子，离见底还有老长一截。这是最苦的时候，你见到金子的希望很渺茫。你只有出臭力，将那沙石装入背篓，再沿了绳梯，颤巍巍上去，倒到那人造的山上。

因井底小，一班四人：两个背手，负责背沙石；锨家往筐中装沙石；那镐手王秃子，则抡了镐，疯子似的画弧，把那整块的大地，弄成一堆狼藉的碎末。初见王秃子仇恨的眼神，猛子的脊梁上一阵阵发冰。他觉得土地爷一定会疼的。那长可盈尺的镐头边往土里戳，边叫出碜牙的声响。那声响塞满了井，撞得猛子牙根发酸。若在平时，他会捂了耳朵，但今天，他想看看自己的耳朵能忍耐成啥样。……你个驴日的耳朵，老子能忍，你也就忍一忍吧。他想到双福那发亮的眼睛，里面装满了嘲弄。猛子冷笑一声，啐口唾沫，背起装了沙石的背篓，上了绳梯。

锨家定然想讨好双福，在背篓里装了超量的沙石。猛子早就发现了这一点，但他不怕。他眼里的锨家也是双福。你能装，老子就能背。只是那绳子入肉太深，简直能觉出疼了。猛子抖抖背篓，上了绳梯。

那绳梯，用两道粗棕绳，中间横以木棍，在空中乱颤。背篓也随了绳的晃撕扯身子，才上了几步，猛子就觉出腰疼了。那疼，波晕似的扩散，很快就荡至全身，但猛子赌气地想：叫你疼，叫你疼，你个驴日的腰。

抬起头，一个亮亮的方块里有好些人头。猛子知道他们在望他。他们定然也知道锨家做的手脚，也定然知道猛子的难受。猛子便恶狠狠上了几步。这几下，仿佛把体力耗尽了，他有种虚脱的感觉。口里很渴，太阳穴轰轰地叫，肩上的绳子吱呀着用力。猛子想，要掉下去了。他不敢朝下望，他自小就有恐高症，朝下看，他怕手会自个儿松了。

他屏了息，咽口唾沫，口里虽无唾沫，他还是咽了一口。他想，双福你个驴日的，老子偏不尿你。一想到双福，身上却奇怪地有了一种力。他努力地攀几下，然后俯在横木上，喘口粗气。他觉出危险了。这时候，手脚要是不听他的使唤，他就会飞堕而下，像山上滚洼的老牛一样，滚成一堆烂肉。

他奇怪地想到了爹。爹老说:"你能给,老子就能受。"爹说这话时,是针对老天的。怪的是,双福就有种老天的感觉。猛子很讨厌这类比,但没治,双福硬要成老天,猛子也没治,便也想:就是。你能给,老子就能受。他这时才明白了爹的心。爹原来一直和老天较劲,就像自己跟双福较劲一样。

"上呀!"花球在井上喊。他已背了一回,"第一回,都这样。"

猛子努力向上攀去,攀一下,骂一声。他较劲儿似的咒骂。怪的是,每骂一次,脚下就多了分力道。借了这力道,他一步一步,接近那亮光了。

忽然,猛子感觉到有双手在拽他,想把他拽离绳梯。一种恐惧感腾起了。他想,莫非,我命里该当摔死鬼。他想到自己在猪肚井睡过豁子女人,豁子就是摔死的。这一想,头发倏地爹起。他差点松手了。他努力地扭过头去,朝身后啐了几口。这是妈教的驱鬼法。听得井下吼:"你吐啥骚水!快上!"是锨家的声音。猛子笑了,再啐几口。

再挣几步,已到井口。花球上前,提了背篓,拉上猛子。听得花球骂:"呔!锨家,上这么多沙,往死里整人哩。出了人命,你可要抵命。"

一股清风扑来,天把蓝也倾泻了下来,灌入猛子身内。那是异样的清爽,从里到外的爽。每个汗眼都叫:"爽呀!爽呀!"远山上浮朵白云,那白,耀眼呢。猛子觉出,生命真好。

北柱过来,说:"双福说了,谁不想干,可以回去,只要认个错就成——当了沙娃的面。"

花球望猛子。

猛子啐了一口,说:"不就十五天吗?老子干!老子有啥错?"

4

身体里定然有些古里古怪的东西,它能预感到突现的灾难。记得,木笼塌时,猛子身上的肉狠劲地跳了几下。当时,他还在井外,迎了风头,狠劲吸气。那风,从沙漠那头吹来,爽极了,吸不了几口,脏腑就亮透了。这时,大腿处有块肉起劲地跳,砰!砰!腿里仿佛有个兔儿在弹腿。

他想,木笼该不会塌吧?

但他还是下了井,因为双福和掌柜们正起劲地说笑呢。猛子能觉出,双福定然在用眼睛的余光扫他,那是他的习惯。猛子恶狠狠吐口唾沫,下了井。

到井底,那锨家正嘲弄地望他。这一班中,锨家是头儿,他的权力最大,想整你，就给你多上些沙，就能挣得你伤骡子似的喘气；想体贴你，手下就能留点情；到井底时，最有可能拣到金子的，也是锨家。所以，锨家多是掌柜的亲信。那抡镐的，叫把式，地位仅次于锨家。到清底的时候，把式瞪了贼眼乱瞅，说不准也会发现金子。背沙的叫背手，是窝子里最苦的人，干一班下来，骨架都散了。

猛子很厌恶这锨家，这人若是当了官，比世上最坏的官还坏。他心中的刁钻，早渗到了脸上。时不时，他总要找个理由喝神断鬼。那神态，比省委书记还牛气十倍。猛子很想揍他。

记得，木笼就是在那时塌的。

吱扭声忽然大了。猛子以为是幻觉呢。他已适应了乱颤的绳梯，周身的疼也给汗洗了个精光。猛子知道，那疼，暂时躲进了骨髓，正发酵呢，等它一释放，立马就能吞了自己，但还顾不上想它。他只想做好眼前的事。他是实了心干活的。此刻，唯一能显示他尊严的，只有干活了。他不想磨洋工。当然，即使他想磨蹭，也没有机会，一到井下，锨家就噌噌几下。因第一次上得太多，差点出危险，锨家不敢再整他，每次装三锨多一些。一上那软梯，猛子就憋足了劲，一猛心上蹿。他发现，那绳梯，越上得快，越显省力，一磨蹭，自家的身子也要欺负你。那百十斤的重量，全靠手抓脚蹬呢。不过，猛子也不想磨蹭了，他想试试自己，能否干沙娃的活。以前，虽也参加田里劳动，但那活轻微。这背沙，却真是将吃奶的劲也使了。他想试试，能否超过过去的自己。以前，他是个混世虫。后来，经了好些事的他不想混了，只想好好活几天人。既知道活人得吃苦，那就从当沙娃开始吧。

但他没想到，木笼会发出那样的叫。才入底，就听到那吱吱声越来越大。先是一阵吱吱声，声音很大，像无数只巨鼠在叫，十分瘆人，开始有沙下泻。正在井底撒尿的花球惊叫："天呀，木笼要塌了。"

"夹嘴！"把式王秃子喝道。

猛子正嫌花球嘴臭，说那不吉利的话，却听得那吱吱声越来越大。沙子雨一样下落，一股震动从上面传下，已到身边。妈呀，真要被埋了，猛子想。他很想抬头看看，但沙土水一样下泼，脑子嗡了一声，一片空白了。恐惧却一下抓住了心，耳旁的锨家疯了似的叫，王秃子也在闷吼。花球哭声顿起，他是有机会出窝子的，猛子下来，他就能上，但他偏要在井底撒尿，木笼可等不了他。人家大地硬挤，木笼已撑得筋疲力尽，就轰然合拢了。

耳旁是各种声响，分不清啥声音。那混合的声响猛擂脑门，黑篠地挤来压来，很有质感。猛子闭了眼，仍能觉出那是黏稠的胶质，混了土，混了灰，混了绝望，混了恐惧。腿下身边都在抖动，这感觉和地震时一样。小时候，他遇过一次地震，大地像老母猪抖虱子似的晃。他和灵官互抱了，啥都没想，只是颤抖。平时觉得死很遥远，那次才觉得死就在身边。过了些日子，又觉得死遥远了。死一遥远，他又成混世虫了。没想到死偷偷跟定了他，稍不留意，就朝他龇一下牙。这次也许真要死了，他想。怪的是，心里虽有恐惧，更多的却是不甘心。那不甘心，仅仅是感觉，是一团混沌，没个清晰的思路。只觉现在死了，有些不值得。

接下来，是一阵更大的震动。猛子抱了头，觉得细石子打到胳膊上。他想：完了。脑中一片空白了。纤尘弥漫。耳旁叫出几串咳嗽。听得有人惨叫，接着绽起哭声。猛子听出，是花球的。

"妈呀！"花球叫。

沙石终于静了。顶上的木笼仍在叫，猛子不敢抬头，但觉得天没了。巴掌大的那块天肯定没了。猛子小心地睁开眼，却啥也看不见。这时，他才觉出了恐惧。恐惧是块巨大的空白。那空白，能盖了好些东西，天呀，地呀，心呀。恐惧时，啥也没有，只有那遮天盖地的空白。

渐渐地，心从空白里晶出了，才发现那稠稠的黑，已挤压了来。那黑，有很强的质感，撞得他脑门发疼。耳中有面大钹，使劲敲，咣！咣！咣！他抱了头，蹲下，想：随你吧，老天。

一个人扑来，和他抱在一起。又是一个。分不清是谁，也用不着分清，只要是人就成。在巨大的灾难降临时，只要有人和你拥抱就是最大的安慰。"人"这个概念，在死来临时最显珍贵。

各种声响息了，黑却更浓。花球的哭声没了。谁也不再出声。他们显然叫突降的灾难吓呆了，还来不及理性思维。但猛子觉出，那合拢的井并没完全下坠。木笼上的檩条柳条们担了大部分沙石。那下泻的，仅仅是从缝隙中滑过的细沙。这一发现，很令他欣喜。他捏捏掌中不知是谁的手，问："没事吧，你们？"

听得王秃子闷闷地说："啥没事，叫活埋了！"

花球说："亏了那木笼。"

猛子松了口气，但觉得胸腔很闷。那黑里，定然还有乱飞的纤尘，真够呛。但心头轻松了许多，想，幸好井不很深，若打到水层，这会儿，早淹成水老鼠了。

花球说："不要紧，上头会叫人挖的。"

王秃子冷笑道："就这点儿空气，等人家挖出，也不过几个尸身子。"

这一说，猛子浑身酥麻了。就是，咋没想到这？就那么一点儿空气，你吸，我吸，就没了。不说人家挖不挖，就算挖出，也早死僵了。听得花球又抽泣了。在凝固的胶质般的夜里，那声响很叫人发堵。猛子嗔道："你掉啥尿水？一个大男人，死就死，怕啥？"花球抽泣道："女人才生娃儿……"王秃子冷冷地道："你是怕人家没人养活？你瞧，这世上光棍多，哪见剩寡妇的？"一句话，噎得花球不再出声。

一只相对柔软的手摸了来，猛子辨出是花球的，就捏一捏。花球萎倒下去，倚了猛子，喘起粗气。

"死吧。"王秃子咕哝道，"谁都死吧。"

觉得脚部有潮湿的热感传来，猛子一摸，觉出黏来。他怀疑是花球刚才撒的尿。一股刺鼻的腥却扑了他一脸。"秃子，打个火。"叫了几声，才听一声很大的响。光里显出土头土脸的王秃子。花球瞪着恐怖的大眼。

就了火光，见手里那黏，竟显黑红。"血！"花球叫。猛子早看到萎在一旁的锨家。王秃子定然也看见了。光倏地没了，黑又稠稠地挤了来。

"打亮！打亮！"猛子叫。

亮又醒了，凑近锨家，见他已没了半个脑袋，红的白的汇于一处，在凹处汪了。亮一抖，又熄了。

一股酥麻，从头顶荡向四肢。猛子打个寒噤，手在另一旁的沙中蹭几下。一股恶心涌向心头。

"猛子！"花球叫。黑里伸来一只手，猛子接了，使劲捏几下。"真死了？"花球哆嗦着问。王秃子说："头都没了。想活，也由不了他。"

猛子很讨厌他。听那语气，锨家成阿猫阿狗了，就气呼呼说："亮了火。"王秃子说："只剩一点儿油了。"猛子恶狠狠说："亮了！"几声不情愿的咕哝后，光亮又涨满了井。

头顶仍黑洞洞的，看不清塌成啥样了。想来那塌处，距井口不远，依稀可见粗木，横里斜里地织了，定是它们撑了力，将下坠的沙石们托了。

拨拨锨家身子，仍软乎乎的，但想来真死了，除非半个脑袋也能活。剩下的半张脸木木的。方才，这脸还挂满了刻薄。此刻，半张脸没了，刻薄也没了，只剩下带着半个脑袋的身子萎在血水里。猛子发觉，那死，成人的影子了，只要一有机会，就突现了。

就了亮，花球爬离了锨家。他紧挨锨家，那石头，若稍拧半个身子，进阴司的，便是他了。但花球看来没想到这一点，他只是怕尸体。那种怕，从他抖动的身子里荡出，荡入不大的空间，发酵着。

猛子挪挪身子，蹲了，熄了打火机，另外两人也凑了来。那黑将尸体盖了，但白的脑浆红的血仍漾在脑中，一波波打旋儿。猛子觉出恶心。怪的是，恐惧却溜远了。他想，要是那石头砸了我，此刻，我到哪里去了？

一种很怪的感觉溢满了心。每次经历死亡，那感觉就倏然而来，脑中啥都没有，只有那感觉。那感觉里瞧世界，都变样了，钱财呀，名声呀，女人呀，都淡了。先前心里多重的东西，都轻飘飘了。若在以往，此刻他会恐惧的。可那感觉酵在心里，连那尸体、脑浆、污血都跟他毫不相干了。他只是想，要是那石头砸向我，这会儿我在哪里？

花球狠劲地捏他的手。他手上老茧不多，容易辨认。猛子知道他很恐惧。先前，猛子也这样。一次去医院，见一骷髅，他毛发倒竖。后来，死的人多了，才觉出那骷髅自己也有，它如影随形地跟定了自己。真没个啥怕的。恐惧虽溜远了，另一种感觉，却不知不觉地漫上心来。那便是不甘心。

真不甘心。这样死了，人会说，死得该，谁叫他当贼呢？猛子是不想以贼的身份死的，早知在今日要死去，不如在跟偷猎者搏斗时叫对方捅上一刀。这时，他才明白人的死，比人的活重要。此刻他死了，便是该死的贼。那时他死了，便是烈士啥的。人还是那个人，死法不同，价值就不一样。这一想，就有些后悔头脑发热，跟花球来干这营生。当然，他当初并不认为自己是贼。这沙，不姓张，不姓李，谁有本事谁弄，可也挡不住有些舌脏的，骂他是该死的贼。爹妈养了他二十几年，背个贼名去死，真不值得。

他想，要是他真死了，妈会哭的。妈可不管他是做贼还是当英雄，只要他死，妈就哭。爹却不一样，爹会恨铁不成钢地骂几句，也可能掉几滴泪。猛子不稀罕爹的泪，妈的哭声哭相却一下塞满了脑子。想到妈会那样哭他，猛子很感动。但同时，又感到一种揪心的疼。

妈会咋活呀？他想。

井底静了，黑将啥都淹了，心跳和呼吸声涨满原来就不大的天空。他看不见另外两人，但能觉出他们的绝望和恐怖。这时候，死几乎成了必然。那挡沙石的木笼，一旦乏力，成吨的沙石就会倾泻而下，埋了自己；或是，有个贼溜溜的石头溜出桎梏，带了风声坠下，脑袋就不做主了；再或许，那沙石间若是没了缝隙，凭底下的那点儿空气，也支持不了几个时辰。前几日，另个窝子里就有被捂死的沙娃。

隐隐传来一阵嘈杂，定然是井外的。不知外面乱成啥样了？是不是惊动了村里人？一定会的。那毛旦，准会咋呼，还有别的多嘴的沙娃。河川里有许多看热闹的，定然会将这消息传到村里的。这会儿,妈不知咋样伤心呢!

"呔!"花球朝上吼了一声,声嘶力竭。

"别叫了,听不到的。"王秃子冷冷地说,"这会儿,外头炸翻天了。"

这倒是,猛子想。

5

静了些,一种巨大的嗡嗡声响了,说不清是不是幻觉。这嗡嗡应和了心跳。猛子长长地吁了口气,他口中虽说不怕死,但死真降临时,仍有些不甘心。猛子一想,这辈子仅干了几件事:操了双福女人,经了憨头的死,跟孟八爷去过猪肚井,和豁子女人睡过觉……就这些。生命的二十多年里,留下的,仅仅是这样几个片段。莫非,这就是灵官所说的人生价值?

花球问:"猛子,你想啥?"

猛子道:"我想,这辈子白活了。想一想,当初,真该多干些事——当然是好事。现在想干,也晚了。算了,活不了多久了,哭也没用。你说,要是还有活的机会,最想干的事是啥?"

花球说:"出去,看一看,看看外边的世界究竟是个啥样儿。你呢,王爸?"王秃子咬咬牙说:"拿个炸药包,将那些坑过人害过人的官儿都炸了。反正是个死,要死,大家一起死。"王秃子因为穷,窝囊几十年了,谁也瞧不起他,加上超计划生育,时不时就有乡上干部去他家抢粮。

猛子笑了:"我也老想呢。可炸了一个,上来一群,照样坑你。"花球说:"听黑皮子老道说,人家该坑。人家是啥转世的?是打的那批土豪劣绅,你分了人家的田,共了人家的产,人家投了你的胎,讨债来了。"

胡扯几句,谁都懒得再说话。猛子萎倚在井壁上,想,要死了。一切都像做梦。过去,现在,将来,都是梦。那死,想来也是梦,但死后的自己,是啥样儿?是真有来世,还是啥都没了?若有来世倒好,大不了再活一次。若是泡沫般从世上消失了,那就真不甘心。老娘十月怀胎生下他,还没干成啥,就死了,跟没生有啥两样?他很后悔自己没好好念书。以前他以为,念书是没用的。后来,念了高中的灵官和念了初中的他在一起翻土块时,他一点也感觉不出念书有啥优势。后来,灵官溜出了沙湾,去了一个未知的所在。他自己,仍在翻土块。生活如磨盘一样,一圈一圈,老在那轴上打转,变化的,仅仅是那张娃娃脸变成了汉子脸。现在,又跟老鼠一样,给闷到了井底。早知这样,真该去看看外面,看看那个把灵官引诱出去的花花世界,究竟是啥模样。现在，他跟盆盆子下面的蛤蟆一样，活呀，死呀，都在那巴掌大的天底下折腾，真有些不甘心。

他长吁一口气，晃晃脑袋，将妈的哭脸从脑中晃去。既然要死了，也不想那不高兴的事了，但妈的脸硬往里挤，便又想，哥死了，弟弟杳无音信，自己要是再出事，真要妈的命了。心头一噎，眼泪涌出了眼眶。他极力不发出哽咽声，只一下下咽那泪水。听得花球的喉头也时不时咯噔一声。

"要死了。我才活了二十几岁，没活出个名堂呢。"花球抽噎道。

猛子想，这倒也是。要是这会儿死了，真成糊涂鬼了，活得没眉没眼的。能想起的，就那么几个瞬间，跟没活区别不大。早知这么快就死去，真该多做些事的，或者，多念些书——早知道这么快就死去，他会好好念书的。以前，觉得念书没用，生就刨土吃的料，念多少书，也叫土吃了。可这死，说来就来，心里却仍是混沌一团。念了书，可能会明白些……真有些不甘心哪。

真想知道生死的秘密，死是啥？爹老说，人死如灯灭。灭了就灭了吗？那灯苗儿，本来燃个不停，风一来，忽地灭了。那灭了的灯苗儿到哪儿去了？真啥都没了？活蹦乱跳的一个人，说没了就没了？真泡沫一样消失了？真不甘心。他倒宁愿相信有来世，哪怕进入地狱经受那毒焰，也比泡沫般消失好些。贤孝上说地狱有十八层，有刀砍的，锯锯的，火烧的，石砸的……成哩，啥也成，只要有就成。多大的痛苦，也比啥都没了强。

三人都不再出声。猛子瞪大眼，看那黑，想从中看出点亮来。可没用，那黑，是啥都没有的黑——连黑也没有，只有一种感觉。身后的井壁，身旁的人，依稀有质感，是自己仍活着的证据——"证据"这词儿，还是从灵官那儿偷来的呢——要是这回真死了，坟头就是他活过的证据。不，他连坟头也没有。按规矩，没生儿育女的人，是没资格住棺材垒坟头的。他只配给捞到远处的洼里，架个麦秸，烧了；烧剩的，填狗肚子或是狼肚子。村里人管这号人叫"大死娃娃"。

一想自己一生的结局竟是当"大死娃娃"，猛子便受不了。随了这茬人在日后的死去，谁也不知道曾活过个猛子，谁也不知道！就是现在，猛子活过的证据，就是曾睡过双福女人、后来偷沙、后来被埋到井下……就这。就这轻飘飘的几件事，就成了他活过的证据。

早知这么快死去，他会多留些证据的。当然，留些好的证据，比如修桥铺路、帮帮人，干些妈眼里的善事。若有可能，他会尽量帮那些孤寡老人。灵官说得对，人的价值，就是人做过的事。成仙成圣，成妖成魔，都由人自己做。可惜，明白得太晚了。记得，灵官说，死亡是最好的老师，明白了死，才会明白生。若不是被埋到井下，将要死了，他是不会想这些平时看来纯属扯淡的事的。

脚下黏黏的感觉很浓。猛子知道，那定然是锨家的血，或是脑浆。他懒得想它，但此刻想到锨家时，眼前却仍显出那张刁钻的脸，那刻薄的表情，还有白的脑浆红的血。此外，啥都没有。也许，这便是锨家活过的证据了。要是他知道片刻之后，会有一块石头飞下，会削了他的半个脑袋，他定然会笑的，定然会把自己好一些的形象留在世上。

死亡是最好的定格，把一切都定格成了永恒。

故事讲完了，噼里啪啦的篝火跳进了心里。火光映红了你的脸，一直若隐若现的蚕豆声消失了，空气中只剩风声，反而让人觉得有点诡秘，但你好像恍然不觉。或许，听得见这蚕豆声的，只有我？你看起来有点意外，你问我猛子们后来怎么样了，活下来了吗？你说，你不希望他们这个时候死去。猛子刚有了这么好的感悟，你真想看看，他会发生什么样的变化。

我笑了，我说，猛子、花球和王秃子都活下来了，但没过多久，王秃子就遇到了飞来横祸。

他死了吗？

聊完这个故事，我会告诉你的。现在说了，一会儿就没有惊喜了。

你无奈地点点头，说好吧。

我往火里加了点树枝，让火燃得更猛一些，今晚挺冷的，越晚越冷，天倒是没有变得更黑，再黑，也不过是这个样子。很远的夜空中，透着一种蓝宝石的颜色，虽然很暗，但有光，似乎在那蓝黑色的背后，有一个巨大的发光源，正毫不吝啬地发出它的光明。那也许是宇宙另一面的太阳。

这个故事里，你最感兴趣的是什么呢？我问沉思中的你。

你说，你最感兴趣的是猛子的事。你觉得猛子很有趣，他身上有很多矛盾纠结的东西，而且他有很多错乱的行为，有些事情明明是显而易见的，但他好像怎么都发现不了。他好像陷入了某种逻辑的怪圈，然后自然而然地做了一些古怪的事，比如披着狗皮去偷金沙。

是的，这样的情节一般人想不到。

你笑了，你是不是觉得我在夸自己？其实不是的，我只是在说实话。但我发现，好多次我说了实话，都有人觉得我是在夸自己，这个我也说不清为啥，从小到大都是这样。或许，很多人不会像我那样，心里想什么，嘴上就直接说出来了吧。

你点点头，你说，让你感兴趣的，其实是猛子矛盾的个性。你觉得他是一个鲁莽的人，但他的身上，有一种西部人独有的真性情。他没有什么小心思，个性很直，也很倔强，但他做事确实欠缺理性，他做的所有事情，似乎都是在一种冲动下进行的，在他的身上，你看不到深思熟虑的痕迹。你尤其不能理解的是，他既然把双福当成假想敌，为啥还要做那些丢脸的事？为啥要降低自己的人格，来损害双福的利益？他难道不明白，降低人格来辱臊别人，最终辱臊的其实是他自己，而不是别人吗？他难道没有想过，做贼的是他，披上狗皮的是他，跟双福没有任何关系吗？

我哈哈大笑，我说是的，猛子确实有这个毛病，他看不到简单的事实，老是做一些错乱的事情。

什么是错乱的事情？

就是你明明想怎么样，但你的行为是另一回事。最明显的，是《大漠祭》中他被双福捉奸的那一次。他从双福家跑出来，又担心双福女人，于是他叫醒了全村最爱搬弄是非的毛旦，叫他去双福家里劝架。等他冷静下来，担心双福把事情声张出去时，才意识到自己把自己给出卖了。你说他愚痴吧，他又是一片好心。要不是女人可能会有危险，他也不会这样。但他明明可以自己回去，或是叫一个靠得住的人去调解，却鬼使神差地，叫了最靠不住的毛旦。就像他明明知道做狗丢脸、做贼丢脸，还偏做，而且他不但做了，还觉不出自己丢人一样。

但死亡的阴影让他意识到做贼的丢人了。

是的，幸好他没死，这是命运老人对他最好的恩赐了。

那他后来变了吗？

很难说，我接下来还会讲几个跟他有关的故事，你自己判断吧。

你虽然说好吧，但你看起来有点扫兴，你心里是不是犯起了嘀咕？我虽然老是吊你胃口，但也没有影响你对话的心情呀？你为啥不把这等待当成训练耐心的机会呢？你也许没有听过一句话：静静地等待，才能尝到更甜的果子。

呵呵。你笑了。你说继续吧，剥下一粒蚕豆的皮，扔进火中。

你还说，过去，你没注意到人有这种矛盾的行为，刚才你想了想，发现真是的。好些人——尤其在年轻的时候——都喜欢做一些自相矛盾的事情。比如，你在年轻时喜欢过一个人，你明明希望他能关注你，希望他能多发现你的优点，能对你产生好印象，可你一见到他，就会表现出自己不好的一面。理性地看，这是很荒唐的，但人偏偏就是这样。人经常受情绪的左右。你觉得，岁月对你最大的改变，就是让你越来越懂得应对情绪了。因为你经的多了，不在乎了，你知道自己有多少能力，没有不切实际的期待，也知道命运在于自己的努力。

是的，你说的那种自相矛盾，是紧张所导致的自相矛盾，那是一种不自主的行为，猛子请毛旦去劝架，就是这个类型。他潜意识里越是明白不能怎么样，他就越是会下意识地把这种恐惧表现出来。就像有些人拼命暗示自己：不能打碎那个东西、不能打碎那个东西，结果一走近那个东西，就把它打碎了。这就是因为紧张。但猛子的自相矛盾，还有另一个原因，就是他用自己的眼睛，来衡量双福的世界。

他所认为的能让双福丢脸的事，双福其实都不在乎。双福不在乎猛子偷他女人，虽然戴了"绿帽子"确实有些丢人，但他不在乎，他甚至想利用这事，来跟女人离婚；双福也不在乎猛子偷他东西，因为猛子没偷成，他没任何损失，哪怕知道有人对他不满，对他起了歹心，他也不在乎，他只管惩治那贼，别的，他不管，也影响不了他的尊严。哪怕有再多的猛子跟他捣蛋，也跟他没关系，因为他知道自己追求什么，他的心里只在乎自己追求的东西，不在乎跟他捣蛋的猛子们。这就是猛子们没有走出乡村，在城市里只收获了失落，而双福却在城市里出人头地的原因。

双福当然也有微妙的心理，因为猛子毕竟跟他妻子发生了关系，但他明白，自己比猛子强太多了，跟猛子计较，是一件很掉价的事情。他不屑跟猛子斗。他越是不在乎，他就越显得强大，猛子也显得越小。事实上，猛子也的确是太小了，因为小，他才老是跟双福较劲，他就像在大象耳边嗡嗡的蚊子，虽然会给大象带来一点滋扰，让大象不舒服，但大象不在乎它，甚至懒得对付它。因为，大象看到的世界，比蚊子远大得多。

猛子虽然是个挺好的人，在能逃的时候不逃，留下来跟朋友同甘共苦，接受惩罚时，他也一点都不磨洋工，但他有非常严重的局限：做很多事，他都本末倒置了。他看到了双福的优秀和强大，也承认双福的优秀和强大，但他不舒服。他用争斗来发泄自己的不舒服，还给自己找了无数个理由。其实，他心里明明白白地知道，自己是在嫉妒。双福过去比他还穷，但双福现在可以施舍他了，还可以修学校、淘金沙，做很多他想做但做不到的事情。猛子不甘心。不甘心让他错乱了，否则，他就会跟双福学习，学习如何在城市里立足，学习如何让自己变得更大，放下过去的恩怨，做些对世界有益的事情。但现在，他不但没有学习双福，还披上了狗皮，被活埋在了沙坑里。

这也是命吗？

是的，这也是命。但命是可以改变的。花球叫他偷金沙的那一刻，他要是没偷，他的命就不一样了；花球叫他躺在狗皮上的那一刻，他要是没躺，命就不一样了；北柱叫他认错的时候，他要是认了错，命也就不一样了……很多时候，只要有一道灵光闪过，他动了一个不一样的念头，不要顺着自己生命的惯性，有另一种角度和思路，他就不会被活埋在沙坑里。

他要是乖乖地认了错，不是很丢人吗？

但他真的错了，他也知道自己错了，不肯认错，仅仅是因为吞不下那口气，不愿服输罢了。在这一点上，他跟双福很像，双福的脑袋当年是被人打成了血葫芦，也不肯低头，实际上，他是真的偷了大队的东西，认错，也该。但他不认，宁死也不认，这说明他心里有一股横气。这股气要是用对了地方，他就是真正的汉子；要是用不对地方，他就是莽夫。我写过一本小说叫《西夏咒》，里面有个屠汉，偷了寺里住持的东西，还不肯忏悔，于是得了麻风病，手上掉了一层层的皮，但仍然不肯认错。他们都是非常固执的人。

我看你讲故事时的语气，似乎挺欣赏猛子的啊？

我欣赏的，不是猛子的不肯认错，而是猛子的骨气。中国人中懦弱的很多，强悍的很少，在西部，这样的人还多些。可惜猛子没有智慧，他要是有智慧，又有这么强悍的心灵力量，他是可以成功的。他和双福只有三个区别：一是没有目标；二是不肯用功；三是心小。心小，是因为他见识少——但这也是一个悖论，因为，心小的人没有大目标，不会主动去增长见识，哪怕到了同样的地方，有过同样的际遇，他跟双福的收获也很可能不一样。因为，心决定了他看到的世界，也决定了他得到的营养。但看不到更广阔的世界，人的心胸似乎又很难变大。所以，很多人庸庸碌碌地过了一生，一辈子没有大的改变。

猛子不是有变化吗？他刚开始愿意披狗皮偷东西，后来不愿认错、不服输、甘愿做沙娃受苦，他老想看看自己在命运面前，能忍耐多少，能承受多少，这说明，他的自尊被激活了，不是吗？

也许。不过，猛子也许只是赌气。他跟父亲是两种人，父亲对抗老天，是因为对人格的守候；猛子对抗双福，是因为欲望得不到满足。两者是完全不同的。只是，猛子自己没有发现这一点，还陶醉在那种桀骜不驯的感觉里罢了。其实，没有分辨能力的抗衡，是一种愚蠢。

你笑了。你说，要是世界上每个人都这么理性，天下就没有悲剧了。

我也笑了，但笑完之后，我叹了口气。我倒是希望天下不要有悲剧的，但这不可能。天下要是没有悲剧，就不是天下了；红尘里要是没有爱恨情仇，也就不是红尘了；世界上的每个人要是只有理性，那将是多么无趣啊！有人说，未来的世界，是感性的世界，你听过这句话不？我觉得它说得有道理。当然，我也认可理性的价值，但我觉得，生命中最重要的，其实不是理性，而是诗意，它需要理性，但又高于理性。它是真理融入生命之后，生命之火的熊熊燃烧。

你淡淡地笑了。你也喜欢真理这个词，对吗？谁都喜欢真理。在纷繁的人世中，如果没有真理，人就会迷失。红尘中纷繁的现象，你也无须去想。反正你想不想，都会过去的。一切都会过去的。这块土地上发生过诸多的故事，有些载入了史册，留到了今天，但很多故事都没有。它们都被湮没了，消失了，何况经历者的情绪？猛子有过的所有思绪，这块土地上的很多人都有过，在中国的其他地方，就连你生活的国家，也有无数人思考过，有无数人迷茫或清醒过，但一切都会消失，正在经历的，也终究会消失的。不管你喜欢，还是不喜欢，都会消失。几十年前，你还是如花少女，跟你的同学或是其他男孩子谈着恋爱，花前月下卿卿我我，如今，那些情话谁还会再提呢？与你耳鬓厮磨的，还是过去的那个人吗？一切都过去了。你愿意也罢，你不愿意也罢，一切都在消失。时光会像飞奔的列车那样，把诸多的过去都抛在过去。历史的烟尘，湮没了一切。我和你此刻的相遇，也注定消失在风里——除非，有一本书留下了，就像"大漠三部曲"留下了猛子们的故事一样。那么，有人就会知道，有个叫猛子的男子曾经做过贼，他被埋在沙坑里，也许要死去了，但他悔过了，他想做一个伟大的人，想做一些伟大的事，至少是对别人有益的，他觉得，那才有价值。这段话，也许会像乔布斯的遗书那样，给人带来一点思考，让一些想做坏事的人，因为有了另一种思维，而放下做坏事的心，成了另一种人。那么，猛子曾经披上狗皮那行为的价值，也就变了。他不再是一个贼，而是一个演绎故事的人。他披上狗皮也罢，偷女人也罢，跟双福较劲也罢，都只是故事的一部分。对生活中的任何一个人来说，都是这样。一旦人的心变了，他的一切经历就都变了。

猛子后来变了吗？

以后，你自己来判断吧。生命还在，就会出现很多意外。人心如流水，也在不断变幻着。此刻的猛子这样想，下一刻，他还会不会这么想，真的说不清了。

就是说他没有变？

我哈哈大笑。瞧，你还是纠结在这个问题上。我只是说一种现象。有过一种经历，人心多少都会变。只是，他变了多少，怎么变，这说不清。一切，都留给你自己体会吧。我怎么能左右你心中的世界呢？

眼前的世界，也不停在变化。下午还没有起风，这是一个安静的山谷。有鸟叫，有兽鸣,有流水声,一切都很静。因为没有人,这里静到你难以想象。在极致的静里,你会没了说话的念想。你只想体会这静,只想看看这自然,你当然也会想起远方的那些灵魂,他们在你心灵的天空里,还会不断发出他们的声音。你看到他们的无奈,看到他们的泪,而这些感受,也在静里被放大了。你知道,你改变不了他们的命运。你拥有的,仅仅是你的笔。幸好,你已超越了你,你可以飞出这山谷,尽情体会他们的心情。对,此时我说的"你",其实是"我"。但我们何必纠结这字眼呢?我们其实是一体的。此刻的对话中,你其实是另一个我,你已不是你自己了。所以,你何必在意。你就享受此时的一切吧,哪怕一切都会过去……

你静了半晌,才问我,为啥面对同样的人生,人的想法总会不一样呢?你跟我一起坐在这里,但你心里所想、你看到的山谷跟我不一样,王秃子、花球和猛子同样做沙娃,被困在同一个沙坑里,同样面临可能会窒息而死的命运,但他们心里想的事情,也完全不一样。鲁莽的猛子,竟成了三人中最淡定、最有智慧的那个人,他在无形中,成了另外两人的精神支柱。虽然王秃子一副恨恨的样子,但事实上,他的心里也充满了恐惧吧?也许,怨恨只是他表达恐惧和不甘心的另一种方式,对吗?但流露出这种仇恨的他,实在让人觉得有些恐怖。仇恨的力量竟这么大,连死的阴影,连锨家那种震撼人心的死亡,也不能让他放下?猛子是幸福的,他嫉妒双福、讨厌锨家,但是,在死神露出獠牙的那一刻,他把一切都忘了,他的心中,只有死亡带给他的感觉,无常消解了他所有的烦恼。他虽然有死亡的可能性,但那一刻的他,是世界上最逍遥的人之一,因为他没有欲望。名声、财富和恩怨,对他来说,都成了过眼的云烟,他不再在乎了,很多人求了一辈子的,不就是这种状态吗?

我淡淡地笑了,我望向远处。在那儿,风吹起了满地的落叶,落叶挡住了月亮。今晚的月亮很大,透过飞舞的落叶,把淡淡的白光洒在了草地上。我看到了一块石头,石头很大,大大的石头藏在草丛里,只露出半个脑袋。半个脑袋反射着月光,又白,又亮,看起来很像秃子的头……对,王秃子。但你当着王秃子的面,可不能这么开玩笑。要不,他就会用阴阴的眼神望你,把你望得心凉似水。

王秃子为啥这么阴森森的啊?你好奇地问我。

你说,这故事对王秃子的描写虽然不多,但给你的印象很深,从他抡镐头的姿势,到他面临死亡时的仇恨宣言,你觉得他的阴气很重,不知道他有啥遭遇,为啥会变成这样。

好,猛子的故事刚好也讲完了,接下来,我们就讲讲这个你最关心的王秃子吧。

好的。

王秃子：
男人的血性与毁灭

讲王秃子的故事不是一件开心的事，但不能不讲。因为，王秃子的身上，体现了西部男人心底深处的一种东西。

什么东西？

一种不那么好的血性。

我发现，你没有回避过西部人不好的一面。

是的，我不想神化一种存在，包括我定格的这种文化。我只想保存那个时代的真实。不管它好，还是不好，都不要紧，都是它。回避是没有意义的。如果你看过《野狐岭》，你就会明白我从来没有回避过什么，包括自己有过的一些小心思、心里一些恶的东西。因为，很多东西，其实是你没法回避的。文化定然有它的野狐岭，人也定然会走进他的野狐岭。命运是如影随形的。

不是有很多人改变了命运吗？

当然。但你认为的改变命运，不一定就是我所说的改变命运。

你说的改变命运，是什么意思？

我说的改变命运，是让心属于他自己，让他自由地选择他的命运，让他自在、安详、宠辱不惊地活着，自主地做一些他想做的事情。

"他"是谁？

"他"是每一个想这么做的人。

包括王秃子吗？

不。

为什么呢？

因为他从来没有为改变命运做出过努力。他一直在忍受命运。当然，他不甘心生不出男孩子，所以一直在尝试。但生了一个，是女娃娃，再生一个，又是女娃娃，计划生育罚款交了不少，家徒四壁了，但还是一屋子女娃娃。再加上他是个秃子，老是被人笑话，他又看不开，加上别人对他的冤枉，于是就压抑出一肚子火来，变成了上个故事里的那个样子。

都这样了，他还不想改变命运吗？

想要改变命运的人，都是相信命运能够改变的人，他们的个性非常积极乐观。

猛子是这种人吗？

猛子是，但猛子没有策略，也没有自己的主意，虽说他是个五大三粗的汉子，但他做的每一件事，都是在盲从，别人说什么，他就做什么，从来没有为自己想要的未来好好地计划过，也没有想过自己到底想做什么样的人。

但他在井里时，不是已经想过了吗？

你难道没有发现，他并没有具体的行为吗？他只是觉得，早知道这么快死了，他就不当贼了，就要做一些帮助人的事情。他想修桥铺路，想做一些善事，想帮一些老人，那么，他从哪里开始呢？梦想是需要走出第一步的，但猛子始终没有走出那第一步来。这是他最致命的地方，也是很多西部男人最致命的地方。简简单单地走出农村，是不可能改变命运的。想要改变命运，你首先要设计一下你想要成为的那个人。当你知道你想要成为谁，你生活的目标是什么，你必须有行为，你才有可能改变命运，对不？

那当然。

虽然是理所当然的，但很多人一辈子都没有踏出那一步。

你长长地叹了口气。你为啥老是叹气呢？你叹气也罢，不叹气也罢，那都是一段无法改变的过去。当然，你有叹气的权利。你叹吧。听到了悲剧，感到同情，总比心变成了脚后跟的老皮强。这时代，好多人都麻木了。像你这样，能一晚上不睡，在这里跟我聊一些西部故事的人，能有多少呢？

风儿也呼呼地应和着我，说明，它也同意我的说法。为了表示它的赞同，它送来了很多很多的落叶。枯黄的叶子飘了一地，有一片刚好掉在我的手里，也有掉在火上的，被火的热气一吹，就飘到一边去了。重些的，就着火了，先是烧着了一个角，然后那火星渐渐大了，叶子就画着圈抖了一下，落在火里时，已是一团乌黑的灰了。落叶明知掉进火里会被烧得粉身碎骨，一干二净，它仍然飞了过来，多像那扑火的飞蛾。但它不飞，也由不得它，谁叫它乘了风飘，由不得自己呢？这个世界上，有很多人都像落叶，他们都在风中飘，看起来自由自在，实际上随波逐流，不小心被火卷了，一辈子就没了。

比如王秃子？

比如王秃子。

你还没说，王秃子身上到底显示了西部男人的什么特点呢。

这就开始，你认真听……

拥抱的白骨

1

猛子贼一样游进夜里，去做贼。

他不想做贼，可白狗要他做。白狗说，你不是吊把儿的男人吗？大头都欺到百姓头上，拉屎拉尿了。猛子是吊把儿的，只好跟白狗去。

毕竟是做贼，啥都睁了眼望自己，天地、星星、树木、房屋……都睁了贼眼，望他。这感觉，有过多次了。记得，第一次，是偷双福女人那次。……不知道偷人算不算做贼？据说，该算的。按村里人的说法，他是双福女人的贼男人。反过来，她是他的贼女人。这偷人，想来也算贼了。他当过无数次贼男人。可这次做贼的感觉，仍很新鲜。偷人，偷多少次，也只是偷人，好男儿采百花，偷得越多，越显本事。可偷东西，就叫人看不起了，人会骂"贼疙瘩"呢。瞧，连人都不是了，成"疙瘩"了，叫他心里能不噔噔？

大头虽是村长，他庄门的高度，却只在村里占第二。最高的，是双福，人家是凉州有名的企业家，财大气粗，拔根汗毛比别人的腰粗，不高也由不了他；第二，便是大头了。大头当了多年队长，后来又当了村长，瘦死的骆驼比马大，当然高。第三是神婆，人家癞蛤蟆接了雷的气，张口神，闭口神的，票子树叶一样往怀里落，当然高。

自白虎关一火，大头像吃了锁阳的叫驴，一天比一天牛气了。谁都觉出大头的可能腐败，也有人想把他换了。要说换也容易，开个会，换个人，举个拳头，定个音，大头就不是大头了。问题是乡上不召开这样的会，人家只认大头。要是没乡上支持，你换了谁，也玩不转，到水管所，到乡上，到金管站土地局，等等，你都是嘉峪关的旋风边外的鬼，连话都搭不上。毕竟，大头多年了，已织成网了。那网，虽看不见，你一碰，唰——人家就过来，把你罩住了。

对大头，白狗一直咽不下顺溜的气。不说别的，只那批金窝子上，他不定捞了多少。在征地时,他更是晃势成起性的驴了,哪一次,村里都要剥层皮,但又不公开账目。白狗就暗中咬了几次牙,找到猛子,说:"大头这孙蛋,给了个箩儿,就当个天了。当个村长,多吃多占不说,还想在老子们的头上拾棱儿哩,整他一回。"

猛子说:"整就整。"

瞧,他们"整"大头来了。

大头的庄墙,黑黝黝的,显得很高。这感觉,和见到双福家时一样。猛子整大头,就是看不惯他的牛气。这大头,简直太牛气了,比乡长还牛气,比市长还牛气。人家牛气,是人家有级别,你凭啥?穿开裆裤那阵,你偷了队里的果子,还叫毛旦爹揍得嗷嗷乱叫呢,就凭这?……还有,你见了老顺,也大不咧咧的,虽低了一辈,却似称兄道弟的哥俩。当然,猛子不在乎这,哪怕你大头把爹叫孙子也没啥,只要你舌头大,想咋拌,就咋拌去。可要把老百姓当成土牛木马,想咋欺就咋欺,饿孵疯虱子一样咂血,不整整你,沙湾就没个拔毛出血的了。还有,你不该用那双贼溜溜的色眯眯的眼睛瞅莹儿,一想那场面,猛子就觉得气不打一处来,不整你个驴撵的,那肚里的气,咋也泄不顺畅。

当然要整!

两人抬个梯子,颠手颠脚,向大头家摸去。那路,就跟摸自己鼻子一样熟。白狗原打算不抬梯子,他说,与其抬梯子翻墙头,不如拿个镢头在大头的后院墙上挖个洞,把搁在后院的黄豆抬了就是。猛子说:"不成,有响声哩。"白狗说:"响声怕啥?我探试过,大头醉成死猪了。他一醉,你把他丢到火里也不醒。""女人没醉。""女人怕啥?她若一来,一脚就踩翻了。""人家会叫。还有狗呢,人一叫,狗一叫,庄里人都醒了。"白狗这才不说啥。梯子也好,镢头也好,只要能整大头,啥也成。

早想整大头了。为此,两人观察了好多天,开始,他们想偷大头的三轮农用车,可那东西,大,扎眼,不好处理;偷电视机,也一样,瞅来瞅去,就瞅中他后院的黄豆了。这些,拉到乡上收农副的地方,一过秤,钱就到手了,利索。

猛子好容易才鼓足了气,可每前走一步,鼓起的气就泄了一分。他想起哥哥住院时,大头帮过一百块钱。这份情,总忘不了,每每提及,爹总说大头是个好人。人家帮你,你却偷人家,真恩将仇报了。还有,不怕一万,就怕万一。偷了人家的东西,万一事发,贼名背定了。……上回虽偷了金沙,可那白虎关是大家的,却叫双福们占了,都说该偷。……虽也偷过人,可那偷,是能炫耀的资本。这回的偷不一样,因为粮食是用汗水换的,村里人最恨偷粮食的人。……这稀屎罐子,一扣到身上,咋洗也洗不净那恶心。爹说,这世上,最丑的事有两样:男盗女娼。这便是盗了。按爹的话说,"祖宗都羞得往供台下跳呢"。

他住了脚步。

白狗说:"咋?尻子松了?你爹老说你嘴硬尻子松,真是的。"猛子道:"大头是坏,可能不能想别的法儿?比如告,比如开会,撤了他。"白狗道:"不行不行。你告个屌毛,人家上上下下尽是人,你一告,查不出个名堂,反倒把自己告牢里了。城北的九墩乡,有个告了的,反叫人家设了圈套,诬陷成了强奸犯,家破人亡了。撤也不行,人家乡上只认大头,再说撤个饱狼,换个饿狼,更坏。走吧走吧,这法那法,不如想个办法。这是替天行道呢。"这一说,猛子又想起大头的恶来,气又在心里鼓荡了。

夜深了,风很利。白狗有意选这风天。风一起,沙乱滚,三滚两滚,就盖了脚印,安全。

因为出力,猛子的身子发汗了。手提的塑料袋儿哗哗地响着,里面装了一块肉,准备贿赂大头家的狗。吃人的嘴软,拿人的手短,那海关关长,都能叫好处买通,何况一条狗。两人还备了麻袋绳子,若是狗不受贿赂,就索性结果了它。猛子狼都打过,对付狗,小菜一碟。若是狗扑了来,揪了它顶皮,用绳扣一套,一勒,就万事大吉了。但猛子总想事发后爹可能出现的脸。上回偷个女人,人家都吃人哩,要是再偷东西,真拿狗屎往他脸上抹哩。不过,这不是一般的偷,是替天行道呢。换句话,这是"天"叫他干的。谁叫他大头欺天呢?记得,双福女人说,天就是老百姓。

到大头家后墙了,两人放下梯子,将一头搭上墙头。那应该很轻的一响,却似心头炸雷,真做贼心虚了。白狗扶扶梯子,上了,四下里瞅。猛子觉得心使劲擂胸膛,就想,怕啥?我这是替天行道呢。

白狗下来了,猛子听到他压抑着的笑。他悄声问:"笑啥?"白狗低声说:"你还说告呢。任谁告,也不成,人家不但送钱,连女人也送了。你自己去看,悄些声。"

猛子上去,梯子在脚下晃,心也随了脚晃。猛子常登高,多高的树,也敢上。夜风吹来,吹到他因抬梯子而汗津津的身上,凉飕飕的。

上了墙头,看那后院,虽一片模糊,但借了月牙儿荡来的光,仍能窥个大概轮廓。忽听到,后院棚下传来怪响;细听,却是会兰子在呻吟。恍惚中,见有团黑影在蠕动。猛子觉得一团火在体内腾起,他明白白狗发笑的原因了。

会兰子的声音倏地大了:"快,快,乡长,你弄死我算了。"响起很大的喘气声。

白狗悄声没气地笑着上来,猛子朝旁边挪挪。又听得会兰子叫:"哥哥子,明日个,我也给你皮鞋上绣个花。"接着是呻吟,像狸猫儿叫春。

猛子偷偷笑了。这皮鞋上绣花，本是个笑话，上回，他和凤香鬼混，那婆娘也这样说；就咽一口唾沫，悄声道："也不怕叫大头逮住。"白狗嗓里也咯叽一声，低声道："大头早成醉鬼了。……我还以为他回乡上了呢。这肉头，色鬼一个，老干这活，仗着酒量好，灌醉男人，弄女人。"

听得那男人喘呼呼问道："舒服不？"女人咻咻笑道："舒服得不敢给娘家人说。"

猛子悄声问："咋？回吧？"白狗说："等等，他们一回去，也跟死猪一样。"果然，那二人吧唧一阵，脚步声去了，传来关门声。

"咋没见狗？"猛子问。

白狗说："可能叫进屋了，怕坏她的好事。瞧，人家的关系。你还想告哩，你一告，谁不骂你？穷死不喊冤，屈死不告官。何况，告到中央，还得人家乡上处理。"

猛子却想：这会兰子，平日倒也正经，可浪起来，一点也不比双福女人差。想到了大头望莹儿的眼神，他快意地想：你还瞅别人干啥？自家女人也叫人操了。

两人上了墙，抽上梯子，顺进墙里。白狗还在墙上，放下绳子准备往外吊。猛子下了墙，他拿着那块肉，准备对付狗。本来，他想叫白狗下来，可白狗说："你是对付狗的行家。"这是天大的理由，猛子只好下了。

觉得到处是狗，那棚下，那黑影里，那不明不白的所在，都隐着一双绿绿的狗眼。那狗眼，本不放光，可猛子心里，却恍惚成狼眼了。这使他提心吊胆，想，你扑出来倒好些……当然，最好别叫，一叫，自己只好撒腿跑了。他四下里瞅瞅，后墙下有个烧馍馍用的火棚儿，上了棚儿，一蹿，就能上墙，比上梯子利索多了，想好后路，心才定了。

猛子走向棚下，数数纤维袋，有十袋，立着。方才那两人，正在这儿撒欢，看那阵势，是女人倚了袋子，男人又倚了女人，村里人管这姿势叫"栽庄子"。这"庄子"，就是大口袋的别称。想到那情景，猛子的嗓里很渴。想不到，一个平时并不惹眼的肉乎乎的会兰子，竟也能叫他上火。看来，北柱骂他骂对了，他说啥来着？对了，"三天不见女人面，见了母猪赛貂蝉"。

他侧了耳，听到一阵呼噜……不，一群呼噜。大头的呼噜最响。难怪。听说，中央要开发西部，拨下款来，叫给老百姓换电线，不要钱。但乡上说，得叫电工、民工、干部啥的吃饭呀，总不能饿肚子，就收了钱。那钱数儿，比买电线的还多，大头们就有了呼噜的本钱。

猛子一吃劲，抱起一袋，从手感上觉出，是黄豆。啥也行，只要能放大头的血就成。喝的血太多了，该他放血了。他抱了袋子，朝墙上垂下的绳子走去。脚步声很响。猛子最怕偷嘴子狗，趁人不注意下口。要是狗不出声，偷偷跟来，一口，就能从腿肚子上撕下肉来。叫狗不咬人，咬人的狗不叫。猛子四下里望望，却不见狗影儿。他想：莫非，狗叫会兰子关起来了？

猛子把袋子放到垂下的绳子上，绾个活扣，白狗几下就吊上墙头，顺到墙外。一抽绳扣儿，活扣就开了。白狗压低了声音说："脚步轻些。"猛子低声道："你来抱上百十斤东西轻轻看。"

往返一阵，袋子们就到墙外了。吊最后一袋时，出了点小麻烦，吊到半空，扣儿却开了，袋子劈空落下。猛子慌忙去接，却叫下坠的袋子砸倒在地。因了这一接，坠地声就不太响。

"伤了没？"白狗悄声问。

猛子被砸得眼冒金星，爬起来，活动一下腰腿，倒还自如，就第二次绾好，叫白狗吊出，才爬上墙头。

白狗说："你先下，我收拾一下现场。"他脱只鞋子，扣了，在墙头上蹭几下。"这下，没脚印了。"白狗喘吁吁道。

这下，提醒了猛子。他说："糟了，那后院，尽是我的脚印。""你穿了啥鞋？""布鞋。""皮底的？""布底。"白狗说："怕啥？那布底鞋，百十号人穿呢。明日早晨，你听着，一听到会兰子哭叫，就咋咋呼呼往他家跑，惊得人越多越好。这现场，三踩两踏的，就没了。"虽也是个法儿，猛子的心还是落不到实处。

白狗指指袋子，说："放你家？"猛子说："不成不成。爹知道了，打断我的腿呢。"白狗皱眉一阵，说："干脆，埋到沙窝里，埋远些。那儿最保险，轻易找不到；万一找到，也不知道谁偷的。"

两人先把梯子抬回家中，又来扛袋子。风更大了，沙鞭直抽脸，怪叫声也很瘆人。白狗说："正好，这风天，把啥都盖了。"话才出口，却叫风沙带了去，消失到远方了。

猛子扛一袋黄豆，虽不太重，但迎风走，就显吃力了。那风时时鼓荡衣襟，要掀翻他。沙子也不时裹头裹脸来一气。一起风，就这样。这种天里，睡觉最好。在热炕上，迷糊里听风声，是一大享受哩。

做贼真辛苦。

2

次日，若不是听到嘈杂声，猛子还醒不来呢。这是他的本事，天大的事也睡得着。梦里正捧了会兰子啃呢,却叫妈推醒了。"起,看稀罕去,大头家出事了。"妈说。

猛子这才记起昨夜的事,一骨碌爬起,飞快地穿了衣出门。用不着他惊,人们看大戏一样朝大头家拥。

会兰子的哭声在晨风里游着。那声音悠长,尖锐,突地拔高,直插云端,再游丝一样,袅袅荡下。会兰子是村里公认的哭丧亚军,除了月儿妈,就数她了。她哭起丧来,很是耐听,边诉边哭,其声幽咽,其形痛绝,如泣如诉,余音绕梁。看来,她把哭丧练就的绝技使出来了,村里人自然不放过这一绝好的热闹场面。

大头家挤满了人,白狗早在那儿咋呼着当啦啦队。几个女人正拉扑天抢地的会兰子。那情形,真和哭丧一样了。会兰子跪在昨夜里销魂今早上断肠的那个所在,用脑袋一下下撞地面,弄得一脸污泥。看这模样,你真不信她竟能发出那种天籁般的呻吟。猛子四下里瞅瞅,见乡长一脸严肃,正给村干部吩咐啥。大头则垂了脑袋,眼皮仍显浮肿,想是昨夜真喝多了。猛子心里说:"大头,你的女人叫人操了。"

大头儿子边抹泪,边扯妈的衣袖,想扯断那哭声。孟八爷也劝会兰子:"算了算了。死了的哭不活,丢了的寻不着。哭有啥用?"

会兰子吵架似的直了声:"咋没用?我叫他好吃难克化。谁偷了我的黄豆,叫他断子绝孙!"

"就是。断子绝孙!"一些人应道。这应,是想表明:那事儿,不是我干的。

"谁偷了我的黄豆,生下娃娃没屁眼!"

"没屁眼。"这回,应的人更多了。因为有了准备,也更整齐响亮。会兰子拧把清涕,嚎几声,又叫:"叫他车碾马踏!"

"车碾马踏!"这回,全院人都喊了。

"叫他祖坟里埋的是老叫驴。"

"老叫驴!"声若巨雷。这阵势,比"文革"时的喊口号还来劲。

孟八爷不禁大笑。他一笑,喊口号的人们,也觉出了滑稽,笑声轰然,涨破院子,连紧绷着脸的乡长也笑了。这一来,把个哭丧的场面弄成看小品了。

大头起了身,朝会兰子吼:"起来,别丢底典脸了。"会兰子又朝大头龇起了牙:"丢的啥人?典的啥脸?老娘又没偷人,又没卖肉,丢了东西,嚎几声,有啥错?"

猛子想:你咋没偷人?夜里,还给人家皮鞋上绣花哩。不由笑了,望乡长的脚,见他虽穿了皮鞋,也不见有个啥花儿,定是会兰子放了空炮。

"骚货。"大头骂,"几袋东西,丢了就丢了,那有啥?就当给了孙子,就当吃了药。"

会兰子母狗般咆哮："你当然不心疼。你一天甩上老屌闲游闲逛,是老娘头仰屎坑苦下的。你不心疼,老娘心上可刀刀儿戳呢。老娘偏要骂,骂他个七七四十九天。男人偷了,害大背疮。女人偷了,得盖天病。"这回,村里人没应。

猛子打个哆嗦。大背疮没见过,可听过,据说从前心能看到后背,很可怜。盖天病也听过,病一发,就从女人下身里出指头粗的蛆。会兰子这一咒,猛子觉得脊背凉飕飕了,他想,千万别得大背疮呀,我可是替天行道呢。虽也不信金刚亥母,他还是祈祷了一番。

"丢人呀,骚货。"大头痛心疾首。他没再骂更难听的,毕竟,自己大小也是个干部,不能失了身份。

会兰子又朝他扬起了獠牙:"谁丢人?你头吃上个砸屄榔头,吃时有你,穿时有你,操心时没你。你要是不喝酒,谁敢偷?你醉了醉,不要吐天哇地,把狗也弄醉,谁敢偷?大头烧山芋,吃了喝了,嫖风打浪,头放到杂碎盆子上,一点正事不干。"

猛子这才明白,狗没叫,是因为吃了大头的呕吐物,也醉了。真是好笑。猛子想说:"他要是不醉,你能给乡长皮鞋上绣花?"

这下,大头给戳到痛处了。他没多少文化,最怕人怀疑他的智力。这娘们,哪壶不开提哪壶,竟说他的头在杂碎盆子上搁着。杂碎是啥?猪羊牛的肚肠,明明的,把大头说成牲口了。是可忍,孰不可忍。村人还没反应过来,大头已揪过会兰子,瞄准她的脸,响响地扇了几下。会兰子的鼻血咕咚咕咚冒了出来。

"大头,你干啥?"孟八爷喝道。

乡长也撑了乡长的架势过来,没说话,指头一指,大头就扔了女人。女人索性扯起嗓门,哭丧似的骂起来。那内容,却从骂贼转向骂大头了。

3

派出所派了几人,装模作样看了一番,也没看出个眉眼,就走了。

大头召了村民,在家府祠门前的大树下开会。大头说,本来他不想开会,可那贼不偷别人,专偷他,似乎是想跟他叫板。再说,要是你也偷,我也偷,还叫他活不活人了?

家府祠是大清道光年间修的,原是当家户族祭祀祖宗的地方,但时代变了,谁也不在乎祭祀了。除了逢年过节到祖坟上奠几张纸外,"祖宗"二字,也很少听闻了。家府祠虽是旧房子,却很是气派,四梁八柱,雕花飞檐,尽是好木头。民国十六年,那大地震把凉州城的罗什寺塔都摇倒了，家府祠却安然无恙。后来，叫生产队当了库房。再后来，就空放着。每逢过年，花球们就提个录音机，放个舞曲，男与男互相搂了，学着城里男女，扭腰晃屁股，逗得村人嘿哈一通。

家府祠前，是棵大白杨树，径约两米，直插天空。因为年代久远，那枝丫就龇牙咧嘴，扭出古色古香的怪来。白杨命短，成材后若是不伐，中间就空了。可没治。树是祖先栽的，几百号子孙，谁也有一份，谁也不敢私自砍它。前些年，有个油把佬，出个价，想买去当油梁，可谁也做不了主，只好由它空去。不过，空了的大树仍是大树，那气势，仍压着别的树一头，加上家府祠，就显得威焰赫赫了。大头选这地方开会，是有他的用意的。

会议研究的主题是：他的黄豆丢了，咋办？

狗宝说："这贼真缺德，连种的都偷。日后，怕是没安稳日子了。"月儿爹说："就是。说不准连麦捆子也偷哩。这号贼，抓住，挑断脚筋，看他还偷。""就是，就是。"几人应道。

猛子想：宁给好汉牵马镫，不给懦夫当祖宗。我们打抱不平，你们，嘿，竟说这种话。他发现，喊"就是"的，是平日私下里牢骚最大的。明白这"就是"，意在为自己脱干系。他想，怪不得凉州的贪官肆无忌惮，凉州尽是这号人，能不养贪官？

老汉们问大头："你说咋办？"

大头说："那东西，肯定还在村里，肯定还在！咋办？"白狗说："搜。"孟八爷问："搜不出咋办？"大头问孟八爷："你的意思，不搜了？"孟八爷说："我们没说不搜，可搜不出咋办？"这一来，有两个"咋办"了，村里人就研究两个"咋办"。

大树上有群乌鸦，也在叽喳聒噪，时不时，就落下一团白色的粪。平时，谁都忌讳这粪，按神婆的说法，鸟粪落到人头上，会一年不利顺的。此刻，谁也不顾这吉不吉了，都把那"咋办"塞满心了。

"没啥说的，搜！"白狗说。

会兰子眼泡肿着，嗓门没肿，就尖尖地叫："当然搜！不搜，便宜了那挨刀货。"

这回，老顺也问了："搜不出，咋办？"这话该问，搜谁的家，就把谁当贼了。搜不出，人家当然要问个尺码。再说，谁家的正堂里都供着神灵祖宗，你进去，翻箱倒柜，飞上跳下，跟那毛骚人的鬼没啥两样了，晦气呢。

大头说："心里没冷病，不怕吃西瓜。"孟八爷说："大头，话往好里说。我们没说不叫你搜，我们说搜不出，咋办？"大头问："你说咋办？"孟八爷说："大家说。"望望老汉们，却都垂了头。

白狗说:"没说的。搜!不搜,叫人家以为全沙湾都成贼了。"老顺说:"这话,说说容易,可你想,那黄豆,谁家没有?咋知道是你的?"

会兰子说:"我那黄豆,跟别人的不一样,是新品种,金豆子似的,没一个黑点儿。它和别的掺掉,也一眼能认出来。"

大头叫:"不搜了,不搜了,掉进贼窝的东西,你也拿不出来。蛇钻的窟窿蛇知道。心里没冷病,不怕吃西瓜。"这话明退暗逼,谁若不叫搜,心里就有冷病了。

孟八爷怒道:"大头,屁往好里放。老子第一个叫你搜。"白狗叫:"我第二个。"老顺说:"搜就搜吧。这孙蛋,话头上欺人哩。"

就搜。

从神婆算定的方向开始,一家一家搜。这是近年来少见的场面,跟日本鬼子的大扫荡一样热闹。不料想,才搜了几家,就从王秃子家搜出了一升"金豆子"。王秃子涨红了脸,承认他撅过大头的黄豆角,说是大头乱收水费,他气不过,摘过他的黄豆角。别的黄豆,他没见。

大头问王秃子:你承认不?不承认,我可报案哩。王秃子死不承认,大头就去了派出所。

4

一辆警车停在路口。大盖帽带了王秃子,朝车走来。

王秃子女人大声地嚎着。几个丫头也嚎。一股风卷来,那嚎就随了风声,忽大忽小。又听得会兰子骂:"老娘早就知道是他偷的。眼斜心不正,心比驴还狠,怪不得他养不下娃子,断后焦尾巴。这号人,天不绝他,才是怪事。"孟八爷说:"会兰子,你别提起箩儿斗动弹,就事论事,少往别的事上扯。"

王秃子本来阴沉了脸,一语不发,一听会兰子的话,脸色大变。他驻足扭头,恶狠狠瞪着会兰子,从牙缝里挤出话来:"你那娃子,墙头高,才算人呢。老子除非死在狱里,出来,老子这老羊皮,换你几张羔子皮。"

大头本来也没说啥,一听秃子这话,骂道:"秃驴,你唬谁哩?有啥事,你冲老子来,唬女人娃儿干啥?老子又没栽赃,把黄豆塞到你家里。你是狗咬的,自寻的,怨老子干啥?"

王秃子冷笑道:"老子偷没偷,天知道。"会兰子叫:"没偷?黄豆咋到你家了?"王秃子只阴阴地瞪一眼会兰子,不再发话。

大盖帽喝:"走!"秃子又机械地前走。

白狗说："就凭那点儿证据，就抓人家，说不过去吧。你们搜过了，几百斤东西，又不能塞进老鼠窟窿。抓奸抓双，捉贼捉赃。"会兰子说："谁说没赃？那黄豆，是农科院的新品种。别说沙湾，全凉州，也没几家种。"猛子道："人家不是承认揪过豆角吗？"会兰子说："那号话，谁不会说？"

白狗仍极力为王秃子开脱。猛子明白他的心思。他们做贼，是为惩罚大头，若叫王秃子顶了缸，良心不安呢。宁叫它变成无头案，也不能冤枉秃子，就对警察说："抓人，得有证据呀，人家承认揪过豆角。揪点儿豆角，够不上抓吧？我放牲口时，也揪豆角烧着吃呢。"警察解释道："这是嫌疑人，我们也没说他就是罪犯。若是没事，我们就放了他。"王秃子吼："你查，查出没事，老子这辈子，叫你们养活。你扣了老子一瓢稀屎，想轻飘飘地放我，没门！你放，老子也不出！"

一警察笑了："好，不出，就多待几年，把牢底压穿。"一人却上前，朝王秃子扬起手："你给谁当老子？"另一人挡住："算了，算了。"

白狗叫："你们可不准打他！上回，我可是叫你们把吃上的米汤也打出了。"猛子说："就是。王秃子，谁要是打你，认下模样儿，出来告他。"

一警察过来："喂，你们是啥人？是同谋吧？"白狗笑道："啥同谋？我们正是罪犯。咋？也抓我？"猛子暗抽一口冷气，却也笑道："就是。我们干了许多惊天大案呢。那点儿黄豆，还没放在眼里呢。"

一警察吼道："一边去，少妨碍公务。"

王秃子女人哭着扑来，绊倒在地，爬起，又扑来，一身尘土，一脸泪水。几个娃儿哭声虽大，却不敢追来。"冤枉呀。"女人嚎。

一警察过去，挡在前面，喝道："嚎啥？放心，我们决不冤枉一个好人，也不放过一个坏人，坦白从宽，抗拒从严。"女人哭道："他不是坦白了吗？他承认揪过豆角，谁叫他大头多收水费。"

白狗捣猛子一下，悄声说："瞧，这女人，跟我们一个心思。"猛子眨眨眼，说："夹嘴。"

那老些的警察说："不是解释了吗？仅仅是嫌疑，我们还得调查取证。"女人住了哭，说："你们可不准打他。打残废了，我碰死在派出所门上。"

警车啊啊着，牵一条灰龙远去了。白狗捣捣猛子，离人群远些，问："咋办？叫人家顶缸，自己当缩头乌龟，不对劲吧？"猛子说："先别急，叫人家审去，没证据，说不准就放了。你一出头，弄巧成拙了。天下有多少无头案呀。"白狗拧眉一阵，没再说啥。

听得王秃子女人哭道："不叫你把帽子，呜呜，往缸上放，你不听，呜呜……看，我说顶缸哩……呜呜……真顶缸了……天杀的贼呀，你偷了东西，却叫我们顶缸。"

白狗上前，说："你咋又乱骂人了？说不准是梁山好汉，劫富济贫呢。"大头发话了："白狗，贼成梁山好汉，老子成啥了？老子是高俅？是蔡京？老子派儿子霸占了你的女人？"白狗笑道："想霸占，老子也没女人。不过，你是啥？天知道。"猛子道："算了算了，狗咬狗，一嘴毛。"

孟八爷走向王秃子女人，拉了一把："起来起来，哭啥？哭坏身子，娃儿可没人养活。那事儿，他没干，人家想安，也安不到他头上，放心。叫人家调查，不调查，说不准得背一辈子黑锅。调查清了，也好还你个清白。"女人哭道："你说八爷，这天杀的贼，可恶不？好事自己干了，恶事叫人背。"

白狗道："听，又乱骂人了。贼又没抓你男人，要骂，该骂派出所才是。他们头吃个砸尻榔头，连个案也破不了，乱抓好人。"女人却一声连一声地叫："天杀的贼呀。"

白狗苦笑着望猛子："没见过这号糊涂鬼。"

离哭声远些，猛子说："叫秃子顶缸，心里总是难受。要不要想个法儿补偿一下？一进派出所，打少不了要挨，叫人家替我们挨打，心总是不安。"白狗说："就是。先给他女人送些钱，二百，帮帮她，将来卖了豆子，也给秃子一份，卖多少，三个人分，就当秃子也入了股，不能叫人家白挨打。"猛子说："也好，先一人出一百。"

夜里，却从派出所传出话来：王秃子招了。那黄豆，说是卖了，卖给过路的三轮车，也不知是哪里人。都说，这下，够判刑了。

5

半月后，王秃子被保了出来。猛子们处理了黄豆，给了大头一沓钱，算是赔款，叫他去保，不然，要联络村民，告他贪污。大头屁门松了，就去保，好话说了三骡车，才保回王秃子。

王秃子上午被放出，却在河坝里猫了多半天，到夜深人静，才溜进家门。一进庄门，就没见出来过。也难怪，丢人哩。村里人眼里，最丢人的事，莫过于叫公家逮了去。所以，老先人说："穷死不喊冤，屈死不告官。"

次夜，老顺和孟八爷去看王秃子。

王秃子变了，瘦不说，形容也极是萎靡，见二人来，也不打招呼，自顾磨刀，霍霍的声音，很是瘆人。老顺认出，这刀，是秃子爹用了几十年的杀猪刀，那原来二寸宽的刃儿已不到一寸了，究竟杀了多少猪，谁也算不清。秃子女人倒很亲热，因为她患肝炎，无钱吃药，孟八爷每次进沙窝，就给她带些拐皂柴来，锯成木坨儿，熬茶喝，倒也没恶化。

孟八爷劝王秃子："没啥，顶缸的事，人世上有哩，想开些。"王秃子不应，只霍霍地磨刀。

老顺也劝："那年，队里丢了树，也有人怀疑我。我说，老子行得端，走得正。怕啥？"

王秃子用拇指刮刮刀刃，没搭言。娃儿们心虚地望望爹，望望妈，又望望来客，却不敢出一口大气。

孟八爷说："有事不怕事，没事不找事。过去的，已过去了。人家也不是故意整你。"女人道："咋不是故意整？人穷志短，马瘦毛长。人家明贪明占，没人放一个响屁。我们，揪个豆角儿，就叫人家辱臊了一顿，又是挨打，又是受气。若不是白狗自首，这黑锅，背定了。"

老顺道："也不一定，我就不信是你们偷的。"

女人道："你不信，也没见你说了句啥话。"

这一说，老顺脸上烧烘烘的。当时，他真不信是王秃子偷的，倒是怀疑北柱或是白狗，可也没敢替王秃子说话。后来，听派出所的说，他招了，就信那"招"了，就说："他们说是他招的。"

"不招咋行？"女人提高了声音，走过去，撩起王秃子的衣服，几道扎眼的伤痕扑来。老顺和孟八爷都抽口气，又听得女人说："肋巴，也断了一根。这冤，找谁诉去？"

王秃子冷冷地推开女人，抖抖身子，卷起的衣服就落下了。他又磨刀了。磨刀声瘆得老顺的牙根都酸了，像嚼了一嘴沙子。

一时静场。老顺和孟八爷都不知说啥好。

孟八爷干了嗓子，对王秃子说："你可别干糊涂事。"老顺道："就是。石头大了，转着走，忍忍，几十年就过去了。不为自己，也要为娃儿们想哩。"女人叹口气，望望王秃子，却不敢说出啥来。

这气氛，很令人闷憋。王秃子头上老捂顶帽子，不知捂多少年了，颜色早褪了，帽檐儿里的纸板也早成一堆了，可他舍不得扔，老捂着。村里秃顶的，虽不是他一个，但有他在场，谁也别说"秃"呀、"贼亮"呀、"和尚"呀之类的词语，一说，他便阴阴地瞅你。虽无恶言，但那瞅，也叫你心里怵阴阴的。有时，王秃子也会冒出话来，大多疙里疙瘩，叫人回味无穷，却也没人费神去咀嚼。但一想他那形象，谁的心里都会有阴阴的感觉，都觉得他那顶帽子，不但捂了头，还捂了心。

磨阵刀，刮刮刃，王秃子又搬过不知从哪儿捡来的破钢丝床，捣鼓起来。老顺擦擦额头的汗。这气氛，他有些受不了。

女人显然也受不了，她望望孟八爷，干瘦的脸上显出乞求的神色。孟八爷望望老顺，一笑，大声说："呔，老崽，你做啥哩？"

这回，秃子发话了：

"杀人！"

6

二人劝了一阵，出得门来，都不约而同地长出一口气。不觉间，他们已将一口气憋了许久。漠风吹来，把心头的闷吹了许多。

孟八爷叹道："这王秃子，瘸腿上拿的棍敲，娃儿多，婆姨病，又没儿子。这次，再叫辱膜一顿，心上能舒畅吗？"老顺问："你估摸，他真杀人不？"孟八爷长吁一口气："这可说不准。那口气顺过来了，就万事大吉。若是回不过心，钻了牛角尖，啥事也干得出。"

老顺说："他听你的话，你多劝劝。"孟八爷说："劝归劝，可也得提防着点。你给大头说说，叫他给王秃子个面子，看望一下，或给些补偿，或说些好话。看那样子，秃子可恨死他了。"老顺说："大头的嘴不牢实，一说，就顺风扬个满天，反倒不好。"孟八爷说："说说好，尽尽心。不管啥事儿，能防的时候，防一防。王秃子那号人，不像炒麦子脾气，一爆，啥事也没了。秃子闷憋了几十年，早成炸药了，一点个雷管儿，就爆炸。"

二人就又去大头家，叫他出来，说了王秃子磨刀的事，叫他瞅个机会，去消消秃子的气。哪知，大头一听，反恼了："你不磨刀，说不准，我还给你个台阶儿下。你一磨刀，老子偏不尿你。谁是你唬大的？是派出所抓的你，又不是我抓的。我又没动你一指头。"又说，"你们也别见怪。这号毛病，惯不得，一惯，日后大小遇个事，谁也朝我舞弄刀子。我也是长毛出血有血性的，不能人一吓唬，就尿一裤裆。"

还说："你们也别怕，谅他秃子，有那心，也没那胆。疯叫的狗不咬人，咬人的狗不叫。人家要是真动了邪心，也不给你们说。"

孟八爷却忧心忡忡，叮嘱道："你也别太大意，能给下个话了，给他下个话。说几句话，也没人拔你的牙。不说，也不要把这事张扬出去。"

大头满不在乎地说:"没啥。你放心,借给他个胆子,也没那血性;就算有那血性,也没那力气。一风吹倒的身子,他杀谁呀?走,进去,喝酒。"见二人摇头,就说:"不进就算了,我还忙呢。"就进了门。

很快,大头的声音远远传来:"啊哈,还有人想杀我哩。"

老顺怨孟八爷:"瞧,你的好心,叫他当成恶意了。人家瞅个空子,又要报复秃子了。"

孟八爷长叹一声:"宁给好汉牵马拽镫,不给蠢货主谋定计。算了,你我尽心了,由他去吧。"边叹气,边摇头。

7

王秃子已把磨刀位置从家里挪外面了。谁都见他磨刀子,他磨了牛刀磨猪刀,最后磨老切刀,时不时地,就叫:"杀人!"可他不叫时,谁都说他会杀人,一叫,反倒没人信了。都说:"许是脑子坏了。"

王秃子用旧钢丝床做了一副盔甲。刀磨好后,他就开始制所谓盔甲。村里人都知道这事,一问,他就叫:"杀人!"闻者就破口笑了:"杀你的老屄吧?"

每天夜里,王秃子都穿了盔甲,在桥头上练习劈刺。他忽进忽退,神虽凌厉,形却踉跄。与其说在练功,不如说在杀想象中的人。老顺劝过几回,王秃子却不语,疯魔一阵,脚下一绊,腾地倒地,就长伸四肢,牛喘不已。

"杀人!杀人!"王秃子喘吁吁吼。

一听那吼声,村里人就笑。谁也不信,王秃子会真杀人。都说,叫狗不咬,咬狗不叫,他要是真杀人,是不会张扬的。

这天,老顺去给打七的老伴送了晚饭,正在金刚亥母洞旁的土地庙里歇息,忽听一阵乱叫声传来:"王秃子杀人了!王秃子杀人了!"他以为是谁在开玩笑,却不料,那乱声渐渐逼近了,竟有一堆人声。老顺变了脸色,放下杯子。凤香已跑出屋外,拉亮门口的灯,见已扑上个怪物,身躯肥大,头大如牛。老顺叫:"王秃子,真是你。"

"闪开!闪开!"那人叫,果然是王秃子的声音。他穿着钢丝床弄成的盔甲,头顶个摩托车头盔,一手舞切刀,一手舞长刀,厉叫:"谁挡,老子可杀谁哩。老子只杀大头女人,与别人无干!"说罢,扑入关房。关房里传来一阵骚乱。几人逃出关房。会兰子厉叫着,也扑了出来。

王秃子舞刀追出。

"快!快!"凤香叫,"抄家伙!"

老顺顺手捞过一个锨把,刚要前扑。王秃子叫:"谁来,老子要谁的命。冤有主,债有头,老子算总账来了。闲人滚开!惹急了,刀子可不认人。"

老顺正犹豫,黑皮子老道一把夺过锨把,扑向王秃子。这时,王秃子已追上会兰子,一刀劈下,砍中会兰子的大腿。会兰子惨叫着倒下。同时,黑皮子老道的木棍也砸到王秃子戴的头盔上,只听一声闷响,王秃子晃了几晃,却没倒下,仍乱砍倒下的会兰子。

又有几人抄了家伙,扑过去,棍齐落,击在王秃子身上,却叫那盔甲消去大力。老顺吼:"呔,杀人偿命哩!"王秃子叫:"老子早不想活了,谁再打老子,刀子不认人。"这叫,已变质了,显得格外瘆人。

会兰子倒在血泊之中,连呼"救命"。老顺急了,捞过一个榔头,知道王秃子头上身上都有护物,就朝他腿上砸去。王秃子跌了一跤,爬起,朝众人狰狞地吼:"谁再砸我,我就杀谁!"说罢,一瘸一拐地跑了。

会兰子仍在血里滚着,不知伤没伤到要害,但面部已血肉模糊了。猛子妈抖得厉害,脑子却清楚,说:"快,快找大夫。"神婆安排人往架子车里铺了被褥,抬上会兰子,急急去了。

众人还没喘一口气,北柱又扑上山坡,说:"快,准备一下,王秃子要杀会兰子。"一人说:"早杀过了。"北柱说:"大头的两个娃子,已给杀了。幸好,大头没在家,王秃子打听会兰子呢,孟八爷叫我来报信。"

"死了没,那娃儿?"猛子妈问。

北柱说:"死了,死了。不是他打听会兰子,人还不知道呢。那大头,单单今夜出去,要是他在,娃儿也不死。"

老顺说:"大头要在,怕也没命了。人家穿了盔甲呢,棍子敲在身上,跟搔痒似的。"

"人呢?"北柱问。

"才逃出去。""这家伙,还真杀人呀?我还以为他唬人呢。"老顺说。

"我也以为。"都说。

8

大头家书房里一屋血污。炕上的娃儿血肉模糊,看不清面目了。粉皮墙上溅了不少血,炕上的被褥湿了大半。半屋子人,都抽着气。

老顺打个寒噤,觉得在梦里。那电灯,挂着一轮轮光圈,散发着迷幻气息。众人的咋呼声也很虚，脑中仍有个锤儿，轰轰地敲太阳穴。

北柱说："大头还不知道呢。这孙蛋，不定还在哪儿快活呢。"猛子妈说："这秃子，娃儿又没惹他，杀娃儿干啥？"一个寒噤打来，把她后面的话打没了。几人嘀咕着："谁能想到他会杀人。""就是就是。""这秃子，平日是没嘴葫芦，一干事，却惊天动地。""这号人，最可怕。爱说话的，把心里的啥都说了。这号人，闷葫芦，啥都想不开。"

孟八爷问："王秃子呢？"老顺说："不知溜哪儿去了。"孟八爷说："快寻快寻。北柱，去打电话报案。其他男人拿上绳子、棍棒，找王秃子。那家伙，杀一个也是杀，杀两个也是杀，杀红了眼，说不准还想杀平日有气的呢。"老顺说："就是。南乡那人，一夜杀了十几个人呢。"这一说，谁都害怕了，都怕王秃子趁他们在这儿，去杀自己的娃儿。

"快走，快走，先去我家看看。"一个说。几个人也开始乱嚷。孟八爷就叫备了绳索和棍棒，打了手电，一家家去查看。还好，那王秃子，并没乘虚而入。

老顺提心吊胆地握着榔头把，他和王秃子本来无冤无仇，但方才，他砸过王秃子一榔头，不知对方看清了没。若看清，报复是必然的。他叫老伴赶紧回家，叫猛子防备好，打里锁住庄门。

孟八爷也打发其他几个打七的女人回家，收拾好房门，不怕一万，就怕万一。他安顿道："最好，挨近的几家到一个院子里，人多些，也好有个照应。男人们，都带上棍棒绳索，去找王秃子。"

老顺说："秃子穿了盔甲，别处打不疼，只有小腿和脚面不经打。"孟八爷却说："两人扯了绳索，往倒里裹。一裹倒，一压住，他就没辙了。"

忽听远处传来"救命"，其声厉，直直刺来。孟八爷辨出，是王秃子家方向，就带人扑去。老顺有些头重脚轻，但又怕落后，只好连滚带爬，也还好，能勉强赶上。

转过弯，听那喊声，竟从王秃子家传来。秃子女人直了嗓门喊"救命"，几个丫头哭叫着。砸门声沉闷地传来。一人大叫："开门！骚货，老子杀人了，不是说好的吗？"

孟八爷呀一声，众人驻足，侧耳细听，竟是王秃子。

女人哭叫："你饶了我们娘儿们成不？丫头才活人。你杀人，娃儿又没杀人。"

王秃子吼："难受一阵子，就完事了。老子死了，你们会叫人欺负死的。你不是答应一块儿死吗？"女人哭道："我答应过，可丫头没答应。她们才活人。"王秃子吼道："骚货，开不开？老子可踏了。"那踏门声，暴响几声。女人娃儿骇极而嚎，门却没开。王秃子叫："老子劈门了。"响起切刀剁木声。

孟八爷叫："快，这秃子疯了。"第一个跑去了。众人却不敢前去。孟八爷喊："王秃子，警察来了，你快放下刀子。"一道光柱照去，见那怪物骇然回顾，又踏一脚门，才往屋后的沙窝方向逃去。

老顺道："还好。他要是真趁夜去杀人，不定有多少人着祸呢。"

见王秃子已逃，众人才随孟八爷扑上前去，敲庄门，却只听女人娃儿哭，仍不敢来开门。

孟八爷叹道："人说虎毒不伤子。这秃子，咋连自家老婆娃儿也想杀？"老顺说："你不听那话吗？想来商量好一块儿死，可女人后悔了。咋办？"孟八爷说："得寻秃子，不然，一夜过去，不定又杀几人。"又说，"你们也别怕，那秃子，没力气。"月儿爹说："我也知道他没力气，可心里总是害怕，一想那秃子，跟想到恶鬼似的。"孟八爷说："怕也得逮住。那家伙，成疯狗了，见谁杀谁，危险得很。"说着，用手电照秃子脚印。那点点印迹，已探入沙窝了。

9

一进沙窝，众人走得很慢，谁都举着棍棒，如临大敌。他们在明处，王秃子在暗处。若是他候在一旁，伺机偷袭，会刀刀见血的。好在那串脚印明确无误地指着他的去向。他即使想潜伏，也不能把脚扛上肩头行动，这使众人放心不少。

估计到凌晨了，下山风很利，吹在手脸上，似寒水在荡。鸡鸣声此起彼伏，它们并不因夜里发生了血案而玩忽职守。老顺感到很饿，行来很是吃力。

越前走，沙丘越高。王秃子摸黑行来，慌不择路，脚印就老在不是路的浮沙上扭，害得老顺们也时时脚陷沙中，牛喘不已。

终于，发现那盔甲了，旁边有一大片践踏印迹。看来，王秃子至此，已筋疲力尽，喘息一阵，脱了半个钢丝床，才能勉强逃。孟八爷叫众人准备好，他估计，秃子逃不太远。

印儿指向狼舌头湾。这是个僻静的大湾，有狼出没，人很少来。前不久闹狼时，这儿夜夜传来狼嚎，这秃子，去那里干啥？

因为打了手电，早暴露了自家行径，谁也不用悄声没气。孟八爷说："要说，这秃子，是个苦命人。半辈子了，没见他开心笑过。"老顺道："就是。没个儿子，又养了个病婆娘。那娃儿，也没钱上学。"月儿爹说："听我家老妖说，上回打七，他中途退了。前回，叫人顶了缸，当犯人抓去。现在，又出这号大事，莫非，真是啥报应？"

老顺说:"啥报应?我不信。我砸了亥母牌位,她咋不来报应我?这是秃子没盼头了。"孟八爷接口道:"就是。别人苦了苦,心里还有个金刚亥母。他,啥也没有。苦了一辈子,也苦不出穷坑,没个盼头,又觉得谁也欺负他,活腻了。""就是,就是。"都应。

老顺是放鹰好手,眼力好,虽也参与谈话,眼珠子却鹰一样滚。他用手电朝那串脚印扫去,见一棵黄毛柴上挂一东西,近前,一看,竟是那破摩托车头盔,就说:"行了,别磨牙了,都留个神,别叫人家戳顿刀子。"他想:怪,这秃子,时不时留样东西,路标似的,啥意思?

几道光柱四下里扫,又捉到一样东西,在另一墩柴棵上挂着,像是衣服之类,谁也不敢近前。老顺发现沙上除脚印外,还多了串黑黑的线儿,手一捻,竟是血,还新鲜呢。

听得孟八爷叫:"那秃子,在那里呢。"果然,孟八爷手中光柱照出了一团黑东西,血也正朝那儿淋漓了去。

孟八爷安顿两人,扯了绳子,若秃子扑来,先裹倒他;又叫其他人备好棒棍,才叫:"秃子,有啥事,抹不过去?咋干这号事?娃儿又没惹你。"

黑影不应。

孟八爷提了棍,打着手电,慢慢过去。老顺怕他有个闪失,边跟了,边用手电扫视。他怕那黑影是秃子搞的假东西,自己则躲在暗处,伺机攻击,却见一柴棵上有段绳子似的东西,近前一瞅,竟是一截肠子,不由骇极,大叫:"肠子!"孟八爷也发现了另一个器官。其他人也发现了人体器官,有人开始干呕。

几道光罩住了那黑影,竟真是个人,是不是王秃子说不准,但肯定是人。这人裸了上身,前胸血肉模糊,开着大洞,那些器官,就是从这洞里扯出的。因他的脸上,也有无数刀口,跟大头的两个娃子一样,看不清本来面目了。

孟八爷说:"是秃子。他那鞋,我认得。"

老顺也认出了鞋。那鞋叫牛舔鼻,用生牛皮自做的,土头笨脑,很是难看,但结实,一双能穿好几年。沙湾穿这鞋的,只有王秃子。

"死了没?"老顺问。孟八爷上前看看,抽口冷气,答:"早死僵没气了。"

黑血四下里淋漓喷溅,渗入沙中。一大摊沙,被践踏得一塌糊涂。显然,王秃子在死前,经过一番疯狂的拼杀,只是这对象,变成他自己了。

孟八爷叹道:"这秃子,是铁了心要死的。瞧那脏腑,也东一片西一片的,任是神仙,也没法救。"

众人都打寒噤。那寒风，也四下里飕飕，扑向心里。

几道光柱拢了来，齐齐向王秃子照去。见那脸虽血肉模糊，眼却圆睁着，怒瞪黑沉沉的天。

10

两个小时后，警察也来了。还有一大堆村里人和沙娃。日头爷从沙丘上探出脑袋，望着警察，望着村里人，望着王秃子血糊糊的身子。王秃子仍一如既往地阴沉了脸。那几道血口虽狰狞，却隐不了王秃子固有的阴沉。这阴沉，因生命的消失越加重了。

那一截肠子挂在柴棵上，在晨风里摇曳，旗帜似的炫耀着，很扎眼。这一着，想来是王秃子一生里最招摇的事了。

大头没来，拉会兰子去城里了。大夫王麻子也跟去了，边想各类法儿止血，边往城里送，不然，人没送到，血已流光。传来的讯息是，救下救不下，难说。但大头顾不上死的了，就带出话来：那娃儿，叫孟八爷处理掉。也许，他怕见那个场面。

警察在大头家拍了照，取了证，又来狼舌头湾拍照。这案，是秃头上的虱子，不需要动脑筋破。但警察仍装出高深莫测的样子，问了一大堆废话。叫村里人意外的是，他们终于逮住了一个情况：王秃子女人知道她男人要杀人。女人也承认了。若这样，她知情不报，近乎同谋了。但女人说，她给好些人说过王秃子要杀人的话，可谁都不信。她给大头也说过，你猜大头咋说？他竟说："老子又不是叫人唬大的。"

这话，老顺信，孟八爷信，谁也信。这样，秃子女人就没大的责任了，但警察还是带她进了城。剩下几个娃儿，扯天扯地地嚎。

孟八爷叫毛旦把大头儿子的尸身子用血床单包了，抬到狼舌头湾来。死娃儿，人小鬼大，易作祟，得烧。平常这活，由毛旦干。干这活的地点，多在狼舌头湾。烧尽自然好，烧不尽，就由狼、狐子或是野狗去受用。那秃子，到这儿来死，也许是想填狼们的肚子。那棺材，虽不比木制的，也比叫抛在荒郊野外晒太阳强。

村人睁了瓷白的眼，望望王秃子，望望那两个娃儿，都抽冷气。按孟八爷的吩咐，他们拾来了一大堆柴。双福还打发沙娃送来了一塑料桶柴油。毛旦把娃儿和王秃子放到柴上，把那些散在四处的器官也叉了来，浇上油，一点火，三具尸体就在火里跳舞了。

被杀者和杀人者都叫火罩了，丝毫也分不出谁强谁弱。只是娃儿在火里跳得慌些。床单烧光后，白身子就叫烟熏黑了，开始了疯狂的扭曲，仿佛是不堪其苦，或是不堪其乐。王秃子相对安稳些，后来，见两个娃儿跳得很凶，他不甘心被比下去，竟突地在火中坐起，一脸狰狞，吓得女人们骇叫。

毛旦说："别怕，是腿上的筋揪了。"拿个棍子一推，秃子又睡火中了。

柴渐渐尽了。后来燃的，是那身子。娃儿胖些，身上的油淋漓着。秃子瘦些，没多少脂肪，只剩下那个黑木似的身子。这是富的大头儿子和穷的王秃子的唯一区别。毛旦就把秃子身子，拨到两个娃子身上，叫娃儿那富油去燃那瘦身。这举动，有重大意义，称得上"均贫富"了。

村人唏嘘着，却没人落泪。

火渐渐熄了。那沙湾里，只剩一堆黑骨头了，还有几团东西，想是没烧尽的肚肠。从脑袋上，隐约能看出哪是秃子，哪是娃儿。骨头却混了，杀人凶手和被杀者亲热地拥抱了。

老顺想：要是王秃子知道骨头会拥抱，还杀人不？

有一股酸楚从夜色里渗出，那是王秃子的故事带来的味道。

你说，虽然人免不了一死，但王秃子的死，真的震撼了你。不是因为那惊天动地的死法，而是因为那死法背后的心。你只要想一想，他能把自己的脸划成那样，把自己的五脏六腑扯出来，得忍受多大的疼痛啊！一个人的仇恨情绪要达到什么程度，才能驱使自己做出这种事呢？看得出，王秃子恨的不仅仅是世界，他也恨自己，他恨自己做了这样的事，这么残忍地杀了孩子、伤了女人，这都是些什么人啊，都是跟他耳鬓厮磨地过了几十年的。可能在孩子小的时候，王秃子还抱过他们，还亲热地捏过他们的小脸蛋呢！曾经亲近的人，竟持刀相向，这让人不能不感叹。你想一想，心都发寒、发紧呢。如果你是王秃子的家人，你也接受不了这样的事。比如，他的妻子孩子会一辈子被人歧视，说她们是杀人犯的老婆、女儿，一辈子对她们指指点点。她们只是平凡的女人，她们怎么活呢？毕竟，父亲死了，不但死得那么惨，还死得那么脏。这是一道难以愈合的伤口，疼到灵魂里去了，走到哪里，都躲不开的。况且，女人如何养活自己？如何养活女儿？如何让女儿读书？如果女儿读不上书，她们就不可能改变命运，不可能走出家乡，不可能走出往事的阴影。当然，人们要不了多久，也许就会忘掉这个悲剧，但大头女人的伤疤扎眼，孤儿寡母扎眼，窝在角落里的破屋烂瓦扎眼，一切都在提醒着人们，小村里曾经发生过这样的故事。哪怕人们遗忘了，当事人心头的刺也拔不掉，因为，她们的命运，就是在这里发生转折的。王秃子的女儿们可能会经常从噩梦中惊醒，在噩梦中见到自己既想念又害怕的父亲，再一次见到父亲用菜刀砍门，想要杀掉自己，那梦魇，又如何才能消失呢？……

仇恨是一件可怕的事。你叹了口气，你的叹息马上就被大风给吹走了。

你又说，你理解王秃子为什么受不了冤枉，你年轻时也受不了，很多人都受不了，受不了的人，如果不能控制自己的情绪，就会毁了自己的命运。王秃子如果能忍，这件事也就过去了，明天又是新的一天，他可以再努力一点，让女儿读书，进而改变命运。也许有一天，他们老两口也能改变命运，至少，他们还有希望，王秃子却亲手把一切都毁了。

是的，我说。冤不冤枉，都已经过去了，改变不了的。但它哪怕再难忍受，也都过去了。人不愿放下过去，不愿放下屈辱，不愿放下计较，就是不愿放过自己，让自己不但过去受辱，当下受辱，未来可能还要一直受辱，影响整个人生。何必呢？丢脸就丢脸吧，谁又会永远记得呢？虽说被人拉到派出所，确实是村里人最看不起的事情，但又能怎么样呢？既然发生了，就受了它，毕竟它很快就会过去了。再大的事情，对村里人来说，都只是几句闲话而已，没人去在乎的，只有自己才会在乎。为了这种事，杀了人，打碎了别人的家庭，打碎了自己，也打碎了家里人的幸福，不值得。可惜，人如果没有智慧，是看不清这一切的。其实，王秃子也不能说完全是冤枉的，因为他的女人确实揪了豆角，也许不多，但毕竟给了人家怀疑的理由。如果他换一种角度，觉得自己的家人不该揪豆角，觉得愤怒是一件可怕的事情，会给自己带来麻烦，甚至会给命运种下祸根，下次不能这么做了，那么他的选择就会不一样。但他变不了心，这不但可悲，而且可怕。因为，生活会激活一个人骨子里的血腥。

是的，王秃子不值得这么做。但我理解他。有时，人真的很难让自己理性。记得，我年轻时也很在乎是非。有一次，我跟最好的朋友为了一件鸡毛蒜皮的事起了争执，她认为我不对，我也认为她不对。于是，我们开始冷战，她在她朋友那里说了很多气话，我也在我朋友那里说了很多气话，当我们都从朋友的朋友那里，听说了对方说自己的那些话时，我们之间的矛盾就更深了。我当时很恨她，恨她在朋友前出卖了我，但我没有意识到，我也在朋友面前出卖了她。虽然我们都没有说啥大不了的话，回头想起来，发现都是一些鸡毛蒜皮的事情，但当时真觉得天塌了，觉得对方是不可饶恕的。那种恨意持续了很久，也许正好说明，我们都很在乎对方吧，但我们都不成熟，都不懂什么是真正的爱，什么是真正的友谊。我们只是两个年少无知、非常自私的孩子。这样过了许多年之后，我忘记了对她的恨，但也忘记了对她的爱，我有了新的好朋友，有了新的生活，过去的两小无猜，已远远被我抛在脑后了。但有一天，我从外地回来，发现了一封信，来信者是她。她在信里说，她在印度度假，前几天认识了一个人，个性很像当年的我。她突然觉得很亲切，就跟那个女孩交了朋友。因为这件事，她想起了我们的过去。她说，过去已经远远地过去了，让我们忘掉那些不开心的事，和好如初吧！她在信里附上了自己最新的照片。照片里的她已经老了，毕竟我也六十岁了，她比我小一岁。不知道她在做什么工作，看那相片，她显得比实际年龄要老一些，但依稀能看出当年的样子。看到照片里的她，看到她熟悉的字迹，想起当年我们每个星期都会通信，都会在信里互相诉说自己的生活和梦想——记得，当年的她想当战地记者，但是从那封信看来，她的理想已经变了——在那一刻，过去的很多感觉都苏醒了，我很想看看她，很想跟她聊聊这些年的生活，也很想告诉她，其实过去的事，我早就忘了。但我不打算把淡忘了友情的事也告诉她。她给我的信里洋溢着浓浓的友情，我猜，这些年里，她想起我，一定比我想起她更多。或许，我们之间友情的裂痕，是她一个很大的遗憾吧。于是，我从电话本里找到了她家的电话，想问问她什么时候回来，却发现，前些天印尼发生海啸，她在那次海啸中身亡了。这件事对我的打击很大。我没有亲口告诉她，其实我早就不气她了，珍藏在我们心里的，始终是我们因为对对方的在乎，所以几十年来才没有联系——因为我自己就是这样。想不到，她对我们之间的情谊竟是如此地在乎。我很脸红，但更重的打击，是我永远不能补偿她了。那一刻，我真的后悔了，我很恨自己，为什么这么在乎是非对错？赢了，或是输了，赔上的都是友情。我觉得，现在的我一定不会再这样对待她了，但我们的相遇，却在一个我并不成熟的时刻。这也许就是命运吧。但这件事，倒是让她永远地留在了我的记忆里。知道吗，直到现在，我还清清楚楚地记得她的样子，她的一颦一笑，还有照片里的她，她的字迹，甚至她那封信上的味道。我不知道，那味道是运输途中留下的，还是她的味道？但我固执地认为，那就是她的味道。那封信，让我觉得她一直陪着我。此刻，我也带在身边呢。

你把信拿了出来，还把相片递给我看。照片上的女人古铜色的皮肤，显然经常在阳光下暴晒，笑容很灿烂，在脸上扯出了很多皱纹。在她灿烂的笑容背后，好像藏着一股沧桑的气息。我很想知道她的故事，但这已经不可能了，因为她已经不在了，真有些遗憾。

我把照片递给你，你拿起来就着火光看了一会儿，我发现你的眼角渗出了一点晶亮的东西。你哭了吗？你是为了你的朋友哭，还是为了王秃子哭呢？或许，你是为了纠结是非而产生的悲剧而哭？不管怎么样，这样的氛围，让夜色显得有点冷，有点凄凉。很猛的火光也显得温柔多了。风虽然依旧很大，但那种让人热血沸腾的东西，似乎有些趋于平淡了。当然，不是那种厌倦、疲惫的平淡，而是一种宁静。宁静而致远，静些，未必不是好事。在宁静中，有些情感才能沉淀。

你收好信之后，抹干了眼角的那点晶亮，你说，王秃子的故事让你很感慨。你虽然理解王秃子的心情，理解他为什么这么生气，但你也觉得他不值得。有些事，虽然真的让人很委屈，但眼光放远一点，也并不是活不下去，为啥非要自我毁灭呢？为啥还要毁灭另一个家庭呢？那争端，不过是一场误会，刺激了他的，也不过是那些一说出口，就已消失的没有意义的话而已。何必这么在乎呢？

你还说，当然，你这么说，是站着说话不腰疼，因为你不是王秃子，你没有像他那样，几十年来一直活得很难，你是一个春风得意的事业女性，你受到的教育，也是让人积极主动地面对生活，而不是消极放弃，更不是毁灭一切的。

你不敢想象王秃子杀人时的情景，你说，你一旦想象你是他，你挥着刀子砍向会兰子，砍向娃儿，砍向自家的大门，你就听到一种恐怖的尖叫声，那种尖叫声不像是人发出的，更像是野兽。你觉得，能让人不再是人，而变成兽的仇恨，真的很可怕。你更想象不到的是，王秃子为啥要把会兰子、娃娃和自己的脸都划得稀烂呢？你明白他乱刀相向的那种冲动，但你不明白为啥是脸，是不是他恨透了那些表情传递的信息？他是不是也恨透了自己？他的仇恨，是不是源于浓浓的自卑？但冤屈确实是很难让人忍受的，尤其是一个受够了欺负的人。哪怕所有人都相信他是被冤枉的，他也很难忘掉那种感觉。那种屈辱和不公平的感觉，就像黑夜一样笼罩了他。他就连挣扎的力气都没有了。过去，他也许愿意艰难地活着，因为他毕竟还有妻儿，妻儿毕竟还等着他养活，而且人毕竟还是贪恋生命的——从他在井下的那段经历，就可看出，他其实不愿死，他想活下去——人都很担心，害怕死亡背后那种浓浓的黑暗，也害怕死后的那个世界，不知道自己一旦跨过那道门，等待自己的会是什么。但这个故事里的王秃子，却已经受不了了，冤屈激活了他内心的血腥，打碎了他对生命的眷恋。他不管自己的生命，不管家人的生命，也不再期待那好像永远都不会到来的转机。你很难想象，王秃子这样纠结的人，是怎么活过那几十年的。

我说，那时节的西部确实很苦，很多人都很苦，有些人也像王秃子那样，老想要男孩子，又老是生出女孩子，就反反复复地生，反反复复被管计划生育的干部罚款，所以很多人心里都不好受，但他们能忍，他们一辈子都在忍。这种忍耐的背后，不是软弱，反而是一种强悍——猛子面对沙娃工作时的那种强悍。你看花儿中那么多"刀子拿来头割下""血身子陪着你睡咧"之类的内容，就知道西部人的内心有多么强悍。这种强悍，是千年前遗留下来的，从匈奴时代就有。匈奴文化强悍的文化基因，一直渗透在西部人的血液里，影响着西部人的命运。猛子心里有这个东西，双福心里有这个东西，另一部小说《猎原》中的鹞子心里也有这个东西。这个东西让猛子成了莽夫，让双福成了农民企业家，让鹞子成了偷猎者。可见，哪怕是同一种基因，对不同的人，也有不同的意义。

《猎原》中鹞子这个人物很有意思，他跟王秃子很像，也被整得很惨，他不但家徒四壁，最后连房子都给拆了，实在活不下去了，才进的沙漠。但他的个性虽然阴郁，却很刚强，骨子里那种血腥的东西，让他成了偷猎者的领袖，在他那个领域里，他是一个非常出色的人。鹞子、双福跟王秃子最大的区别，就是他们在没有活路的时候，都会积极地改变命运。不管他们的选择怎么样，他们在自己决定的路上，都走得很卖力。王秃子却不是这样。王秃子不管说多少难听的、古怪的话，他都是一个顺民，只会自己在心里生闷气。猛子还会时不时地试试新活法，但他，明知没活路了，却宁愿把自己给气疯，也不愿动动脑筋，学点新东西，给自己找一条活路。他是一个活得很苦，思维上却仍然很懒的人。这造成了他的悲剧。

你觉得王秃子这样的人不值得同情吗？

当然不是了。我很同情王秃子们。我知道，他们是受不了生活的重压，才会做出这种事的。在这一点上，他很像牛二，但他比牛二更严重。牛二是一时的宣泄，他却上升为真正的报复。其实，他也不是一个纯粹的坏人，我在《大漠祭》里写过他的一个细节：有一天，老顺的鹰落在王秃子家里，老顺到他家去找鹰，正碰上当官的到他家去罚款，他家乱成了一团，但见到老顺，他仍然马上指出了鹰的所在，叫老顺自己去取，不让老顺为难，也没有叫老顺赔偿自家的损失。这说明，王秃子不是完全的坏，他也有他的善良。他最致命的地方，是心太小，受不了委屈。沙湾村有那么多人，很多人都很穷，没生男孩子的也不止他一个，但他偏偏受不了别人的玩笑。别人一触碰"秃顶"和"没儿子"这两件事，他就会生起怨恨。会兰子如果不是口没遮拦，伤害了秃子，也不会招来横祸。但会兰子当时真的以为秃子偷了大豆，气得失去了理智，而且沙湾人说话一向就是这样，她也不是针对秃子的。只能说，冥冥中有很多说不清的东西，促成了秃子的结局。

王秃子们的出路在哪里呢？你问我。

我说，你不要问我这个问题，我所有的"怎么办"都是对治我自己的。每个人都是这样。每个人都只能扎扎实实地走自己的路，我把自己的期待、感悟和遗憾放在小说里，为的不是告诉人们怎么办，而仅仅是展示一种文化、展示一些灵魂。改变王秃子命运的，只可能是王秃子自己。但王秃子从来没有想过改变命运，他只是一直在诅咒命运，他被命运这个概念给困住了。所以，他永远都不会成为觉悟的孟八爷，他的未来，永远都是那个血色的大漠。

你点了点头。你说，虽然这个故事的高潮是王秃子杀人，但在你的心里，真正的高潮却是火化那一段。你总是在想老顺的那句话："要是王秃子知道骨头会拥抱，还杀人不？"死亡是每个人都逃不开的结局，但死亡前面的故事却是人可以选择的。如果能记住死亡，记住人留不住他想要留住的一切，也包括王秃子们那么在乎的是是非非，人或许就能活得潇洒一些、轻松一些，也会更明白人生中真正值得珍惜的是什么，发生在王秃子身上的悲剧，也会少了很多。毕竟，骨头都会拥抱，活着的人为什么反而不能拥抱呢？……是不是该讲下一个故事了？

好的。

骆驼和骆驼客：

他们在远行

风真大，草地上天翻地覆了，许多落叶在滚动着，屋顶上也发出哗哗哗的声音，像是充满了各种水流。我知道，那是屋顶上的茅草开始不安分了。不过没关系，过了今夜，再铺便是，人生就是这样，总是在修修补补。要是在沙漠里，这阵候，就很危险了，那肯定是一场老黄毛风……你知道啥是老黄毛风吗？

你摇摇头。

就是沙尘暴。沙尘暴你肯定知道，在沙漠里，除了流沙，沙尘暴是一件很可怕的事情，就像世界末日一样……在外面也很可怕，离沙尘暴中心越近的地方，那沙旋风就越厉害，有时候，像一堵墙一样压了来，把啥都给卷了。一旦被沙风卷进去，别提人了，牲口也没命了，啥都没了。沙风也像刀子，瞧，现在的风还不利，说明风力也不算那么大，要是真的来了老黄毛风，那沙子就会像刀子一样刮你的身子。沙漠里的人，面临的就是这样的危险。

很可怕。

是的，很可怕，沙漠虽然很壮阔，有时像母亲一样温柔，有时却像死神。

死亡之海……有时觉得，大自然很奇怪，它创造了多少美好，就会创造多少灾难。

是的，人生也是这样，丝绸之路也是这样。其实，丝绸之路也是人生的缩影。

人生的缩影？

是的，或者说人类灵魂世界的缩影。尤其是驼道……接下来，我想给你讲几个骆驼和骆驼客的故事，它不是一个完整的故事，它是零散的，但它可以让你了解骆驼和骆驼客。

好的。我也在等这个故事，过去，我对骆驼就很感兴趣，一想到丝绸之路，我就想到骆驼，今晚谈丝绸之路上的人，总觉得没了骆驼的话，就少了点什么。

是的，骆驼是古丝绸之路上很重要的符号，但到了今天，骆驼客文化已经消失了，飞机、火车、货运取代了它们，这也是没有办法的。毕竟它们比骆驼要快多了，作为一种人文和生活场面，骆驼运输很值得保留，但作为一种生活方式，它却不可能继续存在了，毕竟，它如果没法满足新时代的需要，被淘汰就是必然的。只是，想起骆驼和骆驼客在驼道上的相依为命，想起他们的背影中浓浓的沧桑和孤独，我总觉得心里有点遗憾，所以，我在长篇小说《野狐岭》里定格了他们。

我理解你。

嗯，你可以再吃些蚕豆，我就从《野狐岭》里的驼户讲起吧……

骆驼和骆驼客

1

金子很快就够数儿了。卖了两个驼场，开了几个银窖，就够数儿了。你们没有说你们去哪儿，你们用各种的理由把那个目的掩盖了。你们造了很多迷雾。现在想来，那一切心机，终究都没用。你们也躲不过你们的命。人说"人一思考，上帝就发笑"，倒真是这样呢。别说上帝，连我想起，也时不时会发笑呢。

你们费尽了心机，终于起场了。那时节，你们当然不知道，你们的起场，其实也是走向了末路。你们能糊弄了我，但你们糊弄不了野狐岭；你们也许能糊弄了野狐岭，但你们糊弄不了自己的命运。你们兴高采烈地走向自己命中的那个结局。你们可以有无数的挣扎，但你们的所有挣扎，仅仅是挣扎而已。在旋转的磨盘上扭腰的蚂蚁，无论你咋扭，也改变不了那磨盘的转动。

是不是？

你们现在想一下，当初你们的那种兴高采烈，是不是有一点无趣？

当然，起场那天，谁也不会想到末日的。

虽然时令快到冬天，那天还是很热闹，西北五省的哥老会都派了代表来。他们也带来了好些黄货，他们也需要军火。当然，他们有着另一种合法的身份，那合法的身份，掩盖着他们的真实用心。那时，我还不知道，你们的行动，有着更大的背景。

胡旮旯是祁连山堂的坐堂，也叫"左相大爷"，当然，这身份，不是公开的。他公开的身份是道长。起场时，他照例会以道长的身份来送行，念念吉祥经，说些吉利话。他穿着道袍，上香，上供。供品有几种，多是驼户们带来的稀罕物，如核桃、花生、花糖啥的。

马四爷代表诸掌柜来送驼队。马四爷在新疆当知县时，与人为善，从不欺凌百姓，后来任期满了，带了家眷细软返回凉州，途经戈壁，忽见强人啸呼而来，掳了细软，还要杀人，问及姓名，马四爷如实告知，却见那强人伏地，磕头如捣蒜，说是曾有冤情，蒙马四爷秉公断案。从此，马四爷悟出善恶报应，就虔心向佛了。

每次起场时，马四爷都要给驼把式讲这故事，叫他们一定向善，说是善有善报。

马四爷捻了几张黄纸，边焚边念叨：望诸佛菩萨，空行护法，保佑驼队平安无事，贼来迷路，狼来封口，无纠无纷，无嗔无争，逢凶化吉，遇难呈祥。

按惯例，起场那天，掌柜的要给驼队一头大羯羊。这羊在第一次开伙时宰杀，煮了，祭驼神爷、灶神爷、土地爷。那祭，仅仅是说几句话，比如：驼神爷，领牲来！然后将酒洒入羊的耳朵，只要羊一哆嗦，就等于神灵们已经领牲了，肉就煮了，叫驼户们吃了。那下水，也得吃了，不能扔。需要注意的是，洗下水时，不能刮那肚肠上的黑皮，要是刮尽那黑，路上就会发生些莫名其妙的事，这事儿，那事儿，总是花钱的事。那么，这一趟下来，利就会很薄了。

那天倒真的没刮肚肠上的黑皮，但后来，还是发生了一系列莫名其妙的事。虽然，我们遵循了许多规矩，但那规矩，还是没有救下驼队。规矩是一滴水，命运是一团燃烧的大火，是不是？

同样，按照过去的规矩，起场那天清晨，我去了苏武山，带了一瓶苏武泉的水。跟凉州人的所有祖先一样，苏武也是活着为人，死了成神的。每次起场，我们都在这儿取瓶水。据说这水吉祥，能治旱魔，能使弱者强，秽者清，凶者吉，但也是据说而已。大汉朝时，我们的老祖宗硬是折腾那苏老头，叫他茹毛饮血，现在却尊人家为神了。我一直怀疑，他会不会帮他仇家的子孙呢？

但那水，我还是取了。因为这是规矩。规矩是啥？规矩是一群小人，你可以看不起它，但千万别招惹它。

那些货都上了驮子。据说是茶叶。当然有茶叶，而且大部分是马家的茶，马家的茶天下闻名，他们有专门的茶山，有专门的炒制法，有专门的配方。那方儿，现在失传了，据说是八味中药。哪八味？不知道。除了茶叶，还有别的，都打了包，据说是土特产。至于究竟是啥，只有大掌柜知道。有些事儿，不该你知道时，要是你知道了，会大祸临头的。我也不想知道。我只知道，这次去的地方很远，但究竟咋个远法，我也不知道。我只知道往北，再往北，至于目的地在哪儿，不知道。当然，我也不想知道。要是那时我知道目的地的话，也许就不蹚这浑水了。这把骨殖，我还不想扔沙漠里呢。

除了驮茶，还驮了些打包的东西，还要驮女人。按规矩，驼队是不带女人的，你知道，女人不吉。所以驼户从来不带自己的女人上路，谁都有女人，可谁的女人也没有跟过驼队，这是规矩。有时候规矩是小人，有时候规矩是戒，没有戒就没有定，没有定就没有慧。当然，这号事儿，你比我清楚。

虽然女人不吉，驼把式都不带女人，但要是女人作为货物种类之一上路的话，规矩还是允许的。那时的驼队，跟你们现在的汽车一样，也是允许运人的。只是人的运费要比其他货物贵几倍，因为货是死的，人是活的。只要是活的，就有死的可能，所以路上得格外小心。

关于木鱼妹，有许多传说，很少有人知道哪个是真的。那多种说法，一个在天上，一个在地下，一个穿朝靴，一个走流沙，似乎扯不到一起，竟然靠"据说"扯到一起了，真是莫名其妙。

那次起场时，虽有些驼把式反对带女人，但我还是叫胡旮旯说服大家，带上了木鱼妹，理由是叫她和大嘴张要乐专门负责那些驮羊。此外，胡旮旯还找了几个理由，但你知道，所有的理由只是借口，这世上，最不缺的东西，就是借口。他叫带，大家便没话了。我当然很高兴。但我并不知道，便是我没那想法，她也会想法子跟去的。

起场时的胡旮旯，还是人模人样的道长。他当然想不到，日后，他会被县爷砍了脑袋，这时候，人们才知道他是哥老会头子。不过，这是后来的事。驼队起场时，人们还叫他胡道长或是老胡爷。不过，我想他心中也明白，他算出的末日，不是世界末日，只是他自己的末日。当然，你也可以说是一个时代的末日，也成的。

瞧我，真成糊涂鬼了，说话总是颠三倒四。呵呵，当然，你也可以说我没有了分别心。

我们带了两个大木箱，里面盛着黄货，很重。我们没说是啥，但也没人问。你知道，驼户们最大的优点，就是不多嘴。我们只说是皮影，是送朋友的。谁都知道皮影是驴皮做的，要是多了，也会重的——但这，只是一种说法。

你骑过骆驼吗？骑过就好。对于没骑过的人，还以为那骑骆驼，跟坐轿车一样，陷在驼峰里，会软乎乎的。是的，真软乎乎的。但那是你才上去的感觉。要是你骑了一天，两天，十天，就一点也不软乎乎了。你会有被抖散了架的感觉。最难受的是屁股，你的尾骨处肯定烂了。肯定。所以，长途运人时，我们会置办两个大木箱，放在一个大驼架上，一边一个，人就坐在木箱里。

那木鱼妹，就坐在木箱里——起场之后，那些驮羊，就由大嘴张要乐赶着；收场之后，木鱼妹就去放那些驮羊——另一边的木箱里，驮着我常念的经和法器。

我则坐驼轿。你见过驼轿吗？跟别的轿子差不离，只是有两个长杠子，很有弹性，一端搭在前驼驮架上，一端搭在后驼驮架上，走路时，一扇一扇的，就那样。

驼队里还有好些人，你都知道了。

大火是从后半晌燃起的。每次起场，都燃大火，一来驱秽，二来图个吉利，驼户都知道火烧财门开，要是你梦到大火，你想不发财，也由不了你。运红时，你随便踢个土块，就可能变成金疙瘩。那大火，当然少不了。

大火燃了半天，呼啦啦响。我是习惯于在火中观因缘的，每次出门时，我都观那火头。你别小看那火，虽也叫火，可那火的形色，却是千变万化的，有时是虎头，有时是龙尾，有时多烟，有时暴响。每一种形状，都是一种预言。这次起场，那火中，竟涌出了许多浓烟。浓烟滚滚，连火头也盖了。我发现胡旮旯变了脸。但变脸归变脸，谁都没说不吉利的话，胡旮旯举个木杖一挑，火一下腾起了，但那黑灰，也随了火势四下里窜。

我心里想，这阵候，怕不吉利。但如何个不吉利法，我没敢多想。我怕我的那想法会招来更大的不吉。

2

驼把式多村里人，女人们都来送。

以前一出门，就差不多半年多不见面，但谁都不能掉泪的。你知道，女人们的泪不吉利，起场时，当然忌讳女人哭声。女人们都笑着，泪虽然在她们的眼圈里打着旋儿，但她们努力笑着。她们是真正的好女人。虽不敢说所有驼户的女人都是贞节烈女，可也八九不离十。丈夫出门后，她们是真心过日子的。没听过她们有贼男人。你要是想勾引她，她会说，那号事，我干不成，我要给我的男人长精神哩。

女人都知道，一干那号事儿，就等于舀了一瓢稀屎，往男人头上浇哩。她们当然不干。

男人起场后，女人就在家里养活老的，哺养小的。男人已给她们留下了养家的本钱。啥本钱？四斤棉花。丈夫出门的多半年里，这四斤棉花，就是一家老小的吃穿。白天女人在地里苦，夜里就摇了纺车，把棉花纺成线，再使织机，织成布。她们选个晴日，借条毛驴，驮了那布，到百里外的老山深处换来粮食，粮食再换棉花，棉花再织布。四斤棉花纺的线，辗转几次后，能弄来八斤棉花。就这样，一次次纺，一次次织，一次次卖。多半年后，丈夫回来时，那娃儿，不但没饿死，反倒蹿高了一截呢。

这就是驼户女人。

我亲眼看着一个个水灵灵的驼户女人，从一根葱似的身坯儿，一年年变成了脱水菜。那织机最磨人。跟那石磨一样，当尺把厚的磨扇石变薄时，人也就老了。那些好女人，就是在织机的咣当声中变老的。她们是无怨无悔的。你可能不知道，当驼户的，是村里最有本事的男人。驼户走南闯北，见多识广，能带来各种各样叫别的女人眼红的稀罕物件。驼户身体好，没好身体上不了驮子。能嫁个好驼户，是村里女娃儿的梦想哩。待熬过了起场后的那几个月，丈夫就放场归来了。那时，她们就会倚在男人的胸前，听丈夫喧那驼道上的艰辛，喧他们在北京城里看戏的情景。那戏园子里上等的座位，一块大洋一个，但谁都舍得扔出那一块大洋换来片刻的惬意。妻就嗔道："把你显摆的。老娘和娃儿受穷，你倒好。"把式就嘿嘿笑。村里所有的驼把式都看过京戏。这同那驼道上的艰辛一样，成为把式们的一生的荣耀。村里娃儿互相叫板时，会说："我爹看过京戏呢。你爹算啥？不就有几个臭钱。"

这时，妻就会望着丈夫，眯眯笑。

3

这回出去的有二十把子驼。因为驮费很可观，蒙驼也抢，汉驼也抢，事主儿怕得罪一家，就各用十把子驼。每把子驼十一峰。说好两支驼队在第三天的某处碰面。

那蒙古驼队也跟马家驼队一样有名，两家的过节很深了，谁也不服气谁。我后来想，要是这次行程不用蒙驼的话，也许会有另一种结局。但许多事情是不能假设的。生命只有一次，生活不能重来，过了也就过了。世上的事自有其说不清道不明的东西。

我担忧的是蒙汉二百多峰驼一起行路时的水草问题。两家合一，驼队就真成了大帮响铃，再加上十几个枪手，寻常小土匪，是不敢垂涎的。可是很难找到同时能喂几百峰驼的水草地呀。书上老说大帮响铃，但那是书上说的，在驼道上，其实是把子越少越好，容易解决水草问题。我不知道，事主这次为啥要用这么多驼？我不知道，能一口吃下几百驮货物的，会是一个什么样的主儿？

但那水草的事，是大把式想的事儿。车到山前必有路。车到了，路也就开了。大不了，将那蒙驼呀，汉驼呀，分成几股子，水草多处，聚一起；水草少时，分成小股子。灵活些，活人总不能叫尿憋死吧？

我照例穿了重鞋。我一直穿着重鞋。拉长缰，穿重鞋，是驼户的本分。拉长缰谁都知道，穿重鞋知者寥寥。你不知道，那时的驼把式是不能骑驼的，驼用来驮货，驼走多快，把式也要走多快。当然，病号除外。走时，我们都穿重鞋。那鞋，叫锥腕儿鞋，初用驴皮制成，稍有破损，就蒙以牛皮，一层一层，层层叠叠，十分结实，也十分蠢笨。你问有多少斤？不一定，要看年限，有的轻些，有的重些，但大多在五斤以上。老先人说穿重鞋可以防止脚打泡，这也许有道理，但我宁愿理解成练功。你想，无论春秋，无论干啥，捞个五斤以上的重鞋，天长地久，腿上能没有劲道吗？便是在驼场里时，我也是穿重鞋的。也许，这就是命。

我想，啥都是命。我天生就是个穿重鞋的命。给个轻些的鞋，还不会走路呢。

一代一代的驼户，就是这样穿着重鞋，千里万里的路，就这样一步步量了去。只是那驼道，似乎太长了。日近长安远，还有比长安更远的地方呢，如北京，如天津，还有后来那远到天外的老毛子住的罗刹，每一念及，便觉渺茫。

开始的时候，一想那远到天边的目的地，我的心就发怵。后来，爹告诉我，驼户是不想目的地的，驼户想的，只是下一站：头一天，想白疙瘩；第二天，想独青山；第三天，想红沙冈……一天天走，一站站过。那千里万里的路，就这样量过去了。

我老想自己走过的驼道，老觉不可思议，后来发现了一个道理：脚总比路长。人生来，原是能走很远很远的路的，只要瞅中一个目标，一步步走了去，就能到达天边的目标。那驮了唐僧的白龙马，就是这样到西天的。而好些凉州人虽也在走路，却像磨道里的毛驴那样转圈，转了一辈子，也没有转出那巴掌大的天地。我跟他们一样，也在一天天走，仅仅因为瞅定个目标，我就走出了属于自己的人生轨迹。

在那个黄昏，我真的有种千里驼道上独行的感觉。虽也有好多驼户，但我总觉得四顾无人，满目萧然。我不知道，这是啥原因。

驼铃仍单调而激越地响着。我不知道我们将走向何方，我也不知道自己的归宿。不过我明白，我必须得走。

因为我生来，就是走路的。不管前面是啥路，我都必须走了去。

这是我的宿命。

4

我也从骆驼第一次撒尿谈起。

我记得，驼第一次撒尿后，大烟客卷起了烟袋。

每次骆驼撒尿，都以大烟客的抽烟时间为准。那是个鬼一样精的老头，是我最佩服的人。他烟瘾大，抽那旱烟叶时，吸一口，总要叫烟在肺里旋上许久，才恋恋不舍地吐出。他吸入的是浓烟，吐出时，却成了若有若无的气。把式们都抽旱烟，一有那旱烟味，毒虫啥的便不会近身，但谁都没有大烟客的烟瘾重。大烟客的身上总是笼罩着呛人的烟味。他走了三十年包绥路，据说他抽的旱烟，也能在包绥路上铺个来回。他老了，举不动驮子了，但我还是希望他能走完这一趟。大烟客看那些驼道，跟看自家手掌一样，哪儿草好，哪儿水好，哪儿有洪帮兄弟，哪儿宿营时有毒虫，他都了如指掌，再加上他去过罗刹，懂几句老毛子话，这号人，打着灯笼也难寻呢。

听说，大烟客开始当把式时，并不抽烟，某夜，一条蛇钻入被窝，把他的屁眼当成了自家洞口。自那后，他开始抽旱烟，一抽就是四十年。他的烟瘾很有名。在驼道上，一提大烟客，驼户们就会说，哟，知道知道，不就是那个大烟客嘛。

记得第一次撒尿后起程不久，日头爷就悬上了西面的沙山。因到了深秋，草上有霜，骆驼要是吃了带霜的草，会拉稀的。你知道，长途运输最怕骆驼拉稀。好汉子抵不住三泡稀屎，骆驼也一样。一拉稀，驼就会掉膘，就再也驮不动驮子了。你知道，骆驼平时驮二百四十斤。骆驼一拉稀，它的驮子就得由其他驼分摊，这是很麻烦的事。所以，驼把式多在夜里赶路，叫骆驼白天吃草。只要骆驼能在白天吃到好草好水，自己苦一些没啥。每个驼户必须爱驼惜驼。在千里驼道上，把式们要把困难留给自己，不使驼有无谓的劳累。

为了图个好缘起，那天的起程时间早了一个时辰。按老先人的说法，要是起场第一天歇息太晚的话，那么这一趟子的每一天都会很紧张。所以，行五里路后，日头爷才收拾行囊，准备回家。此刻，是大漠里最美的时节。记得，那天没有火烧云，黄昏的太阳不红，不亮，没有多少光，悬在沙山上，显得孤零零而瘦小。逆光望去，黄毛柴、梭梭、霸王刺、拐枣们都像铁铸一样，黑黝黝的。那枝丫，胡乱里刺着，为单调的大漠刺出了许多生机。那背阳的沙坡皱褶，也墨染般黑。此刻的大漠，极像一幅大写意画。

瞧我，总是忘不了画。记得我小时候就爱画。胡旮旯说我前世是个画家。上私塾时，我就爱画，一天叫师父——也就是你们说的先生——看见了，罚我画一百个人，神态不能有重复的，我就画了。我就那样画呀写呀，后来，我的画很值钱。不信？你去凉州文庙里看看，那儿还有我的画呢。

你可能不知道，我眼里的书画，永远是小玩意儿，满足于尺幅之间的构画者，匹夫也。大丈夫，当以天下为画布，打造出新的格局。这话，你可能不爱听。没办法，我生来就是这样的人。按凉州人的说法，我生来就是个惹祸招灾的二杆子货。不然，能叫人砍了脑袋？

我接着说?

那个下午,随了落日的下沉,沙山上腾起了白烟似的雾。雾中的沙山,如梦如幻。那一把子一把子的驼,就行进在梦中。驼铃声显得遥远而空旷。驼的剪影也静谧而高大。漠风吹来,吹动驼的髟毛,那颤动,直溜溜钻入心了。在无数个黄昏里,我都为这驼行大漠独有的美而感受到灵魂的震撼。在无数个恍惚里,我觉得自己从唐朝走了来,在驼铃声里,将走向永恒。

陆富基扯起牦牛嗓门,吼起歌来——

　　拉骆驼,起五更,踏步第二省。
　　抛儿女,背兄弟,全把苦受尽。
　　你看看,这就是,拉骆驼,
　　才不是个营生……

祁禄们也野狼似的吼应:"不是个营生……"

驼铃声中,夜从四下里偷围了来,盖住了大地。

第二次撒尿时,约在起程后十三里处。瞧,撒尿重要吧?好些二愣子,只使唤驼,不叫驼撒尿,驼就废了。那撒尿,虽称撒尿,我想肯定还有叫骆驼歇息的意思。某年,四个挑担子的凉州人,从镇番城挑了盐,赶往武威,行走如风,到二坝那儿,两人忽然牛喘不已,倒地而死了。另两人忙分了盐,自以为捡了便宜,就风一样往家里赶,哪知行不久,也牛喘一阵,死了。那四人的尸体,在路上扔了好多天,臭气熏天,绿头子苍蝇乱滚,最后还是马四爷出了钱掩埋的。

我说的意思是,那四人,是活活挣死的,心强力不强。人不惜自己,就会挣死。驼也一样。所以,那勤撒尿真正的含意,除了排尿,还是为了缓驼,别太累着了它。对吧?

每一站,骆驼要撒三次尿。走五里一尿,走八里二尿,走十几里三尿,剩下的路程,驼不再歇息,以疾行速度,直达驼站。

每一站,约有四五十里。

那一次,我们走了一百多站。你算算,凉州到野狐岭,有多少路程?

驼第二次撒尿时,天已变成了巨大的黑锅。除了驼铃,一切都寂了。驼掌软,行在沙上,只有轻微的沙沙声。静夜里显得很大的铃声,把那沙沙声也淹了。天地间充满了驼铃声。偶或,可听到骆驼的喷嚏声和驼背上捆得不结实的物件的相撞声,时不时地，也能听到狼嚎，但至少在十里以外。一般狼群轻易不敢进攻驼队。不过，有时，也会有饿极了的偷嘴子狼遥遥地尾随。它们盯的，是那些随了母驼远行的羔子。有时，也会有贪玩的羔子远离驼队，成为狼的美食。

行夜路苦，除了看不清石头坑洼外，还因为没有分心的东西。那行路，若有可观赏的景，边行边看，不觉间就是一站路，但夜里，一切都隐了。那沙山，那沙洼，那黄草，那城里人少见的一些物事，都叫夜吞入腹内，看不清任何嘴脸。人注意的，就是行走本身。而这沙上行路，若太注意了行走，便觉腿的分量在渐渐加重。虽然平素里也穿重鞋，但刚起场的十多天仍是最难熬的。那腿，总是像心脏那样轰轰地叫。为了不使腿肚上的那疙瘩肉消耗体能和制造腿疼，把式们都用牛毛织的带子打了裹腿，但这丝毫减轻不了行长路时腿的分量。尤其在很静的夜里，那腿总在提醒自己在走路，且时时以酸困和疼痛的方式反抗主人。每次起场后，首先要过这一关，便是老把式也不能幸免。行过二十多天，人就精瘦了，行话说叫"塌膘"了，此后的行走，才会好受很多。

木鱼妹坐的是木箱。坐木箱很不好受，但没办法，制驼轿得费好多钱，穷人是讲不得排场的。

二尿时，入夜时间并不长，至多到戌时，但总觉已过了很长时间，而且老有种走不到头的感觉。暗夜腹里的那条道，仿佛伸向了无穷。每到这时，一种莫名其妙的思绪总腌透了我。我就开始怀疑，自己的生命消耗在这单调乏味的驼道上，是不是不划算？

我跟大嘴张要乐不同，他是个要命的乐观主义。他总是跟死去的人比，总是跟牲口比。他老是叫："哎呀，跟那些死人比，我还活着，多幸福呀！"或是："哎呀，跟这些苦命的骆驼比，当人真幸福。"就这样。他老是笑。我很羡慕他，但我做不到他那样乐观。对人生，对世界，我总是悲观，心中时时涌动着一种愤青才有的东西。

远处的沙山隐幻了，有着隐约的轮廓。星星显得很低，这是在戈壁大漠上夜行独有的感觉。在无边的空旷里，星星总是在头顶闪烁，老想诱惑人去用手摘它。此外，你还可以用心触摸一种大气。那大气，是大漠独有的。有时，你会觉得那大气已注入了灵魂而心雄万夫，但有时，会感觉到自身的渺小，进而陷入深深的悲哀之中。

忽然，那茫无边际的黑里，传来了一个声音。听得出，那是木鱼妹在吟唱。声音不大，抽丝一样，在夜气里窜——

太阳出来第一点点红，照着南山上雪妆一座城，松树林廓颠倒颠，松塔儿下来层层一条龙。

自打我的小男儿出了门，又下雪来又刮风，

刮了一场冷风下了一场雪，谁知道我小男儿的冷和热……

5

就这样，我偷偷尾随着驼，开始了我一生中最漫长的一次历程。现在想来，还有些后怕呢。

你从那《驼户歌》中，可以看出一点我的艰辛：

拉骆驼，起五更，踏步第六省。

骆驼多，链子长，时时要操心。

前半夜，走得快，腰酸腿又疼。

后半夜，走得慢，瞌睡又丢盹，

你看看，这就是，拉骆驼，

才不是个营生……

幸好，驼队有按时放尿的规矩，每到了我很累的时候，也差不多到了驼放尿的时候，这样，我才能跟得上他们。那时节，我耳中最美的声音便是驼铃，咣当——咣当——它虽然单调沉闷，但在我的心中，却是最好的音乐。要知道，半年多时间里，在我的生命中，充满的，便是那驼铃声……哎，你的这书，要是起个《驼铃声声》，保管你畅销，信不？嘿嘿，你不用解释，我只是个建议，反正我一见这书名，肯定会买这书的。

那时节，驼队一如既往地在夜里走路，这是驼队的规矩。这规矩帮了我。要是在白天，我跟踪驼队那么长时间，是不可能不被发现的。

在那漫漫的长夜里，除了驼铃声，让我最亲切的，就是那马灯。在无月的时候，把式们会点亮一盏盏马灯，它们虽然不很亮，却是那时的夜里最美的景致。远远望去，那串亮光就是我心中的希望。我虽然也时时会想到阿爸，想到阿爸教我的那些木鱼歌。为了排遣寂寞，我也会默诵那些木鱼歌。那时，我还不完全了解一些内容。我默诵不是为了理解，而是为了排遣孤独，当然，也是为了不忘掉那些阿爸心中最美的歌。阿爸留下的那些木鱼书，烧了大部分，剩下的那些残本，在后来的日子里，多变成了碎片。经历了岁月的折磨和大火的炙烤，那些书页显得很脆，稍一碰，就碎了。我索性烧了它们，让它们去陪我可怜的阿爸。虽然那时我并不了解木鱼歌的真正价值，但我还是知道，阿爸珍爱它们，就定然有珍爱的理由。我不想让阿爸的珍爱，成为我遗忘的牺牲品。所以，大部分的夜里，我诵几字行一步，日子就这样慢慢地过去了。

虽然大嘴哥不让我在路上犯傻去杀驴二爷，但我还是在寻找机会。只要有机会，我绝不会让驴二爷回到他的地盘。因为我不知道，他回家后，我会不会还有接近他的机会。

有好几次，在驼队宿营时，我接近过他们，我发现，那些枪手们真的防备得很紧。行走时，前后左右都有枪手骑了驼，在护卫着驴二爷的驼轿。而且，据说，驴二爷的驼轿也是由一种油浸过的藤条编成的，虽然轻便，但非常坚韧，据说是经得住刀砍枪击的。

只要不在野外宿营，我总是有理由接近驼队的住处。有时，他们会在一些市集上住店，这样，我会以行乞的方式接近他们。那时节，到处是讨饭的，没人会怀疑一个要饭的老乞婆。因为常不洗脸，我自己也认不出自己了。一层一层的垢甲遮住我的本来面目，开始时，我很难受，渐渐也就习惯了。

驴二爷很谨慎，他知道许多土人视他为冤家，恨不得寝皮食肉。在起场之后，有好几次，他差点被飞来的竹矛扎中。所以，途中我很少能见到他。我的短枪中，火药是常备了的。在每次接近宿营的驼队之后，我总是引燃火绳。我时刻准备着，一有机会，我就会点燃火药捻，将枪口对准我的仇家。我还在枪中装了一粒铁珠和十多粒散弹。这也是大嘴哥给我的。他说是让我对付狼和坏人的，但我认定他知道我的心事。我打定主意，只要能打死驴二爷，我甚至愿意被那些枪手打成马蜂窝。

6

我一直忘不了那种在漫漫长夜里漫游的感觉。

前边是无边的黑暗和不知通向何方的路，陪伴我的，只有自己的脚步和远方的驼铃。

还有干渴。

还有饥饿。

我准备的那点干粮很快就吃光了。驼队要是路过有人的集镇和村庄的话，我还能顺便要一点吃食。我当然不敢全部吃完，我会留下干粮，准备在夜行时吃。只是，大多时候，我很难讨到干粮，因为沿途百姓的日子也很难过，能吃干粮的人家不多。我只能讨到一些残汤剩饭。我先是喝了汤，留下相对稠些的，充当夜行时的食物。有好几次，我一吃完剩饭，就拉肚子，拉出一股又一股的清水，拉得我两腿无力。那些日子，我几乎绝望了。后来，我讨到了几瓣大蒜生吃，才渐渐缓过了劲。后来，我有了教训，只要遇到有人的地方，我一定会乞讨大蒜。一次，我用一条讨来的围巾，换了很多大蒜。在没有其他食物时，我也会烧着吃大蒜。不知你们吃没吃过烧大蒜？也许，你们觉得很难吃，但在我眼中，那真是无上的美味。有时，实在找不到别的食物充饥时，我就用烧大蒜来充饥。美中不足的是，烧大蒜吃得多了，鼻孔就实了，好像被什么东西堵了。嘿嘿，这是我独有的生命体验，提供给作家。这细节，不亲身经历，你是编不出来的。

　　大蒜容易携带，不会腐坏，也有营养，还能解毒，它帮我度过了人生中最为艰难的一段时光。自打吃起大蒜，我吃剩饭后，就不再拉肚子了。要是没有大蒜，不知道我还有没有后来的人生。因为，在好几个月里，我吃的都是残汤剩饭。在我的背斗里，除了羊皮水囊外，还有一个瓦罐。瓦罐里盛的，就是我沿途讨来的百家饭。白天，驼队宿营时，我就去讨饭，每次，我要讨满一罐子后，才开始休息。我将那些饭，平均分配在白天和夜里。有时，天一热，饭很快就馊了。后来，只要就着生大蒜，馊饭也成了我眼中的美味。

　　最难过的，是进入沙漠和戈壁的时候，因为我讨不到食物。那时，多亏了大嘴哥，他总会在驼放尿时，给我留一些吃食，或是烧好的红薯，或是山芋，或是锅盔饼子。好在驼队行进和放尿时，会留下很多踪迹，我总能找到那些食物。后来，大嘴哥告诉我，每到驼放尿时，他都会躲在一旁抽旱烟，然后顺势埋些吃食，再做个记号：有石头时，他会在埋食物处放三块石头；无石头时，他会撒泡尿，只是他撒尿时，会撒成一个"8"字形。所以，我总能找到我想找的东西。

　　在无人区虽然难熬，但有时，也会有一种诗意的享受。若是大嘴哥叱的那把子驼，走在最后时——这需要他在起驼时故意磨蹭一阵——我就可能趁着夜色接近他，跟他说说话。但这样的机会不多，一是大嘴哥不让我轻易跟他在一起，他说有时候，大把式会巡察的，以防有意外掉队者。我开始信了他的话，后来我怀疑这是他的一种推辞。因为我后来知道，大把式根本用不着巡察就知道后面的驼队是否正常，因为那驼铃声会告诉他一切。我后来想，大嘴哥定然怕别人知道我跟他的关系，怕我日后的行为，会影响他和他的家人。后来，一想到这一点，我就会有一点不舒服。这成了一粒不愉快的种子，当它慢慢地发芽开花后，就影响了日后我跟他的交往。

7

我说过，那时是没有时间的。只觉得饿了，饿了我们就吃豆子。那些豆子，本来是骆驼的料。要是遇不上好草场，就得叫它们吃些料。还是陆富基镇定，他竟然带了半袋豆子和一皮囊水。豆子虽是生的，嚼起来有生面气，但总是五谷，生也能给人长精神哩。要不是有这些水和食，我们是走不了多久的。要是我们停下来，或是我们选择了放弃，就没有今天的我们……不，这话不对，细想来，寻找也罢，不寻找也罢，今天的我们是一样的，都是阴魂。不一样的是，我们会成为另一种阴魂。要不是我们活着时多做了一些事，我们会有另一种人生的归宿，是不是？要是没有那么多行为，飞卿不是飞卿，我也不是我。你们，哪个不是呢？我们之所以值得叫人家采访，不就是我们有那些行为吗？是不是？

寻找时的艰难，是一言难尽的。你当然可以想象，我们遇到的，不是一般的风，是沙流，是移动的沙墙，是倾泻下来的沙海。我们不是在风中散步。我们是在跟死神角力，是在逃命，是在抗争……当然，你可以用各种语言，来形容我们那时的行为。

我们行进在移动的沙流里，肺已叫浆住了。我拼命地呼吸，拼命地挪动脚步。我感到一道道的沙流打向我的脸。我知道，这情景，很像纷飞的沙轮，要不了多久，我脸上的皮就没了。我脱下坎肩，蒙在脸上。我向后面传递着类似的讯息，我希望他们也这样。但我的声音刚出口，就叫风刮得不知去向了。我只好停了下来。我朝着大约是耳朵的所在，吼着自己想吼的话。我听到飞卿说，不要紧。你走你的，我叫他们贴在驼背上，脸贴在驼毛上。陆富基也像吼似的说，你走你的。别人不要紧。我们有驼呢。这下，我放心了。我知道，我的角色，非常像在齐腰深的大雪中开路的那人。我只要开了路，别人就好走了。我于是拉了俏寡妇，继续往前摸。俏寡妇不愧是白驼，在这种情景下，还能镇定自若。它要是抡头甩耳的话，我能不能降住，还真是难说。我已经筋疲力尽了，心里却明白，我们这时的找所谓胡家磨坊，其实已成了一个美梦。在这种险恶的情景下，我们总得做点什么。我总得带着大家做点什么。我们不能等死，是不是？我们其实也是在完成一个过程。我自己虽然在前行，但不知道目的地究竟在哪里。胡家磨坊，我的胡家磨坊，你在哪里？

一个把式倒下了。飞卿拽住我的手，吼着叫我停下。我知道，让那把式倒下的，其实不仅仅是累，还有一种绝望。那绝望，也时时袭向我的心。只是我知道，我不能绝望。他们比我年轻，他们可以绝望，我不能。他们看着我，他们知道我肯定能找到胡家磨坊。他们相信。在这条驼道上，我走过很多次。每次，他们谈到我，都会说人家大烟客在包绥路上走了大半辈子。是的。我在包绥路上走了大半辈子，我们那软软的驼掌把石板都磨下去了半尺深。但他们不知道，这种末日，我也是第一次遇到。我只能叫他们认为我定然能找到胡家磨坊。仅此而已。

我们停了下来，我们将那个差不多瘫了的把式放上驼背。我们不能扔下他。我们死也要死在一起。我叫他将头埋进驼峰里，免得叫流沙打烂脑袋。我听到那驼发出沉重的呼哧声。它也很累了。它还驮了我们吃的豆子和水呢。它定然也叫这阵候吓累了。我知道，许多时候，让自己累的，其实是惊吓和恐惧。按你的说法，其实是自己把持不住的心。呵呵，只是那时节，我还不知道这个道理。

那时，我甚至觉得自己游行在沙里……不是在沙上，而是在沙里。那沙子成了水，我在水中游泳。只是这水似的沙子成了浆，我游起来很是吃力。你当然可以想象一只苍蝇在蜂蜜里游泳。真有那种味道了。不过，蜂蜜里游泳的苍蝇尝到的，是甜，我则是累和绝望。我告诉你，在后来，我真的绝望了。我只是没表现出绝望而已。

我们行进在无边的黑夜里。我们看不到方向。除了那各种怪声，我们也听不到别的声音。我不知道在白天呢还是在黑夜。我不知道，这流沙之后再有没有别的怪事，也不知道它究竟会延续多久。饿了，我们吃把豆子。渴了，我们喝一口水。体力早就透支了。身体早不像是自己的了。我甚至发现，我们即使在行走时，也大多在原地踏步。我当然知道，正是这种原地踏步，才能让我们免去被活埋的命运。在滔天沙浪扑来时，我们非常像在波涛中颠簸的落叶。在流沙的移动中，许多地形定然变了，我们的移动，能让自己时时踏在移动的流沙上。

不知过了多久，那峰驮人的驼倒下了。按说，它是不应该倒下的，但它还是倒下了。累当然是一个原因，我想它的心理承受能力已超过了极限。它其实放弃了努力。心一松，累就成了泰山，几下就压垮了它。它一卧下，那个趴在它背上的把式也滚落下来。他说，我也不想走了。你们别管我了。

于是，我们都停下来了。我们很想拉起那驼。我知道这阵候，要不了多久，它就会叫沙埋了。陆富基一下下抖缰绳，想把它弄起来。就着时不时偶现一下的亮光——我不知道该怎样称呼那亮光，闪电？似乎不是。太阳？似乎也不是——我能隐约地借那亮光看到驼长伸四腿躺了的模样。

我对飞卿说，只好随它了。我们将那软成一堆的把式放在俏寡妇的背上，还有那些豆子和水。俏寡妇叫了一声，我们弄不清它为啥叫。

对那夜——我不知道那是不是夜，也许它是另一种意义的夜吧——虽然我觉得经历了无数的事，我记忆最深的，不过两件事：一是那峰驼死了，是累死的。它是不是

129

还口吐白沫了？不知道，我想应该是的。二是大嘴的脸叫沙打成了血葫芦，我叫他脱下坎肩蒙了脸，他不听。我们其他人，只是叫流沙打烂了衣服。我们的衣服都烂了。在后来的行进中，我叫大家都隐在骆驼身后，只我一个顶了那狐皮坎肩前边探路。我拉着俏寡妇，另几人就紧依了俏寡妇的身子，躲那风沙的袭击。不然，他们的脸也会成血葫芦的。

你问我找没找到胡家磨坊？

这不好说。

我不能说我没有找到胡家磨坊，也不能说找到了。那个末日里，我们没有找到那个印象中的建筑物，但我们在找的过程中，活了下来。要是不找，我们早就叫沙埋了。大家都在找，都想找，找呀找呀，就活下来了。要是不去找胡家磨坊，我们定然会躲避风沙，但那风沙，是躲不了的。只要我们静在某时某处，那流动的沙墙，立马就会埋了我们。正是那不懈的寻找，才救了我们。

待得天渐渐亮了后，我发现，一切都变了，一切都叫沙重塑了。

我看到，远处忽然多了一座沙山，沙山上，有一个石磨，挂在高高的胡杨树顶上，那是木鱼妹和马在波，两人一前一后，吆了驼，仍在一圈圈转。

8

一种巨大的静，向我压了来。胸口的牌位也疯狂地跳着，火烫火烫的，仿佛它也明白，某种情感正在摧毁它的期望。我紧紧握住那把刀，手已经握出了汗。刀把也有一种滚烫的质感。

我有种梦魇的感觉，像站在泥浆中，胸膛正被泥浆们压着。那时节，我已听不到屋外的沙暴声。我虽然也认为是末日到了，但我心中的末日，不是这样子。我并不认为那沙暴便是末日，我觉得应该有另一种末日，后来，我才知道，那时节，真的有另一种末日的。我不知道，我那时算出的，其实是一个时代的末日。但这种明白，是后来的事。

黄蜡烛发出黄光，摇摇曳曳着。一个巨大的影子映在墙上，那是马在波的。我没看到自己的影子，它不知跑哪儿去了。

我怕自己会动摇，牙一咬，抽出了那把刀。我的手汗津津的，全是冷汗。我不是一个称职的杀手。我无论在语言上或是观想中如何冷酷无情，但面对一个活人时，我还是下不了手。在想象中，我曾无数次地把刀子插进他胸膛，此刻，我应该真实地这样做。我预演了好几年，到了该实际操作的时候了。我看到，依附在牌位上的祖宗灵魂们正在疯狂地跳舞,他们是在狂欢,还是在焦急?倒是那滚烫感很强烈,还有那种跳动的质感。

马在波转过身子,背对着我。我看不到他的表情,但我明白,他仍会是那种一如既往的淡然。他是不会躲的——当然,躲也没用。自进了野狐岭后,我虽然没像以前那样练功,但我的功夫仍在,对付马在波这类书生,是易如反掌的事。这一想,我竟产生了一种怜悯。我怕强者,比如一想到驴二爷身边的那个丫鬟,我总是心有余悸——在我心中,她跟鬼魅一样——但用暴力对付弱者,我也下不了手。马在波有一种婴儿的气息,他很纯净,我真怕自己捅不了那一刀。

他静静地站着,一动不动,我闭上眼。我不敢看那背影。记得,在苏武庙的时候,我一看到这背影,心中总是热流涌动。现在,那热流,显然没以前强了,但它的余波,仍在我心中荡个不停。毕竟,这是我爱过的男人——不,不是爱过,是仍在爱。自打进野狐岭后,我一直在往水中按那情感皮球,一直想将它埋到心灵的最深处。我强迫自己,让自己产生一大堆恨的念想,我制造出了无数恨的理由。我想让自己的心冷到极致,硬到极致,我期待自己在一个适当——比如末日来临——的时候,能将那把承载着仇恨的刀,插进仇家——他是仇家吗?——的胸膛。

他是仇家吗?

是的。他是驴二爷的儿子。

可他,又是我一生里最爱的人。因为他的出现,以前可爱的大嘴哥变丑陋了。因为他的出现,我硬冷的心变柔软了。因为他的出现,荒凉的西部不荒凉了。因为他的出现,生命有了另一种意义——超越于仇恨的另一种东西。同样,因为他的出现,我觉得野狐岭之行,多了另一种色彩。你别被我表面的语言迷惑,是的,我在用一种杀手的目光观察他,但以前我告诉你的那些,是我强迫自己想的内容。其实质,跟爱到极致的女子骂爱人"挨千刀的"一样。

此刻,我如何下得了手?

你想,我如何下得了手?

牌位的火烫,越来越炽。它像火板上的青蛙那样跳着。

便是在末日来临的时候,我也希望自己能伏在他的胸口上,一起去死。但我不得不做的,却是用他的血祭那个现在已非常滚烫的牌位。

巨大的静寂,凶猛地撞击我的心。

9

他转过身来。黄光中的那张脸,仍那样淡然。

他淡淡地说,你不用犹豫的。我是真想还债的。该了的账,总是要了的。

我无语。我看着那张让我又爱又恨——虽然是作意的恨——的脸,不知道该说啥。

他又说,再说,末日也到了。你便是不动手,我们也活不了。

我无语。

他说,以前有个高僧,圆寂前告诉弟子,叫他在他死后将骨灰扔到十字路口,叫车碾马踏,弟子不听话,却建塔供养了。高僧托梦给弟子,骂他们,说要是按他说的那样做了,他就解脱了,他所有的债,就在这一世还了。因为弟子不听话,他还得再来一趟,再遭下一世的车碾马踏。

他说,我就是那个高僧。该我承受的,就得承受,我可不想拖到下一世。

他又说,我承受的,不是爹的事。我说过,爹做不出那样的事。我说过,我在承受另一种东西。

他说,你动手吧。

我握着刀子,手有些抖。你是否还记得,我以前讲过的那种心情?是的,我在仇恨,我一直在仇恨,尤其在最初的时候,但我渐渐发现,爱消解了仇恨,真的是消解了。我明明知道,这把刀只要往前一送,多年的心愿就完成了,但我就是送不出去。我甚至相信,如果不是那个只有用仇家的血祭,才能让冤魂超升的说法,我怕是连报仇的念头也生不起了——尤其在面对这冤家的时候。我似乎很难将他跟仇家联系起来。记得以前,我还有复仇之心,那时节,我处心积虑的,还是如何实现复仇的愿望,但自打两人在共同对付了疯驼之后,心中的许多东西竟然消失了。

我发现,我心中的仇恨,并不是一下子消失的。它像烟鬼吐出的烟圈一样,似乎有个过程。从早期的浓烈,到现在的淡化,是有迹可循的。除了岁月之外,还似乎有另一种东西在干预我的报仇。我想,是不是木鱼歌?是不是我在默诵那些木鱼歌的过程中柔软了自己的心?或者是爱?在我对马在波产生了浓浓的爱时,那仇恨就随之消解了?我不知道。我不能清晰地明了这一点。但无论如何,我送不出那把刀子了。

我听到了祖宗们愤怒的吼声,你当然可以说是幻觉。不过,我不认为是幻觉,我是真的听到了。只是,那堆声音中,我听不到阿爸的声音。阿爸活着的时候,总说冤家宜解不宜结,他总是会宽恕那些仇人——其实阿爸是没有仇人的。阿爸的心,真的叫木鱼歌柔化了。

我仔细地辨认着那些声音，却发现，它其实来自我的心。那声音，早就成了我活着的理由，多年来，支撑我活着的，就是它。我其实不甘心这么快就放下它的。因为没有了它，这些年我就白活了。我的生命，一直在承受着巨大的重量，那重量要是消失，我也就失重了。

我明明知道这一切，但我举不起刀子了。

我无数次地设想过那个场景，但此刻，没法再演了。

我一下子哭出声来，扔了刀子。

马在波竟然慌了。在刀子面前，他没有慌，我一哭，他却一脸慌乱了。他无助地望着我。

我是个不肖的子孙。我哭出声来。

我哭道，没有你的血祭，祖宗们超升不了。

我取出那个包了红布的牌位，解开红布，露出了那段深红色的木头。

马在波问，是血祭？不是要我的命吧？

是血祭，没说要命——我恍惚了，忘了是"要命"还是"血祭"，但我还是说血祭吧。

那还不简单。他捡起刀子。

我问，你干什么？

他笑了笑，放心，我不会杀自己的。他用刀子在手上划了一下，黑红色的液体一下涌了出来，在红木上淋漓着。我的心一阵阵抽疼。我很惊奇自己的变化。以前，我是多么的心硬呀，仿佛真能杀人不眨眼呢。没想到，一见到他的血，心竟然抽疼了。我竟然会心疼一个仇家？真是莫名其妙。在过去几年里，我的心中，不知演出多少的复仇的惨剧，哪一次，都是鲜血淋漓，都是血肉模糊，都是尸横遍野。没想到，这几缕淋漓的血，竟让我的心抽疼了。以前的冷硬，和此刻的心疼，哪个才是我的心？

我看到，那淋漓在牌位上的血并没渗入木头，那木头似乎也没有发生啥变化，它竟然有一种无动于衷的静默。刚才，它还在我胸前跳呢，还那样滚烫地跳个不停。

马在波笑盈盈地望着我，问：够不？要不要再割几刀？

不，不，我扑了上去，捞过他的手。我很想将那手指含在口里，又怕弄脏了伤口。在这荒郊野外，要是得了破伤风，是很麻烦的事。可见，那时的我，已忘了正在降临的末日。

马在波说，若是他们真的没有超升，那么，障碍他们的，是那种只有报了仇才能超升的执着。放下那执着，他们立马就超升了。

奇怪地，我忽然听到了一声笑。

至今，我还不知道它是谁发出的。

<h2 style="text-align:center">10</h2>

这时，一阵剧烈的摇晃声传了来，还有一种破渣声。马在波拉过黄煞神，我从黄煞神的眼中，发现了一种跟以前不一样的东西，说不清是什么，但确实有。

马在波说，上回来磨坊闭关时，在屋梁上发现了一本老书。他从怀里取出了那本书，书页已黄了，像是用羊皮做的。书不厚，只有几页，上面有些怪模怪样的画，还有些字。那些字，也显得怪模怪样，不好看，但怪出了一种独特的韵味。

马在波指着书上的一行字说，瞧，这儿说，要是末日到了的时候，就套上驼，拉那磨。我不知道，它说的末日，是不是指这？

我说，不管是不是，试试便是了。

马在波揣好了书。

我们套上了驼。那套绳什么的，虽然不用许久了，但干燥的沙漠气候，没让它失去它的结实。

他说，书上说，末日来时，得先拔了那个楔子，他指指墙上的一个木桩。桩上，挂满了东西。我们取下那些挂物，摇了许久，才拔下了那个楔子。那是一个黄老刺做成的楔子，很大，很重，很粗，上面有许多印痕，想来是它在桎梏着某个东西。

马在波开始吆驼，驼走动了。不过，眼见的驼使足了劲，却不见那磨转动。马在波抡起鞭子，鞭梢在驼背上炸响了。我心中有些不忍——你要注意这个词，这似乎不是杀手用的词，看来我真的变了，是什么让我变的呢？——是的，人家刚从疯驼魔掌下救了你，这会儿，你怎么下得了手？

驼身上的肉棱儿鼓了起来，驼显然用足了力，磨盘仿佛动了一下。

来，我们也加把劲。马在波边吆喝，边跟我一起推那磨杆。

两人一驼都用足了吃奶的力，磨盘终于动了。我想，这下好了，只要它动了，就会越走越轻的。

走了几圈，驼身上的肉棱儿没以前那样鼓了。看来，磨真的轻了许多。

虽然我不知道磨走的意义，但看到磨盘动了，我还是兴奋了。我听到一阵咯吱声。看来这磨盘，定然牵动了某个机关，整个磨坊抖动了起来。

磨坊要塌了，我叫。叫声里有撒娇的意味。天，这早就不是我了。我忽然发现，不知从何时起，我竟然有了一颗小女人的心。这真是奇怪的事。小时候，我很胆小。长大后，仇恨让我天不怕地不怕了，这会儿，却又成了小女人。我成了女人的标志，是忽然对一个男人产生了依靠心，竟开始了撒娇。我的脸一下子烧了，偷偷望望马在波，发现他并没觉出什么异常。

磨坊在摇晃了。我想，定然有人用了一种精巧的机关，不然，凭一驼两人的力量，是很难撼动这磨坊的，但又想，这磨坊，除了那磨盘石外，都是木头做的，算算绝对重量，倒也没多重。我想，在磨盘下方的某个所在，定然有许多齿轮什么的。我甚至想，也许会有许多非人在帮我们吧，那个古老的歌谣里，不是有"阴魂九缸八涝池"吗？

在磨坊的吱吱声中，觉得有风吹了进来。黄蜡烛摇了起来。摇了几下后，便忽地灭了。

眼前黑成了一块，我看不见一切了，驼倒是仍在走——这时，已不是我们推那磨杆，而是磨杆在牵引我们。我觉出，磨真的越来越轻了。我还听到了许多东西的破碎声，想来那磨坊要塌了，但此刻，我们也顾不了太多。眼前的许多东西，都在我们不可控的范围里，倒是没对马在波的那说法产生啥怀疑。因为从很小的时候起，我就崇拜书，我认为书上的一切，都会有它们的道理。

虽然黑暗消解了一切，心中却没多少恐惧，因为身边有马在波，我的手挨着他的手，我们一起在推那磨杆，我能感受到他手上的温度。我听到了他的喘息。他还在用力。

在黑夜里，能听到心爱的人的喘息声，这也是一种幸福。不是吗？

驼也在喘息着，但不大，我能觉出那磨盘是越来越轻了，我已感受到一种气流了。我觉得自己已不在磨坊里，仿佛到了外面。因为，有沙子打了来，打在脸上，很疼。想来马在波也觉出了疼，他取出一个东西，蒙在了我脸上。我摸了摸，认出是他常用的一个系腰，以前我见过，是用驼毛织的。系腰是驼把式的常用物，到了冬天，谁都会用，系到腰上，风就灌不进胸腹。我揽过他的头，把系腰裹在他头上，他又取下给了我，我们推让了一阵，谁都不想独用，就两人各扯了一端，共用了。我想到了那个结婚时拉的红绸布，就想，这也算是我们独特的婚礼吧。这一想，一股幸福涌上心来。

风很大了，它毫无遮挡地吹向我们。我觉得很怪，我们不是在磨坊里吗，怎么觉得到野外了？我这样问马在波，他的声音闷闷地传了来，他说，别管这些，书上说，别管这些。只管这样走，只管跟着骆驼走，就能躲过末日。

我想，这会是一种什么样的末日呢？是天塌了，还是地陷了？无论哪一种，我都不信骆驼能救了我们。但这时节，也没个更好的盼头，我想走就走吧。我甚至想，我不管末日不末日了，只要能这样一直走下去，本身就是幸福了。难道不是吗？世上的一切都不见了，身边却还有自己的爱人。这真是一种奇妙的感觉。

　　身边有强劲的气流在涌动，我也能觉出那气流里有沙流。因为要是那系腰从脸上滑脱时，裸露的皮肤会很疼。粗糙的沙在打磨我的肌肤，其实我已经习惯了，这种事，过去常遭遇，只是阵候没这么大。自打到西部后，我风餐露宿，常在沙暴里走，也习惯了。只是，以前的沙暴，从来没这样黑，瞧，天都没了。风也比过去大很多……不，那不是风，是涌动的沙流。过去我遭遇的，多是风沙，或是沙暴。现在的阵候，像是沙暴，但似乎又不仅仅是沙暴。

　　驼叫了一声，声音很是沉闷，我想它一定累了，或是它也叫这阵候镇住了。它难道在提醒我们？或是在向我们诉苦？或是在发出只有它才明白的一种启示？我听不懂。过了一会儿，驼停下了脚步。

　　马在波喘着气，吆喝几声，用巴掌拍了驼屁股几下。驼又往前走了。

　　马在波说，不能停的，这会儿，不能停的，一停下，就叫沙埋了。

　　他又说，天大的雨，也会停的。天大的风，也会停的。

　　我没应答。我很想说，末日真到了的话，风雨停了，也是末日。虽然也相信末日到了，但怪的是，心中却没有一点儿的难受。是的，跟心爱的人一起走向末日，是一件很幸福的事。这是我那时的感觉，理解了这一点，你才算理解了女人。

　　骆驼又停了，它没力气了。拉了那么重的磨，走了这么久——我不能清晰地判断究竟走了多久——它当然累了。不过，黄煞神的峰子里，蓄了很多脂肪，能为它提供源源不断的体力。

　　骆驼一停，我也萎倒在地。走了那么久，觉得汗已经流干了。马在波一把拉起我。他喊：坚持！坚持！这阵候，不能停的，一停，就叫沙埋了。我说，就叫埋吧，我走不动了。马在波说，天上有一丝儿亮了，这天，总会亮的。我说，亮了又能怎样？马在波说，话不能这么说，你要是一直这样追问下去，当然啥都没意思了。又说，人活的意思，就是活那个过程。

　　这道理，我当然懂的。问题是许多时候，道理解决不了问题。比如，这天的黑，道理解决不了；这身子的累，道理解决不了；这飞泻的沙，道理解决不了。道理能解决的，只有心。可许多时候，身是不听心的。比如，我明明知道走的重要，但身子偏偏累成了一堆泥。

除了累，还有渴、饿，体能消耗到极致了。在跟褐狮子较量后，就没缓过劲来，要不是有练武的功底，我早就累塌架了。不过，我还是强打精神，站了起来，毕竟，我练过武，马在波是个书生。不过，我发现，马在波虽是个书生，但自小就跟驼把式走南闯北，他的耐力，不在我之下。

马在波吆着驼，他的声音坚决而愤怒，差不多等于威胁了。驼当然也明白这处境，在我们的帮助下，它又拉动了磨。

我眯缝了眼，看看天，我并没有看到啥亮光。我知道是马在波在安慰我。我想，也许这时正是深夜。深夜里是看不到亮光的。不过，随它吧。黑是天的权力，走是我们的宿命。

我们就这样走着。我们时不时就摔倒了，然后爬起来，再摔倒，再爬起，再摔倒，再爬起……直到我真的看到了天边的亮光。

风静了的时候，我发现，地貌变了，一切都变了。我们的身边，仍有磨坊，但这磨坊，已不是原来的磨坊了。以前的磨坊，有好几间，现在，只剩下有磨盘的那间房了——不，那甚至算不上房了，只能算是木架了。

在我们的转动中，磨一次次升高着。不，我们自己也在升高着。那倾泻而下的沙，都到脚下了。

我看到了胡杨树梢。以前的磨坊旁，有一棵很高的胡杨树，现在，我只能看到树梢了。远远地望了来，这磨坊，定然像挂在胡杨树上。

待得太阳重新出现后不久，我们也看到了飞卿他们。

他们一直在寻找胡家磨坊，这寻找，同样也救了他们。

他们给了我们一些水。他们带的水虽然不多，但却支撑到了第三天。

第三天，天降了大雪。

我们吃驼肉、吞雪，历尽千辛万苦，终于走出了野狐岭。

你一定喜欢这个故事，因为，这是一个属于寻觅者的故事。

是的，你点点头，笑了。

你说，你最喜欢故事的高潮部分。

沙尘暴的部分？

是的，沙尘暴的部分，因为，那时人物内心的冲突到了顶峰，灵魂中的那根弦就快要裂开了，无论是精神，还是生命，都到了几乎要崩溃的边缘。这时候，坚持下去就变得异常艰难了。驼户一开始还仅仅是看不到终点，他可以走一天，然后走第二天，走第三天，路只是长，但并不艰辛。这就像我刚来西部找你的时候，我只是在等，虽然不知道结果，也不知道什么时候才能等到你，但我可以坚持，坚持一天，然后坚持第二天，我不去想什么时候可以见到你，我有个信念，就是只要一直等下去，就一定可以见到你。那么，这种等待虽然漫长，也并不多么煎熬，可是，假如这中间出了什么事——一些让我难以割舍的事——我还会不会在这里等你？会不会错过今晚的相遇？真的说不清。但那时，我的心里一定会发生剧烈的冲突。

我理解你的意思，我在另一部小说《无死的金刚心》里，就讲了这样的情况，主人公琼波浪觉遇到了好几次考验，全都是这种两难的情况：遇到即将被狼吃掉的女人，救还是不救？救吧，要是被狼吃了，就没有求法的身体了；不救吧，心里真是难受，那毕竟是一个生命啊！遇到求欢的麻风女，答应她好，还是不答应她好？答应吧，万一自己染了麻风，又没有求法的身体了；不答应吧，明明发了菩提愿，希望众生能快乐的……最令人难以抉择的，是遇到了求助的猎人，那猎人要求琼波浪觉帮他猎杀动物，他答应还是不答应？答应吧，他就犯了杀戒；不答应吧，他又违逆了众生的请求，而且猎人还承诺过，只要他答应，就带他去找奶格玛（琼波浪觉的信仰对象）。这所有抉择都很难，尤其是最后一个，如果说前两个只要有牺牲小我、成全众生的心，就能做出选择——但事实上这也并不容易，而且他没有太多的选择时间，他很执着要找到奶格玛，没有找到时，他不甘心就这样死了，稍微一纠结，机会就过去了——那么最后一个，越是有慈悲心，越是会做错选择，因为，他不知道猎人可以让被杀的动物复活，他不愿意为了自己的梦想——哪怕是一个利众的梦想——就牺牲另一个生命。

你愿意吗？

当然不愿意，佛教是不可能让一个人变成魔鬼去追逐的，佛教只可能让人升华，因为，它的本质，就是升华人格、达到无我无私的境界，最终因为不迷惑而不动摇。

那为什么会出现一个叫他杀生的考验呢？

我笑了笑，没有说话。你倒也没有追问，我发现你从不勉强我回答问题，你是不是知道，没有到回答的时候，回答是没有意义的？

我说，不过你举的这个例子不太恰当，因为驼户们面对沙尘暴时，他们其实没有第二个选项，他们所有的纠结，只源于内心的恐惧和犹豫，其本质是无知，因为，事情明摆着的，不走下去，就会被沙尘暴给吞没掉。只有走下去，才可能见到明天的太阳。再大的沙尘暴，也不会永远刮下去，因为灾难也有时限，所以，这场较量的本质,其实是耐久战。所有被那恐怖的假象欺骗的人,都走不出野狐岭,所以,吞了他们的,其实根本就不是另一个选项,不是两难的局面,不是纠结,而是无知——胆小也是无知,因为你胆小,是害怕发生某种你承担不起的事情,但人生中还有比死更大的事吗?要是你连放弃等死的心都有了,为啥不让自己累上一把?

你点点头,说我说得对。

你又说,你发现走出野狐岭的有几种人,第一种是大烟客,他自己也绝望,也害怕,但因为有救人的心,不忍心那么多年轻的生命葬送了,就扮出不绝望的样子,明明觉得走不出野狐岭、找不到胡家磨坊,也没有停在原地,于是他反而走出野狐岭了;第二种是齐飞卿,他虽然不知道胡家磨坊在哪里,但他很积极,而且他跟大烟客一样,也有救人的心;第三种是马在波,马在波知道胡家磨坊在哪里,而且他相信,按老祖宗说的话,一定能走出野狐岭;第四种是木鱼妹,她虽然也累,但她不考虑能不能走出野狐岭,她只想跟自己爱的人在一起,爱情让她走出了野狐岭;第五种是那些无名的驼户,他们虽然六神无主,但他们就像那些淡定的驼一样,能老老实实跟着他们选的人走,对那人的信心,也能让他们走出野狐岭。

但大烟客自己也不知道怎么走出野狐岭啊!

呵呵,但他们相信,所以愿意一直走,不倒下,"信"给了他们坚持的力量。沙暴只是一场经历,能熬过去,也就走出去了,至于有什么样的收获,能不能让他们改变命运,是另一回事。

所以,走,其实在于自己的心,对吗?

对。不过,驼户之所以能不倒下,是因为他们身边有驼,要是他们身边没有驼,他们的心灵就会少了力量。在漫漫长夜中,驼铃就是他们的力量,听到驼铃的声音,他们就知道伙伴在自己身边。很多时候,人是弱小的,人需要抱团,需要伙伴,需要相互鼓励,需要一个为之忍耐、为之奉献、为之坚强的对象,他才能走出绝境。有时,这个对象很小,只是一个人、一个家庭;有时,这个对象很大,可能是驼队、民族、国家,甚至众生。对象有多大,力量就有多大。骆驼的存在,则唤醒了他们的坚毅,而且骆驼确实能让人依靠。走出沙尘暴的两队人中,没有一队人是没有驼的:马在波和木鱼妹虽然找到了胡家磨坊,但他们要是没有骆驼,也不可能走得下去,因为,他们拉不动生命的磨盘……骆驼客让骆驼有了使命,上了驼道,不再是寻常的、乱跑的动物;骆驼给了骆驼客上驼道的可能和资格。

所以,在沙漠中,骆驼和驼户是相互依赖的,对吗?

是的。在驼道上,骆驼是驼户唯一的伙伴——当然,还有其他的骆驼和驼户,我习惯用"驼户"来代表所有的驼户，用"骆驼"来代表所有的骆驼，因为，他们面对的艰辛是一样的，他们追求的目标也是一样的——他们是相互依靠的，所以驼户很爱惜骆驼。如果把你扔到一个荒无人烟的孤岛上，你的身边只有一只比你更弱小的动物，你也会很爱惜它，因为你们之间有一种生命深处的联系。你觉得，你们的生命是连在一起的，你想爱惜它，想让它快乐，你不去管它美还是丑，不去管它可不可爱，也不去管它是不是残缺——蒙驼队里有一个驼王，叫褐狮子，它本来很好，很憨厚，但有一天，它跟汉驼队的驼王争风吃醋，不小心被汉驼队的驼王给阉了，之后它就变了，它的个性分裂成三面，一面是沮丧萎靡的伤驼，一面是怨恨报复的疯驼，一面是拉磨的驼。三个都是它。有一天，汉驼队里有一个驼把式开枪打了它，他是真想把它给杀了，以免它伤了其他的驼——这次事件，成了蒙汉两支驼队产生纷争的导火线之一——但即使它已经被阉割了，还没了半个头颅，而且老是发疯，驼队也没有扔下它，仍然一路带着它。为啥？就是因为，它虽然没有用了，但还是它。想起它，想起它曾经用嗉毛温暖过自己，想起自己曾经拉着它的缰绳走过那么远的路，它曾经驮过那么多的货物，曾经为驼队下过那么多种，驼户就舍不得它，就连驼队中的小人和恶人，也舍不得它，他们心里都记着它的好，为啥？因为他们是驼户。只要是驼户，心跟驼就是连在一起的。他们可以吃死驼的肉，可以用裹头鞭子打驼，甚至会杀了杀人驼，但他们心里真的爱驼。他们不忍心。汉人驼户想要杀掉褐狮子的时候，心里也很难受、很矛盾，他本质上也不想杀驼——哪怕对方已经疯了——他一看到那伤驼眼中的泪，他的心就抽疼了。一天是驼户，一世是驼户，想不做驼户，也由不得他。那长长的驼道，那悠悠的驼铃声，就像灵魂中挥之不去的曲子。每每在别处醒来，耳边也会悄然响起那声音。为啥？因为那声音，那风沙，那情感，已印到他们灵魂深处了，他们割舍不下的。一日为驼，终生为驼，骆驼也是这样。骆驼是驼队的骆驼，驼户是骆驼的驼户，两者合一，才完整了……

　　你的眼里蒙了一层水汽，但很快，你抹了抹眼睛。你眼里的晶亮就没了，取而代之的，是严肃而内敛的表情。你又变成了一贯那个喜欢压抑情感的你，但我看得出你的真诚，也看得出，你是真的喜欢骆驼。

　　是的，我喜欢骆驼，我虽然没见过骆驼，但我喜欢它们，我尤其喜欢能跟主人生死相依的驼。看到它和主人互相扶持，走出末日，我就觉得很温馨、很窝心。人生中能有这样的情感，本身就是幸福。不过，驼户的生活真苦啊。

　　是的，驼户的生活很苦……要不，我再给你唱几首驼户歌吧？从歌词中，你可能会更清楚驼户的生命境况。

好的，你唱吧。

  拉骆驼，出了工，到了第一省。
  丢父母，撇妻子，大坏了良心。
  你看看，这就是，拉骆驼，
  才不是个营生……

  拉骆驼，起五更，踏步第三省。
  上场子，抓骆驼，北风灌脖领。
  你看看，这就是，拉骆驼，
  才不是个营生……

  拉骆驼，起五更，踏步第四省。
  出长城，过沙漠，遇上了一场风。
  黄沙翻，黑浪滚，两眼不能睁。
  你看看，这就是，拉骆驼，
  才不是个营生……

  拉骆驼，起五更，踏步第五省。
  戈壁滩，无尽头，越走越伤心。
  老母亲，老父亲，想起泪纷纷。
  你看看，这就是，拉骆驼，
  才不是个营生……

  拉骆驼，起五更，踏步第七省。
  遇上个，冒失鬼，没黑又没明。
  走得早，睡得晚，腰酸腿又疼。
  损了我的身，你看看，
  这就是，拉骆驼，
  才不是个营生……

拉骆驼，起五更，踏步第八省。
风里行，雨里宿，得下了伤寒病。
掌柜的，反骂我，使唤不称心。
你看看，这就是，拉骆驼，
才不是个营生……

拉骆驼，起五更，踏步第九省。
病重的，难起身，有谁来照应？
眼看的，命归阴，赶紧送上门。
全家子，他哭得，泪水淹死人。
你看看，这就是，拉骆驼，
才不是个营生……

拉骆驼，起五更，踏步第十省。
找掌柜，算工钱，反叫喝出门。
空着手，回到家，又气又伤心。
眼一花，跌倒地，永世难翻身。
你看看，这就是，拉骆驼，
才不是个营生……

　　虽然驼户老在说"才不是个营生"，但我记得，在故事中，他们其实很自豪，也为自己可以忍受这样的艰辛自豪，对不？

　　是的，人是矛盾的动物。但他们不是炫耀自己的苦，而是为自己的坚韧感到自豪——当然，他们也是真的心酸。沙漠里长途跋涉的辛苦，没有走过的人是很难想象的。据说，有些人不带向导就挑战沙漠，结果被发现时，就已经死掉了。他们是怎么死的，死时有过怎样的感受，是不是后悔了，会不会觉得不值得……这些，都无从得知了，草率地面对生命的唯一结果，就是付出代价，有时，就会是生命的代价。但沙漠的严酷，也反衬了骆驼和驼户的坚韧和强大……好了，骆驼和驼户的故事就讲到这里。不知道这点点滴滴的叙述，能不能让你更加了解骆驼和骆驼客呢？

　　你点了点头。你又说，不过，你觉得在现实的骆驼客生活之外，《野狐岭》有强烈的象征意义，你觉得骆驼运输就像灵魂求索之旅，有着无穷无尽的象征……

我笑了，我说，欢迎下回解读！不过，现在我们先来讲下一个故事好吗？

你无奈地笑了。

在你泛起学者气之前，我决定踩一下刹车，你不会介意吧？这是一个讲故事的夜晚，我们不要把它交给学术讨论，好吗？

好的。

那么，我们开始下一个故事。

猛子、北柱：
掘墓的汉子

这是最后一个关于西部男人的故事，它很简单，只是两个青年农民的对话。它是从长篇小说《白虎关》里节选的，这段内容，我很喜欢，虽然它没有我所认为的美好，但它有一种浓浓的象征色彩，透过它，你可以看到中国的历史和当下，也可以发现人性中的某种东西。

像四爷的故事那样吗？

有点相似，但没有四爷的故事那么美好，更多的是启迪，当然，也有另一种疼痛。

什么样的疼痛呢？

恨铁不成钢的疼痛。因为你看得到这样的心背后的命运。你一想到他们各自的命运，就会心痛。你很想告诉他们，命运的出路在哪里，但你又明明白白地知道，他们不理解。很多时候，你哪怕把答案赤裸裸地放在那儿，能理解的人，也寥寥无几。关于这，我在《野狐岭》里写过，形形色色的人在那个舞台上展示自己的灵魂，但谁也没有走出命运。他们以为自己走出的野狐岭就是命运，但事实上，野狐岭仅仅代表了他们生命中很艰难的一段路，人的一生中，其实有很多野狐岭。所以，《野狐岭》是一个更大的寓言故事。如果有机会，你也可以去读读这本书，在里面，你会看到另一种已经消失的西部生活，还有另一群很有趣的西部人。

我发现，在你的故事中，命运是一个很重要的主题。

是的，我的作品很注重写文化、写人心，也很注重写命运。但事实上，你只要写活人心，命运的轨迹也就浮现出来了。因为，命运是由行为构成的，而行为又取决于心。

这两个农民的命运又是什么呢？

仍然是贫穷。但每个人贫穷的原因不一样，这两个正在做同一件事的农民，过去、当下和未来的命运也不一样，但是，从这段不太长的对话中，你会明显发现导致这种命运的原因。

我有点理解了为什么你的读者会反反复复读你的书。他们也想从你的书中，找到自己的命运密码，对吗？

是的。他们都是一些关注命运、想要改变命运的人。不想改变命运的人，不会像他们那样读我的小说。他们认为，我的作品中有一种正能量，他们把读我的书当成了充电。

如果我的著作有这样的读者，我一定会经常写书。

他们也确实是我的写作动力之一。我常说，这些读者很让我感动。

或许，这个世界上的事情，永远都是相互的吧，被你的书感动了的人，定然也会做出一些令你感动的事，无论这些事你知道还是不知道。

是的，所以我喜欢传播善行，喜欢定格善美，我相信，我书中的善美，定然能带来善美。因为人类本质上是向往善美的，很少有人在面对大善大美的时候，能无动于衷。哪怕再僵硬再冰冷的人，当他浸泡在一种纯善纯美的氛围中时，也一定会发生改变。西部人之所以形成了与人为善的群体习惯，跟凉州贤孝千年来的熏陶就有关系。

凉州贤孝？

是的，我的很多书都介绍了凉州贤孝，这是一种优秀的民间曲艺，现在还有，但已经不多了，它们的载体，是一些盲艺人。现在的世界不了解它们，但它们很美好。这个世界对很多东西都不了解，但很多很多的美好，就隐藏在一些不起眼的现象和文化之中。比如你之前说的那么多的革命歌曲。那个时代跟这个时代不一样，那个时代的老百姓有一种精神追求，他们向往一种精神，那个时代的歌曲之中，就总是会有一种强大的精神力量。而且最美的不是歌曲本身，而是歌曲背后的故事，是那些为国捐躯的英雄的故事。他们有普通老百姓，有作曲家，有战士，等等。有些歌曲，写的是某块土地上的苦难，像你说过的《松花江上》，那首歌中渗透的悲悯精神，让人很感动。现在这个时代，是一个"小时代"，人的关注点越来越小了，精神追求也越来越单一了，很多令人感动的故事都没被挖掘出来，更没有被研究和传播，但事实上，鼓舞人心的正能量到处都是。

我理解你的话。看到《新疆爷》，我就有一种在街角偶遇的感觉，真的很惊喜。

我也理解你。我也喜欢跟美好偶遇。像现在，我就特别享受今晚的风，享受今晚的月亮。你发现了没有？月亮今天一直没睡，陪着我们聊天。它是一个比我们更老的老人，已经说不清有多老了。它看过了太多的沧桑，但它还是不知疲倦地看着、守护着。它是星球中的白求恩。呵呵。

你也笑了。你说，那么，开始讲接下来的故事吧？

好的。

掘 坟

猛子和北柱出了村子，去掘双福的祖坟。

夜灰蒙蒙的。月亮从山那边探过头来，像窥视寡妇夜尿的神汉一样诡秘。

坟堆在月色中更像坟堆，半明，半暗，真成阴阳交汇处了。阴森味便从阴暗中溢出来了。猛子看到了被雷击成半截的秃树，想起了树下据说成了精的血腥鬼，嗓门变干，心跳加快，便响响地咳嗽一声，恐惧因之而淡了。

北柱在夜气中悠忽成一个影子，忽而隐入暗影，忽而现于灰光之中，若不是那实在的脚步声证实他是个实物的话，倒真像虚虚幻幻的气孕育的所谓鬼魂了。猛子喊："北柱——"其声有喊的质态，而无喊的音量，曳出一股鬼胎之气。

北柱站住了。

猛子说："到了。我记得就在这儿。"

"可别弄错了。"

"错不了。埋他爹时，我在场，就在那棵秃树的东边，坟后还有棵树哩。后来树放了，树墩不知在不在。"

"这儿倒有树墩。不知是不是沙枣树的。"

"可能是。你看那土岭。双福说风水好就好在那里。前年攒坟时，我挖了几锨土，还挨了他一顿骂呢。"猛子说。

猛子望望土岭。土岭并不大，但因夜气的缘故，显得比往日雄大了些。他想，真是这土岭使双福发财？他开始不信，但谁都那么说，就信了。

这孙蛋，可真是平地里起了个鼓堆。

北柱说："猛子，知道不？上回，光给学校翻修教室捐的款，就有十几万哩。一想，头皮都麻了……哎，这坟，真像说的那么好吗？"

"谁知道，都那么说。说是啥金盆养鱼。"

"反正，怪。自打他爹埋在这儿，他发财发得邪乎。谁不知道他呀？以前，穷得尻子里拉二胡，连屁都夹不住。现在，嘿，歹了，成了啥董事长，牛皮哄哄的，连专员市长都跟前跟后跑呢。"

猛子说："就是。这世道，钱多就是爷爷。官是个屁，没钱，还不跟龟孙子似的。"

北柱说："妈的，想当初，他是个啥呀？二杆子。农业社那会儿，还巴结我爹呢。现在，呸，见了我爹，跟见了叫花子似的，正眼都不瞧呢。当然，我爹是斗了你。可不斗咋行？谁叫你偷苞谷？再说，斗你的，又不是我爹一个。有点年岁的，谁没斗过？……那孙蛋，可真牛气，叫他低头，愣是不低，脖子给砸得血糊糊的也不低。真没见过这号贼。"

"那是条汉子……就是……就是……不说了，挖吧。"

猛子望望天。月亮还那么诡秘。山峦黑黝黝的，屏障似的围着这坟地。他觉得这儿真有"盆"的味道，心想，在"盆"里葬的，又不单是双福的先人，为啥单他发财呢？就问："掘了祖坟，真能败运？"

北柱说："都说是的。孟八爷说，包家的先人已做了大官，祖坟一斩，人就死了。"

猛子说："那就挖吧，我看不惯他那牛气样。"

"我也是。我可是为了整个沙湾呀。一人拔了簧，其他人，就只能砸锁儿铁卖了。这地方的簧，总不能叫他一个人拔掉。老子们也得活呀。知道不？凤阳的簧，就叫朱洪武拔走了。有首歌儿唱：'说凤阳，道凤阳，凤阳本是个好地方。自从出了朱皇帝，十年倒有九年荒。'精气叫他一个人吸走了，不荒才怪呢。"

猛子说："别说了，挖吧。"

北柱意犹未尽地用锹向坟头上插去，质感很润，并无沙石之类，遂狠狠挖了一锹，狠狠扔出。沙洼里便响起巨大沉闷的声音。猛子说："轻些，叫人知道可不好。"

村子早睡了。沙山上望去，月光下的院舍像一块块土坯，不规则地摆了。灯光没有，狗叫声也没有。但白虎关的喧嚣仍在遥遥传来。因为上次猛子们的被埋，村里男人暂时不敢再当沙娃，都说，财是命，命是财，拿财换命的事，他们不干。当沙娃的，大多是外乡人。虽老有人被压死，但仍然挡不住那汹涌而来的人流。

猛子想，明天，村里人知道了这事，会有啥反应？肯定会骂的。不骂才怪呢。一骂，这事就不是我干的了，自然一个比一个骂得凶。而心里，又咋样？猛子想，肯定在笑——不笑才怪呢。都见不得叫花子端定碗，凭啥他一人发财？他是个啥？一个二杆子，一个偷了秋禾叫村里人斗得过不下去的贼，一个穷得尻子里拉二胡的红眼老汉的崽子。凭啥？谁心里舒坦？猛子不掘，别人也会干呢。

"挖呀。"北柱喘吁吁道。

"换口气。"

北柱也住了手，直起腰，擦擦头上的汗。有风吹来，凉飕飕给人奇怪的爽。北柱心里有些怵，就有意找个话，使自己的意识摆脱阴森。

他说："正月里，双福给村里人钱，你捉了没？"

"没。你捉了？"

北柱说："当然捉呀。见钱不抓是傻瓜。硬崭崭一百块票老爷呀。咋？你没拿？"

"你咋能捉？你不看他那样，像打发叫花子。恶心。别看他脸上……心里可冷笑呢。最恶心的是斗他最凶的那几个，见了票子没了魂，连头三脑四也分不出来。那是钱吗？那是狗屎，往你脸上抹呢。"

"管他呢。狗屎也罢，啥也罢，给老子，老子就拿，老子并不领他的情。该气他，还气；该骂他，还骂。不拿干啥？为富不仁，为仁不富。那钱，不拿白不拿。"

猛子说："嘿，全村像害了瘟症一样呀，眼里只有钱，只差喊爹喊万岁了。拿了钱，失掉的是啥？是脸皮。"

"嘿，管他呢。我说猛子，你别蚂蚁戴笼头，假装大牲口。穷就是穷。穷得连裤子都穿不上时，脸皮是啥？是屁股。你不拿？不拿白不拿！你以为不拿钱，别人会夸你？人家只会说你拔下屌毛栽胡子，只顾威风，不管疼痛。一百个票老爷啊，不拿干啥？为啥不拿？穷是老子的合该穷。他能给，老子就能拿！……哎，猛子，那天，他也花了好些呢，见一个人给一百，不管娃娃大小。我估摸，不下一万吧。"

"一万也罢，两万也罢，对他来说，一根毛。而你们，都跪下了。知道不？跪下了，别看一个个站得直愣愣的，其实都跪着。操！骨头脑髓都叫他看透了。他只差往票子上吐口痰叫你们舔了……还一个个贼眉贼样笑呢。呸！他是咋出去的？叫你们这些父老乡亲逼出去的。逼出去才学了手艺，才包了工，才发了财。现在，你们又像接天神似的，只差叫爷爷了。不就一百块钱吗？三拳两脚就花完了，而那耻辱是洗不掉了。"

北柱说："你也别想太多。钱是拿了，可照样恨他。背后骂他的，也不是一个人。这不，老子照样掘他的坟。别以为，他给了老子钱，别以为，他修了学校，老子就对他感恩戴德。报上夸他是啥热爱家乡的企业家。呸！老子不稀罕！"

猛子叹口气，摇摇头，说："人家的聪明正在这里，钱花在明处修学校。其实，说一千，道一万，不管他这个家那个家，实质是个商人。奸商奸商，无商不奸，无商不奸，报上说啥致富不忘家乡，成才不忘母校。嘿，屁。他这笔账算得很精，得到的，比花掉的多。就他这种有几个钱的，在凉州能赶一驴圈。可就他脑瓜儿灵光，一修学校，又是上报纸，又是进电视，名声出去了。这不，财又发大了。"

北柱嘿嘿一笑："这孙蛋是鬼得很。听说，最近又拿出了二十万，成立个啥奖学金，专门帮助穷娃儿念书，用的，当然是人家的大名。吃饱了，喝足了，嫖好了，逛够了，又想留名了——还想千秋万代留名呢。嘿嘿，不过，说心里话，他要是不修学校的话，老子们也得集资修。谁都穷得夹不住屁了，哪有修学校的钱？别的村，一人集几十块呢……反正，不管咋样，他也算给村里干了点好事。"

猛子冷笑一声，想到了秀秀说过的一些话。它本是秀秀的牢骚，一张口，却从自己嘴里喷出了："你懂个啥哩？你以为，他是为减轻你的负担才修呀？你以为，他对村里人感恩戴德呀？恨不得，他每人咬上一口呢。他爹咋死的？还不是叫你们这些饿老鸹斗死的。他咋跑了外地？还不是叫你们这些疯狗撵走的。你以为，他对你感恩戴德呀？你对他有啥恩？有啥德？值得他感？值得他戴？你以为他真爱家乡？家乡是啥？是穷山恶水狼都不想拉屎的沙旮旯儿，住着一窝想抽他筋剥他皮的穷恶霸，凭啥叫他爱？你说，凭啥？就凭你们把他爹的脑袋拧成个血葫芦？手插到屁眼里想想吧。这叫征服，懂不懂？他一张一张往你们面前扔票子是爱你？怜你？是揍你！嘿，他把一桶桶漂几块肥肉的泔水倒给你们，你们竟吃下去了。嘿，恶心。"秀秀的这些话，此刻说来，倒像出自自己肺腑了。

北柱也听出来了，说："你这话，咋和双福女人一个味儿，那婆娘，动不动就说这种话。嘿，你们念了几天书的人，真是没意思。念的书多，生的蛆多。啥狗屁征服呢？馊臭馊臭的。其实，他只是摆阔耍排场而已。就算他真有你说的那种心思，老子们不知道，他还不是像月婆娘放了个米汤屁吗？反正钱也拿了，花也花了，我们感觉不到啥狗屁耻辱，也就没有耻辱。不过，不管咋的，坟我还是要掘的，嘿嘿。"

猛子叹口气："那就掘吧。"

二人又动作起来。不多时，锨下便有了空噔噔的声响。北柱说："棺材盖快出来了，揭还是不揭？"

猛子说："你瞧吧，我有些恶心。"

北柱说："恶心啥？不就是几根白骨头吗，肉早没了……不过……我心里有些怯阴阴的。"

猛子沉思片刻，扔下锨，猴塑塑蹲在土堆上，点根烟，狠狠咂一口。他索然无味了。掘坟前为秀秀抱个不平的冲动消失得一干二净了。觉得眼前干的这活儿，真是莫名其妙。他甚至有些看不起自己了。

北柱望着月光下一闪一闪的烟头，说："要干的话，得快些，天一亮，人知道可不好。不管咋说，掘人家祖坟，总不是光彩事儿。"

149

猛子重重地叹口气，嘴上叼的烟头亮亮地闪了几闪，说："算咧。干到这个份儿上，也就行了。掘也掘了。叫他知道就成了……他眼飞毛夛，别以为修了学校就牛皮哄哄不知天高地厚。老子看不惯他那张狂劲！老子穷是穷些，骨头还没塌下，老子也往他脸上抹些狗屎……抹上就算了。"

北柱问："就算了？"

猛子"嗯"了一声。

"不行！"北柱叫了起来，"我啥都准备好了。这是红谷子糠，拌了黑狗血的……要干，就干个到底。你不干，我干！"说着，扫荡了棺材盖上剩余的土，丢下锨，捞过钢钎，撬出几声朽木破碎的声音，"凭啥叫他一人发财？凭啥？"

猛子说："你以为，他发财真是祖坟的原因？"

"当然啊，啥都在祖坟里带着哩，坟荫里没有，求也白搭。蒋介石不是也斩过毛主席的坟吗？幸好没斩掉。黑皮子老道说，毛主席的祖坟是个风水宝地，无论下多大的雨，那个地方总不湿。不信？"

猛子摆摆手："算了，算了，我不听……行了吧……他发不发财倒没啥。我只是看不惯他那张狂样……我只想臊臊他的脸皮。"

北柱说："臊脸皮有啥用？你能臊个屌？！人家有钱，还不是那么风光？你能臊个啥呀？要从根本上解决问题。凤凰落毛不如鸡，富汉没钱鬼一样。得叫他败！知道不？别看他财势大，可坏了风水，败起来快，就像筛子里盛水，百眼眼里往外流呢，他堵哪个好？嘿，想堵也堵不住。一夜能成富翁，一夜能成穷光蛋。靠的是啥？运气。运气在哪里？祖坟里。别看他得意得慌，穷起来，连鼻涕都吸不住哩。嘿嘿。"

猛子耸耸鼻头："你美个啥呀？他兴他败，与你有啥关系？他兴了，你还能得些好处。他败了，你连个屁都闻不着。"

"嘿嘿，闻是闻不着，可……嘿嘿，心里舒坦。别看我接了他的钱，可心里难受。……别看我脸上笑……凭啥他能大把大把给人，老子却连裤子也穿不囫囵？日他妈。凭啥？凭啥？就凭他能吹，能哄，能骗！呸！老子可不稀罕。"

"别嘴硬了。说不稀罕，可给你一百，你恨不得抢来一千。"

"嘿嘿，那是另一回事。他以为，他给了老子钱，修了学校，就成沙湾的人物了？呸，你是根毛……毛都不如……还显阔？哼，你显了你的阔，也显了老子的穷呢。他没来那几年，老子也觉得活得差不多。馒头尽肚子吃。米汤拌面，想吃啥，就吃啥。比前些年，可是天上地下了。他一来，老子才觉得自己活得这么恓惶。操他妈。……真的，心里难受哩。"

"他钱多，是挣死挣活挣来的。你一天脊背贴炕屁朝天，头往扁里睡，当然穷。人家一天都闲不住。闲一天就当犯罪呢。不像我们，二两酒，也能喝一天。听说，人家能喝起酒，可喝不起时间……"

"哼，他才离开沙旮旯，就敢'你们你们'地评头论足。上回，我说'猪往前拱，鸡往后刨，各有各的活法'，他们以挣钱为乐，我们以舒坦为乐，都是对的。你猜，他咋说？他说我屎打胸膛自宽心哩。哼，他以为老子真羡慕他的臭钱啊？活人了世嘛。钱再多，也终究带不走。老子不信，他吃山珍海味，就一定比我吃山芋米拌面香。嘿，老子也不跟他磨牙了。给我钱，我就拿。转过身子，该骂就骂，该咋就咋。端起碗来吃肉，放下筷子骂娘。你也用不着假清高。你看老子，钱也花了，坟也照掘！"

猛子沉默了一阵，长叹一口气，自言自语道："没啥意思，真没啥意思。真的，咋臊皮他也是企业家，老子还得刨土吃。他张狂？……他当然要张狂啊。他有钱啊……你想张狂，拿啥张狂？……算了……没意思……真没意思。"

北柱说："嘿，你真是。"遂不顾猛子的呆怔，从坟后的树墩下取过拌了黑狗血的红谷子糠，一把一把朝墓里扬去。猛子听到一阵沙沙的声响，心里有些发寒。

月亮已悬在西山顶上了。四下里，显得格外冷寂。夜风吹来，透进猛子的汗身里。他感到从里到外都凉了。掘坟前的愤愤然消失得无影无踪，剩下的只有索然无味。他望望用镇物秽物去毁坏掘开的坟茔的北柱身影，感到有点滑稽，甚而对他的乐此不疲有些厌恶了。

北柱说："有尿吗？"

"咋？"

"往坟里弄。这地方，最忌这个。"

"没有！"

北柱没从猛子的语气中听出不和谐成分，竟自哼哼咛咛掏出物件，朝那黑坑里撒起尿来。声音很响。随后，北柱走了过来，嘴中依旧发出那种含糊的得意的哼咛。到了猛子跟前，他表功似的喘几口粗气，吧咂几下嘴巴，嘿嘿嘿笑了几声，说："好了……坏了……好了。"

猛子有些恶心，冷冷地说："走吧。"

离开坟地的时候，月亮落了。猛子听到一声鸡叫。

这个故事让我有些寒心。一个好心为家乡做事的人，却被人掘了祖坟。

不但被人掘了坟，还真的败了运。后来，他在外地的生意赔了，整个企业都垮了。

你看起来很惊讶，你也许不太相信，但这是真事。在民间传说中，那红谷子糠和黑狗血，都是很有力量的镇物，只要一点，就可以灭掉他的祖宗。在《一个人的西部》中，我写了很多这类的传说，虽然全国都有这样的传说，但它在西部，已经变成了一种民俗。这种民俗甚至已经成了一种职业，能养活很多人。在后面的故事中，你也会看到这一点。

风有些缓了，但没有停，树林也静了一些，风中飘来几丝水汽，离小溪很远了，应该不是被风卷起的溪水，也许下雨了。气氛有些阴郁，不像刚才那么诗意了，也许是因为此刻的话题吧？

"那么，这个故事也是真的？"你突然说。

我点了点头。我说，那时，我在教委工作，到一个叫校尉的地方考察时，我听说了这件事。当时武威盛行分级办学、分级管理，修建学校成了各地老百姓自己的事。这为国家省了钱，但老百姓的负担更重了，一旦修学校，当地老百姓就要集资，每户要出资几百元，所以，那企业家其实为村里做了件大事。我见过那学校，校舍很漂亮，有两层。现在想起那校舍，我还是会心疼那个企业家，我能感受他受到的伤害。他也许能宽恕，甚至能东山再起，因为，让他富有的其实不是那风水，而是他的心。他能踏实勤恳地做事，能不断学习，能包容别人对他的不好，自然能成功。虽然这段记忆将留在他的心灵深处，让他变得沧桑，但随着岁月的变迁，他会渐渐释怀，那时，家乡留在他心中的，将仍然是一种美好。他会忘了一切的不好。毕竟，不好也罢，好也罢，都过去了。成就他的，不是那好与不好，而是他自己的品德，是他为家乡做出的贡献，虽然有一部分人会嫉妒，甚至会害他，但他确确实实为家乡做了实事，也许，还能改变一些孩子的命运，至少，为改变孩子的命运提供了一点助缘，这就是他生命的价值。至于有没有人感恩，有没有人念恩，都只能给他带来一时的情绪，不能影响他的价值。行为才能产生价值，所以，行为才能代表一切。那个不但掘了坟，还在坟里洒黑狗血、撒红谷子糠的人，才是真正悲惨的人。因为他掘了心里最温馨的那个东西——他的良心，他命运中所有的温馨和美好，都会渐渐地远离他，除非他改变自己的心。

你的脚步声很重，你的叹息声也很重，我听得出，你很沉重。我理解你。很多年前，我也非常沉重，因为，我总能看到别人的命运。我总能看到，有一些非常可怕的事，将会吞没一些可怜的人。这时，我不能不沉重，也不能不心痛。于是我写了那么多书。我写的每一本书，里面都有许许多多的命运，我想大声地告诉这个世界：命运是自己造的，只有改变心，才能改变命运。但是，这个世界上，真正能听懂的人，又有多少呢？

更多的人，都像掘坟的那两个人，总是用一种自己所认为的理由，去解释行善者的行为，而自己又不愿贡献社会。因为，他们的议论既不能给世界带来善美，也不能让人认识到自己的缺陷，变得更好一些。他们只是在给自己的嫉妒和不作为寻找理由，这没有任何意义。我总是随喜那些愿意做善事的人，无论是传播善文化，还是从经济上帮助别人，我都会随喜。因为，我总会发现世界上有很多需要帮助的人。比如家乡那些得了癌症没钱治病，甚至没钱买止痛药的人；比如那些得了抑郁症，始终在与寻死的冲动抗衡的人；比如那些得了孤独症，无法与人沟通，无法独立生存的孩子；比如那些得了强迫症，用各种病态的方式，折磨至亲好友的人；比如那些堕落了但仍想升华的人；比如那些眼睁睁看着癫痫的弟弟渐渐变得痴呆，智商一天天倒退，生活无法自理的人；比如那些为了医治丈夫，欠下几十万巨款，家里还有老人孩子需要照顾的打工妹；比如那些曾经为解放中国洒过热血，但老无所依的老兵；比如那些亲人明明可以得救，却因为没钱交治疗费用，医院不予治疗，以至于死亡的人……世界上有太多的悲剧，世界太需要善行和随喜。

在精神的传承上，日本就做得很好。他们虽然有很多不好的东西，但他们对传统文化很重视，他们重视使命感，重视意义，重视责任，没有因为娱乐和功利而消解一切，还有那些日本武士，他们宁愿切腹，也不愿背叛忠义精神。这种行为虽然很极端，但背后那种达到了极致的对精神的守候，却令人非常感动。很多类似的行为，其实代表了人类的一种精神追求，像屈原的投江、荆轲的赴死、董存瑞的炸碉堡等等，类似的行为，会在很多人的心里种下一粒种子，让他们变得越来越伟大，有一天，他们也会成为为了守候精神，宁愿付出生命的人。当身边出现需要他们挺身而出的事情时，他们就会不假思索地挺身而出。这时，他们就实现了自己对生命意义的追求。也许，有些人还会进一步向往佛陀的境界，想要像佛陀那么慈悲、那么有智慧，能够给世界带来智慧、带来清凉，那么，他们就会一天天变得更加无我，最终实现终极意义上的人格超越。人类就是这样一步一步升华，最终变得越来越伟大的。

"但世界上老是出现这种掘坟的小人。"你说。

是的，人类中始终存在这种小人，但这并不影响太阳照耀所有的人。就像世界上不但有鲜花，也有毒草一样，人类社会中，也总会有各种追求的人。当一个人追求精神的升华时，他就会享受伟大精神的美好；当一个人追求物欲时，他就会为欲望得不到满足而烦恼。这两个掘坟的农民，就属于后者，他们的所有对话背后，都隐藏着两颗失落的心。他们不满意自己的生活，把别人的强大当成对自己的挤压，把别人的善意当成对自己的嘲讽，所以，他们才有了这样的行为。这种行为非常糟糕，但也不是不能理解。

你遇到过类似的事情吗？

很多。在《大漠祭》出版时，武威我最尊敬、最亲密的老师和朋友，就对我做了类似的事情。当时，我觉得天都灰了，但后来，我放下了，我把这当成了他们对我的另一种关怀。

怎么可能是关怀呢？你问我。

最初的我，其实也受到了很大的伤害。人最珍惜的，就是友情、爱情、亲情等等，在这些情感上受到的伤害也最深。尤其是当你被你完全相信的人背叛时，那种感觉是痛彻心扉的，但不管多痛，它的本质也仍然是幻觉，是会过去的。生命中的一切都会过去，一切都会成为记忆。幸福的瞬间会过去，痛苦的瞬间会过去，一切的经历都会过去。所以，我就安住在那个不痛苦的东西里，观察那个痛苦的来由。于是，它让我对人性有了更深的认识。没有这一次一次的经历，没有这一次一次的宽恕，我是不可能走到今天的。

你没有说话，但就在我说出最后一句话的时候，你的嘴角抽动了一下。我知道，那句话触到了你的心，你心中开始暗潮汹涌，你不再平静了。你宁静的外表之下，正在进行着激烈的心理斗争，这些，都写在你单纯的脸上了，你的肌肉紧绷，你的眉头紧皱，你的眼神专注到了一个极致，但看得出，你没有聚焦在眼前任何一个物体上面，你忘了我，也忘了你正在走的这条路。但如果你不想说，我也就不问了，每个人都有他的秘密，当然也包括你。不过，我知道，你心里也许有一个好不了的伤疤，有一些你宽恕不了的人。你也许正在思索着，我的话有没有道理。你想得这么认真，甚至忘记了你的马灯。马灯的光线歪向一边了，没有投在前行的路上，这样，你怎么能找到自己该走的路呢？

但是，我能理解。

我理解你，正如我理解过去的自己。不过，我选择宽恕一切。人生那么短，为啥不宽恕一切呢？再不宽恕，人就老了。

风又大了起来，山谷在风声中低唤着，就像母亲在呼唤远行的孩子，显得无比温柔。这么温柔的夜，这么诗意的树林，这么神秘的大风，这么遥远的故事，还有那时不时传来的蚕豆声，全都走进了我此刻的生命。虽然这个故事并不美，至少不像我们期待的那么美，但它毕竟记录了一个真实的西部，也记录了一个真实的中国。

如果你能理解这两个汉子为啥要掘坟，你也就理解了中国的很多农民起义。其实，无论有着怎样的名义，背后的动机都一样，就是不平衡心理。所有的纷争，所有的斗争，所有的暴力，都源于愚痴和仇恨。一滴露珠，能够映照出世界呢。你明白了这，或许也就明白了那么多朝代的更替。无论多大的历史事件，或是多小的历史事件，其本质，都是人心的故事。所以，明白了人心，也就明白了历史。我这观点，不知道你同意吗？

你没有回答我的问题，反而提出了另一个问题，你问："这两个农民，是不是也代表了两种人？"

是的，他们代表了两种人。一种是有底线的人——猛子，一种是没有底线的人——北柱。猛子虽然做了错事，但他没有埋没良心地害人，也知道自己的行为是可耻的。只要知耻，就有救。而北柱不但害了人，还不知道这种行为的可耻，他甚至行使了诅咒，这才是最可怕的。因为，他把心中最柔软的那个东西给完全地打碎了，那就是他的良心。没有了良心的人，是不可能改变命运的。

如果你看了"大漠三部曲"，你就会看到他们的命运。

猛子是一个普通人，甚至是一个冲动、鲁莽的人，从掘坟的行为，你就可以看出这一点。但他有正义感，即使他对双福充满了嫉妒，也仍然承认对方是汉子，而且是一个比自己和北柱更优秀的汉子，他还认为，双福得到的一切，都是用自己的汗水换来的。他也守住了自己的尊严——不拿双福的钱。在这几点上，他和北柱显出了本质上的区别：北柱完全丢弃了人性中高贵的东西，成了一个彻底的小人，猛子虽然有所摇摆，但他有自己的追求。这个追求非常模糊，只有在接近死亡的时候，才会变得清晰，那时，他就会希望自己做一个更好的人，做一些更有价值的事，成为一个能给别人带来利益的人。但是，当死亡的阴影完全从他心里消失的时候，他就会陷入对生活的算计。他会忘记自己的灵魂，忘记在死亡面前物质和利益没有任何意义，于是，他就会跟上北柱们寻找各种赚钱的机会，甚至不惜偷窃、扮狗，打碎自己的尊严。但是，当他真正地爱上了月儿，想担当这份爱情的时候，这种尊严就复活了，他因之有了信仰。这时的他，就不是过去的他了，他变得非常踏实、非常朴实，心中那种矛盾纠结的东西，也几乎消失了。他用自己的努力，去让一个可怜的、得病的女子感到幸福，他那些不切实际的、功利的心愿，也变得非常简单了，那就是月儿能多活一天，他们能多做一天夫妻，如果月儿恢复健康，那就最好不过了。这个故事，源于《白虎关》，我会在后面跟你详说的。

那猛子的命运改变了吗？

这要看你怎么定义命运了。猛子一直想改变的，是贫瘠的命运，但他一直都很穷，即使在娶了月儿之后，他仍然很穷。他每一次的跳弹，都只会让自己变得更穷，因为他没有策略，没有计划，不去学习，看到别人怎么做，就盲目地跟风，自己的思维和观念没有变，他的命运就不会改变，他做的事也不会成功。但是，他心中还有一种非常温暖的东西，那就是爱。爱让他有了信仰，于是，他从一个不务正业的二杆子，变成了一个脚踏实地有担当的汉子。从这一点上看，他的命运改变了，因为他的心变了。但这种改变会维持多久呢？月儿后来死了，那个需要他保护、需要他照顾、需要他养活的女子死了。他愿意用整个生命去维护爱情，但他失去了爱的对象，那么，从今以后，他该如何继续他的人生呢？这是每一个信仰爱情的人不得不面临的叩问。

是啊，那么，如果这本书继续写下去的话，你会给猛子一个怎样的命运？

这不是我该考虑的，而是每一个猛子应该考虑的。在这个世界上，像猛子那样的男人太多了，我笔下的每一个人，都是一个典型人物，是我观察了无数人物之后创造出来的。他代表的不是一个特定的人，而是一个有着类似性格的群体。所有有着这种心的人，都可以试想一下：我想要怎样的命运？人如果有了这样的叩问，还肯从心入手去寻觅的话，他的命运就有可能出现转机。

你又开始思考了，听这个故事时，你的感触似乎特别多。我能理解你，这虽然是一个发生在西部农村的故事，但它折射的，是整个人类世界，当然，也包括你所在的世界。

不过，你为啥不问我北柱的命运有没有改变呢？你是不是也能猜到，他的命运是不会变的？是的，他的命运没有变，他从一开始就在坑蒙拐骗，到了最后，他仍然在坑蒙拐骗。他老想通过歪门邪道来致富，老想不劳而获，但是他屡试屡败。这不是我让他败，而是世界上本来就没有白吃的果子，他的念想，从一开始，就是毫无意义的奢望。命运是行为的轨迹，控制不了心，就控制不了行为，也就控制不了命运。贪婪愚昧的小人，命中注定会发生诸多的悲剧，所以，北柱始终家徒四壁。但北柱最糟糕的还不是这个，而是他迁怒于人，他毫无理由地报复那个过得比他好的人，认为人家在用富有挤压他，而不愿接受猛子给他的忠告——他之所以贫穷，其实是因为他懒惰，他没必要伤害一个过得比他好的人——这种无所顾忌的犯罪，到最后，定然会给他带来他不愿承受的后果。

跟猛子一样,北柱也是一个典型人物,世界上有很多北柱,他们都喜欢迁怒于人,对自己的错误和不足,他们选择了逃避,因为,他们觉得自己没有办法做得更好。他们或许也悄悄地试着改变,但他们失败了。当他们失败了,自己也觉得很苦恼的时候,那些他们改变不了的事实,就成了心中不能触碰的伤口,就像北柱的贫穷。北柱的精神面貌就像一只鸵鸟,很多人也是这样,不管表面上多么张扬跋扈,都是在掩饰一颗卑微懦弱的心。他们最大的懦弱,就是不敢承认自己的不足,觉得自己无法改变。觉得自己无法改变,是因为不读书,是因为愚痴。所以,人类最大的悲剧,并不是贫穷本身,而是贫穷所导致的愚痴。如果贫穷让人上进,让人学习,让人不顾一切地突破自己,那么贫穷就不是悲剧,因为它只是一种阶段性的现象,其目的,是让人体会到人世的艰辛,而贫穷本身,将会在他长成大树的时候,成为一种回忆。

就像我在《猎原》中所说的,"心明了,路才会开"。不知道,这句话你同意吗?

你点了点头。

西部男人的故事讲完了,夜色依然很浓。

大概是下半夜了,但我还不累。我又吃了几粒蚕豆。风声也越来越大了,就像一个人在忘情地唱歌。他在唱着什么呢?难道是岁月之歌吗?岁月如歌,也像此时的大风,它吹走了一片又一片落叶,吹走了一个又一个人,吹走了一个又一个故事,也吹走了一个又一个时代。《新疆爷》消失了,《马二》《马大》消失了,《磨坊》不见了,一切都进入了《黄昏》,鲜活的是《沙娃》们,还有《拥抱的白骨》,《骆驼与骆驼客》也消失了,那《掘坟》的人不知道在掘着什么,也许是农业文明的坟吧。农业,也消失了……

西部女人与生灵

改改妈：西部女子的男人信仰

灰儿：复仇的母亲

白狐子：大漠里的仙家

雪羽儿：黄昏中的女侠客

鼠神：西部人的"掌柜的"

神婆：通灵的女子

春香：女子的另类报复

白轻衣：被爱拯救的灵魂

月儿：最后的美丽

莹儿、兰兰：两个女人的命运之争

改改妈：
西部女子的男人信仰

　　你是一个在西方世界长大的女性，有着西方人的思维，你可能很难理解西部女人的心，但是，你可以跟着我的故事去感受，也许，你能感受到一些你熟悉但也不太熟悉的生命。这些生命的轨迹之中，或许有着很多令你感慨的东西。

　　我相信。从《新疆爷》中，我就知道，这块土地跟我生活的那块土地有多大的差异。

　　但西部女人的命运不一样，她们的故事中，有西部文化最壮美、最诗意的东西，但也反映了西部文化令人遗憾的一面。这一面，也许会令你很心痛，尤其是作为一个女人，你可能会比我更加心痛。因为，你理解一个女人的感情。女人的心灵世界哪怕相隔了半个地球，也总有一些相通的地方，比如爱，比如母性。在这些方面，大部分女人都是可以互相理解的。

　　我记得你说过，西部女人老是挨打。

　　这是一方面，还有另一方面，你慢慢会明白的。你如果明白了西部女人的心，听花儿时，就会拥有一种更加饱满的感觉。

　　每次想起西部女人，我的心都会很疼痛，我想起的，是她们受过的苦。西部女人很苦，因为整个环境都在绞杀她们的追求。她们不是为自己活着的，她们有很强的宗教精神。西部男人最主要的信仰，是土地信仰，而西部女人最主要的信仰，则是男人。这种信仰，在花儿中表现得最是明显。你会深深地感受到，爱情就是她们的活头，是她们的生命。你会很难想象，她们要是没了爱情，还怎么活得下去。下面我要讲的，就是一个女人和她的信仰的故事……

丈　夫

"起床啊，相公。"改改妈笑嘻嘻撩开被窝，在丈夫白嫩的屁股上拍了一把。看着丈夫赤裸的身子，她想起了夜里的疯癫，脸上有些发烧。丈夫动了动，嘴里不知咕哝了一句什么，便又发出均匀香甜的鼾声。改改妈有些不忍叫他。她望着丈夫刮去胡须后年轻的白汪汪的脸，心里充满了甜蜜。丈夫不在家时所受的一切委屈都消失了。她想，不管咋说，男人是人面子上走的，吃的是国家粮，端的是铁饭碗，风不吹日不晒的。——她们男人的脸有这么白吗？一想，又笑了。她望着地上的大提包，和放在桌上的糖、点心、衣服等，感到有热水一样的东西在心里流。她想，这些，她们有吗？她们的男人就知道吃了睡，睡了吃，低着头干活，牛一样。知道给她们买这些吗？……就是知道的话，有那么顺手的票子吗？土里刨食不容易，粮价又低，啥价都涨，三月五月又是要这个费那个费的，连油盐酱醋都从鸡屁股里抠呢，哪有闲钱买这些……还是自己的男人好，月月有个麦儿黄呢。改改妈笑了，抿抿嘴。

太阳很高了，日光从窗子里射进来，把那红白方格的床单照得越加新鲜。改改妈想叫醒丈夫，又不忍打断那香甜的呼噜。夜里睡得似乎晚了些，他那个疯样，嘻嘻，都说是久别胜新婚呢。几个月来上一回，不疯？才怪呢。她想起了电视里广告壮阳药时，女人那充满暗示和象征意味的抿嘴动作，笑了。对着镜子，她像那个女人一样伸出舌头抿抿嘴唇。她发现自己笑起来还真好看呢。男人也说她好看。一点也不像生过娃娃，只是黑了些。她想，天天风吹日晒的，能不黑吗？她用毛巾擦擦镜子上的灰尘。灰尘有一层了。男人不在家时，谁有心思打扮呢？胡乱在脸上擦几把，头上梳几下，懒得照镜。现在，从一尘不染的镜子里，她发现，脸上透出一种异样的红润。这似乎是她往常所没有的。为啥丈夫能使她黄缥缥干巴巴像脱水苹果似的脸上添一晕奇异的红润呢？她有些奇怪，但又不好意思往深里探究。她在镜中女人的额头上点了一下，笑了。

改改妈对着镜子梳起头来，从早晨到现在，已是第三次梳了，总觉得式样不称心，总感到缺了些啥，但又说不清究竟缺了啥。她记起电视上有个女人的头发那么润泽光亮，一抖，黑瀑布似的，人因之俊逸了许多。她记得那是为一个什么香波做的广告。心想，下次一定叫他买瓶试试。女人美在头，男人美在脚。不管穿多好的衣服，发式不好或头发萎黄无光，马上就会把衣服的美冲个干净。不管多少钱，一定要叫他买一瓶，活人嘛，掐掐捏捏做啥呢。改改妈一边想一边梳头，竟发现头发还是散披着好看，洋气，清凌凌像带着仙风呢。一扎上皮筋，或编成辫子，那种灵动和飘逸就没了，反倒多了种呆板的穷酸气，和那件洋气的衣服极不相称。——只是，村里女人会说闲话的，会说她妖，说她骚，男人一来就妖妖道道连腿都夹不住了，难听得很。改改妈甚至还想象出了她们一边叽叽咕咕一边指指戳戳的模样。她想，叫她们说去，指去，嚼烂舌头，只要自家男人不说就成。谁能管住那些长舌头婆姨的嘴呢？说三道四的，能在驴头上说出角来。平素里稍微收拾一下，就说她男人不在家熬不住了，收拾得那么花哨，想勾引野汉子呢。总不能整天土眉土眼，头发像鸡窝，指甲一寸长，再穿件结满垢甲的衣裳吧？男人毕竟在人面子上走，总不能给他丢人现眼。再说，真那样，她们又会骂她是个懒脏婆娘龌龊鬼。——反正，说一千道一万你咋也不好，干脆就不管它。想咋，就咋。

　　男人的鼾声仍均匀地响着，繁衍着一种十分醉人的氛围。改改妈有些迷醉了。她觉得屋里暖和了许多，一点也不像往常那样冷清。她想，被子仍是旧被子，屋子也是旧屋子，为啥男人一来，感觉就大不一样呢？望望丈夫熟睡的脸，她笑了。她真想上炕偎在丈夫怀中，轻声地说一阵话。这是她最美的一个梦。但她只是咽了口唾沫；毕竟大天老白日，村里人说不准啥时就会闯入庄门。男人一来，串门的人肯定不少。丈夫准备了不少好烟呢。改改妈最爱看的就是丈夫给村里人递烟时的那种表情，尤其是那热情、矜持和优越感掺和在一起的笑。村里男人绝不会有那种笑。他们笑起来只会哈哈哈张着大口，露出被烟熏黑又沾满黏物的牙齿。恶心。改改妈轻蔑地笑笑。她们能有这样的丈夫吗？她们能拥有这样的笑吗？她们的丈夫只会在接烟时讨好地笑几声，塌着腰，缩着脖子，嘻嘻嘻像做了亏心事似的；然后便把烟放在鼻下嗅嗅，才点着，美美地吸一口，连个烟丝儿也舍不得吐出。哼，一支烟，值得这样吗？穷酸相。改改妈耸耸鼻头。哪像自己丈夫那样气派，笑时轻易不露齿（露齿也是雪白色的，她倒希望他露出叫她们瞧瞧），头不点，屁股不晃，礼数不少，架子也不塌。绝对见过大世面的，像电视上接待外宾的大官。嘻嘻。改改妈笑出声来了。她望着男人的脸，越望越痴迷，竟将自家身子忘了。

　　门外有歌声传来。改改妈知道，是女儿放学了，就离开炕沿，顺手捞过笤帚，在炕沿上唰唰唰扫了几下，一边扫，一边大声说："起呀，晌午了。"她这话是说给女儿听的，连她都觉出了话音中的心虚意味，仿佛是为了掩饰自己内心的某种东西。

　　"哟，爹是个懒虫，还睡呀？"改改蹦蹦跳跳进了屋子，放下书包，摇摇她爹的头，捞过被角欲掀。改改妈急了，怕女儿看见丈夫赤裸的身子，就按住被头，说："别揭被子，你爹身上有汗呢，小心着凉。"改改放了手，对妈做个鬼脸，说："哟，妈妈披上头发，真好看。"改改妈红了脸，不自在起来。改改说："真好，像电影演员。"改改妈笑了笑，偷眼望一眼丈夫。丈夫却早将女儿摇断的呼噜接续上了。

改改揪住爹的耳朵，晃几晃。男人睁开眼，打个哈欠，却又将两个被角压在肩下。改改妈笑道："起吧，晌午了，吃了饭要拉糊水呢。"男人问："拉啥糊水？"女人说："粉丝厂的糊水。谁家都拉呢，拉了喂猪。"

男人准备起床了。改改妈就打发女儿去鸡窝里收鸡蛋。女儿挤挤眼，出去了。改改妈说："快起，别叫丫头看见你身子。"丈夫望着女人的某个部位做个鬼脸，就掀开了被窝。

改改妈说："我披上头发好看不？"男人边穿衣边说："嗯，好是好，就是……你不怕人说闲话？"改改妈说："让他说去，你觉得好看就行。"男人瞅了女人一眼，啥话都没说。

吃过午饭，改改妈从车棚下拉出架子车。车上放着一个旧油桶改制的大桶。她按按车轱辘，发现车胎有些瘪，就取过打气筒打起来。车胎里顿时响起吱吱的声音。丈夫见了女人的动作，便鬼鬼祟祟在女人身旁说了句什么。女人红了脸，嗔道："不害臊，你就想到这个。"改改问："爹你说啥？"男人说："我说你妈力气真大。"

改改妈说："来呀，你也拉拉车子，尝尝当农民的滋味。"男人说："拉就拉，我又不是没拉过。"女人说："算咧，你想拉，我还舍不得呢。人会骂我把个国家干部当驴使唤呢。嘻嘻。"

女人拉着车子出了庄门，丈夫和女儿跟在后面。走了几步，女人说："哟，我忘了。去，你把那个呢子裤子披上，鞋上擦些油。"丈夫说："打扮啥呢？又不当新女婿。"女人说："叫你穿你就穿，人多处不摆赛，哪儿摆赛呢？"丈夫想想，笑笑，从妻子手里接过钥匙。女人说："装几盒烟。拉糊水的人多。"

改改妈望着丈夫进了屋子，就问女儿："妈的头发披着真好看？"女儿说："真的。""人说不说？""说啥呢，关他们屁事。""衣裳呢？""好看。""裤子呢？""好看。""屁。""真好看嘛，我一说不好看，你又不高兴了。"

丈夫出了庄门，真换了个样子。头梳了，皮鞋擦了，披上呢子裤子，显得很气派，真有种国家干部的派头了。改改妈笑了笑，问："烟拿了吗？""拿了。"女人说："先拆开一盒，不要见到人再拆，叫人以为是专门为他们准备的。"男人望着女人笑了笑，取出一盒，拆开，在嘴上叼了一根。

女人问："你说实话，我的样子好看吗？"男人说："好是好，可人家会说闲话呀。一个乡里人，打扮得洋里洋气。人会说山西骡子学驴叫呢。"女人恨声恨气地说："叫他们说去！你越怕，他越说，见不得叫花子端定碗，管他呢。"丈夫说："不管就不管……头发还是辫住的好。""不辫！"改改妈气恨恨地说了一句。

路上人很多，见了改改爹，都问啥时来的。改改妈就给丈夫使眼色，叫他掏烟。烟一递，气氛越加活了，都说还是国家干部好，月月有个麦儿黄，不像农民，土里生土里长，到老还叫土吃上。改改妈听了，就眯着眼睛笑。

粉丝厂门侧的洼处已挤满了人，大多提着桶子候在那个出糊水的水泥罐前。改改妈看着表，知道放糊水的时间还早呢，就不去凑那个热闹。再说，她今日来这里又不是为了拉糊水。她发现许多女人都望她的丈夫，目光很黏糊；但却不明里望她。偶尔，也有女人装作不经意的样子瞅她一眼，但马上又会把视线转向别处。倒是有不少男人望她，目光很热，但改改妈不在乎男人的反应。她今日的一切不是为了吸引男人，而是为了叫女人嫉妒。她知道自己的目的达到了，因为女人们的表面往往和内心相反，她们越是故作淡漠，心里越是翻着醋浪。她从眼睛的余光里发现几个女人在远处叽叽咕咕朝她指指点点，到了近处却将视线移向百米外的一头老牛。她偷偷笑了。

丈夫正在给男人散发香烟，脸上带着那种外交官似的笑。那笑充满优越感，和接烟人脸上的表情形成鲜明的对比，很像一个修养极好的贵族在帮助流落街头的老人，其真诚虽无可挑剔，但总叫人感到一种施舍的味道，贵贱高下的对比十分明显。改改妈看着丈夫新崭崭的衣裤和那件充满富足韵味和派头的呢子外衣，又望望她们的丈夫们那因常拉糊水而变成黑亮铠甲的衣裤，心里充满了快意的满足，她露出了一丝不易察觉的笑。

丈夫递烟引起的廉价热闹很快消失了，男人们本能地把目光集中到突然间鲜亮起来的改改妈身上。这种注目礼是肆无忌惮的。改改妈甚至觉得有凉风在进入她的肌肤。她有些不自在起来。她并没有觉察到这是男人们的一种自然本能的行为，而怀疑是不是自己的打扮出了啥毛病。她想到了那个叫"马帮子"的女人几天前竟没留意自己的袜子已褪到前脚掌上，露出了一个结满垢甲的脚面。她想：是不是自己披着头发不好看，显得像妖精一样？她可不想给人一种妖精的感觉呀。或者衣服和裤子色彩搭配不好显得难看？或者裤缝偏了？她装作整理女儿衣服，低头复查了一遍自己的衣着，并没有发现鞋袜有"马帮子"的那种意外，只是溅了些土，使她有些不太舒服。裤子除裤脚处有几斑土星外，仍有一种耀目的新；裤脚上熨下的裤缝笔直地射向脚面，竟不打一个皱褶，衣服亦然。看惯了眼前土眉土眼的她们，她发现自己衣裤颜色太鲜艳了些，有些不合时宜，使她像一群灰乌鸡里夹了只孔雀那么扎眼。她有些后悔自己着意的打扮，打扮太明显反倒显出了自己的贱。她想起丈夫单位上的那些女人，似乎没咋打扮，可总叫人觉得很受看。想到这些，她越加后悔，后悔自己没选择那几件半新不旧但穿上显得非常得体的衣服。她懊悔自己有些喧宾夺主，而作为"宾"的丈夫恰恰是应该大喧特喧的，夫贵妻荣嘛。跟上秀才当娘子，跟上屠汉翻肠子，只要丈夫脸上有光，她脸上也就自然有光了。想到这里，她又偷偷看一眼丈夫，发现他正和几个老汉喧谈。他两臂环抱，显得那么自然洒脱，和电影演员一样，她又顺便瞅了一眼她们的男人，发现他们也不再像方才那样用目光赤裸裸地舔她了。几个女人在不远处叽叽咕咕，显然是在叨咕别人，但不知是不是在叨咕她。

许多人的视线已集中到那个糊水出口处。改改妈看看表，知道快要放糊水了，就从车上取下小桶，装模作样朝出口走过去。那儿已经挤满了人，大多是女人，穿靴子，卷袖子，占着有利地盘。男人则负责传送，把女人抢到的糊水运到大路上车上的大桶里。女人依旧寸土必争地占据那个能抢上糊水的位置。改改妈因此吃尽苦头。她即使能侥幸占有一个位置，但在往道上大桶中运输的间隙，别人便乘虚而入鸠占"凤"巢。于是，一切得从头开始，挤，骂，抢，装，成了她难以摆脱的轮回。即使拼个满头大汗腿软腰酸，她那个大桶也从没满过。

累倒在其次，最叫改改妈寒心的是受气。狼多肉少，当你一趟一趟挤出挤进，自然会有一些受害者被牵连离开他原来的位置。唾沫星马上会向你飞来。在这个特殊的竞技场上，她总是弱者。骂，她骂不过人，再说她不敢骂。因为动口的后面往往是动手。任何一个男人都可将她扔进那条污水沟。她终于发现，一个没有男人做坚强后盾的女人总是一个心虚的弱者。

在村里其他劳动中诸如浇水时，改改妈照样觉出了自己的孤单。一个女人，半夜三更孤零零候在荒郊野外，凄酸可想而知。她怕狗，怕鬼，怕不安好心的男人。一夜，她叫一个老光棍按在麦田里欺负了一顿。她为此流了不少眼泪，却一直不敢给丈夫说，因为丈夫不相信一个男人能强奸一个女人。他说连熟悉门道的丈夫有时都做不到随意进出，谁能"强"行"奸"上一个跳弹得很凶的陌生女人。屁！改改妈心里骂他，她想说跳弹总得有劲嘛。但她不敢说出口来，反倒"就是""就是"地迎合丈夫。

改改妈最讨厌的女人是"马帮子"。这是个骚货，泼妇。见到她的时候，"马帮子"总要哼哼咛咛浪声浪气唱，一边唱一边斜眼望她，把丈夫在身边的优越感和快乐表现得淋漓尽致。改改妈忘不了某个黄昏，"马帮子"坐在男人拉着的架子车上夸张地笑，把腿软腰酸挪不动脚步的改改妈衬托得伤心了一夜。

她和"马帮子"吵过好几架，或者说，"马帮子"骂过她许多次（因为吵架时，改改妈不敢还口）。她只还过一次口，就叫"马帮子"推倒在糊水沟里，弄得浑身都是泥。她不是打不过她，她相信，真正交起手来，"马帮子"不是对手，至少，她能打个平局。但她不敢打，她看到"马帮子"的男人恶狠狠地望她。她只有掉泪。她发现，自打那次被"马帮子"推下沟后，女人们见了她不冷不热的，似乎有些可怜她。她知道她们是惯于欺软怕硬的。

　　"马帮子"一如既往地占据着一个好位置。改改妈鼻腔里冷哼了一声，她似乎觉得"马帮子"与往常不同，虽然说笑声很高，但高得极不自然，仿佛极力掩饰着内心的某种东西。改改妈估计"马帮子"看到了她。——看不到才怪呢。她甚至能想象出"马帮子"见到她和丈夫时情不自禁的那种酸劲。这是肯定的。因为"马帮子"是个"见不得叫花子端定碗"的货色，见不得过得比她好的女人，她和她发生纠纷的一个重要原因，就是她嫉妒改改妈花钱大方，想买啥就买啥，而她自己家的油盐酱醋全得从鸡屁股里往外抠。改改妈望着"马帮子"极力用外现的说笑掩饰自己内在醋浪的样子感到很开心。她转过身去，在男人丛中找了半天，才找到了毫不起眼的"马帮子"男人。他正蹲在墙根里，贪婪地吸着自己丈夫施舍给他的那支过滤嘴香烟。最惹眼的，是他的那双破球鞋，正咧着大口，露出了恶心的黑乎乎的脚指头。改改妈耸耸鼻头。她望着自家男人那双原本贼亮但此时被尘土罩得土头土脑的皮鞋，感到极不舒服，产生了强烈的想替丈夫拭鞋的欲望。她有些埋怨丈夫走路时不择地方。路上尽是坦土你可以不在路上走嘛，路旁地埂上不是照样可以着足吗？又想起丈夫是同几个拉糊水的男人一路喧谈来的，总不能叫他抛下谈话对象像袋鼠一样跳上地埂吧？心中便打消对丈夫的埋怨了，暗暗嘀咕道："乡里就是糟糕，多好的衣裳也穿不出个眉眼。"

　　即令尘土蒙蔽了丈夫皮鞋的贼亮，但相较于"马帮子"男人的破球鞋，对比还是相当强烈。改改妈用不着看"马帮子"就能觉察出"马帮子"正恶毒地看她。她估计"马帮子"肯定将两个男人对比过了，因自惭形秽而恶气上涌。改改妈快意地笑了，拢拢头发，扭扭腰肢，以便使"马帮子"们看到自己因抹了发油显得亮如黑瀑的秀发，进而将她们那像毡块的黄毛衬得越加丑陋。改改妈搔首弄姿一阵，才转过身子，不经意似的瞟一眼"马帮子"，却发现她正对着几个女人乱迸唾沫星，竟似一点也没注意她的表演。

　　"轰——"一股白白的糊水喷出水泥罐口。人们一下子向前拥去。改改妈马上听到一阵桶与桶相撞和桶与水泥罐口相撞的乱哄哄的声响，夹杂着女人们的惊叫声、斥责声，听来竟感到很刺耳。同时，她还闻到了熟悉的有点生面气的味道。她条件反射似的向前挤去，但刚一接近那些被汁水溅浸而发硬发黑的衣服，便惊醒过来，逃命似的后跃几步。她知道那些四溅的汁水马上会使她这个孔雀变成落汤鸡。想到这，糊水顿时失去了以往的那种诱惑力。她小心地躲避着一个个提着水桶来来往往的人，心随着那晃来晃去的糊水晃个不停，唯恐那些翻着白沫的汁水弄脏自己的衣裤。

人们的抢夺已达到了高潮。后面的用力往前挤，见缝插针，无孔不入。前边的又死命朝外挣——虽说他们都小心地保护着那装满汁水的桶子，但覆巢之下焉有完卵，人既被挤得东倒西歪，桶又怎能不东摇西晃？满满的一桶糊水，等挤出人群时，大多只剩下半桶。其余的，都晃到人们身上，变成衣裤上那层铠甲的养分。

最使改改妈惊奇的，是那种独特的音响效果。伴着撞击声的是嚣天的叫骂。骂的内容很丰富：操母亲，操妹子，老婆偷汉子，男人短命，生下娃子没屁眼……谁都骂人，谁都挨骂；撞人者骂，被撞者也骂。骂时面红耳赤不共戴天，但只要一抢上糊水，便雷停电熄烟消云散。后来者又会继承前人的骂声。叫骂声此起彼伏，与乱哄哄闹嚷嚷的场面相映成趣，蔚为大观。

有了距离，改改妈便认清了以往的自己。她很惊奇眼前的丑陋。为一点喂猪的糊水，人们马上从文明跨入了野蛮。在这点蝇头小利面前，人类的修养竟如此不堪一击。如果不是有法律约束的话，至少会有一半人抡起刀子。此刻，局外的改改妈既感到实在不值得为一点糊水撕下文明的面具，又隐隐为自己没能抢到糊水感到遗憾。人就是这样，要是世上有一部分人哄抢海水的话，那么其他人也定会趋之若鹜——虽说他们明明知道海水苦涩，不能喝，不能浇地——何况这是糊水，能养肥猪能换来钱的糊水。

丈夫也同妻子一样，半张着口，惊奇这个场面。从他的呆相上可以看出，他无法理解农民的这种疯狂。改改妈想："你女人也曾是其中的一员呢。"她感到有些委屈，自己以往受了那么多的苦而丈夫并不知道。她由眼前抢糊水的艰难而想到了运粪、浇水、挖地时所经历的艰辛，鼻腔顿时酸了。她闭上眼睛，念叨一句："你也看看，我难不难？"

罐口终于流尽了当日的最后一股糊水，人们停止了哄抢，撞击声和叫骂声都停息了。人们又戴上了文明的面具开始说笑。改改妈发现自己不知不觉已退到了一个高高的土丘上，越加显得鹤立鸡群，她赶忙下了土丘，装模作样提上桶子，混迹于人群之中。

忽然，她觉得身旁有个人风风火火过去了，糊水漾洒了一地。是"马帮子"。改改妈发现自己的裤子和鞋子溅上了许多白汁。她感到一股血冲上脑门。她断定这是有意而为。她骂道："窟窿瞎了吗？长上又不是出气的。"

"马帮子"唰地转过身来，从她反应的敏捷程度上可以断定她是故意找碴儿。否则，她不可能从乱哄哄的噪声中，马上捕捉住改改妈这句音量并不太高的话的。她放下手中的糊水桶，同时也放下了那张吊死鬼脸，恶声恶气地说："你骂谁？"

改改妈感到自己的心跳得很快，腿也不争气地抖起来。她曾无数次在幻觉中撕她的头发，扇她的耳光，无数次在精神上战胜了她；但真正一对垒，她才发现自己骨子里怕这个泼妇。对着一双双转向她的眼珠，她硬着头皮，还了一句："谁泼我我就骂谁。"

"马帮子"冷笑了。她眯缝着眼把改改妈从头到脚打量一番，说："噢，是城里人呀。你以为是在大街上呀。怕脏？你到大书房炕上躺着去呀。到这里干啥来了？"人们哄笑起来。

改改妈觉得脸上忽然着了火似的。她抖动着嘴唇，想找厉害点的话反击对方，但情急之中想不出一句，半晌，只挤出了一句："你……骚货。"

"谁骚？""马帮子"笑了起来，语气很阴很冷，"我骚？就算我骚，我擦了胭脂抹了粉了？我披了那三根骚毛？我打扮得妖妖道道勾引男人？我像没见过个男人一样？我山西骡子学驴叫？哈哈，我是个骚货，我骚得像个草驴呢，哈。"

改改妈觉得自己被剥光了衣服。她仿佛听到天地间尽是笑声。她的嘴唇抖动着，眼里蓄满了泪。

"走吧，算了。"改改妈听到丈夫的声音，眼泪哗地流了下来。她恨这不争气的眼睛。她提醒自己坚强些，坚强些。她感到今天和往日不同，往日她是孤零零的一个人，而今天有丈夫，有"丈夫"哪。"马帮子"以往常欺辱她的原因不就是欺她是一个孤零零的弱女子嘛。她为啥不欺负别的女人？不就是因为她们的丈夫在身边嘛。"丈夫"这个字眼使改改妈觉得气足了许多。"谁没个男人呀。"她望望丈夫，竟发现丈夫脸上有一种她意外的淡漠，仿佛受欺辱的不是他的妻子，而是与他不相干的外人似的。她想，也许他不知道过去的事，便说："你不知道她欺负人，不是一次了……"哽咽声使她说不下去了，眼泪又哗哗地流了出来。

丈夫却似乎恼怒她的解释，显得有些不耐烦，说："算了，走吧。"

改改妈哽咽着，指着"马帮子"说："母老虎，想吃人哩，是不是？今天你吃呀，吃呀，泼了人倒有理了？你以为我是软面疙瘩，想咋捏就咋捏。我也不是好欺负的。你不讲理，我也不讲理，一报还一报总成吧。"说着，她扑了过去，提起糊水桶朝"马帮子"鞋上泼去。"马帮子"跳了起来，随后，两人扭成一团。

"马帮子"抢过了糊水桶，将泼洒后剩余的糊水泼到改改妈身上。因为气，因为意外的羞辱，改改妈竟没了力气，她又一次扑向"马帮子"，但又一次被推倒在地。

浸透汁水的新衣上沾满了土又变成了泥。

改改妈爬起来，早成了泥缕的头发使她显得十分丑陋。她有些不知所措地望着丈夫，只要从丈夫眼里得到哪怕一点儿鼓励的暗示，她也会上前去拼个死活。

丈夫却铁青着脸站在旁边的小土堆上，视线早从滚在一起的两个女人身上移到了天上的一团云彩上。他似乎感觉到了人们都在望他，便笑了一下，显得很不自然。他用那只痉挛的手摸出一支烟，但因耐不了现场气氛而哆嗦着无法点燃。于是，他狠狠瞪了一眼无助的妻子，仿佛在告诉人们他才不会和这头发长见识短的婆娘一般见识呢。然后，他潇洒地转过身子，向家里走去。

"马帮子"大声笑了起来，笑得很夸张。

改改妈像遭了雷殛。那双沾了泥水的眼睛可怕地大睁着。她觉得支撑她站立的某个东西倒塌了。她瘫倒在地，她甚至没听到女儿凄厉的哭声。

夜里，哭肿了眼睛的改改妈推醒了丈夫，说："我不想活了。"丈夫咕哝了一句："别开玩笑了。"又闭上了眼睛。改改妈叹口气，出了那间已由暖和变成冷清的大书房，到厨房的一个仓洞里取出农药，心里念叨了一句："丈夫不争气。"就拧开了瓶盖。在那火辣辣的液体流向腹内的时候，她听到了丈夫讨厌的鼾声。

改改妈是个可敬的女人，但她也是个可怜的女人，在她的身上，你可以看到很多西部女人的影子。当然，她也有跟其他西部女人不一样的地方，就是她不用为生活担忧，她的男人在城里工作，"月月有个麦儿黄"，所以，她可以买很多她想买的东西，而同村的女人做不到，同村的女人们时刻生活在一种巨大的生存压力之下，这让她们特别嫉妒改改妈。她们把改改妈的富有看成对自己的挤压，心里充满了怨恨，所以用自己的幸福来挤压改改妈，作为对改改妈的报复。她们成功了，因为改改妈很孤独，她的男人在城里工作，几个月才回来一次，她一个人承担了家里所有的农务，每天都累得筋疲力尽，还被老光棍汉欺负了，但这一切，她的男人都不知道。女儿也太小，无法为她分担一点烦恼，她就始终一个人生活在苦闷之中，唯一的盼头，就是自家的男人。

在改改妈心里，男人就是她的骄傲，是她的尊严，因为她的男人比其他男人都要优秀，在受到其他女人欺负、嫉妒其他女人的时候，她就回忆着男人点点滴滴的好处，慰藉自己孤单无助的心灵。这样，她就没那么失落了。但是，当每一天重新开始的时候，她又要面临那种她无法改变的生活环境。她就在那种无望的轮回中，一天天期待丈夫回来。丈夫就是她的希望。她毫不怀疑地认为，其他女人之所以能欺负她，就是因为丈夫不在身边，那么，假如她的丈夫回来了，她就会像其他女人那样，拥有一份西部女人的尊严。所以，丈夫就是她的一切。

是的，因为知道改改妈的结局，你一开始对她的那些描述，就让我特别心疼。作为一个女人，我理解那种沉浸在爱中的心情。那个时刻，丈夫给了她天堂一样的感受，她是世界上最幸福的女人。因为她爱的人就在身边，丈夫的优秀，弥补了她一切的自卑，她觉得即使自己在其他女人面前是抬不起头的，但有了这么优秀的丈夫，她也就有了骄傲的资本。她有一种弱者的报复心理，想让那些曾经欺负自己的人，也尝尝嫉妒的疼痛。她在想象中，已经战胜了那些女人无数回，她有一种臆想出来的快感，她以为自己想象的一切都会成真，于是计划了那么多的情节，她根本就想不到，自己的所有表演都没有意义，因为，在自己最需要支持的那一刻，丈夫竟然会远离她、嫌弃她。对她来说，这是天塌了一样的事情。因为，其他女人欺负她，她还有个依靠的对象——哪怕那个对象是虚幻的，是自己臆想出来的，但她毕竟还有希望，丈夫的嫌弃，才最令她绝望。她每一天承受那么多的肉体之苦、心灵之苦，独自一人把女儿拉扯大，她为了什么呢？难道她的一生注定要这样下去吗？这种没有尽头的苦闷，让生命中所有的鲜亮都失去了光彩，整个世界都灰了。男人给过她的天堂，也变成了一个谎言，轻得没有一点重量了，她能记起的，仅仅是在她最需要的时候，丈夫那个嫌弃的眼神。她是个可怜的女人。其实，要是那一刻她的丈夫没有远离她，而是支持她，表现出一个男人的气概，她以后就不会受到那么多欺负了。因为人们确实会忌惮她有个强大的老公，至少不会把她当成一个谁都能欺负的、没有依靠的女人。而男人这时却远离了她，这等于在告诉别人，这个女人他们可以随意欺负，他不会跟他们计较的。女人这时如果不死，迎接她的将会是什么呢？"马帮子"们肯定会变本加厉的，而女人又失去了最后一根救命的稻草。女人脆弱的心灵，是没有办法承受这种痛苦的。何况，在改改妈想要找到最后一个活下去的理由——她对丈夫说，她想自杀，她希望丈夫能安慰她，能告诉自己错了，自己不该嫌弃她，以后要是遇到这种情况，他一定会保护她的——时，丈夫再一次扔下了她。如果我是改改妈，可能我也会寻死的。

不，你不会死，你从一开始就不会像改改妈那样，你会用一种很坚定的态度，告诉别人你作为一个独立个体的存在，你会让别人知道，你有自己的尊严，你的尊严跟她们不一样，不是建立在丈夫身上的。你有你自己的价值，你就算一个人，也可以把事情做得很好。哪怕她们挤对你，也不会损害你的尊严。你不会在乎其他女人怎么看你，因为那是她们的价值观，她们用丈夫来衡量女人的价值，来衡量女人的人生，那跟你没有关系，你有自己的价值标准。当你自己做得很好时，你就胜利了，因为你战胜了一个女人的懦弱。所以，虽然改改妈确实陷入了绝境，但你从一开始就不会在乎这些东西，更不会让它发展成你的绝境。你们的个性不一样，所以你们的命运也不会一样。

　　你说得对。但你的意思是，改改妈的悲剧，全在于她自己吗？

　　不，不全是这样。改改妈是一个很传统的女人，她生活在西部农村那样的大环境里，她从小就接受那种教育，从一开始就失去了自己。她不可能像你那样。她的苦，有一种宿命的味道，而其他女人对她的欺负，其实也是宿命。你之所以可以做到我刚才所说的一切，是因为你是在西方世界长大的。我刚才说，你用一个西方女人的心，也许很难理解中国西部女人的选择，就是这个原因。你们永远有一种积极正面的、非常自立的态度，这一点很好，但西部女人从一开始就不是女强人。包括那个"马帮子"，虽然她看起来很强大，但她骄傲的资本除了自己的彪悍之外，也确实在于她有老公撑腰。她对改改妈一切的欺负，都在于她嫉妒改改妈有一个好老公，而她最后的洋洋自得，也在于她发现改改妈的老公并没有她想象的那么强大。所以，她有一种报复的快感，她根本就没有想过，自己的嘲笑会杀死一个绝望的女子。

　　那么，她如果发现了这一点，她会内疚吗？

　　这就是另一个故事了。在这里，我只想告诉你西部女人的一种心态，那就是信仰男人。这也是她们痛苦的一个原因。很多西部女人很优秀，但她们把信仰建立在了男人身上，男人一旦改变，或是她们一旦发现男人不像她们期待的那样，她们的信仰就崩塌了。

　　在西部的大环境下，女人从一开始就把自己定位成了男人的附属品，对吗？

　　是的。西部女人是没有自己的。她们会放弃个体的所有享受，为老公和孩子奉献生命，改改妈就是一个典型的例子。她是一个勤劳的女人。很多城里女人要是像她那样，有一个能养活自己的老公，也许就不会像她那样料理所有农务了，毕竟这很辛苦，但改改妈不是这样。她把农务当成了自己的本分，一直勤勤恳恳地活着，虽然比其他女人在花钱上更大方，但她没有变得奢侈懒惰，她是一个好女人。

　　所以，她很可怜。

　　是的，她很可怜，她的命运中少了一种能让她立起来的东西。因为，想要幸福地活着，仅仅做个本分的好女人是不够的。她必须有一颗独立的心。但是，对于一个在西部大地上土生土长的女人来说，这很难。事实上，对很多中国女人来说，这都很难。中国女人不像西方女人那么独立、那么自强，父母从小灌输给她们的观念中，就有一种婚姻决定一切的东西。这是很多中国女人的集体无意识。所以，在中国，很多女人，包括她们的家庭，都希望她们能嫁个好老公，然后改变家族的命运。而事实上，对很多女人来说，婚姻也确实决定了一切，因为，如果没有选择一段很好的婚姻，她们就可能陷入悲剧，我有个表姐就是这样，很多女人都是这样。不管多么优秀的女人，如果陷入了一段糟糕的婚姻，她们的生命力就会被消磨掉。因为，她们日日夜夜都在受折磨。我在《西夏的苍狼》中，就写了一个这样的女人。但那个女人后来找到了信仰，也脱离了糟糕的婚姻，脱离了那个一直折磨她的男人。

西方其实也有很多依赖丈夫的女子，她们的命运都很被动，因为未来有太多的变数，她们选择的男人可能会变，男人一变，婚姻就会变，她们的幸福也会消失。从古到今，女人一直被当成男人的附属品，女人的主体意识也是渐渐苏醒的。美国有大量的专职家庭主妇，家庭的重担完全落在了丈夫身上，《傲慢与偏见》中那个母亲之所以这么糟糕，也是因为她坚定地认为，自己、女儿和家族的尊严，都取决于丈夫。建立在别人身上的幸福，终究会发生变故的，最重要的是，它可能会造成一种心理上的弱势，以及一种占有欲和控制欲，因为，女人害怕自己的幸福随着丈夫的变化而改变，她们很难做到新疆爷那么随缘。

是的，人际关系中所有的紧张与不和谐，背后都有一种不平等的东西在发生作用。很多时候，这种不平等并不是外界造成的，而是女人自己造出来的，她把自己当成了丈夫的奴隶，也用自己的行为暗示着丈夫，久而久之，丈夫就习惯了这种不平等的关系，把妻子当成了奴隶，认为自己可以不在乎她的感受了。不过，在这个故事中，不完全是这样。改改妈的心态是西部人的集体无意识，人要想战胜这种存在了千百年的思维习惯，是很难的，除非他修行或读书。因为，这会让他有另一种眼光、另一种思维，发现另一种活法。《白虎关》中的兰兰没有读书的条件，她就是依靠修行的力量改变自己的。很多时候，思维一变，命运就变了。不过，改改妈跟兰兰不一样，兰兰的村子里有修行的氛围，她也有她的上师，她的上师会教她很多东西，但改改妈没有。她不懂读书，也没有老师，只能一个人钻牛角尖，这是她走不出悲剧命运最根本的原因。

西部文化中博大精深的那一面，也不能成为她的老师吗？

不行，因为西部文化太复杂了，她没有批判的思维，就无法发现文化中的精髓和糟粕。很多时候，人们会下意识地选择糟粕，拒绝精华，这是人的狭隘所造成的。问题是，如果一个人不选择精华，不完善自己，他就永远会那么狭隘。所以，这里面也有一个悖论。所有的悲剧之中，都有一个命运的悖论，正是这个悖论形成了牛角尖，让人走不出来。所以，很多时候，思考不是最终的解决方法，最终极的方法，应该是打碎。

但打碎也需要智慧啊！

是的，打碎也需要智慧，所以，人的出路，有时不是思考，也不是毫无策略地行动，而是寻觅——寻觅那个能让自己拥有另一种思维的方法。

长长的一段讨论结束后，我进入了自己的世界。我又想起了改改妈，那个鲜活在我记忆中的女子。我也像那个为高老头流泪的巴尔扎克，对我来说，每一个角色都是活着的。我老是为他们的痛苦而流泪。此刻，我也想起了改改妈的心情。这个女人的二十四小时，是从天堂到地狱的二十四小时。如果可以，我真不希望她有这样的命运。但作家最珍贵的品质，并不是制造童话，而是描绘真实，哪怕是悲剧性的真实。虽然这种真实会让人觉得沉重，会让人心痛，但这是他该说的话。能说该说的话，是作家的特权，也是作家的责任。

就像你说的，改改妈不仅仅生活在那个时代，也不仅仅生活在西部，她生活在整个中国，也生活在整个世界。那些自杀的女人，很多都是改改妈。或许，我们应该代她们发出一声叩问：出路到底在哪里？

这时，改改妈的影子出现了，她对我凄楚地笑着，在今晚的风中，她让我特别心痛。如果今晚我们的交流，能随着这阵罡风吹到很远很远的地方，能响彻每一个角落，这个世界上，会不会少了很多改改妈？会不会少了很多躲在改改妈背后哭泣的孩子？

"改改妈自杀了，她的女儿怎么办？"你的问题打断了我的思绪。

是的，她的女儿怎么办？她的老公可能会很快再婚，给女儿找一个后妈，这个后妈可能很好，但也可能像根喜的后妈那样，很不厚道。这时，她的女儿就会受苦。即使后妈很好，她女儿如果不能理解母亲的死，也会一辈子活在母亲自杀的阴影里，甚至有可能出现人格缺陷，从此失去爱的能力，不懂如何善待孩子，不懂如何信任丈夫，并且怨恨自己的父亲……那么，她的女儿就会痛苦一生。女儿的痛苦，会影响家庭的和谐，那么女儿的老公会痛苦，女儿的女儿也会痛苦……这种痛苦就会像家族遗产一样，被一代又一代地传承下去。

世界就像蜘蛛网，牵一发而动全身。每个人的选择，看似是他自己的选择，影响的，有时却可能是好几个人、好几代人，甚至是历史。但我仍然理解她，在我心中，她是一个失去了盼头的可怜女人。

你不是听过花儿吗？那么浓烈的思念之情的背后，是西部女人炽热的心。西部女人跟别处的女人不一样，她们需要活着的理由，她们非常在乎这个理由，为了守住这个理由，她们可以不活，如果她们找不到这个理由，或者失去了这个理由，她们也会选择自杀。《白虎关》中莹儿之所以自杀，就是因为她只要继续活下去，就不得不放弃自己活着的理由，所以她宁愿死。在这一点上，莹儿是个典型的西部女子，但她一直都活在花儿承载的那种形而上里，所以她一直没有像很多西部女人那样，变得实惠和功利。在20世纪80年代的西部，因为失去活头而自杀的女人有很多。

我记得，刚才讲牛二的故事时，你还说过西部女人老是被丈夫打。

是的，在过去西部的一些地方，不打女人的男人会被人们称为"塌头"，也就是没有男子气概的人，他们会被其他男人看不起。所以，那儿的男人打老婆已经变成了习俗，不打老婆的西部人很少。我曾经见过一个人——五队的车户大话，我前面说过的——他老是拿了个木棒，像揸驴那样打他的老婆，一次一次把老婆打得昏死过去。这样的情况，在过去的西部农村很常见。

这不是美好的回忆，每次想起这，我的心都会痛。夜幕笼罩了眼前的世界，摇摆的树影，就像那些被丈夫毒打的女人摇摇欲坠的背影。想起她们的疼痛，想起她们被生活夺走的诗意，我叹了口气。

你也叹了口气，你说，西部人这么善良，能无条件地帮助别人，怎么对待自己老婆时会是这样？

你不能用现在的观念衡量当时的西部男人。你要知道，每个人的思维，都跟他生活的环境有很大关系。在西部，一些很好的人也会撕了老婆的头发，打老婆的耳光，但他为了别人，也可能牺牲自己的睡眠，牺牲自己的利益，甚至承担生命的危险，所以，你不能因为他打老婆，就整个否定了他，也不能因为他身上有很好的东西，就认为他是个完美的人。西部男人是复杂的，西部文化也是复杂的，它有清新美好的一面，也有封闭落后甚至原始的一面。在西部的一些地方，不但打老婆耳光者觉得这样很正常，就连被打的女人，也觉得这样很正常，甚至有这样一种说法："娶来的媳妇买来的驴，任我打来任我骑。"在这样的文化熏陶下，女人虽然也会伤心，但觉得这就是女人的命。在西部，男人只有很爱老婆，或是读过很多书时，才不会打老婆，因为他们有了另一种思维，能体会到女人的屈辱和痛苦。

我虽然是土生土长的西部人，但从来不跟任何人好勇斗狠，也不打老婆，就是因为我经常看书，能反省，能自强，能自律。但很多西部老百姓没有读过书，他们只知道祖祖辈辈的西部夫妻是怎么相处的，所以，他们把很多不平等、不人道的东西，当成了生活的必然。而且，在过去的西部，很多人并不是因为相爱而结婚的，他们的结婚，更像是一笔传宗接代的交易。因为没有爱情，男人就不会为妻子着想，而是把妻子当成自己的附属品，可以随意地对待。当然，更本质的原因，是男女之间的不平等，在很多人心中，女人从出生起，就是低于男人的，这种集体无意识甚至扭曲了人性。人说"虎毒不食儿"，但是，为了生男娃，又没钱交计划生育罚款，父母可以伤害亲生女儿。这种违背伦理的现象，就是因为愚昧，而这种愚昧，又是贫穷造成的。贫穷让人读不起书，读不起书就没法超越环境，没法发现恶的集体无意识。就算在壮美的西部大地上，也仍然是这样。

理解他们之后，你的心就不会痛了吗？

不，理解之后，我的心会更疼，只是，我没有你的那种愤怒。因为，我知道他们不是故意的，他们也是受害者，但即使这样，我也不能忽略那些女人的悲剧。所以，我写了"大漠三部曲"，也写了一些关于西部女人的文章，在这些作品中，我写出了西部女人心中的疼痛。在"大漠三部曲"中，兰兰的生活，就是过去的西部女人真实的生活，她代表了那些没有完全被生活阉割的西部女人，这部分女人很美，也很苦。但是，假如兰兰一直这样生活下去，她最终还是会失去敏感和诗意，完全被生活吞噬。我之所以创造兰兰这个角色，让她说出西部少妇挣扎时的心情，就是因为，我想定格西部女人曾经有过的诗意，我希望人们感受到她们作为女子的存在——她们不是符号，而是活生生的、有情感、有梦想的人类，她们渴望过爱情，渴望过浪漫，但不可抗拒地被命运所消磨了。更可悲的是，这样的人，在世界上有千千万万，不仅仅是西部女人。就在我们聊天的这个当下，也许就有很多男人女人的梦想，和他们诗意的心灵，正在被世俗生活、世俗观念所消解。

我眯了眼，看天上的月亮。月亮多美啊，它永远那么美好，永远那么皎洁，它永远远离争斗，远离纷争，远离是是非非，远离爱恨情仇，它永远带着一种母亲的温馨，远远地望着地上的人类，温暖着追梦者的心灵，它就像一块诗意的乡土，给了灵魂一个可以栖息的地方……正是因了这一点，我一直喜欢写"禅心如月"来送朋友。

现在的西部女人还像过去那么苦吗？你的问题打断了我的思绪。

不，西部女子的生活现在好多了。因为，在那个计划生育的年代，西部农村有好多女婴都莫名其妙地夭折了，男婴却总能活下来，所以，到了后来，西部乡村的男女比例就严重失调了。最早的时候，彩礼只需要几千元，但到了今天，你要是没有二十万左右，一般就没有人愿意将姑娘嫁给你。但是，你知道二十万对于只种庄稼的西部老百姓来说，意味着什么吗？我的父母辛苦一辈子换来的家业，全部加起来卖了,也不过一两万,所以,对于有的家庭来说,二十万相当于一个天文数字,即使倾家荡产,他们也给不起。于是,西部农村里就多了好多光棍。

我去兰州的一个地方考察时,就发现那里有好多光棍,有老光棍,也有小光棍。我还听说了一件奇怪的事:当地有个六十多岁的老太太逃出了家乡,跑到城里,找了个七十多岁的城里人结婚,再也不愿回到家乡了。当地老百姓都知道这件事,一旦提起,大家就会觉得非常无奈。因为,别说这里的很多人都没有二十万了,就算你有二十万,在这里也很难娶到媳妇。一来,很多女孩子都进城打工了;二来,很少有人愿意嫁到这个穷乡僻壤来。所以,娶媳妇成了西部百姓心中最大的事。

过去,西部农村流行一句话,"打到的媳妇揉到的面",人人都认为,面越揉越精,媳妇越打越听话,但现在,无论是丈夫,还是婆婆,都不敢欺负媳妇了,他们都对媳妇很好,因为这个时代的媳妇不像过去,她们是会闹离婚的。有时,就算婆家人对媳妇很好,媳妇也仍然会闹离婚。除了感情出现了问题之外,还有个别人在结婚前就跟娘家人商量好,一拿到彩礼,就立马离婚,人们称之为"放飞鸽的人",意思就是婚礼骗子。于是,村里就多了很多婚礼纠纷,人们会闹上法庭,希望能拿回一部分彩礼,但即使经过法庭的判决,男方也拿不回多少钱,至多五六万,因为,人家的姑娘毕竟已经变成了婆姨。所以,一旦遇到这种人,男方家庭就只好另外筹备二十万,准备再娶一个媳妇了,如果没有这笔钱,家里就会多一个光棍。这时,少不了鸡飞蛋打、财破人亡。

这种现象,在过去是不可思议的,过去的西部女子不愿离婚,或者说不敢离婚,她们宁愿自杀,也不离婚,因为离婚很丢人,你一旦离婚,你的脸上、你娘家人的脸上,都会多了一条永远擦不掉的黑道道,你会一辈子抬不起头来。所以,当时虽然有很多女人被丈夫打得很惨,但仍然没有女人敢离婚。即使她敢离婚,她的娘家人也会做她的思想工作,《白虎关》中兰兰的离婚,也写出了西部人当时的习惯。在过去,娘家人即使知道姑娘在婆家过得很惨,他们也不会支持姑娘离婚,他们往往希望姑娘能迁就着活下去。他们觉得,自己也是这样过来的,世世代代的西部人都是这样过来的,就算离了婚,又能咋样?再找吗?再找就能找到一个不打人的男人吗?在当时的西部,这样的人太少了。何况你一旦离婚,名声就臭了,这一来,那时的西部乡下就多了很多自杀的女子,她们都觉得自己没有活头了,与其这样活上一辈子,还不如死了。

我的表姐,就是这样寻死的。

表姐大我好几岁,很早就自杀了。她长得很漂亮,少女时代是远近闻名的美女。

她有一种很水的笑,西部女子中,很少有人像她那样笑,笑容中透着水意,透着浪漫,非常诗意。小时候,我老是希望表姐能到家里来,我就能看到她那很美的笑容。那时节,我以为表姐一定会幸福的,但她并不幸福,最后还自杀了,原因就是所嫁非人。她看中的,是村里一个有名的二杆子,村里人把所有不务正业、喜欢投机取巧的人,都当成二杆子,许多做生意的人在乡亲们眼里,也是二杆子。表姐夫因为偷树,被游过街。这在那个时代,是非常丢人的,会一辈子抬不起头来。表姐却看上了他,表姐的态度很坚决,不管父母如何反对,她都一定要嫁给那个人。所以,表姐并不懦弱。当时正好改革开放,表姐夫就开了个磨坊——不是水磨坊,而是电磨坊——好多人都来表姐夫的磨坊磨面,表姐家的生活就越来越殷实,但表姐的痛苦也来了。因为,表姐夫有钱之后,就跟村里一个女子勾搭上了,表姐一次次去闹,一次次挨打,表姐夫每次打她,都像捶驴一样。那么美丽的表姐,却过着这样的日子,很多人都觉得她不值,就劝她离婚,但表姐不肯,到了最后,实在没活头了,表姐就喝农药自杀了。

那时,这样的女子多吗?

很多,有结了婚的,也有没结婚的。教书时,我认识了一个心高气傲的女子,她老想跟我学武术,我问她为啥,她说练好武功,就不怕别人欺负了。80年代的西部很混乱,确实有一些混混会欺负女孩子,但出于各种原因,我一直没有真正教她一些东西。后来有一天,我听说她喝农药自杀了。她一直担心被人欺负,但人家还没欺负她,她就把自己给灭了。这是很戏剧化的一种结局,但也不能不让人伤感。西部女人不管多么坚韧,也总会有一种东西能轻易地击碎她们,让她们觉得自己没活头了,活不下去了。

后来,我就写了这部小说。我很想为西部女子说说话。我很想叫人们读懂她们的心,明白她们的痛苦,给她们一点关怀和帮助。我也希望改改妈的丈夫这类人,能给予妻子更多的在乎、更多的体谅,能明白妻子的难处,能真正地给予妻子一份爱,能真正地明白,自己在妻子的心目中,有着怎样的地位。而不要把妻子当成物品,更不要把妻子当成呼之即来挥之即去的存在。因为,他们一旦有了这种心态,就会在不经意之间,造出改改妈的这种悲剧。

当然,我也希望传统的西部女人能读懂自己的心,明白真正的幸福只能由自己去创造,是不能假手他人的。因为,心外的活头,是不可能不无常的。但是,我不知道读过这部小说的女子之中,有多少人能真正地读懂这一点,有多少人能真正地改变命运。

故事里还有一个挺震撼我的场面，就是抢糊水的场面。我从来没有见过这种场面，刚才听故事时，我也很吃惊，我想不到一桶废料竟然对老百姓这么重要，能让老百姓放下体面、放下尊严、打碎和谐，这样去争、去抢。

是的。记得，那时节我在南安中学教书，就是在那里，我亲眼见证了老百姓是如何抢糊水的。放糊水的粉丝厂就在学校旁边，每天的固定时间，粉丝厂就会放出糊水，糊水是做豆子的水，对粉丝厂来说，是废料，但因为能养猪，所以很受老百姓欢迎。每天在学校里，我都会听到外面的嘈杂声，经过时，还会亲眼看到老百姓抢糊水的过程。当时的场面，给我留下了很深的印象，沉重的生存压力对老百姓的摧残，让我的心非常疼痛。于是，我把它写进了上面的小说。写它的时候，我就在想，一个西部女人如果没有丈夫的陪伴，每天一个人在那儿抢糊水，她会有怎样的遭遇？她会是怎样的心情？……最后，我心中改改妈的形象就越来越饱满了。

改改妈有原型吗？

有的，改改妈的原型，是一个城北乡的女子。这个女子就像小说中的改改妈那样，有个好面子的丈夫。她的丈夫在她最需要他的时候远离了她，她的活头就消失了，她就自杀了，留下了一个很小的孩子。

那么，你认为改改妈的原型该自杀吗？

有时，这不是该不该的问题，而是命运，改改妈的心如果没有改变，她在那个时候，唯一的选择就是自杀，因为她看不到生活的起色，她失去活头了。活头就是希望，是那个让你觉得自己还能活下去的理由。如果这个东西失去了，人就不想活了。但有些人面临生命的绝境时，也会出现另一种念想，就是不再依赖别人，想要战胜自己，战胜自己对外境的贪婪，战胜外境对自己的控制，拥有一颗能自主、能自足的心，做一个内心强大温暖的人，实现生命的尊严。《白虎关》中的兰兰就是这样，她的女儿被丈夫杀死之后，她对丈夫和婚姻就完完全全地绝望了，这时，她如果没有一种新的追求，就会陷入虚无，完全地失去生命活力。但她不甘心。婚姻和爱情的失落，打碎了她对世俗的奢望，于是，她想用大爱来换小爱，想让大善改变自己的心，想要超越过去的自己。换句话说，她不想要心外的活头了，她有了一个心内的活头，她想守住这个活头，超越生活中的一切苦难，让心灵得到安宁。改改妈如果能生起这样的期待，不再追求世俗生活，不把希望放在心外的男人身上，她就能活下去，可能还会活得一天比一天有尊严，一天比一天快乐。当然，她也可以把信仰转移到女儿身上，这样，她也能活下去。但这里面同样有一个悖论，如果只想自己活下去，她是不可能生起世间的信仰，或者是对孩子的信仰的。信仰的本质，是一种爱，没有爱就没有信仰。所以，虽然从理性上分析，很多改改妈所代表的女人，包括那个城北乡的女子，都是还有活路的，但是，在那个瞬间，对她们来说，世界上所有的门都对自己关上了，因为她们失去了爱的力量。

小屋的光明照亮了屋外的土地，大概有十米左右的景物是清晰可见的，再远处，草和树林陷入了黑暗。浓浓的黑夜包裹了整个世界，但月亮很亮，夜晚的天空透出了一种黑紫色，越往月亮的方向，那黑就越淡，到了月亮周围，夜空就抹了一层淡淡的圣洁的白光。很美。

光明和黑暗的交界处，突然有一些落叶打着转飞上了天空，半晌，才从空中落下。那里的气流也许发生了一点变化吧，但这时，一切又恢复原状了。风大声地吹着，经过树林，经过山谷时，发出了不同的怪响。这个本该喧哗的夜，却奇妙地显出了一种静。

黑夜是诗意的，故事也是诗意的。这个夜晚，充满了浓浓的诗意。我沉浸在回忆的影像里，你沉浸在某种感觉里，我能感觉到，我们的心里都浸满了某种东西。

有无数个影子在我眼前飘，他们都活在我的小说里。如今，回想着我赋予他们的故事，也像回忆着一个老朋友，回忆着一个孩子，回忆一段关于我自己的生命记忆。

那么，接下来，我要跟你讲什么故事呢？讲讲西部女人的孩子信仰吧。刚才我说过，打碎了男人信仰的女人，就会将所有的信仰转移到孩子身上，这时，女人就将生命献给了孩子……

灰儿：

复仇的母亲

  我常听西部老人说起狼的故事，据说，西部的很多地方都会发生类似的故事。常有人抓了狼崽，引来母狼，将其消灭。那时的夜里，就会传来长长的、绝望的狼嚎，充满了对孩子的思念，也充满了对人类的仇恨。这就是寻崽的母狼，这些母狼是抱着赴死的决心来的，它们知道自己敌不过人类的猎枪，也知道人们的猎枪一响，自己就会倒下，但它们不会丢下自己的孩子。孩子就是它们的信仰，是它们不能割舍的存在。它们就像那种非常勇敢的母亲，为了孩子，可以不顾一切。所以，我虽然不喜欢狼的嗔恨和报复，但我喜欢母狼的真情，它们在我心中，很像那些真性情的西部女人，就像《白虎关》里的秀秀、《猎原》中的豁子女人等等。这些女人，总是在我心里留下浓烈的印象，让我感动。

  于是，那时节，我的梦里老是响起母狼的嚎声，母狼心中的凄楚和绝望，也渗进了我的梦里。所以，我写了《猎原》，在那书中，我写了人和狼、狼和环境之间的关系，也写了西部正在发生的生态变化，从下面的故事中，你也会感觉到点点滴滴这方面的信息。你会发现，狼在我们心中虽然是凶残的动物，但它们也有非常优秀的一面。而且，它们是生态链上非常重要的一环，狼和狐子的消失，将给西部的大自然造成致命的打击。虽然这本书还有更加丰富的内容，它能折射人类的整个灵魂世界和物质世界，但是，我也希望它能改变狼和狐子的命运。我希望人们能明白一个狼类母亲的心。因为，在我心中，它也是人类的母亲。关于这些，你听完之后，自然就会明白的。如果你听懂了这个故事，就会明白西部母亲的心。

  你点点头。我看得出，改改妈的故事让你很沉重，你还没有从那种氛围中走出来。那么，你对下面的故事又会有怎样的感想呢？

  小屋的门没关，在大风的吹动下，它一下一下撞着门框，发出闷闷的响声。因为进入了关于母狼灰儿的回忆，我的心中又写满了沉重。面对这一个又一个无法改变命运的灵魂，我总是沉重。每当我的灵魂里出现了沉重，我就会开始写书。我想说些我该说的话，这是我对自己的回应。

对于这一点，你是否明白呢？

我看得出，你也有自己的正义感，你一定明白那种想做些什么，但又无力回天的感觉。那会让人觉得无奈，也非常沉重。但这么多年来，我已走出了这份沉重，我连这份期待也打碎了。现在的我，但求做事，但求尽心，不问结果。因为我知道，无论我求也罢，不求也罢，每一个物种、每一个世界，都有它自己的命运。但是，我已经做了我能做的，这就够了。至少，我已定格了这些灵魂，也定格了那些必然会消失的存在。

下面，我们继续来讲故事吧。

母狼灰儿

1

这一场风依然很猛。黄尘满天，黄沙满天。那尘似凝在天幕上。那沙怪啸着疯，山就活了，在不易察觉的蠕动里，埋了田，埋了地，埋了人烟。

灰儿已经习惯了这风。先前，它和父母在草原上，后来，就移到大漠里了。大漠好，这个孤寂的世界里，有人，但少；有枪，也少。不像别处，时不时，就会有一声暴响，就会倒下一个伙伴。它当然不知道，人类在很长一段时间里，定了一种叫"法律"的东西，把它的同类，划归到必须消灭的行列里，杀它们的人，是英雄哩。英雄们骑了马，举了枪，乒儿乓儿，给灰儿造出了一段噩梦。

记得那时，草原上多吃草的野生动物，灰儿们打食容易，很少动牲畜。至多，出来几匹偷嘴的败类，咂几口血。那祸，就是败类们闯的。

真是噩梦呢。一想，灰儿的心就抖了。狼尸像地里的麦捆子一样摆着，瘆怪怪可怖。灰儿想不通，它很想问人：不错，那败类，是咂了你几只羊，可你算过没？我们收拾了多少破坏草场的坏蛋呀。有了好草场，还怕养不出损失的几只牲口？

不想了。灰儿晃晃脑袋。跟那人，没啥好计较的。

英雄多了，草原就热闹了，黄羊呀，青羊呀，老鼠呀，旱獭呀，就死命地生孩子，死命吃草，把翠绿吃成焦黄，把那草原，也吃成沙漠了。

但灰儿没想到，这个叫沙漠的地方，也会有枪声。那个死寂的夜里，突突地暴起一声充满火药味的巨响时，灰儿的天就塌了。那个可爱的孩子，忽然被一种叫"死"的怪物抱走了。

灰儿不知道死是啥。那是说不出感觉的可怕，是网一样坚韧的恐惧，是陷阱似的黑洞。那声巨响之前，它首先逃出了黑洞，还有丈夫，还有两个娃儿。

娃儿们大了，到了熟悉生存环境、学习本领的时候了。每夜，它都领它们外出，教些招数，捕些猎物。它叮嘱孩儿，不能去伤害一种长着两条腿的直立动物。那是最可怕的动物，惹了，会有麻烦。这动物，还牧了些四条腿的动物，也惹不得。相反，还要保护自己窝旁方圆十里内的生灵们。因为，别的狼家族也可能会潜来，惹祸，栽赃。

灰儿教孩子捕猎的，是那些无主的生灵，比如黄羊，比如旱獭，比如羚羊，比如马鹿……还有老鼠。吃这些，天经地义。但是，就像两脚动物里也有罪犯一样，狼家族里也有作奸犯科的坏蛋，会一只老鼠坏了一锅汤。灰儿们只好将它逐出群去，逐出自己的势力范围，以免它干坏事，惹恼那种叫"人"的动物。

它们世世代代都遵循着一个规则："人不犯我，我不犯人；人若犯我，我必犯人。"这规则好。灰儿不希望人犯它，灰儿也不想犯人。灰儿只想养大自己的娃儿。以前，灰儿养了几窝。天却不作美，老下雨。娃儿就出一种水豆豆，娃儿不知道它叫麻疹，但麻疹却知道娃儿，就没一个活的。这一窝，还好，活了三个。只遗憾，一个粘了眼皮，该睁的时候没睁开，成瞎狼了。这病，和那水豆豆一样，是狼的天敌病。一生下，娃儿都粘了眼皮，母亲就边祈祷，边用那带了倒钩的舌头舔。舔开了，就是好狼。舔不开，就是瞎狼。

瞎瞎就是只瞎狼，那眼皮，长一块了。灰儿心里，就叫它瞎瞎。

这名儿难听，但实在。狼是最实在的动物，不像人，总美化丑，比如，把死叫升天，把耍流氓叫风流。见了异性，明明想上床，还要说些莫名其妙的话。狼不，灰儿想公狼了，就长长地嗥一声，音调儿温柔些，缠绵些，意思是：我想公狼了，谁来和我游窝？这游窝，就同人类的性交了。不多时，就会有公狼寻了来，和它游窝。瘸狼就是寻了来的。常听公狼也那样嗥叫，灰儿想了，也会循声而去，游上它一窝。灰儿从没想过写啥情书呀。明明心里黑了，嘴上还白得发亮。这一招，狼最讨厌。

瞎瞎就瞎瞎。

瞎瞎这名儿好，实在。灰儿爱起实在的名字，比如丈夫，就叫瘸狼。瘸就瘸呀，你本来就瘸，说不瘸，又不能把你短了的腿说长。当然，先前它叫狼王。灰儿不喜欢这名儿。明明是自吹自擂发高烧，可丈夫喜欢。你喜欢就叫你几声，叫你当回王，权当做回美梦吧。人类因为梦想而伟大，狼却相反。因这梦想，多数是贪。一贪，就坏事了，比如这狼王，一王了，老和别的公狼打架。虽说你力大，猛，可老欺负弱的，就王了？明明是发高烧嘛。一发烧，就出事，某夜，它竟游到羊圈门口，中了夹脑，咬断了半截腿，才脱了身。

活该！

灰儿从此叫它瘸狼。丈夫发烧是丈夫的事。要是妻子也跟着发烧，不出事才怪呢。瘸狼就瘸狼。

灰儿可没发过烧。丈夫"王"时，叫它当"后"。屁。老娘还不是那种浅碟子货。老娘眼没瞎，不能叫瞎瞎。腿没瘸，不能叫瘸狼。可老娘也有自己的特点，比如毛色。虽说狼的毛色随顺环境——春天，草芽儿一发，狼也绿潮潮；秋天，庄稼黄了，狼也黄苍苍；冬天，漠黄草白，狼也灰楚楚——可跟别的狼比，老娘的毛色多灰，就叫灰儿吧。灰儿好，实在。不像那王呀后呀，一听，就是个浅碟子自封的。

灰儿是贤妻良母，公认的善良，公认的冷静。比如，狼王变成瘸狼后，又气又急。狗急了，就跳墙。狼急了，就扑火。那火，不是寻常的火，而是枪里喷出的火。你朝它开枪，它不躲，反倒朝你扑来，你一枪打死它，它一口也咬死你，同归于尽。那瘸狼，真有扑火的心了，想去拼命。灰儿就劝：哟，是你自个儿不安分，没安好心，怪人家干啥？人家又没说，来呀，王，这儿有夹脑哩。瘸狼就气哼哼道，行了行了，少说两句成不成？屁都聒麻了。老子当王那阵子，你嘴夹得比水门还紧，生怕老子一脚蹬了你，跟那些美丽的母狼游窝。现在，老子瘸了，你就整天唠叨个不停，老子不去还不成？就没去。

灰儿想，还是叫瘸狼好。叫王那阵子，啥话都听不进去。它比谁都聪明。人家一声，顶你一万声。你嘴才张，人家一句话就把你噎死了。现在瘸了，脑子不烧了，心里也有些空处了，也能听进些话了。狼虽是那个狼，但名头儿一变，就大变样了。

所以，灰儿给娃儿起名时尽量实在些。小的，叫瞎瞎；大的，叫大壮；二的，叫二壮。那瞎瞎，若不瞎，就叫小壮。可瞎了，就不壮了，叫瞎瞎吧。瘸狼虽瘸，心却不死，偏叫娃儿大王二王。你叫你的王去，老娘叫老娘的壮。娃儿，壮了最好。那王，有啥好呢？啥王，都不如壮娃儿好。

其实，瘸狼说归说，也没真想去寻事。那事儿，它也知道是活该。算了，一锤打个肚儿里疼，自认倒霉。瘸狼也怕惹恼两脚动物，叫人家跟踪来，乒乓几枪，把自己一家子收拾了。有时想想，这两脚动物，真是可恶。有本事，你徒手来，跟老子摔个三五百跤。赢了，老子服你。可偏偏举个烧火棍，老子们还没反应呢，就叫你喷火咬了。老子惹不起，可躲得起。石头大了转着走。见了你，远远地避了，总成吧？

2

灰儿最疼瞎瞎，就像人的母亲最疼残废儿子一样。灰儿在瞎瞎身上用的心最多。大壮、二壮，眼贼，饿了，一口就咬住奶头。瞎瞎却要摸索半天，还常叼住已叫大壮、二壮吮成空皮袋的。灰儿就把大壮、二壮扔到一边，叫瞎瞎吃独食。瞎瞎吮奶头时很温柔，怕弄疼妈妈。那抽丝似的快感令灰儿产生了异样的温柔。不像壮们，狼吞虎咽，才长出的奶牙老咬得灰儿疼。瞎瞎好。还是我的瞎瞎好。妈疼瞎瞎，瞎瞎也疼妈。闲时，灰儿就常舔瞎瞎的眼睛。明知，这眼皮已长住了。年龄越大，长得越牢，可还是要舔。开不开是天的事，舔不舔是妈的心。尽了妈的心，就随它瞎眼的天吧。

瞎瞎弱，壮们老欺负它。大壮、二壮已学会了各种招式，扑、咬、撕、吞……瞎瞎却只学会了走和吮。灰儿知道，要没有同伴照顾，瞎瞎很难生存。要是瘸狼和自己死了，瞎瞎可能活不了多久。除非，壮们也像父母一样待瞎瞎。灰儿就常教它们，但它们还小，不懂事，常骗瞎瞎上沙坡，一拱，瞎瞎就滚到沙洼里了。第一次，瞎瞎嚎哭，灰儿就教训了大壮、二壮，口衔了，头一抢，把它们扔出老远；第二次，瞎瞎惊叫，灰儿就一头，又一头，把大壮、二壮顶出老远。第三次，瞎瞎却笑了。瞎瞎的笑也像嚎，可里面透出的意思不一样，两脚动物有多少种话，瞎瞎就有多少种嚎。

瞎瞎渐渐习惯了沙漠生活，能上坡下洼，行走也快了。瞎瞎的听觉格外好，能听出百米外黄羊的轻微脚步，能听声辨出远处老鼠的大小。瞎瞎的嗅觉也好，在天空还晴朗无比的时候，它就能嗅出次日的雨来，还能嗅出茫茫黄沙之中哪儿走过兔子，哪儿走过黄羊，哪儿有狐子出没。这一点，壮们自愧不如。只有瘸狼才可以媲美。瘸狼当初为王时，除身大力猛外，嗅觉最为灵敏，啥危险也能嗅出，因而得到了狼家族的一贯尊重。后来，瘸了。一头更猛的狼叫王了。瘸狼就只在心里不安分地王几次，过把干瘾。看来，瞎瞎继承了瘸狼的嗅觉天分。

为增强瞎瞎的体质，灰儿常带它外出。凭着超群的听觉和嗅觉，瞎瞎偶尔也能扑只黄老鼠。灰儿很高兴，就也教它些本领。瞎瞎学时很艰难。除了那些与生俱来的本能外，别的，因为没法模仿，它学得很慢。灰儿也不急，瘸狼和自己还是壮年，有的是时间教它。功到自然成。

在那个悬着月牙儿的夜里，灰儿又带着娃儿上路了。这次，是带了娃儿去熟悉水源。这种亮亮的、凉凉的液体，是越来越少了。干渴已成为狼摆脱不了的噩梦。幸好有动物，幸好动物有血，幸好它们时时能捕到有血的动物。唑那血，就成为狼最美的享受。所有动物中,羊的血最好喝。那种带着浓浓膻腥味的液体,叫灰儿们能感受到那种幸福的眩晕和迷醉。瘸狼老嚷唤着要去吆几只羊来。不成哟,那祸儿,能不惹,还是不惹的好。不是还有黄羊吗?虽说那血,没绵羊血那么过瘾。虽说黄羊蹄儿轻捷,逮起来费劲,常常是追个贼死也拔不到一根毛,但邀了同伙,想个法儿,时不时地,也能逮一只。当然,一只黄羊的血,总解不了奇异的渴,但养命总可以吧。

不能痛快地喝到羊血,能痛快地喝一肚子水也成。可那液体,也稀罕了。那个沙洼里,那个有两脚动物住的地方,有个水槽。槽里,时不时地,就有备用的水。现在,也稀罕了。灰儿去过几次,几次有水,几次干干的。这儿,是附近唯一有水的地方。灰儿就带了瞎瞎们,来熟悉地形。

瞎瞎最早听到了移来的脚步声,用爪子示意妈妈。灰儿也示意它:那是骆驼。骆驼是沙漠里最善良的动物,但惹了它,也很是可怕。瘸狼就尝过那可怕,还是它当王发烧的时候,带了几只狼,去袭击骆驼。骆驼口一张,浓浓的咸咸的胃液就糊了瘸狼一脸,叫灰儿恶心了好久。灰儿告诉瞎瞎,那是骆驼,别怕它,也别惹它。但记住,那是一种善良至极的动物。

灰儿想不到,善良至极的动物下,会伸出一个不善良的枪口。

3

这一场大风来得很凶,沙子都蹿天上去了。时不时地,顶上就嗖地飞过一绺沙子,像箭,不知飞哪儿去了。散的,更多。风婆子的口袋里放出多少风,风里就能带多少沙子。一粒粒沙子都成疯蚂蚁了,乱,打到皮毛上,隐隐作痛呢。脸上更不用说,叫沙鞭一抽,简直是死疼了。虽说灰儿已习惯了这风天,但还是希望天晴。天晴了,动物们才出来。灰儿们才能捕到食,喝到血,才有了安全的果腹感。风一起,动物们不知躲哪儿去了。味儿呀,踪儿呀,也全没了,灰儿们就吃些储下的肉。

储肉时,灰儿们有自己独特的储法。它们不捞死动物,而是饱饱地吞了肉,由自己皮囊似的肚腹带了来,到窝旁,刨个小坑,吐出,用沙盖了,鼓个小堆。要是打不到食,饿极了,才吃几嘴。狼知道维持自己的体能需要多少肉。在这种风天里,它们不多吃,几嘴就够了。

灰儿吃了几嘴肉,出了洞。

外面,已黄沙满天了。各种声音乱叫,像千万个野人在狂欢,一听,毛骨悚然呢。灰儿怕,但怕归怕,仍一头扎进风沙里了。因为,风里有个声音在长长地嚎,分明是瞎瞎的声音呀!这些天,老这样。明明知道瞎瞎死了。那声暴响后,瞎瞎痛苦的扭动老在眼前晃，老听到瞎瞎的嚎。它不信瞎瞎死了。那么可爱的瞎瞎，那么憨势势胖乎乎的瞎瞎怎么会死？灰儿不相信。枪响后瞎瞎的那声嚎叫老在心头响，那是瞎瞎在叫妈妈。一想，灰儿的心就碎了。夜里，它便到旷野里嚎。那声音，悲凉，悠长，把天地都戳通了，表达着一个母亲的悲哀。老觉得，瞎瞎会憨憨地飘来，在它腹下滚，寻找属于自己的奶头。那奶头，它不叫壮们吃，只给瞎瞎留着。可那老胀着的奶头，老提醒它：瞎瞎死了。

瞎瞎真死了吗？那憨憨的瞎瞎真死了吗？死是啥？死就是永远见不着瞎瞎了？若是这样，瞎瞎没死。瞎瞎老在眼前晃呢。每天夜里，瞎瞎就来了，见了妈，长长地嚎。灰儿也嚎，就醒了。醒了，瞎瞎仍在耳旁嚎，在心里嚎，在风沙里嚎。

瞧，此刻，那瞎瞎，正瑟缩在风沙里，它哭呢。

灰儿长嚎一声，朝瞎瞎奔去。那嚎，能撕裂天空，可一出口，就叫风沙带走了，连个音丝儿也没留下。

沙泼水似的打来，风一直灌进胸腔。耳旁仍在怪响，这怪响，淹了天，淹了地，但淹不了心，也淹不了心里的瞎瞎。淹不了就好，灰儿不怕风，不怕沙，只怕心里的瞎瞎突地没了。一没了，瞎瞎就真死了。

那个可怕的夜后，灰儿坚决地不叫丈夫和壮们再去那个枪响的地方。灰儿不是兔子。兔子听了枪响，逃出，过一会儿，还会回来看看是不是真有枪。当然有枪，猎人正举了枪，瞄你呢。灰儿也不是黄羊。黄羊死了同伴，总要东嗅嗅，西嗅嗅，不忍离去，结果，就永远陪同伴了。灰儿不。灰儿知道，习性，是要命的咒子。

灰儿坚决地带丈夫和壮们逃出那个沙洼，坚决地不叫它们学黄羊和兔子。而且，灰儿理性上认定：瞎瞎死了。那股火，直溜溜钻进了瞎瞎胸口。

灰儿长嚎一声。噩梦呀。风沙像噩梦，但总有醒的时候。瞎瞎呢？风沙息了时，有瞎瞎不？太阳明了时，有瞎瞎不？这沙子全飞了，这大漠消失了，有瞎瞎不？没了。瞎瞎没了。瞎瞎，我的瞎瞎。这噩梦，醒不了了。

太阳在风沙里缩成个白点了，不亮，冷冷清清地悬在风沙上面，仿佛颤着，仿佛就要被风沙吹熄。想来已到黄昏。天上有翻滚的黄烟，正搅拌似的滚，滚过来，便是更烈的风了。那风，会裹了沙，把天淹了，把那个亮点也吹熄。但灰儿却不怕，明知道瞎瞎死了，却总觉得瞎瞎在某个所在瑟缩着叫妈妈。前者是理智，后者是感情。后者总能战胜前者。

那黄云滚来了，近了，近了。一拨儿沙子打来，劲道奇猛，裹了灰儿身子。灰儿便不由自主地滚下阳洼了。风卷沙流，像泄洪，流下阳洼，差点淹了灰儿。

灰儿一骨碌翻起身，抖抖毛，抖去毛中的沙子。明知那是白抖，才抖去，又落了，还是抖抖。它真怕流沙埋了自己呢。这事儿，也出现过。某次大风里，流沙埋了另一个狼家族的洞穴，把八匹狼埋成干肉了。灰儿很害怕。

它顺了风，蹿上一个阴洼。阴洼里沙上流，阳洼里沙下流，顺阴洼上，就不会被沙埋了。上了阴洼，灰儿连眼睛也睁不开了。这时，天空怕连空气都没了，全是沙子了。这鬼天气，真是少见。灰儿头朝南，背了风，叫沙鞭抽自己脊背去。那儿毛多，耐打，耐磨。不像面部，许多地方没毛，叫风沙拧成的鞭儿抽不了多久，便血糊糊了。

背了风，才睁开眼。灰儿便看到滚滚黄沙朝南去了，遮天盖日的。去了哪儿？不知道。但可以肯定的是，去了人住的地方，把那儿的人烟挤了，繁殖出通天彻地的黄沙来。

但没了人烟是人的事，灰儿懒得去管。灰儿只管瞎瞎。只要心里有瞎瞎，只要风里有瞎瞎的长嚎，只要瞎瞎在满天飞沙的某个所在瑟缩，灰儿豁了命，也要去寻。

风到了最猛的时候，仿佛已无风了，只有疯的沙子。灰儿见到了一具干尸，看样子，是狐狸。沙漠里常有这类干尸，皮呀，肉呀，骨呀，都干了，虫儿也没吃它。不像草原上，那动物尸体，很快就腐了，上面爬满白生生的虫儿。不过，现在的草原也沙化了，成了一绺山，一绺沙，一绺戈壁，一绺似有草似无草的土地，动物一死，很快就被吸成了干尸，你想生虫，也生不了。

灰儿喜欢原来的草原。草茂盛了，动物多了，灰儿也犯不着去招惹人。只有在实在打不到食，快要饿死的时候，才去袭击一次家畜。但人总是愚蠢，瞎猫盯个死老鼠，总拿这一次当百次，不是乒儿乓儿用喷火的棍儿咬，就是下夹脑，放毒药，灰儿们只好进沙窝了。

灰儿到哪儿都成。在适应环境上，灰儿们是世界冠军呢。雪山也成，森林也成，沼泽也成，大漠也成，雨雪也成，风沙也成，灰儿们总能设法活下来。瞧，这风沙里，那两脚动物，连个屁影儿也不见，灰儿却仍在寻觅呢。

瞎瞎又叫了。一听这声音，灰儿便不怕变成干尸了。苦命的瞎瞎，莫哭，妈不是正找你吗？灰儿长嚎一声，却进了一嘴沙子。那泼水似的入口的沙子，怕是填喉管里去了。

眯了眼，留条细细的缝儿，叫睫毛挡了沙，望去，仍黄黄一片，是茫茫的黄，彻天彻地的黄。那北边天上，风沙还浓浓地滚呢，滚着浓烟，滚着褐黄，滚着死亡的气息和死神的狞笑。看来，这风，一时半会儿地，停不了。停不了，由它去。灰儿想嚎,却硬将嚎声咽了,仄了身,逆了风,费力地跑起来。它已顺风跑了许久,再跑,就到天边了。逆风一跑,沙打在鼻脸上,死疼。明知道,这风沙绞成的鞭子,抽不了几下,就能抽去脸上的毛,抽出血来,但也顾不了它。

那呻吟,又在风里游弋了,很弱,很轻。这是几天来耳中心中老响的呻吟,是受了委屈的瞎瞎独有的哆声。瞎瞎哆起来多鼻音,哼哼咛咛,像羽毛在心上搔。不像大壮、二壮,多用喉音,跟那瘸狼一个腔调。还是我的瞎瞎好。瞎瞎的好是与生俱来的,还是个小毛团的时候,灰儿就觉得与瞎瞎有种贴心贴肺的默契。瞎瞎,我的瞎瞎。灰儿的心抽搐着,仍眯了眼,仍留了细细的缝,仍用睫毛挡了沙粒,望去。那黄沙滚滚的不远处,果然有个大柴棵。瞎瞎,正在下面长声地叫呢。

瞎瞎,我的瞎瞎。灰儿扑过去,强劲的风拽它身子。沙鞭越加凶猛地抽打。它鼻腔酸了,像要流泪,说不清是沙抽的,还是激动所致。

憋了气,用足劲,逆风去。瞎瞎近了。瞎瞎笑了。瞎瞎叫妈妈了。瞎瞎扑了出来。

灰儿这才发现,那瞎瞎,原来是一只硕大的灰兔。

灰兔惊叫几声,逆风跑去,速度并不快,几下就能扑倒它,但灰儿却失了魂似的,呆痴了。灰兔在风沙中一下下跳着,远去了。

"看在瞎瞎面上,饶了你吧。"

灰兔消失了许久,灰儿才回过神来。这时,它才感到一阵奇异的饿,想来腹内的那点儿肉早没了。灰儿头晕眼花了。

4

那声枪响后的某夜,灰儿和瘸狼又到了那个沙洼。那夜没风,很黑。虽然黑不黑对灰儿们来说无所谓,但灰儿还是希望夜黑些好。灰儿们有夜眼,夜里视物,如同白昼。那两脚动物却不然。天黑了,他们就是瞎子,举了那喷火的棍儿,也没个准头。灰儿安顿了大壮、二壮,带了瘸狼,去那洼地。

说那"带"字,是因为瘸狼身懒,不想去。灰儿硬叫它去。天下的公的都不长心,瘸狼也不例外。瞎瞎死了,它竟没事似的,照吃,照睡。瘸狼很少像灰儿那样嚎瞎瞎,但却有颗复仇的心,不仅仅为瞎瞎,还为自己。那瘸,是印在心头的耻辱,是无法痊愈的伤口。灰儿知道,受过伤的狼都这样,格外凶残。

进了那沙洼,瘸狼嗅出,瞎瞎死了。瘸狼嗅不出一点活瞎瞎的气息,便认定它死了。那夜,瘸狼还嗅出无火药味,无夹脑独有的铁腥味,无危险的气息。前两者,灰儿也能嗅出。嗅那气息,却是瘸狼的本事。那是一种超群的直感。

那夜无杀气。

灰儿用了很大的气力,才忍住了时时想喷出的长嚎。瘸狼一断定瞎瞎死了,灰儿就想嚎,想发出那撕裂天空的长嚎,来哭瞎瞎。当然,它更想报仇。一想到可怜的瞎瞎,它就想毁灭一切。

瘸狼咬断了栅栏上的皮带,吆出了羊。它用牙齿咬了头羊的耳朵,用尾巴使劲赶它。那羊就没命地跑。灰儿到圈里一唬,一群羊就跟头羊跑了。

那夜很静,没有人声。羊蹄沙沙似雨声。沙地好,若在硬地上,那几百只蹄儿,能弄出好大的声响呢。沙地上,就只有沙沙声了。夜又吸了沙沙声,几十步外,连个音丝儿也听不见了。

那头羊好大。好大的身坯,好长的角,怪不得是头羊。和同类抵起仗来,定然很厉害,可狼一吆,就成乖孩子了。这只能证明羊是欺软怕硬的动物。灰儿不管这些。灰儿只想为瞎瞎报仇。那么好的瞎瞎,叫人砰的一下,就再也见不着了。灰儿好伤心。灰儿也想叫两脚动物伤心。

到另一个沙洼,瘸狼扑倒了头羊,咬了它喉管,许久不动。灰儿知道它在咂血。灰儿也爱咂血,也爱咂那腥腥的、腻腻的、滑滑的血。那血过瘾,咂一阵,就有种醺醺的醉意了。羊们都挤成一团,缩在沙洼里,看头羊四蹄的抽动。那蹄儿,初时还蹬得凶,蹬起一股股黄沙。渐渐地,慢了,一下,又一下,停了。

羊蹄的蠕动,叫灰儿想起了瞎瞎。瞎瞎没蹄儿,可有爪儿。枪响后,那爪儿,也这样一下下抽。于是,灰儿的心也抽了。它低嚎一声。

瘸狼吸了满肚子的羊血,便醉了。它过足了瘾似的吧唧着嘴,喉间咕噜一声,示意灰儿也咂。

一个黑丸,忽然射来,裹一股杀气。灰儿嗅出,来的,是人类养的狗中最可怕的那种。

灰儿不怕寻常的狗。对那些仗了人势才吠个不停的玩意儿,灰儿不屑理它们。以前,灰儿老和它们相遇。远远扑来时,它们气势汹汹,吞天吐地。一近,声也低了,速也低了,气也没了。灰儿唬一声,它们便哀叫着,躲出老远。再扑,再吠,再由气势汹汹到退避三舍。老这样。灰儿也懒得唬它了。

但灰儿却怕这种裹带了杀气的狗。这狗高,大,胖,猛。它身大,能和老虎摔跤;力猛,敢和黑熊缠斗,而且势重力沉,招招直指要害,很是可怕。

那黑影近了,看得出,它脖中还带了卡子,那牛皮上的铁钉隐隐可见。这样,它可以攻你咽喉，你却难袭它要害。灰儿们是直脖子，转动不灵。狗却灵敏，那一口利齿，能朝各个方向出击，便占了大便宜。

灰儿的父亲，就伤在这类狗的手中。那狗，疯了似的追来，与父亲并齐了，边跑，边拧了脖子，用卡子一下下扎，扎出许多冒血的洞儿。后来，洞儿化脓，腐烂，把父亲烂死了。

听得那狗低吼一声，闷雷似的。灰儿忽然怯了。那瘸狼，也无往常的跋扈了。

这狗，明显带着逼人的杀气。

杀气是啥？不知道。但灰儿能感觉到。同是人，猎人有杀气，牧人没有。在黑压压一群人中，灰儿一下就能觉出谁是猎人。猎人可以隐了枪，隐了凶相，但隐不了杀气。有时，杀气会告诉狼的直觉：快跑，猎人来了。

这狗的杀气，比寻常猎人的都重。那样子，仿佛是沙漠之王呢，望两匹狼，竟似望两只兔子。灰儿明明知道，它和瘸狼斗一只狗，败的可能性不大。可怪的是，偏偏无斗志。

那狗也不扑来。它蹲立着，只在喉间咕噜，仿佛说："去吧，别再伤羊，老子就饶了你。"那样子，分明不把对手放在眼里。灰儿心虚了。它看到了隐在它后面的人。一想到幼小的壮们，它越加心虚，就拱拱瘸狼，示意它撤退。灰儿不知道，瘸狼早想溜了，饮了一肚子羊血，它醉了，没一点气力了，一离开沙洼，瘸狼就步儿蹒跚了。

怪的是，那杀气，一直渗入灰儿心里了。它甚至想，算了，一羊抵一狼，一命还一命，就此算了吧。不然，惹恼那两脚畜生，又伤害大壮、二壮呢。

若不是又一个狼家族遭受了灭顶之灾，灰儿也许真算了。

在公狼豁耳朵的长嗥声里，灰儿们赶了去。这是规矩。那长嗥，是呼唤同类的讯号。若闻声不去，便成不齿于狼类的狗屎堆了。这豁耳朵，也是匹厉害的狼，那缺耳，是争王位时，叫瘸狼咬的。但它并没记仇，有事了，就长嗥；听到呼唤，也去接应。公狼是真正的大丈夫哩，恩怨一挥手，不像两脚动物，面里是是是，背后动刀子。

灰儿们闻声赶到时，豁耳朵仍在一个血肉模糊的肉体前长嗥。这肉体，曾是它的妻子，后来，叫人剥了皮，就成赤条条的肉了。另一处，还有两个小的。瘸狼们很快便吞了那三团曾是生命的肉。吞了好，自己的腹肚，是亲人最好的棺材。在胃液的帮助下，死者就和自己融为一体，永不分离。高贵的狼尸，岂能叫其他动物吞食？

又一笔血债。

复仇是必然的。

灰儿知道，复仇是最好的保护。这也是祖宗传下的规矩，人不犯你，你就守了戒，封了口，不动他的牲畜。人若伤了你，你必须狠狠还击，叫那两脚动物从灵魂深处战栗。血债，要用血来偿。只有这样，他们才不敢轻易惹你。

那夜，豁耳朵公狼循着妻子和孩子皮毛上的熟悉气味，来到了灰儿熟悉的那个沙洼。瘸狼和灰儿远远尾随了。它们不敢太近。那喷火的棍儿，它们是领教过的。它们不敢进攻。它们只能偷袭。

夜很静。风的蠕动温柔极了。灰儿有些紧张。在这一点上，它不如瘸狼。瘸狼经的阵仗多，心硬，胆儿壮。灰儿却总是怯。虽说那怯，时时叫复仇欲望淹了，但淹了的怯仍是怯，心因之虚了。

一进沙洼，灰儿就闻出一股浓烈的火药味。它差点要退缩了。那是它最怕的味儿。但瘸狼却辨出，这是熟火药味，就是放枪后的火药味，而不是生火药味。这味儿，只意味着开过枪，而不是有枪候它们。瘸狼示意它，别怕。但它们掉远了些，叫豁耳朵打头阵。即使有枪瞄着，先中的，也是豁耳朵。

豁耳朵在稠糊的夜色里游了过去，游向羊圈，开了圈门。遥遥地，灰儿听到忽棱棱的声音，这是羊惊了。灰儿知道，豁耳朵在扑羊。这时，羊的习惯仍是挤成一团，一团云似的，滚过来，滚过去。扑不散它，狼不好下口。最先死的，便是那个被扑出群的。这羊一死，别的就吓破胆了，就不太费力了。

那羊惊的声音，远远听来，依然很大，像无数鸟儿在飞，怕是要惊醒牧人了。灰儿心跳得凶，驻足竖耳。若有动静，它立马就会逃出老远。这不是不讲义气或是胆小，而是生存智慧，犯不着无谓的牺牲。在凶残狡猾的两脚动物面前，任何疏忽，都可能送命。命只有一次，失去了，永不再来。一想到命，灰儿的心抽了一下。它的命，只有一次。瞎瞎的命，也一次，失去了，就像消散的云烟，再也找不回来了。瞎瞎，我的瞎瞎，你还没活出个名堂呢。

一种熟悉的气味袭来，灰儿马上燥热了。这是瞎瞎独有的气味。大壮、二壮、瞎瞎，各有各的性子，也各有各的味儿。瞎瞎的味儿最浓。自那个恐怖之夜后，那味儿时不时就飘进灰儿鼻腔。不，不是鼻腔，是心里。初时，灰儿一阵激动，就去寻。后来才发现，那是虚味儿，不是实味儿。虚味儿印在心里，不经意间，才能闻到，再细嗅，却没了。

可这次，是实味儿，再嗅，仍有。几次后，灰儿断定，那是实味儿。

那味儿，从羊圈方向飘来。

羊圈里已静了，没有鸟飞声了。豁耳朵肯定逮了一只，正咂血。别的羊，便睁了瓷白的眼,木木地看,身子不易觉察地抖。羊的意志,就这样被摧毁了。然后,它们就不会像开始那样挣扎了。

灰儿扑进羊圈。瞎瞎的味儿越加浓烈,地上有,羊身上有,羊嘴里有。但有的只是味儿,并没瞎瞎。灰儿于是认定,羊吃了瞎瞎。

一串长嚎差点迸出灰儿口腔了。它用了很大的劲才咽下了它。瞎瞎,我苦命的瞎瞎。眼泪蒙了灰儿的眼。若不是怕惊醒猎人和牧人,它会用嚎声撕裂天空的。

瘸狼扑入羊圈,开始了疯狂的杀戮。显然,它也发现,瞎瞎,正葬在羊们的腹里。

这是真正的杀戮。不是猎杀,是杀戮。杀戮,为复仇。猎杀,为生存。后者,猎到果腹就成咧。前者,要叫仇家感到灵魂深处的剧痛。

瘸狼一口血也不咂,它咬断一个喉管,扔一旁;再咬,再扔。瞬息间,白白的一地羊尸了。豁耳朵也不再咂血,也开始了疯狂的杀戮。前日,两脚动物杀了它的妻儿。此刻,它报仇来了。

灰儿的心却被浓浓的泪淹了,想长嚎,出不得声。它就在心里嚎,心在嚎声里抽搐。身子很软,像饮足了羊血一样。

许久,灰儿才回过神来。地上,已白茫茫一片羊尸了。剩下的那些,挤在一起。它们已被吓呆了,不再跑动,只本能地伸了脖子,随你咬吧。

洞里忽然有了动静。

瘸狼第一个出羊圈,逃之夭夭了。它当然知道,那棍儿喷出的火,比它的腿快,稍迟些,就不会有机会了。豁耳朵随后逃出。灰儿怔了一怔,也出圈去。

老远,灰儿才听到狼嚎似的人叫。

5

闲风怕日落。日头爷从山顶滑到西边时,风住了。风沙没了,空中仍有纤尘,蔽了天,把一切弄模糊了。这是风后独有的天气。那蔽日的黄,好多天才散。除非来一场雨,只片刻,便能洗出遍天的明净来。

灰儿逮只老鼠,吃了,压压饥。灰儿不喜欢老鼠的肉味。那味,怪怪的,说不清是土味,还是啥味,倒胃口,老叫灰儿想起老鼠的不洗澡来。只有在逮不到黄羊,或石羊,或青羊时,灰儿才吃老鼠。逮个大些的,闭眼吃了,压饥。瘸狼可不,见了耗子,一口一个,腹内怕成鼠窝了。瘸狼食量大,老嚷饿,不像灰儿,几嘴肉,就够一天的花销。灰儿喜欢吃黄羊肉。那肉,精、嫩,想想,都流口水。当然,比黄羊肉好

193

吃的，是那羊血，不是野羊，是牧人的羊。野羊老跑，消尽了脂肪。牧人的羊血里，多脂，膻膻的，滑滑的，糊糊的，想想都醉，别说饮了。

灰儿流口水了。一想羊血，就这样。它拌几下嘴，磕几下牙，长嚎一声。因为风息了，嚎声窜了个远。

夜渐渐来了。灰儿喜欢夜，但也不怕昼。它不像狐子，一见太阳，头就疼；可仍喜欢夜。夜好，夜里静，好多东西都在夜里活动，狐子呀，旱獭呀，老鼠呀——想到老鼠，灰儿的心里阴了一下。对这东西，它咋也喜欢不起来。那丑丑的样子，那土腥腥的肉，那怪怪的气味，总叫灰儿别扭。不过，大壮、二壮喜欢。这一点上，它们也像瘌狼。它们就是在扑老鼠时学会了捕猎。想到捕猎，灰儿笑了。灰儿的笑是喉间的咕噜，很低……那也算捕猎？那肉乎乎的小玩意儿，跑不快，又没尖牙利爪，一爪拍去，就翻白眼了。不像黄羊，会跑。那跑，又是怎样地快呀！那蹄儿，仿佛踩的不是沙，而是弹簧，嗖——一大截，比风还快。它还会用后蹄踢。一次，灰儿叫那蹄儿扫了一下，就是一道血口。若叫踢腹上，还不破膛？还有羚羊，那跑，怕是比黄羊还快哩，尤其那角，刺刀似的，追急了，扭了头，那角就嗖地刺来了。豁耳朵的那个母狼，就叫羚羊破过膛，悬乎乎死掉。……这才叫捕猎呢。大壮、二壮的逮老鼠，只能叫玩。

玩也好。虽说大壮、二壮多瘌狼的坏毛病，可总是娘肚里掉下的，十指连心哩。哪个也扯灰儿的心肺。爱玩了，就玩去，就当你们捕猎，总成吧？

想到大壮、二壮，灰儿又想起瞎瞎。一想瞎瞎，心又抽搐了。这瞎瞎，成灰儿心上的伤口了，稍一碰，就钻心地疼，就觉得天也灰了。即便是黄尘满天，灰儿也觉得天灰了。那灰，腌透心了，它就觉得没活头了。怪，没瞎瞎，还有大壮、二壮呢，为啥就没活头了？不知道。反正真觉得没意思活了。

灰儿又长嚎一声。

空气潮了，气流凉了。灰儿望望天空，天上有一疙瘩一疙瘩的黑云。天虽黑，灰儿却能辨出比天更黑的云来。而且，那是积雨云，怕是要下雨了。对瞎瞎的思念，迟钝了灰儿的直感。那风沙一搅，更把心头的清明搅没了。要不然，灰儿能提前知道何时下雨的。那雨，若测来大了，就多打点食。若小了，也不必打乱规律了。不过，那雨呀雪呀，灰儿以前并不惧。一生了那些要债鬼娃儿，灰儿就得多留心：窝要安在高处，别叫雨淹了；要选干燥处，太湿了，会惹来麻疹。

狐子也怕麻疹，一下雨，母狐就会给老天爷磕头，求它少下些雨。下多了，娃儿就叫麻疹出死了。灰儿见过几个磕头的狐儿，但没进攻，一来，它正饱着；二来，嫌那肉臭；三则，它也希望天少下点雨。那么，你磕头吧，应了，也好；不应，老娘也不给你工钱。

灰儿从不拜天。它不是不信它，而是不怕它。它只是嚎，伸长了脖子，口朝了天，用声音长长地刺了去，不多久，天就裂了，就露出笑眯眯的日头爷来。不过，有时，嚎声也刺不破厚脸的天，它总是板个脸，不露个笑脸儿，或是刺疼了，天的泪就淋漓个不停。那雨下呀，下呀，再下呀，狼娃儿就会出一种红豆豆。灰儿的几窝孩子，就是叫红豆豆出死的。所以，它才格外疼瞎瞎。

瞎瞎，我的瞎瞎。

这瞎瞎，成心上的刺了，不经意撞一下，心就哆嗦。

6

那雨，终究是落了，先有把亮亮的刀子在天上利利地划一下，一团云就炸了。那声音，好大，灰儿觉得地皮儿都动了。它打个哆嗦，一溜风往窝里去了。那雨点儿，却也撵来了。蹄瓣儿大的雨点儿，稀稀地落。

没了风，行来，就不费力了。不多久，就到洞口。大壮、二壮守在洞口，望外面。一见灰儿，就欢快地迎了来，用头在它身下咕嚅。灰儿这才觉出奶子很胀。怪。行了这么长路，咋没觉出奶子的胀来？莫非，那风沙进脑子了？

一种轻松的被吮吸的快感从奶头荡向全身。灰儿感到了母亲才有的那种幸福的眩晕。大壮、二壮虽会捕食了，却爱唼妈的奶头。它们这时的吮吸，已不是为了充饥，而是一种撒娇方式。灰儿很是幸福，就进了洞，半眯了眼，任大壮、二壮唼去。在风沙里折腾了许久，它有些累了，不觉间便迷糊了。

不知过了多久，一声炸雷，把灰儿惊醒了。洞外，已是瓢泼大雨了。闪电时时撕开夜，把彻天彻地的水帘照给人看。沙上都汪水了。那沙，虽也渗得快，但挡不了水的泼。沙面上尽是水泡儿。

瘸狼也伏在洞口，看那雨。洞口在一个崖头上。这洞里，住过獾猪，后来，瘸狼请它们住进了肚子。这地方好，高，避风，但北面的沙岭正在移来，一寸寸，一尺尺，迟早会淹了崖头。灰儿们必须在它到来之前，再找个新窝。

崖上有水珠儿落下，滴在毛皮上，灰儿闻到一股土腥味。这味儿，加上孩子们的味儿，自己和瘸狼的味儿，还有黄羊的碎毛片味儿，还有一些乱七八糟的味儿，构成了家的味儿。平日，一进窝，灰儿就暖融融了。可今日，总觉少了种味儿，总叫它心神不宁。想了许久，才记起，窝里缺的，是瞎瞎的味儿。

瞎瞎，我的瞎瞎。

雨噼里啪啦地叫。瘸狼低嗥一声，听不出是赞叹还是惊奇。这是个没心肝的家伙，瞎瞎死了，却像没事一样。听说，公狼都这样？不见得。那豁耳朵就比瘸狼有情义些，老婆孩子叫人剥了皮，它那阵长嗥，连天都叫嗥裂了呢。对了，这雨，莫非就是裂了的天漏下来的？

灰儿望望洞外。那雨，一时半时地，怕停不了。停不了就停不了吧。那天，瘸狼带了一肚子肉来，吐出，埋在洞旁的沙里，省些吃，能吃几顿的，饿不死。

可灰儿却总是心神不宁。

7

那股熟悉的味儿又从心里冒出了。是瞎瞎的。又是虚味儿。这味儿，不经意间，就从心里溢出了。一着意，却不见了。老这样。以前，瘸狼"王"时，从不光顾灰儿。灰儿寂寞时，也和一个公狼游过窝。那狼臭，几个月了，那臭味时时飘进心里。虽是虚的，可一嗅见，身子就腾地热了，就想再游它一窝。瞎瞎这味儿也一样，只是另一种刺激，一袭来，灰儿的心就噎了，虽是个虚味儿，噎却是实的。

瞎瞎，我的瞎瞎。

雨斜织着，意味着起风了。风声一大，沙洼里就热闹了，像千百只狼在嗥。经了一天风沙，心和耳朵都叫那风呀沙呀填满了，聒噪得有些烦。这雨中的风声一起，灰儿就恼怒地站起来。这时，瞎瞎那熟悉的气味再次袭来。同时，它听到了风雨中瞎瞎的嗥哭。

那是瞎瞎独有的嗥哭。有时独自玩，离窝稍远点，迷了路，瞎瞎就那么无助地嗥，边呻吟，边倾诉，边扯长了嗓门，幽幽地嗥。灰儿最怕听瞎瞎的嗥，一听，心就碎了。瞎瞎，我的瞎瞎。

灰儿一头扎进了风雨里。听得瘸狼惊愕地嗥叫了一声。

滚！你个没心肝的瘸货。

风雨扑面打来。那雨点密，大，是典型的暴雨。灰儿的皮毛很快湿了，但灰儿不怕，相较于风沙，雨好受多了。

瞎瞎仍在前方呻吟，在倾诉般幽幽地哭。一道闪电劈来，照亮前方的水帘。那风雨，密密地织了，把天和地扯在一处了。那水帘一直远去，远去，远到天边去。或是没有了远处，把远近也像天地那样扯一起了。听得见瞎瞎的嗥，也嗅得出瞎瞎的味儿——怪？这味儿仿佛实了，一耸鼻，就扑鼻地浓——可是看不到瞎瞎。瞎瞎叫水淹了。瞎瞎在雨里无助地哭呢。瞎瞎缩在某个所在哭妈妈呢。一定是这样。灰儿鼻腔酸了，热热的液体涌出眼眶，和雨水交织在一起。

灰儿朝有瞎瞎的所在死命蹿去。瞎瞎在哪儿？哪儿都有瞎瞎，灰儿就哪儿也去。叫那电闪吧，叫那雨泼吧，叫那风叫吧，灰儿心里有瞎瞎，就啥也不怕。瞎瞎，别怕，瞧，妈来了。

一团红红的火球从云里落下，在大漠上滚来滚去，发出震耳的轰鸣和刺鼻的怪味。这火球，不多见，骇死人哩。灰儿驻足了，心跳得凶。怪，它总怕那怪怪的火。说不清这乱跑的火是啥，但可以肯定的是，它若滚了来，定能烧了自己毛皮，把身子炸成碎片。可别炸着瞎瞎呀，你个坏火。你是啥？是雷神爷的眼珠子吗？还是啥？啥了啥去，别烧了瞎瞎就成。不，不是烧了，是惊了……惊了也不成。

最怕瞎瞎惊，白昼里惊了，夜里就不安稳，梦中时不时惊叫。那叫很厉，一下子就把灰儿刺醒。瘸狼也叫刺醒了。瘸狼耳尖，一有动静，就醒了。一醒，臭嘴里就咕哝，仿佛，瞎瞎不是他亲生的。不过，亲生不亲生，灰儿也不知道。生瞎瞎前，和灰儿游窝的，也不是瘸狼一个。灰儿于是容忍了瘸狼对瞎瞎半夜惊叫的恶声恶气，但疼瞎瞎的心并不稍减。

那火球，在沙漠里疯魔地滚着，也响着，声音和雷一样。莫非，这就是雷了，还发出一种怪味。这味儿，以前灰儿闻过。有个同类，见团鸡肉，一咬，砰，炸了，就发出这怪味。据说这火球，在大漠里乱滚时，在殛一种精灵，比如，成精的狐子呀，狼呀，还有别的妖怪。灰儿不知道妖怪是啥，只知道自己没成精。此刻，它仅仅是个母亲，是个在暴风雨中寻觅孩子的母亲。这天雷，总不能殛母亲吧？

瞎瞎——瞎瞎——

那火球，滚出浓浓的硫黄味后，不见了。雨泼得更凶，仿佛，天下的，已不是雨了，而是在泼水。这水，更因风的劲吹而激射了，打在脸上，很疼。灰儿有些冷了，心更冷。四周是很黑的夜。除了时不时撕扯天空的闪电外，夜凝成一块了，很像死。一想死，灰儿就哆嗦了。瞎瞎，莫非真掉进这样的黑里了？那我就找吧，把这黑，每一寸都摸过，不信还找不到你。灰儿长嚎一声，嚎声才出口，就叫暴风雨泼进沙里。

那嚎，泼了就泼息吧。泼不息的，是灰儿的心。灰儿努力地四下里搜寻。脸迎了雨时，眼就火辣辣疼，照出的，仍是模糊。那雨，织成帘子，把啥都模糊了。看来，只有靠嗅觉了。用力嗅嗅，又发现瞎瞎味没了，只嗅出潮湿的气息。但瞎瞎的呜咽，仍在心头响着，那就循了这声音找吧。

循了心头的声音，灰儿在雨里走着。雨似激流，行来，很是费劲。这不怕，怕的

197

是耳旁的呜咽,忽而在前,忽而在后,忽而在左,忽而在右,叫灰儿无所适从了。那闪电,也许久不亮。风倒更激了,怪叫着。

灰儿萎倒在地,哭了。这次的嚎哭声,可把风雨声盖了。它厉厉地刺入黑黑的苍穹。

8

暴风雨是早五更息的。

灰儿奔了一夜,寻了一夜,嚎了一夜。当那个红红的太阳悬上沙岭时,灰儿心头的风雨也息了。它接受了一个现实:瞎瞎死了。这死,不是掉到黑暗里。而是,永远没有了。怪的是,灰儿的心头却异常平静。

云没了,天空很明净。昨日的风卷起的满天沙尘叫雨泼进地面了。天的蓝,和灰儿心里的平静成一体了。

大漠灰灰的,不似以往那么焦黄。那日头,红得像喷火的枪口。瞎瞎就是叫那样的枪口喷死的。灰儿很平静。

几只黄羊从远处来,一见灰儿,斜刺里惊了。灰儿也懒得追,腹内固然很饿。昨天吃的老鼠叫一夜的寻觅消尽了,很饿。灰儿仍懒得去追黄羊。它不想打破那平静。

立在高高的沙山上,望那葬埋了瞎瞎生命的沙洼。那沙洼很小,几间灰灰的房子,几个灰灰的人,几群灰灰的牲口,给了灰儿灰灰的心。

牛群出了栅栏。羊群也出了,还有其他大牲口。牧人们大声地说笑。灰儿却很平静,它冷冷地听那说笑,冷冷地看那说笑的人。而后,它款款地走向最高的山坡,拉了一泡白色的夹带着毛皮和骨渣的狼粪,长嚎一声,告诉牧人们:这是我的地盘,两脚畜生们,你们滚吧!

在牧人的惊叫中,灰儿款款离去。太阳里,灰儿成一道剪影了。

此后的灰儿,仅仅是一个复仇的母亲。

你说,母狼灰儿感动了你,你在它的身上,没有感觉到复仇的恨意,只能感受到一个母亲的爱和绝望。这个母亲没有别的念想,甚至没有叫人类付出代价的心,它希望的,仅仅是孩子能活过来。它不想承受那种失去孩子的痛苦,它希望一切都是噩梦,梦醒之后,一切都像过去那样,简单、温馨、美好。但生活确实变化了,它的孩子确实死去了,它没有办法否认这个事实。它无论逃到沙漠的哪一个角落,无论怎么寻找它心中牵挂的那个影子,它总会发现,让它绝望痛苦的那件事,真的发生了。它没有办法回避。

你说,说真的,你很希望出现奇迹,你也很希望,灰儿在柴棵下见到的那只兔子其实是瞎瞎。在那个瞬间,你忘记了很多同样死在灰儿嘴下的动物,你只记得瞎瞎,可爱的瞎瞎,竟然就这样死了。你觉得它是无辜的,因为它只是一个孩子,一个有点憨憨的、非常可爱的孩子,虽然瞎了,但有一颗柔软的心,懂得心疼妈妈。你很喜欢瞎瞎。如果你是灰儿,你最舍不得的,也是瞎瞎。

我说,其实不是的,灰儿是典型的西部母亲,在它的世界里,孩子就是它的一切,尤其是受了伤、得了病的孩子,这一点,它很像我的母亲。我弟弟去世的时候,母亲也像灰儿这样伤心,她撕扯着弟弟的身子,仿佛这样就能扯回弟弟的生命。但事实上,生命一旦消失了,就再也回不来了,虽然母亲的心很疼痛,但死亡还是发生了。发生了的事情,是没有办法回避的,无论是死亡,还是别的事情。如果死的不是瞎瞎,而是其他的孩子,灰儿一样会很伤心的,因为它同样爱大壮、二壮,之所以不像瞎瞎那么扯心,是因为它们有独立生存的能力,但瞎瞎很弱小。人类有一种保护弱小的天性,母亲更是这样。灰儿很爱弱小的、没办法自己生存下去的瞎瞎。这种爱,让它无法接受自己不能再保护瞎瞎的事实。瞎瞎这么弱小,它一个人能走好那条路吗?在另一个时空的黑夜中,它会不会像活着时那样,瑟缩在一个角落里哭泣?一想到这一点,母亲的心都要碎了。孩子是母亲心上的一块肉,孩子可以对母亲不好,但母亲总是深爱着孩子。她们可以容忍孩子的一切,只要孩子健康、平安、快乐,她们就会感到安心,这就是母亲的牵挂。母亲很难放下那牵挂,因为,母亲的心跟孩子是连在一起的。就像灰儿,它很怕沙尘暴把自己变成干肉,但一想到瞎瞎,一听到瞎瞎的呼唤,一想到瞎瞎在等着妈妈,它就冲进了风沙里。它明知道瞎瞎已经死了,但母亲的心还是在寻找瞎瞎,它在盼望着一个不可能发生的奇迹。

写这个故事的时候,我的心也在流泪,我也希望瞎瞎还活着,我多么希望瞎瞎就像我流出的那些文字一样,从柴棵下面跑出来,带着眼泪迎向它的妈妈。那个梦魇般的清晨,猛子那错误的枪响,我也希望它从来没有发生过。但我知道,每一个生命的背后,都有一杆猎枪,它随时都会发出巨响,让每一个生命走向死亡。瞎瞎的死亡,总会发生的。也许在很多年以后,也许那时它已失去了妈妈。那么,在沙尘暴里哭嚎着飞奔的,就会是瞎瞎,而不是灰儿,但那个场面也同样让人心碎。生命的每一次告别背后,都有很多个心碎的灵魂,但这样的场面,还是一次又一次地发生,我们没有办法拒绝。

灰儿也没有办法拒绝，它即使杀死了无数的羊，让人类陷入巨大的恐慌，让人类血本无归，让人类没法在这块土地上待下去，但瞎瞎还是回不来。狼向人类复仇，于是人类屠杀狼，狼少了，食草动物就会多起来，草原就一天天荒芜，最后变成沙漠，人类也渐渐失去了生存必需的资源。偌大的沙漠，就像世界的缩影，所有的蝴蝶效应都在瞬息间发生着，一环扣一环。也许很残酷，但每个人都无法回避，草原上的动物也无法回避。它们没有办法回避死亡，没有办法回避干旱，也没有办法回避西部大地上发生的诸多变化。

在《猎原》中，我记录了这些变化，还有这些变化发生的原因，细心的读者，总能从我的小说中发现无数条命运的规律。或许，他们还会因此对自己的人生产生叩问：命运中很多莫名其妙的东西，是不是真的莫名其妙？它是老天的戏弄，还是自作自受？无数次追问，总能戳疼半梦半醒的灵魂，但醒来是唯一的出路，因为，瞎了的双眼，注定盼不来天亮。

对了，我刚才说到猛子，你可能不知道谁是猛子。猛子就是前面说过的那个掘坟的青年。《母狼灰儿》中说，有猎人躲在骆驼的背后，开枪杀了瞎瞎，那人就是猛子。猛子那天不想打狼，他进沙漠，是护狼来的，谁知道，那天想打水槽边喝水的黄羊，枪声响起后，倒在地上的竟会是小狼。他更不会想到，他带给狼妈妈的，是这么大的痛苦。打猎者都不会想到这一点，如果能想到这一点，如果心里飘过一个感觉，觉得自己打死的也是一个生命，那么他的心就会发酸，他就会心疼，他不会忍心做出这样的事情。不是有很多开羊肉店的人，因为见了小羊是如何竭尽全力地保护妈妈，所以关闭了羊肉店，再也不做杀生的事情吗？人都是有悲悯心的，看到一个生命倒在血泊里，之所以可以不心疼，仍然麻木着，是因为他没有意识到，那是跟他一模一样的生命。在我的《西夏咒》中有这样一个场面，瘸拐大在活剥一个小伙子的人皮时，突然听到那个小伙子叫了一声"妈妈"，他突然想起自己的妈妈，想起自己对妈妈的想念和愧疚，他才发现，自己剥皮的对象，也是一个活生生的人，是跟他一模一样的人。这给了他噩梦一样的记忆。但是，有痛楚是好事，最怕的是，他面对这样的罪恶时，心已不再疼痛了。那时，他才真的没救了，因为，他的心已经完完全全被罪恶给吞噬了，已经失去了人心的温度。

说起瘸拐大，他也是西部大地上的一个老人。不过，这个人物我是结合了好几个原型写出来的，他最重要的原型，是历史上一个变坏了的孝子。那个孝子的故事，我在《一个人的西部》中也写过，他原本对妈妈很好，但是后来，自己的生命受到威胁时，他就以"妈妈年纪已经大了""自己死了妈妈也活不了"为借口，跟别人一起，把妈妈害死了。从这一天开始，他就做了很多丧失人性的事情，最可怕的，就是他明明知道自己在剥人皮，自己给另一个生命带来了人不该忍受的痛苦，但他仍然在群众的喝彩声中迷失了自己，以为自己是英雄——很多暴力英雄都是这么来的，他们最初可能也知道自己在杀人，但经过啦啦队们的喝彩、经过社会的渲染，他们就把自己当成了英雄，于是，就乐此不疲地杀了下去，所以，我常说暴力文化和啦啦队其实比暴行更加罪恶——可见，借口是非常可怕的，人一旦有了借口，就会时时给自己找借口，借口甚至能让人杀掉自己的母亲，还把杀母的罪恶推卸到别人头上，为自己开脱。当然，瘸拐大如果不找借口的话，是很难承受那痛苦的，所以我理解他，我在写这个人的时候，写出了他心里的很多纠结，他就不再显得那么可恶了，但是，理解不代表这不是罪恶，也不代表他不用承担罪行所带来的结果。从他被迫杀母的那天开始，他就从一个普普通通的老百姓，变成了一个双手沾满血腥的恶人，他老是被人逼着剥皮，还把剥皮的技巧传授给别人，当然，他在女人们被迫骑木驴——这是一种专门针对女性的酷刑，无论在肉体上，还是在精神上，对女人来说都是一种巨大的摧残，关于它，你可以去看《西夏咒》，在那书中，你可以看到很多你感到陌生的、西部独有的风景——时，也利用自己的手艺减轻了女人的痛苦，但这所谓的善行也是对罪恶的参与，善的成分到底有多少，其实很可疑，甚至可以认为，那只是他慰藉自己的一种说法罢了。但是，一个因为懦弱而不得不丧尽天良的人，其实自己也是非常痛苦的，因为他不想做那些事情，但又不得不做，他舍不得自己的身家性命。但我们可以试想一下，假如是灰儿，它会怎么样？它可以为了孩子冲进可怕的沙尘暴里，说明它永远不会为了自保，而做出瘸拐大那样的罪行。这就是狼的尊严。

  这会儿听起来，穿过林子的风声，也像是狼嚎，那刺破了天空的声音，就像是灰儿在呼唤它死去的孩子。山谷里充满了风的回响。你似乎沉浸在某种氛围里了。你的嘴下意识嚅动着，但我没有听到蚕豆声。你的眼里充满了思虑和疼痛，你在想什么呢？

  你说，有一种陌生的思维正在冲击你的固有逻辑，你觉得，另一个世界向你打开了，另一种世界观、价值观刺痛了你的心，你很愧疚。这么多年来，你以为自己很善良，但事实上，你很冷漠，因为，你从来没有这么近距离地感受过另一个生命，你从来没有想过，狼在被杀时，有怎样的疼痛。你更没有想过，它们作为一个母亲、一个孩子，在失去了亲人时有怎样的疼痛。今天晚上，大量信息就像罡风一样吹进了你的心，你发现自己固有的思维大厦在剧烈地晃动着，你感受到另一个生命，感受到另一种呼吸，感受到一种陌生的疼痛在你心中缓缓升起。你终于明白了，什么是活着。活着竟然是这么艰辛，但又这么美好的事情。或许，只有在西部大地上，你才能感受到这一切。

是的，西部是一块最接近灵魂核心的土地，这里既有残酷的生存环境，又有博大厚重的历史文化。或许，正是在这样的生存环境中，才可能诞生出这样的文化，因为，灵魂需要一种力量，需要一个理由，对抗贫瘠生活对心灵的挤压，去消解贫瘠所导致的各种疼痛。

一旦这种灵魂的力量被激发出来，人就会看到另一个世界，对吗？

是的。新疆爷心中有另一个世界，母狼灰儿心中也有另一个世界。你发现了没有，其实母狼灰儿是一个非常优秀的西部女性。它有一双很清醒的眼睛，能看到事物的本质，许许多多的现象在它的心灵之中，都显出了最真实的样子。它有人的智慧。虽然人们认为动物没有智慧，但事实并不是这样的。如果真是这样，你就无法解释狐狸为什么会拜月，你也无法解释，为什么海豚会救人、忠犬会救主、狼会报恩，你更无法解释，宠物跟主人之间，为什么有着一种超越语言的沟通。这种沟通的存在，说明心与心之间的沟通，其实是超越语言的。它需要的，仅仅是一种破除隔阂、成见之后的爱。当你像爱自己的孩子，爱自己的父母兄弟一样，爱你身边的动物时，你就会把它当成跟你一样的人，这时，你们之间是没有隔阂的，也不存在很多人心中的那种不平等。不平等一旦消失，人与人之间、动物与动物之间，就可以互相理解了。那么，你就会明白，为什么主人不开心的时候，宠物会像孩子那样，想尽办法用自己的存在去温暖主人的心。很多人的心灵很冰冷，感受不到这种温馨，是因为他们的心灵隔阂很深，他们固执地认为，世界和自己是两种不同的存在，甚至是对立的。这时，他们感受不到那种情感的流动，感受不到两个生命相互偎依时的温暖，感受不到一种暖洋洋的东西，正在让自己的心灵喜悦和疼痛。他们更感受不到两个生命之间的相契，感受不到心心相印时全然的安心。他们是最可怜的，因为，他们失去了生命给予每一个人最美好的礼物——爱。他们用自以为的强大去欺负其他的生命，去掠夺，去战胜，他们以为自己可以站在更高的地位俯视一切，尤其是动物。当他们面对弱小存在时，他们想到的，不是去保护、去帮助，而是去掠夺，甚至用对方的生命满足自己的贪欲。

事实上，在人类设计的食物链上，人类可能真的高于动物，可以为了生存猎杀动物，但自然对每一个物种都是公平的。它给每一个物种都设计了生，也都设计了死，设计了家庭，设计了繁衍生命必须满足的各种条件……从很多方面，你都能看出人和其他动物的平等性，但人总是用一种自以为是的东西，来划分自己和动物。当然，人有动物没有的东西,就是智慧。人发展出了那么复杂而庞大的世界,还设计了无数种方法,可以留住整个人类的历史,但动物没有。动物简单地生,又简单地死,从这个角度上看,动物确实有点不如人类。但动物的心比人类要单纯,就像灰儿说的,狼比人要坦率得多,绝不会心里明明黑了,嘴上还是白的。而且,比起有些人的卑劣,我们还能看出狼的重情重义。比如,母狼为了救崽,不惜往人类的枪口上冲,但人类为了利益,可以用孩子来要挟母亲。境界高下,立见分晓。狼也比人类更守戒,狼虽然看起来很贪婪,但只吃自己需要的食物,多余的食物,它会埋在一个地方,分批吃掉,它也会遵守祖先传下的与人的相处之道,而不会盲目地越界,除了狼类中的一些二流子,还有实在找不到食物的特殊情况下,狼不会伤害人类的生存。但人类为了利益,可以毫无节制地猎杀狼,猎杀狐狸,导致草原世界生态失衡,土地沙化,资源短缺,有很多动物——包括人本身——都不得不远离家园,另觅生存之所。所以,人类没有轻视狼的资格,也没有轻视狗的资格,没有轻视很多很多动物的资格。人应该明白,自己不是宇宙的中心,对万物应该有点敬畏,否则,天理循环,自家的生存也总有一天会受到影响。《猎原》里讲的,是一个具有巨大象征意义的故事,但它也是西部真实发生过的一些故事。人类社会的点点滴滴,其实都代表了整个世界,只是,并不是每个人都有发现的眼光,有些人找不到那些规律背后的秘密,也控制不了自己贪婪的心。所以,人类世界就出现了一个沉重的词语:命运。

在灰儿的回忆中,你可以看到很多很多的命运,西部大地的命运,人类的命运,狼的命运……无论对人,还是对狼,生活都变得越来越难了,因为贪婪和愚昧引起了争斗,让那块土地上的生存之资越来越少,最后,所有的生物都走投无路了。当你读懂了这一点时,你就会有更深的感触。

不过,如果你看了《猎原》,你也会看到希望,因为人和狼最后和解了。在某个晚上,狼把扎满了刺的爪子伸进人类的房子里,人类帮它把刺都给挑出来了,于是,它杀了一只黄羊答谢人类,狼祸于是结束了。虽然狼祸结束了,但人与人之间还没有和解,人与自然之间也没有和解,那么,人的生存会变得越来越艰难。古人说"以和为贵",这是很有道理的……

白狐子：
大漠里的仙家

罡风一直吹着，山谷里发出各种奇怪的声音，淡紫色的黑夜笼罩了整个世界，树枝在黑暗中显出古古怪怪的形状，就像无数个奇形怪状的人立在那里，不停地晃动着身体。草们也在大风中扭动着身体，整个世界都在狂欢。这个夜晚的一切，都显得奇妙极了。

是的，就像童话世界。

其实，西部就是一块奇妙的土地，这里有着太多的神奇。我在下面的几个故事中，就想给你讲一讲西部的这些神秘。

你说的是西部大地上的传说吗？

是的，是西部大地上的传说。西部诸多的民间传说中，很令我神往的，是狐子的故事。西部人认为狐子会拜月，它们从普通的动物升华为狐仙，就是一天天拜月的结果。小时候，我向往过袅袅婷婷的狐仙，我总想知道，狐仙到底是啥样子？但我一直没有见过狐仙，倒是见过拜月的狐子。

真有拜月的狐子？

是的。它们给我留下了非常美好的印象。见过它们之后，我就不向往狐仙了，我觉得，比起那些带着仙气的女子，有着狐身，但向往神性的狐子更美。如果你见过它们的虔诚，你就会理解我的话。野性的动物能流露出那样的情绪，是很让人敬畏的画面。

真希望我能亲眼看到那画面。

或许可以，或许不可以。生命中的很多美好，不是你刻意去找，就能找到的，包括那些感动你的场面。

是的。我真傻。

我理解你。我也想再见见那些狐子。比起这个世界上很多有着人身，但没有精神追求的人类，拜月的狐子太美了。我一直忘不掉它们给我留下的感觉，我的第一部诗集就叫《拜月的狐儿》。在那诗集中，写拜月的狐子的内容并不多，但整部诗集之中，充满了狐儿给我的感觉。它象征了那些向往升华的人类。这种升华很令我感动，因为我也经历了那个过程。如果你看了《一个人的西部》，你就会见到另一种拜月的狐子，那就是我。

如果你细心观察的话，你还会发现，这个世界上其实有很多拜月的狐子，比如那些资助孩子读书的拾荒老人，比如那些救助了很多智障者的平凡女性，比如那些忍受着肉体被割裂的疼痛、保护了车上乘客安全的司机……这些人虽然是再平凡不过的人类，但他们有一颗向往崇高的心，这时的他们，其实也是另一种拜月的狐儿。为了寻觅一种美好来到西部，在这儿等待了几年的你，也是拜月的狐儿。

你说得对，你让我看到了另一种活法。

另一种文化，其实就是另一种活法，是另一群人看待世界、对待生活的方式。我今天跟你说这么多故事，其实就是想告诉你，西部大地上的老百姓曾经是怎样活着的。那么，我们现在开始讲故事，好吗？你要不要再吃几颗蚕豆，嚼着它就不困了。

好的。

大漠里的白狐子

1

那白狐子的故事，在湖里流传百十年了。

大漠中的生灵，狐子最有灵性。牧人从来不把它们当成动物，只当成和自己一样的同类。有崇拜嗜好的，尊成了仙家；和平共处者，当成了邻居。猎人们，则视为斗智的对象。

沙漠里的牧人认为，狐子是能像人那样修行的，其方式，便是拜月。我倒是见过一个拜月的狐儿。在月光下，它清清瘦瘦的，很像一位女子，袅袅婷婷，仿佛着了古装呢，那形神，很像一幅画中屈原的侍姬。

对狐狸，我有着天然的好感。很小的时候，妈就讲狐仙的故事。青春期时，我老在冲动中想狐仙，我可不管她是不是人类。相较于现实中的女人，我更倾心于带有三分仙气的狐子，老盼有个狐仙来陪伴孤寂的我。可至今，狐子仍是狐子，我仍是我。

除了在梦里，或幻觉里，我并没见过真正的狐仙。

狐狸的修行方式是拜月。跟人类拜佛、拜天一样，狐狸也将那轮孤悬在大漠上空的月儿当成了生命的图腾。在那个月夜里，我看到拜月的它时，仿佛看到有轮圣光罩了它。这时，是它最缺乏警惕的时候。人类中，许多残杀就是利用了对手这份虔诚。

这时的狐儿，根本觉察不到逼近的枪口，明月的圣光溢满了它的心，淹去了清醒。我轻轻按下伯父托起的枪，屏了息，享受大自然赐予的戏剧。

狐儿拜月很像人类的作揖，它人立而起，前爪相搭，一仰一俯，状极可人。若不是那双眼绿成灯盏，人是很难发现它的。也许，那盘儿，在它眼里，跟我修本尊一样吧。

我也跟狐儿拜月那样修着我的本尊。每个夜里，本尊便明月一样出现在我眼前的天空里，洒下清明的圣光，洗着我灵魂上的污垢。小我于是消融了，磅礴的大气裹挟了自己。

那狐儿，是否也有这样的感受？

身仍在动物层次的狐儿，竟有一种形而上的追求，不能不叫我敬慕。它甚至比猎人们伟大。因为猎人除了口腹之欲外，很少有想到精神的。

这狐儿拜呀，拜呀，拜到某一天，毛色就会变了。据说拜上千年，与沙相若的毛色就会变得雪白；再拜至万年，又会变成黑缎子一样，"千年白，万年黑"呢。但仅仅是据说而已。某年，在一个沙旋儿里，我看到过几只黑色的狐崽，我不知道它们是不是"万年黑"生的。

但有一点是肯定的，拜月的狐儿已不仅仅是兽类。

2

数以千计的狐子，死在我伯父的枪下，变成了皮子。我很小的时候，他就是我心目中的英雄。他曾送过我一张狐皮，是囫囵褪下的，内装柴草，眼窝里嵌两个玻璃球，卧在那里。我老觉它会跳起来逃了去。后来，针尖似的白虫儿咬透了狐皮，把完好的狐子咬成了千疮百孔。千万张皮子，就这样没了。它们从狐身上剥了来，但无常的虫儿又终于消灭了它。

那杀生的罪业，能消灭吗？长大后的某一天，我这样问。

我小时候的理想，却是当一个猎人。差不多有枪高的时候，我就跟猎人进了沙窝。一天，我便瞅见了一个拜月的狐儿。

如同追求精神的人并不多一样，狐子中晓得拜月的也是极少数。拜月的狐狸远离食场，在一个安静的港湾里独处。有月的时候，这就开始自己一生最重要的功课。

我见过三个拜月的狐儿，一个白的，两个沙色的。

在我家乡的河湾里拜月的，是个白狐子。

3

那年，一过霜降，伯父就带我进了沙漠。这时的狐子，就能当皮子了，虽不是最好的皮子，但已有蠕蠕而生的针毛。这针毛，能保暖，人就从狐身上剥下它，裹到自家身上。最好的皮子，在三九天。为了抵抗冻死驴的寒冷，老天爷就赐给三九天的狐儿一种针毛，火一样红。当针毛暴燃，超过外毛时，沙狐就成了火狐。火狐是上等皮子。

沿了村里小道一直东行，就进入那个叫腾格里的沙漠。那里，是没有路的，只有一晕一晕连天而去的沙旋沙浪。沿那阴洼沙背，碎步儿走去，就当路了。行这路不久，腿肚儿就似刀割。那淹天淹地一望无际的沙浪，能淹了心。

猎人到达的地方是一个叫麻岗的所在。这麻岗，应是水道。祁连山上的雪水，或是洪水，一泻千里，就从这麻岗进入了大漠，为一石山所挡，就乖乖待在一个叫邓马营的湖里。几千年了，都这样。三国时，那个叫邓艾的将军瞅中这湖，当了马场，故称邓马营湖。

几十年前的邓马营湖尚是一片湖泊湿地，水洼遍布。时有驼马陷入泥中，虽扬脖大嘶，但挣不出下陷的身子，先是蹄没了，然后是腿、身子，最后剩下水泡。也有的，腿入泥中，不动不摇，身子却成了骨架。那森森白骨，触目惊心，向你诉说生命的无常。

这儿，有成千上万的牧人、猎人、牲畜和动物。这个叫邓马营的湖，是最好的牧场，也是草场，更是猎场。后来，它进了我的长篇小说《猎原》。

我和伯父就到了这个所在。那时，我惊奇这黄沙淹天的大漠里，竟还有这样一块绿洲。

稍事休息，我们就去找狐狸的食场。因秋水中有种虫子，牲畜一饮，就得肝包虫病。这号死畜，人是吃不得的，叫牧人抬了，扔到僻静的沙洼里。夜里，狐子就会来吃。这便是食场。在这种食场旁，择一凹处，潜卧了。等有盏灯隐隐渗出夜幕，由模糊而明显，由平面而立体时，伯父便扣扳机。这时，定然有狐子倒下。

要是天不作美，牲畜不死，近处无这类食场，我们就去找另一种食场。这食场，多在远离牧人的所在。这儿，柴棵如林，高大数丈，有梭梭、沙米、黄毛柴、霸王刺等植物。植物的草籽，就成了老鼠的天然食物。鼠们因此而无限制地繁衍。驼行此处，需小心，若是前腿陷入鼠洞，而身势不减，腿就咔地断了。那鼠洞，布满沙洼。人若骤至，会见地面大动，细瞧，却是千百只老鼠在逃。老鼠逃至洞口，便驻足回眸，好奇地望来人。这时，它们便不怕人了。因为，一拧身，它们就会潜入洞中。老鼠知道人类的本事，相信这傻大个，便是割碎了身子，也是无法进入鼠洞的。老鼠洞是沙漠里人类唯一没能侵入的领地。

这，便是狐子的食场。

很难想象，那灵丝丝带几分仙色的狐儿，竟然以老鼠为食，乍一想，总有些恶心。但沙漠之所以尚有这块湿地，就是因为有狐子。一只狐子，一年可吃上千只老鼠。这千只老鼠，若胡乱打洞，破坏草场，至少能毁几十亩草场。要是它再一繁衍，子子孙孙，无穷尽焉，那阵候，一想，头皮就发麻了。

夜里，我和伯父就在距食场不远处的沙洼里搭了帐篷，睡的是鞑子炕。这炕，蒙古人老睡，故名。其法是将篝火下的烫沙搅匀，铺上褥子，或直接卧到沙上，那蠕蠕热气就会沁入灵魂。几个小时后，若觉冷时，可再摇晃，身子就更下陷，触到深处的热沙，那热量，能保持到次日清晨。

半夜里，惊天动地的鼠鸣就喧嚣而来。想不到，这静静的大漠深处竟还有这样的嘈杂，仿佛有千万只鸟在打架。我相信，这儿定然也是个王国，有千军万马的。

伯父说："等一会儿，狐子就来了。"他就讲拜月狐儿的故事。

据说，拜月的狐子是想修成仙家，《封神演义》中入了苏妲己窍的九尾狐就已成了仙家。看来，仙家也并不总是行善，因此有了正邪之分，其分水岭，便是心的善恶。

又据说，狐子在成仙之前，必须先修成人体，无人体不能成仙。但麻烦是，狐一旦有了人体，便有了人的欲望。老听说沙漠里出了狐精，迷了某个少年，将他迷得骨瘦如柴。这号事，跟《聊斋》大同小异，此处不赘。

从本质上说，仙是人的升华，为兽身的狐子总是缺一种东西，叫啥精气的。狐迷人，就是为了采补人身上的精气。不但狐，道家修炼，亦如此内容，叫三峰采战啥的，每每于对方神醉心迷时，将其精气采了来。

牧人中有些人是很愿叫狐子采的，也有如愿者。也许，才开始拜月的狐儿，尚没有那个能力。但更有可能的是，拜月的狐儿是另一种修法，那便是对光明的向往和崇拜。心中的尘渣就在那俯仰之间渐渐消融。心体本来的光明，显现出来，狐身便成了仙体。

我的家乡有许多狐仙,有许多,入了女人的窍,那女人就成了神婆。

一天,有个老猎人瞅下了一个白狐子,老见它出没于坟场,可一近前,就不见了,猎人寻觅多日,闷闷不乐,一次夜游坟场,听得坟内有人声:"没白骟狗,他休想捉到那狐子。"凉州人都知道,白骟狗煞气很重,天生的天眼通。那会隐形的白狐仙,是瞒不过白骟狗的。

猎人打听到,凉州城里坐正堂的老满洲,有条白骟狗,就去借,老满洲答应了。夜里,老满洲家来一白发老翁,叫他别给人借狗,老满洲说:"成哩,明天,我带狗进衙。"白发老翁吃碗端来的黄米面条,就走了。次日晨,老满洲怕带狗上衙,惹人耻笑,就把狗拴到后院。猎人前来,听到狗叫,顺墙偷出了狗。白骟狗一到坟地,就一溜风扑了去,将白狐子按在爪下。猎人一开膛,见那黄米面条,尚没消化呢。

这个故事,流传很广,有名有姓,想来是真的。天下事怪,已成仙家的仙狐,竟然怕白骟狗,真是莫名其妙。

但人家既成仙家,尚是有无穷能力的。后来,那个失信的老满洲,就家败人亡,一片狼藉。据说,狐仙以一种神秘的方式惩罚了他。

凉州有好多这类故事。每个大户人家,其兴其废,必有狐仙之类动物出现。若遇善待,其家必兴;若遭恶报,其家必败。所以,老一辈凉州人从来不伤害动物。家中老鼠,也从不称其讳,而尊为"掌柜的"。

只有猎人除外。凉州人眼里,那该死的动物,是前世欠下了猎人的命债。这一世里,猎人来讨债了。

但我不信,狐们竟欠了我伯父几千条命债。

4

伯父要讨债了。他带着我,跟踪那个该死的狐儿。

一串梅花的印迹,从食场一直伸向天际。夜里,食场里来了许多狐子。来早的,走了。此刻,已到天涯海角,人的脚是追不上的。来晚的,因其动身迟,人若吃点劲,就会在几个小时后追上那该死的狐子。

二者的区别是:前者,鼠爪盖了狐踪;后者,狐踪压了鼠爪印。在一道沙坡上,我看到那狐踪被刨得一塌糊涂。伯父告诉我,这是最新的踪。老鼠最恨狐子,但面里不敢反抗,一等狐远行,便朝那狐踪使气,将它践踏一气。

这和另一个猎人告诉我的有出入。那人眼里,这踪,是五更以前的踪,追不得的。我将疑惑告诉了伯父,他说:"没错,那是指食场里。狐上道后的踪,若被鼠刨了,是最新的踪。因为,上面还有狐味,老鼠是冲那味儿使气的。"

途中,他捡到狐粪,一捻,果是新屙的,黏得很,很臭。

我们沿着那一道道沙脊,追去。狐子行走,多走直线,很少拐弯,追来,倒也不走冤枉路。但沙上行走,十分吃力,脚老陷入沙中,行不多久,小腿肚就刀割似的疼了。

我却想,这是不是那个拜月的狐儿呢?

5

我看到了夜幕下移来的一盏盏绿灯,那是狐眼。狐眼跟狼眼一样,据说能采光。一入夜,就会放光,看上去,像灯泡,质感很强。鼠们定然也看到了,一阵骚乱,吱声大作。我听到一阵含糊的声音,那是狐鼻腔中的低哼。听得出,此刻它们的口里,定然衔着扭动挣扎的老鼠。惨叫声塞满沙洼。

枪响了。伯父亮了手电,扑了上去。光下,是一个扭动的狐子,依稀见嘴上有血。我瞧瞧毛色,放心了,这不是那只拜月的狐儿。不拜月的狐儿,仅仅是兽类。人也亦然,没有精神追求者,仅仅是动物性的生存。

那时,我还不明白,动物性的命,也是命,它和人类一样,一旦失去,永不再来。

夜里泡着的许多绿光,倏然远去。只有一个例外,我看到一个小狐,在伤狐的不远处瑟缩。它很小,若在都市,会被当成猫的。它发出一声声哀叫。它显然不明白,眼前有个枪口。也许,它明白,但不怕。

看得出,倒下的,是它的母亲。

也许,伯父的子弹打中了狐的脊梁,它上身挣起,下体却仍瘫着。听到小狐的叫,母狐挣扎着,前腿用力捞着身子,挪向小狐。接下来,我看到一幅我忘不了的场景。母狐竟然搂过那小狐,喂起奶来。

一切声音都静了。别的狐子远逃了。老鼠进洞了。沙洼里,涨满轰轰的心跳。伯父熄了手电,一声长长的叹息。

许久,他说:"它活不了了。去,抱了那小狐。"

复亮的光下,小狐不再吃奶,只惊恐地望我。那眼神,纯到极致。母狐倒很坦然,它知道自己活不了了,就是猎人放了它,它也活不了。这儿没水,在天大地大的沙漠里,狐居无定所,一个伤狐,活不了多久的。母狐的身子蜷成窝状,窝里,是自己的娃儿。想来,它是想替娃儿挡那再次扑来的子弹。

我作势伸手,母狐低吼一声,声音里有老虎的威严。我说:"走吧。"伯父说:

"那小狐，会死的。"他上前，一枪托砸向母狐，母狐没躲，反倒挺了一下，显然，它怕枪托砸向娃儿。

闷响之后，母狐软了。小狐呜呜着，声音真割心。

伯父叫我提了狐的后腿，他先割开狐嘴，几下便剥了狐皮。他将狐肉扔到沙上。怪的是，我发现，那已成一团肉的狐子，竟蠕动了，想来方才，仅仅是砸昏了它。

那团肉蠕动着，很快沾满沙子。我看到那眼已睁开。那是猩红的肉上的两粒水葡萄，却十分瘆人。水葡萄转动着，它在寻找小狐。也许，它听到了小狐的呜呜声，肉身一蠕一蠕，两根细细的骨头曾是前腿，虽没了皮，但仍在行使功能，蠕动的肉身，接近了小狐。

小狐却惊恐地躲开了。它向我移来，它眼中，那肉团，已不是自己的母亲。我听到伯父一声大叫。他灭了手电。

黑一下压来，罩了沙洼，分不清哪是狐，哪是人了。

半小时后，母狐死了。它一直在蠕动，寻找它的孩子。想来，它很伤心，它不明白，自己的孩子为啥躲它。

那个小狐我一直养着。我绾了个铁笼，每日里，我选最好的食物给它。但怪的是，小狐一直长不大，一直睡不醒似的。毛也很长，脏兮兮的，没有野生狐的那种滑顺。

最难忍受的是，一入夜，它就呜呜地哭，很像狗哭。在村里人眼里，这是很不吉利的，都叫我放了它。但我深知，没有母亲的小狐是没法生存的。一天，我小心地放它出来，叫它在院里放风。忽然，一阵风刮开院门，萎靡的小狐忽然弹起，顺门缝蹿了出去。等我追出，它已变成沙丘上跳跃的一个黑丸。

6

那个白狐子又来了，踩着月光，到那个清冽到极致的泉边。

小时候，河湾里到处是水，都是泉水。老见泉眼里咕咚咕咚冒水，也冒沙。我曾向泉里探过手，摸不到底，那定然是个水的通道，通往哪儿？不知道。最大的那个泉眼在密林深处，说是密林，也不过是柳墩而已，此外，夹些桦条之类。拨开柳条，蹚过高逾三尺的草，就可以看到那泉。泉径约几尺，月光下泻，照入泉里，便见那润到极致的水，才望一眼，清冽就入心了。你可以清晰地看出水涌出时的纹路，那情状，很像沸水，却凉意四溢。夏天最热的时候，狗都长伸了舌头吁气，人到泉边，顿觉凉意袭来。尤其那水，喝一口，脏腑就爽到极致了。我是常来这儿喝水的。

那个白狐子也来。

第一次发现它时，是个夏夜。我牵着队里的枣红马，去放牧。爹是马车夫，疼爱牲口胜过疼爱自己的儿子。爹老说："马无夜草不肥。"也不计较工分啥的，白天忙了一天，夜里也牵了牲口，叫吃露水草。

马嚼夜草的声音单调而乏味，塞满夜空。这声响伴我度过了童年少年。直到今天，仍时不时在脑中响起。伴这声音的是马蹄溅水的声音。那时的湖到处是水洼，拿个小铲，掏个尺把深的坑，就成井了。还有夜虹的声音，蚊虫的声音，均是大得涨满天地的声音。我伏在马背上，胡乱想些事。那时，我最大的梦想就是能像狐仙一样在天上飞。时不时地，我就驾云飞向未知的所在。后来的我才知道，我的想象力就是在那时练就的。

我茫然而无聊地望着月光下的湖，目光如网，随意撒去，终于网住了一个恍惚的动点。影儿渐渐变得清晰了，隐约可看出，是个狐子。

村里人都说湖里有个白狐子，不经意间，就会碰到。那狐子是来饮水的。我老在那泉边发现梅花状的狐爪印，我老想遇到它，我希望它教我隐身法啥的，当然最好是筋斗云。

它终于来了，我的心一阵狂跳。

狐儿走向那个泉眼，饮起水来，它定然也发现了我。狐儿最机警，身边有啥，都知道。它知道，哪是猎人，哪是善人。据说猎人身上有杀气，想害它的人身上也有杀气。心善时，身发善波；心恶时，身发恶气。它显然明白，骑在马背上的那个小孩，跟它一样，是个良善到极致的小动物。

月亮白狐狐地照着河湾，马嚼夜草声消失了。清水咕咕着，流入狐子的喉咙，那份清凉，我也感觉到了。我的喉结也在动。

许久。

狐子轻盈地起身，轻盈地跳上那个相对光坦的地方，向悬在空中的那个圆盘作起揖来，像后来城里人养的宠物狗那样，前爪相搭，一俯一仰。我想，作完揖后，狐子定然还会磕头吧，可没有，它只是在作揖。那时，我以为，它定然是谢月亮，赐给了那么好的水。

拜月后的狐儿袅娜着远去了，像滴晶莹的露珠，渗入了大漠，也印入我的心。此后，许多年里，它已成为我生命里的图腾。随着我年岁的增大，它的象征意义也发生着变化。幼年时，它像孙猴子那样有神力，能变化，神通广大；青年时，它成了寻觅爱情的象征，长久地感动着我。我为它写过一首长诗，叫《拜月的狐儿》，写它拜月五百年，才修炼成人形，为的是能和郎君相爱；到了中年，那狐子又有了另一种意义，它追求超越，崇尚升华，完善自我，提升生命，成为我精神追求的一个象征。

老想在那黄沙翻滚的绝域里，与那狐儿偕行于滔滔沙浪间；或索性化为狐儿，在静静的夜里，独行于辽阔无垠的大漠之中，天地皆睡我独醒，体会亘古的孤独，叩问未知的命运，撩眼见大荒，垂首闻天籁，远离红尘，逃离喧嚣，独步苍茫，品味永恒。想来，这便是仙了。

但我明明知道，猎人的枪口，无处不在的。

7

白狐子死于某个清晨，伯父在泉边下了一个夹脑。黎明时分，狐子风一样来时，踩中了夹脑。那张着獠牙的铁口，猛一合，便齐齐地咬断了狐子的腿。我不知道它是否惨叫。我死活想不出它会咋样惨叫。我只是听说，它咬断了伯父用于桎梏夹脑的绳索，拖着伤腿，捞着夹脑，直直地到了下夹脑者的门口。

这狐子竟然找到了夹脑的主人，成了村里人眼里狐子成仙的证据。其实，对于嗅觉极好的狐子，跟踪找人并不是难事。我思考的是，它为啥要找到猎人去送死。它完全可以咬断被夹的部分，自残逃生。正常状况下，狼就是这样做的。

那个场面一直鲜活在我的生命中：清晨，白狐狐的太阳照着瑟缩在沙海皱褶处的村子，一个白狐，拖着伤腿，来寻找伤害它的猎人。每每念及，心头总一阵战栗。

因为它寻觅的结局，是必然的死亡。伯父一棒子，就消灭了它。他甚至懒得浪费那一把火药。

我后来见到了它的皮，先被伯父钉在墙上，村里人都来观赏。他们都知道"千年白，万年黑"。一双双眼珠木然着，一点也没有见到稀罕物的兴奋。

因为瞎仙的声音，一直在心头响："伤害了仙家，要遭报的。"后来的某夜，黄沙滚滚而来，压了地，上了房，把许多村里人都赶入了这个沙漠中的大湖。但谁也知道，这暂时栖身的大湖，也终究会被沙埋的。

8

伯父家倒没出现凶事，按伯父的解释，那狐，是来还它的命债的。上一世，它欠了伯父的命债，这一世，若还不了，就脱不了狐身。

这一说，狐子在我心中更显高大，在都想躲避债务的时代，竟有捧了命来偿还的生物。这天地，因了这一幕，倏然亮了许多呢。

伯父死的时候，仍是一贫如洗，那几千条狐命，并没有富他的家。他是我的长篇小说《猎原》中张五爷的生活原型。他死于胃下垂，或是食道癌，究竟是啥，谁也说不清，因为他竟没有做胃镜检查的钱。我闻讯赶去时，他已瘦骨嶙峋，不成人样，皮包着骨头，其形其神，很像那只被褪了皮的狐子。

三天后，他死了。

死前，伯父牛一样叫，他没钱买止疼药。后来，我给他找了些鸦片，终于使他的疼缓和了些。他打的狐皮卖的钱，早变成了粪便，屙进圈里。

伯父一生唯一的收获，就是背了几千条命债……

你说，这又是一个让你难受的故事，因为它再一次让你感到了生命的疼痛和无奈。在灰儿的故事里，你感受到了一个母亲的痛苦，在这个故事中，你看到的，是母亲的不舍，但更刺伤你的，是小狐不认妈妈。

你不会追问小狐为什么不认妈妈，因为你明白，假如你是小狐，你也许同样会躲开你的妈妈，在小狐的眼里，那团血肉不是妈妈，而是另一个很可怕的生命。它也许没有看到妈妈是如何被人剥了皮的，它也许不明白妈妈用生命守护了它。它还太小了，它不懂事，它不懂得体会人世间一种非常伟大的情感。但爱其实是生命的天性，小羊感受到母亲的生命受到了威胁时，它会流泪，会藏起屠杀母亲的刀，它会用自己小小的生命去试图保护妈妈。但小狐却什么都不懂，你也许明白，小狐每天夜里都呜呜地哭的那种疼痛。它在寻找它的妈妈。它的妈妈遗失在那片黑暗的大漠里了，它想念妈妈。如果有一天，它长大了，它会忽然明白自己给妈妈带来的那种疼痛吗？但是，这个弱小的生命，除了呜呜地哭，它还能做什么呢？

你也想起了瘸拐大是如何对待自己的妈妈，你忍不住流泪了。你明白一个母亲的心情，你明白，即使孩子这样对你，你也会原谅孩子，你会无休止地原谅孩子，但是你的心会疼痛，你会痛得失去了理智，你会痛得活不下去。但是，你还是爱你的孩子。所以，你会自己消解心灵的创痛，把最美、最轻松的笑容留给孩子。你了解一个母亲的心。你知道，如果自己的孩子面临生命的危险，你也会这么做的。因为你是母亲。

你说，也是这种疼痛，让你明白了人为何会修行，狐儿为何会修行。生命的弱点，有时不但可怕，而且实在太过残忍。前段时间，你听说了一则新闻，有个母亲因为太爱打麻将，忘了自己把孩子放在一盆正在加热的水里，就去打麻将了。当她发现的时候，孩子已经给活活煮死了，当时，她就承受不了，直接跳楼了。你理解她的心情，要是你是她，你也会跳楼的，因为你承受不了自己做过的事情。

你说，人性的弱点实在太残忍，它会给人带来巨大的痛苦，不但被伤害的人会非常痛苦，伤害别人的人也会非常痛苦。一个普通人可能会害死另一个普通人，可能会给另一个人带来无法想象的悲剧。一个掌握政权的人可能会发动战争，可能会侵略别的国家，可能会报复性地向其他国家投射原子弹……人性的弱点，就像潘多拉的宝盒，一旦被激活，就会产生无数很难预计的后果。你觉得人性太可怕了。

我说，是的，人心中有最美的东西，它类似于母狐对小狐那种舍弃小我的爱，但人心中也有最丑的东西，比如《野狐岭》中豁子那种倒弄是非、引发战争的小人心，还有希特勒那种想要征服世界的贪婪心。所以，意识到人性的弱点非常可怕的人，就会走进修行。他们都想通过对崇高的向往，通过对心灵的磨炼，让自己真正成为一个立得住的、无愧于心的、能贡献世界的人。

任何一个人心中，都有——或有过——阴暗之处，包括过去的我。在不懂事的时候，我也是一个猎人。我有神奇的枪法，过去，进入我视线的飞鸟也罢，动物也罢，很少有逃脱的，所以，我的小说里有几个打麻雀的人，他们总是用草腰子绑了麻雀的脑袋。这成了我懂事后的疼痛。每次想起我伤害过的生命，我就会忏悔，就会疼痛。《猎原》中孟八爷所有的忏悔和疼痛，都曾经是我内心真实的感受。所以，我的小说中才有那么多劝人爱护动物的内容。我是真的明白了，任何生命在面对死亡时，都会陷入恐惧、痛苦、不舍等情绪之中，它们跟人是一样的。你只有明白了这一点，真正地对别人、对动物、对世界生起悲悯心，才会有真正的忏悔和改过。这才是狐儿拜月真正的意义。所以，你理解了我的疼痛，理解了小狐的疼痛，也就理解了拜月的那些狐子。

故事中有一个细节，伯父看到血淋淋的狐子在寻找孩子时，大叫了一声灭了手电，他是害怕吗？

是的，那样的情景，很多人都会害怕的。

他后悔了吗？

猎人如果为了猎杀动物而感到后悔，他就不会再打猎了。

那么让人心酸的场面，他为什么没有敬畏，只有害怕呢？

他也有难过，你也许不记得了，他看到母狐挣扎着去给娃儿喂奶，他就长长地叹了口气。只是，他只是难过，却没有后悔。杀掉猎物，对猎人来说，是天经地义的事情，要是后悔，就不能做猎人了。这也是我的枪法很好，但我没有成为猎人的原因。

215

此刻的风中，有一种奇怪的呼呼声，很像小狐在呼唤母亲。我们都没有说话。我回忆着那些场面——有些是真实的，是我的亲身经历，写"大漠三部曲"时，我跟上猎人进过沙漠；也有一些场面是我采访来的，我确实有个猎人伯父，他告诉了我很多打猎方面的东西，其中，也包括他的很多经历。在那个时代，西部还有很多猎人，人们种地活不下去时，也会拿了枪进沙窝，在沙窝里找生活。所以，我理解猎人。

我长长地叹了口气，拨弄了一下眼前的篝火。篝火一跳一跳的，记忆也鲜活了。深夜的蚕豆声又响了。

写故事时的那种浓浓的氛围，又包裹了我。我想起了那只款款而来的白狐子，想起我那没钱治病的伯父，想起无数个没了母亲的小狐……

猎人为什么不选择其他的行业谋生呢？他们也可以像很多农民工那样，进城打工啊。

你又把我从那种氛围中叫醒了。那是他的选择，每个人都有自己的选择，每个人都有自己的选择构成的命运，我们希望别人尊重我们的选择，所以我们也要尊重别人的选择，和别人做出这个选择的原因。我们没有权利站在道德制高点去审判别人，因为，我们不明白别人心中的疼痛和无奈。

这份职业真的不好过，想要生活过得好，就要伤害更多的生命，就要破坏更多的家庭。既然是一个人，看到另一个家庭——哪怕是动物家庭——家破人亡时，他就不会好受的。这样的痛苦多了，人的心也会硬了，他面对其他人时，还会有一份柔软、一份善良吗？

每个人的心中，都或多或少有着一种隔阂，当一个人觉得某件事理所当然的时候，他也就少了一种愧疚心，他可以难过，但他会说服自己，他也是为了生活。久而久之，他就能心安理得地面对这一切了。有时，这也是一种集体无意识。

但是，选择了什么，代表了他的心。对吗？

我没有说话。我望向远方的月亮，那个白白的圆盘总是让我觉得温暖，它也看到了很多人世间的沉重，很多改变不了的无奈，它也很无奈，但它总是那么静静地、淡淡地笑着，将自己纯洁的光芒洒向世界。虽然它不像太阳那么充满了光明，但它有它的温柔。有人将太阳比喻成智慧，将月亮比喻成慈悲，这两个比喻确实很贴切，看得出，第一个想到这比喻的人，也有一颗诗意的心。他望向月亮的时候，或许也有跟我相似的心情。或许，每一个生命——不仅仅是人类，也有动物——望向月亮的时候，都有类似的心情，所以有了这些拜月的动物。这说明，世界上有些东西，是超越语言、超越物种、超越时空的，它不用解释，也会被所有的生命所理解。

其实，除非有着某种原因，否则我是不想评价别人的。虽然我确实不随喜猎人这职业，我也知道，一个人一旦选择做猎人——尤其《猎原》中的那些偷猎者——他也就选择了一种血腥的命运，但我还是不愿评价别人，因为我知道，世界上的大部分人，其实都不能自主地选择命运，因为他们控制不了自己的心。让我心痛的是，伯父死的时候，受了很多苦，他赚来的那些钱，也没有改变什么本质上的东西，但是，他却背了上千条的命债。想起，我总是叹息。这个世界上有很多好人，他们都或多或少因为不明白做了些不太好的事情，对此，他们肯定有自己的理由，任何事都有理由，但他们始终要承受做那些事的结果，除非他们像狐儿那样修行，可惜，不敬畏拜月的白狐子的人，也不会敬畏神圣和真理。因为，他们不明白何为虔诚。

一阵大风吹过，篝火剧烈地跳动着，我刚才的话也给卷到空中了，我不知道你听到了吗，但是我没有问。你在思考着什么，今晚，你的思维习惯可能受到了很大的冲击。你接触到了太多你定然会觉得陌生的活法，也看到了很多你定然觉得陌生的世界。我去过你生活的国度，我知道，西部的很多东西，你在自己生活的国家是看不到的。我相信，你可以敏锐地发现它们的价值。

你说，下一个故事是什么呢？

你急什么呢？但你既然问了，我就继续说吧。

下个故事，我会带你回顾你一直想了解的60年代……

雪羽儿：

黄昏中的女侠客

接下来的故事，很多人都怀疑它的真实性，但事实上，很多看起来很不真实的故事，其实都是真的。只是，人们对真实有自己的一套标准，才主观地否认了很多真实。

下面的故事发生在60年代，是的，就是你特别想了解的那个年代。那时节发生的很多故事，都打着深深的时代烙印，所以，很多经历过那个年代的人，都不愿揭开那伤疤，因为伤疤有时意味着疼痛，有时也意味着很多不能示人的东西，你一旦揭开它，很多吓人的真相，就暴露在阳光下了。

但历史需要真实。

是的，历史需要真实，哪怕是不那么美好的真实，它也仍然是真实。很多达官贵人为了掩盖丑陋的真相，不惜杀人灭口，不断地制造罪恶，于是罪恶就像滚雪球一样，不断地扩大，最终发展到一发不可收拾，许多人的人生，也就这样破灭了。他们想要守住的一切，最后都守不住，只有那颗丑陋不堪的心灵，陪伴他们到下一个轮回。

他们的心灵不自由。

是的，他们的心灵不自由，事实上，很多人的心灵都不自由——看来，你已经习惯东方哲学的思维了——60年代，是世界对人最严峻的叩问之一。

在饥饿面前，人性受到了很大的拷问。

是的，人性受到了很大的拷问，而大部分的人，在面对那拷问时，其实都丢失了自己，扭曲了人性。那个时代跟"文革"时期一样，都发生了很多恶到极致的事情，人变成了动物，失去了人心本具的爱、光明和温暖，完完全全地成了生存欲望的奴隶。

有人例外吗？

有的，如果你看了《西夏咒》，就会看到里面有几个人始终拒绝罪恶，始终选择光明，即使在死亡面前，也没有丢失过人的尊严，没有沦为动物。他们都能主宰自己的心，而这些人也各有不同：第一类人舍己为人，也就是找来食物后自己不吃，用来救人，自己吃草根吃树皮；第二类人拒绝罪恶、反对屠杀，在全村人某次想要集体犯罪时，他面对强权发出了正义和良心的声音；第三类人为了救人不惜以身试法，偷村里的战备粮，结果被处以极刑；第四类人看起来不问红尘诸事，但事实上，他在用另一种方法——创作道歌——问那红尘诸事。

好的……这些人都是信仰者，对吗？

是的。他们都是信仰者，所以，他们可以放弃自己的生存，但他们不能丢了良心，更不能丢了对正义和大善的坚守。接下来这故事的主角，就是上面的第三类人。

偷战备粮的人？

是的。

那么，我们开始吧。

好的。

深夜的蚕豆声

1

才出老山，一阵沧桑就扑向雪羽儿。沧桑的模样很像炒面，叫风一吹，模糊就扑面而来了。

她发现，老山外变了好多。山洼里到处是白骨，直里横里地狰狞着。一群狼正在啃那带血肉的骨头。见了她来，也不逃跑，都朝她龇牙。雪羽儿取出绳镖，那是两丈长的尼龙绳子，上拴一个两斤重的镖头。这是她从村里人惯用的打狗棒演变而来，专门对付狼的。狼是山神爷的狗，怕绳子，一见她手中的那盘绳，狼们就心虚地笑了。

雪羽儿还感觉到一种味道，那就是妈常说的"冷灰死灶"。也就是，触目所见，都没了活力，没了人气，一切都死气沉沉着。连日头爷也泛出苍白的颜色，没了红，没了亮，没了那种雄突突的味道，只是勉强地虚应故事而已。

粗算来，她进山，也没多少日子，想来却有些年月了。洞中方七日，世上已千年。

上回进山，久爷爷给她传了奶格玛大手印瑜伽的《如幻道》。久爷爷说："决知一切显现皆是自心，决知自心即是幻化。白天修幻身，晚上修梦境。推究六根与其所对六尘之自性，则见其自性空，空而能显，显不异空，显无自性，即如幻化。如是如幻而修，断除执着分别，于显空无执中入深禅定。"雪羽儿如法修炼，久而久之，便将诸显融入了空性，行起路来，也仿佛梦游了。

出了老山，尚有很长一段路程，才能到金刚家。但见沿途村庄，荒无人烟，随处可见被狗狼撕扯得一塌糊涂的尸体。臭味啸卷，阴风森森，山间飘满了冤魂野鬼，他们发出巫婆招魂般的号哭，天地间充满了他们叫饿的声音。雪羽儿随缘持咒，进行超度，但冤魂多执着荒山间暴露的尸骨。天雨虽宽，不润无根之草。雪羽儿虽牛，难度无缘之人。她想，成哩，你们想当守尸鬼，随你们吧。

偶见一人，正在榆树上剥那细皮。此树主干，早叫剥得白骨般干净了，只有枝上尚有些细皮。那人便举个盘儿小心地刮。他面如菜色，形似饿鬼，一动三晃，怕也挨不过多久了。她割块狼肉，递了过去。那人见肉，眼放光明，一把攫过，牙已咬上了。他脑袋胡乱晃着，像扯咬牛筋的野狗。

雪羽儿问："咋成这样了？"

连问几声，那人不理，只顾撕扯。等好歹咽了几口，他才答道："死了，死了，快死光了。"雪羽儿问："金刚家咋样了？""不知道。都说金刚家好，可只有进去的，没有出来的。有人说，那些进去的，都叫他们煮吃了。"雪羽儿懒得再问，只说，你胡说啥？金刚家又不是吃人生番。

雪羽儿长长地叹口气。她明白，沿途这么惨，金刚家也好不到哪儿。

晌午时分，她终于看到了金刚家的山口，见宽三们正打一人。那人号哭道，我出去逃个活命，还不成吗？宽三说，别去了，我们死也死一起吧。他们扯了那人进村。

雪羽儿拐入旁道，上了照壁山，见村里也冷灰死灶着。山洼里多尸骨，臭气熏天。阴洼里有好些蠕动的黑点，撒麻籽儿一样多，也不知是狼还是野狗。

看看无村里人，她沿了山脊，接近了村里。舅舅家在一座大山脚下，平时他们并无来往。她印象中的舅舅薄情寡义。他虽被人称为何秀才，却是天生的斗鸡性格。有时，吃不饱的时候，他也会来雪羽儿家。舅舅爱吃醋卤拌山药面，妈用水把面条激凉，浇上醋卤，舅舅就接了，吃出满屋的轰隆来。但他端起碗来吃肉，放下筷子骂娘，老在村里人前骂妈，说她丢了他家的脸。妈却老挂牵舅舅。毕竟，这是她唯一的娘家人，打折骨头连着筋呢。雪羽儿一骂舅舅，妈就说，舅舅是骨头主儿，没有舅舅，哪有你？好在舅舅待雪羽儿好，问他要星星，他也会生法子摘的。

臭气越来越浓，那真是恶臭。雪羽儿闭了气走。她想起了村里人的许多不是。她懒得跟他们打交道，甚至也懒得想起。久爷爷老说她菩提心不够，叫她多发菩提心。在每日的观修里，她虽然老为众生父母消业祈福，但她的众生里，似乎并无村里人。一想起那些曾叫妈受过苦的人，心中就会腾起一股嗔意。久爷爷说，你最该杀的，是嗔心。记住，火烧功德林呢。

舅舅家的庄门紧闭着，雪羽儿不用敲，只一错，就错开了挂着的锁扣。三转儿正躺在院里晒日头，一见雪羽儿，三转儿露出一丝笑。他的五脏六腑已没了支撑，都堆到下腹里去了。但三转儿的笑还是很灿烂。他欢欢地叫，妈，姐来了。好一会儿，见舅母出了门。舅母脸肿着，眼睛成缝儿了。她只是礼节性地嗯一声，让雪羽儿进了屋。屋里有一层灰，想来好多天没擦了。舅舅在炕上躺着，见雪羽儿进来，他挣扎着起了身。他啥也没问，但雪羽儿觉得他说了好些话。她想，自己上回惹了祸，也许连累了舅舅。舅舅虽然识几个字，但因为穷，加上舅母又风流，村里没人看得起舅舅。据说舅母的裤带可以向村里的任何男人解。闲时，男人们就在南墙湾里探讨在舅母身上的感受。又据说，舅母老打舅舅，每次，她都将瘦小的舅舅摁在地上，压上自己碾盘一样的屁股，直压得舅舅嗷嗷大哭。但舅母也有舅母的好，舅母干活猛，每到秋收时，谝子就指着成熟的麦地说，割一亩，给三个工。也就是说，割上一亩地，能挣三天的工钱，舅母就能从半后晌一直割到次日上午。她一昼夜能割一亩五分地，就是说她一天能挣四天半的工钱。舅母是村里挣工钱最多的人。因为她的能干，每到秋上结算时，舅舅才能从家府祠背回勉强能维持多半年的口粮。

舅舅爬起身，啥也没问。他没问当然好，雪羽儿也不想告诉他自己在哪儿。她掏出狼肉，三个娃儿扑了过来。舅母抡起巴掌，只几下，就扇倒娃儿。娃儿们直了声嚎，他们的嚎像在呵气，没有声音。雪羽儿想，真饿坏他们了。她取过切刀，切了几块狼肉，分给他们。三转儿接过自家的那块，一口吞了，又一把抢过哥的那块，风一样出去了。老二大哭，雪羽儿又给他切了一块。

瞧，丢人现眼的。舅母叹道。

雪羽儿没说啥。她不喜欢舅母。舅母的脸浮肿得很厉害，因为她老趁舅舅外出时往家中引贼汉子，雪羽儿最恶心她。某次过年，妈叫她去看舅舅，一进门，见炕上偎几个男人，舅母跟他们打闹着，没理睬雪羽儿。自那后，雪羽儿很少进舅舅家门。

雪羽儿问舅舅，村里咋死了这么多人？库房里不是有粮吗？

那是战备粮。舅舅说。谝子派族丁看呢。村里差不多的人家都死了人，全家死了的也有好几户，再这样，全村都没救了。舅母说，要死，都死光才好。她的眼里射出仇恨的光，雪羽儿打个冷战。怪怪的，她觉得舅母变了。以前舅母虽然很浪脏，身上

221

却无这种阴冷味。她想，仇恨会叫人变恶的。

雪羽儿给舅舅喂块狼肉，舅舅咕嚅着嘴。他的眼窝深枯枯的，眼珠儿瓷了似的。咕嚅了好一阵嘴，舅舅说，没救了。这日子，熬不到冬天了。

雪羽儿说，麦子虽没成熟，也有些面仁了，偷些来，吃呀。舅母一听，慌慌地四下里望，说，你快别胡说，你不知道，谁偷青，打死白打死。山洼里的那些尸体，有些是饿死的，有些是叫打死的。

舅舅说，丫头，你弄些水，把这肉多煮煮，我咋嚼不动？雪羽儿应一声，她到外面弄些麦草，一揭锅盖，却发现锅里已长了绿毛。那股熟悉的恶臭扑了来。一扭头，舅母正阴阴地望她。她忙捞过锅铲，铲了那些绿毛，才发现那发出恶臭的，是几块肉……就奇怪，他们哪来的肉？听得舅舅解释道，是和尚送来的羊肉。雪羽儿忍了恶心，将那臭到极点的黏物铲入一个破脸盆。一根手指却突地跳入眼中，那指甲亮亮的，正朝她笑呢。

舅母讪讪地笑道，得生个法儿活呀。

雪羽儿忍住恶心，洗了锅，添些水，煮了狼肉。她老觉得舅母的眼睛在她身上扫，她不敢回头。因为那神气，很像饿死鬼望蒸馍。她觉得很腻歪，入了几把火。她走出院门。娃儿们正远远地望锅呢。她想，娃儿毕竟是娃儿，等肚里有些食，就欢实了。忽然，却见三转儿偷眼望她，那神色，竟也和舅母一样。她不由得一噤。

烟洞里的烟直直地升上了天空，升到高处，又散落下来。院里朦胧了好多。她觉得烟也有了同谋的味道，它们诡秘地向雪羽儿漫来。梦幻感更浓了。

雪羽儿又抱捆麦草，进了屋。舅舅问，她好吗？舅舅总用"她"代替"姐"。雪羽儿嗯一声。入了几把火，锅里蒸气四溢了。火光从灶火里溢了出来。一见那火光，雪羽儿有些好笑自己了。她想她真是神经过敏。果然，这样一想，就发现舅母的眼里只有感激，但舅母啥也没说。舅母是个要强的女人，她定然不想让雪羽儿看到自家的窘样。雪羽儿很想说，这年月，都这样。但她知道，一说，舅母会难受的。她想，还是啥都别说的好。

煮了一阵，雪羽儿用筷子戳戳狼肉，软和多了。她捞出一块，撕成了长长的丝儿，浇了热汤，问盐在哪儿。舅母说，不尝咸味半年多了。雪羽儿端过碗，给舅舅喂。舅舅先喝了几口汤。这时，雪羽儿忽然可怜舅舅了，因为她从舅舅脸上发现了母亲的影子。她心里腾起一股暖暖的东西。她夹起狼肉喂给舅舅。听得耳旁轰隆着，原来是舅母正举了勺子喝汤。娃儿们扑了来，舅母一推，娃儿们便跌到门外了。却没人哭，都爬起来望爹妈的嘴。雪羽儿鼻子一酸。

吃了半碗，雪羽儿说行了，别胀坏。她端过碗，朝娃儿们喊一声，他们便欢欢地扑了来。雪羽儿一人一口地喂。她想，应该多带些狼肉的。

舅母说：丫头，别走了。黑里，我给你说些事。

雪羽儿望望铺着一层灰土的炕，皱皱眉头。她说不了，妈会急的。其实来时妈说过，要是迟了，叫她明天来，千万别走夜路。雪羽儿也不想走夜路。一想沿途的那些尸体，她就头皮发麻，但她也怕舅舅家的炕。

舅舅说，住下吧。夜里我给你讲你妈的事。说不定啥时候，我就到另一世了。

雪羽儿想，也好，就囫囵身子滚一夜吧。

2

白孤孤的月光从蒙了塑料纸的窗户里透进来，照着炕沿上的一溜人头。

舅母带了三转儿住里屋。里屋的炕上铺着麦草，舅母跟三转儿就在麦草里滚着。雪羽儿很有些过意不去。

舅舅的声音空空洞洞的，像在说梦话。舅舅讲着妈的故事。有些，雪羽儿听过。比如，妈说死了好多人，人头跟滩上的乱石头一样滚着。妈说，那些骑兵爱砍人脑壳，他们吆了马，吼叫着而来，妈梦魇一样跑呀跑呀，身后密雨般的蹄声也梦魇一样裹了来。一个个人头飞了，它们边发出惊恐的叫，边在空中打着旋儿。它们大张着口，很想咬拿刀的人，但最后只咬了一嘴的沙石。后来，它们被吊在马屁股上，成了人家功劳簿上的一个道儿。

舅舅说，你妈跑呀跑呀，跑不脱那梦魇。刀子们呼啸着。后来，妈身边的男人们的脑袋都飞了，女人们被赶到一处大院里。那狞笑的男人中，就有你妈后来的丈夫。

就这样，舅舅叹息道。妈当了俘虏。

妈没说过她后来的故事。

村里人都知道她后来的故事，可雪羽儿不知道。

雪羽儿知道，妈不想揭那伤口。

舅舅说，不说了。屋里就寂了。

白孤孤的月光照进屋里，照着炕沿上的一溜脑袋。

雪羽儿像在做梦。

3

里屋里响着吃蚕豆的声音，在夜空里很瘆人。雪羽儿没有睡意。舅舅空空洞洞的话还在心头响。月光照着舅舅的脸，舅舅在拌着嘴。他在吃着月光。月光的味道定然很美，舅舅一脸幸福。只是那拌嘴声很响，有种怪怪的味道。娃儿们都睡了，但雪羽儿却觉得他们都眯缝着眼望她。远处传来狼和野狗咬战的声音，闹嚷嚷的，也很响。

舅母仍吃着蚕豆，嘎嘣嘎嘣的。真不知她从哪儿弄来的蚕豆。好久没吃蚕豆了。记得，只有在族里分红之后，她才能吃到炒得干干的蚕豆。记得那味道很香。一听舅母吃蚕豆，雪羽儿的口水就下来了。

她想，舅母真贪心，只顾自己吃，连舅舅也不管了。

忽听得舅母叫了一声，雪羽儿——雪羽儿——雪羽儿想，要是舅母知道她在偷听，会难堪的，就没有应声。

窸窣声从里屋响起了。踢踏声出了里屋。雪羽儿很好奇，就眯缝了眼。月光下望去，舅母正往嘴里放的，竟是个手指样的东西。雪羽儿心一紧。舅母慢慢飘向娃儿们，她张了口，往娃儿们脸上呵气。她长长地吸了气，慢慢地呵出。雪羽儿知道她在给娃儿们喷精气。有时，村里娃儿病得很重吃不下饭时，当娘的就会在娃儿熟睡时，给娃儿一口口喷气，就能将妈的精气传给娃儿。有时，人们困到沙漠里时，两人也这样口对口呼吸，你呼我吸，就能活很长时间。雪羽儿想，舅母也是个有情有义的人呢。

舅母喷了一阵气，又进了里屋，很快又出了里屋。月光照着她的脸，白白的有种阴气。雪羽儿见舅母脸上的肿消了，显得很受看。她想，怪不得村里男人爱黏她，她也是美人哩。却见舅母阴阴地望她，雪羽儿吃了一惊，这才发现舅母手里提着一个姜锤石头。那尖尖的石头发出蓝幽幽的光，仿佛一团燃烧的鬼火。雪羽儿见过鬼火，蓝幽幽的，一丝一丝舔着天空，那模样，跟风中飞舞的驼毛相若。舅母慢慢地走来，影子般悄无声息。舅舅的拌嘴声没了，想来他已吃饱了月光。月光仍一晕晕荡进窗里，传递着一种阴阴的信息。舅母的眼睛也放出蓝幽幽的光，雪羽儿不怕舅母，却怕那蓝幽幽的光。她屏了息，极力叮嘱自己别怕。她悄悄动动手指，发现它们还自如着，放心了。

舅母的身影很高大，雪羽儿知道是自己睡倒的缘由。要是她站起来，舅母也不过是平常的身坯。她想，舅母为啥这样做呢？但答案明摆着。舅母的脸上写着犹豫，她定然也在斗争着自己。她知道舅母不喜欢她，但舅母毕竟是舅母，何况她是给她家送狼肉来的。听得舅舅翻了个身，她知道舅舅醒着。听得舅舅悄声问，你真胡来？舅母没答话。舅舅就啥话也不说了。雪羽儿想，要是舅舅没醒来多好，他没醒，自己还有舅舅；他一醒，这一生她就再也没舅舅了。听得舅舅又说，不要叫丫头受疼。雪羽儿想，他总算还记得自己是外甥女儿。又想，他们为啥不想想自己睡没睡着？忽然，她发现不知何时，自家脖子里已多了道绳子，一端在舅舅手里，另一端在三个娃儿手里。他们屏了息，他们时刻准备着。要是一见她醒来，他们定然会用力的。雪羽儿想，三个娃儿也没救了。她这才明白，舅母方才的那阵呵气，定然是叫醒娃儿们。

舅母举了石头，她举得很高，她憋着气，这样她可以使出更多的力气。舅母的眼睛睁得很圆很大。雪羽儿记得，她的眼睛本来只肿成个缝儿的呀。看来，一切都是迷惑她的。夜空里忽然显出一些陌生的面孔，都在朝她笑。雪羽儿明白了，他们定然也死在舅母的姜锤石头下了。她想，怪不得别人家死了那么多人，舅舅家却只少了一个娃儿。她忽然明白了，那些死去的男人，定然是舅母的相好。他们被舅母哄上床后，就在姜锤石头的呼啸中进了阴司。他们都是风流鬼。他们睁了色眯眯的眼睛望雪羽儿。他们或是想找替身，或是在等雪羽儿进入他们的世界后再强暴她。这一想，屋里竟多了好些人，他们都举着姜锤石头。雪羽儿发现，自己已陷入了包围。

那姜锤石头缓缓落下了，曳着风声。那本来很快的速度在雪羽儿眼里像高速摄影机一样缓慢，那本来很轻的风也怒涛般吼了。男人们都在喊加油。他们龇着黄牙，喷着臭气；他们大睁着流着脓血的眼。他们知道雪羽儿醒着，他们挤眉弄眼地提醒舅母。舅母却不动声色地将那石头砸下。雪羽儿本可以抽出手，她一下就会抓住舅母的手腕，再一扭，就会折断它。她相信舅母的手腕会发出劈柴般的声响，跟黑乌鸦的叫声一样充满整个屋子。她觉出，颈部那道绳子正蓄势待勒，它像胀满了内力的蟒蛇一样颤动着。雪羽儿觉出了扯绳者的兴奋和紧张。他们定然垂涎雪羽儿那身处女的嫩肉，他们已经吃腻了老男人的粗皮老肉。他们对送上门来的细皮嫩肉流着口水。他们可不管她是外甥女还是表姐，她只是一嘴可口的肉。她的乳房跟驼峰一样鲜嫩，她的手脚跟熊掌一样瓷实，她的脂肪跟酥油一样香美，她的舌头更是妙不可言。要是加一点儿"十三香"之类的调料，味道就更可观了。雪羽儿甚至看到他们流溢着油水的嘴正嚼着自己的肉，她的手指被舅母当成了蚕豆嚼得嘎嘣直响。舅母的脸上流光溢彩美丽无比，她那性感的嘴唇拌动出十足的风韵，令那些风流鬼越加垂涎三尺。他们轻歌曼舞着，万里长空且为忠魂舞。

姜锤石头仍在缓缓下落，拽动的风声涨满了天空。蓝幽幽的光四下里乱窜，很像漫山遍野的老鼠在磨牙。舅舅的心跳泄洪般喧嚣。待那石头快要吻到雪羽儿的头时，听得舅母低哮了一声："死吧，你！"舅母期待着石头下爆出的沉闷动静。以前，那动静或钝或脆或大或小或高或低，这要看石头着处的胖瘦和范围而定。要是发出扑哧一声，说明那食物是个肉头胖子，或是着石处正在鼻头上——有时，那惯于捣姜的石头会砸出四溢的鼻涕，这当然是很恶心的事。要是石头发出清脆和欢快的叫声，说明那食物是个瘦子，或是石头正中前额——有时，用力过猛砸塌前额，脑浆要是四溢就太暴殄天物了。要知道，脑浆是人身上最有营养的东西。三转儿最爱吃眼珠和脑子，每到锅中热气大冒时，他就首先扑了上去，伸出拇指、食指和中指，抠下眼睛和周围的一大团肉。眼珠是黑的，包眼珠的却是灰澄澄的白，咬来，都是瓷瓷的香。唯有咬眼珠时，苦水稍有点苦，但那香总会淹了苦味，就像太阳总会吹散乌云一样。舅母希望这次听到一声锐响，因为老伴说别叫丫头受疼。她是个善良的女人，她不希望自家的外甥女儿受太多的疼痛。她当然希望那石头击中天门脸或是太阳穴，那儿要是着了一下，人就会晕过去或是死去的。她跟专职的刽子手一样，熟悉所有的关窍。她当然希望听到锐响。

没想到的是，她却听到了一声闷响。从质感上感觉，跟砸到肚皮一样。她当然很吃惊。只是她的吃惊叫月夜贪污了，雪羽儿看不太清楚。

舅母吃惊地发现，雪羽儿正望着她。她不知道那一石头落在何处。从质感上，她怀疑石头落在了枕头上，但雪羽儿正枕着枕头。

舅母发出一声怪叫。她再也不怕吵醒谁了。她疯了似的抡那石头。每次，都觉得砸在了枕头上，但那枕头，明明是在雪羽儿的头下呀。

舅母终于累了。

她扔下石头，逃进厨房。很快，她舞个切刀扑出。她叫，你们等啥，叫她走了，你们还想活不？从她的语气上听出，她不仅仅是想食物了，她更想灭口。

切刀曳风声很厉。很难相信，昼里看来那么弱的舅母，竟能使出密雨般的刀法。想来是她剁饺子馅时练就的。但怪的是，那切刀砍中的，仍是枕头。枕芯里的麦草飞了出来，像蜻蜓一样在屋里飞蹿。

扯紧绳子，舅母叫。

雪羽儿觉得颈中的绳子紧了。她怕动作稍慢着了道儿，就倏地扯了绳子，起身去了院里。她的动作很快，她到了院里时，舅母仍在砍枕头。

舅舅和娃儿们没有松手，就都到院里了。雪羽儿很厌恶他们，使个手法，手中的绳子和坠物就成了流星锤。她觉得那流星锤很轻，就想，他们真饿坏了。

舅母扔下切刀，大哭。丫头呀，我们也想活呀！

她一哭，舅舅和娃儿们都松了手。他们黑鸟般四下里飞去。

娃儿们也哭了。一个黑影滚了来，跪在雪羽儿面前，是舅舅。

舅舅嗷嗷大哭。

又是一阵沉默。

周围很静，只听得到风声、树林摇摆的声音和篝火声。我在等着你发问，但你不说话，你皱着眉头，好像在思考着什么。你是不是不相信人吃人的故事？但这类事，每次饥荒都会发生，你也许不知道？我知道，在西方世界，吃人被认为是渎神的行为，即使东方没有类似的说法，但人吃人毕竟是一件令人感到恐惧的事情。人类之间的屠杀，如果上升到这个程度，人性就已经扭曲了，但人性扭曲的事情，历史上发生得还少吗？

你果然问我："人吃人，是真的吗？"

我点点头。中国历史上，有过很多吃人的例子，有饥荒吃人，有把俘虏当成军粮，有惩罚性地吃人，等等。你也许不知道？人性之恶，是没有底线的，所以，人心中的恶是不能被激活的。你永远都不知道，人一旦变恶，他会做出什么样的事情。

你打了个哆嗦，不知道是风太冷，还是心着凉了。我添了些柴火，让篝火燃得更大了。很大很大的红光中，有很多灵魂在跳舞，我能看出，那是雪羽儿，和她的舅舅、舅妈们。雪羽儿的眼里带着无奈，就像此刻的你。

你很无奈，你不愿相信人吃人。中国人说舅舅是骨头主，在藏区，舅舅对很多孩子来说，地位甚至重过父亲，可见舅舅的亲。但这么亲的亲人，却在雪羽儿送狼肉的时候，想要把她杀害，吃她身上的肉。没有挨过饿的你，根本想不到饥饿的可怕。你不知道一个人饿到极限时的那种难受，比起肉体的折磨，更可怕的是精神的折磨。那场饥荒看起来没有尽头，没有人知道那种情况什么时候会改善，但谁都想活下去，谁都想见到明天的太阳，谁都希望一切会好转，能再像过去那样，用健康的身体，在阳光下跳舞，在阳光下吼那花儿和贤孝。我理解。

我甚至理解雪羽儿的舅舅。他下定了决心吃掉每一个送上门的人，他不管那是妻子的姘头，还是自己的外甥女，他也不管外甥女的到来，是给他们家送肉。他想不起小时候的雪羽儿是如何叫他心疼。他想不起自家叫"丫头"的那孩子，也像他们那样，想要活下去。每一个被他妻子骗上床，然后被杀的风流鬼，也想活下去。你可以进行一种道德的审判，说那些人都到这个时候了，还忘不掉风流，但你不能忽略他们失掉了的命。谁的命，都是命，都只有一回。你不知道，那时节，这个村子里，漫山遍野都是饿死鬼。饿死鬼们都捧着下坠的肚子，睁着血红的眼睛，等着有人被吃，他们最馋的，也是一嘴可口的人肉。在他们的眼里，人和动物已经没有区别了，他们只能记起活着时饥饿的那种疼痛。那种疼痛，真是痛到骨子里了，饿疯了的人，已经丧失了健康时所有的道德标准，他们的世界里，只有八个字，那就是"我很饿，我想活下去"，于是，有些还有力量挥起石头的人，就挥舞着石头，迎向了另一些同样很饿的人。而那些饿死鬼，也早就忘了自己已死的事实，他们不记得自己已经没有感到饥饿的身体了，他们还在疯狂地喊饿。那种生存的欲望和疼痛，就像梦魇，时时折磨着他们。

但有些人并没有吃人啊？

是的，有些人并没有吃人，在任何大灾难面前，人都会分为两种，一种是坚持底线的人，另一种是失去底线的人。灾难和苦难一样，都像一条分水岭，把人分到了左右两边，人的心灵能承受多大的重量，此时立见分晓，人的价值如何，此时也会立见分晓。真的伟人即使遭了灾，他也仍然是伟人。你如果看了《西夏咒》，就会看到一个叫吴和尚的人。他也会挖人心，但他的对象是死人，他不向活人动手，他首先用成就师的力量超度了死人，然后挖出死人的心脏，自己不吃，给那些几乎要饿死的人。就这样，救下了一大批人。

还有雪羽儿。雪羽儿从舅舅家出来之后，就做了一个决定：报官。她相信，官府一定不知道金刚家的处境，否则定然会发放赈灾粮，而不会坐视不管的。但当她赶到官府时，她才发现不是这样。官府不但没有派人去调查情况，还杀掉了另一个报官的人。

为什么？

那时节，官府为了面子、为了完成指标，虚报各种成果，不愿实事求是地面对问题，也不愿脚踏实地地解决问题，于是引起了各种问题，最后导致天灾、人祸——或许，人们可以从中发现某种规律，那就是虚浮作风的危害性，它小至影响一个人的境遇，大至影响一个国家的命运，进而影响成千上万老百姓的命运——其中，就包括西部的老百姓。但最可怕的，还不是饥饿对人肉体的摧残，而是饥饿对人心灵的摧残。如果你看过《西夏咒》，你就会看到一种地狱般的景象：饿死鬼漫山遍野，村子里也充满了食人鬼，金刚家似乎整个地坠落了，整个被笼罩在一种疯狂的欲望之气中。于是瘟疫发生了，狼祸发生了，饥荒发生了，人与人之间的争斗发生了，骑木驴之类的荒唐表演出现了……还有那些历史中的恶——战争狂们，暴力英雄们，啦啦队们，伪修行人们，所有丑恶的嘴脸都在书中暴露无遗。但你也会看到，即使在这样的环境之中，仍然有一种极致的善，像是尸骨间盛开的野花，美丽，纯净，毫不畏惧。雪羽儿就是其中之一。在这故事中，你或许也发现了她的独特。

是的，她的思维跟别人不一样，别人要是遇到了这种事，心里很可能会充满怨恨，觉得舅舅怎么这样，但她没有，她在整个过程中，都显得很淡定，很冷静，一直在旁观，但也充满了悲悯。她为舅舅感到难过，也为金刚家的局面感到震惊。这整个场面，就像噩梦一样，荒诞离奇，挑战人的伦理道德神经。

是的。但这梦中有一个惨淡的事实，你无法忽视，就是恶无限膨胀，善已经无处容身了。雪羽儿想到这一点，就忘记了自己，她只想帮助村子解决这一困境，让人从这种饥饿和饥饿所导致的罪恶中解脱出来。既然报官行不通，她就只能以身试法——偷村里的战备粮了。

雪羽儿是个女侠？

是的，她代表了西部女人的侠义精神。这种精神影响了童年的我，我从很小的时候，就想做一个雪羽儿那样的人。你如果看了我的《一个人的西部》，就会看到我小时候为这梦想做过的一切努力，以及我的梦想后来发生的变化。其实，我的梦想没有变，只是我发现，这个时代需要的不是侠客，不是武功高强的人，而是一种侠义精神。过去的西部女人身上，还有这种非常壮美的精神，她们面对生活的困境时敢于担当，即使面前的是绝境，她们也不会退缩。这样的女人，不管有什么身份，哪怕是一个妓女，她的精神也是让人仰视的。你也许不知道，雪羽儿在我的小说中，是一个妓女的女儿，她一直被人看不起，她舍命相救的那些村里人过去都排挤她，把她逼出了村子。所以，她和瞎眼的母亲才不得不住在老山里。但是，当雪羽儿发现村里人活得这么惨时，她立刻就站了出来，她没有想过偷战备粮会有什么样的后果，她只想救人。她更不会知道，因为偷粮，她被碾断了腿，就在她被送去劳改的时候，她的母亲因为太饿，揪了把麦子，就被村里人给煮着吃了。雪羽儿知道了这一切，但她并没有生起仇恨心，更没有复仇，甚至没有心灰意冷，她守住了自己精神的殿堂，在极致的苦难中升华了生命。

她怎么能做到这一点呢？女人是感性的动物，一般都很容易被情绪影响的，何况她的母亲被煮着吃了。这多可怕啊。

确实有点不可思议。假如在西方的电影中，雪羽儿一定会背上枪支弹药，回到村子里杀出无数的血腥。我们不是见过很多这样的例子吗？前段时间，我看过一部电影，叫《超体》，那女主角无意中被开发了潜能，于是就变成了诅咒罪恶的正义女侠，但她诅咒罪恶的方式，同样是一种罪恶，因为她杀了很多人，还伤害了无辜的人，仅仅因为她自己已经超越了肉体，超越了疼痛，她看到了过去自己的无知，也知道眼下很多人类的无知。这是西方的逻辑。中国文化不是这样的，虽然中国也有《赵氏孤儿》这样的复仇故事，人们看到复仇故事的时候，仍然会热血澎湃、激情万丈，但事实上，中国文化是提倡宽恕的，中国文化觉得"冤冤相报何时了"，也认为一切都会过去，仇恨是没有任何意义的。我在小说《野狐岭》中，就写了一个复仇的故事，里面有暴力，有血腥，有复仇的宿命，但一切到了百年之后，都失去了意义。因为，一切都变成了记忆。雪羽儿接受的，就是这样的文化教育，所以她不复仇——她不但不复仇，还在这种巨大的悲剧中超越了自己。最后，她像一个真正的女神那样，每天修炼一种保护的仪轨，希望能让迫害了她和母亲的村子得到救赎，不要受到因果律的惩罚，但她的这份心成就的仅仅是自己的功德，她改变不了村子的命运。因为，任何外力如果缺少了自力的里应外合，都会失去真正的意义。

什么叫自力？

就是忏悔之心、改过之心、升华之心，还有相应的行为。

有了这份心和行为，人的命运就能改变吗？人生中就不会有悲剧吗？

会少了很多悲剧。因为，人心中引起悲剧的种子会越来越少，到了他真正明白的时候，悲剧的种子就完全地消失了。没有悲剧的种子，自然不会结出悲剧的果实。但是他控制不了外境，也阻挡不了生老病死。每一个生命都注定是悲剧，因为人是不可能不生病，不可能不衰老，不可能不死的。但人的心灵可以从情绪中超越出来，即使失去一切、一无所有，即使被流放到世界的尽头，即使生命中只剩冷寂，也会在冷寂中体会到生命的美好和温馨，也能在无人的旷野中感受到陶醉和诗意，同时，坦然地面对一切。这时，人真正的悲剧就已经消失了。

有点像新疆爷的境界。

是的，有点像新疆爷的境界。雪羽儿跟新疆爷不一样的，是她多了一份担当，她有很高的武功造诣，修行上也有很高的造诣。在《西夏咒》中，我描绘过她的境界：

你只有在澄明之境中才能见到雪羽儿，她也总是在澄明之中。你们就澄明着交流。你们的交流无字，你只用你的澄明去品味她的澄明。你觉得她在微笑着，她望着世上万物，但独独不望你。她一手挂着下巴，风吹着她的头发，羊们在她的视野里虚朦着，像放了千年又浸了水的古画。你想，她眼里的一切定然都这样。是的，你说。

你总觉得她就这样定格在王景寨滩上。那星星点点的羊们都是她的道具。雪羽儿就这样走入了你的心灵史。

你很想走近她，走入她的视野，走入那份澄明。你试着迈开了脚步。你一步快似一步，你走了一生一世，但你发现，她总是离你那么远。她一直在白云下，跟白云般的羊群在一起。那戈壁上最温柔的风,正跟她说着悄悄话。你似乎听得懂那话,但你知道,也仅仅是"似乎"而已。

你想不出她身边应有的枪支,还有镣铐,还有牢头。你知道,雪羽儿心中没有它们。你知道,心中没它们时,命里就没它们。你知道一切都是心的显现。

虽然你老想她在那儿受过的各种磨难,但眼前晃动的,仍是澄明之境中的她。你想不出她别的模样,你眼前总是飘动着游荡了千年的白云般的羊群,它们风一样卷向东又卷向西,它们温柔的叫声跟风的呢哝一样,成为你心中抹不去的印痕。

你一步步走近她,走近那一片澄明。你看到亘古的大风卷起红尘的粉末,它们像烟花一样在她身边炸开,你更愿将它们当成是天女在散花。你知道这是个吉祥的意象,就像你每天观修着空行母的祝福一样,你看到她也在花雨中聆听。你的步履轻盈而凝重,你明知很难接近她,你还是一步步走了去。你看到梭梭舞动着手臂,黄毛柴发出迷魂般的香气,还有黄羊,也迷离了眼望你。你很想说,亲近我呀,我命运的空行母。

这就是被碾断腿后的雪羽儿——在修行和红尘的双重历练下放下万缘的她,从《深夜的蚕豆声》中的女侠,变成了后来的女神,走入了西部人的信仰世界。好多人现在观修的对象,就是她呢。

现实中的她也是这样吗?

有一点点不同,但基本上都一样。她最初是女侠,后来修仙得道,成了人们津津乐道的话题。写她时,我让小时候的感觉走进了小说里,然后加入了一些自己的创造。虽然,我总在每一次的想象中接近她,我总能看到她在心灵的世界里微笑,我甚至总能听到她银铃般的笑声,但我印象中的她,却总是像雪羽儿这样,默默地望着虚空,不说话。她也许有过很多的话,毕竟她的人生太过复杂,但她不说话。不说话的她,心灵就像一片无波无纹的大海,把红尘的一切都给淹了,只剩一片湛蓝的、无云的长空,还有一份恬淡和温馨。是的,这就是我想象中的她。我写下的,其实是我想象中的她。反正,一切都过去了,一切都是记忆,关于那尘封在历史中的记忆,谁又真的关心真假呢?人们关心的,只是那故事带给我们的东西。

那蚕豆声的故事也是真的?

是的,这个故事也是真的。它源于我小时候的记忆。在我小小的时候,饥荒最可怕的那些年已经过去了,母亲就老跟我说那些年发生的事,她告诉我,我们村里有些人吃过人,包括我的几位婶娘。于是,在我小小的心灵里,那几位婶娘,就有了另外一种形象。一想起她们，我的心里总是紧张。母亲还经常跟我说起另一个故事，就是这个蚕豆的故事，所谓的蚕豆，跟故事里说的一样，其实是手指。夜半无人私语时，有人在啃着手指，喀嘣喀嘣喀嘣，还有那月下的黑影……喜欢幻想的我，于是勾勒出一幅吓死人的场景，许多年后，我也将这场景融进了我的小说里。最后，就出现了你看到的这个故事。

喀嘣喀嘣喀嘣……那神秘的闷响又响起了，你看着我，嘴唇在嚅动。

你在吃蚕豆吗？我问你。

你好像很惊讶，我看见你的脸颊动了一下，那动作停下时，你的眼睛圆睁了。你难道不知道自己在吃蚕豆吗？

你看了看自己的手，你的右手上抓着一把蚕豆。那圆滚滚的豆子在夜气中笑着，你手一抖，它们于是滚进了夜幕里。你吐了嘴里的豆沫，背对着我干呕了几声。你是不是想起了刚才的故事里，那个吃男人手指的女人？你是不是想起了她的眼神？别担心，刚才的你不像她。我知道，你只是恍惚间坠入了一个未知的梦里。这是一个发生奇迹的山谷，你也要接受这里时而会发生的神秘。

你很快平静了，有点不太好意思地笑了。你毕竟是一个走惯了荒山、见惯了神奇的女人。你很快回到了平日的角色里。

继续讲故事吧？你说。

好的。

那些年，整个中国都被巨大的灾难席卷了，饿殍遍野，一派萧索景象。西部那时也很惨，发生了很多很多的故事，我在小说里写下的，只是其中的一小部分。真实的世界，其实比小说更加残酷。

那么现实中也有饿死鬼吗？

西部人相信有。西部人相信鬼神，而且崇尚鬼神，在西部人眼里，鬼神本来就存在，而不是西部人觉得它们应该存在。西部人认为，人虽然死了，见不到了，但仍然以另一种形式存在于自己身边。在我母亲眼里，父亲就一直在家里没有离开。关于这种思维，在接下来的故事中，我再慢慢跟你聊。

好的。

鼠神：

西部人的"掌柜的"

篝火越来越小，眼看就要熄灭了，我提上马灯，叫你在小屋前等我。我进森林里拾些树枝回来，没有下雨，草地很干燥，可用的树枝应该很多。

森林很黑，脚下的触感很清晰，如果听到"咔嚓"一声，就定然是踩到了干树枝。我索性熄灭了马灯。我还是喜欢纯粹的自然，包括纯粹的黑夜。黑夜多美啊，只有胆小鬼才不喜欢黑夜呢。就是因为有了黑夜，才能欣赏月亮，欣赏星光，欣赏这朦朦胧胧的树影。要不是你在小屋那儿等我，我真想在这里的落叶堆里坐一会儿，好好体会一下风吹过森林的感觉了。

回到小屋前时，篝火已经熄灭了，只剩一些火籽在闪烁着红光。你也许不知道，在西部，人们都说火籽是留给孤魂野鬼们的，要是我对你说了，你会害怕吗？不过，我不知道你相不相信鬼魂之说。世界上有太多的人都不相信，那么你呢？你相信这个世界上最神秘的诗意，相信黑暗中有无数双眼睛吗？你相信在树林里、在草原上、在月光下，徘徊着一些孤独的鬼魂吗？他们因为灵魂的焦渴而没日没夜地嘶喊着，如果你听得见他们的声音，你会害怕，还是会疼痛呢？你也许不知道，他们是一群可怜的生灵，他们看不到鲜亮的世界，他们的世界里没有光明和太阳，也没有那么美的月亮，他们永远生活在热恼中，生活在求之不得的痛苦里，他们是一群降伏不了贪心的可怜虫。

不过，关于鬼魂，西部还有另一种说法，也很有趣。等我生了火，再慢慢跟你说吧。

我喜欢望月亮，那浓浓的诗意，总会包裹了我，让我陶醉很久很久。我总为那些流连于物欲的人感到可惜，他们体会不到月夜的诗意，他们不能在自然中放飞心灵，他们进不了那澄明之境，他们的心灵，是焦躁不安，又痛苦不堪的，但他们终其一生，可能都不知道自己错过了什么。

只是，今晚我的兴致也很好。我喜欢大风的夜，大风的夜里充满了诗意，如果此时我的身边有大刀，我会给你舞一套刀法的。你也许记得《一代宗师》中，章子怡在雪地上舞的那套拳法，你也许会感到一种古老文化的意蕴。你或许还会感到遗憾，就像我面对那些遗失在历史中的文化一样。但诸多的遗失，其实是一种必然的命运。

篝火重新生起来了，火焰赶走了夜气的寒冷。我又烧上了一壶水，一边等着水开好泡茶，一边开始讲下一个故事。

我说过，西部人相信鬼神。事实上，西部人不仅仅相信鬼神，还崇拜鬼神。西部人认为，活着为人，死了为神。而所谓的神，其实就是被人封了神的鬼。按传统的说法，鬼一旦得到了人类的燃香供养，被人尊为神祇，就真的成了神，有了神的力量，比如关公、赵公明们，他们都是经过皇帝的册封，而成为神祇的。全天下人都知道他们，都敬仰他们，不过，人们敬仰他们，还是因为他们活着时做过的事、传递过的精神，而不是因为皇帝老儿的册封。

最有趣的是，在西部，别处人都讨厌的老鼠，也可能被尊为神。我在下面的故事中，就写了一只老鼠如何死去、如何被尊为神的全过程。整个过程中，虽然也有一种生命的沉重，但更多的，是西部文化独有的气息，还有西部人独有的幽默。所以，听这个故事时，你的心情或许能轻松一些，不像前面那么悲凉沉重。

你笑着摇了摇头。

你说，虽然前面的故事很残酷，令人心情沉重，但在那故事中，你能感受到一种超然的气息。你觉得，用这种思维来看待这些故事，既能感同身受，有一种悲悯，又不会陷在里面，痛苦纠结、百思不得其解。

我说，其实，我很欣赏那些为了人类的命运痛苦纠结、百思不得其解的人。过去，我听说一些年轻人为了社会上的不平事，总是失眠，总是想不通，心里总是觉得很忧患，我就觉得很感动。这样的年轻人，要是有了智慧，就会为社会做出很大的贡献，因为他们有巨大的热情。但令我感到心痛的是，这些年轻人一旦进入社会，被利益和功利的思维熏染之后，就会改变。他们会放弃自己很美的东西，去追求一种所谓的成熟。因为，他们太年轻，太没有自信，在整个社会的大环境下，他们没有胆量做异类，他们太在乎世界的眼光。我只希望，世界上能有一块善美的文化土壤，能保护他心中那个"仍未崩坏的地方"，让他们能安放自己干净的灵魂。

你说，在这一点上，西方有很好的环境，西方人很习惯发表自己的意见，很多西方的年轻人都很有主见，他们包容各种观点，但也坚持自己的意见，而且，他们总会旗帜鲜明、毫不含糊地支持自己所认为的公义和平等。

我说，这也是美国文化很令我随喜的地方，他们从很小的时候，就看《超人》《蜘蛛侠》这类电影，他们是看着正义英雄长大的，英雄向往已深深地植入了他们的潜意识，所以美国人很有正义感。

你很重视正义感。

是的，我很重视正义感，年轻的时候，我其实是个愤青。那时，我看到不平事，总是一腔愤怒，总是在文章里抒发诸多的评论。我信奉"国家兴亡，匹夫有责"，最厌恶的就是"各人自扫门前雪，休管他人瓦上霜"的冷漠，我觉得，说这话的人，对社会是有害的，因为，相信他的人，就会变得自私麻木。所以，直到现在，在我的书中，你仍会看到大量跟历史和当下有关的内容，而不仅仅是灵魂层面的超越。

你点点头。你说，从这些故事中可以看出，我是一个敢说话的人，也是一个肯说话、会说话的人。

后者我不一定赞同，因为我经常被人误解、得罪人。但前面两者，我肯定赞同，我觉得，作家如果不说真话，不说对社会有用的话，就辜负了这支笔。每个作家用好一支笔、拥有一批读者的同时，就意味着他对社会有了一份责任。当然，明星也是这样，每一个公众人物都是这样。但这只代表我个人的观点，是我个人对人生的选择，不能代表别人。每个人选择一种身份时，都有他自己的考虑，我不想用自己的价值观去绑架别人——当然，我也不喜欢被人绑架……好了，我们不要扯得太远，还是说说这个鼠神的故事吧？

好的。

鼠　神

1

猛子才到家门口，就听到妈的骂声，他以为爹妈又在吵架。进了门，却见妈拧了脑袋，朝墙角的一个洞发威。猛子想到毛旦说的话，明白妈在声讨老鼠呢。果然，洞口有一堆鸡毛。

见猛子来，妈才停止了一串串刻毒的咒骂，解释道："八只了。你馋了，捞一只就成了，捞了一只，又一只。老娘牙缝里省了钱，才买几个鸡娃，是叫你塞牙缝的？"

老顺接口道："几个毛虫,算啥?人家把我的皮袄也弄烂了。那皮袄,孟八爷瞅的日子长了,我舍不得给。冬上出门,暖和死了……可还不是叫人家弄去垫了窝。"

猛子放下羊,说:"旧的不去,新的不来,弄烂了,再缝一个,不就几张羊皮嘛。"嫂子莹儿正在屋里逗弄娃娃,接口道:"连盼盼的脚指头也咬哩,皮袄算啥?"

"好些没?"一提盼盼,妈就一脸慌张了。莹儿说:"长开了。那黑的,没了。"

"乖乖,"妈说,"吓坏了,几十年了,谁听说过老鼠这样厉害?这哪是老鼠,明明是吃人精嘛。"

老顺道:"人说是打了狐子才这样。狗屁。这是天年。就说这老鼠起群,是狐子少了。那毛毛虫又是啥原因?狐子又不吃毛毛虫,可虫子,照样铺天盖地。明明是天年嘛,天要杀人了。"猛子道:"啥天年?那虫子多,是人打麻雀的原因。现在,哪见个麻雀影儿?听说,麻雀也叫国家保了,再不保,也绝种了。啥孽,还不是人造的?天造孽,犹可说;人造孽,不可活。"这两句,孟八爷说过,他就现蒸热卖了。老顺不再说啥,却望猛子,那吃惊的眼神,仿佛在说:"哟,你也会放几个文屁了?"

妈说:"我也不管人呀天的。可总得想个法儿,不再叫老鼠偷鸡娃。"莹儿接口道:"听妈的话,盼盼的脚指头没鸡娃重要。"妈笑了:"对,还有盼盼。怪惊惊的,咬娃儿的脚指头。开始,谁也没在意,就包了。谁知,第二天肿了,变黑了……吓坏了,又是打针,又是吃药,总算好了。"老顺道:"咋又成大夫的功劳了?那脚指头,若不是酒泡,谁知成啥样儿呢?现在,我是不信针呀药呀的。现在,除了妈妈外,啥都是假的。"妈问:"爹也假了?"老顺说:"当然,那当儿子的,谁知道是不是老子下的种?"莹儿红了脸,抿嘴一笑。

猛子笑道:"怪不得。我老觉得,我不是爹养的。谁家的老子那样骂人?"妈嗔道:"越说越不上串儿了,没大没小的。"

老顺发现那话题竟扯到自己头上了,心虚地望一眼老伴,不敢再说。

妈对猛子说:"不管咋说,你得把这几个老鼠收拾掉。你爹,谝大话如溜四海,钻炕洞捞不出来,连个老鼠也收拾不了。把兔鹰拴到鸡篓旁,叫看鸡娃。谁知,那兔鹰,一见鸡娃,就是个饿虎扑食。又弄了个夹脑,却夹了个屁烧灰。"老顺道:"人家不上夹脑,我有啥办法?"妈道:"你除了夹脑夹脑,再没别的法儿?那夹脑,夹几次,就不灵了,人家又不像你,愣头一个,老中人的圈套。"老顺明白她指的是自己年轻时干过的几桩糊涂事,就心虚地不再吱声。

猛子说:"弄个铁猫儿试试,北柱家有。"那铁猫儿,是用铁丝盘成的笼子,留一门,内放诱饵,老鼠进去,一吃诱饵,便带动机关,关了笼口。妈说:"试了,捉了两个小老鼠，可人家再也不进了。人家奸着哩，哪像你爹，吃了一回亏，又吃一回，连吃了三回，还不长见识。"老顺火了："你有完没完？"妈说："你也知道羞哩？当初，你做啥来着？瞧，你倒有理了？"老顺气呼呼一甩袖子，走了。

莹儿在屋里笑出声来。

猛子说："行了行了，几十年了，就这话题，狗拉羊肠子。"他拧了眉，想捉老鼠的法儿。他跟孟八爷学过几手，那招法，本是对付狼的，但改个头换个面，想来也能对付老鼠。妈说："你好好想，我去做饭。那老贼，正事上没一点溜子，连个老鼠也对付不了。"

"行了行了，你又来了。"猛子皱眉道。

终于，猛子想了几个法儿。吃过晚饭，就付诸实践了。

第一个法儿：在洞口，斜立个石头，顶个木棍儿，拴上细绳，放上诱饵。老鼠一吃诱饵，棍儿脱出，石头倒下，压死老鼠。小时候，猛子用类似法儿压过麻雀。

对这法儿，老顺很不以为然。他说："人家，连夹脑都不踩，铁猫儿都不进，能到悬酥酥的石头下吃东西？羞先人去吧。"妈却说："也不一定。夹脑啥的，人家经过了。这石压，可没见过。"又说，"你少说风凉话，你有本事，捉几只看看。"老顺说："按我的法儿，早捉住了。"妈笑道："你猜，他说的是啥法儿？他叫挖洞。等挖出老鼠，房墙也挖倒了。"老顺说："也不一定。我叫你挖老鼠洞，谁又叫你挖墙呢？"妈道："洞在墙底下，不挖墙，咋挖洞？"老顺说："我是出主意的。能不能干，得看你的本事。"妈道："这话，跟月婆娘放了个米汤屁一样，没一点味道。"

另一法儿，是在老鼠洞口，放个小口瓶子，内装老鼠爱吃的葫芦籽儿和油饼。按猛子的解释，这瓶细，老鼠只能进去，却出不来。这法儿，童话书上有过：一个狐狸，贪吃坛中的食物，进去，吃饱后，却再也出不来了。对这法儿，老顺耸耸鼻头，冷笑道："聪明，聪明，不说人家进不进，就算进去了，人家能进去，就能出来。"猛子说："不一定。一吃东西，腰就粗了。再者，瓶子细，它也掉不过头。"老顺说："人家不会请个小老鼠把好吃的弄出来吃？"猛子说："见到好吃的，大的能叫小的先进？"妈道："就是。一有好吃的，哪次不是你先吃？"老顺笑道："好办法呀！我看你的爹爹，真是太聪明了。"语气尖刻至极，使猛子也怀疑自己是不是真愚蠢透顶了。

对第三个办法，老顺倒没说啥。那法儿，是将鸡篓子放高处，下放水盆，盆沿与地面间担一块板，用纸盖了盆，上放诱饵，老鼠去咬鸡娃，或吃诱饵，都会上纸，扑通一声，不进盆才怪呢。

这法儿，是猛子把捉狼用的陷阱变通了。

237

2

  半夜里，忽听扑通一声，妈提个马灯，出去一看，果见一巨鼠在盆里扑腾。她毛骨悚然，大叫："快来呀，大老鼠。"叫了几声，才叫断父子俩的呼噜。

  老顺们穿了衣服，到院里水盆前，见那老鼠，竟在水中游泳，它边吹气，边巡游，想爬上盆壁。猛子道："妈，取火钳来，打死它。"妈说："打死？太便宜它了。八只鸡娃，肯定是它捞的，一般老鼠没那么大力气。那娃儿的脚趾，也肯定是它咬的。"老顺笑道："啥错，都成它的了？我瞧，它的命，比我好不到哪里。我顶了一辈子缸，这下，轮到它了。"那"顶缸"，是别人干了坏事，却叫自己承担的意思。妈知道他在说自己老埋怨他，就笑道："莫非，偷鸡娃的，不是它，是你？"却见那鼠大动，弹出水面，尾巴猛甩，水溅起，吓三人一跳。

  猛子道："烧它，倒上汽油，点着，看它害人不。"妈说："这法儿好，解恨。"老顺啐道："好个屁。人家背了火，进屋，钻草垛，你这点儿燎毛家当，禁得住火烧？"猛子吐吐舌头。妈说："可也不能便宜了它。不说别的，光我这几天为鸡娃搭的眼泪，也该着它受点罪。"

  老鼠觉出了不妙，在水中乱窜一气，盆中水旋涡似的转，水面因之高了。幸好，只有半盆水，若再满些，它也许会趁了水势跃出去。

  老顺说："我有个办法，逮了它，屁股眼里塞些黄豆，放了它。""不成不成。"妈摇头。老顺道："听我说完，那黄豆，会发胀，胀呀胀呀，就把肛门堵了，它疼得发疯。"猛子接口道："疼极了，就会咬别的老鼠。孟八爷说过这法儿。"说着，他伸出手，瞄了鼠，揪住它头皮，一提起，尖叫就涨满院子。老鼠尾巴猛甩，弄出一片水珠。

  "哎呀，比狸猫儿还重。"猛子叫。

  "快，快，瘆怪怪的。"妈打个寒噤，哆嗦了身子叫，却不知要叫猛子快啥，是快甩死呢，还是快放了？

  老顺抓来半把黄豆，叫猛子桎梏了鼠身，捻了黄豆，塞进老鼠肛门。那鼠大叫，疯狂挣扎。

  "别的小老鼠，塞一粒就成了，它拉也拉不下来。这老鼠，肛门松垮垮的，多塞几颗，还得缝住，不然，一泡稀屎，啥都拉了。"老顺边塞黄豆，边说。

  "瘆怪怪的。"妈打个哆嗦，"弄死算了。你那法儿，一听，就叫人身上起鸡皮疙瘩。"猛子也说："就是。给它个利索死算了。"老顺说："叫它帮我灭鼠呢。你们懂个啥？"边说，边进屋去寻针线。妈使个眼色，叫猛子弄死算了。猛子瞅瞅屋里，却不敢。妈伸出手，又不敢往老鼠身上碰。

"来，"老顺出了门，"一两针就成，叫它别拉出黄豆就成。"说着，他揪住老鼠肛门，缝了几针。老鼠被弄疼了，扭动着身子厉叫。

"行了，行了。"妈打个哆嗦。

猛子放了老鼠。那鼠不相信似的，四下里望望，才逃回洞里。

猛子道："那儿，还有一个。"过去，搬开石头，见一个半大老鼠已死，黏黏的肠子被石头压出体外。

"恶心。"妈打个哆嗦，用陌生的目光望着老顺，说："几十年了，还没想到，你的心这么恶。"

"放屁。"老顺怒了，"你忽而怨我没本事灭鼠，忽而嫌我恶。老子不管了。你的那些贼妈妈叫老鼠咬光，也别再怪老子。"

妈不再出声，那寒噤，却一个接一个地打。

那个瓶里却不见老鼠，葫芦籽儿和油饼好好儿放着。

3

正吃午饭，忽听院里吱吱声大作，出门一看，几只老鼠正仓皇逃。那大老鼠凶悍异常，穷追不舍，追上一只，一口叼了。小老鼠扭动肢体，惨叫几声，便死了。

老顺很是兴奋："瞧，咋样？它正咬自己的儿子呢。我说那法儿好，还不信。……呔！你美美地咬，多咬几只，省得老子动手。"大老鼠仿佛听懂了，越加凶悍，几只小老鼠很快毙命了。

莹儿抱着娃儿，打个哆嗦，不忍再看，就进了小屋，关了门。猛子妈虽打寒噤，却舍不得放过这稀罕场面。

大老鼠咬死几只老鼠后，仍狂跳不止，想来是肛门里的黄豆早已发胀，胀得它失去理智了。老顺得意地嘿嘿几声，走过去，捻起一只死老鼠，伸给拴在架上的兔鹰。兔鹰爪撕嘴啄，几下就吞了老鼠。

忽然，猛子大叫："爹，小心！"

巨鼠已向老顺扑来，那形神，哪是老鼠，明明一只怒狮。老顺骇极，边退边叫。那鼠獠牙外露，叫声刺天，很是凶悍。老顺见势不妙，索性转身，鼠奔逃窜了。巨鼠紧追不舍，状极狰狞。

看到爹少有的狼狈相，猛子大笑。妈嗔道："你笑啥？快救你爹。"老顺也边逃边骂："你个无义种，老子饶不了你。快！老子跑不动了。"猛子以为他骂老鼠呢，听到后来，才知道是骂自己。

莹儿抱了盼盼，隔窗子看，又是好笑，又是惊惧。

猛子四下里瞅瞅，捞过铁锹，正要追过去拍老鼠，老顺已情急智生，跳上支在院里的木床上。那鼠身躯肥大，状虽凶悍，却弱于弹跳，只疯狗一样朝老顺龇牙咆哮。

老顺看那鼠奈何不了自己，才放下心来，边喘息，边激老鼠："你上呀？你有本事，咬了老子的屁。上呀，上呀。"

老鼠也吱吱大叫，仿佛说："下来，有本事你下来。"

猛子见爹无危险，也坐山观虎斗。这场面，并不多见，比看武侠片过瘾多了，就拄了锹，不去参战。

妈和莹儿都笑弯了腰。

忽然，那鼠狂跳起来，不朝老顺咆哮，却扭头咬起自己的尾部来，它边厉叫，边狂跳，边咬。老顺又吼叫几声，鼠却不顾。

妈说："猛子，给它一锹吧，孽障死了。"老顺却说："老祸害，这么好的戏，你不看？……不能打，叫它咬别的老鼠去。"

巨鼠狂跳一阵，没头苍蝇似的在院里转了几圈，又进洞了。

院里顿时静了。谁都觉出那静的挤压。猛子这才发现，自己的脊梁里出汗了。

老顺抹把汗："好悬，叫它咬一下，了得。"妈说："咬一下？你要是落到人家手里，不把你啃成个骨架，人家能饶你？也只有你这黑心肝人，才能想出这号法儿。"

老顺笑道："我在为死在它口里的鸡娃报仇呢。"

一阵很大的吱吱声从洞里传来。猛子妈打个哆嗦，忙进了厨房。莹儿也苍白了脸。

4

院里倏然静了。

谁都觉出了那静的挤压。老顺巴望着鼠洞，希望从里面钻出巨鼠来，但终于，鼠毛也没探出一根。

伸了几次脖子，老顺失望了。他讪讪地笑道："莫非，真叫它咬光了？"妈打着一个个寒噤，时不时，哆嗦一下。猛子觉得一种奇怪的静压向心头。他觉出无趣了。

鹰却不知趣地咕咕着，仿佛说："再来一个。再来一个。"老顺恶狠狠瞪它一眼。鹰倒也识相，一缩脑袋，萎靡了。

妈打个寒噤，咕哝道："这号黑心肝……"

老顺没再发威，只心虚地四下里望，仿佛想找点啥，却发现，谁的脸上也写满了无聊，就趿拉着鞋子，进了北屋，躺在炕上，吁气。

那静，或者说死寂，却在院里繁衍。院落怪怪地变了。日头爷白孤孤的，很是诡秘。破旧的院落，剥脱的墙皮，几个东倒西歪的葵花秆，一地鸡粪，打着寒噤的妈……都白呆呆地静，有种无趣的枯燥，仿佛梦中的景象，仅仅是徒具了形，那神魂，却没了。

这感觉，很怪。

妈木着脸，咕哝道："也怪你们，不该那么贪嘴……"

猛子听出，妈在怨老鼠，那语气，跟骂淘气的儿子一样。猛子想，也许，妈眼里，那老鼠，不该死的，只想骂几声，叫它悔改了就成。一定是这样。他想，妈也许把老鼠当家中成员了。一定是。

猛子进了北屋，见爹望了梁发呆。忽然，爹问："你说，究竟有没个天？说没有吧，咋啥都造这么好？说有吧，咋有时像瞎了眼？"猛子说："管他有没有。反正，不该缝老鼠屁门。几个大男人，欺负小老鼠，咋说，都算不上仗义。"老顺不语，许久，却问："你说，老鼠这么坏，天为啥造它？"猛子说："造了它，总有用。没老鼠，狼吃啥？没狼，靠啥撵瘟神？那年，牛羊死成了雪地，啥药也不起作用，还不是狼排了队，长嚎三天，才撵走了瘟神。再说，谁也是命。天叫它活，就有个叫活的理由。"又说，"要是你叫人缝了屁眼，会咋样？"

爹不应，只长伸了腿吁气。

半晌，妈木了脸进来，燃了香，合掌祷告。猛子听不清她念叨啥，却晓得那内容。

5

一进门，猛子就听见爹又在院里咋呼："我咋能眼花？我眼睛睁得明突突的，真是一地老鼠，没一万，也有八千，齐刷刷作揖呢。"猛子一问，爹说，方才，他躺在书房炕上，忽见一地老鼠，都举了前爪，给他作揖。"开始，我还以为是眼花了呢，眨眨眼，那老鼠仍在。以为是做梦，揪揪腮帮子，很疼，也不是梦呀？嘿，那老鼠，没一万，也有八千。魂都吓掉了。"

妈笑道："做梦了。"

老顺道："你老妖，才白日做梦呢……明明是真的，我觉得那大老鼠是鼠王，他们来求情呢，就说：'哎，你们先去，叫它来，我抽了针线。'它们仍不走。我又说：'我再不打你们总成吧？'也不走。我吓坏了，跪在炕上，乓乓乓，磕三个响头，说：

'你们饶了我吧。我再不打你们，给你们上供，成不？就用油拨拉，多放些清油，成不？'它们才走了。"

"我咋没听见？"妈笑道，"我咋连个声气儿也没听见？"

"你在厨房里哩，就是你拉风匣那阵。"老顺脸都白了，"快，去弄油拨拉。你想，一地老鼠，朝你作揖，一想，瘆怪怪的，头皮都麻了。"

望着老顺认真的神色，妈似乎信了。猛子知道父亲不会编这类白话，想来，他说的是真的，一想那场面，脊背上就凉飕飕的。

"那我真去做了。"妈又瞅瞅老顺，"该不是你想吃油拨拉吧？"

老顺怒道："老子值个油拨拉？想吃，老子会直说，编白话干啥？"

妈这才忙颠颠去了厨房，切些甜菜，做起油拨拉。那油拨拉，做来也简单，清油炝好锅，倒上甜菜疙瘩，加上水，放上面，叫温火慢慢儿咕嘟去，等面熟了，拨拉着拌好，泼上滚热的清油，就成所谓的油拨拉了。据说，老鼠最爱吃的，就是这油拨拉。在靠山芋米拌面填肚囊的日子里，这油拨拉，当然是最好的吃食了。

做好油拨拉，天已黑了。因老顺老用瘆怪怪的语气说那瘆怪怪的内容，院里也弥漫了一种瘆怪怪的氛围。猛子说："爹，也许是幻觉。大老鼠的那阵追，刺激了你的脑子。"

"狗屁。刺激啥？几十年了，老子啥没经过？一只老鼠，能刺激了老子？那事儿，明明是真的。"老顺说。

猛子举了蜡烛，端着油拨拉，老顺则拿了黄纸和香，走到鼠洞前，献了油拨拉，献了灯，燃了香。老顺跪了，点燃黄纸，虔诚了心，说："老鼠大王，大仙神灵，鼠神爷爷，鼠神奶奶，我冒犯了你们。现在，我还愿来了。今后，我再不打你，你也别叫你的兵娃儿给我作揖，我当不起，折寿哩。想吃了，你就出来吃几嘴。要是你不咬我，我就把缝在你屁门上的线抽了。"

传来莹儿的笑。猛子一扭头，见她正抱了娃儿，看这一幕。猛子这才觉出了好笑。几个小时前，爹那么理直气壮地惩罚巨鼠，现在，又给它下跪了，想笑，又不敢笑。可一想爹说的场面，心头仍掠过一股凉风。

妈瞪莹儿一眼，也跪了。她祷告的内容是叫家里平安。自打憨头死后，妈便成了惊弓之鸟，一有风吹草动，她的魂儿先飞了。

猛子说："那它以后吃鸡娃咋办？"

妈说："不就一个毛虫吗？你吃了，叫你吃去；想留了，给我留几只；不想留了，吃光也没啥。"说完，却掉过头来，对猛子说："去，叫北柱给我绾个铁丝笼子。"

猛子忍不住笑了:"一有铁丝笼子,人家想吃,也吃不上了。"妈嗔道:"人家仙家,想吃,笼子也挡不住。我是挡老鼠的。"

这个听起来很像故事的故事,就发生在天祝的毛藏一带,据一位朋友说,那是一位老人的亲身经历,其中的很多场面,都真实地在他生活中发生过。

虽然别处人不喜欢老鼠,觉得"过街老鼠,人人喊打",因为老鼠的繁殖力很强,又经常偷吃粮食、毁坏衣物,还会咬人、传播疾病,但是在西部人眼里,老鼠能通灵,所以西部人对老鼠的感情很复杂,其中有害怕,也有尊敬。西部人提到老鼠的时候,一般不叫老鼠,而是叫"掌柜的"。因为西部人认为老鼠能听懂人话,叫"掌柜的",它们就不会咬烂衣服。这种观念非常有趣。类似的还有黄鼠狼,虽然黄鼠狼同样其貌不扬,但是在中国人眼里,黄鼠狼同样能通灵,所有能通灵的动物,都是能修行的,一旦修行到一定程度,就会成仙,这时,它们的生命价值就不一样了。对了,我之前说到的狼,西部人也认为是土地爷、山神爷养的狗,所以狼和狐狸一样,最主要的食物就是老鼠,因为老鼠会破坏植被,破坏土地爷、山神爷的身体,狼的职责,就是不让这种动物过度地繁殖。

西部大地很有意思,它很像拉丁美洲。我写出《西夏咒》的时候,人们就想起了马尔克斯的《百年孤独》,他们说,我的作品也充满了魔幻的味道。事实上,不是我的作品充满魔幻的味道,而是西部大地本身就充满了魔幻的味道,只要我写出这块土地上的许多故事,我的作品就自然充满了魔幻的味道。你看,这个夜晚,不是也很魔幻吗?

确实很魔幻。风中的山谷就像精灵王国在狂欢,有树妖,有水神,有百草仙子,有虫妖,有花妖,还有无数种具有灵性的动物。它们正潜伏在森林的某一处,它们的心脏随着狂欢会的旋律跳动着,它们将身体化为空气,窥探每一颗跳动的心脏,但心脏的巨响暴露了它们的行踪,就像无数个风魔在山谷中呼唤。

我发现,你变了。

是吗?来到这块诗意的大地上,或许谁都会慢慢变化吧。

是的。你说得没错。

继续说鼠神的故事?

好的,魔幻色彩是西部大地上非常重要的一种色彩,如果你不明白这一点,或是不理解这一点,你就很难理解西部这块土地。这块土地充满神秘和诗意,所以诞生了很多宗教，有萨满教，有本土道教，还有汉传佛教、藏传佛教等等。我从小就受到这种文化的影响，它让我的思维一向很自由、很活跃，因为我相信眼睛以外的世界，相信奇迹。无论面对什么事，我都很自信，即使在看不到一丝希望的时候，我也相信，在某个时刻，会有奇迹降临，而我所做的一切，就是在为那奇迹创造萌芽的土壤。在这一点上，比起其他地方，西部可以说是得天独厚的。因为，生活在这块土地上的人，有一种跟偏重于物质的人不一样的思维，很多西部人都相信，并重视一个形而上的世界，他们相信头顶上有神灵，神灵正威严又慈祥地俯视世间一切。所以，他们重视人格多于物质，就像一首贤孝中所唱的："你看那西天路上一只鹅，口含灵芝念弥陀，扁毛都知道这个修行意，难道人吃五谷还就不念佛……"可见，在很多西部人心中，动物跟人一样，也是懂得修行的。

　　西部流传着一种说法，动物如果修炼到一定的时候，就会拥有功能性力量，既可以帮助人，也可以搞破坏。在很多民间传说中，我们都可以看到这样的例子。有时，我们觉得传说是老百姓的想象，就像我们觉得《百年孤独》是马尔克斯的想象一样，但事实上，到底是不是，其实很难说。有一个神秘的诗意世界，偶然会对我们生活的物质世界打开它的大门，这时，我们就会看到龙一样游动的云，看到会顶礼的猪，看到养老院飘出的诸多白色气团，看到各种我们不能理解，所以觉得它非常神秘的东西。事实上，人的世界是非常狭隘的，而西部人的思维，相对于很多被唯物论所困的心灵来说，更容易接近宇宙的真相。所谓宇宙的真相，就是世界是多重的，在我们肉眼可见的世界之外，很可能活跃着无数个诗意的世界。我们于是名之为魔幻。有时，更重要的甚至不是真相，而是一种思维，是一种信，就是你始终相信另一个世界的存在，始终敬畏未知，无论是另一种思想、另一种智慧、另一个世界，还是另一个生命的存在，你都会有所敬畏。有了敬畏，才谈得上很多更高层次的东西。因为，有了敬畏，人才有开放的心态，能接受很多他不知道的东西。

　　这是西部人的一种思维，认为万物有灵。

　　这个故事就是动物信仰的一个例子：老鼠发了疯杀了儿孙们，最后自己也死了。于是魂灵子们就找到人类，希望得到救赎。它们寻求救赎的方法也很有趣，就是希望人们用油拨拉子来供养自己，这么一供养，它们就从鬼变成了神，生命境界立刻提升了。黄鼠狼也是这样，有些人面对死去的黄鼠狼时，甚至会建庙供养，把黄鼠狼尊为神，而且，对黄鼠狼，人们会更恭敬，一般不敢打它们。

　　为什么？

　　因为很多地方都有一种说法，认为黄鼠狼很邪，打了，会带来灾难的。而且黄鼠狼吃老鼠，可以为人类减少很多麻烦。

中国不是有一句话，叫"黄鼠狼给鸡拜年，没安好心"吗？

事实上，黄鼠狼不怎么吃鸡，它最主要的食物，是老鼠，它并不像这句俗语里说的那样。有很多老话因为流传已久，人们就认为它们一定是对的，但它们对还是不对，其实说不定。我举个例子，我们此时说了一句话，如果被人觉得有趣，沿用了下去，也会成为老话，所谓的老话，就是由老人们、故人们说出的话，年岁很老，不代表它就一定是对的。比如，人们也说"鸡零狗碎"，但事实上，狗是很憨厚的动物，它们并没有太多小心思，从它们的行为中，你就可以看出这一点。人们还说"猪狗不如"，来比喻某些人品格的糟糕，这就更荒唐了，因为比不上狗的人实在太多了。所谓的以讹传讹，就是这样来的。人不辨对错，就传播和沿袭了某种东西，这种例子太多了，所以世界上就多了流言、谣言之类的东西。

你说得对。不过，这故事最吸引我的，除了西部人的这种信仰，和他们既打又敬的复杂心态之外，还有他们的思维角度。老顺女人虽然因为老鼠吃了亏，但她看到老鼠受了折磨，心里还是特别难受的，她一个劲地打寒战，还用另一种眼光看老顺，觉得老顺的心很恶，竟然这样报复老鼠。就连猛子，也反问自己的爸爸，说假如你是它，你会怎么样？这种思维角度看似平凡，但很可贵，因为流行文化正好缺少这个东西。很多人虽然也行善，也向往善，但是从一些细节上，你就会发现他们其实是利己的——当然，也不完全是利己的。他们永远在羡慕自己没有的，甚至嫉妒自己没有的，而不会上升到人类的角度来衡量事物的价值。这时，他们就容易忽略别人的痛苦，过分关注自己的得失和命运。不过，我自己其实也一样，不知不觉，就容易产生这样的思维。有时反思自己，发现自己犯了这样的错误时，其实挺脸红的。

你说得对。不过这也跟信仰有关。西部是一块有信仰的土地，所以西部人大多有信仰，他们即使没有宗教信仰，也会信仰善，习惯与人为善，对他们来说，这不是文化，而是一种本能、本分，他们如果不这样，就会脸红，觉得自己没尽到本分。这是他们跟很多当代人最不一样的地方。很多时候，有没有信仰，决定了很多东西。看似复杂的很多现象，你分析到最后，还是信仰的问题。因为，信仰代表了一种比欲望更伟大的追求，只有有信仰的人，才会在精神和人格上，对自己有更高的要求，才能不断地向上。

包括这种对鼠神、黄鼠狼的信仰吗？

是的，包括这种信仰。这种信仰虽然看起来像是迷信，但它的本质，还是有所敬畏。当你对神圣有所敬畏，相信有一种存在比人类更伟大，有一种规律比法律更公正时，你就会约束自己的行为。比如，当老顺供养了鼠神之后，他下次就不会再用同样的手段去对付老鼠，不会给另一个生命带来难言的痛苦了。这就是信仰的意义。信仰代表了一种思维——不管有什么借口，都会要求自己"己所不欲，勿施于人"；也代表了一种态度——自省、自律、自强。

人类信仰山，就不会滥砍滥伐；人们信仰水，就不会污染水源；人们信仰牛，就不会伤害牛，不会斗牛；人们信仰鸡，就不会伤害鸡，不会斗鸡；人们信仰狗，就不会有杀狗节，不会糟蹋狗……所有的信仰，都意味着一种"戒"，而这种"戒"的本质，就是给世界带来一些好的东西，减少对世界的伤害和折磨。所以，很多真信仰都是美好的——除了一些非常偏激的信仰，以及一些欲望化的信仰。

信仰也代表了一种诗意的眼光，一种柔软和温馨，还有永不熄灭的梦想和激情。信仰是美好的。

你点了点头。我知道你也有信仰。让你沉醉的那个世界，也定然能唤醒你内心的柔软和激情，你看待它们，既像看待你的母亲，也像看待你的孩子，你的心里会充满了温柔、爱和崇敬等正面的感情。所以，你才能保持积极，也保持年轻。

这个故事讲完了，茶也喝完了，蚕豆倒还有很多。老是坐在这里，不知道你的腿会不会难受？你的心灵可以永远年轻，但你毕竟是一个六十多岁的老人了。今晚漫长的聊天，你能撑得下来，已经是奇迹了。别的老人，此时都躲在热被窝里睡觉了，但你却在这山谷深处，为了另一种文化，而付出你的时间，挑战你的健康。你的选择，赢得了我的尊重。

看，风中的树林多美，我们边走，边讲下一个故事吧？

好的。

神婆：

通灵的女子

眼前的树影婆娑着，有一种如梦如幻的感觉，风吹过，草们颤抖个不停。看到这景象，我就想起那时节西部女人的心。我仿佛能看到许许多多的西部女人。

下面，我要给你讲的故事，就是关于另一种西部女人的。她跟一般的西部女人不一样，虽然也像其他女人一样痛苦过，但是，因为另一种遭遇，她就有了另一种命运。她从此在西部女人的群体中脱颖而出，成了一种男人也不得不敬畏的存在。因为，她跟神拉上了关系。这类女人有个很诡异的名字，叫神婆。

西部的神婆文化很有意思，要是你早几年来西部，或许就能亲眼看到神婆，但这几年，政府不让神婆神汉上雷台了，于是，神婆的活动范围一下就缩小了。但这种文化已深深植根在西部民间，跟老百姓的生活需要息息相关，所以，它不会就此消失。这是它跟贤孝不一样的地方。

比起神婆文化，凉州贤孝要博大得多，它有很高的价值，却因为跟不上时代的需要，所以必然会被淘汰，非常可惜。虽然我一有机会就在作品中介绍它，也介绍贤孝艺人，希望他们能得到更多的关注，但关注是有了，他们的命运能不能改变，却是另一回事。

在刚才的故事中，我也讲到了神婆，只是不知道你有没有留意。老顺们拜祭完鼠神之后，猛子曾发过议论，他说，"听神婆说，神是人封的"，这说明，神婆在西部是有话语权的。在那个时代，女人拥有话语权，几乎是一件不可思议的事情，因为女人的地位很低，整天挨打，更不要提话语权了，但神婆就偏偏拥有话语权。这是因为，自从鬼神附体在神婆身上之后，神婆就知道了很多她们本人不知道的事情，这让她们显得博学多才。但她们肯定不如瞎仙博学多才。瞎仙博古知今，能说会唱，是非常了不起的文化人，他们写下的贤孝歌词，很多都有很高的文学价值，而且，艰辛生活让他们有了一种超越智慧，他们是真正的智者，从很多贤孝中，我们都能看出这一点。就是从这一点上，凉州贤孝显出了它最独特的价值。可惜，以后，能定格它的，或许也就是我的作品了。

走到这儿，我们见到了很多低矮的灌木，它们像一只只羊，隐在黑暗里一动不动，继续往远处望，能看见山，但山也像是庞然大物，立在黑暗中一动不动。黑暗笼罩了整个世界，未知也笼罩了整个世界。不知道，这个未知的世界，将会流向什么地方。正如悬崖底下的那条小溪，它不知会流向什么地方。一切都在流动着，一切都在消逝着，这个夜晚也在消逝着。每一分，每一秒，都在过去。时代在过去，记忆在过去，生活也在过去，所有的爱恨情仇都在过去。你能不能感受到这风儿的沧桑？

好了，现在，我们开始讲神婆的故事吧。你也来看看，这个神秘的群体。

神　婆

研究凉州神婆是很有趣的事，它不仅是民俗学的范畴，更涉及文化学和心理学领域。笔者在长篇小说《大漠祭》中，塑造了一个神婆，很能代表凉州神婆。节录如下：

神婆姓齐，是沙湾的二号有钱人，五十岁了，脸上的皮尽打了褶儿，上嘴唇长，下嘴唇短，红丢丢的，说一句话就伸出舌头多情地舔舔红唇，抿着嘴笑。她走起路来也风骚得很，又是个小脚崴崴儿，真正扭成个风摆柳枝儿。听说神婆年轻时害过一场病，病了三年，怎么治也治不好。第三年的一个夜里，忽然有了神。神是每天晚上亥时来。来时，神婆总要打三个呵欠，再打个冷战，浑身的骨节就咯吧咯吧响起来。响一阵，才口吐白沫晕过去。晕一阵，神就入了窍，就能给人算命燎病。

……病一燎罢，神婆就妖声妖气拖一口怪腔调说自己是陕西蓝田人氏，十八岁那年病死的，修成了鬼仙。……其修持之人，始也不悟大道，而但求速成，形如槁木，色如死灰，神识内守，一志不散，定中以出阴神，乃精灵之鬼，非纯阳之仙。以其一志阴灵不散，故名鬼仙。……于是，一入夜，远远近近的人便挤满了神婆家的大书房。几十年来，沙枣木门槛给踏折了十八次。

读了上面文字，读者便明白凉州神婆的特点了。概而括之，可有以下几点：风流多情、患病多年、鬼神入窍、举止神异、交际很广、生活富足，等等。下面，分而述之：

一是风流多情。在生活的重压下，凉州女人已无暇浪漫了，但凉州神婆却可以例外。她们大多健谈，会唱歌，会跳舞，极有情趣。这是凉州神婆独有的秉性，无论在当神婆前，还是成神婆后，她们都是一群游离于当地妇女圈之外的女性。人性中固有的东西在她们身上体现得最为淋漓。

二是患病多年。在现实的希望破灭之后，她们无一例外地患病了，病得死去活来，直磨得"形如槁木，色如死灰，神识内守，一志不散"，才终于有了自己的"神"。

我在《凉州女人》中写道：

凉州女人多梦，几乎每个女人都有一晕向往，一抹绚丽，一个五彩梦。……支撑她在艰辛人生中挺直脊梁的标杆。一旦毁灭，人生的殿堂随之倒塌：或从此沉沦，或以死殉梦，或浑浑噩噩度世，或遁入宗教以求寄托。粗心的凉州男人是读不懂凉州女人的。雷台湖里尽神婆，居士群中多女人，此中真味，谁能解得？

读完这段文字，也许你便明白了凉州女人的患病之由，你才会明白神婆为何尽是风流多情的凉州女人。

三是鬼神入窍。女人病到一定程度，鬼神便乘虚入窍了。

沈从文在《凤凰》中有相应描写：

……因人与人相互爱悦和当前道德观念极端冲突，便产生和神怪爱悦的传说，女性在性方面的压抑情绪，方借此得到一条出路……觉得洞神亲自换了新衣骑着白马来接她，耳中有箫鼓竞奏，眼睛发光，脸色发红，……家中人……只以为女儿被神所眷爱致死。料不到女儿因在人间无可爱悦，却爱上了神，在人神恋与自我恋情中消耗其如花生命……她在恋爱之中，含笑死去。

与沈从文描写的苗女不同的是，凉州神婆在与神的相恋之中，幸福地活着。

笔者常与神婆交谈，一开口，我便能很"神"地把她与神在梦中的交往说出。每每令她们目瞪口呆，把我也视为神汉了。因为她们的梦，多带桃色，总是羞于出口，外人自然少知。她们就是在梦中，才能从神那儿，得到平日在丈夫那儿得不到的许多东西，尤其是性的满足。

有一男子，曾给我谈过他妻子出神时的奇异。他惊诧地告诉我，神竟然还与他的妻子过夫妻生活，神给予他妻子的酣畅，常令他惊奇不已。他妻子坦白地说，就是从与神的交往上，她才明白了女人竟然还有那种晕。我告诉他，那晕，在性学上叫性高潮。这个词儿，更叫他目瞪口呆。他说当男人一辈子了，还不知道女人也有这个。

在凉州，这绝不是个别现象。

相较于一般凉州女人，能与神有感情交往和性交往的神婆无疑是幸福的。

四是举止神异，神神道道，异于常人。神入窍时，神婆常见的表现是打哈欠，打冷战，浑身骨节暴响，再口吐白沫晕过去。也有以"人神合一"自称的，便用不着这些入窍表演了。在当地人眼里，她们是"学"来的神婆，其地位，自然不如神入窍者了。

此外怪异的，便是口音了。神入窍后，神婆的口音便也成神的了。你可以想象，一个平日呈萎靡相且操一口硬怪怪的凉州土话的农妇，忽然间神采飞扬地拖一口外地腔调出现在村人面前，出口成歌，随问随答，不假思索，言辞顺达押韵……怎能不令人惊诧啊？

五是交际很广，生活富足。有了神后，女人们的苦日子才算熬出了头。

一位自称是某个大人物入窍的神婆是凉州神婆中公认的明星。她能说一口流利的南方方言，能装扮出大人物特有的派头，言谈举止，威风异常。她的生意，自然格外红火，家中常常是门庭若市，热闹非凡。她"出马"已有十年。有人算过一笔细账，以最保守的每日十人计算，再以最保守的每人孝敬十元计算，每日她足有百元的进项。十年下来，她至少已有数十万的收入。

这样的神婆虽是个别，但一个无可非议的事实是：凉州神婆大多相对富足。她的神是家庭收入的主要来源。

因为有神，丈夫不敢再老拳相向；因为有神，她自然可以走南闯北，不受束缚。想唱了，她们大声地唱；想扭了，她们尽情地扭。名气很大的女人，不仅在当地红，常有来自外地的小车前来求神问卜，或接送她前往异地他乡禳解。

这时，惯于靠老拳在女人身上显示权威的凉州男人便再也奈何不了她了。

至此，这些凉州女人才算过上了好生活，无论在物质生活上，还是在精神生活上，她们都是最富有的一群。

喜耶？悲耶？

这下，你也许就明白了神婆吧？神婆就是西部人眼中精灵鬼入窍的群体。所谓的精灵鬼，就是没有解脱，但有了功能性力量的那种生灵，他们属于鬼神，可以寄居在人的身体里。而被他们附体的那些人，也就拥有了一种神秘力量，知道了一些别人不知道的东西，也相应拥有话语权。

但是，你如果看到哪个女人被附体，有了奇妙的力量时，你也就明白了，她是一个不幸的女人。她一定病了很久，非常苦闷，充满了屈辱和痛苦，无论是肉体，还是精神，都已陷入了绝境。据说，只有这种女人，才会被鬼魂附体。所以，神婆子无论多么风光，无论多么富足，都是假象，在所有的现象背后，都隐藏着一颗寂寞痛苦的心灵。

她们虽然在与鬼神的交往中，得到了一种爱的甜晕，那种东西是她曾经向往过，却一直得不到的，但通过这样的方式实现那种向往，对一个女人来说，不知道到底算不算是好事。因为，那不是真正的爱情，只是两个寂寞的灵魂在互相取暖。鬼神通过女人，重新活了过来，女人依靠鬼神，也得到了她想要的东西。她不但得到了尊严，得到了话语权，得到了性的甜晕，得到了财富，也得到了相对富足的生活，最重要的是，她不用像一般的西部女人那样，被丈夫像揍驴那样揍了。

不过，在这种外现的改变之下，这些女人也会改变，她们会在别人羡慕和恭敬的眼光中，找到自己的幸福。虽然这种幸福仅仅是一种虚荣感，是用一种虚幻的东西掩饰灵魂的伤口，但她们至少得到了慰藉。或者说，她们有了一种表演幸福的资本，但喧嚣过后，她们是不是仍然快乐，也只有她们自己知道了。

神婆是可怜的女人。

是的，神婆是可怜的女人，但她们又是幸福的，因为，她们不用再受丈夫的打骂，不用再苦苦挣扎，她们有了自己需要的话语权，也有了自己渴望的梦想。这对她们来说，就像是改变了命运。但事实上，她们的命运有没有改变呢？没有。她们的心灵很弱小。她们面对突如其来的利益时，心甚至会变异的。在不断膨胀的虚荣和欲望之下，她们会失去女人的诗意。她们虽然跟神交往，但不再浪漫，她们会变成最实惠的女人。

我在《白虎关》里写过一个神婆，她过去信仰金刚亥母，还对乡亲父老推荐金刚亥母，但是，当她发现信仰金刚亥母的人，就不再信仰她，她的利益会受到伤害的时候，她的贪婪、嫉妒和控制欲就开始发作了，她就会编造一些话，阻止人们信仰金刚亥母，有些人也真会受她影响。你说，发生了这种变化的她，到底幸不幸福呢？

我觉得，这还是她自己心灵的问题。每个人都有欲望，但每个人对待欲望的态度都不一样，面对突如其来的利益和话语权时，并不是每个人都会丢失自己的。很多公众人物都没有丢失自己，他们为社会做了很多好事，也树立了很好的榜样。因为，话语权让他们感觉到责任，感觉到使命，感觉到自身的价值，他们会为了对得起这个东西，去提升自己、去约束自己，而不是追逐欲望。所以，神婆的变异，不能说是她们的不幸，而应该说，什么样的心灵，就导致了什么样的命运。

你说得对。但事实上，没有强大的心灵，人就控制不住自己。尤其是像神婆那种没有真智慧的女人。没有真智慧，人就没有选择高尚的理由，因为她们并不追求高尚。她们也许曾经信仰过爱情，希望为爱、为丈夫而无私地奉献，但生活把她们所有的幻想和向往都打碎了——你或许还记得《丈夫》中的那个西部男人，他那样的西部男人有很多，他们并不关心妻子的心灵，也读不懂妻子的心，与这样的男人生活在一起，女人是非常苦闷的，因为她的灵魂非常寂寞。这种寂寞，在她们放下之前，会一直陪伴着她们，一直折磨她们，当那种情绪沸腾到一定程度时，她们就有可能自杀。神婆过去就是这样，她们是一些徘徊在生死线上的女人，如果没有鬼神的附体，她们也许已经死了。就算活下来，也是一具失去了灵魂的尸体，鬼神的附体，对她们来说，就像命运的馈赠，也像命运的玩笑。因为，就在鬼神附体的那一天，一切都变了。

风声很大，树木摇摆发出的声响也很大，但我们走路的声音，仍然非常清晰。地上有很多枯草，毕竟是秋天了，脚踩在上面，就发出咔嚓咔嚓的脆响。也许还有一些小小的枯枝吧。我们走路的地方，其实没有路，因为我不常走。我常走的地方，已经出现了一条路，秃秃的，不长草。但今天，我想跟你一起探险，去这个山谷里我仍然陌生的地方看一看，不知，你会害怕不？

你摇了摇头。你说："我在想，神婆知道她自己需要什么吗？"

不知道。这个世界上有太多的人，其实都不知道自己需要什么，包括神婆。她们为很多人做指引，教人家该怎么做，成为一些人的依怙，但事实上，她们自己的心灵并没有真正的依怙。要说有，也是那些附体在她们身上的鬼神，但这些鬼神，其实也需要一个灵魂的依怙。否则，他们就不会寻找一具活着的肉体，这种寻找，本身就意味着一种渴望，也是一种痛苦的寻觅。依怙那些自己也不自由也痛苦的存在，是一种悲哀。因为，她们不可能因为这种信仰而升华，她们的命运也不可能因为这样的信仰而改变。她们永远都不会发现，自己可以变得多美、多安详、多自在，她们更不会知道，有一种慈悲和无我，能让她们的心变成一片无垠的大海、无边的天空，能容纳无量无数的可能性。那种生活，跟她们眼下的生活有着云泥之别，但她们却以为自己拥有的，是最好的生活了。很多人都以为，富足的、儿女成群的生活，就是最好的生活，他们看不到另一种生命的可能。虽然他们之中，有很多人都是因为责任感而选择了那种活法，抛弃了自己灵魂的向往和梦想，但也说明了一个道理：在他们心中，还有比梦想、向往和灵魂更重要的东西。

但他们也是在追求自己想要的生活。

是的，他们只是在追求自己想要的生活，他们的生活，也有他们的快乐。就像神婆的生活也有神婆的快乐一样。当神婆把自己的话语权从家里波及整个村子，甚至超越了整个村子，波及周边地区时，她一定很快乐，但这快乐又能给她带来什么，能不能治愈她内心的某个伤口，能不能还她心灵的纯净，就是另一回事了。对不自由的、蒙昧的心灵来说，话语权也是毒药。

我们进入了一个陌生的山谷，这里也有溪流，跟小屋附近的那条溪流很像。不知道，它们是不是同一条？水花随着大风打在我的脸上，凉凉的，很舒服，让我想起了山谷里的雨。可惜，这样的天气是不会下雨的，否则，我真想让你看看山谷的雨天。坐在小屋里，望着雨幕中的山谷，是一种很美的享受。你可以放飞自己的心灵，让它进入那片山谷，去窥探山谷中每一个未知的秘密。当然，现在也可以，你的心可以在大风中飞翔，让风带走它，让我的声音带走它，让它飘荡在西部人的故事里。你可以让你的头脑停一停，让你的心去感受它，去感受一个徘徊在黑暗中的、小小的生命。他的寂寞，他的迷惑，他的无助，就会刺伤你。它会激起你内心一种很美的东西——悲悯。

在功利的世界里，最难得，也最可贵的，就是悲悯。真有悲悯心的人，是不会陷入灵魂绝境的。所以，我希望你永远像现在这样善良——甚至比现在更善良——永远像现在这样干净，永远能为了另一种文化的清新和美好、为了延长另一种文化的生命、为了扩散另一种文化的影响力，而踏上另一块土地。为了你的这份大心，我在心底里深深地祝福你……

你看到那边的星星了吗？在我还很弱小的时候，我最喜欢做的事情，就是在很黑的夜里，看远处的星星。西部的星星总是很亮，一闪一闪的。小时候，我总是做一个游戏：五指张开，放在眼睛和星星之间，这时，我就好像抓到了星星，星星在指缝里忽闪忽闪的。我就会特别开心。不过，长大了我才知道，星星最美的地方，不是叫你抓住它，而是给你一个仰望的对象。当你仰望它、仰望月亮时，你的心也就不抗拒黑夜了。你会觉得黑夜很美，充满了诗意。你会怀着满满的陶醉，感受这风，倾听这水，触摸篝火的温度。生命于是圆满了，灵魂于是圆满了，心灵于是干净了，所有活着的感觉都苏醒了。这时，你才能走进我今晚讲的这么多故事里，去触摸那些沧桑的时光，去感受那些沧桑的心灵。你也许会哭，也许不会，但你的心会感动。你会发现，哪怕是神婆的故事，牛二的故事，也告诉了你这块土地的活着。几百年后，上千年后，这时所有的活着，都会成为过去。但假如你能把你今晚的感动、你今晚的思绪，都化为文字，记录在你独有的诗篇里，也许，你也就留住了时光，留住了历史，留住了记忆。

　　人生就是记忆，相遇也是记忆，美好是记忆，苦痛也是记忆。那么多生命过去了，就像打在我们脸上的那些水花，干了，消失了痕迹，留下的，只有相遇时的那点温馨。对吧？我想，你现在或许能理解我的话。

　　或许，若干年后，你想起这些叫作神婆的女子，也会觉出一个生命的温度，你也会感受到一个蒙昧灵魂的痛楚。你也许会再一次叩问：到底什么是幸福？西部的男人女人们，活得算不算幸福？

　　这个问题，留给你吧。你会有你独有的答案。

　　长夜已过半了，我们还是开始讲下一个故事，这也是一个关于鬼神附体的故事……

春香：
女子的另类报复

走到空旷处，风更大，夜也更凉了。很凉的夜气，像水一样灌入我的身体。很多时候，其实我都忘记了身边的你。其实，我只是一个人在自言自语，如果你不发问，我真会忘了你。我总是活在自己的世界里，活在一种说不清的氛围里。

现在，包裹了我的，是我将要对你讲的那个故事。在那个故事里，一个痴情的女子死了心爱的人，丈夫又对她进行了精神和肉体的双重摧残，她求生不得，求死不能，于是终于鬼神入窍，做了一件许多西部女子都做不到的事情：反击——她借助鬼神的力量，反击了自己的丈夫，说出了很多她想说，但没有机会说的话。在我对你说过的故事中，这是唯一的一次。读懂了这个故事，或许，你也就读懂了神婆，读懂了那些成了神婆的西部女子。

需要补充的是，这是我三十年前的作品，那时的我还有点青涩稚嫩，但同时也有着跟现在不一样的味道，我不知道，你更喜欢哪一种味道。

入　窍

1

吉守死了。染了黄煞而死。

在黑皮子老道下了黄煞镇的第七天，吉守躺在自家炕上放了命。吉守妈坐在炕沿上天呀地呀地嚎，吉守女人蒙个头巾爹呀娘呀地哭。吉守娃儿才会说话，哭不出花样，但最叫村里人伤心。傻爷说别哭了，女人们说别哭了，劝着劝着倒劝哭了自己。望望不满两岁的娃儿，傻爷的哭声盖过了吉守女人。

吉守身上没一块白肉，尽是黄颜色。眼睛里没有黑眸，尽是白颜色。黄牙倒被紫嘴唇衬了个白，龇在口外。傻爷捋了几下，捋不下上唇，就只好让它尽情地龇。傻爷说盖上吧，狗娃就拿了张白纸。傻爷说要黄纸，狗娃就拿了张黄纸，盖在吉守的黄脸上。

盖上黄纸的吉守被抬到堂屋的门板上，头朝外，脚朝里。门上吊了个布帘子，怕日光照到吉守脸上。因为死人一接触阳光，就会出阳骇人，可不是闹着玩的。傻爷吩咐狗娃去黑皮子老道那里择个发送的日子，又叫吉守女人找来个犁头，拴个大白公鸡，放在死人脚旁，以防死鬼出阳诈尸。白公鸡长了个雷公嘴，煞气大，鬼怕神惊，有它守候，死人是断不敢诈尸的。

狗娃拿个怪模怪样的符进来时，太阳已经落山了。吉守家院里黑乎乎的有股阴森味。傻爷接过符看了看，又叫狗娃拿支笔蘸点猩红加了三个"V"，意喻"急急如律令"。傻爷怪模怪样地笑了一下，神态极像怪模怪样的符。狗娃知道，定是黑皮子老道在符帖上留了点后手，可骗不过见多识广的傻爷。不过，黑皮子老道的那笔字确实不赖，"金犁既竖百邪散，雷公已到鬼神惊"。狗娃一看，就觉得院里的阴森味淡了。

傻爷放下毛笔，叫狗娃把符贴到吉守脚旁的犁头上，狗娃缩缩脖子，后退两步，说不敢。傻爷又叫吉守女人去，女人扭扭捏捏，唏唏哩哩，也说不敢。傻爷说，这有什么不敢的，他能把老子吃了？说着恶狠狠咳嗽了三声，进了堂屋。

吉守头前放了个炕桌儿。炕桌儿上放了五个馒头，一支白蜡。这白蜡是引路灯，无它，死鬼在阴间看不见路。傻爷进门时，天已黑了，烛光在大屋里表演着微弱。胆大包天的傻爷虽说口气大，可心发虚，因为吉守是个小口——岁数不大——又是暴死，不像寿终正寝的老人那么安稳。进门时，傻爷就觉得味道不大地道，心就开始晃荡；一见吉守尸体，眼前却突然显出了他龇牙咧嘴、眼珠白翻的脸，就觉得头皮开始发麻；等见到吉守脚上一团黑乎乎蠕动的小东西时，一只手就捏住了傻爷的心。他叫了一声："狗娃……"叫声拖带的凄厉，使院里人差点夹不住尿。

狗娃缩手缩脚进门时，傻爷已发现了自己的失态，因为他一叫，那黑乎乎蠕动的东西便箭一般射出门去。傻爷这才发现那是只猫。狗娃问，喊我干啥哩？傻爷说把门窗拾掇好，不要叫猫儿进来啃人。狗娃"嗯"了一声就掉头。傻爷赶紧说等等，就取过犁头贴上符，才和狗娃出了堂屋。到院里，傻爷对狗娃说，看吉守能把我吃了。狗娃挤眉弄眼说，你胆子真大。傻爷说当然，就顽童似的咯咯笑了。

夜里，傻爷想，莫非吉守真着了黑皮子老道的黄煞？不然，为啥身上那么黄。再说，不沾邪气的死人猫是不会啃的。这阵候，邪乎。

256

2

　　村里人知道，吉守和黑皮子老道的女人有过一手。这女人是大话的二姑娘，叫春香。吉守先是和春香的姐姐玲玲黏糊，可大话死活不同意，嫌吉守尖嘴猴腮是个穷相，嫌吉守妈风骚浪荡如同发情的母驴，就铁牙一咬，不松口。几年前，玲玲被一场神秘的大火烧死之后，吉守不吃不喝哭了整整三天。后来虽说开始吃喝，眼泪却流了近一月。一月间，吉守常在边湾河里喊玲玲，喊一句，哭一声，喊来哭去，就把春香的心化软了。在玲玲死后第二年的某夜，吉守抱着春香亲了个嘴。

　　春香嫁黑皮子老道时也哭岔过气，她想跟吉守。大话简直气傻了，嘴唇哆嗦了好半天，才说不知自己前世造了什么孽，养了这么两个丢底典脸的败兴鬼。吉守有什么好？尖嘴猴腮，一身穷气，值得姊妹俩这样为他嚎天扯泪。骂一阵死不要脸的女儿，骂一阵不识高低的吉守，又开始骂自己女人，说硬是这个老骚货把姑娘惯坏了，小小儿就让她们到外面疯野，大了自然管不住。养女不教母之过。这老祸害应当骑木驴儿。女人气不过，说你教得好你教嘛。大话就跳起来说，啥？叫老子教？老子娶你是干啥吃的？就狠狠打了女人一个耳光。

　　春香嫁黑皮子老道前已和吉守睡过觉，在大佛爷山上的一个洞里。春香哭，吉守也哭。哭一阵，两人就抱到一起你啃我啃你。春香说，爹是个死脑筋，非要我嫁黑鬼。爹用过黑鬼的两万块票子，要我顶。吉守说，那我咋办？春香说，今世里你我是结不成夫妻了，下一世吧。我也没法。我一个弱女子，抵不过爹。我也绝过食，可爹说，你死，可以；嫁吉守，不成。我不想活，可也怕死，就只有顺爹了。再说，我一死，也怕你一个人孽障。一想姐死后你那样子，我的心也烂了。吉守说——说一句，哭一声——照现在这样子，死了比活着好。春香呜咽道，活吧，活吧，好死不如赖活着，我的身子虽属于黑鬼，可心是你的。吉守说，心有什么用？我要你的身子。春香说那我就给你。说完，解开裤带，把身子给了吉守。

　　吉守着了黄煞一命归阴，是春香出嫁后第三年的事。其间，黑皮子老道常外出发丧，大多彻夜不归，吉守总是夜里前去应卯。虽说在春香出嫁的次年，吉守也娶了妻，可感觉总不如春香那样甜晕。吉守恨死了老道，提了裤子出门时，总要哼哼哼冷笑三声。

　　其实，娶来春香的头天夜里，黑皮子老道就发现别人的剑进过他的剑囊，但他啥都没说，也没问，依旧心平气和吭哧吭哧干他该干的事。此后两年间，他总能在夜出归来时闻到一股绿帽子味，但他依然不提不问。直到某夜敲门时从门缝发现一人逾后墙而出时，他才露出一丝温柔的笑。次日，他用黄纸剪了五个小人，判了一道勾魂符，烧到后墙豁口处，又埋了黄狗尾巴黄牛卵子等镇物。七日后，吉守着了黄煞而死。

吉守在老道背着经卷唢呐出了村子的当夜就从春香口中知道了老道剪人焚符之事，当时他心里像被凉水激了一下，以后的过程就不如往常那么酣畅。等到庄门外响起一声亮堂堂的咳嗽时，吉守把腿伸进了衣袖。好一会儿，他才反穿鞋子，跃上墙头。接着是一声厉叫，接着是一声闷响，接着什么也听不到了。

吉守三更时分才爬进家门。门开着，女人似乎没睡，腮边有泪痕。见了吉守，女人并不抬头，也没说话。吉守有气无力地说快去叫妈。女人就去了。第二天，吉守妈就去找黑皮子老道。老道大吃一惊，说你看你看，竟有这事？唉，我是下了镇防贼的，这些天丢了点小东西。谁知吉守着了祸。吉守这小子开玩笑也不分个地方。唉，晚了，晚了，回去收拾后事吧，事情到这地步，我也没法。他的魂早到阴曹地府了。不过，我可以告诉他死的期限：七天。记住，不过七天。老道慈眉善目唉声叹气，又给了吉守妈一百元钱叫准备后事。

吉守妈就回来了——嚎了半天，就回来了。

听吉守妈说，吉守是跃上墙头时才看见黑暗中那金光闪闪的五个人的，都在怒目视他，龇牙咧嘴，眼里喷火，把吉守腿中的气力烧了个一干二净。于是，吉守尖叫一声，栽下墙头，觉得肋部触了个硬物。一阵剧痛之后，就什么都不知道了。

吉守果然在第七天上放了命。七天间，吉守忽而糊涂，忽而清醒。糊涂时咬牙出汗打摆子，脸像涂了姜黄。清醒时妈妈老子地大叫，手按肋部口吐血。第五天上，吉守妈才请来大夫王麻子。一号脉，王麻子晃晃脑袋，叹了口气，啥话也没说，就出去了。吉守妈不死心，跟了出去，口刚张，王麻子就摆摆手，说无力回天，无力回天，准备后事吧。两天后，吉守就死了。

吉守死了，可黄煞镇依然未起。老道说，下镇容易起镇难。从此，村里人夜里不敢再走近老道家。听说一到那下镇之处，便觉得黄雾弥漫，阴气森森，有时还能看见那金人呢。半月过去，连春香红扑扑的脸都被黄煞染黄了。

3

狗娃到犁头贴符的次日清晨才听傻爷说吉守在前夜出阳诈尸了。判了符的犁头和长着雷公嘴的公鸡似乎失灵了。狗娃说是不是你画的那三个"V"没起作用？傻爷涨红了脸连说放屁，放了几声又慢吞吞说也许。半晌，傻爷叹道，唉，这死鬼，真有点邪乎。

狗娃听傻爷喧诈尸出阳的过程时骇得头发都参了起来,便发现吉守家院里果然与昨日不同,似乎有层淡淡的黄雾,心想这也许就是所谓阳煞。他听说诈尸的原因就是死鬼在出什么阳煞。出完阳煞才能到阎罗殿报到。望着目瞪口呆的狗娃,傻爷的语气越发阴森,使狗娃仿佛看到了龇牙咧嘴,摇摇晃晃走出堂屋到院中才砰然倒地的死鬼吉守。

傻爷被吉守妈和吉守女人的尖叫声惊出屋门时,机械走动的吉守已到院中。脚步声很响,啪啪啪像踩着水。手臂却不见摆动,也看不清眼睛是否睁着,只模模糊糊看见那张扭曲的脸。两个女人像冻极了的乞丐一样抱着膀儿咬着牙,闭目缩首,在墙角里发抖。傻爷头皮发麻,打个寒噤,周身经络通电似的传递着头部的酥麻。不知过了多久,他才强打精神呸一声。吉守便木桩似的倒院中了,放了几个惊天动地的响屁。傻爷说,他马上听到屋顶上有轰轰隆隆的飞沙走石声,像有人捞个树条来回跑动。院里便弥漫了黄澄澄的雾,罩暗了原本贼亮的电灯。

吉守是子夜时分出阳的。听吉守妈说,她陪着媳妇去典纸时,就发现吉守脸上的黄纸已到地下,似乎仰卧的尸体也侧了,心就成了火旁的青蛙。她们不敢望死者可怖的脸,想匆匆烧几张纸出门。却听得死鬼呻吟一声,叹了口气。接着,头动了,胳膊动了,喉咙里咕噜三声。吉守妈哆哆嗦嗦,闭目弯腰,捞起正典纸的媳妇就出门。关门时,却看到了正在起身的死人。

摇摇晃晃出门的吉守使狗娃做了许多天的噩梦。此后几夜,他甚至不敢去和双生女人黏糊。一闭眼,吉守就朝他龇牙,便怀疑这死鬼是不是知道了他摸过他老婆的奶头而作相骇他。傻爷却不然,经历了这个使寻常人闻而色变的场面,使他在村里人刨根问底时愈加神采飞扬。傻爷说,也怪他懒了点。当时,只要在堂屋门口吊个大红绒单,放个水桶,用红纸把窗户糊严,便可没事。

于是,在吉守出阳的第二天,村里人便门口吊红单,窗上糊红纸,把那因黄煞污染而变得黄澄澄的天和黄澄澄的日头关到了门外。

4

黑皮子老道并不老,不过四十岁。只是脸黑,又长了个肥大的蒜头鼻子,下巴上蓄一丛油黑的胡子。加上走路身直足稳,龙行虎步,给原本就威风的他添了十足的威风。

据传,黑皮子老道的祖先就极为了得,懂阴阳,会法术。驱鬼役鬼,小菜一碟。

傻爷幼时就见老道爷把一个八仙桌祭上了天空。听说，黑皮子老道坐过静，把祖先传下来的各种法术习了个熟练。可村里人只见过他托个滚油锅踩着火砖捉鬼。不过，仅这一点，就足以让人目瞪口呆了。

吉守着了黄煞身亡，使黑皮子老道声名大振。老道既是为防贼下镇，吉守又是不学好才招来祸行，人们并不觉得老道有啥不好。况且，他还给了吉守妈一百元钱为吉守准备后事呢。于是，人们都啧啧称赞黑皮子老道的德行，反倒骂吉守这孙蛋罪有应得。

听到吉守出阳的消息，黑皮子老道倒没啥大反应，只是笑笑，把狗娃笑了个大眼张风。狗娃说，你笑什么，你以为是我编的？老道不语，拿上桃木剑在门框上砍了三下。又掐个剑诀，在胸膛上划了个怪模怪样的符。

吉守死得冤。狗娃说，不望老道。老道也不望狗娃，桃木剑却凝在空中。我打听过。狗娃说，那天南乡无丧事。老道眼皮动了动。狗娃不看老道。吉守死得冤，这些天，一闭眼，他就朝我龇牙。老道白了脸，说娃子你胡说啥？狗娃不再说话，老道扔过一沓票子。狗娃拾了，掂掂，不望老道。我啥都没说呀，鼻爷。老道脸煞白，什么也没说。

狗娃出了老道家，走向后面的双生家。他望了望老道家后墙的豁口，叹了口气。他想起了小时候和吉守在放驴时烧黄老鼠吃的事，觉得鼻腔有点酸，眼里也迷迷蒙蒙有了层水汽，便在水汽中见到了躺在地上龇牙咧嘴的吉守。吉守似乎蠕动了一下，飘了过来，像个大蝙蝠。狗娃打个寒噤，抹抹眼睛，幻影消失了。西山上红红的太阳才真正刺向他的脸。

双生女人的嘴唇很红。双生死后，这婆娘跟一个掌柜到双龙沟金矿去做生意，不久前才颤巍巍抖身腻肉回到沙湾。狗娃抱住女人吧唧几下，才叹出了一口心有余悸的气。狗娃想女人肯定会问这几夜为啥没来。可女人啥也没问。狗娃很失望。

女人问起了吉守出阳的事。狗娃说了一遍。女人问，这黑皮子老道真有那么大法力？狗娃说真有。女人说这老道有钱也不会花，两万块钱买个黄脸瘦女人，也不嫌亏。狗娃说人家可是黄花闺女，老道却是个二婚头。女人说，黄花不黄花有啥区别？不就是那个窟窿小点儿吗？女人全凭一身膘，牛鼻子也不嫌垫得慌？狗娃说你是不是眼红老道那几个钱，那你送货上门呀。女人说屁，老娘又不缺钱，老娘图个快活。末了，又说，狗娃，你要是有老道那点能为，这辈子就不愁吃穿了。狗娃说，我哪有那个命？女人说，狗娃，你行哩。你记性好，脑瓜儿也灵光，行哩，就怕老道不教你。狗娃一听，痴了半天，连女人解开了他的纽扣也没察觉。

260

半夜里，听得墙外传来一阵哭声，呜呜咽咽的，像冤屈鬼在哭。狗娃一听，头发立夆，便捏捏盘在他身上的肉臂。女人说我听见了，不就是那个黄脸骚货在扯尿声吗？也不害臊。狗娃一听，果然有春香味，晃荡的心才渐渐平静。女人说，和个男人睡几夜，也值得这样妖道？狗娃说你不懂，这是爱情。女人哼一声，谁说我不懂？不就是和男人睡觉吗？狗娃叹口气，不再说话。

　　墙外的哭声并不大，显是那哭者强抑着，渐渐变成了抽泣，渐渐又听不到了。却听得树叶唰啦啦响。狗娃心里有点憋。女人揪了他一把，问想什么。狗娃不答，只轻轻叹口气。女人说，这几夜，都这个样。这骚货，也真会妖道，牛鼻子咋也不管管？

　　狗娃不说话。那哭声虽已息了，却在他耳旁响了许多天。

5

　　狗娃再见老道时，老道正拿个刀子刻印，抬一下头，没说啥，又低头吭哧。狗娃静立一旁，见老道吭哧得很费力，一头汗珠子，便笑道，咋？比个女人还难弄？老道不说话。狗娃掏出那沓钱，放在炕桌上。老道住手，抬头，白眼珠瞅狗娃，好一会儿，说，嫌少，是不？狗娃说，你想到哪里去了？我哪敢要你鼻爷的钱。老道放下刻刀和木章，脸色稍显和缓，说，狗娃，日头从西边出来了，是不？狗娃不答那"是不"，却问，有子不教，谁之过也？老道说父之过也。狗娃问，有技不传，谁之罪也？老道张了张口，刚道出"师"字，便不说下去，只用白眼望狗娃。狗娃感到一丝寒意。两人不再说话。老道望狗娃，狗娃望脚尖。

　　半晌，老道吁了口气，说，你精灵，给你金子你不要，你想要那个点石成金的指头，是不？狗娃笑了笑。老道冷冷一笑，娃子，你信我的法？狗娃说当然。老道说，逼急了，不怕我做手脚害你？狗娃抬头，见寒气从老道眼中透出，心里有点冷，却笑道，不至于吧，那块石头我埋了。我活着，没人知道的，尽可放心。

　　老道脸色转青，复又变白，一笑，别提起箩儿斗动弹，我教你就是。不过，丑话说在头里：三年内，得孝敬师父，收入一半归师。这是规矩，不可破的。狗娃说这还用说。

　　夜里，狗娃去了老道家，却没见春香，老道呆坐在炕沿上拧眉。老道说，也好，先教你画符吧，就取过朱砂，往瓷碟中倒点，加清水，拿笔一蘸，说，燃香三支，定坐片刻。心要静，气要匀，香熏笔，想金光满室，默念安神咒、净口咒、净身咒各七遍，再咒水咒纸咒笔，然后画符，可祈福禳灾，驱神役鬼。说着，老道咕哝半晌，画了一个怪模怪样的符。

狗娃却总静不了心。春香那虚虚朦朦的影子老在眼前晃。

6

烧死玲玲的那场大火使春香心悸了多年，即使后来和吉守同卧一床，那火依然在眼前烧。火中的玲玲流泪，发抖，身子渐缩，最后变成焦炭。但那双眼睛却寒星似的望春香，目光中有种说不出的意蕴。春香便不由得掉泪了。吉守问她为啥哭。她就说太兴奋了。吉守就使着劲儿越加使她高兴。可一见老道，玲玲的影子就消失了，春香便会想起吉守在边湾河里哭玲玲时的凄酸模样。

因为玲玲，春香很爱吉守。

吉守至死都想不到玲玲的真正死因。他所知道的，也仅仅是村里人知道的那些——玲玲先梦见了鬼，后去添灯油，柴油桶里喷出了火。可那柴油，即使扔进个火球，也是不燃的呀。于是，她的那个梦，成了着火的唯一缘由。连牙牙学语的娃儿也知道，那梦中的鬼先勾了玲玲的魂，又策划了一场莫名其妙的大火，带走了玲玲的身子。

沙湾人都这么说。吉守也这么说。

春香也只是在姐姐死后才知道她的死无法挽回。在沙湾，一个弱女子的力量太小了，只唾沫星就可以淹死她。姐姐说，世上没了她的路，愿下世投个好人家，活一次好人。她说她不怨爹狠心，不怨吉守穷，只怨自己命苦。没法，世上没有她的路。说完就哭，哭到半夜，就拉着春香的手说她爱吉守。吉守虽穷，可心好。吉守善良，吉守知冷知热。可没法，爹爹不同意。死活不同意。世上没她的路。第二天，就招来了火灾。

玲玲是从边湾河里拾石头回来的那日傍晚被火烧的。玲玲回家后很平静，看不出心绪，先洗脸，后梳头，又换了新衣服。春香有些奇怪，吃完饭就要睡觉，换衣服干啥？想问，却没问。一会儿，却听到妈妈惊诧诧的尖叫声。

春香跑出小屋时，院中已亮如白昼。一团火在院里跳跃蹒跚，噼啪作响，爆出一股火燎猪头的焦臭。火中人双手捂脸，头上的火焰直蹿半空。妈妈像饲养院里的惊马一样边尖叫边绕火人转圈，好半天才叫春香去舀水。

那火燃了多久，春香和爹妈都没法估计，只觉得时间很长。奇怪的是，下午才挑满水的缸中滴水全无，墙后蓄水坑中滴水全无。天地间除了呼呼声和怪兽似的惨叫，只有刺鼻的焦臭。

那团火是用被子裹熄的。次日，一息尚存的玲玲先被拉进凉州城。后来，又送往兰州。后来，春香抱个骨灰盒回到沙湾。

玲玲身上的衣服至死都没能脱去。那些腈纶制品在火后融进了玲玲肌肤。医生们试图揭去那层黑甲，但都在玲玲的惨叫和挣扎下缩回了手。他们所能行施的唯一手段就是往她身上洒一种药水。除了春香，无人发现，玲玲腹部的黑甲比别处厚一点。那儿曾裹着的几层绸布，使玲玲早该鼓起的腹部一直平坦到骨灰盒里。

春香第一次看到玲玲撕开绸布包袱裹裹小腹时，并没想到其真正含意，以为仅仅是爱美，想苗条些，就轻轻松松开了个玩笑。后来，姐姐拼命揉肚子，拼命喝凉水，拼命呕吐，才觉出事情不妙，就问。玲玲却哭了，哭了许久，才说真丢人，丢尽了祖宗的脸，我活不成了。春香问吉守知道吗。玲玲摇摇头说，传出去，太丢人。春香叹口气，说你也真该死，咋能干这种事？爹会一辈子抬不起头来呀。玲玲哭了一阵，说我真该死。在着火的三天前，玲玲下狠心问过爹。玲玲说吉守八字占得好，属兔，又生在卯时，说是"卯宫进入山林下，正是求财官贵乡"，二十五上，能遇上贵人，能提拔一下吉守。大话只是抬了抬屁股，鼻孔里哼哼几声说，二十五上他怕是能遇上鬼吧，提拔他当一个驴粪倌。要是他能干成点事，大叫驴也能哼儿叽儿录盘磁带当唱片卖，老犍牛也能甩着尾巴当芭蕾舞演员。玲玲说，话不能说绝。金银能识透，肉疙瘩识不透。谁都有七贫七富，他时来运转说不准也能活出个人来。大话说放屁，那孙蛋我瞭透了，天生一个抹下洼的命。一看那屌相，气就不打一处来，给我提鞋我还嫌晦气。想当老子的女婿？呸，兔头上先得长个角。玲玲咬着嘴唇，忍着泪说，爹，你是想叫我活呢，还是想叫我死？大话说，你死可以。嫁吉守，不成！你大了是不是？你翎毛儿干了，翅膀儿硬了是不是？想用死逼老子是不是？陈家门里出来你这么个败兴鬼，不要说祖宗，连虱子都脸红。说到天上地下，老子还是那句话，你死可以，嫁吉守，不成。于是，玲玲只好死了。

对死的方式，玲玲显然费尽心机。沙湾流行的自杀方式，不过投河、上吊、抹脖子、喝农药几种。无论她采用哪种，都不能保证她隆起的腹部不被人发现，于是，几个不眠之夜后，她终于如愿了。

她的死成了一团迷雾。除了春香，没有一人把她的死和吉守连在一起，包括她爹大话。大话只是叹息，偶尔还莫名其妙地感叹，说父母的心在儿女上，儿女的心在石头上。天下父母都想为儿女好，可体谅父母的儿女有几个？这话似乎是对春香说的。大话还说玲玲是要债鬼，他前世里欠了她的债，今世里来讨债，养了十八年讨不够，临死又讨了几千块医药费才算完事；又说，早知救不下人，也就不花那些冤枉钱了。

春香听了直发冷。

村里人常议论的倒是玲玲做的那个梦，春香并不知玲玲做过啥梦。傻爷的姑娘青儿说玲玲死前确实给她喧过那个梦，是在边湾河里拾石头时喧的。玲玲说，那个梦很怪，梦中的她光着身子照镜子，镜中的她惨白惨白，身后有两个精尻小伙子龇着牙，瞪着眼，伸出毛乎乎的爪子要抓她。她就跑，跑来跑去，就跑到边湾河里，在拾石头的这儿摔倒了，两个小伙子按住了她，往一个很深很黑的洞里拖。正说着，果见远处来了一个旋风，旋呀旋，不一会儿就旋到玲玲。玲玲就打个冷战，脸煞白煞白的。傻爷说，想是那会儿鬼抓走了玲玲的魂灵子。

村里人都风言风语怨大话，说不该把姑娘留这么大。女大不当留。姑娘一大，不嫁人就会生事，玲玲的魂显然是那两个鬼抓去的。而且边湾河里确实烧过两个小伙子，一个是电打死的，一个是娶不上媳妇喝农药死的。每天焦光晌午，那鬼就出来作祟。傻爷说他也见过那两个鬼，确实光个身子，但很模糊，清晰的只是那个物件，硕大得像山崖上横空刺出的黄老刺。傻爷说幸亏他是个男人，要是女人，早没命了。可又听说村里也有女人在正午时分见过那个白身子，一晃即逝，但不知为啥，却没招来祸行。狗娃问及此事，傻爷像没牙老人嚼干大豆那样咕嚷了半天舌头，但没说出个子丑寅卯来。

为了不让那两个色鬼再来打村里女人的主意，玲玲的骨灰就埋在了边湾河里，没有举行啥仪式，只挖了个小坑，攒了个小堆，烧几张纸而已。妈妈干巴巴哭了几声，大话怏呆呆叹了口气。春香没哭。在她看来，死对玲玲来说，倒成了一种解脱。不说别的，只那身焦黑且淌着黄水的肉和那一阵紧似一阵的惨叫，就能使任何贪生的人感到死亡是一种解脱。至于那双死后都没能合上的眼睛，早变成一把刀子，把春香剐成了一副干骨架。春香早没了泪。十六岁的她老了。

春香是埋了玲玲的第二天黄昏见到吉守的。她去给玲玲烧纸送饭，却意外地见到了跪在坟头发怔的吉守。黄昏的日光很红，杂陈的坟堆和渐趋萎黄的艾蒿在夕阳中滋润了许多，衬得吉守愈加孤瘦，远远望去，倒像石头雕成的一条大狗。

春香静静地站着，心也静如月下的寒水。吉守那可怕的呆怔一点也激动不了她，竟奇怪地有种超然物外的淡漠。姐姐的死仿佛很遥远了，连日来的悲哀也似乎成了模糊的亮晕。取而代之的是对眼前这个废物的怨恨。

她初时看不起吉守。

在她心中，吉守只是堆着谄笑讨好她家里人的一个定格的图像。因为吉守的穷，也因为吉守形象的猥琐，春香对他并无好感。即使姐姐睁着梦幻般的眼睛喧起吉守的温柔多情善良时，春香依旧漠然，只是静静地听或是装成听的样子，并不插言，并不理解姐姐的激动。吉守那张诌媚的脸,尤其见到她爹时的那种战战兢兢,使她很反感。她认为,一个男人丑点穷点不要紧,但必须是个男人,必须是个雄突突的男人。

吉守形似乞丐,眼里盘满血丝,嘴唇上尽是血口,嘴角里凝着黑红的血块。秋风吹着他乱草似的头发,纸灰在他身前身后旋。不知过了多久,他的胸腔里才哽咽一声,脸上流下两行泪,缓缓流进他干山药似的嘴巴里。

春香的鼻腔有点发酸。

她从没这样细瞧过吉守。无论姐姐怎么渲染,吉守在心中总活不起来。几年间,吉守只是一个概念,只是夜深人静时庄门前的三下巴掌声,只是鸡叫前门扇的支吾声,只是玲玲回家时鼻翼的扇动,只是一个瘦零零的影子。

吉守一动不动,始终没哭出声来,泪却不住地流。夜幕降临时,春香静悄悄离开了边湾河。到村口回首,那影儿依然在坟头前跪着,渐渐变成了一个黑斑。

就这样,吉守不吃不喝、不声不响跪了三天。第三天傍晚,狗娃喊人强行把吉守抬回了家。听青儿说,吉守的腿已僵了,跪的姿势保持了几个时辰。眼珠也塌进了眼眶,原本就瘦的他更成了一个骨架。

青儿说,玲玲命苦也有福气,被人这么爱一次,也不枉活一世。春香没答言,但吉守的影儿开始在梦中晃,一直晃到在大佛爷山洞里她解开了裤带。

7

狗娃出老道家时,已过了子时。天很黑,星星却亮得瘆人。野猫们惊天动地的谈情说爱声很燥,燥得夜透出点诡秘。夜气在暗涌,寒水似的。狗娃脑中却醺醺然。摸摸那几张写满咒文的纸,他有种强奸了人的满足。我把他操了,狗娃想。不愿也罢,反正他挨了操。狗娃笑了一声。老道既已答应,好歹就能混碗饭吃,总比背个日头卖臭力强。想到老道变青变白但又无可奈何挤出笑的脸,狗娃很开心。老道也是人,他想。怎么先前觉得他神秘莫测呢?多神秘的东西,一近,一碰,就不神秘了。老道亦然。女人亦然。狗娃开心地一笑,自然而然想起了启发过他的双生女人和那身肥膘,觉得某个部位生机勃勃。奇怪的是,春香的影子也同时在眼前晃。

春香是个影子,虚虚朦朦,不像个实体。狗娃想,像《聊斋》中的女鬼。吉守有福气,老道无福气。虽说老道娶了春香,可他没福气。狗娃想到了春香的哭。

老道院里的灯熄了,狗娃倏然感到黑暗的挤压,心有点虚,就捏捏手中的那几张纸,深吸一口气,轻手轻脚走向双生家。眼前却仍晃着春香的影子,那哭声也老是在耳旁游丝样旋。

转过墙角，却发现哭声并不虚，似实实在在从老道墙后某处传来。哭声很低，呜呜咽咽，不像发自口，倒像出自胸膛。狗娃仿佛看到春香黄瘦的强抑着痛苦的脸，甚而似乎听到那一声声哀绝的抽泣，觉得心收缩了一下，鼻腔有点酸，便有点恨老道。

下山风大起来，风中的哭声忽高忽低，若隐若现。狗娃产生了想抚着春香安慰她的念头，甚至觉得对方会伏在他肩头哭——又是在这样一个深夜里。他的心奇怪地晃着，和十五岁那年偷看一个女人撒尿时一样。他向那黑影走去。

哭声渐渐小了，黑影依在。狗娃叫了声春香，对方不答。狗娃伸出了手，却触到冰凉的墙。至此，他才发现那影子只是墙上的一块深色的暗斑。

狗娃惊出一身冷汗。

哭声似乎依然在时隐时现地响着，显得很虚。狗娃头皮发麻，周身经络通了电似的。他打个寒噤，似乎从哭声里品出了吉守的味道。

狗娃的脑袋大了许多，双腿酸软，连转身的气力都没了。夜风拂树叶的唰唰声变成能量极强的波晕一下下荡他的心。他闭上眼睛，眼前却晃出吉守的脸，笑的，怒的，龇牙咧嘴的，一张张往他跟前凑。

觉得眼前有亮光，狗娃睁开眼。见墙角处已燃起一团火，火光映着一张清秀哀戚的脸。是春香。狗娃疑是幻觉，眨一眼，咬咬舌，火依然在，且火光渐大。狗娃知道是春香在焚纸钱。一声声抽泣，伴纸钱的哗啦声响起，他听到春香在喊吉守的名字念叨什么，似乎在念叨吉守的命苦和自己的命苦。"活着没花个畅快钱，死了，尽性子花吧。"狗娃只听清了这句话。

山风渐渐大了，燃着的纸被刮成满地的亮光。春香的念叨声息了，接替的却是强抑着的呜呜。狗娃借光亮隐隐看到春香水光闪闪的脸和那风中翻飞的头发。他方才的恐惧消失了，只想哭。

吉守——吉守——他听得春香在抽泣的间隙低唤着，感到那压抑着的呼唤一下下撕他的心。他忽然为自己感到悲哀，从来没有任何一个女人给过他如此炽烈的情。吉守不算枉活一世。他想。他一步步走近春香，火光虽也熄了，但他似乎能看清春香。

春香。狗娃叫了一声，声音不大，做贼似的。

你是谁？春香的嗓门很哑，你是吉守？是吧，你是吉守。不是。是吉守，你是吉守。我不怕，你是鬼我也不怕。吉守，吉守。

"我不是吉守。"狗娃压低了嗓门，"我只是告诉你，吉守死得冤。"

"你是吉守，你是吉守，是鬼我也不怕。"

"吉守死得冤。黑鬼做了手脚。吉守吐血，是肋巴断了。石头垫的。那天南乡无丧事。那是个圈套。专害吉守的圈套。"

"你是吉守。吉守。吉守!"

"我不是吉守。吉守死了。"

"你是谁？你是谁？"

狗娃怔了怔。他忽然想到老道那阴沉沉的脸和衣袋里那写满咒文的纸。春香的脚步向他移来。却听到墙那边隐隐传来老道压抑的清痰声。他一边后退，一边说："我是吉守，我是吉守。"

吉守——吉守——

逃出了老远，狗娃还听到春香那凄婉急切的叫。

8

你痴情。老道说。真痴情，可惜不是地方，是不？春香不说话。

女人聪明了不好，糊涂些好。老道说。你糊涂，我糊涂，谁都糊涂，多好。糊糊涂涂一辈子完事。人不过是了世虫，能了就了，了不了也得了。好歹几十年的物件，眼睁着，啥都似模似样，眼一闭，啥都是空的。聪明不好，明白不好。你很聪明，过了点。

春香望一眼老道，目光漠然，像看一块石头，却不说话。

老道说，你和吉守的事我不知，知了也不知。不知便无烦恼。可他死了，他必须得死。动手，我不敌；动口，我不屑。和他计较，亏了些。亏了就亏了，我说过啥呀。死了死了，一死百了，你纠缠个啥呀。女人多情了就要生事。自古红颜必多情，多情必薄命，你虽是个黄脸婆娘的身子，为啥要山西骡子学驴叫呢？记住，女人聪明了，命不好。

春香嘴角动了一下，像是在笑。

老道不望春香，语气很淡，似自言自语：水清了不养鱼，话太明没滋味。何必呢，何必呢。生活，生活，生是次，活是主。你不是活得挺好吗？吃不愁，穿不愁，稀里糊涂活就是了，何必自寻烦恼呢？

春香不语。

老道说，爱也罢，情也罢，皆是虚妄。眼闭眼睁看不到摸不着，那是书上的玩意儿，值得动真？男人一个样，爱也罢，情也罢，归根结底，还不是床上那会儿？你说吉守爱你，要是你长个实窟窿，吉守爱你不？你说，爱不？

春香眯缝着眼，看一眼老道，冷笑一声。

267

当然，老道说，你自可以动真，你可以闭着眼睛想。但似乎犯不着大喊大叫，给我留点面子嘛。打人不打脸，揭人不揭短，好说歹说，我也在人面子上走。他活着，我睁一眼闭一眼，忍气吞声戴了几年绿帽子。他死了，就算了。你何必还纠缠不清，哭个嚎个啥哩？喊个叫个啥哩？你当我是炒面捏的拐棍？老子好歹也是个男人。

你似乎忘了自己的身份。老道声音突大，脸上肉棱一现。你吃谁的？穿谁的？是谁的女人？你聪明，该，但过了点，聪明得忘了我是你男人。你可以爱吉守，你可以想吉守，但老子仍是你男人。老子要你脱衣，你得脱。不管你脑中想谁，身上趴的还是老子。不信吗？现在我要你脱衣，你得脱，是不？

春香痴痴地坐着，眼睛瓷化了似的。

当然，你可以不脱，但我只要愿意，就可以使你没衣服。衣服是啥？是遮羞布。你连脸都不要，要这个遮羞布干吗？老道微笑着，右手伸向春香脖颈，在笑声中渐渐用力，一下一下撕春香的上衣，撕得很有节制，衬衫变成一缕缕布条，身上的白肉一条条露出。

春香死人似的任他摆布。

老道嘿嘿笑道，可惜瘦了点，是不？先前可是浑圆的，是不？为吉守瘦的，是不？爱也罢，情也罢，活也罢，死也罢，你都是我女人，是不？是女人就得听男人的话，是不？女人是干啥的？你想来知道，是不？注意了，现在，我要你躺下。老道口说手不停，春香身上渐渐没有了布。布片在老道的笑声中满屋子飞，像一群花蝴蝶。

春香赤条条躺在炕上。眼闭着，两道水流映着灯光顺脸颊流，却听不到一丝声息。

老道仍嘿嘿笑着，不再望春香，却取过一支卷烟，在桌上顿了顿，捻一捻，放在鼻前嗅嗅，划跟火柴，却不点烟，中指一弹，火星划了个弧，落到春香的胸脯上。

春香叫了一声。

噢，活着？老道说。我以为你死了。你听着。女人是啥？是块地。男人是犁。想咋犁，就咋犁，想咋种就咋种，是不？女人是个驴，想骑就骑，想打就打，是不？女人是个马桶，尿憋了才有用，是不？你以为你是个啥东西？我思谋了好多天，才琢磨出个道道来：对女人，能给好心，不能给好脸。女人像只狼，要心给心，要肠给肠，可要肝不给肝，就要上你的头。要是天天捧她顿鞭子，偶尔有一天不揍她，她就当你是天下头号好人。老道顿一顿，划根火柴，点着卷烟，美美咂了一口，眯缝着眼望春香的身子。唏哩一阵，他用烟头在春香奶头上一按。

春香叫了一声。

"别睡着了。"老道说。

其实，对吉守，对你，我都算仁至义尽了，老道说。脸皮都没撕破，糊糊涂涂也能活个差不离。但你过分了点，硬逼我撕破脸皮，闹个鸡飞狗上墙。也好，算你教了我个见识，我也学会了如何当男人……顺便告诉你，下镇前我找过吉守，话虽没说明，可意思想来他懂。你猜他怎么着，他喊明叫亮一口否认，说捉奸捉双，捉贼捉赃，谁满嘴胡嚼他就打掉谁的狗牙。嘿嘿，捉双？咋捉双？家鬼引来外鬼，咋捉双？提起裤子就能拍胸膛称男子汉，咋捉双？再说，我敢捉？弄不好拳头一抡，打掉我的狗牙，找谁说？弄不好再成个屈死的武大郎，我可没有打虎的弟弟。你说，我不下镇有啥法儿？他不死我有啥法儿？嘿嘿，你听着吗？姑奶奶。说着，把烟头往春香肚脐里捺。

春香尖叫一声，脸色煞白。她翻起身，哆嗦着嘴唇，你杀了我吧，杀了我吧。

老道面带微笑，语气柔若春风，安静，安静。你要时时刻刻准备着，我还没工作呢。别忘了，你是我女人；别忘了，我是你男人。说着一手抚春香肩，如哄婴儿，躺下，躺下。春香不动，老道便抓住她的头发，微笑着渐渐用力，把头牵引到枕头上。

老道嘿嘿两声，从箱子后头取出把宰猪尖刀，拇指刮刀，试试锋利的程度，说，想死是不是？姑奶奶。想死的话，好说，好说，只一下，不痛，不痛。说着将刀横在春香颈上，目视春香，面带微笑。想死，好说，只一下，不痛，嘿嘿，可是……老道收了刀子。死？太容易了，是不？太便宜了，是不？两万块哪，包个婊子也能玩一阵了，是不？你是想见你的吉守哥，嘿嘿，姑奶奶，太天真了，我怕污了我的手。我的命太值钱了，杀淫妇再抵命，不值得，太不值得了。想死的话，你自己死，吃饱点，别当个饿死鬼。穿好点，别让吉守哥笑话你。上吊，投河，喝毒药，都行，千万别用刀抹脖子，为啥？太难看，血糊糊的，没个囫囵身子，死了也是个破头野鬼。要体体面面死，要鲜鲜亮亮死，才好见你的死鬼哥。你说呢？姑奶奶。

那可就帮我的大忙了。老道说，我会在无人处高兴地唱秦腔喊乱弹——当然，在人前我也会悲痛欲绝——你一死，我就又能娶个黄花闺女，信不？不过再花点钱罢了。钱我多的是。政策开放了，别的没有，钱倒是有几个。再弄个黄花闺女，你信不？贪财的爹妈准不缺，你信不？……至于，至于你的死，会不会给我添麻烦，这个嘛，我想不至于。为啥？不为啥。因为你爱吉守啊，吉守死了。你不大愿活，仅此而已。牡丹花下死，做鬼也风流呀。人世上少个伤心人，沙湾多个风流鬼呀。多叫人感动啊，是不？你信不，百年之后，还定有人夸你痴情呢。虽不贞洁，却分明是个烈女呀。好感人，是不是？

春香无声地哭，脸上泪光闪闪。

最坏的说法，也不过就是，吉守缠死了你。老道顿了一下，吐出个烟圈。上吊也罢，投河也罢，喝药也罢，都是吉守迷的你，你迷迷糊糊不由自主赴了黄泉。人们至多说我没本事，连个女人都保不住，给死鬼抢跑了；说我浪得虚名，并无真本事。但我也会给他们一个圆满的答复，说你们有缘分。缘分未尽。姻缘本由天定，人力无法回天，不就结了？

老道嘿嘿笑着，声音忽然变大，不过，我要是你的话，是不会死的。为啥？太便宜了，太便宜我这个黑鬼了。你应该化悲痛为力量，顽强地活下去，不屈不挠跟我斗。绝了我黄花闺女的梦，使我的后辈子充满艰辛。而我呢，也需再接再厉，当几天真正的男人。你说呢，姑奶奶。

春香的抽泣声很响。

嘿嘿，你是被我的宽宏大量感动得掉泪呢，还是哭吉守的英年早逝呢？还是哭你自己生不成死不成呢？若是前者，为时过晚；若是后者，你尽可以出声。不过，得抓紧时间，因为你是我女人，我该工作了。我不想让你的尿水搅了我的兴致。

春香擦了一把泪，骂声畜生。

嘿嘿，畜生也罢，啥也罢，总是你的男人。女人嫁鸡随鸡，嫁狗随狗。夫为妻纲懂不懂？准备好，我要工作了。

裤带环哗哗啦啦响了几声。

春香无声地哭着。

耳旁响着老道喘吁吁咬牙切齿的话："我是你男人！"

9

"我要和你睡觉。"望着开门的狗娃，春香说。她的声音很虚，像被夜气消融了。天很暗，没有星星，下山风的叫声像哮喘病人的呼吸。狗娃隐隐约约能看见庄门口沙枣树扭曲的枝丫和春香消瘦的身影。

狗娃张大了口，感到很意外。夜风凉水似的泼在他裸露的胸膛上，他哆嗦了一下，用手拉拉披在肩上快要滑脱的衣服，捞过两个袖子捏在手里。

进来吧。他说。

狗娃划根火柴，点了灯。白光一下子涨满屋。屋里很乱，有种怪味，是光棍汉家里特有的那种炕粪臭。狗娃撩开被窝，床单上有个黝黑的人形，人形周围是一层烟丝、纸片、馍馍渣。狗娃用手抓拉几下。

老道呢？他问。

睡了。

他知道了咋办？

就是要让他知道啊，你怕他？

倒不是。狗娃望春香，春香目光很直，脸色黄中透绿，高耸的颧骨和深陷的眼窝使她的脸显得格外瘦。狗娃说，怕倒不是，只是有点怪，让我明白一些。好吗？

春香叹了口气，声音轻得不易觉察。眼睛却呆呆茫视着狗娃身后灰白的墙，嘴角里有条纹路一下下扯她裹尸布似的脸。他是畜生。春香说，想让我活不得死不成。半月了。你可看看。解开上衣扣子，胸膛上有几十个焦窝。

啥烫的？烟头？狗娃牙缝里抽气，为啥？总有个原因吧？

我是他女人。下身里更多，想看吗？

狗娃摇摇头，感到身子发紧。

还烧毛，说是沾了吉守的脏物，他一见就烦心、恶心，就用火柴烧。春香望一眼狗娃，语气很淡，像说一件与她不相干的事。

你不反抗？

没用。

告他！

告？我不想光个身子叫人展览。再说，爹富了，望笑声的人多得很。他不好，可还是我爹。

狗娃叹口气，望着春香。春香说，吉守活着，他没敢。娶我前，吉守找过他。拿把刀子。说我是他的人，老道娶我，他没法，只怪自己穷。可老道必须要待我好。不然，他就动刀子。

老道咋说？

没说啥，只笑笑，叫他出去。吉守就出去了。

那时他没欺负你。

没有。吉守活着，黑鬼待我像客人。他怕吉守。也怕我会跟吉守跑。他要面子，怕在人前失面子。

狗娃不再问，叹口气，说，我也希望过，没想到来这么快，总觉得……得费些手脚……说实话，为啥找我？

你名声不好，再坏些也没啥。

没别的？

你没女人，我不至于伤害别人。女人太苦，我不想叫她们更苦。

还有呢？

你不怕黑鬼，而别的男人怕。

不爱我？

不爱。

喜欢也谈不上？

谈不上。

狗娃叹口气，望望春香，春香却仍是茫然看着他身后的墙，看不出其心绪，却能感到她压抑着的东西。狗娃说，我也恨老道。我也喜欢你，可这有点太突然了，总感到不是滋味。

结果是一样的，不就是和我睡觉吗？你勾引我也好，我送上门也好。对你，一样。

狗娃说，以后吧。过几日。现在真有点受不了。再说你身子不好。……没滋没味的。

春香说就现在，身子不舒服不要紧，我心里舒服就成。说着，她慢慢解开裤带。狗娃怔了怔，吹灭灯。春香说点上。狗娃就摸火柴。春香说点上灯，不点，你和黑鬼没啥两样。狗娃点上灯，见春香望他，不像望一个男人。狗娃叹口气，脱去衣服。

10

"吉守入窍了！"

四天后，狗娃进村时从傻爷口中听到了这个消息。傻爷瞪着眼睛望他，等待他的反应。山坡上有几只瘦绵羊。青草长得有气无力。羊叫声也有气无力。

入窍了？入窍了。狗娃语气很淡，傻爷有些失望。几时？你进城的第二天。

吉守？吉守。

春香？春香。

傻爷的白眼珠对准狗娃，鞭梢在风中晃来晃去，一下下吻狗娃的脸。狗娃却似呆了。

嘿！那阵候，邪乎！傻爷夸张地唏唏哩哩。焦光晌午……正是焦光晌午，鬼出的时辰。傻爷的大胡子抖出恐怖。春香去天涝坝挑水，一个天旋风卷倒了她。

旋风？旋风。

那旋风有一白杨树高，呼呼呼地，卷着树叶，卷着纸张，卷着尘土，跟在春香后面，像条殷勤的狗。春香走，旋风走；春香歇，旋风停。旋风——旋风——娃儿们喊。春香似没听见，既不加速，也不回首，像在梦游。旋风旋风你是鬼，三把镰刀砍你的腿。听到喊声，旋风离春香远了些，摇摇晃晃跳起了舞。娃儿又喊。后来呢？后来，娃儿们就拿帽子扣旋风，想扣下鬼的麻钱儿。傻爷说，那可是宝物，放到米柜里添米，放到面柜里添面，可帽子却被卷到树梢上。再后来呢？再后来，娃儿们一哄而散，其中一个头疼了三天，他妈烧了九十九张纸才好。可春香却给旋风卷倒了，在她进庄门时，旋风追上了她。

傻爷打个冷战，膀子一抖，牙缝唏哩几声，说，春香倒地前，一个娃儿听到有男人在喊春香，嗓门哑哑的像瘟鸡叫鸣。傻爷说，吉守虽不是哑嗓子，可人一成鬼，发音便有气无力似在哈气，所以鬼叫声没有回音。

吉守是夜里入窍的。此前，春香只是迷瞪，魂不守舍，望人也恍恍惚惚，不似平常。吃起东西来却快得出奇，像电影上的快镜头，一个馒头三下五除二就不见了。吃完东西仍是迷瞪，说是想睡，眼一闭，吉守就入窍了。

先是听见老道院里响起了飞沙走石声，呼啦啦一阵紧似一阵。油灯忽然暗了，火苗黄豆般大，也黄豆般亮。灯光成了淡淡的黄影，朦胧中透点鬼气。大话成了黄胶泥塑的，春香妈也是，都大张着口，大瞪着眼望老道。老道变了脸色，跳下炕，左手掐个卯山诀，突突突吐了三口唾沫，更惊得风沙一阵阵紧。

傻爷说他脑中有面钹响了一下，先是头皮发麻，后是身子发麻，便觉得灯光倏地暗了。墙上黑影水似的蔓延，显出了龇牙咧嘴的吉守脸。低下头，炕上躺的似已不是春香，仿佛是诈尸出门后砰然倒地的吉守。

真是吉守？狗娃睁大眼。

真是吉守。傻爷也睁大眼，手中的鞭子一抡，偷吃青苗的羊身上夯起一团毛。青天白日之下，有个旋风在山峦间旋，旋起土往人身上黏糊。原来想吓狗娃的傻爷倒被自己的叙述惊得寒气飕飕。呸呸呸，真是吉守，真是吉守，而且是满屋子的吉守。大话成了吉守。女人成了吉守。老道也成了吉守。而且，傻爷也成了吉守——在春香妈眼里。

先听得堂屋门上有嗵嗵的敲门声，接着是一声巨响，像是大梁给重物压折。随后，房门突开，风沙入屋，春香妈便骇成一堆软泥。傻爷说，怪就是怪，桌上的罐头竟骨碌碌转了起来，像是给人用手旋了一下。油灯也晃来晃去，摇成个忸怩作态的女人，好一阵，才忽地熄了。

春香——春香——一个嘶哑的声音幽幽地叫，拖着哭音。

273

后来呢？狗娃问。

后来，春香就成了吉守，哭一阵，骂一阵，哭春香命苦，哭自己命苦，怨大话心狠，恨老道心黑。还说春香永远是他的。老道叫我们扭住吉守灌符水，却给吉守抡了个东倒西歪哎哟呻唤。

傻爷说，怪就是怪，吉守一个瘦猴儿，活着也无几斤力气，为啥死后便力大无穷？四个人在他手下像货郎鼓。

狗娃说，想是合了两个人的力气。

傻爷说，两个人也没那么大力气。春香一个弱女子，风都能吹跑，能有几两力气？怪就是怪。

再后来呢？再后来，老道用了符水麻鞭桃条雷碗，使尽了招数，可吉守就是不离体，不是哭，就是骂，骂天骂地骂老道。看来医不自治，老道也没治了。

没治了？

没治了。

11

次日，老道见了狗娃，啥话也没说，只遣他去买些降鬼用物。狗娃发现老道数日间苍老了许多，胡须暴长了一截，脸庞却瘦了一圈，眼里溢着疲惫之气，神态举止透出慵懒。见狗娃望他，他强打精神睁了睁眼，努出些精光。狗娃转过身子，笑了笑。

狗娃遵嘱买了五色纸和香、炮、茶、果等物进门时，老道傻爷们已设好了法坛。法坛设在上房。桌上供两个黄色的牌位，一为"丰都大力鬼王之位"；一为"东极太乙救苦天尊之位"。牌位前供十五个馒头羊肉鸡血酒等物。傻爷从狗娃手中接过苹果，选五个光鲜的献到神位前，又吩咐狗娃去扎一个草人替身。

狗娃扎好草人时，天快黑了。村里人大多忙完了农活，吃过了晚饭，开始三三两两往老道家凑，其兴冲冲程度不逊于看大戏。不多时，屋里院里便挤满了人，大多翘足引颈望堂屋。其间也有交首叽咕者，有气无声，脸上的表情远比口中语言生动，时不时偷看一下黑脸老道的方位，唯恐一语不慎叫老道闻出话里带出的腥臊气。

因为停电，屋里仍用灯笼照明，灯笼黄乎乎像团亮晕。汉钟离挺个猪肚拿个芭蕉扇在灯笼上笑，鸽粪眼望着身旁的大话。大话蹲在炕沿上吧嗒烟锅子，像条大狗。春香妈望望女儿，再望望老道。望老道时不像看女婿，倒像癌症病人望吹牛的医生，嘴角随着老道口中喷出的烟不自觉地抽动。

春香眼闭着，头发却多情地蓬松开来，给惨白的脸添几分暧昧的情致。炕沿上有一个碗，碗中坟堆似的盛着干拌面条。面条早坨成了团，卷起一层褐黄的干皮。狗娃觉得嗓子里也横着晒干的面条。他干咽了一口唾沫，咳了咳，仿佛听到了一声不易觉察的叹息。

老道脸上却带着笑，全没了素日的威严。那笑似乎在向村里人表明他完全有把握降伏厉鬼吉守。笑使老道在人们眼里成了猫，而厉鬼吉守似成了猫爪下抓抓放放的老鼠。这使不少人有些失落，孕育了几日的幸灾乐祸感被老道笑了个一干二净。虽说老道没惹过他们，可他有钱呀！而且，那钱来得太轻松，只念念经，吹吹唢呐。而他们，黄天背个老日头，却只混个肚儿圆。不公平，太不公平，该着这孙蛋出一次洋相。

老道开始作法时，已近亥时。天上白孤孤的月儿成了一晕灰斑。院里人越来越稠，上房里却只有老道、傻爷、狗娃几个男人。因为法坛乃清静之地，恐身上来红的女人冲撞请来的神灵，又不能挨个调查探其究竟，干脆无论红黑，一概拒之门外。

门窗大开着，院里人尽可以放肆地看个便宜，只是委屈了后面的人，脖子伸得久了，便酸；足跟抬得久了，就困。酸也罢，困也罢，还是伸，还是抬。除了几个光棍别有所图在女人们身上死皮赖脸磨蹭外，大部分成了捕食高处飞蝇的鹅。

老道穿着大红法袍，胸前有个太极图，黑白阴阳鱼在灯光下醒目出几分道气，阴阳鱼旁的黑道长长短短，添了几许神秘。老道拿腔作态，双肩微耸，两腋微张，道袍刹那间庄严了许多，加上那两个黄得耀目的牌位，人们觉得，鬼道虽没开战，胜负似乎已分。

老道取过一袋香，数了数，抽去大半，站在神位前，举香静立一阵，就灯上点燃，朗声念道："清香十三招四方，清香云里放毫光，上请玉皇张大帝，下请忠义关大王。"狗娃想，牌位上供的是大力鬼王和救苦天尊，为啥请的又是玉帝和关圣？疑惑不解，偷问傻爷。傻爷却恶狠狠瞪了他一眼。

上香已毕，老道又拿了三张黄纸，逐一焚化，快燃尽时，弹抛起，纸灰便飘悠悠曳火直上屋顶。同时老道念道："一二三四五，金木水火土。念来真龙神，日月在吾手。黑虎玄坛将来到，二十八宿下天宫。若有一位不到者，罚在丰都守大门。吾奉太上老君急急如律令。"

院里很静，老道中气十足且正气凛然。厉鬼吉守带来的坟地般的幽森被老道的诵咒声驱到了阴山背后。院里充满着庄严的道气。在场人每个毛孔都似与咒语共振。连十分理智地冷眼旁观的狗娃也被罩在了岸然肃穆的氛围之中，只是他死活不明白，为啥老道请了半天，却始终没提牌位上那两位尊神的神讳。

焚完三张表纸，老道又将羊肉祭祀抛撒到神桌之下，奠血酒三杯，焚纸钱数张，而后左手掐雷印，右手捏剑诀，口中唱："南斗六郎随吾身，北斗七星随吾身"，"抓住大鬼活剥皮，抓住小鬼抽筋筋"。边唱边迈动越来越涩的步子，东拐西拐，左转右转，像用脚摸石头过河。

请神之后，老道似已脱胎换骨，面溢红气，目射精光，耸双肩，撑两肋，身子庞大了许多，宽袍大袖越加张阔庄严。然后他像打虎上山的杨子荣那样作相一阵，大喝一声，桃条一挥，法袍一旋，人已出了堂屋，裹带着腾腾杀气。傻爷大话诚惶诚恐，尾随其后，一个端炉砂，一人捧豆碗。

春香妈坐在女儿侧旁，手摇扇子目垂泪，见老道一行进来，张张皇皇，手足无措，身子东挪西挪，却总是碍手碍脚。大话吼道滚开。女人便滚到炕角里。

春香眼睛虽睁着，却不望人，只望屋顶，鼻洼有泪迹，嘴角倒挂丝笑。狗娃顺春香目光上望，见屋顶油黑依旧，并无异样。再细瞧，发现压泥板间插一辟邪的桃条。低头望春香，春香依在似笑非笑看屋顶，似乎啥都望了，又似乎啥都没望。

老道猛咳一声，炸雷似的。狗娃悚然一惊。老道扬起手中桃条，开始在春香身上抽打，诵出的咒语像滚过的闷雷："天洞洞，地洞洞，黑人黑马黑将军，黑气沉沉下天宫……天门开，地门开，黑虎大将请进来……"随着老道的咒声，傻爷遵嘱抓炉砂往春香身上打，边打边咕哝："大石方，抬大斗；小石方，抬小斗。两个泰山一般重，看你守法不守法。想走不得走，压你七七四十九……"

屋里尘灰弥漫，诵咒声，砂落声，桃条曳风声，此起彼落，搅成一团。春香眼紧闭，牙紧咬，身上尽是大大小小的炉砂，原本惨白的脸上也敷粉似的落满了灰粒。透过灰雾，狗娃看到春香那随桃条起落而隐隐耸动的眉头……

捣鼓一阵，炉砂用尽了，桃条也不飞了。老道抖抖法袍，叫大话取过清水朱砂，想进行下一项，却见春香伸了个懒腰，再打个呵欠咬咬牙，又发出一阵瘆怪怪的笑。笑声先是游丝般袅袅升空，升到一个极点便顿然跌落，跌落之后便不再像游丝，倒像圆石在瓷缸里滚。屋里屋外人便感到牙齿碜得难受。笑声中，春香起身端坐，披头散发，目光发直，伴笑声扫视屋里人。被视线所及者便感到脖颈发紧。当那双黑少白多的眼珠转向老道时，定了格，笑声也息了。屋里很静，院里也很静，人们的呼吸也似给春香那微开的口吸走了。

"我又来了。"

春香此时已没了素日的清秀文静，头发早乱了，衣衫却齐整，瘦伶伶的身子骨里仿佛注满了蛮横的力，似在鼓荡着衣衫。那神态，很容易让人想到春香出嫁后骂天骂地的吉守。她口中发出的声音带了点无赖气，活脱脱似出自吉守的口。在场人大多感到脊背凉飕飕的，屋里顿时弥漫着一种坟地的气息。

老道微笑着看"吉守"，宽宏大量的味儿很明显，渐渐冲淡了屋里的阴森气。

"你以为我不来了吗？哈哈，我又来了，春香是我的，不是你的。""吉守"嘴角挂丝笑，"你以为弄死我，就万事大吉了？你不是说防贼下镇吗？你不是那天去发丧吗？你说，防贼，丢了啥？发丧，死了谁？说呀，打开窗子说亮话呀。"

屋里人莫名其妙地望老道。老道仍在微笑，脸上的肉却砰砰跳。半响，说："吉守，你活着倒还精灵，死了咋成糊涂鬼了？想是吃了阴间的迷魂汤吧。你说啥？我不懂。"

"吉守"笑道："糊涂？你说我糊涂？你不是常说人通七窍鬼通百窍吗？活着我是个糊涂人，死了倒成个精灵鬼。我咋死的？你不懂？你咋下的镇？你不知道我和春香好？镇是下了防贼的，为啥墙后头放了个尖石头？为啥？你去发丧又半夜回来？敲门前你在墙后头捣鼓了半天，干了些啥？说呀。"

老道不再微笑，眯缝着眼睛望一阵"吉守"，鼻孔里哼一声，说："你胡说啥我不懂，但你太小瞧我了，是不？你以为我对你无奈？你以为我白吃几十年干馒头？你别狗坐轿子不识抬举！我大的本事没有，降伏一两个毛鬼还问题不大。也就乡里乡亲的，不为难你，好说好走。是神入庙，是鬼入墓，别太不识相。"

"吉守"道："识相也罢，抬举也罢，我先不管，我只是问你，你下镇真是为了防贼？我可知道，弄死我的可不是啥镇，而是你抱在墙后头的那块石头。我还知道，那是个圈套。你假仁假义骗得了俗人，可骗不了我。别以为给了人家一百元钱，就万事大吉了。你是个啥人，你自己知道。"说着笑了几声，倒像哭。

人们似乎听出了一点名堂，屋里屋外便有了叽咕声，且越来越大。傻爷古怪地望着老道。狗娃不动声色，望望"吉守"，望望老道，再望望村里人。在吉守死后，他不止一次地说过吉守死得如何不明不白的话，得到了不止一次的耻笑和讽刺。但现在，相同内容的话一经"吉守"说出，反应便如此不同。他轻轻叹了口气。

老道脸黑了许多，盯了"吉守"好一阵，嘴唇嚅动，取过朱砂笔开始画符。院里的叽咕声越来越大，老道捉笔的手越抖越凶，笔尖触纸时轻时重，笔画时粗时细，竟成了吞了五只麻雀又扭来扭去的蛇身子。傻爷古怪地望了他一眼，又见"吉守"脸上虽堆笑，眼里却有水汽，水汽孕几点火星。

老道判好符后，失去的笑已回到脸上。他环视了一下屋里人，屋里人也都望他。老道觉得涌向他的目光有灼热感，就想极力笑得自然些。哪知越极力越不自然，肉虽在脸上起了棱，人们却看不出啥笑意。"帮个忙。"他端着符水碗，用下巴指指

"吉守"。

傻爷扯着狗娃胳膊走向"吉守"，却迟疑不敢近。"吉守"却笑道："不就是想用符驱走我吗？不用你们动手，我自己来。"说着伸出手。

老道似感意外，倒怔住了，碗晃了一下，黑纸灰随水一旋，白碗里星星点点。屋外有叽咕声，屋里人却屏息，或望"吉守"，或望老道。"你倒识相。"老道嘀咕一句，拨开"吉守"的胳膊，将碗前探斜倾。"吉守"一口吸尽符水。

"噗——"一声怪响突起，接着是巴掌脆响声，软物倒地声。

春香妈一把撕过老道，像只发疯的母老虎，尖叫："你为啥打她？由得了她吗？由得了她吗？"叫声未息，哭声已起。

因为春香妈挡着视线，狗娃看不清地上"吉守"的反应，只见傻爷双臂张开，挡住一扑一扑的老道。老道眼里泛着红光，星星点点的纸灰粘了一脸，黑点周围辉煌着威风凛凛的红色。他用手抹了一下，脸便如炭手抓过，缕缕道道，十分滑稽。

大话蹲在条凳上吧嗒着黑鹰膀子做的烟锅子，看不出其心绪，偶尔捋一下黑红的烟杆，既不望"吉守"，也不望老道，吧嗒声带着超然物外的逍遥。春香妈哭几声后，扶起还发出"吉守"怪笑的女儿身子。一扭头，见自己的男人仍形若无事地繁衍浓烟，便气急败坏地夺下烟锅，扔在地上，边哭边喊："没你的事是不是？不是你的姑娘是不是？不是你身上的肉你就不心疼？做姑娘时有你，疼姑娘就没你了？是不是？是不是？"一边"是不是"，一边摇大话，像摇一个活动的木桩。

屋里蠕动起来，都说算了算了。老道蹲在地上喘着粗气。大话被女人摇出了白眼珠，便咬牙伸手，揪住像马尾似的甩来甩去的女人头发，一摇，条桌上一声脆响。女人惨叫一声，晕过去，额上多了个血口。

傻爷一手叉腰，一手指着大话鼻子，你干啥？你干啥？有本事救姑娘呀，打女人干啥？打女人干啥？大话斗鸡似的翻了一阵眼珠，山羊胡子抖了几抖，"唉——"了一声，抱头蹲在老道身旁。

人们似乎已忘了"吉守"，目光全聚到春香妈身上。傻爷正用长指甲掐女人的人中。女人口中发出哼哼呜呜的呻吟。狗娃却一直望春香。春香口中虽响着"吉守"的疯笑，脸上却多了两行泪。渐渐地，疯笑声变了味儿，一声声衍化为哭。

呜——我的命好苦啊——呜——春香妈鼻翼翕动许久，终于哭出一声。哭声悠长哀婉如咏叹调。

呜——我的命好苦啊——呜——"吉守"变了味的疯笑声完全化成了哭，应和春香妈。

春香——你好命苦啊——

玲玲——你好命苦啊——

哭声此起彼伏，越来越大。厉鬼入窍带来的阴森早没有了，代之以凄惨；且此时的哭声仿佛比方才的念咒更和谐，一声声渗进人们心里。狗娃的鼻腔有点酸。几个女人也用手抹眼睛。屋外的叽咕声听不到了，代之以阵阵强抑着的抽泣。

玲玲——你死得好惨呀——"吉守"的哭声越来越大。你是人害死的呀——不是火烧死的呀——嫌贫爱富的骚孔雀呀——你害死了玲玲呀——你好苦呀——我好苦呀——天爷不长眼呀——

狗娃的视线越来越模糊，眼里的水汽迷蒙了灯光，也迷蒙了在场的每一个人。屋里的哭声也罢，屋外越来越响的抽泣也罢，听来仿佛很遥远。狗娃像置身于夜幕罩着的边湾河里，乱葬岗子上的坟堆像在没调准焦距的镜头里，显得很虚。清晰的是玲玲的坟和坟前跪哭的吉守，清晰的只是回荡在夜空中的那一声声无奈的哭。

老道、大话像被审讯的犯人一样垂着头，始终没说一句话。

12

次日，"吉守"时而隐遁，时而入窍。春香便时而糊涂，时而清醒。糊涂时或哭喊或骂，透露一些让村里人目瞪口呆的"天机"；清醒时却很文静，也喝水，也吃饭，只是显得疲惫不堪，行走腿打趔趄，步儿发飘，躺在炕上更成了一堆软泥。偶尔说起话来也是地道的春香腔，柔声细语，丝毫没有吉守入窍后的蛮横气；仿佛不知道吉守曾入过她的窍，也不记得自己曾骂过老道，怨过父亲；听人转述她口中曾吐出过的话时，她会用不相信的目光望对方，偶尔还会露出不好意思的神色。妈妈曾问她犯病的感觉，她便说自己心里很不好受，迷糊了一会儿。

但老道却再也顾不上她了。

吉守妈像发疯的狮子一样扑了进来，舞两个黑爪，曳一路哭声。午间的太阳很暴，正尽情向村里喷着焦躁和沉闷。吉守妈头发散乱，褐黄的脸上水光闪闪，泪珠汗珠和着尘灰污垢汇成一道道泥流。她衣襟掠风，向侧后张飞，酷似大蝙蝠的两翼。哭声却不润，干嗓嘶哑，如瓦片刮锅底，能使人夹不住尿。

吉守女人尾随其后，哭声虽不大，但那跌跌撞撞痛不欲生的模样更使人感到老道的可恶。手中瘦乌鸦一样的娃儿给她颠成了折腰蜂王，上半身没了桎梏似的随那趔趄的步履上下乱颤，牵引脑袋的细脖子仿佛不胜重负越晃越细。眼泪鼻涕随尖噪的哭声流溢了一路。

279

后面跟一群娃，啦啦队一样嗷嗷叫着，脚步溅起的尘土汹涌成一条白龙。吉守女人吊着的大裤裆在叫声中似要脱落，屁股上炫耀着一团黑红的湿迹。过门槛时，女人被绊了一下，栽倒在老道院里。

村里人三三两两攒集到老道院门口叽咕，并不进屋。除了有看老道洋相的微妙心理作怪外，还因为一进门就要有很多事做，比如拉吉守妈劝吉守女人等，弄不好还会劝来满脸的唾沫，白白惹一身腥臊的晦气。

老道脸色死灰，目光呆痴，口半张，唇发黑，立在院中像木乃伊。他脸上被吉守妈抓破的血道红得耀眼，几滴血珠挂在胡子上，渐次滴到被对方弄得半裸的胸膛上。院中除了一阵紧似一阵的哭骂声外，还夹杂沉闷的砰砰声。吉守妈像头发怒的公羊，腰稍弓，头微偏，脑袋一下下猛撞老道前胸。原本就不雅的脸在泪水浸泡乱发烘托下显得更丑陋。红肿的眼睛闭得很紧，薄削的嘴唇一张一合，一边流口水，一边泻哭声，一边喷着语音含糊但语气分明的咒骂。老道神情木然，机械地随闷响步步后退，退到院中被鸡食槽一绊，便砸折了栽在院中养鸡的一排葵花秆。

吉守女人文雅多了，先是抱着娃儿影子似的尾随婆婆，亦步亦趋，呜呜咽咽的哭声和娃儿的哭声交织在一起，一高一低，一燥一润，一下下揉人们的心。老道倒地之后，婆婆才趁机朝她龇出黄牙，骂了几声"不中用的扫帚星"。吉守女人才甩着血裤裆，进了那间供养祖先敬奉神灵的堂屋，捞开被子大铺大盖。不多时，眼泪鼻涕和娃儿的粪便把那间连春香都不让涉足的静室弄得五彩缤纷臭气熏天，还在雪白的被里上印了几个醒目的红月亮……

13

这场大戏演了三天。

三天间，老道始终没说一句话，也没整理被吉守妈弄得片片扇扇的衣襟。他一下子苍老了许多，眯着眼，木着脸，颊上纵横交织着被吉守妈指甲刻成的蚯蚓。看不出其心绪，但谁都可以看出他已疲惫不堪，与"吉守"较量后依稀尚存的神气被吉守妈的脑袋顶了个精光。傻爷捞他进屋后，他便蹲在地上凝成块石头，不望身边任何人，对两个女人搅天的哭叫无动于衷，对前颠后蹿为他抵御外辱的傻爷也不理不睬，甚而对吉守妈终于出口的"只要赔钱不抵命"的嘀咕也置若罔闻。于是，在炕上跪卧了两天两夜已成了乏狗的吉守妈重新哮叫起来。打碎了一只茶杯后，她怒气冲冲出了沙湾。第三天，老道被几个大盖帽带进了凉州城。

完成了历史使命的吉守在老道进城的当夜终于走了。听傻爷说，吉守的走全仗狗娃。因为这小子设坛作法一点也不比老道逊色，燃清香，焚表纸，请神灵，诵咒语，居然似模似样，霍然有杀气。尤其判的符格外出色，笔画均匀，笔力雄健，赛过老道那些吞了麻雀的蛇身子——此后，狗娃便渐渐取代了老道。

七天后，老道回村了。回村后的老道不再像老道，他双眼浑浊，两腮菱枯，像被阉割了一样日渐菱靡，油黑的胡须变为花白的乱毛，肥大的鼻头消瘦了许多，稀稀落落的头发覆着发霉桃壳似的额头。他走路也不再曳风，佝偻单薄的身子随脚步乱晃，罕闻其言语，偶尔说出话来也显得有气无力，全没了先前诵咒时的神威。听说他死不承认自己设圈套害人，也不知吉守和春香有过啥勾当，只承认下过镇吓唬小偷，可那镇分明是吓人的玩意儿，根本害不死人。审来审去，审不出个所以然，只好放他出来。气得吉守妈说了许多反动话，差点被大盖帽铐起来。

单调乏味的村子终于又有了茶余饭后的谈资。自那次作法后，人们就发现老道似乎不像传闻中那样法力无边，罩在他身上的那个人为的光环消失了。他那高深莫测的威严也被自己甩出的那个耳光打了个精光。那声脆响在扇倒春香的同时也扇去了他的岸然道貌。人们发现，神威逼人的老道恼羞成怒时并不比凡夫俗子可怕多少，因为对女人抬手动足是沙湾每个男人都能做且常做的事。尤其使人快意的是，平素里鬼怕神惧因而暴富的老道，竟然奈何不了睡过自己女人又大摇大摆入了女人窑的死鬼吉守。于是，村里人说啥话的都有。一个愣头青竟信口雌黄，怀疑老道的祖先也不过是个混饭吃的二百五，惹得傻爷大发脾气，吹胡子瞪眼睛给了他个狗血浇头。因为老道的祖先是凉州有名的高工道爷，早成了沙湾的一个图腾。骂老道可以，骂祖先，简直同释子骂佛祖一样不可饶恕。

人们谈论最多的是吉守和玲玲的死。吉守的死因给他入窑道破天机后，谈者不再躲躲闪闪，终而走向另一个极端，众心推理众口渲染，便衍化出一个惊心动魄的爱情故事。老道自然成了一个心如蛇蝎的人物。人们自然对那个屈死的吉守唏嘘不已。在村里人眼中，睡了个女人却遭此惨死实在不公平，便有人朝老道院落哼哼几声再吐口唾沫。

至于玲玲，谁都知道是因火而丧生，大话送往凉州又送往兰州有目共睹，花了几千块医药费也确实不虚。且她又做了怪梦，谁都知道是边湾河里的死鬼作祟，可为啥死鬼吉守却说是大话嫌贫爱富害了她？这一点，人们想疼了脑袋，也没想出个所以然。倒是傻爷见多识广，说想来是大话倒牛卖马坑人骗人，损了阴德报应到玲玲身上。说是先前的秤一斤有十六两，有十六颗星，南斗六星主生，北斗七星主死，剩下三星是福禄寿。做买卖的人秤头上一做手脚，就损了阴德。恶有恶报，远在儿女近在身。大话想来在秤头上做过手脚——村里人这才恍然大悟。

　　细心的傻爷常提起那个卷倒春香的旋风。听娃儿们说，那旋风有几棵白杨树高，显然是个天旋风。村里人知道，寻常的旋风是寻常的鬼，天旋风却是神，是上天派下来巡游人间的神灵。难道吉守成了神？抑或是神灵知道吉守死得不明不白而前来点化世人？这一点，村里人不知道，傻爷也不知道。半月后，大佛爷山上腾起彻天彻地的浓雾，弥漫了好几十天，渐渐迷糊了屈死的玲玲和吉守，迷糊了渐趋泼辣的春香，迷糊了惊心动魄的鬼道之争，但那个上天派下来巡游人间的天旋风却一直在村里人的心头旋来旋去……

　　听完这个故事，你长长地叹了口气，但是你没有说话。

　　黑暗中，我看不清你的表情，但我知道你想说的话。你是不是为玲玲的死难过，也很同情春香那样的西部女人？你是不是觉得，西部女人只想跟相爱的人在一起，不求荣华，也不求富贵，为啥也这么难？你是不是看不惯春香的父亲，把两个女儿都往死里逼？你是不是看不惯黑皮子老道，表面上是个有德行的高人，行为却这么下作？

　　其实，写这个故事的当年——那时我二十多岁，我心里也很难受。我也希望春香能跟吉守在一起，我更不希望玲玲被火烧死。但是，在那个时代的西部农村，一个女子要是在婚前有了孩子，就会被社会抛弃的，人们不在乎她的心多么纯洁，不在乎她淡泊功利追求真情，只在乎她有了孩子，只这一点，村里人的唾沫星就能把她给淹死。就连她的父母，也会因为她而被人指指点点，这是她最害怕的。所以，在她的观念里，自己已经没有活路了，她被自己的观念给谋杀了。

　　其实，所有自杀的人都是这样，换一种思维，就能看到希望，但换一种思维，有时却是最难的。像大话，如果他能换一种思维，女儿就不会死，但他不愿意，他很固执。固执的原因，是他觉得自己没有错。在他的心中，错的是女儿，因为他也不单纯是为了自己，他不明白，嫁个有钱人有啥不好，至少不用跟着吉守挨穷。他根本就没有意识到，自己为了两万元的欠款，就会毁掉女儿一生的幸福。他也没有意识到，强迫女儿嫁给一个她不爱的人，其实也害了另一个男人，他们的家庭不会幸福。面对大女儿玲玲的死亡时，他最大的遗憾，也是白白花了几千元的治疗费，他完全没有反省过自己，没有问过自己，如果他多站在女儿的角度想一想，女儿还会不会自杀？他的心，完全被利益给腌透了，变得像脚后跟的老皮那么坚硬，他已经麻木了。因为麻木，他看不到女儿的痛苦，他看不到女儿的绝望。玲玲的死，成了春香忘不掉的梦魔,改变了春香的一生,春香爱上吉守,也是因为两人都很爱玲玲,这种爱,让两个曾经遥远的灵魂产生了共振,她突然明白了吉守那颗柔软而炽热的心。但大话不明白这一切,他感受不到那种因为爱而产生的疼痛,感受不到那种因为爱而产生的相契,也感受不到那种灵魂深处的依恋和怀念。他的心,已被严峻的生活现实给异化了。

黑皮子老道也是这样,他虽然总端个高人架子,但事实上,他骨子里是个庸碌之人,只是他比一般的西部男人聪明,能想出一些邪法,来报复让他丢脸的人。他杀吉守的方法也罢,对春香说的那番话也罢,都将这种性格暴露无遗,他表面上道骨仙风,骨子里冷酷无情。他不但从肉体上折磨自己的妻子,还要从精神上摧毁自己的妻子,让她生不如死。那是一种从肉体到灵魂的摧残。所以,黑皮子老道非常可怕。其实,他如果换一种思维,也可以像一个真正的丈夫那样,关爱自己的妻子,感动自己的妻子。他甚至可以更宽容一些,主动结束这段婚姻,娶另外一个真正愿意嫁给他的女人,但他没有这么做。他选择了损人不利己,才把妻子逼上绝路,上演了"入窍"的那出戏,让所有人都看清了他的嘴脸。

你问,春香是真的入窍了,还是在演戏?有人觉得春香其实没有入窍,她只是跟狗娃商量好,用其人之矛攻其人之盾——老道不是说自己下镇防贼,结果误杀了吉守吗?那么她就演一场入窍的戏,借鬼神的名义,把老道的罪行公之于世。如果真是这样,她那么质朴的女人落到这一步,就真的是太无奈了。

春香是个多情的女人,她跟她的姐姐一样,爱的都是吉守那颗温柔多情的心,她虽然嫁给了有钱有脸面的黑皮子道人,但并没因此而忘了吉守,她哭吉守时,其实已经忘了生死,她被一种浓浓的疼痛包裹了。她完全忘了自己有丈夫,也忘了村里人的眼光,她的心里,只有那个被打碎了的活头。如果她的丈夫是吉守,她定然是那种可以为了家庭付出一切的女人——这样的西部女人很多——可惜她嫁的,是一个她不爱的男人。吉守成了她的信仰。吉守死了,她的信仰也破灭了,她就只剩下一具肉体了,面对老道的折磨,她愤怒、屈辱、敢怒而不敢言。哀伤、屈辱、愤怒,几乎榨干了她的生命力,她只是一个弱小的女子,她没有反击的力量,但她又不甘心寻死,她想让老道为自己的下作付出代价。但令人心疼的是,她的反击是多么无力啊,她可以使用的工具,只有自己的身体。她跟一个她没有丝毫感觉的男人睡觉,只为了辱臊老道。或许,她真的可以让老道感到片刻的羞辱,但她付出的,却是贞操和尊严。她明知道这一点,可她走投无路了——在那个时代,西部女人是没有话语权的,受了委屈,她们也只能掉泪,然后藏在心里。

你问,有一件事,我始终觉得很奇怪,在西部大地上,难道始终都没有出现一个女人，想要站出来，为改变西部女性的命运做些什么吗？西方世界就出现了很多女权主义者，她们为改变女人的命运做出了很大的努力。

你不理解西部女人。你有一种西方人的思维，你总是试图改变世界，也能想到很多的方法，你心里，也许有很多很多的蓝图，可以让你在这块土地上，创造出一幅又一幅属于女性的美好图景，我随喜你。但你不明白中国西部，我们的西部人总是坦然接受命运中的一切，以西西弗斯式的高贵，来面对命运，所以，相对于改变世界，他们更倾向于改变自己。

我记得，英国有一个著名的墓碑，上面也刻了一段类似的话：

当我年轻的时候，我的想象力从没有受到过限制，我梦想改变这个世界。

当我成熟以后，我发现我不能改变这个世界，我将目光缩短了些，决定只改变我的国家。

当我进入暮年后，我发现我不能改变我的国家，我的最后愿望仅仅是改变一下我的家庭。但是，这也不可能。

当我躺在床上，行将就木时，我突然意识到：如果一开始我仅仅去改变我自己，然后作为一个榜样，我可能改变我的家庭；在家人的帮助和鼓励下，我可能为国家做一些事情。然后谁知道呢？我甚至可能改变这个世界。

"是的，这个墓碑很出名，它甚至影响了年轻时代的曼德拉。但它说的不是不想改变世界，而是通过改变自己来改变世界。"

是的，东方人也是这样。东方哲学认为，"修身、齐家、治国、平天下"，修身是第一位的，也就是改变自己、完善自己，然后才谈得上改变家庭、影响世界。不过，很多的西部老百姓并没有后面的发心，他们其实没想过要改变自己。西部的生活太艰辛了，地域又太偏僻，非常封闭，不接触外面，视野很狭窄，人很难生起大的发心。在我小的时候，为了不被消极庸碌的环境所同化，就按照传统文化的方式，持之以恒地修炼心灵，其中有一项修炼内容，就是发心。我每天都发大心，让自己尽量地大起来，所以，我才有了一颗跟一般的西部百姓不一样的心。西部女性缺的也是这种东西，很多女性之所以没有太大的成就，也是因为缺乏这颗心。很多西部女子，被一种集体无意识给裹挟了，对自己缺乏自信，相信自己能做大事的西部女人并不多。很多西部女子就连出走、反抗婚姻的勇气都没有，何况改变命运？但西部女子不是胆小鬼，花儿里不是唱了吗？"桂花窗前桂花门，老天爷堂上的宫灯，杀人的刀子接血的盆，小妹妹没有悔心"，西部女子可以为了爱情，豁出生命。只是，人性是复杂的，她们可以为某种追求抛弃生命，但也有可能抛不下脸面，就像玲玲。玲玲愿意拼死去爱，却没有勇气面对搅天的唾沫星，于是就只能烧死自己。春香那么刚烈、正直、善良，但也不能彻底地反抗，换取爱情的自由。为啥？因为她们从小接受的教育，就是不能叫人望了笑声，不能给娘家丢人。当然，她们也不忍心叫父母伤心，更不愿抛弃父母出走。父母养育了自己二十多年，无论是那份恩情，还是那份亲情，她们都割舍不了。父母老了，鬓发白了，说不清什么时候，就会是永别。她们怎么能一走了之呢？走到外面的世界，她们能不能找到立足之地呢？她们对未知，有天然的恐惧，不知道山外面是怎样的世界，弱小的自己走进广大的世界，又该如何生存？种种思虑，让她们没了出路，所以，她们可以为了爱情自杀，却不能豁出一切去保护爱情。你明白那种无奈和疼痛吗？这么无奈、这么迷惑的她们，又怎么能跳出自己的生活，去改造命运呢？你可能认为，只要受了教育，多读些书，有了学养，她们就会豁然开朗。的确是这样的，五四时期出现了那么多有理想、有抱负的女子，她们都认为"国家兴亡，匹夫有责"，这种担当就源于她们的自知和自信，但最根本的东西，还是教育。只有受教育，让自己更强大，人才会打开很多扇门，才能拥有很多条出路，才能学会选择。但是，如果没有受教育，很多东西，其实都是空谈，因为她没有力量。所以，春香在无数次的挣扎之后，终于选择了入窍，以其人之道，还治其人之身。

所以，入窍确实是她和狗娃设计的一出戏，他们想从根本上击垮老道，对吗？

也许吧。根据我的观察，很多入窍的现象，其实都是女人被折磨到极点，再也忍受不了屈辱和苦难后的选择，因为，到了那个时候，她们已经不顾一切了。这时，被西部人普遍接受的鬼神和入窍之说，就成了最好的理由——有时，女人和丈夫之外的男人发生了关系，也会以鬼神作为理由——也只有在西部这样的土地上，人们才会接受这个理由，甚至主观地夸大一些事实，去迎合这个理由。像人们对玲玲死时那旋风的描述，就是明显的想象，在西部，这样的现象非常多。不过，也正是因为多了这些好事者，西部女人才总算有了一条反击命运的出路。

明白了春香的心，或许，你也就明白了太平道，明白了太平天国，明白了诸多的历史事件。因为，它们都是老百姓被压迫到极点时的爆发，它们都有一个能被大众接受的由头。但是，就像这些农民运动并没有改变根本的东西一样，春香的"入窍"，也没有改变她的命运。这件事在她的生活中掀起了轩然大波，让她从此变成了另一个人，也让老道再也混不下去，但在村里人心里，无论是一两个人的屈死，还是那场闹剧，都是很快就模糊了的记忆，清晰的，仍然是生活。那股旋在村里人心中的旋风，能带来老百姓所需要的公义吗？还真不好说。

在这个故事里，我还看到了另外一种独特的西部生活，就是老道驱鬼的那套功夫。

是的，这属于本土道教文化，它类似于巫术。春香和狗娃的表演，也可以说，是西部的巫术带给他们的智慧。

这样的智慧，虽然换来了复仇的成功，但春香的命运、更多西部女子的命运，仍然让人心酸。她们仍然打碎了渴望和向往，被生活磨成了世故泼辣的女子，过去那纯洁、烂漫、善良、柔软的女子，已随着生活的折腾，而成了一个永远不会再次出现的晕圈。

一切都飘远了，就像此时风中的落叶。

你说，我还是想问，这个故事，是真的吗？

我笑了，我说，它也是真的，曾发生在我的身边。

你不说话了。

我明白你的心，你也像我一样，心疼那些无奈的女子。你也在回想她们在时光中的那些身影，你也从她们的回眸一笑中，看到了深深的悲哀和无奈。但我不知道，你是否跟我一样，最关注她们的转变？

我记录的所有故事之中，真正重要的，虽然是文化，但也是这些男人女人的命运，和他们命运中的某种必然性，我不知道，现在的你，能读懂它们吗？

白轻衣：

被爱拯救的灵魂

　　风虽然很大，但夜已经睡去了，我能感觉到夜色的凝固，还有土地那平稳的呼吸。听了我今晚准备的故事，你对西部是否有了更深的了解？西部远离物欲，是一块更接近心灵的土地，在这里，你可以感受到无数个灵魂的叹息，他们都在挣扎，他们都在倾诉，他们都在等待一个出口，让他们流出内心压抑太久的声音。他们在活着时，也像后面故事中那主角一样，没有一个活着的心灵，当他们没了肉体，才发现，原来灵魂才是最真实的生命。但是，即使他们终于感觉到生命的意义，但生命也已失去。

　　在这块土地上，我总能感受到无数个这样的声音。他们充斥了我的心灵。于是，我就会写作，我就会流泪，我就会用文字喊出我不得不说出的声音。那声音或许平静，因为我的心很平静，但里面渗透的，是滚烫的心的声音。你是不是能感受到我在《一个人的西部》中说的那种温度？

　　很多人喜欢我的小说，但有些人只是喜欢文字之美，我很想说，我的作品不仅仅是一些文字，不仅仅是一些生活，它最重要的，还是灵魂的载体。它承载了我的灵魂，承载了这世界上所有的灵魂，包括西部的灵魂、东部的灵魂、人类的灵魂、历史的灵魂……无数个灵魂的纠结和呐喊，就构成了我的所有作品，也构成了后面的这部小说。这部小说的主角是一个倾诉的灵魂，它又何尝不是所有的人类灵魂？有多少人活着时懂得去爱？有多少人活着时真的爱过？你看，我们刚才聊过的那么多故事，那么多男人和女人，你是否看到了爱情？是的，新疆爷真的爱过了，他是无悔的，他是一个大智若愚的老人。但其他人呢？其他人的生命早已结束了，他们早已融入了大自然，但他们的灵魂，是否会产生痛楚？

　　你或许还会叩问自己：假如此时，我的肉体消失了，我将会产生怎样的痛楚？

　　假如你真的这样叩问，那么我替你高兴，因为，假如你在肉体结束之后，才发现这个问题的答案，那么，你将会像这个渴望去爱的灵魂一样，失去了能够弥补遗憾的躯体。但现在，只要生命还存在，只要肉体还存在，所有的遗憾，都还来得及挽回。

明白了这一点，你才能感受到这个灵魂的痛苦和挣扎，才会真正地为她最后的放下而感到开心。

那么，现在，你来听听这个灵魂的诉说，好吗？

好的。

博物馆里的灵魂

1

别问我是谁。

我也不知道我是谁。许多时候，名字仅仅是符号。

你可以叫我白轻衣，因为我曾是个白衣女子。但那是多年前的事了，在一场不期而至的意外里，我被定格成现在的模样。但我不知道这算不算"我"了。我的美丽和青春都被一种特殊的方法蒸发，留在人间的，仅仅是个布满粗纤维的躯体。每天，一个女孩会指着我剖开的胸腹，介绍道："这儿是肝，这儿是肺，这是子宫……"

你也许明白了，我便是她，那个博物馆里的人体标本。

但那是我吗？

我的美丽呢？青春呢？我明明知道，那一切已离我远去。在多年前的那电光般的一闪中，我不再是我。但不甘心的我，却不忍心抛下没被人爱过的躯体，虽然美丽已消失，但那是我活过的唯一证据。当然，我还有其他见证的，如首饰和衣物等，可它们都成了别人的。真正打着我烙印的，只是这亭亭玉立的少女身子。

但无着无落的我已没有了"我"，没人在乎我的存在，只有那女孩例外。每次，她进来时，总是对我示意："又打搅你了。"出去时，说："谢谢你的合作。"

就这样。

一拨拨的人来了，一拨拨的人走了，虽有许多人关注我的躯体——男人们总是偷偷地窥那羞处——但他们的表情，都明白地告诉我：这是个尸体。尸体是没有灵魂的。你知道，从这博物馆建立至今，人们都这样想。没人知道，这个曾经美丽的躯体旁，会有个无着无落的不甘心的灵魂。

你知道网吗？万千条细细的绳子纵横密织成千万个桎梏，那鱼儿，就在里面跳呀跳呀，可无论它咋跳，也跳不出那柔柔的无处不在的力。后来，鱼儿就累了，终于放弃了跳，终于认命了。认命之后，它便没了生命。

也许你明白我说啥了。当千万人都念想"没有灵魂"时，那念想就织成了网。我是网中的鱼儿。我极力地跳呀，跳呀，我想告诉人们，我就是那个灵魂。可没人听得到。一日日，一年年，那网一直裹挟着我。后来，连我自己也认为：这世上，真没有灵魂的。

你知道，当我相信世上没灵魂时，我绝望了。那美丽的身体被制成了标本，可还有我。我明明是有感觉的呀！虽然我说出的话，谁也听不见——人类的耳朵需要声带的帮助。但我有思想。有思想的我，也该算个存在吧。不是有人说"我思故我在"吗？

但我终于疲惫了。因为一拨拨的人都在用无声的念头告诉我：这世上没有灵魂。记得当初，听到第一拨人这样念想时，我抗争，我甚至愤怒地发出一种波，你也可以理解为生物场或是生物脉冲；第二拨人这样念想时，我就想：随你说吧，对脑袋被浆成花岗岩的人，我懒得计较；但第三拨人这样想时，我就开始动摇。我想：这世上，真有灵魂吗？

那么，我是啥？

我惊恐地跑到镜子旁。我明明立在镜前，可镜中一片空白，啥也没有！我成了一阵风吗？那风，算不算灵魂？

记得那夜，我哭了。当你发觉自己是个巨大的虚无时，是否有过跟我一样的战栗？

没人理睬一个没有肉体的女子——我还算不算女子呢？——的哭。我没有哭声，没有眼泪，但我在哭。我多想有哭声和泪水呀，可你知道，没有身体的依托，我仅仅是缕无助的风。

我渐渐被人们"没有灵魂"的念力消解了。我甚至也相信：这世上，没有灵魂。我渐渐渗入那冰冷的世界。我懒得再思考。

后来，在那个冰冷的所在，我甚至没听过"灵魂"一词。

我被所谓的科学消解了。

直到那天，一道闪电般的光芒激活了我。

2

那天,来了一拨人,据说是歌手和学者。我不知道二者的区别。我的感觉里,这世上,只有男人和女人。男人爱看女标本,女人爱看男标本。想来,那歌手和学者,也定然离不了这一套。果然,男人们最爱看的,仍是我的胸部和另一处。胸部已完全纤维化,另一处亦然。那天,你也看得很细,但你在想:"多美的女人,也不过是这样的构造。"你心里溢满了无常和沧桑。你很宁静。你拿着念珠,一晕晕光,涟漪般扩散着。

那女孩,仍在对我指戳:"肝在这儿,肺在这儿……"

忽然,你发问了:"灵魂在哪儿?"

女孩噤住了。另一人问:"真有灵魂吗?"你说:"有的。"你的语气很坚决。你知道,就在那一瞬,一道闪电般的光芒激活了我。

你是第一个在那所在肯定了有灵魂的人,而且,语气是那样决然。我觉得有种奇怪的变化发生了,"我"渐渐凸现了出来。先前那群体念力织成的网完全消失了。我清晰地感到了我的"实在"。

你抖了一下。我知道,你定然觉出了我的存在。于是,此后的某一天,你问女孩,那女子是怎样死的?她说:"我不知道。"

不知道,就别去知道。重要的,是如何善待你知道的。

你静静地出去了,我尾随而去。我多想和你谈谈灵魂问题呀。可你只顾和友人聊天。我只好化成一只蝴蝶,绕着你一下下飞舞。你的朋友惊奇了,说:"瞧那蝴蝶。这回,会有个女孩喜欢你的。"

我害羞了,飞向远处。

3

人们终于走了,博物馆的大门关闭了,一切静了。我飘向一面镜子。自打我被世人弄疑惑的那天起,镜中就再也看不到我的影像。无论我如何搔首弄姿,镜中总是一片空白。你的坚信激活了我的坚信,我坚信有灵魂存在。果然,镜子里先是一片空白明净,渐渐洇渗出红唇的轮廓。……仅仅是个红唇的轮廓,但我还是惊喜了。相较于以前的一无所有,这红唇,多叫我惊喜呀。

你不知道,那一瞬,我是一种怎样的心情。我眼中的你,是能叫白骨长肉的恩人。是的,恩人。当世人用"没有灵魂"的念力消解了我时,你却告诉我灵魂的存在。对于无着无落总怀疑是否实有的风一样的我,有什么比确信自己的"实有"更叫人惊喜的事呢?

于是,那默默远去的影子,一直在眼前飘。

我想,如何让你觉出我的存在和感激呢?没有鲜活躯体的我,已不再有爱的载体。我没有发音的声带,没有溢情的眼眸,没有拥抱的臂膀,没有相依的胸腹。虽然我也曾拥有过它们,但已被制成了标本。标本是啥?标本仅仅是供人们参观的一种僵死。

人们为什么不在拥有鲜活生命的时候销魂地相爱呢?我不明白。

现在,虽然你的智慧闪电般击穿了我,我感激,甚至……爱慕,但我已没了爱的资本。一个女子,有爱的念想,而无爱的资本,这世上,还有比这更悲惨的事吗?

你明白那种绝望和无奈吗?

我多想问你一些问题,比如灵魂,比如解脱,比如未来……它们都困扰着我。在我拥有肉体时,我不曾想过它们。那时,肉体的需要和欲望淹没了灵魂的追问。虽然那时,我有问询的资本,我有声带来表音,我有眼眸来表意,我有手来记录文字,但那时,我没有追问。当那能追问的依托消失之后,所有的困惑才裹挟了我。我如陷身于巨大的黑夜,没有可交谈的朋友,没有可请教的老师,没有可阅读的书籍,只有困惑。它浓雾般包裹了我。我看不到一点希望和出路。你能感受到那种绝望?要是你经历过可怕的梦魇,也许就能明白我的处境。只是这梦魇,是没有尽头的。时不时,就有条溅了水的鞭子抽我一下,提醒我,我已没了美丽的躯体,已没了爱的资本。

我羡慕那个博物馆的女孩,她青春、美丽。你看得见她的明眸善睐,还有她的热情,和毛孔里渗出的青春。虽然你总想放弃文学,而专事灵魂的修炼。可许多个女孩,构成了人类。那诸多的牵挂就织成了大爱,面对她们时,觉悟是个苍白的词。

只是,她的眼神很使我嫉妒。你知道,我也有过那样一双眼睛。可惜的是,那时的我,从来没有那样望过人,换句话说,我没爱过。那时,我被红尘中的另一种事塞满了大脑。我不明白,这世上,最该做的事应该是爱。后来,在我无法爱时,我才明白了爱。

就这样。

但至少,我应该向你表明。我感激你,甚至……爱你。

我想找个女孩,充当我爱的载体。莫笑我,她拥有爱的资本。你知道,灵魂如风。那无孔不入的风,会将我的爱意注入另一个灵魂的深处。

后来那不可思议的灵魂裹挟,就这样开始了。

4

你知道,你很迟钝。据说智慧的人都显得迟钝。不是说大智若愚吗?你就是,你甚至显得木讷呢。女孩说:"看来,你和我一样笨!不过,我是天生的笨,你是透着智慧的笨。"

虽然,我以那蝴蝶的形象,一次次显现,但你却不明白,那是我。那是我唯一能在这世上展示的形象了。你知道,从你的光明激活我的灵魂至今,我在镜中隐现的,仅仅是个红唇。那红唇,稍加变异,就成了蝴蝶。就这样。我找过你多次,后来连你也诧异了。你想到那年冬季,你去放生,也有蝴蝶在绕着你飞舞,也跟我一样顺时针旋。你知道这是吉祥旋,信徒们绕佛塔时,就这样。那个放生的冬季,你看到的蝴蝶,是山神的女儿。你知道这。于是,你将校园里环绕你的蝴蝶也当成了山神的女儿。这所大学虽依山而建,山神虽有个女儿,但这回不是她。这回是我,是一个被消解多年又被你拯救的灵魂。你一点也没想到是我吗?虽然你已觉察到我的存在,但你仍在沉默。你明白,所有行为终究会归于虚无。你只想在虚无中建立永恒。可这世界上,真有永恒吗?

湿润的海风吹拂着你的脸颊,你安详宁静而祥和。你的脸上透出一种红润,那是宁静溢满心灵后的特征。我很喜欢你。你的心承载着一个世界。……别笑我。许多时候,一串电光,能立马击碎亘古的黑夜。这不奇怪。当身边充满了被物欲熏蒸却没灵魂的躯体时,你那丰富宁静而博大的灵魂世界,怎不叫我神往和迷醉。我渐渐从好奇中走出,融入爱的旋律——要知道,她仅仅是我的载体。当然,这对她不公平,因为她也滋生了一种东西。那觉受,你可以当成我的赐予。我说过,只有灵魂,才能往一个敞开的灵魂里注入新的东西。

你的迟钝,构成了另一种诱惑。她的世界里,没人婉拒过她。你知道,得不到的东西,才是最美的。我默默地注视着你。我只想让你明白一种神奇,并让你从那神奇里,品出一个感恩的灵魂。

你分明感觉到了。在大海边的那个夜里,你想超度我。你做了,但你知道,此刻,我不想被超度。无论多大的神通,也无法超度自甘沉沦的灵魂。你虽在虚空中观出了你的坛城,但我不想去。我更想经历一次灵魂的邂逅。你不知道,我还没被爱过呢。我虽历练过红尘,但没被人爱过。我不甘心。我眼里所有的超度,都不如一次鲜活的爱。

我不去!

我亦步亦趋地跟定你。我甚至已将她当成我自己。她于是一次次发短信。有时想来，灵魂很可悲，连那短信啥的，也得依托肉体。要是灵魂能发短信，我不会再依托她的。因为，我发现她老是逃课。在她眼里，你一日日高大着。这很可悲，男人是不可以高大的，男人应该可亲。在女人眼里，高大是一种挤压。

不过，我却被你感动了。

在一次演讲中，你谈到了我。你说："看那女子的轮廓，活着时，她定然是个美人，但是她死了。死了以后呢，仍睁着一双寻觅的眼睛。我静静地望着她。她张着嘴唇，多想说出爱字呀，可是口已死去；她多想拥抱呀，可是手已死去。所以，有人问我，参观博物馆时，你最大的感受是什么？我告诉她，最大的感受是：在活着时，要好好地爱。"

你是读懂我灵魂的第一个男人。

只有一个有智慧有大爱的男子，才能读懂没有肉体的灵魂在爱面前的那种无望和悲戚。你听过飘风刮过山岳时的厉叫吗？那就是我的嚎哭。

我似乎觉得，我爱上了你——要是一个灵魂也有爱的权利的话。

我将会陪伴你。

你觉出了我的存在吗？

5

我再一次飘向镜子，在夜深的宁静里。

我静立在镜子前，希望看到我当初的美丽。但镜上显出的，仍是那抹虚朦的红。它如宣纸上洇出的一滴红墨，渐渐洇渗开来。……比起上一次，红唇更艳了些。

我凑上前去，吻那红唇。它虽是我灵魂的隐现，我却将它当成了你。我慢慢地凑了去，巨大的幸福扑面而来。我甚至看到了你的迎接，那智慧的眼里充满了慈悲。原以为，我该吻到那湿润的，可是没有。我的吻，如风撞击镜面，我空有吻的念想，却无吻的质感。我的心一下子悲了。

我明白，我连吻的权利也没了。

一双眼睛却隐约在镜中了。你见过水中月吗？就那样，被风吹虚的那种。那是我的眼睛吗？应该是的。我想对你诉说，于是有了红唇；我想追问求索时，就应该现出眼睛。你不是说"万法唯心造"吗？我求索的心，难道造不出寻觅的眼？虽然它仍是虚朦，但它终究会清晰的。像那红唇，不是也由若隐若现，变得猩红欲滴吗？

那眼，渐渐清晰了，很古典的一双眼睛。忧伤的轮廓。此刻，你定然也感受到那双眼睛。在静静的夜空里,它凝望着你。我看到你静卧在床上。你的身旁,有几个男子。他们正口若悬河地谈些无聊的话题。你的手机时不时唱响。在另一个空间里,她也在那儿。同室的女孩都睡了。她则睁了眼。你们用短信交谈着。我听得懂你们诉说的心灵。

我终于发现,她有些离题了。她为啥不问我想听的事呢?

我叹气,飘到外面。夜空很大,可以由了我舞蹈。我能觉出那海面上吹来的清风,带点腥味。

我很想约你出来,跟你在操场上散步。可是你知道,许多时候,人类的一个细小举动,对我来说,却是不可能实现的奢望。但是你,是否觉出,夜空中有双窥视你的眼睛?还有个想吻你而不得的红唇?

我发现,你的心有些乱了。你若有所思地按那键。

你们的话,都有些言不由衷。

也许,这正是人类的愚蠢。

等你没了肉体时,你才明白,能说真话,是很幸福的事。

6

我去找你。

我们走向海边。你很激动。那海风、海浪、大海独有的气息令你迷醉。更令你迷醉的,是她……我差点说出"我"字,这是很伤感的事……当你的情感不得不由另一人替代时,确实很遗憾。你是否发现了我的存在?除了那一次次拜访你的蝴蝶,你是否有过别的感觉?

对了,那天早晨,你照镜时,不是发现了一个红唇吗?那红,从镜里映出。你定然当成了镜子本来的图案,其实那便是我。你同室的那个作家是看不到红唇的。他仅仅看到有个漂亮女孩来找你。他极力地劝你跟她好,他显然被感动了。但他的眼中,这仅仅是个浪漫故事。他不知道故事后面,还有个哭泣的灵魂、期待的灵魂、寻觅的灵魂、渴望爱和被爱的灵魂。

你有双慧眼,在故事之初,你就发现了背后的神奇。自你见我的刹那,你眼中的我,就不仅仅是个肉体。你明明发现,那款款而来的女孩背后,还有另一个灵魂。你甚至感觉到她对你的友善和感激。

你知道,那时,我是多么幸福呀。在别人眼中的存在,是最大的价值体现。尤其,对于你这样一个能窥出灵魂秘密的男子。

我们走向海边。我说："我们去朝圣好吗？"你说："好呀。""你真去呀？"我惊喜地叫。我想，能完全地拥有你几天，是红尘中最美的事。我和你拉了钩。我能读懂你的心。你一直想去朝圣，你一直在找那个相约的人。二十多年前，你曾和一个女子相约，可是她死了。死前，她叫你等她，等她回来时，陪你去朝圣。你一直在寻觅再来的她。你当然隐瞒了这个故事。你只说，跟你朝圣的，定然不是个俗物。我很感动你的述说。我也向往过娑萨朗。听说那儿很美。听说那儿是个神奇的地方，有许多护法的神灵，他们会不会容许我这样一个不干净的灵魂去朝拜呢？不知道。只记得，在我拥有肉体时，我也想去朝圣。可是后来，我终于被消解了。一个没有梦想的灵魂，是很容易被庸碌消解的。

我终于没到达圣地。没有去过的地方，才是最美的地方。

你说你终于找到能一起朝圣的人了。我很高兴。我真的很高兴。但很快，我有点沮丧。我怀疑，你指的，是不是她？

是她吗？

我于是想起，陪你散步的，似乎是她；跟你说话的，似乎是她；邀你去朝圣的，也似乎是她。

你是否忘了她后面的我？

也许，你真忘了。

在宁静之光照耀你心灵的时候，你定然会觉出我的存在。你那显现的智慧，会窥破虚假，正如静水可照出世界一样。可是现在，你的心静吗？你不是觉出了荡漾的春水吗？你不是品出了汹涌的诗意吗？那么，你是否品得出隐在生活深处的我？

你是否真忘了，她其实是我的载体。正如一个美丽的瓶中，盛满了醇酒，你不该醉倒在瓶的美里。

你应该静下来，倾听那灵魂的述说。所有的外现终将消失，留下来的，应是灵魂的轨迹。面对相同的故事，她会说："所有的感情不过是记忆。"我会说："所有的存在，都是生命的证据。"有时，生命的价值，也正是存在本身。

两个不同的灵魂，对生命有不同的阐释。有爱的依托者，反倒忽略了爱；无法实现爱者，却明白爱之珍贵。可惜的是，明白了爱的，却无法去爱，她甚至无法去表达爱。她不得不去依托一个也许并不懂爱的红唇。

我多希望，那镜子里隐现的红唇能发声，说出那个"爱"字。但那隐现，仅仅是隐现。它是期盼后的产物，取代不了鲜活的生命。

我知道，她已裹挟了你。你的生活中，有多次去朝圣的机会，你放弃了。而这次，你是真心实意地接受了。你是否想到了那个相约？

你是不是有了醉意？这大海，这景致，这女孩……是不是还该有我？我是否也是你醉的理由？你知道，我设计了你们的邂逅……不是设计，是参与。我用一个灵魂所能发出的所有能量，帮助两个邂逅的灵魂升温。

海风吹着，如同我对你的抚慰。我何尝不想拥你入怀呢？可是，就让海风做我爱的依托吧。你静静地品那抚慰，看那正为你跳舞的女孩。瞧她，一身灵气，在暗夜里起舞了。每个细节都溢满活力，还有那从毛孔里溢出的青春。你由衷地赞叹。其实，你不该赞美她。因为许多时候，赞美是一种诱导，等于告诉对方：对，就这样。你只管静静地品就是了。对，就这样，纯洁了心，坦然了意，在静默中，品那大美。

可你的眼神，真让我嫉妒呢。

不过，我就当你在品我灵魂的舞蹈。你见过那随风舒卷的云吗？你见过那自由跌宕的浪吗？你见过那在草原绿风中撒野的马群吗……它们，都有灵魂舞蹈的韵味。不过，你还是品这女孩，这世上，最美的语言是女孩的笑。

不是吗？瞧你。

记得，那是你的第一次失眠。你发觉，你被巨大的力裹挟了，滚出宁静，滚向未知。这是从没有过的事。

你觉出了恐怖。于是你淡淡地说，我还是回去吧。那儿，有好多事呢。她不易察觉地叹气，凝眸，望望远处，说，去吧。

那夜，是邂逅后的第一次失眠。

7

镜中的影像渐渐清晰了，除了红唇，除了眉眼，还有脸的轮廓。我发现她有着古典美。那是我吗？我不知道。只记得，我生命存在的当初，不是这般清秀的。莫非，灵魂就是这样子？我整夜整夜在博物馆里走动，品那移动时细微的风声。我分明感到了不易察觉的风声，我很惊喜。要是你明白我真的相信没有灵魂后的绝望时，你就能理解我了。人，怎么能没有灵魂呢？当这个美丽的影子成为我灵魂的证据时，我被巨大的幸福裹挟了。

一夜的飘忽，清晰了脸的轮廓。风声也洗出了衣带。我能看清自己的形体了。那样子，不是被制成标本前的我，分明来自亘古的年代。我不知道它是汉是唐，这不重要。只要灵魂存在，久远也罢，当下也罢，并不重要。我还知道灵魂有着更久远的历程。只是这灵魂，只属于能感受它的人。世上有许多人是没有灵魂的，肉体一没了，魂也飞了,魄也散了,他们就从世上消失了。不为灵魂活着的人,是不配有灵魂的。

我的灵魂也在舞蹈,可你看不到。你只能欣赏一个女孩的舞蹈,你无法感受一个灵魂的狂欢。这是你的可悲。你宁静时,虽能感觉到我,但我们没法交流。我面对的,是无云翳的天空和无波纹的大海,我希望你能走出那宁静,来面对一个鲜活的我。但你失去那宁静后,外现的虚幻却又想迷了你的心智。

我发现,有人的地方定然无你,你只在寂寞里晶出。稍有异响,你就惊鹿般逃出,消失在无尽的怅惘里。于是我总在祈祷:不要风,不要雨,只要你默默的眸子。

但我分明发觉了你失眠的窘态。

我知道你在犹豫。你明白朝圣之行会通向未知。你还感到了那种裹挟,它越来越凶猛。那就拒绝了她吧。哪儿也别去,你还是回到你静静的所在。从你宁静的心里,流出纯净的文字。

看到了你和她都在失眠,我有些后悔当初了。

我不知道,我是否犯了一个错误。

8

对她那鲜活的灵魂,我完全失去了影响力。没办法。爱可以复活一个幽灵,爱同样可以激活一个女孩所有的生命能量。我分明感受到那种强抑的汹涌。你知道,那种力量巨大,已远非一个漂泊的灵魂所能控制和左右。我于是有了上帝的悲哀。听说,上帝创造了人类后,却再也无法控制人类。我也一样。我点燃了她。可是,她已被激活,成为另一个灵魂。她已不再是我的附庸和载体。她开始有了梦想。而人一旦有了梦想,连上帝都拿他无能为力,因为那梦想,已取代他心中的上帝。

我每每发现自己的无能为力。

你想,当你的一个载体开始背叛你时,你会有怎样的心境?也许,许多自杀者,就是因为其载体背叛了心灵。他不得不用极端的方式予以了断。

但我是无能为力的。我不能惩罚不属于自己的肉体。我只能在一个偏僻的角落里静静地望着燃烧的你们。令我欣慰的是,你只有圣洁之光,而无私欲之气,这是很难得的。她也是。你们在跟对方的接触中提升着自己,我很感动。这时代,已经很难发现有这样的人了。当物欲掩蔽了心的明净之后,我已经许久没见这样的光明了。

我既感到欣慰,又忧戚不已。

毕竟,我点燃了一对邂逅的男女。没有我,他们会擦肩而过,走向各自的宿命,终于被茫茫人海淹没。当然,你也许会依托艺术走入相对的永恒。但因为有了她的出现，你的生命会绽出一朵奇异的浪花。虽然仅仅是一瞬，但在你生命的时空里，它会为你提供滋养，会成为你生命的激情和动力。

显然，你理解这一点，相约的那夜，你说："你是我生命的诗意。"是的，是诗意。但悲哀的是，在你心中，她越来越浓，我越来越淡。

但你分明是越来越惶恐了。

灵魂开始燃烧，总在烫伤理性的你，也正因了那灼人的热，才能发出炫目的光。在这个冰冷的世界上，就有了一种能感动心灵的大美。

相约的净土遥远而神秘。它远到心外了，成为惊喜和未知。你发现，你的生命深处，有股巨大的力量正席卷而来，它可能会冲垮你所有的程序。

瞧，那感觉又卷向了你，如大雾迷了天边的树。她是树上栖息的寒鸦，一匝匝绕着，总不肯离去。倒是风沙鞭子般抽来，相思便凋零了，化为风中的黄叶。

空旷的天地寂寥无声，无人咀嚼那独行客的孤独。于是，你总在牵挂那邂逅的蝴蝶。面对那亘古的大荒和生命的须臾，你已不在乎面子。

那真是一个可怕的未知。

9

海风吹落了藕上的莲子，却吹不去你的牵挂。于是你逃出了人群。你想也许在无人处，会有一串微笑的风铃。那大海生下的贝壳，会发出梦中才有的声音。

你便去了海边。

你想静静地看海。海边的小村遥远而局促。你漫步在街头，心里盛满了期待。这是很糟糕的。那期待，也叫"求"，你是否忘了"有求皆苦"？是的，有求皆苦呀。你是否觉出沁凉入骨的孤独？你是否品出灵魂难耐的焦灼？你是否期待一个巨大的幸福旋涡席卷而来？你是否还感到一种从没体验过的恐怖？

是的，恐怖。

前面的路通向未知，你却不知道哪儿是归宿。你更不知道，幸福是双刃剑，在感受到刻骨铭心的幸福时，也伴有刻骨铭心的相思之苦。这世上，没有免费的宴席。

记得那天，你说："你给我一个理由。"

她说："还需要理由吗？多累。"

是的，许多东西是不需要理由的。理由是功利的诠释。在灵魂最深的那个角落，需要体验，需要感悟。最不需要的，是功利性的诠释。所以，你忘了那理由。

你走在街头，一心空旷。海风吹来时，心柔得发颤。这是个阳光灿烂的日子。海边有一群女子，叽喳着嬉戏，但你的眼中无人。你只想宁静地品那风，品那海，品海风的呢喃。但你宁静得了吗？那期待，遥遥走来。你想去朝圣。你明明知道，那朝圣路上将发生故事。她说过："该发生的，终究会发生。"

但我的悲哀已浓成了浆。你的心中，已没了我的影子。你的脑中，盛满了她的故事。我呢？我在哪里？你应该明白，她，仅仅是我的载体。她的所有存在，仅仅在实践我的念想。

我真想哭。

深夜的镜里，我已完全清晰了。那是个古代女子，看不出年代，这样好。许多时候，清晰是美的大敌。那就朦胧吧，你就当我来自唐朝，或是西夏，或是楼兰……在一个不经意的恍惚里，你我曾相遇，种下了邂逅的种子。为了等践约的你，我宁肯被制成标本。但我的灵魂，却一直在寻觅。你能感受到一个寻觅灵魂的忧戚吗？你能体会到有爱的念想却无爱的资本的女子的痛苦吗？你知否，当你面对一个寻觅的至爱却不能尽心表达爱时，我该有多么沮丧？

天空的雁鸣诉说着我的悲戚，秋凉了，凉意渗入了心。博物馆空旷孤寂，还有冰凉。是的，冰凉。镜中的影子有种冷清的美，她冷冷地望着我，一脸无奈。我能读懂她的无奈。那两个沸腾的灵魂，将无奈衬得更深。我有些后悔多事了。那吹皱的池水，搅乱的，还是我自己。那被我设计的牵手，扎疼的，也是我自己的眼眸。先前，你心中尚有灵魂的追问，那追问，还能唤醒一个沉睡的灵魂。现在，你发现没？你的灵魂也已迷失。

你憧憬着未来。那憧憬里，无疑有毁灭的废墟。你的所有世界都已毁灭，所有规矩都被不期而至的飓风卷得七零八落。你定然沉醉在恶作剧中。那以往的世界，已因一个女孩的微笑而走向崩溃。

对此，你是深深地觉察了。你后来说："我终于发现一个女孩的可怕魔力了。它可以摧毁一个人所有的道心。今生，我忘不了这可怕。"

那可怕，我也觉察到了。我还感到一种失落。你知道，导演甜蜜的我却注定孤寂。因为你的出现，我已发现那博物馆有种可怕的冰冷。我甚至不想再栖身了。于是我时时飘向镜子，跟镜中的古典美人倾诉。

她，仍是忧戚着脸。觉醒的灵魂都这样。许多灵魂一旦觉醒，就再也不会沉睡，于是，海子们卧了轨，海明威含住了枪口。我对她说：女子，你大可不必。先前，你仅仅是缕有灵性的风，现在，你已复苏。消解的魔咒被解除。你有了形体，虽说能欣赏那形体的，仍是你自己。世人的眼眸里充满了物欲，他们无福欣赏你的大美。

那古典女子身着红衣。后来，你看到的，就是她。她睁了那双穿越时空的眼，她定然看到了你的梦想和被梦想颠覆的世界。朝圣的路上充满诗意和陷阱，你终究会迷失的。你虽然长着哲人的头颅，但我明明知道，其实，你还是个孩子。这世界真怪，孩子未必都是哲人，但哲人定然是孩子。只有那最干净纯真的心，才能触摸到被物欲掩盖了的大真大善和大美。

可你还是个孩子呀！

那可以瞭望的毁灭令你惊恐，就像看到大灰狼的牧童。你的生命里，从不曾有过如此席卷的狂潮，从不曾想过那心甘情愿的毁灭。我劝你，逃遁吧，朝圣是遥远到心外的故事。

别笑我。也许你认为我在吃醋，是的，有一点，我不否认。我也是个女子。在一个近在咫尺的浪漫中，却没有自己的位置。但毕竟，我是个历尽沧桑的灵魂，我明白，世上的许多事，是一言难尽的。

风呢喃着，缱绻而来，拂向心头，将那浓浓的相思吹得更浓。女孩又充满了心。你是真将她当成了赴约的风吗？但你终究是你，你明白那是大梦，可我知道你愿意沉醉其中。你呀，你明明知道那是大空，又何必动心呢？

心是什么？心仅仅是念想，是牵挂，是不经意间的怅惘，是博物馆里晶出的冷寂。其实，世上本无所谓心。心也是无常的，灵魂也是。先前，我有形体时，总是千般计较，万般算计，总爱将那肉体裹出一份靓丽，而独独忘了去爱。对世俗的贪念挤走了全部的爱。后来，形体没了，除了伴我的那身衣服，一切都成了别人的。伴我的，只有不曾爱过的那个遗憾。这遗憾，如溅了水的鞭子，时不时就抽向我。

你丝毫没感觉到，你也变成了鞭子吗？

当看到你窖满了相思的心里都写着她的名字时，我明明知道，那里面，没有我的影子。你不是最重灵魂的吗？看来，其实打动你的，还是女孩的形体。

是的，她很美，小巧，优雅，青春，质朴。她的声音，还带点磁性，充满异域色彩。但这一切，仅仅是她的形体。你定然不明白她有怎样的灵魂。是的，你读不懂她。也许正是这一点，裹挟了你。面对她时，如面对大自然，总觉她清朗见底的后面，有种不可测度的神秘。

其实，你觉出的那神秘，正是我呀。当一个历尽沧桑的灵魂附着于一个青春女孩时，她怎能不神秘？

可是，你偏偏从心里挤出了我。

你叫我咋说呢？

10

　　知否？正在你孤卧荒村被相思煎熬时，镜中的我已清晰无比。那份古典，足以叫你动心呢。你知道，我多么惊喜。我屡屡品那曳风的裙裾。那是种很美的质感，告诉我一个生命的证据。不用任何人的证实，我已经拥有了自己。

　　那夜，你出了宾馆，不是在树丛旁看到一个女孩吗？那就是我。

　　你知道，拯救我灵魂的，是爱。是爱，将我从消解中拔出；是爱，给了我活的感觉；是爱，让我有了自我；同样是爱，使我有了铭心刻骨的相思。我多想告诉你这一切，可是，面对你时，我仍是无能为力。

　　瞧，你又在写诗了："风拂心头意，喃然如静泣。晴阳勿醉眠，告我妙消息。"你将她赠你的画贴在墙上，时时咀嚼。你躺在床上，风从窗外拂向你相思的心。你是否知道，有好多东西，一生下，就注定要走向死？

　　你不是老是谈"灵魂"吗？可你在乎过我这个日渐鲜活的灵魂吗？你个好龙的叶公呀。我真想说服你，远离这邂逅吧。你明明知道，那生命狂潮，会席卷你的所有宁静。在许多个不经意的恍惚里，你也在长叹。但你想，毁灭就毁灭吧。

　　我很感动于你的毁灭，也嫉妒你的毁灭，更惋惜你的毁灭。你明明知道你的宿命，有许多东西，仍等你践约呢，不是吗？

　　你逃吧，逃离这毁灭你的邂逅，让娑萨朗定格在遥远的期待里。要不，在一个不经意的恍惚里，我再告诉你一个故事，告诉你另一个关于灵魂的故事。

　　你听懂我的话了吗？你为何唏嘘？

　　瞧，期待的她正打扮自己，对每个细节，她都在精心设计。这次邂逅，也是她生命中的大事呢。但她更向往那未知。你知道，她喜欢冒险和浪漫。人世上所有的历练，都会成为她人生的财富。而你，稍一懈怠，世上就少了几部书。

　　逃吧，命里该清醒的你。

　　而你的心里，却在说：随缘吧。可你是否知道，有时的随缘，其实是毁灭的开始。

　　不过，你别笑我这般急切。我真不是在吃醋，虽然我有一点点的嫉妒，但那只是一点点……还有点恼火，也只是一点点。我只是后悔导演了这场我无法结束的游戏，虽然在这过程中，我也拯救了自己。问题是，没拯救前的我，仅仅是一点觉受。现在，却不得不经历灵魂被历练的痛苦……只希望，你别将它当成嫉妒。我承认，有一点点嫉妒，仅仅一点点，更多的是失落、孤凄、绝望。你知道，渴望爱情的我，总没有爱的载体。这是无法消除的梦魇呀。连崇尚灵魂的你，都迷醉那美的形体，何况这个被庸俗和实用充斥的世界。

我不知道该怎样劝你。瞧我，又走调了。我本想劝你放弃这毁灭的邂逅，可话一出口，就变样了。仿佛我在劝你去爱呢：趁着有爱的载体，去爱个天翻地覆。……不，我的思维很乱，我无法清晰地说服你。我真的很矛盾，我既希望你趁着有爱的载体去销魂地爱，又怕那失控的爱火会烧了你自己。那么，由你选择吧。我仅仅是个旁观的参与者。

毁灭也罢，随你。

但我还想做最后的救赎。

11

我看到，你的灵魂正绞杀着你。

你说你只好沉默了，虽然你想唱歌。可这城市，已一天天占领了你的家园。不投降的你，再也找不到自己的调儿。

西部的歌王早已死去，还有那个叫三毛的女子。世上便不再有知音了。失声的你，却不想失语，于是你说：那就谢你吧，赠笔的女子。

还是大漠好，没那么多规矩。因为那规矩总在绞杀你。你只愿骑了枣红马，撒野在风里。风里有你的歌。那些城里人耳膜太嫩，总嫌那旷野的天籁，扎疼了自己。

总想找个温暖的港湾，叫那不羁的海风，熨去你心头的疲惫。可没人喜欢你一身的风尘，还有那燃烧的灵魂。不想灼伤别人的你，只好灼伤你自己。

总想找个僻静的所在，悄悄抹抹沧桑的眼角。虽说那泪，正在折射世界，好些人喝彩着。可你只是个独行客呀，莫非，真不能舐舐你遍体的伤口？

为了拾回你的宁静，你叮嘱自己：就把她变成琥珀吧！别叫她的顾盼，扎疼你自己。于是，你矛盾着。心想：爱她吧，我想呢；智慧说：正是那距离和遗憾，才定格了美丽。你说，能定格的，还有艺术。你想用堂吉诃德的智慧，定格她的美丽。你想，当你扑向风车时，定然会听到一声娇笑。你沉闷的世界，便一片光明了。

你想，该走的终究得走，正如那远去的雁鸣。不用凭吊和牵挂。只管将她变成琥珀，挂在胸前。寂寞时，她会时不时碰你的心呢。

12

她袅娜而来，曳着清风，牵着雨意，带着微笑，溢着仙气。你明白你的毁灭到了。你定然也看到了她身旁的我。是的，跟她同行的，还有个白衣女子。你知道，我不仅仅是无奈的旁观者。

你带了她，走向戈壁，这是个长满荒草的戈壁。西部的戈壁是真正的戈壁。那儿没草。这多草的所在，就溢满了诗意。我听到两个声音在你心里斗着：一个说，爱吧，趁着有爱的载体；一个说，逃吧，生命里还有更重要的事。前者有许多未知，每个未知都是毁灭的开始；后者却趋向静默，那静默的大美里，有孤独，有空寂，更有永恒的诗意。前者说：爱她吧，瞧，多美的女子，哪怕爱的结果是毁灭；后者说：你还应该有更大的爱。小爱转瞬即逝，大爱相对永恒；小爱是个人觉受，大爱是心灵的滋养。

你就在这样逗着自己。

我偷偷地笑。因为我明白今天的结局。

你后来才知道，我终于完成了最后的救赎。

荒草在风中摇曳，石头静默着。你被诗意裹挟，在逗她。你说着许多话，每句都是言不由衷的恶作剧。看到她的难堪，你偷偷地笑。你在享受那谈话的过程，却总是忘了目的。虽然许多时候，过程就是目的。但今天，你似乎该说些别的事。

没有别的事，你想，就这样。在无尽的生命时空里，邂逅仅仅是邂逅。虽然这是次可怕的邂逅，它裹挟了你的所有真诚。但邂逅仅仅是邂逅。她说了，它仅仅是一种记忆性的东西。

她静静地坐在石头上，她似乎在沉思。她传递着一个个讯息，她需要一份保证，一个理由，一份鼓励。她彷徨在人生的十字路口。你显然明白，我也明白。我觉出，天地间的一切为之一滞。有时，一个女子内心的硝烟，不弱于一场战争。

你定然也知道这一切。为啥不给她一个鼓励呢？哪怕一份暗示。

那戈壁蔓延而去，走向未知。据说可通向大海，但仅仅是据说而已。在另一个据说里，该通向娑萨朗的。娑萨朗是块神奇的土地，在神奇的土地上，应该有些神奇的故事。生命里，该发生这样的故事吗？我想也是该的。不过，你知道，我总是词不达意。

你品出了她许多的暗示，心里还是念叨："随缘吧。"

随缘吧。

有时，随缘的含意是放弃。而有时的放弃，是死亡的代名词。你也明明知道，此番放弃之后，一切仅仅是记忆。记忆是哈在镜上的气，总是由浓到淡，从有到无。将这份鲜活呆板成记忆，你愿意吗？

你说，随缘吧。

随缘也罢。可你为啥恶作剧般地逗她呢，你应该悄悄转身，走向你该去的地方。那儿没有水，没有草，那儿是一堆真正的戈壁。真正的戈壁里，有一个真正的你。

我品出了无奈。

那场景会定格在你的生命里，又会在你的笔下鲜活成永恒。有草的戈壁，潮湿的熏风，沉思的女孩，还有浓得化不开的抉择，都在叩问你，叩问她，叩问你们生命的未知。

一个声音说：放弃吧，放弃这生命的邂逅。一切，仅仅是记忆。

另一个说：随缘吧，有聚必有散，有乐必有苦，巨大幸福的背后，往往是巨大的痛苦。

两串无声的叹息，在风中摇曳。

你想告诉她灵魂的故事。她悄声说：我是个俗人，没法承载那高贵。你想，是的。西部的尘埃很大，但还是西部，因为那尘埃里有大美。城里的女生，已被海鲜吃坏了胃口。她们的小脸很局促，说话时，就只好闭上眼睛。

你想，白毛风起的时候，你定然找不到她。她只在春天里微笑。你却要骑了枣红马，去寻觅被风吹散的羊群。那刚生的羔子，已被野狼叼走。长叹一声后，你抹把泪，也知道，那泪，仅仅是凭吊一个远去的生命。

你于是想：随缘吧，恺撒的事归恺撒，上帝的事归上帝。世上的一切，都有它各自的宿命和位置。

她取出一支笔。看得出，这是她的心爱之物。你说："这很吉祥。"是的，对你来说，没有比送笔更吉祥的事了。我很高兴，在看得到的日子里，你会用它记下那灵魂的故事。

放弃后的相赠，令你感动，这无欲无求的行为，会温暖你的孤寂。

那遥远的净土遥不可及，可及的，是无奈的分离。

"去吧。"你心里想，"该去的，终究会去的。"虽然你明白，那去，是一种无法挽回的遗憾。你却说，去吧，你想来明白了一个乡野的灵魂，它是团燃烧的火。远离他吧，别烧成灰烬。你灵魂的宣纸，只配叫那书生，画一些小桥流水。无论你咋个坚强，也承载不了骏马的驰骋。渐去渐远吧，别在视野里踟蹰。你的所有顾盼，都会消解了自己。

你于是坐在石头上，凝成另一块石头。我牵了她的手，走下山坡。我读得出那种遗憾和犹豫，但我还是说："走吧。"

你明明知道，这最后的裹挟，真是为了你好。你应当感激那个拽她前行的白衣女子。

你静静地坐着，"随缘"是个有力的词。

天地静默着，窥视着无以名状的一幕。一个默默凝视，一个渐渐远去。

一切，都渗入那场不期而至的风里。

13

你当然想不到，那随缘的分离，会成为永远的疼，你总是不敢触摸。敢触摸的，是定格的回眸。风仍在呢喃，心却逃入不可名状的遗憾里。命运说：感谢我吧，正是那遗憾，才定格了美丽。

命定的朝圣已流产，远山仍在呼唤。悠长的声音里溢满了血丝。你赧然一笑，大山呀，我又不是你女儿。

不再去看海，海总在讥笑你。他说："你呀你，你不该消解你自己。"你仰天长叹。你知道，海是个见多识广的老人。不像那大漠，永远是个孩子呢。

你已不在乎她是谁，虽然你忘不了那个名字。你仅仅是份牵挂。有时还有倾诉。当那倾诉波及更广时，你就有了写作的理由。感动不了她的你，只好去感动世界了。世界都喝彩着。你想，有时候，一个女子的微笑，才是真正的意义。

你知道前面定然有精彩，可那精彩总在心外。心外的风景，属于另一个跋涉的脚步。你只在乎那平常的女子，她总在用平常的姿态，笑出不平常的景致。

风中的雁鸣很大，都说："别找了。你知道，她仅仅是心头的幻影。"你摇摇头。你知道幻影的前方，还有一块领地，那儿，山花烂漫呢。

大团大团的云朵滚向你，像疾飞的乌鸦，总在搅乱你的期待。期待已成昨日的蝴蝶，冬眠在深秋的草丛里，却说："命运的乌鸦呀，发一个她的声音。"

你的心中本该有别的，只是她侵占了你的领地。冷极的刹那你想睡去，又怕那寒意，会冻僵你的血液。于是，你大叫，那儿，有聆听的人吗？

14

你要明白，那是我一生中最重要的炼狱。

没有那次经历，我永远是个孩子。

我们走吧。

一个老了的男子和一个依然美丽的女子，一同走向我们的宿命。

我明明听到了那阵歌声。那是空行母在唱。她们唱的，也是《婆萨朗》。她们的《婆萨朗》，有着她们的旋律。我依稀听到那白衣女子的声音，是那种带点磁性和梦幻色彩的声音。从她的声音里，我听出了一种欣慰。我觉得那是她对我最大的奖赏。

我们走吧！

走进大漠深处，走入我们的宿命，那儿有许多正在唱《婆萨朗》的孩子。他们的歌声渐渐嘹亮了。只要过了变声期，他们的声音就不会走样了。他们需要你，也需要我，他们需要生命中两种相异和互补的滋养。按老祖宗的传说，当两种滋养相合时，人间就会变成婆萨朗。是的。我相信是这样。

我看到了那涌动的大潮，那是沙海，又何尝不是生命中的另一种激情？

我们甚至不知我们会走向何处，我仿佛觉得我们在走向西夏。我们的身边有苍狼。它也有它的宿命或是使命在等着它。它是另一种精神的载体。

我分明看到了白空行母，她依然那么美丽。虽然我不曾窥清楚她的容颜，但我读得懂她的气息。是的。是那种轻盈的无欲无求的气息。那清凌凌的风吹着轻盈盈的衣，你定然也喜欢那种飘逸。那不是人间的感觉。我相信它来自婆萨朗。

是的，还是抹去人间的尘渣吧。我们的生命里，应该有另一种境遇。

是的，命运在颠簸中走向未知，一若毫无亮光的茫茫长路。明知此后，只剩下千载空悠的白云了，却要问，日暮了，何处是我命定的乡关？

于是，我想去朝圣。我想去寻觅婆萨朗，也想找到另一条雌性的苍狼。

世界已成寒冷的冰窟，就像没有星光的冬夜。灵魂已经觉醒，我无法挥去那扑面而至的寂寥。

天空更飘起了雪花，寒意总是入骨。天地苍茫着，有心跋涉到远方，但又割不断这牵挂。那灵魂的焦灼，时时咬我呢。

朋友，别笑我的认真和痴迷。当整个世界都迷失时，总该留下块心灵的净土，不要杀戮，不要算计，只要那份至真至纯，相携在夕阳的余晖里。

那就去朝圣吧。

无言的清晨开始了跋涉，跋涉的脚步只有寂寥。你的歌声息了，只有相思，它是越窖越浓的酒，总在醉倒跋涉的你。心灵的家园却渐渐近了，远的是怅然，还有那个不敢触摸的名字。你说，还是挥挥手，作别那邂逅吧，还有遥远的路要走，有心背负了它，却总是沉重。怕只怕，轻装的你，再也没有了嘹亮的声音。

荒山无尽地萧索而去，荡向遥远的未知。你默默地走，只有脚步在陪你，还有那牵挂和心头的寻觅。明知这世上早没绿了，你还是安慰自己：走吧，转过那山角，会有另一种惊喜。

沿途的戈壁诉说着无言的悲戚，你却只想挥洒那份倾诉，明知这躯体终究会成灰，趁着还有言说的依托，就在静默中流淌那份大爱吧。瞧，无常的脚步正匆匆走来，消解着一个个自以为是的躯体。远古的钟声却在劝着，老是说："怕啥？前边有更美的景致。"

你于是又融入了西部。在一处山洼里，有座绛红色的寺院。它曾是你前世。今天，你来找它。它说："来吧，践约的心灵和失约的你。"山道上多了落叶，泥泞里，有几个顶礼的女子。我敬畏她们的虔诚，相较于尚有牵挂的我，她们是真正的朝圣。

早晨的青藏高原很冷，就像她离别时的眼眸。你读不出一点热量。心却燃烧着，它温暖不了一个女子，却想温暖世界。我知道它的狂妄，却说："成呀，随你。"

我终于发现，我并没读懂你。昨夜，当我进入你的梦境时，我发现，那儿竟然是无波无纹的大海。经历了毁灭般的邂逅，你竟然宁静如斯。留下的，仍是天空般宁静的大爱。

那么，我们前行吧。

当然，你也可以带了那个女子，莫管红尘中的唾星；带了我，带了我寻觅的灵魂，融入一片更加碧蓝的天地。我们走向那最高的山坡，那儿曾是相约的海底。砥石已堆满皱纹，贝壳已成为化石，我候不回失约的风和践约的你。总想融入你，可又怕你的澄明，会消解了我自己。就让我们相视着定格吧，定格在一个充满阳光的大风天里。那风虽吹了千年，但吹不老我沧桑的寻觅。我期待着，在下一个相约的劫里，也拥有我爱的载体。不要风，不要雨，不要醉，不要歌，只要你我，相拥在血色黄昏里。那时，大海的蔚蓝遥遥而至，我也如女孩般美丽。鲜活的我牵了沉思的你，浪漫出另一种命运的轨迹。

沿着朝圣的小道，走向山顶的白塔，塔尖上有圣光。光中诸圣，都长着她微笑的眸子。你知道这是大敬。可他们终于飘远了。风中没有你寻觅的觉悟。

我们于是走上那山坡，雪山在眼眸里凝视。还有那灵魂的净土，跟你我，一齐咀嚼在静默里。女孩依然那么美，她的心里也无尘渣，没有念想，没有牵挂，只有晴空般的清明和劫火般的热情。你望着她，她望着你，相融在各自的眸子里。许多时间，对方的眸子，照出的，正是你自己。

听，梵乐响了。那古老的钟，古老的韵，携着古老的爱和古老的美，一起走向那相约的黄昏。岁月的涛声遥遥而来，还有岁月的飓风，它老吹老吹，吹走了一个个活过的形体。那无爱的形体，仅仅是个被规矩腌制的标本，就像当初的我。那就爱吧，趁着还有爱的载体。

古老的涛声也涌动着，一晕晕荡向未知。谁也说不出那个字，那个无以名状的字。那个字很像梵文，但无论你咋嚼，也嚼不出它的真谛。我看到了一片绛红色的袈裟，袈裟里应该有你。可你知道，袈裟是另一种奢侈。

你的眸子澄静而深邃，我望不见底。但我看到了一个世界，那所在，我不曾经历。那是怎样的澄明和洁净呀，没人能注释，包括她，那个曾充当我载体的女子。她静立在你的风景里，心已陶醉，眼却迷离。我读得懂她的心事，她也在向往那雪山和圣地。许多时候，向往是真正的目的。我明白了，有时候，觉醒的灵魂是注定要孤独的。你定然想那个被凿了七窍的混沌了。我不是她。我宁愿痛苦地觉醒，也不愿被消解在博物馆里。

雪山升腾着，渐渐大逾天际。雪山的尽头有一个所在，那是你前世的岩窟。我听到你发自心底的慨叹。你定然在想，只不过打个盹儿，奈何沧桑如斯？

但路却鲜活着蹿向远方，你和她是否该一步步走了去？而我，该挥手了。那声悠远的梵音里，我忽然明白了归宿。

我望着你，命运的智者。你望我吧。望我这个想爱却没有载体的灵魂。我的心中窖满了相思和感激，窖满了牵挂和觉悟，窖满了她，也窖满了你。

我静静地望你的眸子。

我发现，那眸子深处，有个神奇的世界。那儿，有个星宿湖。据说，所有星星的灵魂，都在那儿。据说，那湖，是奶格玛的眼泪变的。我知道，那是我的归宿。只是你再也找不到杜鹃，即使在梦里，也没了它的吟咏。因为它已泣尽了血，撕裂的灵魂，再也发不出声音。但我会融入你的眸子，融入你眼中的星宿湖，融入那一片澄明，融入那一片碧绿。我的所有情缘和牵挂，都会化为一滴泪，挂在你沧桑的眼角。

你别擦去它，就叫它晶莹地舞蹈吧。

瞧，这世界，正摄入它无尽的梦里。

这是一个悲剧吗？

你说呢？

我很心疼那灵魂。她因为爱而导演了一出戏，那戏中注定没有她，但她不能自已。她一手策划，让另一个女子的爱情升温，让女子感受到男子的存在，让两个本该擦身而过的生命，在一场不期然的相遇中点燃了自己，于是，她纠结了。她感到了一种危险的气息,她感到自己离这场戏越来越远,她想要自救,想要唤醒那男子,想要阻止那场戏,但她又太想维系与那男子的联系。她不想解脱。她只想守着她的爱,只想静静地陪伴那男子,但她办得到吗?她知道自己导演的爱情,像劫火一样,要烧掉男子的寻觅,她闻到了毁灭的气息。她害怕,她绝望,她拼命地挣扎,她想找到继续下去的希望,但她感到的,却总是痛苦、无助,甚至绝望。这不是她希望看到的结局,也不是她想要导演的戏,一切都在她的导演之外,不受控制地发生着,她却渐渐变成了局外人,正在飞快地被遗忘。她多想加入那场戏,多想担当一点剧情。难道,在这场应该有她的戏中,其实早已注定了没有她的身影?她很想牵挂,她不想离去,她不想让岁月的风霜,终于消磨了自己。她想陪那男子到拉萨去,她想陪那男子在海边漫步,她想让男子看到她曼舞的裙裾,看到她的古典美,想让男子为她倾心,但她明明知道,站在男子眼中的,是另一个女子。她悲哀地倾诉着,她用力地挣扎着,但她纠正不了已经错位的相遇。她渐渐明白了,那相遇中注定没有她,只有一个迷乱的男子和一个人间的女子。而她,永远属于那个寂寞的空间,永远在另一个空间里跳舞,但她拒绝被消解,她拒绝回到无尽的僵死和冷寂里,她要坚信,她要灵魂的存在,她不想让痛苦杀死恢复了诗意的灵魂,她不想让生命的气息重新闷死在失落里。欲望是毒药,她深深地清楚。在她活着时,她用那么多的生命去维护她的肉体,喂养它,装扮它,追逐赞美,诅咒轻毁,但她终究还是失去了它。失去了载体的她,已经没有了一个生命追逐爱的权利,但她还是爱了。爱挽救了她,也让她陷入了痛苦的纠结里。她绝望地发现,一个没有载体的灵魂,无论多么努力也没有爱的权利。她没有办法去执着啊。她在镜前跳舞,她呼唤着自己的存在,她对那男子用力地发出思维波:你看看我啊,看看我这个爱着你的灵魂。我不是一缕寂然的风,我有阳光和鲜花的温度,还有清晨的泪珠,你能感觉到我吗?她是一个想要倾诉的灵魂,可惜没有了倾诉的载体。在她可以倾诉的时候,她看不到自己的灵魂。她的身体也是这座博物馆,她的灵魂也消失在人来人往里,直到有一天,有一个相信灵魂的人,终于从沉睡中惊醒了她的寻觅。那么,她要绝望地逃离吗?不,她已受够了麻木的冷寂。她宁可痛苦地醒着,也不愿沉睡在那冰冷的建筑里。

  那么,你觉得这是一个悲剧吗?

  不,小爱是必然会失落的。因为小爱还需要爱的载体。这个灵魂就是因为没有爱的载体,才不可能实现爱的念想,但是,就算她实现了爱的念想,又能如何?就算她满足了爱的期待,又能如何?腾空的烟火背后,是永恒的失落。所有的欲望都终将落空,无常就像一个永恒的黑洞,它会吞噬一切的存在,无论是人,是感觉,是情绪,还是关系。漫长的挣扎和寻觅，只是为了让灵魂彻底接受这真相，净化向往，最后融化在大爱的暖阳里，这才是真正的相契。那个失落的灵魂终于发现了这个事实，她带着放下后的欣然和甜蜜，还有一点点悲戚，融入了男子向往的大爱里。这是她最大的幸运。所以，这不是悲剧。

如果这个灵魂没有遇到那个男子，没有爱上那个男子，她最后会怎么样？

她会一直沉睡。

在这个世界上，有很多灵魂都没有遇到这样的男子，他们在生活的磨砺中，全都迷失了自己。他们以为，有一种高于生活的梦想，是平凡的他们没权利拥有的，于是连挣扎的渴望也失去了。我见过太多这样的男人和女人，他们曾经纯真，曾经单纯，曾经充满热情，但一年一年过去了，他们都变成了功利的老人。当我们再相遇的时候，我已经看不到过去的他们了，他们的肉体已经苍老，双眼已迷离，那种我曾经熟悉、感到美好的诗意，在他们的身上已经消失了。他们不再谈论心灵和梦想，不再谈论精神和艺术，他们的话题里都是房子、车子、装修和福利，还有股票、投资、实体经济和GDP。他们的孩子一天天长大，对传统文化一无所知，对汽车品牌却如数家珍，天真的嘴里吐出的，竟是攀比和物欲。这让我难受。在他们的价值观里，这也许是幸福的生活，但在我的价值观里，这才是一个悲剧。因为，膨胀的物欲，总会消解灵魂的鲜活和心灵的诗意。

不远处有个山洞隐在黑暗里，洞前是一些疏疏落落的树。它们无精打采地伸展着手臂，在黑暗的静谧里，显出一种慵懒的诗意。我想起我的老家，家乡的黑夜里也有干净的诗意。有女巫般的树，有男巫般的犁，有勤勤恳恳的老牛，还有喜欢吃夜草的马匹。简单的生活透着平凡的诗意，鲜活的灵魂是富足的。远离物欲的家乡真好。

在这方面，我羡慕你。我生活在城市里，我的童年印满了物质，我就像你说的那类孩子，在物欲的环境中长大，幸好，我还有书，还有故事，我向无数个世界投注了好奇和寻觅。

所以，你一直没有被消解了灵魂，你的灵魂是滚烫的。我随喜你。

只是，我又要问那句你不随喜的话了：这故事，是真的吗？

是真的。它是我的亲身经历。

故事中的男子，就是你吗？

不，他不是我。他的身上虽然有我的影子，但我是用艺术创造的他。我虽然也有过爱的挣扎，我的爱情故事里，没有一个沉睡了千年的灵魂。我与"她"的相遇，是在大连大学的博物馆里。当年，我应中国小说学会的邀请，到大连去参加一个论坛。

在那儿，我看到了一具女尸。当时的博物馆很冷，有一种虚无和寂静，我就想起了故事中的那个问题：她的灵魂在哪儿？我想，如果这个女子的灵魂飘荡在博物馆里，她会有怎样的思绪？她是不是在等待一个闪电，刺穿包裹她千年的黑夜？她会不会像沉睡的公主那样，睁开她惺忪的眼，落下她灵魂的泪，她会不会向往一段迟到了千年的爱情？于是，这个呼唤的灵魂，就在我心里活过来了……

就是说，她是你的虚构吗？

也有评论家认为我是被入窍了，还有人说，这是我最光芒四射的文字。

那么是不是这样呢？

不是的。我没有被入窍，我的心灵永远是自由的，不会被另一个灵魂所占据。只有虚弱的灵魂，才会被另一个更强大的灵魂占据。我只是进入了她的心，让她借助我的文字，流露了她无处言说的情绪。那种情绪也许跟爱有关，也许里面也有一个朝圣的男子，但那不一定是我。你可以认为，这是一个艺术创造出来的故事。但在我的心里，它是另一种真实，因为，这故事里的三个灵魂，也可以看成同一个灵魂的三个侧面：男子代表了向往，灵魂代表了挣扎，女子代表了存在。人类的心灵永远在这三者之间纠结着，忽上忽下，毁灭随时都会发生。只是，很多人不知道这一点，黑夜和僵死就在不知不觉中降临了……

那么，每个女子都能遇到一个唤醒她灵魂的男子吗？

也许不是男子，但定然是一种爱。只有爱，才能唤醒一个僵死的灵魂，没有爱，灵魂就会一直沉睡。不一定每个人的灵魂都能被唤醒，因为不一定每个灵魂都在呼唤救赎。博物馆里的灵魂之所以遇到了那个唤醒她的男子，是因为她一直在呼唤。她虽然被群体念力所消解，但是始终不甘心。她明明知道自己活着，明明能感受到自己的存在，但为啥，镜里却没有她的影子？为啥人们听不到她的呼喊？她在这里游荡了好久，她经历了那么多的无常变迁。她是一个沧桑的灵魂，却找不到一个能释放她的人。她渴望的救赎，首先就是确信自己存在，那么，她就能一直跳弹，终有一天，她会看到通往解脱的窗子——当然，她可能不知道那叫解脱，但她定然想走出博物馆的冷寂。博物馆里的生活太冷，冷得就像是一颗没有爱的心。没有爱的心，冰冷如地窖，窖满了失落，窖满了绝望，窖满了恐慌和忧虑。这样过一天，也像是千年。她不想被这样的氛围所消解。她怀念自己的鲜活，她想再活一次。如果再活一次，她所有的感悟，是否就能改变她的人生？但是，当她重新有了肉体，她是不是还会记得灵魂的事？她是不是还会记得，她如何在冰冷中度过了一年又一年？她需要心灵的温度。她不知道什么是救赎，但她始终在呼唤着。她发出了一个灵魂的所有念力，它被那带着念珠的男子所捕捉。男子肯定了她的存在，她于是坚信了自己。她就像小美人鱼剥鳞卸甲那样，一次又一次战胜着嫉妒和失落带来的痛楚。她的灵魂活过来了，但也有了疼痛。她不得不走进历练的程式，因为她面前只有两条路：一是回到博物馆的冰冷之中；二是融入男子眼中的星宿湖。但后者，需要她洗净自己，需要她澄明了心，需要她跟男子达成心灵的共振，融入一种安详宁静的大爱里——这是千刀万剐后的故事。

　　灵魂真是实有的吗？

　　你认为什么是"实有"呢？物质是实有的吗？它们似乎很真实，因为眼睛能看得见，但它们很快就会消失。你一定听过沧海变桑田这句话吧？如果大海也能干涸，山脉也会风蚀，那还有什么物质不会消失？还有那财富和享受们，很多人到了六七十岁，还在跟亲人们为了房子之类的东西斗来斗去，为了一点点利益，就丑态百出，但哪怕他们争到了，又能拥有多久？有些人刚刚争到某种利益，人就死了，他们无福消受。这样的事情也不是没有。但就是为了这一时的拥有，人就弄脏了自己的灵魂。而灵魂又是不会消失的——普通人看不见它，而且它会被消解，就像博物馆的灵魂最初那样，陷入沉睡，不再叩问，不再挣扎，不再追求向上和升华，但它仍然存在。它能感受到欲望之苦，也能感受到虚无之苦，还有那无边无际的麻木之苦，而且是千年、万年，甚至更长的岁月。那么，你说谁是实有，谁又是虚无？

　　每一个灵魂都会被爱拯救吗？

　　是的。爱能拯救灵魂，但我说的，是真爱，是像博物馆的灵魂这样，愿意为了爱消解自己的贪婪，消解自己的嫉妒，消解自己的绝望，消解自己的痛苦，消解自己所有负面的能量，衷心地感恩，衷心地欣赏，衷心地祝福，衷心地向往。真正的爱，会让心灵变得柔软，而类似于爱的情执，却会让人变得贪婪，变得堕落，终而害己害人。

　　这个灵魂不是也想拥有吗？她不是也为男子更爱有形的女子、忽略无形的灵魂而伤心吗？

　　是的。她也失落，但她的失落并没有让她堕落。虽然她期待爱情，希望男子能接收到她爱的讯息，但她并没有想要独占，她知道男子有更重要的使命，她把那使命看得比自己的小爱更加重要。她知道，男子的灵魂寻觅，能唤醒无数个被消解的灵魂，赐予无数个灵魂鲜活的新生，所以，她结束了自己设计的那场戏。她不是因为嫉妒，而是在拯救男子的梦想，保护男子的寻觅。只是，她不知道男子其实没有迷失，寻觅才是他的宿命。这让她非常感动。所以，她不再伤心，也不再贪恋了，她放下了小爱，融入了男子对世界、对众生的大爱。这才是真正的童话结尾：从此，王子和公主永远幸福地生活在一起。只是，他们不再是两个独立的灵魂，已融合为一。

永恒的大爱。

是的，永恒的大爱。

你笑了。你说，你发现西部是一块盛产童话的土地。

我也笑了。我说是的。这块土地上有最纯净的情感，有最美的守候。在这个物欲横流的世界上，这种精神本身就是童话。只是，在这些童话里面，有历尽沧桑的觉悟，也有痛彻骨髓后的放下，它是一个又一个心酸的故事。

你说，你理解。但没有疼痛，又怎么会有壮美呢？就像这个故事，那主角如果简简单单就实现了小爱，这就是一个庸俗的神鬼故事，也不会有这样的结尾，对吗？现在的这个结尾，有一种非常纯净的诗意，它是超越一切美好结局的。我想，在这个世界上，再没有比一个灵魂战胜贪婪、实现超越更让人愉悦的事情了。而且，它告诉了我一个很美的存在：星宿湖。这个传说也很美。我甚至觉得，要是我以后也能融入这个星宿湖就好了，我也想尝尝看，这滴折射了整个世界的眼泪，到底有多么苦涩。不过，读完这个故事，我再想起《入窍》，就有点心酸了。灵魂和灵魂之间真是不一样，有怎样的寻觅，有怎样的坚守，就有怎样的价值。想起博物馆里的灵魂，我会肃然起敬，因为她最终的归宿是大善大爱；想起《入窍》的春香，我却非常遗憾和心痛，因为她虽然坚贞，虽然痴情，但她追求的毕竟是复仇，目标决定了她们不同的目的地。即使春香打败了黑皮子老道，她的将来也不会有大的改变，最多，也只是成为神婆群体中的一员，拥有话语权，却丢失了人格的干净，变得越来越世故和泼辣，慢慢被生活磨光了浪漫、善良、细腻的女儿性。那不是很美的故事，而是一个悲凉的故事。

是的，所以，向往决定了人生的高度，也决定了生命的价值。你留给世界的，是一个可有可无的故事，还是一个非常感人的故事，抑或是一个悲哀的故事，这取决于你的选择。春香做出了她的选择——但是，在她的环境中，她其实没有别的选择，因为她没有接触到别的文化，也没有遇到生命中的贵人，她的世界很小，她只能看到这么一点点东西，所以她很难有大的选择——博物馆里的灵魂也做出了她的选择，选择让她们有了不同的归宿。从这本书中，从这种博物馆式的、对命运的展示中，你也许更容易发现这一点。

你点了点头，但很快，你又摇了摇头。你说，其实春香也可以有选择。西部不是有贤孝吗？西部不是有好多人都有信仰吗？西部文化不是渗透了悲悯精神吗？所以，春香完全可能有其他的选择。她可以离婚，选择兰兰那样的生活，也就是修行生活，她甚至可以走出小村，勇敢地打碎当地女子固有的命运轨迹，为所有的西部女子找一条出路。但她被一种复仇的欲望所裹挟了，她被生命的惯性裹挟了，她没有更大的担当，也没有诗意的向往，没有一种东西让她在悲剧的命运中，仍然能坚守自己。所以，她追求复仇。在她做出这个选择的同时，她就像那些掘坟的农民一样，打碎了心中某种很美的东西，不是吗？否则，她不会变得世故，她仍然会是以前那个诗意的女子，她仍然会在守候爱情中过完她的一生，然后，给世界留下一个诗意的背影。然而，现在，想起她，我却只有心酸和叹息。我总觉得，这让人有些遗憾。

虽然遗憾，但我总能理解她们，我看到她们时，首先感觉到的，还是她们走投无路时的那种绝望，我明白她们为啥要那样选择。很多时候，人的选择没办法高过他的心，所以，有些命运其实是必然的。除非他寻觅，改变心，让心属于自己……下面的那个故事，讲的也是一个女子在走投无路时的疼痛和选择，里面仍然有一种浓浓的童话色彩，跟新疆爷有点像。从中，你可能会感受到西部农村的另一种东西。

月儿：

最后的美丽

你定然不了解农村儿女在城市里的生活，但是，在这个故事中，你或许能感受到一种东西——农村儿女进入城市后的孤独和无奈。城市生活是繁忙的，每个人都在忙自己的事情，没有人会关注这个不属于城市的群体。他们在城里人的眼中，只是一些画面：光着膀子在大太阳下敲打地面，推个推车拉砖石，黝黑的皮肤上挂满汗珠，脖子上围一条毛巾，似乎他们生存的资本，就只有他们的生命本身；还有那些在餐馆里打工的服务员，那些踩个三轮车运送堆积如山的废品去卖的男人女人，人们也许还会看到，男人骑车、女人扶车的家庭场面；还有天桥下的尿骚味、烧火的痕迹、单薄的铁锅、一些破旧的棉被，和瘪瘪的红白蓝条纹胶袋；有些邋邋遢遢的流浪汉，就睡在小区外面的长凳上，他们随身所带的，只有一床也许不太厚的棉被；传闻中打工妹跟男朋友有了孩子，多次堕胎……类似的生活画面，就是城里人对农村儿女几乎所有的了解。它是肤浅的。任何停留在表象，没有进入内心的了解，都是肤浅的，因为你不了解现象背后的那颗心。所以，我总会走进他们的世界，跟他们交朋友，跟他们聊天，采访一些独特的生命故事。我总想让世界看一看，这群生活在角落里、似乎只是符号的人，也有他们的心灵和灵魂，他们也有疼痛和渴望，他们也在寻求出路。

下面的故事，就是曾经感动过我的一个真实故事。它发生在凉州的东乡一带。女主角的原型已经死去了，她就像女主角一样，是染了梅毒死的。但是，在她死前，她像新疆爷那样守护了爱情。很多人就是因为她的守候，忘掉了她曾经有过的风流和堕落，把她当成了一个走错路的、已知道悔改的、可怜的孩子。人们在记起她的时候，想起的都是美和感动。而人们对她的回忆，也确实感动了我。我当时就在想，这么一个质朴的农村女孩，却被一种不好的风气给污染了，毁掉了自己的一生，她是可怜的，但如果她没有看清堕落生活的真相，没有承受肮脏和病痛，没有面对死亡的威胁,她会有后来的转变吗?转变后的她,虽然没有活太长的时间,但她给世界留下的美,却比她的生命要长久多了。

只是,如果没有一个作家为她写点什么,她的美就会很快过去的,因为这一辈的农民会很快过去。当这一辈人死去了,或是生活抹去了他们对那女子的记忆,这种非常纯净的美就会消失。我就想,那么,就让我来写下它吧。于是,我写了一个这样的故事。很多时候,我的写作并不是为了改变世界,而仅仅是为了守候一份干净、一点温馨、一种壮美,就像故事中的女子守候她的爱情。

但据说,很多人都习惯在你的作品中寻找智慧,寻找启迪,寻找一种他们向往的活法。

智慧和启迪是什么呢?是一个活着的心灵感受生命的能力。你说对吗?很多人不会像我这样,去关注一个平凡的打工妹——当然,在我眼里她不平凡——也不会像我那样,去关注一具博物馆里的女尸;不会像我那样,去关注狼、关注狐子、关注很多跟他们相遇的群体和人类。这种关注,这种感悟,这份感动,本身就是一种活法,说话、用文字去定格、赞美、批评和理解,也是一种活法。在过去,有很多作家都是这么活着的,像雨果、巴尔扎克、托尔斯泰、陀思妥耶夫斯基等人,他们的笔,总能承担一种高于他们自己的责任,但是在这个时代,这样的人却不多了,这样的精神也不多了。当然,这个时代也有它的清新,但它是一种很软的东西,能慰藉人的心灵,却不可能点燃一个民族的灵魂,不可能让一大批僵死的心灵活过来。要让僵死的心灵活过来,需要一种巨大的野性力量,这种力量,就存在于西部文化里。

你说得对。那么,你来说说这个故事好吗?

好的。

美　丽

1

猛子死也想不到,他新婚的妻子月儿,竟然患着梅毒。他虽有预感,但还是被砸晕了……怪不得,她一直不叫他碰呢。她的理由是,在兰州时,用别人的盆子洗过下身,染了脚气,说脚气有病菌,怕传染。婚前也是,他一冲动,她就说:"急啥?等结了婚,我就是你的。"当时,他还把这当成她贞洁的证据呢。

见识了城里太多的水性女子，月儿那最后的坚守曾令他感动。近些年，他闯荡也罢，奋斗也罢，挣扎也罢，也经了一些事，明白在这个时代，爱情已成为奢侈。虽也有打工妹想和他交朋友，但他无法容忍她们有过的性经历。朋友嘲笑他：别痴心妄想了，这个时代，哪有结婚时还是处女的？他说，会有的，农村会有的。那时，他打定主意，既然城市已被污染，那他就到家乡去寻找他的爱。谁知，他新婚的妻子，却患了梅毒。

万念俱灰。

医生劝他："你应当感激她才是。人家也是棉花，一见火也燃哩。人家的忍，你才没染病。"

猛子苦笑几声。这时，他才觉出了后怕。对月儿的怨恨，因之淡了些，但心头的那份痛苦，却依然沉重。他打定主意：离婚。这决定很解气，心头的沉重也轻了。但同时，又想："离了，她又咋活？"

月儿在走廊另一头的座椅上，低垂着头，任剐任杀的模样。猛子过去，月儿没抬头，只往旁边挪挪。猛子木木地说："走吧。"不管她，先出去了。

外面是亮晃晃的天。这灿烂的天，反衬着心里的阴沉。猛子长长地吁口气。他想到了爹妈，想到他们为娶媳妇花的那疙瘩钱，不由恨起月儿。他停下脚步，回头，见月儿倏然瘦小了许多，衣服宽大了。清风吹着她的头发，在惨白的脸上乱拂，无助和恓惶从她那弱小的身上渗出。猛子心软了，想："她也是个弱女子呀。"便打定主意，先治好她的病，再离婚不迟。虽是对名义上的夫妻，但不能扔下她不管。

等月儿赶上，两人并排了走。谁都不说话。城里很静，虽有无数的喧嚣，但仍然很静。两人的世界寂寞着，无声无息。只有一种惨白的感觉腌了心，啥也不想说。

见月儿嘴唇很干，猛子买个雪糕，递过去，说："啥都别想，有病就治吧。"月儿木一阵，却哭出了声。她说，她先是打定主意要跳出农门的，可进了城市，才发现，她进入的，是别人的城市。她永远是个漂泊者，无着无落，一若浮萍。她找过好多份工作，也坚守着自己的贞洁。后来，一个城里老板答应娶她。病就是他给染的。月儿说，患病前后，她经了很多事，终于明白，最珍贵的，还是乡下的那份淳朴的爱。回到家乡，她就不顾一切地追猛子，边治病，边张罗婚事。她相信她会治好病的。她会用自己的一生，来殉这份真爱。

猛子静静地听着，心里奇怪地平静。月儿说的，他懂。在那儿，他也打过工，有过局外人的尴尬和痛苦。一夜，没找到工作的他游荡在街头，那又饿又冷的感觉撕咬着他。四面的建筑物很高大，亮着的窗户，眼睛般望他，但他找不到能躲避寒冷的角落。他只是沿着那泛着苍白颜色的大街，走过去，再走过来，数着脚步，也数着时间。他不知道，一夜，竟会是那样漫长。那种局外人的感觉，一直没能消失。

猛子摇摇头，扭过头，见月儿正望他。他很熟悉那种目光，当初，患了绝症的大哥看医生时就这样。猛子的心突地热了。他搂搂月儿的腰，用了很大的力。月儿哭出了声。

凉州街头人很多，闹的，吵的，叫的，没人注意一个女孩的泪，没人注意一个男人的痛苦，没人注意身边还有正受着煎熬的心灵。身边的人虽在熙攘，但猛子觉得他们很遥远，远到心外了。他揽了月儿的腰，朝前走去。月儿仍在呜咽。一股强烈的怜惜淹了猛子的心。

他知道，自己的命运，已跟这弱女子连一起了。

为了散心，猛子陪月儿逛了几处，俩人都极力表现出好兴致以影响对方，但很快，谁都觉出了虚假和疲惫。月儿便收了笑，眯了眼望远处，脸上带一抹淡淡的愁。这使她显出一种异样的美。猛子想，要是她没有那事，该多好。这一想，心就灰了，觉得最美的东西被打碎了。当初，他也有过向往，向往事业，向往爱情。现在，他的妻子——他无数次设计过的角色——竟然有那样一段不光彩的经历……他可以容忍月儿的病，但不能容忍她曾有过的荒唐，每一念及，就像吞了污水一样。他极力强迫自己不去想它，但那令人作呕的场景，总往他脑中窜。每到这时，那离婚的念头就会子弹一样打中他，一种快意的报复感就会弥漫开来。

"我可不想当退水沟。"他想。凉州人眼里，当退水沟是最没出息的。所谓退水沟，就是农民浇水时，放多余的水的备用沟。《红楼梦》里，薛宝钗入宫不成，贾宝玉就成了她的退水沟。凉州人眼里，当退水沟，是很屈辱的。

猛子想，她是想当城里人不成，才退一步嫁给他的。他觉得很委屈。可无论多么强硬的离婚想法，一面对月儿，就软了。月儿的脸白戗戗的，渗出一种无可奈何的绝望。猛子又想到了死去的哥哥。只有生命受过巨大创伤的人，才能读出那种无奈。猛子默默地叹口气，想，走一步，看一步吧。

回程的车上，谁都无语。猛子很想说些高兴的话题，但却明白，这时候，还是啥都别说的好。

月儿望着窗外飞逝的景致，一脸木然。猛子发现，世事的变化，也如车外景致，总在哗哗地变，稍一晃，就物是人非了。几年间，他经了许多事，生的生，死的死，原以为笑的，偏偏哭了……原以为能挣出土地的月儿，却偏偏割不断命运的绳索，还染了一身的病，成为农民的妻子——想到这"妻子"一词，他的心揪了一下。以前，他死也不会想到，他会有得这种病的妻子。

想到妈时，猛子揪起了心。月儿长得俊，给妈长脸不少。妈老说："我们村的媳妇，就我家的最亮活。"这也是实情，可月儿却害了这病。那是在打祖宗的脸。妈要是知道，也会抬不起头的。一想到月儿家人，竟这样瞒天过海，在活人的眼里下蛆，他气就不打一处来。

2

猛子妈终于发现了月儿的异常。

次日早晨，妈上地干活前，给猛子安顿事，一推门——自得知月儿的病后，猛子决定不锁门，他怕自己万一冲动干出傻事——月儿正打个手电洗那下身。妈一眼，就发现了异常。月儿惊呆了，怔了怔，才捞过纸，捂住下身。

妈叫出猛子，悄声问："别骗妈。她害的，是不是杨梅大疮？"妈脸上，有种大白天见鬼的神色。猛子笑道："妈，你胡说啥呀？"妈却直了眼，呻唤道："天呀，我造了啥孽！"她的眼泪立马涌出，开初，她还强抑着，不发出哭声。哪知，越抹泪，倒抹出一脸水光来。

"妈，你眼花了吧？"

妈边抹泪，边说："娃子，我吃了几十年饭了。当初，月儿爹的二姐就害过这病。我见过的，那症候，跟她一样……娃子，她害了你了。"话音没落，爆出哭声。

猛子知道瞒不住了，也明白，妈以为自己已跟月儿圆过房了，就劝道："妈，我没事的。我没有碰过她。"妈住了哭声，望他："真的？"猛子点点头，妈却搂了他，发出更大声的哭。

猛子觉得脑中嗡嗡响着，心里既觉得难受，却又轻松了许多，想，叫他们知道也好。这号事，终究瞒不了人的。

哭一阵，妈抹把泪，说："娃子，你的阵势你知道。妈不好说啥。妈只告诉你，那黄水水，你只要沾上一点，这辈子也就完了。"说着，她又骂起来："那号猪狗不如的老畜生，明知道自己的丫头有病，却来害我的娃子。"

猛子怕月儿听到难受，就劝道："妈，你少说两句。谁又想害那病呀。人家又不是故意的。"心里却又怨恨起月儿的父母来。

老顺进了庄门，以为妈又和谁犟嘴，就怨道："老妖，又是啥事？你一天不干正事，刀枪矛子地乱舞啥，闹得鸡飞狗上墙的。"妈拧把鼻涕，说："你娶了个好媳妇，把杨梅大疮带到家里来了。"老顺吃了一惊,望猛子。猛子解释几句,他以为爹会震怒的,因为他一向反对自己和月儿的婚事。不想,爹只是阴阴地望一眼洞房,又阴阴地望一眼猛子,啥话都没说,就坐在台沿上,机械地抽烟。

院里很静。日头爷从东厢房探出半个脑袋来,窥视着院里。妈时不时拧一把鼻涕。

猛子进了小屋,见月儿坐在炕沿上,木头一样。猛子希望她像妈那样哭。有时,哭能泄了心中的难受,但她却只是呆怔。屋里充满了一种浓得化不开的沉闷和死寂。地上的盆子很扎眼,一汪黄水,几团卫生纸,还有那歪倒的玻璃瓶,几晕黄色的药末,都压在猛子胸口。

月儿雕塑般一动不动,猛子不知说啥好,只是长长地叹一口气。他理解爹妈心中的痛楚,也理解月儿的绝望。他们都是受害者,可却不知道害人者在哪里。

猛子抚抚月儿的肩,安慰道:"这事儿,人家迟早会知道。"

这一说,月儿才涌出了泪。那泪水,先是争先恐后地往外涌。月儿极力强抑着哭声,时不时发出哽咽。猛子的心也酸了。他拧好瓶子,捡了纸,把盆子放入椅子下。他不能去倒那脏水。此刻,他一不小心,就会伤害妈。妈疼他,养他,并不是为了给"杨梅大疮"倒尿盆的。

月儿边抹泪边说:"这事儿,也不怪爹妈。他们不同意,是我铁心要嫁你的。……谁知,它这么顽固。"

"别说了。我又没怨你。"猛子搂搂月儿的肩,出了门。院里阳光灿烂了。几只鸡在四处觅食。爹举了烟锅,半晌不动。

妈却不见了。猛子怕她去月儿家,急忙出了庄门,往月儿家去了。

3

猛子妈真去月儿家了,边走,她边骂:"老祸害!老祸害!"她心里鼓荡着一种气,横冲直撞的,正找出口呢。自打白虎关一热闹,村里反倒冷清了。几个娃儿一见猛子妈的阵势,知道有好戏看了,都做个鬼脸,悄悄尾随了,边学猛子妈的姿势,边吐舌头。

老祸害!猛子妈骂的是月儿妈。把杨梅大疮充黄花闺女,这比卖假药更可恶。那一疙瘩彩礼不提,若是娃子真沾了身,不等于杀人吗?老祸害。老畜生。老牲口。老杂毛。她想着一个个能泄愤的词,但啥词儿,也泄不了心头的仇恨。

路上土多,猛子妈顾不上择路,溏土溅起,染白了裤腿。几人问她,她理都不理。那几人互相望望，也尾随了。谁也不放过这个看大戏的机会。很快，猛子妈身后拽了个长长的尾巴。

月儿家的庄门虚掩着。猛子妈一脚，就踏出了搅天的声响。一辈子了，她还没这样威风过哩。那声炸响，惊出了月儿妈。她见猛子妈来，知道没好事，却仍是堆了笑："哟，亲家。"

猛子妈吼一声："老祸害，你干的好事！"她边骂，边脱下鞋。月儿妈还没反应过来，脸上已挨了几鞋底。"叫你害人！杨梅大疮！"猛子妈边骂，边抡鞋子。开始，月儿妈还躲着，一听"杨梅大疮"，便一下子萎倒在地，任对方鞋底往脸上扇。那张脸先灰了，接着又紫了，一缕血流下嘴角。

若是对方反抗，猛子妈可能会越战越勇，可亲家偏偏支棱着脸，由她逞凶。她扇了几十下后，觉得再扇，外人会笑话她的，就穿上鞋，捡起一块石头，进了屋，叫："砸了你个杨梅大疮！"屋里便响起玻璃破碎声，随后是木器断裂声和各种声响，最后是扯长了声的嚎哭。

"老祸害呀——老祸害——你咋拿杨梅大疮骗人呀？"她边嚎边骂，是典型的哭丧架势。

月儿妈木木地坐在门口，身上脸上都是土。她的眼睛干枯枯的，像两口干涸的深井。她强悍了一辈子，村里人从来没见过她的这副孬样。按她以往的做派，还口还手，都不在猛子妈之下。两强相遇，才有好戏。不过，虽没看到想看的好戏，人们还是听到了一些新鲜事。有人问："啥是杨梅大疮？"有人就解释，问来猜去，就明白了一些事儿。

猛子以为妈仅仅是去私下里兴师问罪，却不料闹出了惊天动地的响动。他连忙跑往月儿家，见门口黑压压了，不由顿足。他恨起妈来，明白她这一闹，月儿的名声就毁了，叫她以后咋活人？他拨开人群，见月儿妈在院里呆坐，模样很是可怜，就上去拉她："大妈子，起，起来，有啥事，到屋里去说。"哪知，不拉时，她还只是呆坐，一拉，反倒拉出了扯天扯地的嚎哭。她边嚎，边撞头抢地，额头上多了几个青包。

"你们望啥笑声？"猛子朝门口的人一瞪眼，于是有两人上前，抢住月儿妈的胳膊。

猛子进了屋，见地上有碎镜片。地桌上也多了几个窟窿，露出木渣，知道是妈的手笔，不由顿足长叹。

妈坐在炕上，扯长了嗓门，哭丧似的嚎，时不时骂一声"杨梅大疮"。她已将一床红绸被子拉开，铺在屁股下。尘土和脏物将被子弄得污秽不堪。猛子的脑袋一下子大了。她咋能这样？平素里，虽也老见村里女人演这剧目，妈却很少使这招。在猛子的印象中，妈只使过一次：小时候，他叫大头打出过鼻血，妈扯了他去，糟践了大头一次。妈一定气糊涂了。

"妈，你别丢人好不好？"猛子气出了眼泪。

"丢啥人？你说我丢啥人？我又没拿杨梅大疮，冒充黄花闺女。"妈撒泼般吼。

猛子哀求道："你别嚷嚷成不成？你叫人家咋活人？"

"她咋不想想你咋活人？花了一疙瘩钱，却买了个杨梅大疮。"

猛子不由长叹。他忽然恨起妈来。他想，你就不能顾顾我的面子吗？月儿是谁？是你的儿媳妇呀，你在臊谁的脸皮？可妈想不到这些。对妈的不可理喻，他束手无策，只有长叹。一想到月儿因此受到的伤害，不由得发急了：村里人的唾沫会淹了她的。

白狗想是听到了风声，气势汹汹扑进庄门。他还以为打架呢，就恶狠狠望猛子。猛子解释几句，白狗脸色大恶，朝娘吼道："你们去死吧！去死吧！"

接着，他又朝看热闹的人吼："看什么看？！"人们都讪讪散了。

白狗又朝母亲吼："我还以为你们嘀咕啥好事！瞒着我。原来是这号事。祖宗都羞下供台了。退！给人家退了婚礼。拉回了，烧了喂狗。"

两个老人都扯长了声嚎，一嘶哑，一雄壮，你高我低，此起彼伏。人们又在远处嘀咕了。那本该是秘密的，此刻已大白于天下。猛子反倒坦然了，想，也好，索性挑明了，细想来，也没啥。他反倒轻松了许多。

只是，那搅天的唾沫星，会淹了月儿的。

叫她日后咋活人呢？

4

村里人知道了月儿的事，都骂月儿家，都替猛子抱不平。开始，猛子妈还很解气地应和，渐渐，她觉出自己的不是了，但她面里不承认自己的错。月儿家送来了一万块钱，这是当初的婚礼数，但对方没提婚礼，只说叫他们先给丫头看病。

妈明白这是闹来的结果，但这结果，却是以伤害月儿为代价的。唾沫星搅天。凡有人闲聊的地方，都会聊这话题。每次提起，都有人朝月儿家吐口水。有人甚至扬言，要将月儿拉到家府祠里批斗一顿，谁叫她给当家户族丢人，但说归说，都忌惮月儿哥白狗的横，不敢乱来。

村里人都说："这号事，出门风子哩。"因为，月儿爹的二姐也害过那病。解放前，她在河西大旅社里卖笑，后来遭了恶报，害了杨梅大疮，死得很惨。此外，还没听谁干过这营生。近年，村里出外打工的女娃虽多，但多隐了名姓，跑了外地。虽也疑惑那飞来的汇款单，但毕竟没啥证据，来证明人家的不清白。月儿却是铁证如山，那梅毒，硬硬地将她钉在了耻辱柱上。村里人甚至怀疑猛子也染了那病。他们不信棉花见了火不着，不信猛子搂着那么水灵俊俏的肉身子会守身如玉。这下，村里女人一见猛子就躲，仿佛怕他把杨梅大疮强暴给她们，甚至连那些丑陋至极令人作呕的垢甲婆娘也不例外。

猛子妈终于明白，自己的闹，已经影响到儿子的清白。这阵候，即使猛子离了婚，怕也没人敢嫁了。于是，她只好先将那离婚念头放下，说，先治吧。她估计，有了白家送来的一万块钱，那啥疮，也能叫科学揪了去的。

表面上，妈虽不认错，但在实际行动上已向儿子和儿媳表示了和解。她说服老顺，花了八百块钱，买了个旧摩托，叫猛子定期捎月儿去凉州城，在老梁爷处看病。

自上回淘金叫命运喂了个抓屁后，老顺坚决不叫猛子再去白虎关。好在是几人联手，算到猛子名下，赔了才三千多。老顺心疼，骂了几回，猛子脖子一梗，说这债由他自己背。儿大不由父，老顺面里不好再说啥，背后却唏哩了好几天。

自猛子将被褥从窝铺里搬回家，就忙坏了爹妈。猛子当掌柜时，跟月儿分居，倒也没啥。现在，两人要往一个炕上滚，那杨梅大疮，就成了悬在头上的剑。虽然猛子没碰过月儿，但以前的没碰，不等于今后的不碰。猛子正是"钻出火"的年龄，保不定哪天，感情一冲动，来上一梭子，叫杨梅大疮一舔，就麻烦了。

老两口便整天提心吊胆，除了一次次叮嘱猛子一定要守住阵地外，还定了一条规矩：晚上睡觉，不准锁门。猛子妈又私下和老头子商定，由两人轮流值夜，等小屋一熄灯，就赤了足，悄悄过去，蹲在门侧，听那动静。若有异样，惊动一下。开始，老顺嫌这法儿损，有做大不正之嫌。后来，见老伴一人值夜太辛苦，就应允了，老伴值前半夜，他值后半夜。

猛子并不知道，自己的一切，已置于父母的监督之下。

这夜，月儿洗完身子，扑了药粉，穿好裤子，上炕躺下。那病，虽没往恶里变，但也无明显好转的迹象，两人商议一番，想去兰州治，又听说兰州用药也多是凉州医院用过的那些，怕白花钱，月儿很犹豫。两人谈了些别的事，多是上学时的趣事，月儿显得很愉快。她人虽瘦了些，那美丽，却没受多少伤害，反倒因怜悯之情，在猛子眼里越加美了。猛子伸手，握住另一个被窝里的手，一想这如花似玉的人儿，却能看不能用，不由得心酸哀叹。

323

月儿说你别叹气，等治好病，你咋也成，只怕你到时候有心无力。

猛子说，到时候，你别告饶就成。月儿咻咻笑了。

两人你一句，我一句，打趣一阵，猛子觉得月儿的手心里汗津津了。那汗津津的感觉很有诱惑力。他一下紧，一下松，握那小手，滑鱼鱼的感觉令他想入非非，就伸过头去，吻月儿。哪知，两个嘴唇一合，就再也分不开了，嘴唇咬嘴唇，舌头绞舌头，咂咂连声。这夜，正是老顺值夜，他不由大急，偷偷摸回书房，捣醒老伴，说："有响动了。"老伴披衣出门，厉声叫："猛子——"猛子应一声。妈说："来，给你爹找个去痛片，他头疼。"猛子并无耽搁，应声而来，打亮手电，在一个纸包里找出去痛片，沏了水，递给爹。出门时，妈叮嘱道："你们可离远些，那水水，一沾上，就有了病。"猛子说，知道知道。听了猛子的说话语气，爹放心了。妈却提悬了心，穿了衣，又去值夜。

那阵隔靴搔痒的肌肤之亲给两人带来了极大的刺激。虽仅仅是接吻，两人还是觉得其乐无比。相隔时，你是你，我是我；相拥时，却是你中有我，我中有你。那种巨大的幸福将一些不快挤到了外面。为了避免意外，两人都不脱裤子，开始两人还着内衣，渐渐，觉得内衣碍手，索性也扒了，就裸了上身，相拥而卧。

两人开始沉浸到一种异样的新婚幸福里。猛子觉得自己已向下滑去：开始，两人仅仅是握手，渐渐发展到接吻，进而拥抱了，随着肌肤之亲的逐渐深入，快乐越来越多，诱惑也越来越大。

那一连串的响动，每每将猛子妈弄得心惊肉跳，一有风吹草动，她就叫猛子取药。猛子倒始终没发觉父母的窥视。他并不知道，他的那一点点快乐，要给爹妈带来多大的惊恐。

随着诱惑的渐大，猛子觉出了痛苦。月儿那少女的身子，勾起了久违的许多感觉。身子已不太听理智的使唤，指不定何时就燃起大火，那相吻和相拥，却总是火上浇油。月儿的性情又柔到了极致，每每在相拥时发出天籁似的呻吟。她也许是有意取悦猛子，也许是身不由己，但带给猛子的，却既是享受，又是痛苦。但同时，也令值夜的老顺痛苦不堪。"浪货！浪货！"他不停地咕哝。他怕听到那声响，却又怪怪地渴望听到，每每弄出一头的汗来。

在这层层的爱抚中，猛子和月儿的感情急剧升温，加上两人要共同面对那个病魔，他们谁也离不开谁了。月儿只有在和猛子拥吻时，才感受到做女人的甜蜜。和性爱不同的是，性爱的高潮往往是情绪低落的开始，而接吻和拥抱，则是永无止境的激情。同时，因为有了可望而不可即的巨大诱惑，反倒更增加了黏合力。

这夜，两人一如既往地打趣一阵，继续着情人间的抚摸。开始，他们还仅仅是接吻，但月光透过窗帘，渗入小屋，小屋便隐隐幻幻了。猛子发现，月儿竟是那么美，是任何词语都无法形容的那种美。一种温柔到极致的波从月儿身上发出，逗得猛子烈火熊熊。月儿静静地望着他，目光沉静而忧伤。她强抑着起伏渐大的胸脯，手指在猛子身上游动。猛子吮吸着她少女的乳房。那圆圆的、柔柔的尤物，叫猛子欲仙欲死。开始，猛子还能强迫自己冷静。很快，他就被一股巨大的狂潮卷没了。他扑到月儿身上，发疯地吻。他想，只要能和月儿融为一体，死了也值。月儿先是挣扎，很快，她也变成了一团大火。猛子取出备好的避孕套，喘吁吁说："戴了这个，就一次。"月儿慌乱地摇头："不……不……"但很快，她也默许了。

情欲在激荡，热血在燃烧，巨大的干渴裹紧了喉咙，心跳擂鼓似的轰击耳膜。猛子手忙脚乱地撕开塑料袋，一个软软的东西跳上指尖，巨大的幸福正扑面而来。

这时，妈的声音却厉厉地刺来："猛子——院里有贼！"

月儿这才明白了，公婆在窥视。她像遭烫的孩子那样大哭。猛子也哭了。两人相拥了，肆无忌惮地哭到天亮。

5

除了一如既往地在老梁爷处治疗，猛子妈还到处寻找土方。村里人虽听说过杨梅大疮，但它是红是黑，是圆是方，谁也说不出个子丑寅卯。再说，猛子妈也不能逢人就说儿媳得了那脏病，她只是向相好的询问。那相好的，又有相好的，好好相串，所有的人都知道了月儿是个"烂货"。这样做，客观上损害了月儿的名声，但也起到了预期的作用。这天，大夫王麻子提供了一个土方：用牛粪熏。他说："那时，有些才患病的，也有叫牛粪熏好的。"他的理由是，牛粪里有百草的精气，能治病。

猛子妈虽然说不出牛粪里有啥精气，但牛粪不花本钱。村里养牛的人多，只要是牛，都会屙粪。将那湿湿的黏黏的粪打到墙上，不几日，就成了干干的牛粪饼。猛子妈弄了好多牛粪饼，堆到脸盆里，要给月儿熏了。开始，月儿不让，她不信牛粪比药还管用，但挡不住婆婆的热情。于是，她赶出了猛子——她是死也不让猛子看那脏烂处的。

猛子出去后，月儿褪下裤子，露出病处。妈大吃一惊。有几处已经烂了。黄黄的软烂疮中，流着黄水。妈怕月儿难堪，也不去问她想问的话。虽也憎恶月儿以前的不正经，但还是从心底里升腾出一股怜悯来。她煨了牛粪，一点火星，渐渐渗开。那不是寻常的火，是希望之火。火慢慢扩散着，一缕白烟，袅袅上旋。妈移了那精气，去熏那疮。开始，倒不显啥，但随着火的渐大，烟的大浓，疮处有黄水渗出，渐渐凝成一滴，滴入火中，发出嗞嗞的呻吟。

"舒服不？"妈问。

"舒服。"

月儿有意下蹲了体位。那火燎黄水的嗞嗞声很解气。那是世上最大的恶魔。它害了许多人，又来害她。月儿甚至觉出魔鬼被烤得龇牙咧嘴，惨叫不已。她感到很快意。开初，那暖暖的火烤疮处的感觉很舒服，渐渐有了疼，那不是寻常的疼，而是一种舒服的熨疼，它裹挟着舒适，一晕晕荡。真想融入火中，成为一团蓝色的火。她悄悄对那魔鬼说："你滚吧！否则，我会跟你同归于尽的。"

随着体位越往下，黄水流得越来越凶。难闻的恶臭弥漫开来。月儿甚至觉出了灼痛。这时，已不仅仅是熏，而变成了烤。月儿很性急。她想，最好一次两次，就把那病烤好，叫那冤家好好闹活一场。每次看到猛子焦渴的样子，月儿总是心疼。

看到月儿快把伤处贴火上了，妈在她的腿弯处衬了个毛巾，叫她抬高些。她说主要是熏，而不是烤。她怕会烤坏皮肤，添了烧伤反倒不好。妈边说，边认真地添牛粪。恍恍惚惚里，她也忘了月儿的"不正经"，将她当成了自己的孩子。患病的孩子，是最叫娘心疼的。

烤一阵，妈端出了火。月儿在疮处衬了纸，整好衣裤，躺在床上。她觉得很累。那炽烤处隐隐发疼，但她仍然很高兴。终于又有了一个法儿，而且，不用花钱。她眼里，一个法儿就是一条路。许多时候，她觉得自己的路断了，有种走投无路的感觉。这使她心如死灰。当初，她以为这病虽恶，但现在科学发达，又不是啥绝症，才满怀信心地和猛子结婚，边筹办婚事，边抓紧治疗。原指望能在婚前治好病，哪知，那烂处，竟伸了舌头，一下下舔向四周。早知这样，她会另有打算的。

躺在床上，懒洋洋望顶棚。那塑料拉花，仍散发着新婚的喜庆。这让月儿想到了夜里和猛子的拥吻。她发现，啥都是心的作用。因为爱猛子，虽是个寻常的吻，也激荡着幸福的波晕。她想不出治好病后，两人会有怎样的幸福。那一定是个巨大的幸福旋涡，定会吞了他的。月儿抿嘴笑了。

猛子进来了。"好些了没？"他问。月儿不语，只是默默地望着他。她发现猛子瘦了，也黑了，嗔道："你急啥？"她一把搂过他，按到自己的胸上。这时，一种母亲才有的感情在她心头涌起。

月儿抚着他的脸，一下下抚，有种柔软温润的熨感。自打被埋到井下的那时起，猛子就觉得自己变了。他老会想些莫名其妙的问题，老想为啥活着之类的问题，开始还觉得人生有意义，但他一路追问下去，追到宇宙命尽的那一天，就发现一切都没了意义。他发现，万事万物，归根结底，都归于一个巨大的虚无。这使他万念俱灰，但想到在这个天大地大的虚无里，能有个女人和他在一起，陪他哭，陪他笑，陪他度过孤凄的人生，心里就温暖了。

老想被埋到井下时的那种无助和孤凄，那种灵魂的无着无落，就会不由得追问活着的意义等。这当然是扯淡的事，除了叫他烦恼外，追不出啥结果的。他便羡慕父亲那一代，他们少欲寡求，知足常乐，虽被人称为愚昧，但何尝不是更高意义上的生存智慧呢？

问题是，人糊涂时，明白是遥远的事。人明白后，便再也难以忍受糊涂了。他无法再变成父母，就像他无法再进入子宫中一样。而且，他明白，某种灵魂的痛苦，任何人治愈不了。他只能自救，但他又不知如何自救。他渴望有一只智慧的手，如月儿抚慰他的肉体一样，来抚慰他的灵魂。

那智慧之手，现在何处？

6

猛子妈决定送月儿回娘家。

老两口已疲惫不堪。他们托人给盐池上带过几回口信，叫兰兰们快些回来，好替他们分一分忧，却没个回音。……他们可实在熬不住了。白天干农活，夜里还得值夜。那种值夜，又最是熬人，时觉有风吹草动，时时如临大敌，精神紧张到了极致，再折腾，怕成精神病了。这倒在其次，最怕的是，万一两人感情冲动，或在睡意蒙眬迷迷糊糊中，成就了好事，那大错，就无法挽回了。所以，老两口决定，送月儿回娘家住。待治好了病，再圆房不迟。

此外，老顺还打算给猛子找个营生，免得他闲极生事。正好，城里林业局正搞野生动植物保护中心，他们打听到猛子去过猪肚井，熟悉沙生动植物，想请他去帮几天忙。真是瞌睡遇到了枕头。猛子还在犹豫，老顺已一口答应了。这下，老两口才松了口气。

倒是月儿泪眼迷离，心事重重。虽说猛子妈再三解释：没别的意思，仅仅是怕他们出事，才暂时隔开。先前，村里有个规矩，女儿若在婆家做了丢人的事，就要送往娘家。妈解释，这送和那送不一样，他们没一点兴师问罪的意思。还说，事情到了这种地步，他们也一锤打个肚儿里疼，认了。他们也不再说啥气人话。他们只求别叫娃子染病。他们还会帮月儿看病，还把她当儿媳看待……还说了好些宽心话，但月儿还

327

是哭得失声断气。

猛子妈就叫凤香来劝，但凤香只能陪月儿抹泪。她想说的话，月儿都知道，用不着再饶舌。多好的劝，都在揭月儿的伤疤。先前苦极了时，凤香还有些羡慕月儿，羡慕她能像没笼头的马一样在大世界里蹦跶。现在，她发现，那蹦跶的同时，还可能栽进一个个陷阱，就再也不羡慕了。

两人默默无语，相顾流泪。月儿的新房很好，但此刻看来，反有些嘲讽了。那喜庆颜色，反衬着悲凄。凤香抹把泪，轻声道："别想太多，治好病再说。"月儿哭道："我咋有种不好的感觉。这回一离开，可能就回不来了。"凤香说："不会的，不会的。"月儿摇摇头，哭出声来。

猛子妈很讨厌月儿的哭。在书房里，她一下下顿足。虽说她也老抹泪，老扯哭声，但还是讨厌别人哭。因为，每次家里不利顺，一叫神婆掐算，就说叫哭神冲了。她于是知道了有个哭神，是个凶神恶煞，人一嚎哭，它就出现，家人就会被它冲出毛病来。妈几次想去劝月儿，猛子都拦住了她，说："叫她哭哭吧。哭哭心里舒服。"

但哭归哭，月儿还是顺从了公婆的安排。

吃过晌午，猛子带月儿出了家门。月儿显然不想去娘家，但猛子明白爹妈也是为他们好。而且，他也发现，自己也正向未知里滑落。他也怕自己在关键时刻把持不住。那夜，要不是妈的惊叫，真说不出咋个麻烦呢。每每念及，总是后怕。他明白，时下最紧要的，是治疗月儿的病。他背着父母，正在筹钱。他想带月儿到兰州看病。该尽的人力尽了，由天断吧。

两人沿着村间小道，往月儿家走。路上有些人，正在闲聊，见月儿过来，都纷纷避了。怕月儿伤心，猛子寻个话头，想引开她的注意力，但月儿还是显出了一丝痛苦。但她没掉泪，反倒马上鲜活了脸，步履也坚定起来，竟有示威的意味了。猛子很理解她，但也不去提及，只胡乱说了些事。

月儿一到娘家，就再也硬朗不起来，扑进她妈的怀里，哭出声来。她妈也陪着流泪。猛子解释了爹妈的做法。他努力避开那些容易刺激对方的字眼，但月儿妈还是变了脸色。但她没说出难听的话。这件事，理亏的是她家，别说叫站娘家，就是人家闹离婚，她也不敢放一个响屁的。

猛子回家时，却费了些周折。月儿抓住他的手，不叫他离开。那样子，与其说是缠绵难舍，不如说是抓住了一根救命稻草。仿佛她身侧有个吃人恶魔，一等猛子离开，就会扑过来咬她似的。那份执着和痴迷，叫猛子很是凄酸。他明白，自己已成为她唯一的精神支柱了。面对巨大的病魔，面对唾沫星搅天的生存环境，一个女子，实在太弱小了。猛子长长地叹口气，觉得自己同意送她回娘家，实在是太残酷了。

娘家倒也清静。哥哥白狗去了白虎关——自上回赔了后，白狗只好又当起了沙娃；爹仍去照料歌舞厅。和村里一样，消闲些的，只有老人和孩子。院落也冷清出一种惨白来。白孤孤的日头爷孤零零悬着，院落也显出了惨白色。这世界，本是心的映象，因为心的孤寂，一切都变样了。

月儿瘦多了，脸上有种没有血色的白。因没有外人，她不再表演那种示威的刚强，还原为一个弱女子。她的手却很有力，她仿佛使出了全部的心力，来不使猛子离开。眼中的渴望和爱怜也浓得化不开。

猛子心中涌出一股冲动。若有可能，他会从月儿身上抓出那病，放入自己的体内。

7

月儿出了家门，走向大沙河。白虎关虽有许多沙娃，他们也定然知道村里有个患梅毒的女子，他们也可能会指戳她，但月儿懒得管他们。她要去等猛子。今天是猛子到来的日子。猛子每两天回来一次，带些药，带些城里的消息，还带来月儿渴盼的幸福。

月儿越来越离不开猛子了。说实话，以前，她只是喜欢猛子实在，跟城里的花花肠子们相比，猛子的实在很难得，但要说她有多爱，还真谈不到。不料结婚后，感情反倒迅速升温了。也许那内疚充当了催化剂，更也许她跟猛子有了生死相依的感觉。自生病后，她发现以前很在乎的东西都跟自己不相干了，倒是能在孤寂里陪她的猛子成了她的慰藉。每到她疼得抽气时，猛子脸上的肉也在抽动，每每抽出满头的汗来。这真的很叫她感动。

虽也渴盼健康，但这已退至次要位置。她最渴盼的是见到猛子。她每分钟每分钟地挨，度小时如度年。家中显得很沉闷。村里人很少来串门，也许是怕沾上她的"病水水"，都谈"梅"色变了。屋里充溢着炕粪味，这是多年没坼炕的缘故，却成为她挑剔地不想待在屋里的理由。她每天用牛粪熏好多次，效果很好，有些地方已经结痂。除了每周进城一次，叫老梁爷扎出满脊背的血珠外，她所做的就是熏，并吞下大把大把的药片。但好的是，那病魔乱舔的势头，已遏制住了。希望之火，在生命里越燃越旺。

一踏出家门，她就照例见到远避的人，主要是女人，仿佛与她有深仇大恨似的。她们定然怕这"骚货"勾引自己的男人，再间接把病传染给自己。月儿感到很好笑。

有时，她也会遇到男人，同姓的单家户族都远远躲了，定然嫌她给自己家族丢了脸。也倒是，他们和外族人吵架时，只要对方一骂"杨梅大疮"，他们就先泄了气。异姓男人却不躲，反倒趋前来，在月儿脸上仔细扫视，不知是想窥出她脸上的淫荡，还是希望发现渗到脸上的大疮。月儿就由了他们看，一脸的义无反顾，需要时，还向他们礼貌地点头微笑。当初她是那么害怕叫村里人知道，现在，真知道了，反倒发现也没个啥怕的。

现在，她最怕的，就是失去猛子。猛子已成为她的宗教。以前，她有好多盼头。后来，盼头一个个破灭了，最后只剩下爱情。要是没有死亡的威胁，这爱情，也许不这么强烈。因了一个死神候在身侧，爱反倒怒潮般汹涌。而且，爱的狂潮往往能卷走对死神的恐惧，或是索性就淹没了死神。真的，跟猛子见面的渴望，反倒淹没了疾病的痛苦。

每到猛子回村那天，月儿就早早起了床，早早打扮好，早早到那个猛子必经的路口。路口有棵沙枣树，她就倚了那树，望羊肠小道的尽头。幻觉里，猛子就骑了那辆可爱的破摩托出现在路的尽头，忽悠而来。虽然老是幻觉，但幻上一千次，真的猛子就会出现。一出现，月儿就心跳不已，一股巨大的幸福就席卷了自己。她就会去迎那渐趋渐近的彩点，跑呀，跑呀，到近前，扑上去拥吻。有时，扑的势头太猛，也会将骑车的猛子扑倒。两人就嘻嘻哈哈，滚在沙洼里。只有在发现汽油已顺盖子流出时，打闹才停止。然后，他们扶起摩托车，两人骑了，她很紧地搂了他的腰，缓慢地颠簸着回村。

这是她最幸福的时刻。这时一般已到黄昏。巨大的太阳已悬到沙山顶上。村里会升起许多炊烟。白虎关那儿也会有好多烟腾上半空。无风的时候，烟是不散的。烟只是升高升高，到一个高度后，就不再上升，而是散落下来，罩着村落和小道。月儿就觉得自己在童话里游。摩托的突突声很轻微，温柔地在心上舔。有时，还能在路上碰到牧归的羊群。羊们都死皮赖脸地在车前磨蹭。猛子就吆喝着打喇叭。羊们就会扭过那冒着傻气的脑袋，望一阵月儿，眼里竟充满羡慕，全然不顾碾向自己的车辘辘。月儿感到好笑，边朝羊们做鬼脸，边"咩咩"地叫。她叫得很逼真。她一叫，总会招来一大堆的"咩咩"，猛子就笑了，说："看样子，你前世是只羊。"

猛子回城后，月儿就想这场面，想出一脸红晕和痴迷的笑。

每次，她一人路过白虎关时，淘金的沙娃就会叫。他们扯长了声音，嗷——嗷——但那声音里并无恶意，只表示好感。等到猛子捎她回家时，他们就不再叫了，只攒了脑袋看，悄声无息，只有那枯燥的机器在轰鸣。

美中不足的是，那一天实在太漫长。月儿是早上日影冒时就到那所在的，猛子是太阳快落山时才回村的。月儿总要带上馒头，带上水，带上药。出门前，妈问她，去这么早干啥？她也不去解释，只觉得屋里待不住，而在那村外，总是有盼头的。只要那羊肠小道上出现个黑点，她的心就会狂跳，就望呀望呀，那黑点，先是猛子，后来就变成另一个面孔，或男人，或女人，月儿也不恼。她只是干咽一口唾沫，再望那小路尽头。

这天出门时，日头爷戴了个风圈儿。妈叫她别出去了，说是这阵候，肯定是老毛黄风，人家说不定不来。月儿却不听，她裹了头巾，又去那儿。晌午时分，真起了老毛黄风，黄风褐浪，滚滚滔滔，席卷而来。沙子掺和到风里，拧成沙鞭，一下下抽她。她先是倚了沙枣树，后来，风就不叫她再站立了。她就猫了腰，蹲下，用那头巾，捂了鼻脸，只留个小缝儿看那小路。风最猛的时候，小路就没了，天地间茫茫一片，除了风，除了沙，啥也没了。日头爷也没了。月儿就念叨："你别来了。这么大的风，你别来了。"可心里还是希望他早一些出现。她既怕他风天里骑车不安全，又怕他真不来了见不着他。她就忽而盼他别来，忽而盼他来，倒将身外的风沙忘了。

村里有几个进城的人过来了，一见风中瑟缩的红点儿，便知道是月儿。自打月儿来这沙丘上等猛子，村里的骂声就稀了，好些人心软了。一见苦等的月儿，就劝她别等了，他来的话，自会去你家找你。可月儿仍是等。

风最大时，就没天了，只有飞的风沙；也没路了，只有一条风沙织就的幕布。那布，也罩在心上，造出一种传说中的地狱印象。虽生在这儿，月儿还不知道风沙竟有这般能为。以前，风沙起时，人多在屋内。那时的风沙，只是声音：沙泼窗纸声，风过树梢声，怪风啸叫声，或唰唰，或神头怪脸地叫些莫名其妙的内容。此刻，那诸般声响，却混乱成了一团。虽用头巾裹了脸，沙却搜缝儿入，打上月儿的肌肤，死疼死疼的。

那条小路隐现于风沙中，若有若无。它跟悬上西天的亮晕一样，虽模糊，却透出极强的信息来。梭梭们死命摇曳着。风显然想将它拔出，梭梭虽随顺了风的性子，根系却死死地咬入大地。顺了捂口鼻的头巾上沿，瞅一阵梭梭，月儿竟被它感动了。她想，就是，要像梭梭那样活着。

几点黑影从风沙里移了来，月儿心一动，惊喜溢满了心。她想，这回该是他了吧？虽已失望多次，她还是充满希望地将掠入眼中的一切都当成猛子。这样好。这样，风沙里透出的，就是希望。

那黑点儿近了，近了，看出是两个人，男人推自行车，女人在身后推，车架上捎个娃儿。风将那几人的衣襟一鼓一荡。每一鼓荡，车都趔趄，但终于没被吹下路基。再近些，月儿辨出，是同村人，就大声问："婶子，你们见猛子没？"话才出口，就被风抢走了。问了几回，对方才听清了内容，答："没。这路上，连个鬼影也没有。回家吧，这阵候，他不会来了。"月儿心灰了许多，却又欣慰。她想："不来也好，这号天骑车，很危险的。"

见那人走远了，月儿又猫在沙枣树下。倚着的树干一下下拱她的脊背，身子便随那拱摇晃，却觉出一种温暖来。此刻的世界里，它是唯一向自己表示亲近的活物了。那力道，透出强劲和柔韧，也充满了关怀，仿佛说："回去吧，回去吧，这么大的风。"一股热涌上鼻腔，泪花模糊了眼帘。

但月儿仍是不想回家。这些日子，家似乎没了温馨，只透出沉闷。倒是这小道，因为能载来幸福和期盼，而洋溢了温馨。风虽在卷，沙虽在滚，小道虽时时模糊，但那路的尽头，可能会出现她盼望的影儿，那就候吧。等得来等不来，倒成了次要的事。温暖心的，是等的过程。

日头爷慢慢移下山洼，风小了，沙乖乖地待在新落户的所在。月儿想，他可能不来了，这么大的风……你不来，我也不怨你……却仍是拨亮眼珠，望路的尽头。终于，酸涩的眼睛里，渗出了一个黑点。那黑点，缓慢地洇大了。月儿品出了熟悉。她惊喜地扑了上去。

这回，是猛子。

扑入猛子怀里时，月儿幸福地哭了。猛子也很紧地搂着她。两人的泪掺和到一起，洗刷着脸上的尘土。两人谁都明白，自己离不开对方了。

捎了月儿回村时，沙娃儿们起劲地欢呼，仿佛他们也等了一天。月儿闭了眼，将脸贴到猛子背上，流出了幸福的泪。

8

不知从哪天起，月儿发现，病又重了，结的痂开始溃烂，疼也一波一波地连绵不已。腿部已有了溃烂的洞。医院里开的药和老梁爷配的药已没有多大的效果，那牛粪烟火也毫无作用了。一片很大的阴影掠向月儿心头。

妈找来了偏方，叫她坐在烧酒里。那烧酒，只在伤处沾一点，就能牵出一大片疼。疼沿着神经荡向全身，但月儿仍是咬了牙，坐在盛满烧酒的脸盆里。不一会儿，她就疼出了一身汗水，但她一边咬牙，一边念叨："淹死你！醉死你！"她仿佛看到那病魔在酒水里呼爹叫娘，就快意地笑了。

但在酒里坐浴的效果还不如牛粪熏，虽忍了大疼，可伤口并不愈合。酒精能杀了的，只是外部的病毒，更多的病毒，早进入血液了。月儿也知道这些。

这回，爹也急了，凑了好些钱，把月儿送进兰州医院。除了月儿过敏的那些抗生素外，大瓶小瓶不停地输，但仍是没一点儿起色。月儿清晰地看到，死神在偷窥她，老向她鬼鬼地笑。

自"死"字罩了心后，天地就灰蒙蒙了。一切色彩都没了，只有裹尸布一样的惨白。以前，总觉得"死"是个遥远的字眼，总和别人连在一起。现在，它突兀地逼近自己，露出了獠牙。月儿有种手足无措的慌乱和恐惧。好长时间里，她的脑中一片空白，啥都没有，只有灰灰的空白。那空白，是个无形的罩子，把她和世界割裂开来。世界在外面，自己在里面，一切都遥远到心外了。跟自己邻近的，只有无助，只有恓惶，只有那种灰灰的无着无落。老觉得在梦魇里，痛感虽一晕晕荡，但梦的感觉却很浓。她想，要真是梦多好。这一想，却又从梦感里挣出了。"死"字带来的疼痛就会利利地扎伤自己。

真要死吗？她老这样问自己。觉得自己还没咋活呢，就要死了。真没活出个眉眼，猛一想，活过的岁月只是几个瞬间。此外，一片模糊。生命的经历，跟那迷茫于风沙中的小道一样，模糊得若有若无。那几个瞬间，倒很清晰：上学读书时的向往，跟莹儿学花儿的情景，和猛子的拥吻……就这不多的几个镜头。莫非，这二十多年的人生价值，仅仅是这些？

月儿也开始想那些玄而又玄的问题了。以前，别人一提死，她就嫌它败兴。现在，这问题逼近了她，不由她不正视。她想，死后咋样？这身子没了后，那个叫月儿的哪儿去了？等等。她是找不到答案的。有时问爹，爹却极力避免谈死。月儿知道，爹怕她难受。好在这些问题只是浮光掠影似的一闪，一种悲哀绝望的感觉很快就淹没了它们。

感谢病魔。它们的肆虐范围，仅仅限制在了衣服能遮盖的地方，脸上倒不曾受到伤害。镜子里的那张脸，仍称得上美。这既让她欣慰，又叫她伤感：这么漂亮的脸，也终究会死去。

她多想活呀。细想来，她活了没几天。小时候，懵懂无知；再大些，就叫学校作业占据了身心。真正为自己活的，也就是十八岁后的这几年。除去睡眠，除去为生计奔波的日子，除去那些不值得想的场景，剩下的，没多少时间了。真正觉得有意思的，也就是跟猛子相处的这些日子。……真没活好。要是这样死了，跟没活有啥两样？

333

她常常泪流满面。

有时，她后悔自己没早些跟猛子恋爱。刚从中学毕业的那几年，她还有个干净身子。两人早一点相爱，拥吻，甚至做爱——一想这个词，她的心一紧——那该是多好的人生享受。若真是那样，她也许……不是也许，是肯定……不会得这病。在那些不堪回首的日子里，她与其说是被人骗了，不如说是自己空虚所致。那时，生活里虽有盼头，但遥远得像浮游在梦中的肥皂泡，好容易追上一个，一捉，却啪地破了。捉一个，失望一次。失望多次后，心就空空落落，老想宣泄，老有种想堕落的冲动。那时，即使那人不勾引她，她还会遇到别人的勾引。空虚的她，是抵御不了勾引的……但若是跟猛子早一些恋爱，一切就会是另一个样子。每每念及，她就懊悔万分，虽明白迟来的懊悔于事无补，但懊悔时，心中就没了"死"的位置。那情绪，把一切都挤了出去，疼呀，绝望呀，都叫啸卷的懊悔挤没了。

那么，只能怨自己的命了？小时候，她算过几次命，都是好命，都贵到能当皇娘娘了。也正是这几次算命，使她幼小的心灵里产生了许多幻想。她一直期盼着生活中出现王子——这也是她没早些选中猛子的原因。她走出家门，找呀找呀，没找到她想找的人物，却找了一身杨梅大疮。她不明白，为什么那么好的命——有好几个半仙都异口同声呢——却落得今天的结果？是她自己污染了好命，还是一种强大的外力干预了命运？她不知道，也没人能告诉她。

记得，兰兰老说心决定命，说是心善则命吉，心恶则命凶。她还举了好多例子，粗看似乎有道理。但一和自己对照，那理论就不堪一击了。她自认自己善到了极致，她从没想过要害别人——当然也没像兰兰向往的那样要利益众生——但恶是丝毫不曾有的，可为啥命竟是如此之凶？月儿想，定然有些东西干预了自己的命。细追究，却没个清晰思路。

但想活下去的念头却很清晰。它很强烈，如啸卷的巨浪一样汹涌，尤其在想到猛子时。因林业局的事忙，猛子不能到兰州来陪月儿。才过了几天，月儿就熬不住了。开头，想活的欲望很强烈，渐渐地，相思探出了头，并占据了上风。相思最强烈的时候，她甚至有种冲动，想拔了手背上的针头，跳上西行的汽车，到凉州去，拥了猛子，疯狂地咬他的衣服——她不敢再亲他的嘴了，因为兰州的医生告诉她，口水也会传染。她已给猛子打了电话，叫他输几天青霉素——或者，执手相看泪眼，也比待在这尸布般惨白的病房里好上百倍。有时候，啸卷的相思往往会压了对死神的恐惧。她就想说服爹，早一些出院吧。

钱大把大把地花出，药大瓶大瓶地输入，不过敏的那些抗生素已降不住疯狂的病毒了，更糟糕的是，她的肝肾心脏都出了问题。大夫偷偷将这讯息告诉了爹，爹便老是偷偷抹泪。月儿嗅出了异味。腿上已有了几个黑黑的洞，发出一种刺鼻的怪味。死神老从里面探出脑袋，朝月儿做鬼脸。月儿感到死神像个鸡婆，裹个围巾，露出了尖尖的喙。那洞，就是那尖喙啄的。恍惚里，月儿定定地望它。她虽想尽量清醒些，但那恍惚越来越频繁，时间也越来越长。月儿明白，死神的网已蒙向自己，她就像那入网的兔鹰一样，虽也拼命扇翅膀，但逃出网的希望却渺茫到了极点。

她仿佛看到了那个向她逼近的大口。这个在童话电影里常见的镜头老在她眼前出现。幻觉中的她总在逃，但那羸弱的腿，却咋也挣不出黑夜般漫长的阴影。常入梦，梦境和幻觉一样，总是她在逃，后面逼来个茫无边际的怪物。身后的阴影水一样流淌过来，咬住她的影子，一点点将她扯入大口。这时，她会叫："猛子，救救我！"仿佛诵神奇的真言一样，一叫猛子的名字，她就会从那种无助的状态中惊醒。醉人的相思就会趁隙袭来，裹挟了她。

她数着日子在熬。她总能听到缓慢的秒表声。那吧嗒吧嗒的声响总在心上割，很钝的感觉。那疼痛，使时光显得很漫长，仿佛没有光亮的黑夜，看不到一点儿希望。在家乡的时候，她还能走上那条等待的小路，望路的尽头出现的黑点。不管那黑点是不是猛子，但她至少有个盼头。现在，除了疼痛，除了死神的阴影，除了爹愁苦的脸，她看不到一点叫她心头亮活的东西。

她明明知道，她快要死了。

怪的是，她反倒迟钝了对死的恐惧。她相信死后还有灵魂。她只怕死后的孤单。有时，她甚至自私地想叫猛子跟她一块儿死。能和爱人一块儿死，是多么幸福的事呀。疼痛稍加平息时，她就会沿着那思路一直想下去。她很愿意从婚前开始联想，最美的镜头是她和猛子的相拥、接吻、做爱，而后两人并排躺在一张洁白的大床上，都染了病，但他们一点也不沮丧，而是更加热烈地闹——最多的场面当然是性爱——一天，他们死了，一齐死了。死的形式是从两具仍然美丽的尸体上飘出了更美丽的影子，蝴蝶一样翩翩起舞。他们会游遍世上最美的地方。那儿有花，有草，有清凌凌的水，此外，她实在想不出还能有哪种美法。……这时，她就很懊悔婚后没和猛子做爱，但这懊悔，仅仅是掠影似的一闪，因为疼痛很快就会提醒她想法的荒唐。她可实在不忍心叫猛子也忍受她这样的痛苦呀。

除了怕死后的灵魂孤独，她最怕的，就是猛子可能会和别人结婚。这是比死亡更糟的事，一想在另一场婚礼里，主角不是自己，而是另一个女子——怪的是，她长着莹儿的脸——她就觉得自己喘不过气来。只有在这时，对死的惧怕才会再一次袭来。死最大的可怕是把猛子从她怀中抢了去，送到另一个女人怀中。而她——若是真有灵魂——只会无助地哭泣。她甚至想象得出自己影子般的灵魂哭泣的模样。她就像没娘的孩子一样，蜷缩在洞房的炕角里，眼睁睁望着那两个冤家销魂地闹。这是她最不愿看到的场面。那场面却黏了来，硬在她脑中晃。她便觉得一只大手扼住了自己的喉咙，勒得她喘不过气来。也倒好，身体的疼痛倒因之淡了。我可不想死呀。她呻吟道。

这想象的未来场景使她对猛子产生了怨恨，明知道这怨恨蛮不讲理，她还是说服不了自己。她甚至找了几条理由，来证明她恨得有理。明知道，猛子没陪她来兰州，是林业局的事脱不开身，但她偏要说他在躲避她，想要抛弃她。她甚至把婆婆当初想叫他俩离婚的事也扯到猛子头上。为了证明自己的论点，她找了许多证据。村里有不少这样的证据，女人尸骨未寒，男人就有了新欢。这一来，她万念俱灰，觉得心中的靠山倒了。一切都显出虚假来，啥都没有了意义。爱情，会随着她肉体的消失而消失，她学会的花儿亦然，还有金钱、房子、父母、兄弟、自己的青春、美丽等等，都没有了意义。她发现，生活中的一切原是个巨大的骗局。降临的死亡，立马就叫它们露出了原形。

假的。都是假的。她呻吟道。

一滴泪珠，滑出眼眶。她哽咽一声。见爹凑上前来问询，她扭过头去。她啥都不想说，谁都不想见。心被一种灰灰的感觉笼罩了。

她想，啥都原形毕露了。

9

在医生的建议下，月儿出院了。因为药物已不起作用，反倒弄坏了肝肾，引起并发症。结局是明摆的，再住，也是白花钱。爹花了两万多，猛子打到卡上的一万多也花完了。爹还想死马当活马医。月儿却说："出吧，我一天也不想待了。死，也叫我过一天舒心日子。"

回到家，村里人都来看望。她在小路上的等待感动了许多人，村里已听不到骂声了，好些人还洒了同情的泪。谁都知道，月儿是个好姑娘，自小就好，长得好，心也好，虽得了脏病，但除了死人和佛陀，谁不犯错呢？于是，都可怜这花儿一样的女子。兰兰还为她找了好些土方。

她又见到了猛子。无论月儿勾勒出多少理由恨猛子，猛子一来，她的心仍狂跳不止。听说他已打过青霉素，月儿放心了，这样，以前接吻时可能传染的病毒就害不了他了。她很想拥紧了他,像以前那样接吻。她很喜欢跟猛子在口内交搏的感觉。那感觉,有太强的诱惑,但月儿知道,自己的口水也有毒。他们只能执手,凝视,或泪眼相向,或笑脸相迎。这也好,比起兰州病床上的孤寂,已到天堂了。

见到猛子,月儿活的欲望强烈地膨胀,大逾天地了。猛子一进城——他一天的工资,刚够月儿的药钱——月儿的胃就成了土方们的试验场。她除了大把大把地吞那些肯定损肝肾的药片外,牛粪火已烤坏了她的多处肉皮。她每天有好多个小时在酒中坐浴,几处地方泡烂了。此外,她还拖着瘦弱的身子,到野外采集据说能解毒的野草,在水里随便一淘,就大把大把生吞。但无论怎样痛苦,月儿给村里人的感觉还是一个美丽的女子。每次出门前,她都要着意打扮。为防那些伤处外露,她不穿短裤短衫。她忍着疲惫和疼痛化了淡妆,用淡淡的胭脂盖去了脸上的萎黄。润唇膏更是带在身上,一到无人处,她就掏出小镜子检查,发现问题,及时补救。她展露给世人的,始终是自己当时最美的状态。所以,除了父母,谁也不知道她的病究竟到了何种程度。

她想,谁叫我是猛子媳妇呢?这是她打扮的理由之一。

她每天试验着兰兰找来的新土方,除了一种,她没有试,就是活吞癞蛤蟆。据说,这是有人贡献出的神方。今生里,她最怵那种身上长满瘤状物的东西。她也曾将它举到嘴边,闭了眼——为了猛子,她也会将它生吞下去——这时,癞蛤蟆叫了一声。这一声,提醒了她:它也是个生命。她想,它也许有老婆孩子,我吃了它,它的家人也会痛苦的。何苦为了自己的命,去伤害人家的命呢?于是,她弯下腰,轻轻将它放入溪水中。她看到它回过了头,轻轻地叫一声,仿佛说谢谢。月儿顿时泪流满面。她觉得那生灵能懂她的心。她永远忘不了它那充满同情的眼神。

连最迟钝的人,也觉出了月儿的求生欲望。望着有时仍到村外小路上等待的背影,好多人会流泪。

四下里没人的时候,月儿会跪在沙洼里,向日头爷,向金刚亥母,向所有她能想到的神灵祈祷,希望他们能降伏病魔。哪怕叫她健康几天也成,能叫她真正当一回猛子媳妇。她甚至愿意在死后上刀山或是跳油锅。可是,祈祷归祈祷,病魔的势头却越加凶猛,溃烂处上移得很快,再蔓延,衣衫就遮不住了。

有时,身旁没外人时,她也和猛子抱头痛哭。虽也在兰州怨过他,但那怨是更深的爱。随着生命进入倒计时,两人的爱恋越加升温。但更多的时候,他们只是握住对方的手,默默相望。

猛子除了打零工挣钱,还偷偷卖过几次血。他到处找医生,到处买药,哄月儿吞药片——因为她不想叫他多背债——他已经向所有熟人张过嘴,但筹到的钱,仍是入不敷出。因为，光是买顶事儿的止痛药，开支就很大。但他打定主意，等双福媳妇回村时，再向她多借些钱，带月儿去北京看病。他想，花多少钱也成，只要能治好月儿的病，他大不了当一辈子牛马。

10

一个黄昏里，日头爷孤悬在沙山上，不红，不亮，懒洋洋的惨白。月儿想去沙漠，猛子就用摩托捎了她，走过那条村里人打沙米的小道，走进沙漠。摩托车低速的突突声很是单调和无奈，仿佛苍老的叹息。月儿背个黄包，并了腿，坐在摩托上——因为疼痛，她已经不能像以前那样骑了。她认真地施了淡妆，脸上敷了粉，戴了洁白的手套，一脸很圣洁的光。路并不远，但猛子有意在村里绕了一圈。一种很浓的悲哀罩了他，浓浓的悲伤腌透了心。

在漠风的轻拂下，他支好摩托，和月儿走向沙丘。这年月，人跟人生疏了，大漠却日渐亲近了村子。许多地不见了。因为白虎关那儿淘金扎木笼，好些梭梭柴棵叫人砍了。沙丘光秃出一种心酸。猛子明白，这沙丘，也像月儿那病一样，一天天舔向好的肌肤。照这阵势，要不了多久，整个村子也会给舔个精光的。

赶跑了窥视的沙老鼠，猛子坐在沙坡上，月儿斜倚了他。日头爷暖洋洋地照晒着身子，给人以活的感觉。隐隐地，从白虎关传来城市才有的喧嚣。那声响，跟沙漠一样，也一天天舔向村子了。但猛子知道，那白虎关，终究也会叫那搅天的黄沙填了，或叫无常吞了，或在若干年后宇宙命尽的时刻，变成一抹消散的烟雾。

一切都幻觉般地轻盈和虚朦，无一丝实质的觉受。但此刻的相拥却很实在，暖暖的太阳里，拥了温柔的月儿，躺在沙坡上，享受活的滋味。这活的滋味很缥缈，才觉着，已泄洪似的远去了。猛子能感受到那种远去，那觉受瞬息万变，却又恍然在永恒里。也许，此刻的相聚，会以某种方式定格下来的。他想，那就定格在心中吧。

两人很少说话。也明知，话是无用的，正如思考是无用的。那就只享受这相聚吧。别去向往未来，未来很缥缈，向往本身就是对现实的伤害；别去追忆过去，过去了不可得，追忆同样在伤害现实。就这样相拥吧，静默着跟对方交流，静默着诉说心灵的秘密。都知道，在喧嚣渐渐逼来的时刻，能静默就是最大的享受了。也许要不了多久，这世界就喧嚣成一锅沸水了。那时的世上，就不会再有"静默"一词。

别想那病，明知病毒仍在吞噬肌体，还是别想它。想透彻些，谁也不健康。从生下的那刻起，死神就一口口吞噬着生命，其残酷程度，一点也不比梅毒弱，只是人们不觉得罢了。正是在那种无知无觉中，婴儿成了少年，中年成了老年，一步步挪向坟墓。别去管它，啥都别想，只在这难得的静默里，享受这份活着的感觉。

坦了心，放了眼，望那大荒。那沙浪，一波一波，荡向未知。不知它来自何处？不知它终于何时？它的怀中，定然有过许多生灵，他们定然也跟自己一样，有过病痛，有过焦渴，有过期盼，但终于烟一样消散了。那大荒，并无些许痕迹。多年之后，这儿仍会有千万个人，去做那逝者做过的事：经受痛苦，历练灵魂，向往未来。可他们是否知道曾活过个叫猛子和月儿的人？莫非，自己刻骨铭心的存在，也不过是小小的虚无？

猛子搂搂月儿，那质感柔软而实在。耳旁有她轻盈的气息，还有健康的心跳。那心脏，似乎并不知梅毒已侵向自己，跳得自信而坦然；还有那少女独有的弹性温柔，虽是分明地感觉到了，却总也打不破他那浓浓的虚幻感。他是分明地感受到了无常。那泄洪般飞逝的幻象，总在心头晃。好多剧痛因之虚幻了。他虽然明明觉出月儿的痛苦，但他也明明知道，这痛苦，很快就会消失。那速度，比肉体的忽生忽灭还要快上万倍。

猛子觉得自己有些对不住月儿。他想，自己应该跟月儿一样痛苦，一样痛不欲生，可没办法。虽也时时有痛苦生起，但只消片刻，虚幻就会消解了它。他唯一能做的，就是全心全意地待她。

月儿眯了眼，望着那起伏的沙岭。白惨惨的日光从她身后洒来，给她脸上的汗毛涂了层虚朦的晕纹。月儿缓缓转过来，望着猛子，轻声问："我美吗？"猛子紧紧地握握她的手，啥都没说。

月儿惨然一笑。她取下黄包，掏出一盒檀香，燃了，插在沙上，拉猛子跪了。猛子以为她又会向神灵祷告，却听得月儿说："答应我。下辈子，跟我做夫妻。"

一股潮热涌上眼眶，他机械地说："下辈子，跟你做夫妻。"

"不是一辈子，是三辈子。"

"三辈子。"

"不。是永远。"

"永远。"

月儿爱怜地望着他，轻轻拢拢他的头发，理理他的衣领，拂去他肩上的几粒沙，捧了他的脸，定定地望着他，缓缓地说："记住你今天的许诺。"说完，她望着被沙丘咬缺的落日，一脸红晕。

11

月儿想走了。

溃烂已开始向颈部蔓延。她知道，再不走，美丽的月儿就没了。她将一封信和自己绣的鞋垫放入妈的被窝。那是给猛子的。信封里除了信，还有猛子妈刚送来的八千块钱，她用不上了，信里她很感激婆婆，说那些钱的真正用处，是她有了另一个妈。

她仍然仔细地化了淡妆，选了一套最靓丽的衣服，戴了耳坠、项链，走向白虎关的照相馆，照了几张照片，叫摄影师交给猛子。摄影师说，那是他照过的最美的相，希望能挂在橱窗里。月儿同意了。

月儿带了该带的东西，沿着猛子那天捎她来的线路，一路品味着。她咀嚼着几天前的情景，时不时露出甜晕的笑。村里人都远远地望她。谁也没有打搅她。她能感受到人们目光中的那份关爱，心中的温水一晕晕荡。

她走出村子，走向沙漠。

她很愿意变成一滴清凉，渗入浩瀚的大漠。

出家门前，她已将自己用过的东西烧了。她知道上面沾了魔鬼的唾沫。自打确证是那种病后，她一直这样做。妈去了白虎关，没人打搅她。她做得很仔细。她想，火是世上最好的东西了，多脏的东西，一经火的洗礼，就干净了。她不想叫那毒，去伤害更多的人。

她想，火真好。

沙浪一如既往地跌宕而去，宕向未知。月儿明白，她的灵魂也定然如此。不知道离开这病入膏肓的身子后，她又将飘向哪里？那是她不能自主的。她唯一能自主的，就是在人世上留下她最后的美丽。明知道生命已无可挽回，那就留住美丽吧。所有美丽最好的定格，是死亡。

她的心中，没有啥比美丽重要，尤其是留在爱人心中的美丽。那就走吧，融入那个黄天黄地的所在，叫美丽定格成永恒。

眼前老恍惚着一场大火，那火通天彻地，能燎尽烦恼呢。听说，凤凰就是在火中涅槃的。

漠风轻柔地舔着她。这是此刻唯一亲近她的东西……不，还有那记忆。但此刻的记忆像调皮的猴子，总不愿在一处久待。也随它吧，记忆是不能定格的。

前面就是那天发愿的地方，风沙已抚光了所有的痕迹，但那种温馨仍在。风还在呢哝着那天的承诺。那是巨大幸福的由来。她会在这儿静静地等那个"下一世"的到来。猛子，你可别赖账呀。

月儿笑笑。虽到正午，但因有云，沙洼里并不热。沙粒温乎乎的，坐下，像偎在爱人怀里。她取出小镜，最后打量了一番自己，看不出病魔舔过的痕迹。她吐吐舌头。她很想最后想想猛子，可猛子却溜得不知去向了。这几天，老这样。没办法，到下辈子，再跟你算账。

一个小动物游了来，睁了圆圆的眼，望月儿。那是小蜥蜴，村里人叫它沙娃娃。沙娃娃是沙漠的孩子，无论多热，无论多旱，它总能活下去。此刻，她宁愿自己变成沙娃娃。她想，活着多好呀。她不知道那死后的世界会是啥境况。她不怕轮回，不怕地狱，却怕啥都没了……她想，哪怕是当沙娃娃，也比啥都没有了好。

这一想，泪便涌上眼睑。一丝不甘心也爬上心头，开始咬她。……她想，这辈子，没活出个好样子。不甘心，真不甘心。渐渐，那不甘心波漾开来，慢慢地淹了绝望，淹了痛苦，淹了好多东西。一点火星从心里迸出，慢慢地洇渗开来。

她眯了眼，跟沙娃娃对视了。她觉得，那两点瓷灰里，发出了一晕晕的波，向她传来一种力量。

待呼吸稍稍平顺了些，便眯了眼望天，天的蓝液体般进了心。她觉得，自己也化成了天空。

许久。

隐隐地，传来一声呼喊，似乎是猛子的。细听时，却只有风声了。

她想，我多想成凤凰啊！

月儿长长地吁口气，觉得自己还应该做些啥的，想呀想，终于想出：应该唱一曲花儿。以前，她老是给别人唱，还没给自己唱过一曲呢。她想，人的一生里，总该为自己唱一曲的。于是，她抿抿嘴唇，轻声唱了——

> 雷响三声地动弹，
> 太岁爷爷们不安。
> 宁叫玉皇的江山乱，
> 不叫咱俩的路断……

路边的树林里传来水声，那是一条小溪，树林在水光中显出了柔情，让我想起月儿放生癞蛤蟆的那个场景。我的心很酸，有一种悲凉的感觉，一波一波地抚着我的心。

猛子后来怎么样了？

你是不是想知道，现实中的猛子是否还守候着那段爱情？但我不知道。我甚至不知道，它在猛子心里留下了怎样的印记。因为，我采访完月儿的乡亲们，知道了这个感人的故事之后，我就进城采访了猛子，令我吃惊的是，他矢口否认了这段爱情。想起那个让人心疼的女子，我很难过，但我还是理解了他。他在城里做厨师，如果他承认自己有过得了梅毒的妻子，人们就会怀疑他是不是也有梅毒。如果这消息传开了，他可能就会找不到工作。这是一个现实的问题，但还是打碎了一种美好的东西。

听了我的答案，你一脸失落，你是不是很喜欢月儿，为月儿感到难受了？

是的，要是她的在天之灵知道这件事，一定会伤心的……刚才，我的脑海里一直出现月儿倚着沙枣树等猛子的画面，我想象中的她很瘦弱，有一双很大的眼睛，她总是用手遮在眼睛上面，定定地望着隐在风沙里的远处。那个画面，总是让我想起自己的女儿。要是我的女儿遇到这种事，我的心都会烂掉的……但她也幸好有个可等候的人，要不，在最后的那段日子里，我真不知道她该怎么活下去。我看得出，她过去一定是个心比天高的女子，对未来一定有很高的期待。很多美丽的女孩都是这样，但她们往往就是因为这样的心态，才落进了痛苦的命运旋涡里。月儿大概也是这样，她如果不因为美丽而太过自信，多读些书，多想想灵魂的事，她或许就会向往别的东西，比如生命的价值和意义，那么，她就不会死得这么惨。我一想起《入窍》的故事，想起玲玲的惨死，我就害怕想象那些被火烧死的人……月儿为啥也选择了这种死法，她是不是想用火烧掉自己的脏？她是不是想报复那丑陋的病魔？但那种疼，真不是人可以忍受的啊。

她确实想报复病魔，因为这肮脏的病魔夺走了她的幸福，她跟猛子没有夫妻生活，她很不甘心。但她更厌恶这病魔代表的那段过去。如果没有那段过去，她就是一个干净的人，她可以跟猛子清清白白、平平凡凡地相爱，还可以跟猛子天长地久。但现在，她只能孤独地死去。她很牵挂猛子。她也想在猛子心里留下一个浓重的印记，她害怕猛子会很快忘了自己。她见过太多再婚的丈夫，妻子没死多久，丈夫就有了另一个女人。她怕猛子也这样。很多种原因，让她选择了这种死法，也只有在做了这个选择的那一刻，她才真正走进了花儿的灵魂。过去，她虽然跟同村的莹儿学了花儿，但她一直进不去，因为她心里没有那种很浓很浓的爱，她没有那种愿意用生命守候一种东西的激情。所以，她一直没有爱上花儿，如果她爱上了花儿，她就会有一块超越环境、超越家庭的艺术净土，在那里，她可以升华自己，可以守候自己的干净——

不过，许多事情，是不好说的。许多时候，环境总是比生命个体更有力量。月儿知道，自己真的走错路了，她为了一种贪心，也因为填充一种空虚，就选择了一段不该选择的关系——而不是感情。但这不能怪她，她是一个受了污染的孩子，她的父亲开卡厅，她的母亲很功利，她的哥哥是真正的二杆子，她从小，就是在"飞上枝头变凤凰"的教育中长大的，她也是功利环境的受害者。很多女孩都是这样，她们曾经纯洁美丽，曾经有幸福简单的人生等待着她们，但她们自己放弃了，选择了一种堕落的活法。

但故事里的月儿看不出堕落，她很美好，也很干净。

真正肮脏的心，是功利贪婪的心，月儿的身体虽然脏了，但她打碎了功利，开始向往一种纯真简单的爱情，这让她的心灵升华了。病后的她，其实比健康时的她要美多了。她心里有了爱，开始用生命去守候爱情了。因为爱情就是她的生命，是她活着的唯一尊严，也是她活着的唯一理由。有了爱，她就能忘掉走投无路的痛苦，没有爱，她连一天都不想活下去。她会活在悔恨里，活在对那个很快就会来临，但似乎又茫茫无期的东西的恐惧里，那种悔恨和恐惧，会很快耗尽她的生命。在医院里，你会经常看到这样的人，他们不管多么年轻，都像一个老人。因为他们的心灵已经枯萎了，生命力已经衰竭了，这时，死神想不降临，也由不得他了。所以，月儿最幸运的，就是回到家乡，追逐一段遗失的爱情。很多像她这样的女孩，可能会躲到一个别人找不到的地方，静静舔舐伤口，静静忘掉过去，独自面对羞耻和悔恨，要么重新开始生活，要么独自面对死亡。因为，熟悉的人、熟悉的环境，都在提醒她一段不堪回首的记忆。很多人在这个时候，都会选择逃避。那些远离家乡卖淫的女孩就是这样，只要家里人不知道她们做过什么，她们就可以在未来的某一天回到家乡，重新过一种淳朴简单的生活，把一切的肮脏、耻辱和淫乱都忘掉，重新做一个贤妻良母，重新做一个孝顺的女儿，重新过一种干净的生活。

这对猛子公平吗？

猛子确实是某种意义上的受害者，但他毕竟跟她产生了那种生死相依的爱情。这样深深地爱过一回，这样留着遗憾地爱过一回，不是每个人都有的经历。很多人还不知道什么是爱就死掉了，这或许是一种更深的遗憾。所以，这种事其实说不上公不公平。遇到它，也是猛子自己选择的。他可以在爱上月儿之前，就跟月儿离婚，但他没有这么做。他选择了守护月儿，这在他的一生中，可以说是最伟大、最无私的决定。你也许记得《掘坟》，这个猛子，就是那个掘坟的猛子。爱情唤醒了猛子内心的力量，让他真正地成了一个男人，成了一个可以让女人依靠的男人。这不容易。你如果想想前面的那些西部故事，你就会知道故事中猛子的可贵——我们不去讨论现实中的猛子——无论是月儿还是猛子，都因为这段爱情超越了他们自己。能让人向上的，才是真正的爱情。

月儿确实向上了，我想起她那个放生癞蛤蟆的细节，觉得她再也不是那个为了进城不顾一切的女孩了。

是的，她的升华完完全全地洗净了她曾经的堕落，再也没人会想起她的污点了。哪怕想起了，也会觉得那是不懂事的孩子一时的失足，没人会怪她的。

你说，这里面有一种新疆爷那样的东西，不过我觉得，它跟新疆爷的故事不太一样。这虽然是一个升华的故事，虽然非常美好，但月儿没有超越小爱，她是有求的。她在想象猛子的"背叛"时，就已经那么痛苦了，她甚至因为虚构的情节而生起了怨恨，可见，如果猛子真的娶了另一个女子，或是在她活着的时候，跟其他女子发生了关系，她会有怎样的心情。

是的。她会很痛苦，也会很愤怒，甚至会生起强烈的怨恨心，但她没有任何办法。当生命消失的时候，她不想放下，也得放下，因为生命已经快要结束了。她既然看到了生命之水的退潮，也就看到了爱情的终点，那燃香祷告，也是给自己一点安慰罢了。爱情的感觉会像云雾一样散去，那时，猛子就会爱上另一个女人，忘掉他给过月儿的承诺。虽然这很残忍，但这就是生活的真相。世俗的爱情，是不可能永恒的，期待不可能永恒的东西永恒，拼命地想要攀缘，这造成了痛苦。所以，智者会放下一切，享受自己的活着。

新疆爷一定是智者。

是的，新疆爷是智者，所以他不痛苦。他爱得无欲无求，所以一爱就是六七十年，他不会怨恨谁，也不会埋怨对方为啥不回应他的爱，更不会因为得不到那爱，就把自己弄得求生不得、求死不能、痛苦不堪。新疆爷是自由的。能自由地去爱的人，才能掌握自己的命运。虽然新疆爷的命运看起来并不独特，但他选择的是他最喜欢的生活。他喜欢凝在寂静里，享受静寂中的温馨，寂寞不会像一只天大的黄狗那样，挤压他的生命。他反而是热爱寂寞的。他最害怕的，就是人们围在他的身边，说一些可有可无、口不对心的话，他更喜欢沉浸在自己的氛围里，做自己喜欢做的事。虽然那无非是一些寻常的生活琐事——打水、做饭、吃饭、喂狗，但因了他的那颗心，一切都充满了诗意。

能做到这一点，新疆爷真的不简单。虽然月儿那火一样炽热的爱感动了我，但我不得不承认，新疆爷那种干净美好、没有一点欲望的爱，才更加持久。如果月儿没有死，她和猛子的爱情也许不会一辈子维持下去，因为让他们的爱情升温的，其实是死亡和疾病。死亡和疾病虽然可怕，虽然注定了爱人的分离，但是，把爱情推向高峰的，也是类似的力量。所有伟大的爱情，都离不开悲剧，要么是死亡，要么是绝症，要么是家人的反对，要么是战乱……灾难如果不能扼杀人，就定然会让人变得更强大；相同的，灾难如果不能扼杀爱情，也会让爱情变得更强大。因为，人在灾难中会生起一种宗教精神，会超越生死地坚守一些东西。所以，灾难和苦难，都是最好的试金石，也是最好的催化剂。很多人都是在灾难面前叩问自己，才有了真正的信仰和爱情。而平凡、平淡和庸碌的生活，却容易在不知不觉中消解伟大。

最重要的，是月儿很痛苦。

是的，月儿很痛苦。她想到要跟猛子分开，猛子会有另一个女人时，她真的很痛苦。她很想生生世世拥有猛子，但这怎么可能呢？

是的，这是不可能的。但人类最可怜的地方，就在于不肯接受诸多的不可能。人类希望自己想得到的属于自己，希望自己不想失去的永远属于自己，但这恰好是不可能的。缘分一变，很多事情就变了，哪怕你伤透了心，也是那样，还不如坦然地接受它。因为，不管你接受还是不接受，一切都会发生的，一切都会过去的。一切都是欲望，肉体没了，一切就没了。博物馆那灵魂之所以能持之以恒地向往、挣扎、升华，就是因为她没有了肉体，她知道自己不可能再执着什么了。她假如不去追求真理，就将是永恒地痛苦。她已经痛苦得够久了。

我还发现了一个细节：月儿最初很怕别人知道她得了这个病，但后来，她也就无所谓了。

是的，她接受了自己的处境，对猛子的爱，也让她忘记了一切。她的心里放不下其他东西，只想见到猛子。这份爱的真诚，感动了整个村庄，所有曾经看不起她、轻视她、对她有敌意的人，都原谅了她。尤其是她在小路上等猛子的画面，让好多人都很感动。

我也很感动，直到现在，我都忘不了那个画面，也忘不了月儿放生癞蛤蟆的画面。月儿虽然很想活下去，尝试了无数种让自己的身体受到严重伤害的法子，但她看到癞蛤蟆的时候，她仍然没有为了自家的生存欲望，就去伤害另一个生命。这么一个小小的细节，就能看出她的善良。月儿定格的"最后的美丽"，其实不仅仅是外表的美丽，也是心灵的美丽。爱让月儿的心变得柔软了，能推己及人地理解另一个生命，能平等对待另一个生命了，灾难激起了月儿心里最美的一面。洗净月儿身上污垢的，其实不是火，定格月儿之美的，也不是火。单纯的一把火烧不掉罪恶、烧不掉堕落，也不能让村里人忘掉她有过的脏，真正改变了这一切的，是她的爱情，和恋爱中的她所发生的变化。

　　是的，你说得对，她也是一个被拯救的灵魂。其实，她虽然得了脏病，但她不是一个污秽的孩子，她面临的疼痛、空虚和诱惑，很多乡村里出去的孩子都会面对。猛子的心境，月儿的心境，是进城打工的那些农民儿女的真实写照，很多乡村里很好的孩子，进入复杂功利的城市之后，都迷失了自己，很多女孩子进入城市时还是少女，还很纯洁，但是在城市迷乱、随便的氛围中失足了，回到家乡时，已伤痕累累了……所以，月儿的故事代表了一些人的命运。但是，从月儿的命运中也可以看出，只要有了干净的向往，曾经肮脏的，总会被洗净。人总会死去的，无论什么死法，什么时候死，都一样，能留下一些干净的、很美的东西，月儿的一生也算完美了。

　　此时的景象也很美，大风渐渐吹来了黎明的气息。黑暗开始变淡了。风也小了一些，被风吹得疯狂摆动的树，放缓了它摆动的幅度，很轻柔地晃动着，树叶发出一种温柔的声音。哗哗哗……树林也在怀念一个美丽的女孩吗？但是，世界的大舞台上，本就免不了人来人往啊。

　　很美的月儿走了，不美的某某也走了，所有的人，所有的事，都融入了虚空，融入了那个叫"无常"的巨大窟窿，留下的，只有这些书，这些故事。正好应了《〈好了歌〉解》中所唱的：

　　　　陋室空堂，当年笏满床；
　　　　衰草枯杨，曾为歌舞场；
　　　　蛛丝儿结满雕梁。
　　　　绿纱今又糊在蓬窗上。
　　　　说什么脂正浓、粉正香，如何两鬓又成霜？
　　　　昨日黄土陇头送白骨，今宵红灯帐底卧鸳鸯。
　　　　金满箱，银满箱，展眼乞丐人皆谤，正叹他人命不长，哪知自己归来丧。
　　　　训有方，保不定日后作强梁；
　　　　择膏粱，谁承望流落在烟花巷。
　　　　因嫌纱帽小，致使锁枷扛。
　　　　昨怜破袄寒，今嫌紫蟒长。
　　　　乱哄哄，你方唱罢我登场，反认他乡是故乡；
　　　　甚荒唐，到头来都是为他人作嫁衣裳！

莹儿、兰兰：

两个女人的命运之争

趁着还没有进入这个故事的正题，我先问你一个问题。

什么问题？

你知道豺狗子吗？

不知道。

我想你也不知道，它是一种非常凶残的动物，你不是动物学家，不一定能接触到它。但你如果对它没有一丁点了解，你在听这个故事的时候，或许就会少了一点感觉。所以，在讲这个故事之前，我先来介绍一下豺狗子吧。

莹儿和兰兰死也想不到，踏入沙漠不久，她们会遇上豺狗子。

豺狗子是牧人谈之色变的动物。它的绝技是抽牛的肠子。有时，它也会抽骆驼的肠子。抽驼肠时，稍微费劲些，因为它先得跳得很高，至少得跳到能一嘴叼住骆驼大肠的地步。不然，骆驼就会扬起后蹄，像小罗纳尔多罚点球一样，将它踢成空中翻飞的黑点。

不过，你别替豺狗子担心，因为弹跳是它的拿手本事，就像你擅长在读小说时打瞌睡一样。那些聪明的豺狗子，绝不会迟钝到当足球的地步。当然，要是骆驼有足够的敏捷，也会在老弱病残者身上一试身手。但这并不能说，豺狗子是一种能当足球的动物。

关于豺狗子的可怕，你可以去采访那些叫抽过肠子的动物，它们大多已进了阴司。就是说，你不可能见到一个被豺狗子抽了肠子还能活到你采访时的动物。你要采访它们，首先得进阴司。不过，按老祖宗的说法，动物的中阴身至多四十九天。之后，多笨的动物都会找到归宿。它们即使想恭候你的采访，也是身不由己的。没有定力的它们，早叫生命的反作用力裹向它该去的未知了。

347

豹狗子并不大。就形体而言，它只有狸猫大小。当然，这是个蹩脚的比喻，因为当代人已很少能见到狸猫了。我只好再告诉你，豹狗子跟小狐狸差不多。你虽然知道狐狸比大象小，但究竟小到个啥程度，你肯定不甚了了。最后，我只好明确告诉你：要是你妻子是个苗条的美人，那豹狗子，至多跟她的小腿肚子相若。

明白了吧？

你瞧，就是这样一个跟你美貌妻子的小腿肚差不多的动物，竟会叫牧人们谈之色变。这当然有它的理由。可见那可怕跟形体无关。也正像人类中最可怕的那类其实跟他的身架无关，只要其心灵有了能叫你足够害怕的东西，你就得怕他。比如，我就怕那些小人。

这是闲话。

有人便要问了，你说那豹狗子可怕，究竟咋个可怕法？问得好。其实，我也是无权谈论这话题的。我既没采访过豹狗子，又不曾遭过豹狗子的恶口，但我还是多少能说上几句的。

我先从一个刑法谈起：要是有一天我当行刑官，将你绑上一条长凳。当然，绑法可以随便些，你可以仰面，也可以趴下。我只管在你身旁栽一根弹性很好的长竹子，然后，我剜下你的大肠，然后弯下那长达一丈的竹子的另一头，将你脱离了肛门的大肠系到竹子上，然后一松手，你会咋样？对了，你的肠子定然会随那弹直的竹子，从你的肛门里激射而出。

这时，你便明白豹狗子的可怕了。

好些死在豹狗子手里的牲口，就跟受那刑法一样。那弹起的豹狗子一口就叼了它们的肠子，然后弹射而下，飞奔而去。那血，当然就随飞伸而去的肠子迸溅而出了。我不说那牲口当时如何个疼法，以及如何惨叫，只说见到那场面的牧人，他们都会煞白了脸，除了"乖乖乖乖"地叫外，他们无法表达心中的恐怖。

记得，第一次见到那场面时，我的肛门真疼了好多天。就是在梦里，我也觉得豹狗子在抽我的肠子。

那么，有人也许会问我，那两个弱女子，为啥要到有豹狗子的地方去呢？

这话问得好。

事情其实很简单，两个女子各有自己生命的盼头，现实却总在强暴她们。她们不甘被强暴。就这样。简单不？其实世上啥事都很简单，连世界大战也简单到了一群人打另一群人。但正是在那简单之中，却有着说不清道不明的复杂。

后面我想讲的，正是这件事。

这是初版《白虎关》的引子。

"大漠三部曲"再版时,复旦大学中文系的陈思和教授对我说,这段文字虽好,但会误导读者,让读者以为《白虎关》讲的是女子跟豺狗子的故事,但事实上,它只是《白虎关》中的一部分内容,他担心读者们等啊等啊,发现老是等不到那内容,就对小说生厌了。他说得有道理,所以再版时,我就删去了这部分内容。或许看了它,你就会明白豺狗子的可怕。那么,在接下来的故事中,你就会明白,两个弱女子在荒无人烟的沙漠中见到成群的豺狗子,她们有多么恐惧和绝望。

不过,你也许会在这个故事中发现另一种东西,我现在先不跟你说。我相信,你只要听进去了,你就会明白我想说的话。很多人读了这个故事之后都很感叹,因为他们在里面读到的,不仅仅是两个女子的艰辛,也有他们自己,还有诸多跟自己一样的人类。至于为什么,你自己去读吧。因为,你读的其实不是我的心,不是人物的心,而是你自己的心,是你的心灵对某种东西的感触,我希望你能带着叩问去读书,但我不想给你答案,别人给的答案,永远都不是真正的答案,真正的答案,是你寻觅的过程。我不知道你能不能理解我的话。

我知道你对人生有自己的见解,你是一个太理性的女性,你见过太多人,经过太多事,走过太多的世界,你有你的智慧,也有你的聪明,但是,你来到这块土地,找到了我,这说明,这块土地上有一种东西,是你仍然感到陌生、想要寻求答案的,对吗?而这最后一个故事,或许能回答你很多很多的问题。所以,我觉得你可以放空了心,来感受一下这个故事,感受故事中那两个女子的灵魂世界。不知道你愿意吗?如果你愿意的话,你也许会发现,许多寻觅虽然有着不同的外现,但它们本质上都是同一个东西。世界也是这样。世界无论如何变化,出现多少五花八门的活动,它都是在告诉你一个东西——至于它是什么,我仍然不会告诉你,这是一个暂时的秘密。你自己去解谜吧。

好的。

你看,黑暗虽然仍然很重,但长夜已经快要过去了。在大风扬起漫天的黄沙之际,有两个女子牵了两峰驼,从遥远的天际走来……

豺狗子

1

不知何时,沙丘上多了好些模糊的黑点,有的奔向死驼处,有的却凝在沙丘上。莹儿明白是豺狗子。她的舌头都吓干了。她求救似的望兰兰。兰兰端了枪观察一阵,说,不要紧,它们是奔食场而来的。那么大的骆驼身子,够它们吃了,它们是不会冒险攻击人的。莹儿明白她在安慰自己。她很想说,说不准人家眼中的食场,正是我们呢。身子传递着一阵酥麻,她的腿一下子软了。

骆驼望着远处的沙丘,如临大敌。它们狠劲地突突着,时不时直杠杠叫一声。莹儿明白它们在威胁对方。听说狼怕驼啐,但没听说豺狗子也怕,但驼的反应还是感动了她。至少驼在声援自己。这已经很难得了。过去的岁月里,她很难得到这种声援。这世上,多落井下石者,多见利忘义者,多隔岸观火者,但声援者总是很稀罕。有时,哪怕仅仅是一句安慰的话,对一个濒临绝望的人来说,也是最大的帮助。

自家的公驼突突一阵,回望莹儿,仿佛说,你别怕,有我呢。那目光很叫她感动。莹儿想,成了,就算今天死在豺狗子口里,也不算是个孤鬼了。这一想,倒不再有多么害怕了。她对兰兰说,你也别怕,就算它们是奔我们来的,也没啥。头掉了不过碗大个疤。兰兰笑了,放下枪,说就是,细想来,真没个啥怕的。活着有啥好?只是,叫这群豺狗子吞了,却有些不甘心。

莹儿说想透了,谁吞还不是一样。你觉得豺狗子恶,它们的娃儿还认为爹妈好呢。不管它了,要死,也要当个饱死鬼。说着,她支了锅,倒进水,燃了火,和起面来。

兰兰打起精神,将近处的柴棵们都砍了来。刀砍木柴声一起,豺狗子都慌了,骚动了好一阵。莹儿想,看来,它们也怕人哩。

吃了饭,兰兰燃起火来。她弄了好些柴,估计能烧一夜。两人也没支帐篷,就在火堆旁铺了褥子。因怕豺狗子抽驼的肠子,兰兰不敢叫骆驼去柴阔里吃,叫它们卧在火堆边,头朝外,尾朝火堆。这样,豺狗子即使真想抽肠子,也得先近火堆。驼们当然明白兰兰的心思,乖乖地卧了。莹儿抱些柴过去,叫驼们吃毛枝儿。

兰兰将驼皮弄开,毛朝上铺在沙上,这样一夜过去,干沙会吸去些水分,皮就会轻一些。等到了盐池,再在上面弄些盐巴,就能防虫蛀了。

入夜不久,死驼处就传来一阵又一阵撕咬声。豺狗子的叫声低沉而充满了嗔恨,在夜空里远远荡了去，又一晕晕荡了来，显得格外瘆人。驼们时不时抿了耳朵，发出突突声。骆驼是最能沉住气的动物，它们是轻易不抿耳朵的，说明它们很忌惮那群瘆虫。莹儿口中虽说不怕死，但一想豺狗子的模样，心还是一阵阵哆嗦。

那边的撕咬越来越厉害，说明豺狗子们对食物的争夺越来越激烈，也说明驼肉已满足不了它们的需求了。莹儿很害怕。她明白，要是那驼肉能满足豺狗子贪婪的食欲，她们就相对安全些。要是豺多肉少，等啃完那堆肉，豺狗子就会惦记她们了。突然，莹儿想到了村子，想到了妈。此刻，村子竟显得那么遥远而模糊，仿佛远到另一世了。妈也很温馨地朝她笑着。她想，那时，要是想到她会有这样的处境，她不会顶撞妈的。但一想到妈想叫她嫁屠汉，她还是受不了。她想，冤家，我等你，飞出巢的鸟总有回来的时候，我等你。她想，等挣了钱，再给哥娶个媳妇，妈就不会逼她了。

兰兰取出了火药袋子和铁砂，放在离火较远的地方。莹儿则往火中丢着柴，她丢得很少。她想，听说狼怕火，不知豺狗子怕不怕火。要是不怕火，她们活的希望就很小了。莹儿明白，要是豺狗子一齐扑了来，连重机枪都挡不住，别说一支小小的火枪。

死驼那头的撕咬声越来越密，渐渐演化成一场大战了。惨叫声、吼叫声、威胁声、嘶鸣声一齐扑来，间或夹几声长长的嚎哭，莹儿怀疑是狼嚎。她的头皮麻了。兰兰说，豺狗子和狼抢食场呢。豺狗子那么多，它们会吃了狼的。

乱麻般的叫声越来越大，爆炸般扩散着，连星星也瑟缩着，渐渐没了。诸多音响汇成巨大的旋风，在沙洼里啸卷着，忽而滚过去，忽而荡过来。忽然，一阵沉闷的撕咬声咬碎了嚎声，嚎声断断续续，渐渐被撕咬声吞了。另一个嚎声却突出重围，逃向远处。莹儿仿佛看到，那堆张着獠牙的动物正在狞笑着追赶。

兰兰捏捏莹儿的手。莹儿笑着回捏一下。两人的手心里有许多汗。莹儿悄声问，咋办？要不，我们走？兰兰说，来不及了，你的腿再快，也跑不过豺狗子……先多收拾些柴，熬到天亮再说。她叫莹儿拿手电照亮，自个儿抡了柴刀，将沙洼里的柴棵无论干湿，都砍了来。兰兰抱些湿柴给骆驼，又往火中丢了一些。火中马上响起嗞嗞声。

沙丘上的豺狗子都跑去抢食了，骆驼也安稳了。食场里的撕咬声更凶了。豺狗子没固定食场，哪儿死了牲口，哪儿就是它们的食场。或者说，它们瞅中了哪儿的牲口，哪儿就是它们的食场。它们没固定的窝。除非到了生殖期，那些大腹便便的母豺狗子才可能在某处相对稳定地住上几月。待娃儿一大，它们便成了沙漠中的旋风，哪儿有吃食，它们就刮往哪儿。豺狗子没有地盘观念，它们不像狼呀豹们用尿在自己的地盘上做记号,不,它们用不着。因为它们从来不抢地盘,哪儿也没有它们的地盘,哪儿也都是它们的地盘。它们无处不在。只要有生命的地方,它们便会嘣儿嘎儿地出现,撕咬它们想撕咬的东西。在沙漠里,它们是一个摆不脱的梦魇。

兰兰认真地压着火,不使它熄,也不叫它暴燃。火跟身旁的枪一样,成为这个世界里仅有的两种心灵依怙了。进沙窝时,老顺给她们包里塞了汽油打火机、气体打火机,还有火柴。在沙漠里,有了火,就有希望。老顺把它们分装在各处。兰兰这时才明白了父亲的用心,父亲怕她们不慎丢了,或是用光了,记得当时,她还笑爹愚呢。

兰兰将驮架们放在火堆旁,除了火药距火堆稍远,其余的都挪到身边。新剥的驼皮趴在不远处的沙上,时不时,风还会带来一股臭味。兰兰想,要不是剥那驼皮,这会儿早走远了。她想,好多东西,难说得很,谁也不知道便宜的后面是不是亏……不想它了,做了的,也用不着后悔了。是福不是祸,是祸躲不过,就算这会儿在远处,谁知会不会遇上一群狼呢?

兰兰把枪放得离火稍远些,以防火焰烤燃火炮儿。她对莹儿说,这会儿,它们还顾不上这头,你稍稍眯一会儿,要是它们吃不饱的话,说不准就会打我们的主意。那时你想眯,也怕没时间。莹儿说,还是你眯吧,你剥了半天皮,怕是早散架了。兰兰说也好,你操心些,别叫火熄了,省着点柴。枪上我压了火炮子,你小心些。说完,兰兰靠在驮架上,不一会儿,竟响起轻微的鼾声。莹儿想,她真是大肝花,在这种形势下,竟能睡熟。又想,就是,有个啥放不下的?大不了是个死,怕啥?细想来,虽没个啥怕的,可要是真死在豺狗子嘴里,她还是有点不甘心。

莹儿加些柴,火大了些。她有种历尽沧桑的感觉,仿佛活几百年了。她想,哪怕今夜死了,也不算夭折了,至少感觉上这样。有时想,人生来,本就是受苦的,要是啥都不经经就死去,不是跟没来一样吗?也好。她苦笑了。

那边的撕咬声小了些,但仍时不时响起,说明那儿还有食物,说明她还有机会想自己的事。但她也懒得想啥了,她觉得想啥也没用。人的命运不是你想想就能改变的。有时的想,反倒苦恼了自己。

可又觉得,有时的想,也是必要的。比如那时,她就想勾引灵官——想到"勾引"这个词,她过瘾地笑了,身子的某处也突地热了。要是她不生勾引念头,就不会行动;要是没有行动,也就没有后来的故事;要是没那故事,她当然就会是另一种人生轨迹。看来,命运的改变,有时就源于"想"。她又想,村里也有些寡妇,男人死后不久,她们就前行了,仍在另一个男人身边发出快乐的笑。她们心里,定然也有些想法。那想法,导致了她们的行动。那行动,构成了她们的命运。

不想它了。莹儿挑挑火，吹口气，叫湿枝儿腾起火苗来。莹儿喜欢湿枝儿，喜欢它们发出的嗞嗞声。它跟鸟鸣一样，也是大自然中最美的音乐。莹儿想，要是豺狗子不危及自己生命的话，那撕咬声又何尝不是音乐呢？她认真地听那声音，透过外现的凶残，竟听出了一种柔音。是不是豺狗子妈妈正给孩子喂食呢？这一想，她就想到了盼盼，眼前就出现了盼盼那张可爱的小脸。一股潮水般的情绪啸卷而来，恨不能飞到家里，狠狠咬娃儿几口。

撕咬声渐渐息了。

一种巨大的静默卷了过来。莹儿甚至能感觉到挤压的质感，也仿佛看到了黑夜里绿绿的眼睛。她没机会仔细观察豺狗子的眼睛，但看过村里疯狗的眼。想来豺狗子望人时，也跟疯狗差不多吧？只是疯狗的眼睛红，豺狗子的眼睛绿，但红也罢，绿也罢，都定然会有贪婪，会有凶残。她能想出贪婪的眼神，比如徐麻子望她的眼神——想到这里，她干呕了一下，狠狠地晃晃脑袋——凶残是啥样子？她还真想不出来。记得妈妈在某个恨铁不成钢的瞬间，曾"凶残"地望过她，但她不知道用这词儿形容母亲的目光是否妥当。此外，她想呀想呀，也实在没法在她的生活里找出凶残来。这样，四面的夜里，就只能显出徐麻子的眼神和疯狗眼神混在一起的豺狗子眼睛。

莹儿恶心地干呕几声。她宁愿她的四周布满疯狗眼睛，也不愿再叫徐麻子出现了。

忽然，骆驼狠狠地啐起来。莹儿吓了一跳。这说明，骆驼发现了逼近的危险。她推兰兰一把，亮了手电。光柱利利地扑向远处沙丘，上面已密密麻麻地布满了绿灯。那绿灯，质感极强，它们磷火一样游动着，飘忽着来去。莹儿打个寒噤，往火中丢一把干柴，吹几口，火突地腾了起来。兰兰悄声说，别怕，它们怕火。她捞过枪，枪口朝天。莹儿说，要不，打一枪，唬一下？兰兰说别急，要是它们不逼近我们，我们也不惹它们。现在，是麻秆儿打狼，一家怕一家。它们要是习惯了枪声，反倒不妙。说着，她取过马灯，点了。

为防豺狗子们偷袭，兰兰将铺盖和驮架变了方向，以前她们面朝骆驼，现在成了背向骆驼。骆驼有夜眼。这一变化，等于多了两双监视豺狗子的眼。她们可以不管身后了，只警惕前方即可。

兰兰后悔没再多砍些柴，对燃多大的火才能镇住豺狗子，她没有经验。她想，要是它们不怕火光，步步紧逼，火堆就得大一点。这点儿柴，怕支持不到天亮。

莹儿觉得恐怖直往自己心里渗。

2

豺狗子寂悄悄的，不发出一点儿声音。它们定然也在观察对手。胃里有了垫底的食物，它们当然不急。骆驼也停止了咀嚼，不再啐唾沫。除了火的呼呼外，啥声音也没有。莹儿觉得，那静寂变成了两堵墙，狠劲地夹向自己。这感觉真怪。以前，她喜欢静，厌恶吵闹，可没想到，静也会这样肆无忌惮地冲撞心。心便猛劲地跳，使劲地擂胸膛。沙洼里也涨满了心跳，而且，她渐渐觉出了好多心跳，兰兰的，骆驼的，还有豺狗子的。兰兰的心跳跟棒槌声一样，骆驼的心跳像石磙在缓慢地滚，豺狗子们的心跳则像破锅里炒石子，很是碜牙。渐渐地，碜牙声更大了，神经里就多了千万根拉动的锯条。她狠劲地咬住牙，晃晃脑袋，挨疼般屏了息，但碜牙声却仍在响，想来是豺狗子在咬牙。听老顺说，他亲眼见过千万个老鼠在磨牙，那种声音，真是能叫人精神崩溃。莹儿想，这豺狗子的磨牙声一点儿也不比千万个老鼠的磨牙声好受。但怪的是，自己的心跳声也越来越大。她真怕心脏承受不住。

兰兰往火中扔了些干柴，火大了些，但多大的火光也只能照上十来米，再远，就看不清。反倒因了近处的火光，模糊了远处的沙丘。莹儿想，要是豺狗子们悄悄摸到近前，冷不防一个猛扑，她们是绝对无法反应的。她亮了手电。强劲的光柱一射过去，沙丘上的黑点儿就慌张地动了，看来它们将手电当成闪电一样的东西了。听说，所有动物都怕雷电，因为沙漠里老有叫雷电殛死的动物。别说一般动物，就是有些很稀罕的有了灵性的精灵动物，也怕雷电。它们或是拜月，或是舔食少女的元红，或是采吸童男的精气，好容易修上千年，一遇雷电，照样叫殛成一堆灰了。它们当然怕这个闪电般的光柱。

看到豺狗子们的慌张，莹儿放心了些。她想，只要你有怕的东西就好。这一来，在火和枪之外，又多了一样叫豺狗子忌惮的武器。手电筒装着四节电池，她们还备了八节，就是连续用的话，也足能亮几个小时。

手电一熄，莹儿们又成了瞎子。她们只能看见模糊的沙丘轮廓。只有在火小时，才能望见远处黑里的绿绿的灯。这也成了个悖论。叫火小些吧，她们怕豺狗子们会一窝蜂扑了来；火燃大些，她们却成了瞎子。这情形，很像豺狗子们观看由人驼表演的节目。观众的视线都集中到了她们身上，她们却一眼的模糊。这真是要命的事。

兰兰想了个法子，叫莹儿侍候火堆，自己却提了枪，提了火药，带了手电，伏在离火堆稍远处。这样，火光就影响不了自己的视力。要是有前来偷袭的豺狗子，她会用火枪招呼的。

一离开火堆，兰兰就发现四面多了好些绿灯。绿灯们飘忽着，说明那帮贪婪的动物又向前推进了。她瞅个绿灯最密的地方，瞄了，一扣扳机，扫帚样的火喷了出去。一阵惨叫传来。绿灯们倏地退了。兰兰笑道，不给点颜色，还以为老娘拿的是烧火棍呢。

那闷雷般的枪响真管用，光柱里的麻点儿小了好多。看样子，至少在百米外了。火枪能装好些铁砂，但有效射程不过二三十米。一些豺狗子虽中了铁砂，但想来只伤了皮毛。兰兰就选了一颗架子车钢珠，独子儿射得远些，连黄羊都能打下，不信还弄不死个豺狗子。兰兰说，打死一个豺狗子，至少能安稳一阵，一是给豺狗子一些颜色看看；二来，豺狗子们会抢食死者，她们就会赢得一些时间。到天亮，就好办了。也许，豺狗子跟狐子一样，习惯于夜里活动，日头一热，它们的头就疼。

看来，心真是个怪东西，多恐怖的场面，只要假以时间，它就会木了。虽然强敌仍在环伺，虽然命仍悬在蛛丝上，但两人却没方才紧张了。为了看清对手，兰兰过去，将明火压了，只留下火籽儿。这一来，四面的黑又压了来。她说，沙漠里的牧人多带火枪，豺狗子想来叫揍怕了。莹儿却说，也许它们是第一次见火枪呢。要是真见惯了火枪，它们不会逃这么老远的。兰兰说也倒是。

兰兰举了手电四下里扫，发现豺狗子多集中在东方。西边的沙山上反倒不见黑星儿。她们宿营时，是按老规矩选的地方，即背风、干燥。也就是说，她们背靠西面的沙山，面朝着相对宽敞的沙洼。兰兰说，这不好，要是豺狗子上了西面的沙山，人家只一滚，就会滚进我们的怀里，你连扣扳机的机会也没有。得挪到沙洼中间，这样，不管它从哪面来，都得跑一截路，我们才有准备的时间。

趁着豺狗子们叫枪声震蒙的当儿，兰兰燃个大火把，在相对阔敞些的沙洼里燃起了一堆大火，两人老鼠挪窝似的将驮子、铺盖、柴棵、骆驼们移了过去。果然，半个时辰后，西面沙山上也布满了麻籽儿似的黑点。不过，莹儿却觉得，要是她们不搬，豺狗子们也未必敢上西沙山，因为那在火枪的有效距离之内。现在这样一搬家，反倒腹背受敌了。

一远离西沙山，清冷的漠风明显大了。莹儿觉得脊背凉飕飕的。她打开盛衣服的袋子，取了两件衣服，给兰兰披了一件，自己穿了一件。她们仍是背靠了骆驼，但骆驼却没方才安稳了，显然，它们也看到了西山上的豺狗子。莹儿说，不搬倒好些。兰兰说不搬有不搬的好，搬了也有搬了的好，不搬我怕它们偷袭，老觉得它们会滚下沙山。现在，我们在明处，它们也在明处，大家都亮了相，要打了吃劲打一场，大不了填豺肚子。又说，我是想透了，人生来，早死早脱孽。你咋也是个死，缩手缩脚是个

355

死，你大了胆子折腾也是个死。自打了几回七，我倒真有些参透人生的感觉了。当然，我离上师的要求还很远，人家菩萨，能舍身饲虎，能割肉喂鹰，按那标准，我该白溜溜躺下，喂这些豺狗子。可是我不想，要是豺狗子跟绵羊一样善良，我叫它吃了也没啥。它们是啥？它们是一群喝血抽肠子的恶兽。

兰兰这话，又提醒了莹儿。跟豺狗子对峙了许久，她真模糊了对手的凶残。她想，要是它们嘣儿嘎儿地一齐扑来，眨眼之间，她们就会变成两具骨架。她又觉出了恐怖。兰兰却笑道，你怕啥，要真免不了死的话，你怕也是死，不怕也是死。就像你活一辈子，你笑也是活，你哭也是活，不如开开心心，自得其乐一辈子，你说是不？又说，我想透了，人其实活个心情，那幸福呀痛苦呀，其实都是心情。心情好了，人就幸福。有一辈子的好心情，就等于有了一辈子的幸福。我们没办法改变世界，但总能改变自己的心情，你说是不？

莹儿对兰兰真有些刮目相看了。她发现兰兰近年的变化真大，像方才这番话，她是想不出的。细想来，陶醉她的，或是折磨她的，还是她自己的心情。又想，其实，人的价值，不也是那点儿心情吗？要是真修得心静如水，也许会少了许多做人的滋味的。

兰兰嘘一声，用手电一扫西沙山，那密麻的点儿动了一下。兰兰叫莹儿拿手电照着，她趴在地上，托枪瞄一阵。一股火喷出，没听到惨叫，却见那一线黑点立马炸散开了。兰兰嘿一声，说，没打中。这独子儿，射程虽远，却没准头，还是铁砂好。莹儿说，你别乱放枪了。你不放，人家或许还忌惮你，你嘣儿嘣儿乱放一气，人家倒不怕了。兰兰边往枪里装火药，边说，我是想给它们一点颜色看看的，谁料越瞄越不准。

莹儿说的话没错，就像麻秆儿打狼，狼以为你拿的是棒子，不一定敢到你跟前；你要是用麻秆打它一下，它反倒发现你手中只是唬人的玩意儿。这一枪之后，豺狗子只是慌乱一阵，很快又围了上来，距离反倒更近了。而且，它们已经习惯了手电，无论莹儿咋扫射，它们也不骚乱了。莹儿想，要是它们习惯了枪声和火，她们就该填人家的肚子了。她想，那冤家是不会想到她有这样的结局的。要是他知道我填了豺肚子，会咋想？他会不会哭？也许，他会哭，但哭的时间长短，可就难说了。她见过好些卿卿我我的两口子，一方死了，另一方至多哭上一场，不久就有说有笑了。这一想，莹儿万念俱灰。她想，人活着，真没意思，还不如填了豺肚子。记得小时候，妈老骂她"狼吃的"。开初，她觉着这骂好听，亲热。她想，莫非，娘老子嘴里真有毒哩，她填的，虽不是狼肚子，却是豺肚子。人说豺狼豺狼，形体虽异，但都是凶残的猛兽呀。

她想，死就死吧。与其活着想那号没良心的货，还不如填豺肚子哩。

忽听兰兰叫道，快，点火点火。莹儿醒过来，见那火籽儿，已暗成一点红了。她忙用打火机点毛枝儿，毛枝儿湿，点了一阵，只是嗞嗞响。兰兰递过一把干柴，引燃了火。她说，你得将干柴和湿柴分开，看这阵势，它们要下歹心了。你在四面都弄上些柴，万一它们要扑，就点了。说着，她用手电一照。莹儿倒抽一口冷气：那密麻，直扎眼睛，最近的几个，都看到身体轮廓了。

兰兰说，你管好火堆，千万别叫熄了。我得给它几枪，再不教训，人家就上你的头了。

这时，一直沉默不响的豺狗子们突然齐声大叫，其声震天，很像亿万老鼠堕入沸汤时的惨叫。

兰兰回了一枪，但没压息那叫声。

3

兰兰拧亮了马灯，她只管装火药，放枪。豺狗子们或厉叫，或惨叫。它们虽没齐刷刷扑了来，却也没一听枪响就炸散了。说明它们已习惯了枪声，不再把它当成多么了不起的东西。你想，一个狸猫大小的豺狗子敢跟狼争夺食物，而且不落下风，说明它的凶残和狡诈也不在狼之下。兰兰虽时不时放一枪，铁砂们时不时发出啸声扑向豺狗子，但它的震慑力明显弱了。恐怖又上了莹儿的心，兰兰也显得有些慌乱。莹儿说，你省着些用火药。兰兰嗯一声，说不要紧，来时带得多，熬到天亮问题不大。莹儿想，到了天亮，人家赖着不走的话，你有啥法子？

每装一次枪，得几分钟，一到这间隙，总有豺狗子跳跃着前来。它们在试探。看来，它们对火的畏惧倒比枪大。莹儿想，要是没火的话，它们定然早扑上来了。

看到那些试探的豺狗子，兰兰学聪明了，装了火药后，她悄悄瞄了，也不急着扣扳机，待胆大的豺狗子近些，再近些，距火堆有十多米时，就冷不防喷出一团火。这下，有几个豺狗子倒地惨叫了。它们发出吓人的叫。听那口音，它们的叫不是因为疼痛，而是因为愤怒。它们显然看不起这两个女人。没想到，就是这两个女人，竟叫它们吃了苦头。

一个豺狗子一瘸一拐地逃了。另几个叫一阵，渐渐寂了，说明铁砂打中了它们的要害。兰兰很高兴。她边装枪，边说，还是砂枪好，虽打不太远，可一打一大片。

听得骆驼又突突起来。原来，西边也出现了几个豺狗子，它们嬉戏般跳蹦着，忽而跳左，忽而跳右，像在挑衅，也像在躲避子弹。豺狗子出现时都这样，它们天性如此。除了在有十足的把握扯牛大肠时，一般行动中，它们很少有猛虎扑食那样的行为。它们总是一副嘻儿嘎儿的嬉戏模样。它们的力量并不大，但借助惊人的弹跳力，它们往往能将尖牙利齿的威力发挥到极致。

兰兰装好了枪。她屏了息，瞄那些蹦来蹦去的黑点。其实她也用不着瞄，铁砂出枪口时，不过酒盅粗的一股火，待到了几丈外，火就牛车辘轳大了。夜幕里看来，着实吓人。

待得那嘻儿嘎儿的豺狗子再近些，兰兰扣动了扳机，不料只听到撞机的声响。原来情急之下，她忘了安火炮子。一个豺狗子听到了声响，也许它明白这声响意味着啥，竟扑了上来。莹儿虽吓得直抖，还是用手电照了。那豺狗子到了近前，却耸了身，只管朝她们龇牙。它像护崽的母狗那样唬着，幸好火焰燃得正高，不然，它早就扑上来了。而且，要是它放胆一扑，要不了几秒钟，就能叼住一块人肉。莹儿见过它们在沙上飞的速度，那真是一道黑色的闪电。莹儿想抽藏刀，但要是放下手电，又怕豺狗子会趁机扑上。豺狗子低哮着，它的牙很白，眼珠不绿了，闪烁着一种飘忽不定的凶光。它定然是豺狗子群里最爱出风头的那一类。豺狗子尖嘴猴腮，有点像狐子。莹儿喜欢狐子，狐子身上有灵气，她很羡慕狐子那份轻灵的仙气。豺狗子身上却只有恶气。莹儿这时才算看清了什么是凶残。那凶残，正从它翻龇的牙里、低哮的声里、耸起的毛里往外喷呢。

那豺狗子边低哮边逼近，莹儿发现火对它的震慑似乎很有限。就像人中有智者一样，豺狗子群里定然也有智者，它们也可能发现火其实是个纸老虎。想来真是这样。老顺就遇到过不怕火的狼，它一直跟了他一路，情急之中他燃起火堆，狼竟然挑衅似的在火堆上跳过来跳过去。要不是孟八爷给了它一枪，他哪有机会生下灵官们？莹儿想，生不下倒好些，那号没良心的，人咋对他好，也拴不住他的心。这一想，莹儿倒不怕豺狗子了。她朝它斥道，滚！你个没良心的。

枪响了！

大把铁砂出了枪口。它们是一群燃烧的蚊蚋。它们啸叫着，撞击着，像雨后的蜜蜂扑向群花那样兴奋，像饥饿的苍蝇扑向污血一样急切，像发情的儿马跳出栅栏那样欢实，像喷射的精子游向子宫那样汹涌，像被久旱困在泥水中的蝌蚪突遇清水那样欢畅。它们将那稠浓的夜色划成了碎缕。在进入豺狗子的身体前，它们先进了它的眸子。豺狗子的心虽小，眸子却广如大海，世界有多大，那眸子也有多大。铁砂们当然明白这一点，你就尽情地欢畅地游吧。

莹儿觉得，铁砂们摇动着尾巴前游时，还扭头望她呢。……"怎禁她临去时秋波那一转。"记得，那冤家当初老念叨这一句。

铁砂入身的一瞬，豺狗子瞪大了眼。显然，它明白这群欢游着的红色蝌蚪，定然是来要它的命的。没错。它甚至只来得及扭动几下，就伸长了腿，大眼瞪天了。

兰兰说，你得把刀子准备好，看样子，也有不怕火的。她抹把汗。莹儿觉得脊背里凉飕飕的，她忙用手电照东面，见那些黑点已围上来了。

这有效的一枪并没镇住豺狗子们。

兰兰连喘息的时间也没了，她边装枪，边放。火药味弥漫在空中，她也不管打中打不中了，装一枪，放一枪，东一枪，西一枪。还好，火龙喷向哪面，哪面的豺狗子就退缩几步，但也仅仅是几步而已。枪声一停，它们就步步逼近了。莹儿取出为马灯准备的煤油。她想，万一豺狗子围扑了来，她就往环绕着的柴棵上倒煤油。再是它们突破火环进来，她就索性点了所有的柴，自己也跳进去算了。怪的是，心里的怕淡了好多。多深的怕，在心里搁久了，也会渐渐淡的。对死的恐惧倒退到其次了，最大的遗憾是死在这群没起色的恶兽嘴里。一想这么好的身子竟会成了这群龇牙咧嘴的怪物的食物，她浑身不自在了。她最恶心的，是豺狗子口中流下的涎液。一想它竟要沾上她干净的身子，她就干呕不已。因为夜里吃得不结实，肚子已有饿感了，当然也呕不出啥。那时时裹来的火药味更呛得她胸坎子发憋。透过烟雾，她发现枪声的作用很有限了，虽也时有豺狗子倒地惨叫，但别的豺狗子似乎已不在乎同伴的伤亡了。只有在兰兰的枪口指来的瞬间，它们才会稍稍躲避一下，但那是躲避，不是轰然而退，更不是四散溃逃。豺狗子能以瘦小之身打下好大的名头，当然有它的理由。在抢食时，即使是同伴被狼们撕成碎片，它们照样前赴后继，何况前方还有鲜嫩的女人和高大的骆驼呢。

据说，在所有食肉动物眼中，人肉最鲜，因为人肉的脂肪最多。虽然土地爷给他麾下的看门狗定了许多规矩，但只要谁尝过人肉，它定然忍受不住人肉的诱惑，就会屡屡作奸犯科。人类的法律中，也不管它是几级保护动物，只要它吃过人，就一定要将它击毙，因为它既吃了一人，就会吃百人。

这群豺狗子，是不是也想吃人肉呢？

枪声响得很稀。火枪装起来不太方便，先用铁溜子将一把火药顺下枪管，用捅子捅瓷实，再装入铁砂并加些火药捅瓷实。这样，每次枪响之后，就会有个间隙。每到这时，豺狗子就会嘣儿嘎儿地跳了来，直到再一次枪响后，它们才慌张地退缩一下。

豺狗子的退缩幅度越来越小。莹儿将火势弄得很大，火光已能照出豺狗子翻龇的牙，眼见得它们是越来越近了。虽没有在火堆上跳来跳去的豺狗子，但可以预见的是，照这势头下去，它们跳火堆是迟早的事。记得小时候，每次过冬至，村里总要燃起许多火堆，娃儿们都要在火上蹿跳，这叫燎毛病子。据说那天跳过火头，身上的毛病子就没了。莹儿当然不敢跳，她最羡慕那些狸猫般蹿跳不已的伙伴，可她一见火焰头就晕了。后来，妈就抱了她跳，第一次跳时，她闭了眼大叫；第二次跳，她就敢睁眼了。妈抱她跳过三次后，她就敢自个儿在火头上蹿了。她想，豺狗子也许会这样。它们怕火，但要是熟悉了火性后，它们定然会不顾火焰的呼呼，一窝蜂扑了来的。

然后呢？她打个寒噤。

4

枪声已打不破豺狗子的环绕了。莹儿发现，兰兰的挪窝真是个错误，她们已四面受敌。枪里的火得分别喷向四面，才能使那些挤出低哮声的獠牙稍稍晃动一下。

骆驼的啐声时不时响起，对那些瘆虫，它们早毛骨悚然了。但连枪声都不顾的豺狗子，咋会怕它们的啐啐声呢？骆驼狠劲地甩着脑袋，它们想扯断缰绳，但最不禁疼的鼻孔却叫燥过的柳条桎梏着。虽扯得柴棵一阵阵猛晃，骆驼还是发现自己的无奈了。它们发现，那脆弱的鼻孔绝对抵不过柴棵的根系，就算它们扯断鼻梁，也未必就能逃出豺狗子的恶口。豺狗子已完成了对人驼的包围。骆驼要是一逃，会首先成为对方的追击目标。驼们终于安静了些，不再扯缰绳，但啐啐声却不停息。莹儿明白那是在威胁豺狗子。她想，豺狗子连火枪都不惧，还会怕骆驼的唾星吗？

局面很不好了，首先是柴不够了。那柴，堆着时，看起来很多，但坐吃都能山空，何况火一直没熄。感觉上，想来有几个时辰了吧？但不好说，有时候，感觉会骗人的，有时一恍百日，有时却度日如年，莹儿不能断定时间。虽也戴了表，但表跟钱一起装在小包里。想到表，莹儿便想到了钱。她想，那钱可是驮盐的本钱，最好带在身边，就向兰兰要了手电，走过去，将包挂在脖里。捏捏小包，硬块儿还在，却又看不起自己的行为了。她想，看这样子，命都不一定做主了，我咋能想到钱？我真是个守财奴。但怨归怨，却仍是背好小包。她想，要是叫豺狗子吃了，也就吃了。要是逃出去，还得用钱。她从包里掏出电子表，一看快凌晨四点了，就对兰兰说，再坚持一个多小时，天就亮了。

莹儿后悔刚入夜时没多弄些柴。现在，沙洼里有柴棵处都叫豺狗子占领了。包围圈也越来越小。你想弄柴，先得对付那堆獠牙。莹儿将所有的柴弄到一起，也只有坟堆大小。想到坟堆，莹儿觉得不吉。她想，也许，真要死了。但却没先前那么慌张。

她眼里，死不可怕。以前，"死"字也时时会进入心里，跟吃饭穿衣一样便当。但要叫豺狗子撕扯一气，却是她不愿意的事。豺狗子最爱动物内脏，一想它们会在自己肚子上掏个大洞，再将那尖脑袋探入腹腔，咬了肝花心肺一下下扯，她便不由得反胃了。早知道如此，她会在那个大雨之夜死去。又想，也好，叫豺狗子吞了，世上就留不下尸首了，爹妈就看不到女儿的惨状了。她的消失，就跟蒸发了一样，留不下一点痕迹了。也好。但一想豺狗子在吞了内脏后，还会将脸啃得一塌糊涂，她还是不由得一阵哆嗦。她想，冤家呀，既然我的美丽留不住你，就索性喂豺狗子吧。她感到一阵恶意的快感，却涌出一脸的泪来。

兰兰斥道，火咋熄了？

莹儿抹把泪，扔几把干毛枝儿，吹几口气，火燃起来。几个豺狗子已经很近了。兰兰装好了枪，朝它们一搂火，倒下了两个。另两个却没逃，反倒朝兰兰龇起牙来。莹儿往火头上扔些柴，火突起了。那两个才后缩几步。看来，豺狗子顾忌的，还是火，可惜柴不多了。要是火一熄，枪声怕也阻不住豺狗子了。莹儿留恋地望一眼天。她想，也许，这是最后一次看天了。因为有火光，星星模糊着，隐隐幻幻的，跟心里的那个盼头一样。她想，她蒸气般从世上消失后，他会不会寻找？他也许会骑了驼，沿了那纵横的沟壑，一边叫她的名字，一边撕心裂肺地哭。……你来迟了，她念叨着。谁叫你不珍惜呢？世上有好些东西，给你时，你不要。你想要时，却没了。你找吧，哪怕你找遍每一个沙粒，但注定找不到我了。莹儿有种恶作剧地跟他捉迷藏的意味。她虽然恨那迟到的冤家，但那恍惚里的寻找还是感动了她。她边往火中扔柴，边泪流满面。她总是这样，总在一种虚幻的营造里，首先感动她自己。

柴没了。

随着火头的缩小，豺狗子的圈子缩得更小了。它们当然也看到没柴了。人类能看到它们的凶残，它们也能发现人类的弱点。它们齐声大叫，其声凌厉怖人。兰兰虽冷静地放枪，但装枪的速度慢了，她肯定慌张了。莹儿反倒冷静了。恍惚里，她看到那冤家在注视着她。她想，我是不能失态的，我改变不了命运，但我不失态总成吧？她知道，哭呀闹呀，是赶不走豺狗子的。那就不哭。她看到了火焰开始收缩。那是光明，是生的光明，是希望的光明，是黑暗中最温暖的东西，但它收缩了。她听到豺狗子们在欢呼。它们真是在欢呼。双方间的较量已不再是食物问题，已超越了物质层面。因为豺狗子们不再吞噬同伴尸体了。虽然它照样可以充饥，但火光和枪声显然激活了它们的另一种天性。

火光没了。黑压了过来，一圈绿灯凸现出来。如同杯水无法浇熄火焰山一样，手电和枪声已很难震慑看到了胜利曙光的豺狗子了。兰兰装枪的速度更慢了，仿佛她在思考是否还要做无谓的抵抗。豺狗子们却只是尖叫，并不急着上扑，像是还有所顾忌，也像在玩猫逗老鼠的把戏。要是你听过豺狗子们的尖叫的话，你定然会明白那千百种可怕的声音一齐发出会有怎样的恐怖效果。那叫声是疯狗的狂吠、饿狼的哀鸣、泼妇的撒泼、屠夫的诅咒等诸多音响的混合物，它仿佛不是发自喉咙，而是从牙缝里挤出的。伴那声响的，还有涎液和狞笑。莹儿像是进入了梦魇。豺狗子缓慢地前移着，眼中的绿光水一样流动，映绿了涎液，发出汩汩的声音。

莹儿只希望，它们能一口咬断自己的喉咙，别先抽她的肠子。她最怕在尚有生命时，看到自己身体的一片狼藉。她不想看到自己的丑陋。她想到了那峰死在沙洼里的骆驼，要是她也那样死的话，她会很伤心的。她宁愿上吊或是投井。她不想叫自己的血肉跟粪便搅在一起，也不想叫那成团成团的绿头苍蝇绕着她嗡嗡，更不想叫身子滋养出乱嚷嚷的蝇卵。她想，最好的死法，应是吃上一团鸦片。鸦片虽不是好东西，却能带来好多美丽的幻觉。虽是幻觉，但美丽呀！细想来，人生本就是幻觉，眼前的一切，总是泄洪般东流，谁也抓不住它。人最珍惜的生命，其实也仅仅是感觉而已。那鸦片，既能结束你不想或不能再拥有的生命，又能给你带来美丽的感觉，当然是最好的了。莹儿后悔自己来时，没带上那块给憨头止疼备用的鸦片。那时，怕他寻短见，她将它藏在屋梁上，又糊了掩尘纸。却又想，就算是带了鸦片，你吞了它，豺狗子照样会撕扯了你，苍蝇照样在你的血肉碎片上生出白嚷嚷的蛆。一想那白蛆，莹儿又想呕了，就祈祷说，豺狗子呀，你要吃的话，就索性吃个精光，别留下一点儿渣滓。她想到藏地天葬时，喇嘛也在念经祈祷，祈祷神鹰们吃光死者的肉。据说，吃不净的话，是很不吉祥的，意味着死者不能如愿投生。她感到好笑。她发现，命运总在跟她开一些奇怪的玩笑，也总在改变她的心。就像跟猛子的婚事，开始觉得那想法亵渎了自己，渐渐能接受了，再后来，竟成了她极力想做而不得的事。这次也一样，开始怕豺狗子吃她，后来竟变成了祈祷豺狗子将自己吃干净些。想来真是好笑。这人生，真是难说得很。

绿光很近了。她甚至听到了它们的喘息。她等着它们扑上。她见过它们的弹跳速度，只要它们后腿一蹬，瞬间就能叼住她的喉咙。那时，一切就结束了，相思结束了，痛苦结束了，挣扎结束了。也许，她就会堕入一团没有亮光的黑里。她不知道她会不会有知觉。她当然希望有，一想自己会成为一团没有知觉的黑，她的心就会一紧。但又想，管那么多干啥？到哪时，说哪时的话。也许，生命结束之后，反倒有更美的景致。——当然，这可不好说。她觉得更美的景致里应该有他。没有他，多美的景致,也会没了意思。

莹儿望着那些环顾的眼,伸了伸脖子,想,你们来吧。

你们等啥?

她觉得一股风忽地扑来了。

5

谁料,随了那呼呼声扑起的,竟是一股冲天大火。莹儿闻到了刺鼻的火药味。那火直冲夜空。莹儿的头发也叫火燎了一下。豺狗子惊叫着,后退几步。莹儿正吃惊呢,见兰兰手一扬,火又蹿上半空了。她明白了,兰兰在往火中撒火药呢。那火药的力道,当然比柴棵的大,难怪将豺狗子吓蒙了。

兰兰说,你别等死,快撕褥子,浇上煤油。

这下提醒了莹儿:就是,还有好些能烧的呢。

藏刀很利,几下就将帐篷和一条褥子割成碎块。莹儿想,先割一条褥子,不够了再割。要是能逃出去,没被褥也不成。莹儿往布片和驼毛上浇些煤油。煤油虽是给马灯准备的,要是没有马灯,行夜路当然不方便,但此刻,先顾命吧。莹儿淋了油,点燃。她本来想往熄了的火堆上放,谁知火燃起后,却心念一动,便索性将火球扔向豺狗子。那团火发出一晕一晕的光圈,缓慢地飞到东面的一个豺狗子身上,引燃了它身上的毛。豺狗子吓坏了,直了声惨叫。它背了火,四下里乱窜。东面豺狗子的阵脚大乱,轰地退出了老远。但豺狗子毕竟不是易燃物,油一燃净,毛一着光,火便熄了。那豺狗子的命虽保住了,却疼得直声长嚎,竟发出狼的嚎声了。

兰兰叫了一声好。她放下火药袋,燃了蘸油的驼毛团,扔向另外三面的豺狗子。这招真管用,豺狗子们四散而逃,但它们也不甘心就这样退去,退到二十米开外,便停了下来,瞪了绿眼赛呆。

兰兰说,再不能傻等了,想法子逃吧。

莹儿说,也好。她在那些布片毛团上浇了油,她不敢浇太多,只希望能引燃布片和驼毛就成。她腾出两个大塑料袋,将驼毛们分装了。那是她们的手榴弹,或许能炸开包围圈的。两人将驮架安到骆驼身上拴牢,将所有东西都拾掇停当。兰兰装了枪,将火药袋挂在脖里。两人骑了驼,各带了打火机和蘸了油的驼毛。莹儿揣好藏刀。她想,就算要死,也不能伸了脖子叫你们啃。

兰兰在前头开路。她亮着手电,那光柱劈开前方的夜。豺狗子们惊魂未定,都寂寂地望着,见兰兰过来,竟慌乱地闪到一旁。兰兰本想开枪扫路,见豺狗子们竟闪

363

开了路，不由暗喜，对莹儿说，别跑，我们慢慢走。一跑，它们还以为我们怕呢。莹儿手中备好了毛团，随时准备点燃后投出，但她怕驼一跑，风一大，会打不着火，就说，就是，慢些好，反正跑也跑不过人家，反倒显得心虚。

但人不想快跑，驼却想快跑。它们当然忌惮那环伺的牙齿。它们突突几声，再直杠杠叫几声。兰兰用力拽驼们的鼻圈，好容易才叫那颠颠的驼掌稳了些。

豺狗子既然寂声不语，兰兰也不招惹它们。在吃驼经过豺狗子闪出的缺口时，莹儿一手燃了打火机，一边备好驼毛。要是豺狗子们一有反应，她就投出火去。豺狗子们似乎明白她的心思，后退了几步。

手电的光柱照着起伏而去的大漠，东方已有了亮色。这是希望的曙光。莹儿松了口气。她已经疲惫到极致了。紧张时，倒觉不出啥，此刻，她的骨髓似被抽空了，眼睛也硬往一块儿合。某个瞬间里，她甚至没了意识。她怀疑自己在那一瞬堕入了睡眠。她真想睡去。就算是身后有豺狗子，她也真想睡去。

兰兰的手电由前照变成了后射。光柱里，一线黑点儿变成了一攒，凝在沙洼里。那堆火籽儿仍发出昏黄的光。驼铃引来清冷的漠风，水一样在身上漫了，凉到心里了。莹儿很喜欢这风，因为流了好多汗，她觉得口很渴。她将毛团放入塑料袋，解下挂在驼架上的水拉子，她喝了几口，递给兰兰。兰兰把枪挂到脖里，接过拉子，喝了一气。兰兰本是最惜水的，但这场生死历练后，她想犒劳一下自己。

光柱里的那攒黑点儿越来越小了。莹儿舒口气。她很奇怪，那么凶残的动物，竟会叫暴燃的火药和飞去的火团吓成这样。也许，这就算出其不意了。

东方的亮色浓了些。风越加清冽，这是村里人称为下山风的那种，它沿着祁连山回旋而下。几乎每天早晨都有这样的风。秋收打场之后，村里老人就靠这下山风扬场。它将莹儿的疲惫吹淡了些。骆驼响亮地打着响嚏，带着很庆幸的意味，步子也大了起来。兰兰也不再拽缰绳了。不管咋说，离那瘆虫越远越好。但莹儿害怕这一跑，反倒提醒了豺狗子。兰兰再拿手电照去，却不见那黑点儿，一道沙山将它们隔开了。也好，兰兰松了缰绳，狠劲一夹腿，骆驼狂奔起来。

驼峰看起来很稳，骑上去却没马背平顺。马奔时，只有缓慢的起伏感，驼跑时却上下颠得厉害。莹儿将盛驼毛的塑料袋拴在驮架上，两手撕住驼峰。她最怕驼惊，要是驼惊了，她是驾驭不了的。

兰兰看出了这一点，她开始控制速度。火枪在她胸前晃得很凶。她一手持枪，一手扯缰绳。那驼倒也听话，步子慢了下来。莹儿的驼跟着兰兰，前驼一停，后驼也就慢了。

但豺狗子的怪叫声也传来了。莹儿忙取出洒过油的驼毛，她一次次按打火机，但都叫风吹熄了。好容易引燃驼毛，抛向后面，但追击的豺狗子只是拐了一下弯。它们并没被火团吓住。骆驼又慌乱地颠起来。兰兰向后举了枪，却只听到一声轻微的火炮声，想来，枪里的火药早在颠簸中撒了。

莹儿一次次按亮打火机，一次次被风吹熄。她明白，就算是引燃袋中的驼毛，也阻不住豺狗子了。沙漠很大，路很多，它们稍一绕，就会将你好不容易引燃的火绕开。莹儿索性装了打火机，仍将那驼毛装入塑料袋。她一手撕住驼峰，一刀握了藏刀。没办法，她想，只好拼了。兰兰也试着装了几次火药，都在颠簸中撒了，也只好放弃努力。用不着她再夹腿，驼的速度更快了。现在，活的唯一希望就是看驼的奔跑能力了。但她俩都知道，豺狗子是沙漠里最善跑的动物之一。单凭跑，很难逃脱它们的利齿。

莹儿以前虽常骑驼，但她骑的，多是乖驼，而且多平稳地走，像这号奔跑，还没经过呢。骆驼开始跑时，她很慌乱，她伏在驼架上，上面虽垫了被子，但时不时地，尾骨还是被硌得发疼。她想，兰兰可受苦了。她垫的褥子被弄碎后，屁股下只有几条翻毛口袋。莹儿见火团阻不住豺狗子，就解下塑料袋，夹几下腿，赶上前驼，将袋子递给兰兰，叫她垫在屁股下。

不经意间，麻乎乎的天完全亮了。莹儿见豺狗子虽在追赶，但并不是全力追赶，显然还忌惮她们手中有秘密武器。这就好。它们的叫声却叫耳旁的风声和驼身上灶具的丁零哐啷声盖了。兰兰高声喊，你别怕，等日头爷高了，它们就该滚了。你骑好，小心摔下去。这好意的提醒，反倒使莹儿慌张了。她想，要是摔下驼背，立马就会被啃成骨架。她最怕驼会失蹄，因为沙漠里有好些鼠洞，要是驼掌踩进鼠洞，驼身的重量仍会惯性向前，就会折断驼腿。鼠洞多在阴洼，但兰兰仍将驼吆往阴洼，因为阳洼里浮沙多，豺狗子们却能如履平地，骆驼稍不小心，就会滚洼的。

看得出，豺狗子是绝不甘心叫眼前的这些食物逃走的。追了一阵，见对手也没玩出个啥新花样，就放大了胆子，撒欢似的追。它们越来越近，驼的步子慌乱了。莹儿想，像这样逃，不定啥时候，驼就会失了前蹄的。真要命。心却疲了，那恐惧呀啥的，也叫疲淹了，只能由驼了。已经听得见豺狗子咻咻的出气声了。她想，只要它们再跑一阵，一包抄，一切就该结束了。

忽见兰兰扔出个东西，莹儿认出是那个装驼毛的塑料袋。豺狗子滞了一滞，但很快，它们便明白那是啥了。它们一窝蜂上前，将塑料袋撕得一塌糊涂。这一下提醒了莹儿。兰兰那一招，虽没完全阻住豺狗子，但至少缓解了危机。她一手撕住驼峰，一手去扯解装灶具的袋子。她本想用手解的,哪知她摸索了半天,却不能如愿。又见一个豺狗子已跟驼并齐了,它仍是嘁儿嘎儿地挑衅着。莹儿朝袋子划了一刀,只听一声碎响,锅呀,碗呀,筷子呀,相互撞击着,摔了下来,发出巨大的声音。这一下,把豺狗子吓坏了。它们定是将那发出怪响的东西当成对方的撒手锏了,竟齐齐驻足了。

兰兰说,对,把该扔的扔了,保命要紧。

莹儿们趁机又逃出了老远。兰兰喊,你将备用的衣服取出来,只留下水和馍馍。一见它们追上了,就扔下一件,先顾命要紧。莹儿摸索了半天,才将那放衣物的包袱抽出,身后的厉叫声又响了。

日头爷冒出了半个脑袋,豺狗子们似乎并不怕大地上涌出的白盘。那场追逐已变成了闹剧。豺狗子对花衣的兴趣更大,一见飘下件衣物,便兴奋地一拥而上,你撕我咬,衣服很快变成了满地的花蝴蝶。包袱里的衣服一件件扔下,引起了豺狗子一次次的兴趣。它们显然明白对手的本事也到头了,就从容地将那撕衣游戏玩到了极致。每撕去一件衣服,它们总要嘁儿嘎儿跳一阵。莹儿知道正是那衣物缓解了扑来的死亡,但还是很心疼。最后,只剩下一件天蓝色上衣了。这是灵官送给她的,是爱情的证物,她想,这件,我说啥也不扔了。要死就跟它死一块儿。她索性将这件上衣穿在身上。

兰兰也扔下了好些东西,它们该起的作用也起到了。

日头爷升到了半白杨树高。没有红霞,这意味着天会很热。但追逐的豺狗子们并没有头疼的迹象。兰兰说,对这沙路,她已糊涂了,反正往东逃吧,碰上牧人的话,再问路不迟。问题是她们仍是摆不脱豺狗子,它们在撕扯花衣的过程中耗光了热情,对她们扔下的别的东西也不感兴趣了。它们甚至对猎物们一次次丢东西的行为表示出极大的愤怒。于是,它们发出很大的叫声,叫声里充满了杀机。听得出,它们已完全弄清了那两驼两人的底细,谅她们再也玩不出新花样了。

它们要下杀手了。

满沙洼滚动着一堆堆厉叫。

6

豺狗子风一样卷了来。

莹儿见扔下的物件已无法再吸引豺狗子,就懒得扔了。明知死已逼到近前,那不甘心又冒了出来。心里有种灰灰的感觉。每到绝望时,都这样。整个世界都灰了。豺狗子的厉叫变成了梦,颠簸的沙丘变成了梦,在飞奔的驼上时时回顾安慰她的兰兰也变成了梦。她想不到自己会是这样一个结局。一股苍凉感从灵魂深处腾起，很像贤孝里的悲音。记得，灵官喜欢贤孝，喜欢贤孝那沉重的旋律。她却嫌它粗鄙。没想到，在生命可能要结束的这时，她心头萦起的，却是贤孝的悲音。那悲音，很像沙上萦蕴的一缕缕轻烟。莹儿的梦幻感更浓了。恍惚的回眸里，豺狗子们像热锅上的跳蚤一样跃在她身后。它们是来喝她的命的。但怪的是，她心里只有极度的疲惫。疲惫把一切都幻化了，连她自己也成了影子。

驼上坡下洼，颠簸度越来越大。莹儿差点被颠下驼背。她想，颠下就颠下吧，反正是迟早的事。她的心虽这样说，但身体竟自个儿伏了，跟驼峰贴得更紧。听灵官说，身体是神灵的城堡。她也懒得祈祷体内的神灵们。她想，随你们吧，你们想喂豺狗子，就喂吧。她真有些奇怪自己了，仿佛豺狗子们追逐的，是另一些人。

后面的声音没了，不知是真没了，还是在感觉里没了，反正没了。驼的喘息也没了。耳旁的风也没了。一切，都晶在一块巨大的水晶里了。颠簸感虽有，但也影子一样了。心头的贤孝悲音还在萦着，三弦子的嘣嘣声里，她品出了一种灵魂的挣扎。她想，这才是真正的音乐，是沉淀了千年的灵魂的乐音。

身子乏到极致了。她真想在驼背上睡过去，哪怕豺狗子们抽肠子或是啃肉，都不在乎了。但身体虽乏，心却在恍惚里清醒着。她想，那恍惚的梦幻感，也许是真正的清醒吧？……记得，他老说人生是梦。她当然不信，当她搂着他鲜活的身子时，你咋说梦，她也不信的。现在她信了，一切真是梦。遥远的爹妈是梦，逼近的豺狗子是梦，颠簸的驼峰是梦，她忽而悬上半天的命也是梦。那生命的弦音，当然更是梦了。

她想，这感觉，是不是就叫"看破红尘"呢？万念俱灰又恍然如梦。却明白，这所谓的看破，还不彻底。因为那不甘心，仍游丝一样，在心中摇来曳去。

兰兰慢了下来。她拽着驼缰，不使自己离莹儿过远。但那驼却另有想法，想来它明白，虽然它们跑不过豺狗子，但却能跑过另一峰驼。莹儿很感动兰兰的拽缰。她想，只有在这时，你才能看出一个人是不是值得你用生命去交。她想，命运真好，能给她一个愿跟她生死与共的姊妹。

兰兰发出尖叫，她在唬豺狗子，或是想将它们引向自己。莹儿苦笑了，她想，人家连枪都不怕了，还怕你的叫？她喊，兰兰，你别管我，你先逃，逃出一个是一个。兰兰瞪她一眼，啥话？你别怕，等日头爷再高些，它们的头就疼了。莹儿明白，她在给自己宽心。只听过狐子在太阳下头疼，没听过豺狗子也这样。

莹儿回望一下，见豺狗子嘣儿嘎儿，越来越近。最近的几个，已离她骑的驼不到两丈了。她甚至能看到它们贪婪的眼了，还有那翻龇的牙，还有蹬飞的黄沙。这一望，那叫虚幻感消解的恐怖又出现了。她想，叫那肮脏的嘴咬一下，真比死还难受呢，心里就升起了对豺狗子的厌恶。本来她还有种听天由命的味道，厌恶却叫她握紧了刀。她想，你别想轻易地咬我。她拍拍驼背，说，你可走好，可别滚洼，我叫豺狗子尝尝刀子。驼叫一声，仿佛说，你还不放心咱吗？

莹儿咬着牙，挣出虚幻感。她明白那感觉很危险，豺狗子可不管你是不是虚幻，它眼里的肉是实实在在的。死亡也是实实在在的。不管咋说，爹妈给了这么好的身子，乖乖地叫豺狗子撕，也对不起爹妈。一想到妈，她的眼泪又涌了出来。她想，妈，我不该那样说你。要是能活着出去，一定叫妈天天吃大肠炒辣子。大不了她卖血，不信还换不来大肠炒辣子？

听得兰兰叫，拿刀捅呀！莹儿扭头，泪眼里弹上一个黑丸，下意识举刀捅了去，才觉得刀触着了啥，黑丸已惨叫着滚下沙洼了。兰兰叫，好，捅死一个。莹儿吃惊地看看藏刀，果然看到了血。她很吃惊，豺狗子咋如此不禁捅？一想，却明白了，豺狗子不过狸猫大小，捅它，也跟捅狸猫差不多。她的胆子大了。见驼后的豺狗子一蹦一蹦想扯骆驼肠子，就举刀刺去。哪知，刺了几下，却连根毛也没碰着。

兰兰稳了身子，往火枪里装火药，她好容易才将溜子探进枪管，这下好了，火药虽有撒在外面的，也有部分进枪管了。她边装边捅，口中却发出呵斥声，就像她在村里突遇恶狗时那样。

几个豺狗子赶了上来，莹儿放大了胆子，像电影上的骑兵那样抡圆了藏刀乱砍，虽没砍中，它们倒也不敢贸然上扑了。它们边尖叫，边弹跳，它们显然想叫对方的精神崩溃。莹儿虽也害怕，藏刀的乱劈之势却没有稍减。倒是骆驼慌张了，开始东扭西扭。莹儿怕它乱跑，猛扯缰绳，好容易才遏制住它跟兰兰们分道扬镳的势头。

一个豺狗子趁机扑了上来。它似乎是想叼莹儿捉刀的手腕，但它没计算好提前量，落下时，却到了驼尾上，莹儿举刀猛刺，虽将它刺了下去，却将骆驼屁股也刺开了一个大洞。血一下冒了出来。骆驼也更慌张了。

闻到了血腥的豺狗子野性大发，它们纷纷蹿到前方。它们的意图很明显，它们要截下前蹿的驼。驼中计了，它猛地拐了方向。忽听兰兰叫，抱紧脖子！莹儿还没明白过来，就觉得一股大力抛出了她。她嗖地飞向半空，她似乎还在空中翻了几个跟头，就觉得许多沙粒向她打来。她只好闭上眼睛，由了身子滚。纷飞的沙子一阵阵泼向她的脸。她想，完了，这下，掉豺狗子嘴里了。妈呀！她叫。无论她以前如何怨妈，这一时刻，她叫出口的，仍是妈。

7

快！快！

身子的滚动刚刚停下，莹儿就听到了兰兰的叫。她睁开眼，先看到两条粗大的驼腿，然后看到兰兰伸下的手。她捉了那手，立起身。快上！兰兰又叫，莹儿扯着兰兰的手，踩着兰兰伸过的脚，好容易才爬上了驼背。她看到倒地的驼还在挣扎着惨叫，驼身上虱子般趴满了豺狗子。兰兰说，没治了。它的腿断了，想来它踩进了鼠洞。

豺狗子们扑向那惨叫的驼。虽也有一个豺狗子试探着想靠近这儿，兰兰咬了牙，一枪便将它打倒在沙上。兰兰也不急着离开，她明白，那倒地的驼，足够豺狗子吃了。她慢慢地装了枪。

莹儿脑中却一阵嗡嗡，天塌了似的。那驼，是老顺的爱物，人家出了四千块，他还舍不得卖呢。她想，与其这样，还不如自家喂了豺狗子。她木木地望着叫豺狗子扯得直声惨叫的驼，眼泪喷了出来。她说，还不如我死呢。兰兰虽也难受，却安慰道：咋说这号话？有人就有一切。有了我们两个大活人，不信还赔不了驼？

莹儿这才觉出了漠风，它吹透了自己的衣服，吹进心里了。她从里到外觉出了凉。对那些豺狗子疯狂的大嚼，倒也没觉出多少厌恶。驼已不叫了，它长伸四腿躺在沙坡上。它的身上盖满了豺狗子，只有四个蹄子还露在外面。豺狗子的所有注意力都转移到死驼身上了。它们懒得再望莹儿们。它们的对手变成了正跟自己抢食的同类，开始相互的撕咬。莹儿想到方才那驼还驮了她跑呢，此刻却成一堆肉了。那虚幻又一下子扑了来。

兰兰装好了枪，叹息一声，说走吧。

她松开缰绳，用不着发命令，驼就掉转身，颠颠着跑起来。同伴的命运定然也强烈地刺激着它。虽然它的身子已叫汗水浇透，但速度仍然很快。是的，最厉害的鞭子，便是豺狗子尖牙的威胁。

莹儿抹去了泪。她想，哭是没用的。

兰兰叹道，别的没啥，只可惜了那些水。不过，也没啥，剩下的这些，我们省着些喝。

兰兰这一说，仿佛碰到了饥渴开关，那汹涌的饥渴开始醒了。两人在驼背上喝了点水，吃了些馍。兰兰说，幸好爹有经验，叫她们把吃食和水分成两份，不然，就算逃过豺狗子的嘴，也会变成渴死鬼。莹儿苦笑道，那是我们的罪还没受够。兰兰安慰说，不要紧，还有些火药，碰到倒霉的兔子，打两个……你没吃过烧兔子吧？那可比烧山芋好吃多了。又说，大难不死，必有后福呀。兰兰做个鬼脸。

莹儿却想，这死不死的，现在还难说得很。谁知道吞了那驼肉后，豺狗子会不会再次追来？

绷紧的神经一松弛，困意就大网般罩了来。两人都打起了瞌睡，有些东倒西歪了。兰兰强打精神，她怕骆驼胡乱跑了去。虽已迷了路，到了一个从没来过的地方，但兰兰知道，要是一直朝东走，即使迷了路，也没啥大不了。因为东边是蒙古，那儿总能碰到人烟的。有人烟就好，一人的食水两个人用，支持不了几天的。要是再遇上鬼打墙，绕不了多久，她们就会变成木乃伊。

驼的喘息声越来越大，跑了老远的路，又驮了两人，夜里吃的草料早化成热量了。要不是驼峰开始提供养分的话，驼早没体力了。兰兰想，得找个草多处，叫骆驼吃些草，她们也多少歇一会儿。她实在没气力了，头里面有几辆拖拉机在跑。莹儿已歪了身子倚着她睡了，兰兰怕再不休息，驼吃不消不说，她们也会栽下驼背的。

转过一道沙梁，见有些沙秸，虽是些陈年沙秸，骆驼是不嫌的。它的食物圈很大，沙漠里的大部分植物都能入口。兰兰晃醒莹儿，两人下了驼。兰兰将驼拴在柴上，也没卸驮子，两人就萎在干沙上。还没躺平顺呢，已坠入了梦乡。

这个故事有一种"山重水复疑无路，柳暗花明又一村"的感觉，是不？

是的。听这故事，我好多次都替她们着急了，老是觉得也许没有路了，但不知怎么又突然有了希望。每次陷入绝境，都这样。而且，读到莹儿的很多心思时，我才知道，我一直以为自己很勇敢，很坚强，但事实上，我也是一个柔弱的女人，跟莹儿一样，我很容易就会觉得自己走到头了。幸好莹儿有兰兰做伴。要是莹儿没有兰兰，她是不可能走出这么多灾难的。但我不知道兰兰要是没有莹儿，她能不能走出这么多的苦难？

也很难。要知道，即使一个人是强者，他在面对绝境的时候，同样需要一个被保护的人。有了这个人的存在，他就会觉得自己必须坚持下去。他会觉得，自己肩上担着的，不仅仅是自己的性命，也是另一个人，或是另一群人的性命。这会成为一种更加强大的推动力，让他超越自己做一些事情。很多英雄看起来似乎很伟大，但他们如果没有为之奉献的群体，也就是一些平凡人而已。是群体的需要——有时，仅仅是那些弱者的眼泪，和他们绝望的命运——让他们逼着自己强大，逼着自己挺身而出，去承担一些别人无法承担的责任，所以，他们才成了英雄。你也许看过一些电影，里面的主角拯救了他身边的世界，但他只是一个很平凡的人，甚至在平日里，他显得很弱小，很普通，不会有任何一个人觉得他能成为英雄。他能成为英雄，只是一个偶然发生的结果，但这偶然，或许也正是一种必然。因为他的生命里有这种基因。它就像一粒小小的种子，在培养液中游泳，因为孕育它的液体一直没有达到一定的热度，所以它一直没有爆发。但是有一天，多种要素撞击在一起，火光触发了闪电，闪电击中种子所在的空间，一切都沸腾了，于是种子冲出培养液，冲出母体，实现了破蛹化蝶般的转变。英雄于是诞生了……

兰兰会成为英雄吗？在整个故事里，她一直显得很坚强，甚至可以说强悍。很多次，莹儿都要放弃了，是兰兰找到了新的生机。而且，被豺狗子追击的时候，她还放慢自己的脚步，在绝境中陪伴莹儿。这对一个弱女子来说，太不容易了，男人有时都做不到。这世上，大难临头各自飞者太多，能患难与共，能用行为告诉对方，"我们死也要死在一起"者，却实在太少了。说实话，兰兰在豺狗子追击时，强迫自家的驼放慢速度，陪着莹儿的驼，这让我感动极了。我当时就在想，要是我，我能做到吗？我不敢说我能做到。因为我明白，那个时候，理性是不管用的，发挥作用的，是你内心的那个东西，也就是你的灵魂。很多革命烈士被烙铁烫，被夹手指，还有诸多我想都想不到的酷刑时，都没有出卖自己的伙伴，还有那些顶着炸药包，用肉身子去攻克敌人阵地的壮士……那诸多的行为，我都不敢说我能做得到，一想起来，有时真的很沮丧。所以，我特别热爱中国文化。我觉得，中华文化之中，有着一种让人肃然起敬的东西。一个那么谦卑的民族，骨子里却有一种那么强悍的力量，这让人感动极了。当然，西方世界也有西方世界的英雄，他们都用自己的行为，给这个世界留下了一些值得纪念的东西。否则，那些土地上，不可能诞生雨果、托尔斯泰、陀思妥耶夫斯基、罗曼·罗兰那样的作家，他们都是用自己的生命去创作的。他们的作品之中，有着人类最璀璨的精神，那是从他们的人格里渗出的东西，他们是在用自己的文字为人类寻求出路。兰兰向往的，是这种东西吗？或者这么问，她在修行中发愿利益众生，她的出发点是什么，是西部女人的苦难吗？

兰兰发愿利益众生，但她想利益的并不仅仅是女人，而是包括男人在内的所有生命。你看到了女人的苦，但你可能没有发现，其实男人也很苦。让女人受苦的，其实不是男人，而是男人的愚昧，是环境的愚昧，是传统的愚昧。男人自己也是牺牲品。同样的，造成兰兰和莹儿走进沙漠，寻找盼头的，其实也不是她们的家庭，不是她们的父母，而是贫穷。整个村子——甚至整个西部、当时的整个中国——都摆脱不了贫穷，他们的父母也看不见盼头。他们不想让儿子打光棍，那么怎么办？就只能用女儿做彩礼,来为儿子换取幸福了。其实,不仅仅是西部,整个中国,甚至整个人类,都在寻觅自己的盼头。他们的盼头可能不一样,他们寻觅的方式也可能不一样,但说到底,都离不开两个字:永恒。健康的永恒、幸福的永恒、关系的永恒、美的永恒、爱的永恒……整个人类都在寻觅永恒,所以,每个人都会走进自己的沙漠。后来,我写了一本叫《无死的金刚心》的书,里面专门讲了一个历练灵魂的人,他离开家乡,远离亲人,放弃既得利益,为的是到远方寻找灵魂和信仰,这段旅程就是他的"沙漠之旅",他虽然没有遇到豺狗子,也没有迷路,没有陷入饥渴,但他遇到了小人,遇到了诸多的考验和心的迷乱,那里面也充满了艰辛。其实,不仅仅是寻觅信仰的人,我们每个人在生命之中,都会遇到诸多令人心酸的选择。我记得,我曾看过一部电影,有个女人有两个孩子,她被迫选出一个孩子,送去毒气室。你想,人做出这种选择有多么艰难,做出这种选择之后,她又如何活下去?还有你特别崇敬的南宋殉国军民,其中并不是所有人都是自愿的,有些人的妻儿就不愿意,他们是被杀的。其中又有多少令人心酸的选择?哪怕我们不回顾这些特殊的历史事件,只回顾我们的一生,也就是一个平凡老百姓的一生,你是不是会发现,自己也做过很多艰难的选择?也为自己的选择付出过很多代价?所以,人活着,本身就要面对痛苦,苦是生命的主题,寻觅是为了打破苦的命运,让自己活得安详一点,也让更多的人活得安详一点。所以,这个故事有很强的象征意义,它不仅仅是西部女人的传奇,也是中国的传奇、人类的传奇。《博物馆里的灵魂》和《美丽》也是这样的传奇。

豺狗子代表了什么呢?

豺狗子就是豺狗子,一种猛兽,你也可以理解为一种象征,它代表了生命困境。你应该知道,世界上有很多作家都面临他们的困境,托翁有过几次精神危机,他曾经把猎枪藏起来,怕自己会自杀;陀思妥耶夫斯基时刻生活在精神的苦难之中,而且受到癫痫病的困扰;凡·高是精神病患者,最后自杀了;写出了《羊脂球》那样的好小说的莫泊桑也割了喉;《荒原狼》的作者黑塞是精神分裂症患者;《雾都孤儿》的作者狄更斯患了抑郁症;还有川端康成、老舍、傅雷、伍尔夫等人都自杀了……这些人面对的疾病,还有精神上的迷惑和痛苦,都是他们的豺狗子。他们跟这些疾病搏斗的过程,不亚于兰兰和莹儿跟豺狗子搏斗时的惊心动魄,只是,有些人没有走出沙漠,成了心灵荒漠上的驼骨,但有些人走出了沙漠。面对迎面扑来的豺狗子时,灵魂弱小的人就会像莹儿那样,时时想死,时时想放弃,时时觉得这可能就是命,当他不断这么想的时候,不定哪一天,他就会放下手中的火枪,伸长脖子等豺狗子的前扑,那么,一切就结束了。莹儿虽然有她很好、很坚强的一面,但她很消极,尤其在面对自己的事情时,她很容易就会想到退缩、放弃。兰兰就像她心中非常坚定的那个声音,兰兰在每次莹儿发呆、为死亡做打算的时候,都会让她看到希望,让她又能继续走上一段路。但最后,莹儿还是没有走出这个命运,她回到家乡,母亲仍然逼她嫁给屠汉,她就自杀了。不过,莹儿的死,是一种反抗,不是消极的退缩。

其实不止莹儿自己,每个人心中都有莹儿和兰兰两面,莹儿在沙漠里的退缩态度,人在面对生命绝境时,多多少少都会有,但人心里肯定也有兰兰那样的声音,否则人直接就放弃了,他不会再挣扎着继续走下去。

是的,我心里也有过莹儿的很多情绪,《白虎关》里的很多人身上,都或多或少地有我的影子。我跟他们不一样的,是我始终没有对自己妥协,我有一个更高的参照系:佛陀。有了这个参照系,时时自省自律自强,我的行为就不一样了。所以,我的命运也会不一样。

是吗?在现在的你身上,我真看不出她们的痕迹了……虽然我认为莹儿有些软弱,但其实我挺喜欢她和兰兰、月儿的。我觉得人无论面对什么,都要做到她所说的,专注、坚持、淡定、不恐惧。有了这几个特质,人一定能走出任何困境的,对吗?

是的,这其实是我走出"沙漠"的诀窍,我验证了它,也从身边人的命运中看到了它。莹儿和兰兰最后能走出沙漠,靠的也是它。

即使是莹儿那样的女子,只要坚持,也能走出沙漠,这挺励志的……当然,我不是说莹儿不好。我刚才也说了,莹儿很好,我很喜欢莹儿,她一直有种清凌凌的味道,有点像后来的月儿,但莹儿的身上,有一种月儿没有的淡然,这是莹儿很了不起的地方。她不管多伤心,多绝望,给人的感觉,都是诗意的。你说她是花儿仙子,她身上真有种仙子的味道了。而且她很善良,她宁可自己吃亏,自己遭罪,也不想看着另一个生命吃亏、遭罪,比如看到驼被豺狗子活活咬死时,她觉得还不如自己死呢,这样的心太难得了。她等的那个男人怎么能丢下这么好的女子,到外面去呢?

她爱的灵官只在《大漠祭》中出现过,他们过去是叔嫂关系,莹儿的丈夫死时,灵官受不了良心的折磨,也想在活着时去外面看看,就离开了村子。他也在寻觅他的盼头。

他找到了吗?

在另一个故事中,他找到了。

另一个故事?

是的,《西夏咒》。在里面,有一个从外面回来的僧侣,叫琼。这个琼就相当于灵官。在漫长的寻觅之后，琼找到了信仰，然后回到家乡的土地上，找那个注定跟他一起实现超越的修行伴侣。

但是作为灵官的他，始终没有回到莹儿身边，对吗？

是的。直到莹儿自杀，他都没有回到家乡，他一直在寻觅。

如果他有一天回到家乡，发现莹儿已经死了，他会遗憾吗？

在《无死的金刚心》中，完成寻觅的琼波浪觉回到尼泊尔时，一直在等他的女神莎尔娃蒂已经死了，见不到莎尔娃蒂，知道她在疾病和相思的折磨下死去时，琼波浪觉很难受，但是，如果命运给他再来一次的机会，他仍然会选择寻觅。

为什么？

因为寻觅是他的盼头，是他活着的意义。如果他放弃梦想，守在莎尔娃蒂身边，他就是一个寻常的男人，这个世界上就少了一个文化大师，少了一种光照千古的文化，很多因为这种文化而改变了命运的人，就会继续他们痛苦的命运。一个人的盼头如果够大，他的命运就跟历史和世界发生了关系，他就不仅仅代表他自己了。而莎尔娃蒂的等待虽然痛苦，虽然她最后也没等到琼波浪觉，但她因为这段等待，留在了历史里。很多人在年轻的时候，都追问过自己存在的理由，自己的活着有什么意义，能给世界、给历史带来什么东西，人天生就不甘心活成历史的风尘，轻轻一吹，就没了痕迹。

但很多人没有能力成为伟人。

你觉得什么是伟人？托尔斯泰才是伟人，佛陀才是伟人，老子才是伟人，对吗？但事实不是这样的。能照亮世界的人，不一定是世俗意义上的精英，他可能是一个司机，可能是一个服务员，可能是一个拾荒的老人。如果别人向往他们身上的某种精神，能照着他们的行为升华自己，他们的生命就有了意义。你说呢？我记得，有人跟我说过这样一则新闻：有个女人的儿子先天智障，后来离开了人世，她就把爱寄托在所有的智障人士身上，在长达九年里，她收养救助了很多智障者，其中有五岁的孩子，也有七十岁的老人，全靠她一人照顾、抚养，她不但延长了他们的生命，还教他们如何生活，让他们能活得有尊严。这个女人也是菩萨。如果你细心看看这个世界，你会看到很多很多类似的平凡人，他们有着金子般的心，他们的活着就有了不平凡的意义。这种意义埋没不了。为什么？因为他们感动了别人。被他们感动的人，哪怕不去收养救助智障者，只是对这些人多了一点尊重，多了一点关爱，这就是她存在的意义。这个世界上，能让人类向善的，只有善的向往，而不可能是暴力。很多时候，它跟能力和才华也没有关系。每个人都有关爱别人的能力，所以每个人都有成为伟人的可能，区别仅仅在于向往。西部文化中有很多很美的故事，像莹儿，像新疆爷，像月儿，像兰兰，像很多很多的人，你知道为什么吗？就是因为西部文化有向往，它的价值观，是大善。所有大善的行为，都承载了大美。能为这个世界贡献美的人，就是伟人，不管他的事业有多大，或是有多小，都没关系，他都是这种精神的一部分，他的心灵已经升华了，他就算没有通过宗教修炼，得到某种宗教意义上的成功，他也已经是一般意义上的菩萨了。

灵官是因为这个向往离开故乡的吗？

是的，他跟兰兰一样，也有一个利益众生的梦。但他跟兰兰的方式不一样，兰兰想通过修行实现这个梦，灵官则需要一个更大的视野，去放飞他的梦想。

莹儿为啥不跟灵官走呢？

莹儿不可能抛弃她的父母，她走不出自己，是因为没有一颗想走出去的心，所以她活得很痛苦。她所有的情感都是纠结的，她爱母亲，也恨母亲，恨母亲逼她放弃自己灵魂的坚守，恨母亲逼她做不孝女，但她又理解母亲，她知道母亲也没有办法，如果有办法，母亲绝不会叫她嫁给人们看不起的屠汉，她的心里，对母亲有深深的依恋。

但她还是自杀了。

是的，莹儿还是自杀了，因为她活不下去。人们觉得她消极，觉得她抛下父母孩子就这么走了，是很不负责任的，但她没有办法。她守候的东西一旦消失，她就没有活头了。一个人如果失去了活头，死亡就成了她的必然命运——当然，对任何一个人来说，死亡都是他必然的命运，不同的是怎么死，死前有什么样的心情——所以，她宁可死，也要守住爱情。莹儿的身上，有一种跟新疆爷很像的东西，只是，在那个时代，守候爱情的西部女子，似乎都逃不脱悲惨的命运。因为，生活剥夺了她们太多的权利，甚至包括守候的权利。

但她们的痛苦是暂时的，她们留下的美，却是相对永恒的。

那么，如果是你，你会像莹儿那么选择吗？

这个问题不好回答，因为它没有发生。

很多时候，回答不一定代表未来的真相，但它代表了人当下的向往。过去，我虽然不能保证自己未来是个什么人，但我想要成为那种人，所以我不断努力，最后就真的成为那种人了。因为，一旦有了向往，对自己有了要求，我就会一天比一天优秀。这个故事里的莹儿和兰兰就是这样。虽然莹儿最后还是死去了，但她留下了一个很美的背影。

这个故事有浓浓的西部气息，听了之后，我大概能想象出西部人过去的沙漠生活。不过，给我感触最深的，还是历练灵魂的过程。就像你说的，每个人无时无刻不在做选择，每个细节都代表了一个选择，看到这无数的选择，和选择所带来的疼痛、所形成的人生，有时，真的不能不感慨。不仅仅是为了莹儿的命运感慨，也不仅仅是为了这个故事感慨，也是为了自己，为了整个人类。这其实是一个全人类都在经历的故事。

你说得没错，虽然我在故事里加入了很多我很熟悉的西部生活，比如沙漠、骆驼、女人等等，甚至还包括了一种实际存在的动物——豺狗子，但它其实是一个属于全人类的故事。虽然有不同的外现——《天路历程》讲的也是这样的故事。我之所以把这个故事放在最后，就是想告诉你，西部——甚至中国——发生了无数个相似的传奇，了解了这个传奇，你也就了解了中国，了解了西部，了解了你想要了解的一切……

听，风更猛了，它在山间呼啸着。它卷起了岁月的沙尘，遮蔽着我们所看到的一切。它吹走了它想吹走的一切，那一个个故事，那一个个人，一茬茬人终将消失，一幅幅生活画面即将消失，一个农业文明的时代即将消逝，那些爱过恨过的男人女人，也走出了我们的视野，隐在漫天的黄尘之中了……我虽然能看到他们的身影，也能感受到他们灵魂的搏动，但我知道，我留不住他们。于是我挥挥手，说，你们去吧！但浓浓的牵挂，仍在心中发酵。我留不住岁月，我能留住的，只是对那岁月的凭吊。

岁月带走了我的青春，定格了我的梦想，成就了我的人生；岁月让我从不懂事的孩子，长到了今天；岁月让我从一个小小的池塘，变成了能翻起各种波浪的大海……现在，岁月又让我遇到了你。你就将我对你讲的这些故事，都变成大海里飞起的浪花吧！只是不知道，它是不是能满足你的期待？

我想，或许可以，因为我看到了你欣慰的笑，我看到你苍老的脸颊布满了红晕，就像听到我的歌声时一样。我看到有一颗少女的心，在你苍老的身躯里跳动着，发出年轻、欢快、热情的声音，或许，它也在憧憬着一段灵魂的寻觅。

在你的身上，我看到了莹儿和兰兰在生命旅途中的激情，于是我欣慰地笑了，你也欣慰地笑了，我们都笑而不语。在我们含蓄的微笑中，有一缕红黄色的阳光轻轻地飘落。看，天快要亮了……

接下来，讲什么故事好呢？

给我一点时间吧，让我们下一本书再谈如何？

好。

就在你站起来，准备往前走的时候，那喀嘣喀嘣喀嘣的闷响又响起了，但吃蚕豆的却不是你。这次，你也听到了那声音，跟我一样，你也在四下里张望着。你丢下豆子的地方，已找不到豆子的痕迹，它被大风吹远了吗？我俯身聆听，那吃蚕豆的声音，原来来自地底——这次，是谁在吃蚕豆呢？

喀嘣喀嘣喀嘣……

后记：
定格一个真实的西部

  这部小书写到这里就完成了，说是小书，也拉拉杂杂地写了不少。形形色色的人和事很多，也夹杂了一些当下的讯息。跟我的其他书比起来，这又是另一种写法了，我自己觉得很有趣，不知道你觉得如何？

  我说它有趣，原因是它是一本杂交的书，有议论，有散文，有小说，有对话，内容非常丰富，有点像"一本书读懂雪漠"了。对于那些没有时间读我的长篇小说的朋友，能读这一本，也许可以大致了解我的艺术特点了。一滴露珠，也能折射出一个世界呢。

  近些日子，我的《野狐岭》和《一个人的西部》正在热销，人们很喜欢其中的真实人生。而本书，也是另一种意义上的"一个人的西部"，前者写我个人的经历，后者写我眼中的西部世界。本书鲜活地描绘了西部的男人和女人，那一个个鲜活且个性独特的人物，承载着我们常说的西部文化，也构成了西部的复杂和丰富。所以，本书也可以称为"一本书读懂西部人"。

  当然，我说它有趣，还因为它其实是一种对话。要是有兴趣，你也可以试试看。你可以给自己设定另一个身份，让自己有另一种人生的可能性。比如，在某个人生节点上，你如果有了另一种选择，你的人生会怎么发展？你会遇到什么人？什么事？你会怎么做？……你可以一直想象下去。这时，你也许就会明白，人生其实有很多种可能性，某个选择不一样，就会有另一种人生。所以，人一旦沉淀下来，跟自己的灵魂对话，想象自己未来的路，想象各种可能性，或许就会拥有选择的智慧和力量。因为，你会直观地感受到，自己想不想要这种人生？自己想要怎样的人生？这时，你就会拥有梦想，拥有一个清晰的人生目标。

  小说的魅力在于，你可以创造无数个世界、无数种可能，你可以在小说中体验无数种人生，你也可以融入你印象深刻的所有人生故事，想一想你假如是自己向往的那个人，你的人生会如何？你假如有了某种梦想，你会怎么为它努力？每一步的结果又是如何？你也可以写出你心中的英雄，去体验他的人生，去圆满他的人生中令你遗憾的东西；你还可以定格自己见过的所有美好，在文学中追求相对的永恒……但这一切，最终的意义，都在于让你发现无数种人生，你也许会选择其中一种，然后，你的生命就会变得非常精彩。

当然，这本书不是讲人生的，也不是教你如何体验人生的，而是像前言所说的那样，它讲的是人，是一些已经消失的西部灵魂，还有他们承载的文化。虽然这些人物曾经在我过去的作品中出现过，而这部书最重要的内容，也是我的一些中短篇小说，但我后来的那条对话线索，却可以留下更多关于西部的讯息。当然，这一点，你或许已经发现了。不知道你有没有发现，这部书中"我"和"你"的对话，会让你对丝绸之路、对西部文化有了更多的思考呢？

有些人在了解西部文化的时候，看到的仅仅是它美好的那一面，对于它复杂落后的那一面，他们往往会忽略，但西部文化的丰富，恰好就是因为它复杂。它有无数个点、线、面，它们共同构成了一个巨大混沌的生命体，这个生命体是立体的，不是二维的，不是一个人根据自己的需要创造出来的。它是在千年的岁月之中，由一代又一代的西部人活出来的，其中有他们的艰辛，有他们的向往，也有他们的愚昧。在我眼中，这一切都值得研究，所以，在传播西部文化精髓的同时，我也不愿回避其中的糟粕，我承认它们的存在，允许它们的存在，但我写出了它们的无奈。其他的，由世界来选择吧。

最有趣的是，在我写这部书，还有三本西部游记的时候——2014年夏天，我想看看西部大地有了什么变化，也想看看这个时代的中国，就从岭南一路自助游到西部，回来之后，就着手写了《从岭南到西部》《山神的子孙》《再归大漠》这三部书，我想用它们来定格那些变化，并且定格这个时代的中国，因为我知道，当下的西部，当下的中国，也会很快过去的——习近平主席刚好提出了"一带一路"。我当然很开心，因为，这意味着西部文化有了向世界展示自己的机会。这么多年来，除了西部大开发时得到广泛关注之外，西部有很多文化景象都没有得到挖掘和重视。无论是它的善美，还是它的复杂，或是它的博大，对偌大的世界来说，都是一种陌生。在"大漠三部曲"出版的时候，人们才眼前一亮：原来世界上还有这样的一个地方、这样的一种文化、这样的一群人啊！过去，很多人并不了解真正的西部。直到现在，在很多人眼里，西部仍然代表了照片上那些干涸的水井、那些老人和孩子、那片茫茫的大沙漠，人们熟悉西藏、熟悉拉萨，但不知道在离它们不远的地方，还有一个佛教文化重镇凉州，还有一条充满了千年文化的河西走廊。他们更不知道，那块土地上仍然活着一块文化活化石"凉州贤孝"，它已经有千年的历史了，但要不了多久，它可能会被时代吞没。这个历史性的机遇，会让它——还有很多即将灭绝的丝绸之路文化——重拾饱满的生命力吗？不管会，还是不会，它们至少会拥有一个展示自己的机会。

所以，在写这部书时，我给自己设定的前提，就是饱满、全面，能够体现西部人的复杂和丰富、能够定格一个真实的丝绸之路上的西部。我想，我已经实现了这个目的。

另一个很有意思的地方是，在我写前言的时候，"一带一路"还没提出，到了我写后记时，"一带一路"已热火朝天了，世界变得多快啊。对文化来说，有些机遇虽然难得，但它就像昙花一现那样，需要你拨亮了眼睛去捕捉，也需要你有足够的准备去迎接。有一句话不是这样说的吗？"机会永远留给有准备的人。"所以，虽然我在前言中已经说过一次了，但我还想在后记中再说一次：我的书只是一块引玉的砖头，希望看到很多很多的玉石，它不仅仅是西部文化方面的书籍，或许是岭南文化、中亚文化，乃至海陆丝绸之路上每一处的文化。

我眼中的中国文化，最辉煌的时期，莫过于春秋战国了，因为，那时有百家争鸣，21世纪的今天，我们不一定要争鸣，我们可以百花齐放，当多种文化——尤其是一些优秀的但鲜为人知的文化——在世界舞台上唱响它自己的歌曲时，世界就会变得更加精彩，而文化本身，也定然会拥有一种全新的生命力。

当然，这只是一种说法，在创作这部书的时候，我其实只是在享受着一次对话——跟自己对话，跟人物对话，跟记忆中的故乡对话。正是在一次又一次的对话和自言自语中，我写出了一部又一部书，有小说，有学术著作，有心灵随笔，也有诗集和游记。到了今天，蓦然回首，才发现竟然过去了这么多年。十多年后的今天，重新还原那个记忆中的、真实的西部，实在是一件充满温馨的事情。

2015年11月15日定稿于雪漠文化网

图书在版编目（CIP）数据

深夜的蚕豆声：丝绸之路上的神秘采访（纪念版）/雪漠著.
-- 北京：作家出版社，2024.1

ISBN 978-7-5212-2102-2

Ⅰ.①深… Ⅱ.①雪… Ⅲ.①长篇小说 - 中国 - 当代
Ⅳ.①I247.5

中国版本图书馆 CIP 数据核字（2022）第 211803 号

深夜的蚕豆声：丝绸之路上的神秘采访（纪念版）

作　　者：	雪　漠
策划编辑：	陈彦瑾
责任编辑：	田小爽
装帧设计：	李　一　庸　白
出版发行：	作家出版社有限公司
社　　址：	北京农展馆南里 10 号　邮　编：100125
电话传真：	86-10-65067186（发行中心及邮购部）
	86-10-65004079（总编室）
E - mail：	zuojia@zuojia.net.cn
http://www.zuojiachubanshe.com	
印　　刷：	三河市北燕印装有限公司
成品尺寸：	170×240
字　　数：	430 千
印　　张：	25.25
版　　次：	2024 年 1 月第 1 版
印　　次：	2024 年 1 月第 1 次印刷
ISBN 978-7-5212-2102-2	
定　　价：	72.00 元

作家版图书，版权所有，侵权必究。
作家版图书，印装错误可随时退换。